감사합니다.

윤소리 Sore

<Silver Tree> 2023. 3. 31

실버트리

실버 트리 1

2023년 3월 28일 초판 1쇄 인쇄
2023년 3월 31일 초판 1쇄 발행

지은이 윤소리
발행인 강준규

기획 편집 정시연 이은정 주종숙 이예슬
마케팅 지원 배진경 임혜솔 송지유 장선영 김다운 조진숙

발행처 (주)로크미디어
출판 등록 2003년 3월 24일
주소 서울특별시 마포구 마포대로 45 일진빌딩 6층
편집 문의 (02)6365-5170 **구입 문의** (02)3273-5134
홈페이지 rokmedia.blog.me
E-mail romance@rokmedia.com

ⓒ 윤소리, 2023

값 13,500원

ISBN 979-11-408-0802-1 04810(1권)
ISBN 979-11-408-0801-4 04810(세트)

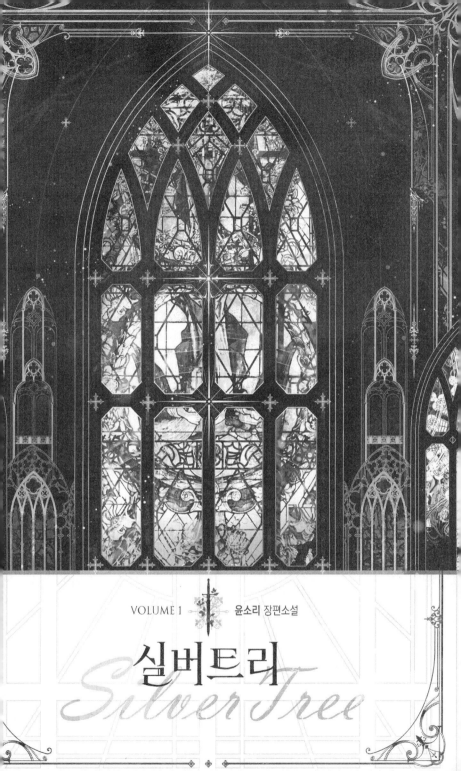

VOLUME 1   윤소리 장편소설

실버트리
Silver Tree

Contents

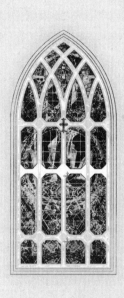

일러두기

　* 본 작품은 역사적 사실을 소재로 한 픽션으로, 작중에 등장하는 등장인물과 사건 중에는 가상의 인물과 사건이 포함되어 있습니다.

　* 본 작품에는 특정 종교와 관련된 이단 재판과 고문 장면, 교-속 분쟁에 대한 비판, 당시에 만연했던 이교도 차별과 박해 등이 묘사된 부분이 있습니다. 또한 작중 등장하는 이단 논쟁 중에는, 당시 통용되던 이교 신화와 전승, 신학 이론에 대한 비정통적 해석과 소설적 사유에 기반한 가설 등이 포함되어 있습니다.

　이에 대하여 혹 불쾌감을 느끼는 분이 계시다면 이 자리를 통해 진심으로 사과드립니다. 모쪼록 너그러운 양해를 부탁드립니다.

　* 본 작품에 묘사된 파리 거리 모습이나 시테 궁의 모습, 기사단 본부 등의 모습은 1300년대 파리 지도와 동시대 시테 궁의 평면도, 3D 입체 복원 영상 및 당시의 묘사와 기록들, 자료 그림들을 참고하여 구현하였습니다. 현재의 모습과 상당히 다른 묘사가 나올 수 있습니다. 참고 바랍니다.

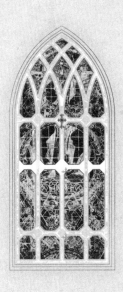

등장인물

* 레아 다크레 – 예루살렘 왕국의 수도 아크레 출신의 은 세공사. 겁쟁이 집안의 수다쟁이 맏딸로 유쾌하고 밝은 성격. 사라센과 전쟁이 터진 아크레에서 동생과 탈출하다가 성전기사단의 성유물 실종 사건에 휘말리게 된다.

* 발타사르 드 올랑드 – 왕실 기사, 마상시합 최고의 실력자로 백은의 기사라는 별명으로 불린다. 부모와 고향을 모르는 고아로 떠돌다가, 왕의 도움을 받아 성전기사단에서 자란다. 후일 신에게 맹세한 대로 성전기사단에 입단한다.

* 필립 르 벨– 프랑스의 왕, 미남왕, 바위의 왕, 강철의 왕이라는 별명이 있다. 봉건 체제에서 중앙 집권제의 기틀을 닦은 왕으로, 도덕적인 결벽과 경건한 신앙의 소유자. 감정 표현이 거의 없는 냉철한 성격으로 알려져 있다.

〈 레아의 주변 사람들 〉

* 아모스 − 레아의 아버지. 아크레의 귀금속 세공 장인, 십자 군을 따라 동방에 왔다가 아크레에 정착한 자로, 아시케나지 유대 인인 것을 숨기고 산다.
* 라셸르 − 레아의 여동생
* 황금 이빨의 벵상 − 아모스 세공방의 직인, 레아의 약혼자
* 토비아스 − 아시케나지 마을의 랍비, 레아의 친척
* 빨간 머리 카미유 − 올랑드 마을의 소녀
* 파스칼 − 올랑드 마을의 노총각
* 엘리 − 아시케나지 마을의 대부업자
* 다니엘 − 엘리의 막내아들, 라셸르의 약혼자

〈 성전기사단 & 성 요한 기사단 사람들 〉

* 기욤 드 보주 − 성전기사단 21대 총단장
* 티보 고댕 − 성전기사단 22대 총단장
* 자크 드 몰레 − 성전기사단 23대 총단장
* 레몽 드 툴루즈 − 성전기사, 자크 드 몰레의 조카
* 조프루아 드 샤르네 − 성전기사단 노르망디 지부 단장
* 위그 드 패로 − 성전기사단 감찰관
* 제라르 드 빌리에 − 성전기사단 프랑스지역 단장
* 조제 드 긴느 − 성전기사, 기사단 박해 때 파리를 탈출하여 왕과 맞선다.
* 모젤 플레르 − 성전기사단 소속 세이렌 호 선장
* 풀크 드 빌라레 − 성 요한 기사단 단장

〈 시테 궁 사람들 〉

* 잔느 드 나바르 – 프랑스의 왕비, 나바르의 여왕, 상파뉴와
브리의 여백작
* 루이 드 나바르 – 왕의 장남, 루이 위탱(고집쟁이), 루이 10세
* 이사벨르 드 프랑스 – 왕의 장녀(마담 루와얄) 잉글랜드 왕비
* 필립 르 아르디 – 필립 3세. 필립 르 벨의 아버지
* 마리 드 브라방 – 필립 3세의 두 번째 왕비
* 샤를 드 발루아 백작 – 필립의 동복동생
* 카트린 드 쿠르트네 – 샤를 드 발루아의 부인. 라틴 제국 여제

* 위그 드 부빌 – 어전 시종
* 기욤 드 노가레 – 왕실 대법관, 국새國璽의 수호자
* 앙게랑 르포르티에 드 마리니 – 왕실 보좌 주교, 재상
* 필립 르포르티에 드 마리니 – 상스 대주교, 앙게랑의 이복형
제
* 기욤 윙베르 – 왕의 고해 사제, 프랑스 왕립 종교 재판소 소
장
* 기욤 드 플레지앙 – 왕실 대변인, 법률 고문
* 알랭 드 파레이유 – 친위대장
* 조르주 드 마르세유 – 왕이 파견한 레아 호 선장, 기사단의
추적 임무를 맡는다.

〈교황청 사람들〉

11

* 교황 보니파스 8세(보니파시오) − 베네데토 카에타니, 교속 분쟁으로 필립 왕과 마찰을 빚다가 아나니 사건 발발

* 교황 클레망 5세(클레멘스) − 베르트랑 드 고, 아비뇽 교황청의 첫 교황

* 베랑제 프레돌 − 추기경, 교황의 전권 사신, 기사단 심문관

* 에티엔 드 쉬스 − 추기경, 교황의 전권 사신, 기사단 심문관

프롤로그

<옛날 옛적 작은 시골 마을에 아름다운 아가씨가 한 명 살았습니다.

어느 날 그녀 앞에 고귀한 왕자님이 나타났습니다. 왕자는 머리에 쓴 왕관을 바치며 말했습니다.

"아름다운 분이여, 당신을 사랑합니다. 제가 가진 왕관을 당신에게 드리겠습니다. 저와 결혼해 주세요."

하지만 그녀는 고개를 저으며 대답했습니다.

"미안해요. 저는 아직 대답해 드릴 수 없어요."

다음에는 늠름한 기사님이 나타났습니다. 기사는 허리에 찬 검을 바치며 말했습니다.

"아름다운 분이여, 당신을 사랑합니다. 제가 가진 검을 당신께 드리겠습니다. 저와 결혼해 주세요."

"미안해요. 저는 아직 대답해 드릴 수 없어요."

다음엔 부유한 상인이 나타났습니다. 상인은 수레에 싣고 온 거대한 황금 덩어리를 보이며 말했습니다.

"아름다운 분이여, 당신을 사랑합니다. 제가 가진 황금을 당신께 드리겠습니다. 저와 결혼해 주세요."

"미안해요. 저는 아직 대답해 드릴 수 없어요."

세 명의 구혼자는 몹시 화가 났습니다. 그들은 아가씨가 자신을 농락한다고 생각해서 그녀를 비난하고 몸을 돌려 떠났습니다.

훗날 그들이 다시 찾아왔을 때, 아가씨는 이미 차가운 땅속에 묻혀 있었습니다.

그런데 그녀가 묻힌 정원에는 처음 보는 아름다운 꽃이 활짝 피어 있었습니다. 세 명의 구혼자에게 대답이라도 하듯, 꽃봉오리는 왕자가 바친 왕관의 모양이었고, 잎은 기사가 바친 검의 모양이었으며, 뿌리는 부유한 상인이 바친 황금 덩어리의 형상을 하고 있었답니다……>

─ 어떤 꽃에 대한 이야기인지 아는가?

─ 당연히 알죠, 폐하. 저희 마당에 가득 피어 있던 꽃이니까요. 어…… 지금은 아니고 아주 오래전에, 저 어릴 때요.

─ 아하? 이 꽃이 마당에 가득 피어 있었다?

─ 네. 봄이 되면 빨갛고 노랗고 하얀 꽃이 화려하게 피는데, 정말 꽃봉오리는 왕관 같고, 잎은 기사의 검처럼 뾰족하고, 뿌리는 누르스름한 황금 덩어리 같죠. 마을에서 꽃 이름을 정확하게 아는 사람은 없었는데, 꽃봉오리 모양이 투르방(터번)의 동글 뾰족한 모습을 닮아서, 저희는 '튤리파'라는 이름으로 불렀어요.

─ 자네가 잘못 알고 있어. 이건 프랑스 왕실의 꽃, 백합에 대한

14

비밀 전승이야.

― 네? 그, 그럴 리가요!

― 왜 그럴 리가 없다고 생각하지?

― 아, 그, 그게…….

― 그것 참 이상하군. 동방 우트르메르가 아닌 프랑스 파리의 아시케나지 마을에 사는 자가 왜 하필 터번의 꽃이라는 이름을 붙여 주었을까? 본토박이 파리지앵 중 사라센의 모자를 친숙하게 느끼는 자가 몇이나 된다고. 게다가 아시케나지 유대인들이 쓰는 모자는 터번이 아니라 노랗고 흉한 뿔 모자 아니었던가?

― 폐, 폐하. 제가 우트르메르에 살지는 않았지만, 터번이 뭔지는 압니다. 폐하께서도 아시케나지 마을에 오신 적이 없으시지만 저희가 쓰는 키파나 뿔 모자를 잘 아시지 않습니까.

― 왕에게 말하는 방식이 오만하고 건방지다, 아시케나지. ……그래서, 그 아름다운 여자는 결국 어떤 선택을 한 것 같은가, 세공사?

― 묻힌 땅에서 피어난 꽃은 그 여자의 마음이겠죠. 그 말은, 끝까지 양다리 아니 세 다리, 음, 어쨌든 모두를 선택했다는 건데요. 그건 결국 누구도 선택하지 않았단 뜻이겠죠.

― 사실 그 이야기는 아직 끝난 게 아니야.

― 네? 이어지는 이야기가 있나요?

― 그 여자는 청혼을 거절한 게 아니었어. '아직' 대답할 수 없다고 했을 뿐이지. '아직'이란 말은 거절이 아니라 기다려 달라는 말이고. 안 그런가?

― 죽었다면서요? 그럼 끝난 거 아닙니까.

― 인간의 일은 죽는다고 끝나는 게 아니니까. ……그녀는 죽기

15

전에 구혼자들에게 전언을 남겼다고 해.

<그대여, 부디 기다려 주세요. 당신을 다시 만나면, 그때는 반드시 제대로 대답해 드리겠습니다.>

— 아, 세상에! 그렇게 뻔뻔할 데가!
— 그런데 정말 구혼자 중 한 명이, 그 말을 믿고 기다리기 시작했지. 여자가 차가운 땅속에 잠들었다는 것을 알면서도, 꽃이 활짝 핀 정원, 그녀가 묻혀 있는 나무 그늘에 앉아 하염없이 기다렸어.
— 그, 그게 누군가요? 그래서 어떻게 되었나요?
— 그게 누군지는 몰라. 어쨌든 그 구혼자는 정원에서 기다리고 기다리다가 결국 그녀가 잠든 나무에 기대앉은 채 돌이 되어 버렸어.
— 아, 신이여…….
— 그 구혼자는 돌이 되어 가며 간절히 빌었지. 나는 더 이상 당신을 기다릴 수 없게 되었으니, 이제는 당신이 나에게 찾아와 달라고. 아주 먼 훗날에라도, 당신과 함께 태어나 다시 만날 수 있게 해 달라고. 나는 당신을 여전히 사랑할 것이고, 여전히 같은 선물을 바치며 다시 고백할 터이니, 그때는 제대로 대답해 달라고.
— 오, 하느님 맙소사. 그 정도면 사랑이 아니라 미련한 집착 아닌가요. 그래서요?
— 시간이 지나면서 돌이 된 몸은 비바람에 부서져 나갔지만, 돌보다 더 딱딱하게 굳은 심장과 그곳에 깃든 영혼은 나무에 깊이

16

붙박인 채, 해마다 피고 지는 꽃들을 내려다보며 그녀가 돌아오기를 기다리게 되었지.

– ……

– 먼 훗날, 그 정원의 아름다운 주인은 돌이 되어 부서져 나간 구혼자의 흔적을 끌어안고 사죄하며 맹세하지. 나는 반드시 약속을 지킬 터이니, 당신도 약속을 지켜 달라고.

– 그, 그래서 끝이 어떻게 됐나요, 폐하? 구혼자는 살아났나요? 아니면 다시 태어났나요? 그래서 그 후에 두 사람은 어떻게 되었나요? 다시 만났나요? 천국에서? 지상에서? 여자의 선택은요?

– ……그 뒷이야기가 궁금한가?

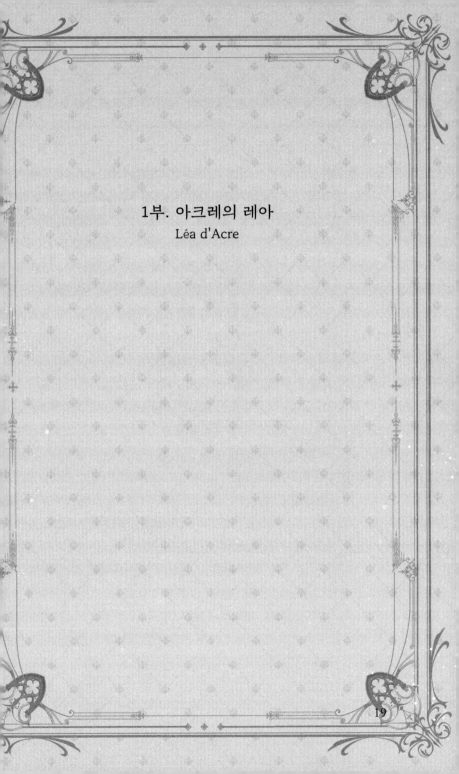

1부. 아크레의 레아

Léa d'Acre

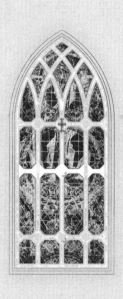

1-1. 겁쟁이 집안의 수다쟁이 딸

"혼자 잘 다녀올 수 있지, 레아? 이 칼, 기욤 단장님께 틀림없이 잘 전해 드릴 수 있겠지?"

"네, 아빠. 잘 전해 드릴게요. 걱정 마세요."

레아는 '무서워서 못 하겠어요…….' 하는 속말이 튀어 나가기 전에 얼른 고개를 끄덕였다. 네 살 먹은 동생 라셸르도 아니고, 열여섯이나 되어서 고작 이 정도 일을 못 한다고 엄살을 부리면 안 된다.

천에 둘둘 말린 묵직한 검을 받는 순간 목구멍이 바짝 비틀렸지만, 자신보다 더 달달 떨고 있는 아빠를 보니 입이 저절로 다물어졌다.

나, 나는 무섭지 않다! 무섭지 않다! 잘 다녀올 수 있다!

레아는 열 번쯤 속으로 외친 후 주먹을 꼭 쥐고 고개를 끄덕였다.

우리 가족은 겁쟁이 천지다. 그중 최고봉은 바로 아빠다. 겉모습으로만 보면 사나운 불곰이 따로 없는데 걸핏하면 힉, 하고 놀라 자빠지고, 무서운 일을 피해 도망치는 데는 아주 도가 텄다.

'소리 소문 없이 떼돈이나 벌며, 가늘고 길게 잘 먹고 잘 살자'를 가훈으로 삼은 가장답게 죽음을 불사하는 신념이나 소신 따위는 애초부터 가져 본 적이 없고, 이웃끼리 싸움판이 벌어지면 구경은커녕 뺑소니치기 바쁘며, 엄마의 잔소리 몇 마디에 찍소리 못 하고 쭈그러지는 삶을 살아왔다. 객관적으로 말하자면 동네 최고의 울보로 소문난 라셀르보다 더 쫄보라 할 수 있다.

물론 엄마도 만만찮다. 아이를 둘이나 기르면서도 여전히 간덩이가 좁쌀만 해서 밤에 쥐가 지붕을 지나다니는 소리에도 꺅꺅 소리를 질러 대기 일쑤다.

그러니 똑같은 쫄보라도 쥐나 벌레를 때려잡을 수 있는 레아 정도만 되면 이 집에선 헤라클레스 등급은 된다고 할 수 있다.

사정이 이렇다 보니, 레아의 가장 큰 소원은 옆집 알리스 아줌마처럼 용감하고 힘센 아줌마가 되어 이 겁쟁이 가족들을 지키는 것이 되어 버렸다.

사실 어렸을 때의 소원은 사자의 심장을 가졌다는 앙글레테르의 리샤르(잉글랜드의 리처드) 대왕처럼 천하무적 꽃미남 기사가 되는 것이었다. 저 사악한 맘루크 이교도 놈들을 쳐부수고 알아크사 궁의 보물을 빼앗아 떼돈을 번 후, 매일매일 맛있는 것이나 먹으며 행복하게 살아가는 게 그녀의 소박한 꿈이었다.

애석하게도 그 꿈을 이루려면 '귀족 집안'에서 '아들', 그것도 '꽃미남'으로 태어났어야 했다. 성모 마리아와 생 미셸(성 미카엘) 대천사님을 하루에 백 번씩 불러 봐도 이번 생에 그런 기적이 일어날 것 같진 않았다.

그래서 레아는 눈물을 머금고 꿈을 슬쩍 바꾸기로 했다. 돈 잘 버는 세공사가 되어 힘세고 용감한 꽃미남 기사를 남편으로 맞이하는 것으로.

아주 작은 영지를 가진 기사님이나 편력 기사가 돈 많은 장인의 딸과 결혼하는 것은 딱히 불가능한 일이 아니었다. 그중에서 그래도 힘세고 용감한 꽃미남ㅡ의 희미한 흔적이 남은ㅡ 기사님이 남아 있을 수도 있지 않겠는가.

레아는 어리지만 몹시 현실적이었기 때문에, 그녀의 꿈속 기사님은 큰 나라의 잘생긴 왕자님이 아니라, 콩알만 한 영지의 주인일 때가 많았다.

물론 레아는 외모에서만큼은 조금도 양보가 없어서, 꿈속 영주님의 외모는 사시사철 몹시도 아름다웠다.

아니 뭐, 남자가 좀 가난하면 어떤가. 능력 있는 내가 벌면 되지. 이래 봬도 귀금속 세공사 아니던가! 자체 제작 금붙이로 머리부터 발끝까지 휘감아 줄 수 있고, 무기도 만들어 줄 수 있는 아내라니! 아아, 가슴이 부풀어 오른다. 하느님. 이 얼마나 찰떡궁합인가요!

레아는 그렇게 밤마다 '가난하지만 잘생긴 기사님'에게 살살 작업을 거는 꿈을 꾸곤 했다.

하지만 그 소박하고도 현실적인 꿈은 아빠가 작년에 같은 세공방의 벵상 놈과 약혼시키는 순간 물거품으로 돌아가고 말았다.

아빠에게는 아빠 나름의 아름답고도 원대한 꿈이 있었다. 세공방 직인 중 가장 일 잘하고 건실한 놈을 사위로 삼아, 딸과 사위와 함께 하하 호호 사이좋게 망치를 두들겨 대는 꿈이었다.

그러다가 레아의 동갑내기 친구 마르그리트가 재작년에 결혼해 벌써 둘째를 임신했다는 말에 아빠는 마음이 급해지고 말았다.

그래서 세 명의 직인 중에서 솜씨도 별로고 허우대도 별로고 얼굴은 더욱 별로인, 하지만 입담 세고 넉살 하나는 끝내주게 좋은 벵상 놈을 사윗감으로 낙점하고 말았다.

'저놈은 하늘이 내린 장사꾼이야. 우리가 만들고 저놈이 팔러 다니면 우리는 금방 떼부자가 될 게다!'

아빠가 꿈꾸는 미래는 나날이 장밋빛으로 물들었다.

하지만 그 약혼자는 레아가 꿈꾸던 신랑감과 상당히 거리가 있었다. 그는 용감하지도 않고, 꽃미남과는 거리가 멀었으며—뻐드렁니 들창코 누렁니 삼위일체, 이러기도 참 쉽지 않다— 기사는커녕 말구종조차 해 본 적이 없는 쫄보 5였다. 이런 말 하긴 싫지만 쫄보 집안에 딱 어울리는 사윗감이긴 했다.

약혼을 한 후부터 그는 레아를 볼 때마다 잇몸을 콧구멍까지 홀랑 까면서 벌씬벌씬 웃고, 손이든 어깨든 허리든 자꾸 만져 보려고 추근거리곤 했다.

레아는 그 개새…… 강아지의 눈만 마주쳐도 소름이 돋았다. 결혼이고 나발이고 당장 수녀원에 들어가고 싶어졌다. 아무리 남자는 능력만 좋으면 된다지만, 솔직히 말하면 점잖은 매너도 조금은 중요하고, 신중하고 과묵한 매력도 조금은 필요하고, 외모도 조금은 필요하지 않느냔 말이다. ……아니 외모는 좀 많이.

오래전, 뭇 여인들의 사랑을 한 몸에 받았다는 훈남 기사, 사자

24

심장의 리샤르 폐하나 프랑스 대표 냉미남이라고 소문이 짜르르한 필립 폐하 같은 찬란한 외모를 바라는 것도 아니다. 여자와 대화도 함부로 나누지 못하는 성전기사단 같은 엄격한 기사도를 바라는 것도 아니다. 그냥, 기본만 하면 어디가 덧나느냐고, 기본만!

다만, 아빠의 원대한 꿈은 그 예비 사위 놈이 아빠의 피 같은 플로린 금화를 40개나 훔쳐서 배를 타고 튀면서 산산조각 나고 말았다.

레아는 그날 밤, 하느님께 눈물을 흘리며 감사 기도를 드렸다. 물론 플로린 금화 40개는 피눈물 나게 아까웠으나, 놈이 도망치지 않았으면 레아가 그 돈을 훔쳐서 도망칠 판이었으니까.

이제 레아와 아빠에게 남은 꿈이라고는 '소리 소문 없이 떼돈이나 벌며, 가늘고 길게 잘 먹고 잘 살자'뿐이었다.

······그리고 얼마 안 가 아크레에 전쟁이 터졌다.

"정말 괜찮겠지? 괜찮을까? 지금 갈 사람이 너밖에 없긴 한데, 이걸 대체 어쩌지?"

"아아아, 아윽, 여보, 어디 있어! 아으, 나 좀 살려 줘요!"

"여, 여보, 셀린느! 나 여기 있어! 아무 데도 안 갔어!"

아빠는 바늘에 찔린 생쥐처럼 펄쩍 뛰더니, 안절부절못하며 문앞을 빙빙 돌았다.

"제기랄, 지금 애가 나오면 어떡해. 하필 이리나 할멈도 없는데. 당장 부두로 나가서 배를 타야 할 판에······. 어째 계획대로 되는 게 하나도 없어."

물론, 계획대로라면 레아의 가족은 오늘 아침 아크레 성을 빠져

나가 부두에 있는 멋진 배를 타고 앉아 있었을 것이다.

하지만 원래 인생이란 '장밋빛 계획에 생긴 거대 구멍들과 그 땜질 작업'으로 이루어져 있다 하지 않던가?

그러니 하필 그제 밤에 기사단 단장님이 찾아오셔서 '이 검집을 당장 수리해서 가져오라.' 하고 엄포를 놓으신 거고, 아빠가 공방 문을 걸어 잠그고 하루 만에 수리를 마쳐 놓으니 엄마가 하필 오늘 아침부터 진통을 시작한 거고, 산파 할머니가 하필 오늘 아침 첫 배를 타고 아크레 성을 빠져나간 것이겠다.

아빠는 이런 사태를 '마귀의 장난'이며 '운명의 똥밭'이라고 표현했고, 엄마는 성모 마리아와 예수 그리스도의 뜻이라고 말하곤 했다.

아시케나지 이교도였다가 떠돌이 생활 중 어리바리 가톨릭으로 개종한 아빠는, 엄마의 고차원적 주장을 끝내 이해하지 못했다. 우리를 그렇게나 사랑하신다는 성모님이나 예수님이 어떻게 우리를 운명의 똥밭으로 떠미실 수 있느냐는 것이다.

레아는 아빠의 의견을 지지했다. 작금의 사태는 앞으로 보고 뒤로 봐도 그냥 운명의 똥밭이었다. 대쫄보 집안의 맏딸인 레아는, 성모 마리아의 원대한 뜻을 깨닫기 위하여 모가지가 잘리고 싶지는 않았다.

오늘 성을 빠져나가지 못하면 우리 가족은 어떻게 될까?

레아는 머리를 힘껏 흔들어 머릿속에 떠오른 장면들을 털어 버렸다.

지금은 이 임무를 최대한 빨리 완수하고 얼른 아크레를 탈출하는 일만 생각해야 했다.

†

이집트의 노예 술탄 알 아슈라프 칼릴이 우리 아크레 성을 공격한 지 한 달하고도 보름이 되어 간다.

성을 지키는 기사님들은 주변 지역까지 닥닥 긁어모았어도 1천이 될까 말까 한데, 맘루크 노예부대는 몇만인지 헤아릴 수조차 없었다. 하늘을 새까맣게 덮은 메뚜기 떼만큼이나 많았다.

성가퀴에서 내려다보면 온 들판이 투구와 사슬 갑옷, 창날이 번쩍대는 빛으로 가득해서, 무쇠로 만든 바다 위에 성이 둥둥 떠 있는 것 같았다.

쿵, 쿵쿵, 쿠웅.

투석기에서 날아온 돌덩이, 불덩이는 하늘을 횡횡 날아다녔고, 거대한 공성추는 쉴 새 없이 성벽을 후려갈겼다. 그리고 적병들은 성벽을 타고 끝도 없이 기어올랐다.

성전기사단의 기사님들은 놀라운 용맹으로 맘루크 노예 병사들과 싸웠다. 사슬 갑옷에 피가 엉겨 붙은 채 들것에 실려 왔다가도 정신만 차리면 다시 검을 쥐고 싸우러 나갔다. 일어설 수 없으면 창에 의지해 일어났고, 걸을 수 없으면 업혀서라도 성벽으로 돌아갔다.

그들은 비겁자라는 낙인이 찍히는 것을 죽는 것보다 싫어했다. 실제로 전투에서 도망친 성전기사들은 바닥에서 개처럼 밥을 먹어야 한다고 들었다.

'우리는 이 아크레를 사수하고 적에게 뺏긴 예루살렘을 반드시 탈환할 것이오.'

성지 회복에 대한 기사님들의 신념은 믿을 수 없을 만큼 확고했다. 예루살렘을 되찾을 수 있다고 믿는 사람은 이제 거의 없지만, 파랗게 날이 선 검과 은 십자가에 입 맞추며 맹세하는 기사님들의 엄숙한 얼굴을 볼 때마다 레아는 가슴이 두근거렸고, 그 말을 믿고 싶어졌다.

아크레의 주민들은 날이 갈수록 얼굴이 시커메지고 꼬들꼬들 말라 갔다. 옆집 알리스 아줌마는 이집트의 젊은 술탄이나 맘루크 군대에 대한 소문을 밤이고 낮이고 늘어놓았다.

항복 안 해도 죽이고 해도 죽인다더라, 개종 안 한다 하면 팔다리를 토막토막 잘라 낸다더라, 눈알도 뽑고 코도 베어 낸다더라, 여자애들은 죄 돌려 먹다 유곽에 팔고 남자애들은 거시기를 자른 담에 왕궁에 판다더라, 임신한 여자들은 배를 갈라 죽였다더라. 소문마다 피비린내가 진동했다.

임신해서 배가 바가지처럼 부풀어 오른 엄마는 그런 말을 들을 때마다 배를 감싸 안고 바들바들 떨며 성호를 그었다.

'생 미셸 대천사여, 아크레를 보호하소서. 부디 짐승 같은 이교도 놈들에게 벼락과 유황불을 내려 주시고, 우리 용감한 기사님들을 지켜 주시며, 남편과 우리 라셸르와 레아를 지옥의 불길에서 구하시고……'

겁에 질린 엄마가 울며불며 기도를 시작하면 라셸르는 무슨 뜻인지도 모르면서 훌쩍거렸다. 레아 역시 무서워 죽을 것 같았지만, 그래도 엄마에게 따뜻하게 데운 우유를 가져다주고, 라셸르의 어깨를 토닥이며 꼭 끌어안아 주곤 했다.

전쟁이 이어지는 동안, 레아는 아빠의 세공방에서 무기 제작과 수리를 도와야 했다. 워낙 전투가 잦다 보니 대장장이가 턱없이 부족해서 세공사들까지 무기 제작에 동원되었다.

특히 아빠에게 일감이 많이 몰렸다. 아빠는 원래 파리 유대인 마을의 야장 집안 출신이라, 품질 좋은 검이나 갑옷을 만드는 비법도 알고 있었던 것이다.

레아는 얼른 전쟁이 끝나서 원래의 세공 일로 돌아가기를 간절히 바랐다. 그래야 기술을 부지런히 배워서 아빠 같은 우트르메르 최고의 세공사이자 오토마타(기계장치) 제작의 전문가가 되지 않겠는가.

손이 야물고 꼼꼼한 레아는 이미 어지간한 직인 이상의 몫을 해내고 있었다. 벌겋게 달아오른 도가니에 필요한 금속을 정확한 비율로 녹일 수도 있고, 혼자 힘으로 거들(장식 허리띠)이나 은 십자가 장식을 만들 수도 있었다. 보석함이나 브로치에서 떨어져 나간 장식을 똑같이 만들어 붙여 놓으면, 사람들은 모두 아빠가 해 놓은 줄 알 정도였다.

하지만 아빠는 공방을 레아에게 물려준다는 말을 하지 못했다.

'만약 네가 아들로 태어났으면 지금이라도 이 공방을 물려줄 수 있을 텐데.'

'그러면 10년도 되지 않아 우트르메르 최고의 세공 장인으로 이름을 날릴 테고, 소리 소문 없이 떼돈이나 벌며 잘 먹고 잘 살 수 있을 텐데.'

여자가 장인이 되기란 낙타가 바늘구멍에 들어가는 것만큼 힘든 일이었다. 일단 장인의 딸이어야 하고, 아버지만큼 기술을 갖고 있어야 하며, 공방을 물려받을 오빠나 남동생이 없어야 했다. 결혼한 여자도 안 되었다.

동업조합에서는 아무리 기술이 좋고 큰 공방을 물려받았어도, 여자들에겐 어지간하면 장인 호칭을 주지 않으려 했다. 그래서 아빠는 직인 중에서 사윗감을 고르려고 노심초사했던 것이다.

하지만 레아는 뱅상과 결혼을 하고 그놈의 누렁니를 아침저녁으로 보며 사느니 평생 결혼 안 하고 팜므 솔로 신분으로 세공 장인이 되는 게 백배 낫겠다고 생각하곤 했다. 말마따나 소리 소문 없이 떼돈이나 벌면서.

"레아야, 딴생각하지 말고 잘 들어!"

아빠의 목소리에 레아는 퍼뜩 정신을 차렸다. 무서운 일, 피하고 싶은 일이 닥칠 때마다 딴생각으로 도망치거나 미주알고주알 떠들어 대는 버릇은 무서운 것을 이겨 내려는 레아의 필사적인 노력이었다.

옆 사람에게, 혹은 속으로라도 계속 수다를 떨다 보면 마음이 살짝 가벼워지면서 '알 게 뭐람. 한번 해 봐.' 하는 마음이 조금씩 솟아나게 마련이었다. 이 수다쟁이 본능은 쫄보 집안 장녀의 애처로운 생존 요령 중 하나였다.

하지만 수다쟁이가 아닌 아빠는 한번 불안감에 사로잡히면 그것에서 도무지 벗어나지 못했다. 지금 아빠의 얼굴은 잔뜩 겁에 질려 울기 일보 직전이었다.

"……레아야. 기욤 단장님은 지금 처소에 안 계실 게다. 공격이 시작됐으니 북쪽 저주의 탑 쪽으로 올라가셨겠지. 다른 기사님이

나 병사들에게 단장님 어디 계신지 여쭤봐서 얼른 전해 드리고 오너라."

"네."

"반드시 단장님께 직접 전해 드리고, 바로 집으로 와야 한다. 성벽에서 폴이나 세드릭 오빠 만났다고 지지재재 수다 떨거나 그러면 안 돼. 에휴, 다들 살아 있을지 모르겠네. 아이고, 하느님. 이 방정맞은 입을 용서하소서. 어쨌든 바로 집으로 뛰어와야 한다. 알았냐?"

아빠는 두 번 세 번 신신당부한 후, 레아의 등에 검을 얹고 끈으로 친친 감기 시작했다. 검집이 크고 두꺼워 허리에 찰 수도 없었다.

뒤에서 동생 라셸르가 동그란 눈에 동그란 눈물방울을 매단 채 옷자락을 잡고 울먹였다.

"언니, 금방 와야 해, 응? 막막 빨리 뛰어갔다 와야 해, 응?"

라셸르는 얼마 전 네 살이 되었는데 새파란 눈에 눈부신 금발을 가진 세상에서 제일 예쁜 아이다. 세상에서 언니를 제일 좋아했고, 언니 말이라면 껌벅 죽었다.

레아도 라셸르가 좋았다. 엄마 아빠에겐 미안하지만 엄마 아빠보다 라셸르를 백 배쯤 더 사랑했다. 레아는 꽃이나 작은 동물들, 아기들이라면 이성을 잃을 정도로 예뻐했는데, 몸이 약한 엄마를 대신해서 라셸르를 안아 기르다시피 했으니 당연한 일일지도 몰랐다.

레아는 허리를 숙이고 동생을 꼭 껴안아 주며 속삭였다.

"그럼. 언니가 얼마나 잘 뛰는지 알지? 금방 올 테니까 울지 말고 기다리고 있어."

"아아앗, 아으으! 여보, 이리나 할머니는 왜 안 와!"

안에서 엄마의 비명이 튀어나온다. 계속 머뭇대던 아빠는 결국 레아의 어깨를 두드려 주고는 몸을 돌려 방으로 들어간다.

레아는 문 앞에서 눈을 꼭 감고 진땀을 흘리며 '나, 나는 할 수 있다, 나는 무섭지 않다'를 백 번쯤 읊은 후에, 간신히 대문을 열었다.

쿵, 쿵, 쿠웅, 쾅.

······쿠웅.

성벽에 가까워질수록 성벽에서 울리는 진동 소리가 커졌고, 그때마다 사람들은 소스라치며 사방을 두리번거렸다.

대체 투석기를 얼마나 동원한 건지, 커다란 바윗덩어리나 불덩어리들이 한꺼번에 수십 개씩 쏟아지곤 했다. 그럴 때마다 사람들은 비명을 지르며 이리저리 날뛰기에 바빴다.

"으아아, 바위가 날아온다, 피해! 다들 피해!"

"엄마아아! 아악! 살려 주세요!"

레아도 돌이 날아들 때마다 근처의 나무 아래 몸을 숨기거나 담벼락에 바짝 붙어 발발 떨었다.

이럴 줄 알았어! 내가 이럴 줄 알았다고!

그러잖아도 좁쌀만 한 용기는 거리에 첫발을 내딛는 순간 어디론가 튀어 버리고, 성벽으로 다가갈수록 땅에 굴을 파서 숨고 싶은 마음뿐이었다. 갈팡질팡하던 사람들이 바위나, 부서진 건물 파편에 맞아 쓰러지는 것이 보였지만 아무도 그들을 돕지 못했다.

길바닥에 널린 화살이나 밖에서 날아온 커다란 돌덩어리도 점점 많아지고, 무기를 나르는 하인들과, 붉게 물든 들것을 들고 뛰는 병사들도 점점 늘어난다.

모두가 피에 젖어 있고, 누구에게나 쇳내가 났다. 쇠의 냄새와 피의 냄새는 다른 듯 비슷해서, 사슬 갑옷이 피에 젖으면 쇳내가 더욱 심하게 났다.

누운 기사들은 신음하지 않았지만, 그들을 들것에 싣고 달리는 시종이나 병사들은 큰 소리로 울부짖었다.

"기사님, 조금만 더 버티세요! 저 본부까지만 가면 신부님이 계십니다. 종부성사라도 제대로, 기사님!"

"나리! 클레르몽 경! 제발 정신 차리십시오, 제발!"

레아는 눈을 질끈 감고 싶었지만 그러지도 못했다. 불화살과 돌덩어리가 하늘을 횡횡 날아다니고 있었던 것이다.

"아! 으앗!"

레아는 황급히 옆에 있는 오두막의 담벼락으로 바짝 붙어 섰다. 갈색 깃털이 달린 화살이 방금 서 있던 자리에 팍 소리를 내며 박힌다.

"아아, 정말 다행이다……."

아슬아슬했다. 조금이라도 꾸물댔으면 머리통이 꿰뚫렸을 것이다. 다리에 힘이 쪽 풀린 레아는 저도 모르게 털썩 주저앉았다. 아니, 주저앉으려고 했다.

"와 씨! 저게 뭐야!"

다행이라고 한 거 취소. 레아는 엉덩이가 땅에 닿자마자 벌떡 일어나 길가로 몸을 날렸다. 하필 레아가 피한 오두막으로 집채만 한 바윗돌이 들이박힌다.

쾅, 콰당탕!

……콰작.

한 박자 늦었다. 지붕이 폭삭 주저앉으면서 돌과 흙이 섞인 두꺼운 벽이 레아를 덮쳤다. 거대한 먼지구름이 풀썩 일어난다. 하늘이 노래지는 것 같다.

"악! 엄마! 사, 살려 주세……!"

정신이 들자마자 망했다는 생각이 들었다. 몸을 꿈틀대는 순간, 오른쪽 다리가 짓이겨지는 것처럼 아팠다. 하반신이 담벼락에 깔린 것이다.

레아는 이를 악물고 흙벽에 깔린 다리를 빼내려고 버르적거렸다. 움직일 때마다 칼로 다리를 쑤셔 대는 것 같다. 하지만 아무리 고함을 질러도 도와주는 사람은 없었다. 부서진 집에 깔린 사람들의 비명이 이곳저곳에서 화살처럼 치솟고 있었다.

"흐이, 이익, 악!"

악을 쓰며 담장 밑에서 피투성이가 된 다리를 빼내긴 했지만, 상황이 좋아진 건 아니었다. 오른쪽 발목이 이상한 각도로 꺾인 채 끌려 나왔는데, 아예 뼈가 부러져 버렸는지, 손을 대기만 해도 끔찍하게 아팠다.

하지만 더 끔찍한 일은 따로 있었다.

"흐, 어떡해. 난 몰라."

레아는 길게 휘어진 신발코에 딸려 나온 칼집을 보며 드디어 울기 시작했다.

칼집이 두 동강 났다. 천으로 둘둘 감아 등에 단단하게 묶었는데도 빠져나온 모양이다. 다리뼈가 부러진 건 참을 수 있지만, 칼집이 부러진 것을 보니 눈물만 쏟아졌다.

어떡하지? 다시 집에 돌아가서 이걸 수리해야 하나? 아빠가 보면 그대로 기절하실 텐데.

그, 그나마 칼은 무사하니까 칼집만 땜질하면 되지 않을까? 아예 새로 만들어야 하는 건 아니겠지?

그런데 이걸 수리하려면 간신히 예약해 둔 배를 못 타지 않을까? 그사이 무서운 맘루크 놈들이 성을 깨부수고 들어오면 어떡하지?

……그, 그냥 이대로 집에 가서 다 같이 도망치면 안 될까?

너무나도 당연하게 들려오는 쫄보들의 목소리에 레아는 눈을 질끈 감고 고개를 저었다.

칼을 돌려 드리지 않고 그냥 배를 타고 내빼면 우리는 영원히 아크레로 돌아오지 못할 것이다. 아니, 어느 나라에 가든지 평생 눈에 안 띄게 도망만 다녀야 할 것이다. 성전기사단 지부가 없는 나라는 없고, 단장님의 귀한 검을 도둑질한 간 큰 세공사를 용서해 줄 기사님도 없을 테니까.

동강 난 칼집을 들고 훌쩍훌쩍 울던 레아는 문득 울음을 멈추고 눈을 깜박거렸다.

그런데 이거 좀 이상하다……?

검집이 부러졌는데 어떻게 칼이 말짱하지?

물론 기사님들이 애용하시는 이 에스토크라는 검은 투구나 사슬 갑옷의 좁은 틈새로 찔러 넣기 좋게 만들어진 것으로, 송곳처럼 가늘면서도 짱짱해 여간해선 잘 부러지지 않는다.

그래도 검집이 부러지는 판에 칼만 이렇게 말짱하기는 좀 어려운데……?

게다가 검집은 이렇게 크고 굵은데, 칼은 왜 이렇게 가늘어?

순간 레아는 저도 모르게 눈을 둥그렇게 뜨고 검집을 바짝 들여다보았다.

"어…… 이, 이거 뭐지?"

레아는 눈물을 털어 내고 검집을 자세히 들여다보았다. 검집의 앞뒷면에는 몇 가지 문양과 글자들이 새겨져 있었다.

앞면에는 성모 마리아의 상징인 백합과 성령 강림의 상징인 새가, 뒷면에는 물고기와 지팡이를 감은 두 마리의 뱀이 새겨져 있었다. 예수님의 '떡과 물고기' 기적과 '구리 뱀의 치유 기적' 그림인 듯했다.

칼집의 앞면에는 멋진 장식체 글자가 새겨져 있었다.

DEVS VVLT신께서 원하신다
DEVS ELIGIT신께서 선택하신다
DEVS SANAT께서 치유하신다

뒷면에는 표어 대신 낯익은 성경 구절이 화려한 서체로 박혀 있었다. 레아는 덜덜 떨며 두 개를 연결해 그곳에 새겨진 성구를 더듬더듬 읽어 보았다.

"VIRGA TVA ET BACVLVS TVVS DVCVNT NOS……. 주의 지팡이와 막대기가…… 우리를 인도하시나이다?"

아시케나지인 아빠의 교육열 덕분에 레아는 라틴어를 그럭저럭 읽을 수 있었다. 다윗 왕의 시편에서 비슷한 내용을 주워들은 것 같은데, 레아는 백만 년 전 다윗 왕이 막대기로 뭘 했는지는 전혀 궁금하지 않았다.

중요한 것은, 문장과 그림들이 매끈하게 잘 연결되었다는 것! 이 말은, 불행 중 불행 중 불행 중 다행히도 다른 데로 튄 조각이 없다는 뜻이었다.

그러고 보니 이상한 게 한두 가지가 아니다. 어떻게 부러질 때 글자의 윤곽선을 따라서 이렇게 매끈하게 잘릴 수 있지?

순간 레아는 눈을 동그랗게 뜨고 숨을 몰아쉬었다.

호, 혹시, 이거 부러진 게 아니라 원래 이렇게 만들어졌던 거 아니야?

가슴이 쿵쿵대며 뛰었다. 레아는 신경을 곤두세워 검집의 단면과 그 주변을 더듬었다. 온 가족의 목숨이 걸린 일이었다.

"어?"

손끝에 거슬리는 느낌이 난다. 아주 조금 튀어나온 부분이 만져진다. 그 부분을 손톱으로 긁자, 달각거리며 속에서 흔들리는 느낌이 났다.

설마, 검집에 뭔가 장치가 되어 있나?

레아는 아빠가 무서울 때마다 부르짖는 성 삼위 하느님과, 엄마가 걸핏하면 소환하는 생 미셸 대천사와 성모 마리아님을 열 번쯤 읊은 후, 달그락거리는 부분을 힘껏 눌러 보았다.

찰카닥.

퉁.

부러진 단면에서 요철 모양의 돌기들이 파파팍 치솟았다.

"헉, 이, 이건 뭐야!"

레아는 다리의 아픔도 잊은 채 검집의 나머지 조각의 단면과 그 주변을 가만히 더듬어 보았다. 이번엔 은으로 장식한 돋을무늬 속에서 똑같이 달그락거리는 부분이 손끝에 걸렸다.

서, 설마……?

레아는 손끝에 만져지는 그 부분을 손톱으로 힘껏 밀어 보았다.

찰칵찰칵.

통.

이쪽 검집에서도 요철 모양의 돌기들이 똑같이 치솟았다. 레아는 이제 숨도 제대로 쉴 수 없었다.

서, 설마, 그럼 부러진 게 아니었던 거야?

제발, 아, 아빠, 제발, 제발!

떨리는 손으로 양쪽의 돌기를 맞춰 보았다. 딱 맞물리게 되어 있었다. 역시나 특별한 장치가 되어 있는 검집이 틀림없었다. 레아는 양쪽 검집을 정확하게 맞댄 후 힘껏 밀어 넣었다.

짤까닥.

맑은 쇳소리와 함께 맞물린 검집은, 애초에 부러진 적이 없었던 것처럼 말짱하게 회복되었다. 레아는 다시 하나가 된 검집을 끌어안고 하늘을 우러러 감격의 눈물을 흘렸다.

아아, 살았다. 나도 살고 아빠도 살고 엄마도 살고 어쨌든 우리 가족 다 살았다.

어쩐지. 단장님이 전속 대장장이를 놔두고 귀금속 세공 장인인 아빠를 찾아온 이유가 있었다. 이런 복잡한 장치를 고칠 수 있는 사람은 '우트르메르의 알 자자리'라고 불리는 아빠 말고는 없을 테니까—실제로 아빠는 자칭 '알 자자리의 제자의 제자'였다는 외할 아버지에게 기술을 전수받기도 했다.

아빠는 귀금속 세공품을 잘 만들었지만, 이런 특별한 장치가 있는 물건을 만들 때는 그야말로 영혼을 갈아 넣었다. 비밀 장치가 들어간 장식품이나 장난감, 특히 춤추는 인형이나 움직이는 시계 같은 건 가격이 집 한 채와 맞먹었기 때문이다.

아빠는 겁도 많았지만 돈 욕심은 훨씬 많았다. 돈 욕심은 '유대인이라면 영원히 벗어날 수 없는 저주'라는 게 아빠의 변명이었는데, 그 저주는 십자군에(짐꾼으로) 참전하고 가톨릭으로 개종을 했음에도 영 사라지지 않고 맏딸에게 고스란히 이어지고 말았다.

어쨌든 다행이다. 하느님, 감사합니다. 감사합니다.

레아는 검집을 다시 천으로 감싸 허리에 힘껏 감은 후, 굴러다니는 나무 막대를 주워 부러진 발목에 대고 치맛자락을 찢어 꼭꼭 잡아맸다.

그래도 혼자 일어나려니 눈물이 쏙 빠지는 듯 아팠다. 무너진 담벼락을 짚고서 간신히 일어날 수는 있었지만, 한 걸음 디딜 때마다 발목이 칼로 찍히는 것처럼 아팠다.

아빠 미워. 아빠 바보. 아빠 나빴어!

레아는 자신이 아는 나쁜 말을 모조리 동원해 가며 절뚝절뚝 걸었다.

†

"단장님! 기욤 단장님은 어디 계신가요? 급하게 전해 드릴 게 있어요!"

성가퀴에는 이미 수많은 병사가 달라붙어 있었다. 누구는 활을 쏘고, 누구는 돌을 던지고, 누구는 뜨거운 물을 붓고, 누구는 꼭대기까지 기어오른 놈들의 머리통에 대고 창질을 해 댔다. 기어이 성벽을 넘은 놈들과는 바로 혈투가 벌어졌다.

귀청이 터질 듯한 고함과 비명, 바윗덩어리가 성벽을 들이박는 굉음이 허공을 갈가리 찢어 댔고, 바닥이나 성벽 난간에는 시체와 부상자들이 흙먼지를 뒤집어쓴 채 널브러져 있었다.

"단장님! 기욤 단장님!"

레아는 발을 질질 끌며 애타게 고함을 질렀지만 돌아오는 반응은 살벌하기 그지없었다.

"저리 비켜! 여기가 어디라고 얼쩡대? 당장 꺼져! 죽고 싶지 않으면!"

"이년이 눈깔이 없나, 지금 무슨 상황인지 안 보여?"

다들 레아가 묻는 말에 제대로 대답해 줄 정신이 없는 듯했다. 그때, 누군가 어깨를 확 잡아챈다.

"지금 여기가 어디라고 단장님을…… 어? 너는 세공방 아모스의 딸 아니냐?"

사슬 갑옷에 얼굴 전체를 가리는 투구로 무장한 기사님. 하지만 목소리를 들으니 누군지 알 것 같았다. 레아는 다리 아픈 것도 깜박 잊은 채 황급히 허리를 숙였다.

"마, 마레샬(maréchal, 元帥) 세브레이?"

"피에르 아저씨라고 하라니까."

그가 방책 뒤로 레아를 바짝 끌어당기더니 투구를 벗으며 씩 웃는다. 사슬 면갑 사이로 빼꼼 드러난 얼굴은, 세공방에 종종 오시는 피에르 드 세브레이 경이 맞다.

아, 다행이다. 피에르 경은 엄숙하고 무서운 다른 기사님들과 달리 유쾌하고 잘 웃는 분으로, 레아와 라셸르를 몹시 귀여워했다.

피투성이 먼지투성이가 된 레아를 본 피에르 경이 혀를 끌끌 찬다.

"오면서 이렇게 다친 거냐? 뭐? 기욤 단장님께 전해 드릴 게 있다고? 지금? 여기서?"

아모스 이 영감이 노망이 들었나? 피에르 경은 당황한 얼굴로 중얼거리더니 허리에 매달린 검을 보고는 입을 다물었다. 갑자기 그의 얼굴이 팽팽하게 긴장한다.

"혹시…… 단장님의 검이냐?"

"네. 그제 밤에 단장님께서 직접 공방에 오셔서 맡기셨어요. 반드시 오늘까지 가져오라고 하셨대요."

"허? 그런데 아모스가 직접 가져오지 않고 딴 사람 편에 보냈다고? 그것도 이런 어린애 손에?"

"저, 엄마가 지금 아기를 낳고 있어요……."

피에르 경은 기가 막힌 듯 얼굴을 무섭게 굳혔다가 이내 고개를 흔들고 손을 내밀었다.

"그래. 그럼 내가 대신 전해 드릴 테니 나에게 다오. 여긴 너무 위험하니 너는 얼른 돌아가고."

"그, 그건……."

레아는 조심스럽게, 하지만 단호하게 고개를 저었다.

전달해 달라고 했다가 중간에 물건이 감쪽같이 사라지는 일이 얼마나 많은가. 중간에 꿀꺽한 놈이 높으신 분이면 묻지도 따지지도 못하고 물어내야만 한다. 그런 짓을 한두 번 당한 게 아니다. 그 아빠에 그 딸이라 그런지, 무서운 건 무서운 거지만 돈은 더 중요했다.

물론 피에르 경에게 대놓고 그런 말을 하면 안 된다는 눈치 정도는 있다. 레아는 진땀을 흘리면서도 열심히 말을 골랐다.

"저, 이게, 다, 단장님께서 직접 오셔서 맡기실 정도로, 귀, 귀한 물건이니, 받으실 때도 다, 단장님께서 직접 확인을 하셔야……. 아버지도 단장님 직접 뵙고 전해 드리라고……."

더듬대는 레아의 말에 손을 내밀고 있던 피에르 경의 눈이 점점 가느스름해진다. 언짢아하시는 걸까? 피에르 경은 잘 웃으시긴 하지만 속을 알기는 어려운 분이었다. 레아가 끝까지 거절하자 그는 한숨을 쉬며 자리에서 일어섰다.

"쯧, 고집이 세구나. 단장님께 데려다줄 테니 따라와라. 성벽에 바짝 붙어서."

아, 저기 계시는구나.

단장님의 깃발은 저주의 탑이라고 불리는 북쪽 수비탑 꼭대기에서 휘날리고 있었다. 작은 사자와 붉은 십자가가 그려진 사면 방패 깃발이었다.

단장님의 하얗고 넓은 망토 자락이 바람에 요란하게 흩날리는 것이 바로 눈에 띈다. 그제야 안도의 한숨이 흘러나왔다.

"아, 다행이다. 이제 이것만 전해 드리면 바로 집으로…… 어?"

그런데 뭔가 이상하다. 벽을 타고 기어오르는 맘루크 병사를 계속 창과 검으로 찍어 내던 단장님이 어느 순간 한 걸음씩 뒤로 물러서기 시작했다.

한 걸음 한 걸음, 또 한 걸음. 그러더니 성벽에서 멀찍이 떨어진 곳까지 물러나 아예 돌벽에 등을 기대고 퍼져 앉는다. 좌우에 있던 다른 기사와 병사들이 얼른 달려와 그 자리를 메우자, 피에르 경이 비죽비죽 웃으며 큰 소리로 외친다.

"이게 무슨 일이죠, 기욤 단장님? 성전기사는 전투에 임하면 죽을지언정 절대 물러서지 않는다고 마르고 닳도록 말씀하시던 분이?"

"난 물러선 게 아니야, 피에르 형제……."

단장님이 힘없이 웃으며 한쪽 팔을 든다. 절그럭대는 사슬 갑옷

틈으로 겨드랑이에 깊게 박힌 화살 꼬리가 보였다. 헉! 피에르 경의 턱이 덜렁 아래로 내려앉는다. 하, 하, 흐흐흐. 단장님이 히죽대는 소리가 이어졌다.

"……죽는 중이지."

"단장님! 이게 무슨!"

"기욤! 이런 맙소사! 기요오옴!"

주변에서도 숨넘어가는 비명이 쏟아졌다.

툭, 단장님의 손에서 피에 흠뻑 물든 검이 떨어지더니 그의 거대한 몸이 소리 없이 앞으로 고꾸라졌다. 앞에 서 있던 부하가 황급히 꿇어앉아 상처를 살폈지만, 화살이 목까지 관통해 뽑을 수가 없었다. 피에르 경이 미친 듯이 달려가 외쳤다.

"맙소사, 발타, 발타! 들것 가져와! 기욤! 단장님, 정신 차리세요. 이봐, 자네는 티보 경을…… 사령관을 모셔 와! 당장!"

단장님이 피로 얼룩진 더러운 들것에 눕혀진다. 들것을 들어 올리는 순간 아래쪽으로 새로운 붉은 얼룩이 동그랗게 그려지기 시작했다. 그 와중에도 크고 작은 돌덩어리와 불화살들이 쉴 새 없이 날아들었다. 부하들은 들것 위에 방패를 씌우고는 날아오는 화살을 방패로 쳐 내기 시작했다.

레아는 어찌할 바를 몰라 갈팡질팡했다. 아, 아니, 이건 뭐야. 이걸 어쩌지? 단장님이 정말 돌아가신다고? 설마, 그럼 우리 아크레 성은 어떻게 되는 거지? 이 칼은 어쩌지? 지금이라도 전해 드려야 하나? 단장님을 따라가야 하나? 다 팽개치고 지금이라도 집에 가서 배를 타고 도망쳐야 하나? 머릿속에서 폭풍이 휘몰아치는 것 같다.

"와아아아, 으아아아!"

갑자기 뒤에서 치솟은 고함에 레아는 퍼뜩 정신을 차렸다. 귀가 명할 정도의 함성과 요란한 칼 소리가 들리고, 여기저기서 병사들이 쓰러져 나간다. 잠깐 공백이 생긴 틈을 타서, 맘루크 놈들이 성벽을 넘어 쏟아져 들어오기 시작했다.

"엎드려!"

발타라고 불린 기사가 고함을 지르며 레아를 향해 단검을 날린다.

피잇. 핏.

레아가 급히 엎드리는 순간, 두 자루의 단검은 뒤에서 투창을 던지려던 맘루크 병사들의 모가지를 꿰뚫는다.

쓰러지는 병사들의 뒤로, 다른 맘루크 병사들이 새까맣게 성벽을 넘어오는 것이 보였다. 성가퀴 이곳저곳에서는 순식간에 백병전이 벌어졌다.

단검을 던진 기사는 바로 그쪽으로 달려가 맘루크 병사들을 막기 시작했다. 얼핏 보아도 대단한 전사였다. 적군의 공격을 매번 아슬아슬하게 흘려 보내면서 최대한 가까이 접근해 그들의 투구나 사슬 갑옷을 잡아채 손가락만큼 벌어진 틈으로 단검을 푹푹 들이박는데, 공격하는 속도가 제대로 보이지 않을 정도로 빨랐다.

그가 성벽을 올라온 적군 수십 명을 순식간에 시체 무더기로 만들자, 주변에서 병사들이 달려와 시체를 벽에 걸쳐진 사다리 위로 집어 던지기 시작했다.

그 기사님은 성가퀴 안으로 들어온 적군들을 모조리 처리한 후 성벽에 달라붙은 적군들의 머리통을 철퇴로 후려갈겨 떨어뜨리기 시작했다. 일대는 순식간에 비명과 욕설을 퍼붓는 고함으로 아수라장이 됐다.

피에르 경이 그를 돌아보며 고함을 지른다.

"발타! 뒤는 다른 사람에게 맡기고 저 칼을…… 아니, 저 아이를 엄호해서 데려와! 단장님은 기사단 본부로 모신다!"

"예!"

방금 단검을 던진 기사가 레아를 향해 달려온다. 하얀 쉬르코를 걸쳤지만 붉은 십자가 표시가 없는 것을 보니 성전기사단 정식 단원은 아니었다.

하지만 사슬 갑옷에 팔다리의 판금 보호대에 얼굴을 완전히 가리는 투구까지 갖춰 쓴 것을 보면 평민 병사도 아니다. 성 요한 기사단 복장도 아니다. 그러면 기사단 소속이 아닌 외부 기사님일까? 아니, 단장님께 기사 교육을 받는 견습 기사일지도 모른다.

그는 레아의 뒤에서 방패로 화살을 쳐 내며 낮은 목소리로 물었다.

"달릴 수 있습니까, 마드무아젤?"

"아, 아, 아뇨, 거, 걸을 수는 있어요……. 있나?"

보잘것없는 평민 여자애한테 이 무슨 정중한 말투인지, 너무 당황해서 엉뚱한 대답이 튀어 나간다. 말이 끝나기도 전에 몸이 하늘로 둥실 떠올랐다.

……헉? 하, 하느님. 이, 이게 대체 무슨 사태인가요?

그는 오른팔로 레아의 허리를 낚아채 옆구리에 낀 후, 왼팔에 낀 방패로 머리 위의 화살을 막아 내며 일행을 따라 달리기 시작했다. 드드, 드드, 후드드드. 화살이 방패에 맞아 튕겨 나가는 소리가 우박 소리처럼 들린다.

레아는 그의 옆구리에 덜렁덜렁 매달린 채 입을 딱 벌렸다.

기, 기사님? 발타 님? 제, 제가 업히면 화살 꽂이가 된다는 건 잘 알겠사온데, 아, 아무리 그래도 방년 16세 하마터면 올봄에 결혼할 뻔한 과년한 숙녀에게 이런 포즈는 좀 아니지 않사와요?

하늘을 나는 것 같은데, 기분이 좋은 것이 아니라 무서워서 죽을 지경이었다. 탁탁탁탁, 빠르고 규칙적인 발걸음 소리 사이사이로 후우, 후, 후우 하는 거친 숨소리가 들렸다.

개구리 같은 꼬락서니로 그의 옆구리에 찰싹 달라붙은 레아는 심장이 터질 것 같아서 다리가 부러진 것을 새까맣게 잊고 말았다.

1-2. 13인 회의

……난 이제 어떻게 하지?

레아는 어두컴컴한 벽에 쪼그리고 앉아, 멀찍이 누워 계시는 단장님을 지켜보았다. 날씨가 춥지도 않은데 온몸이 오들오들 떨렸다.

예배실의 제단에 누워 계신 단장님은 더 이상 고통에 시달리지 않는다. 붉은 십자가가 새겨진 하얀 망토에 감싸인 단장님은 오히려 편안하고 평화로워 보였다.

하지만 레아의 상황은 평화와 편안함에서 아득하게 멀어지고 있었다.

현재 레아는 기사단 성채에 붙잡혀 있다. 아빠는 칼만 주고 바로 오라고 하셨는데. 애가 끓었다. 감시병까지 붙어 있어서 오줌을 누러 나간다고 핑계를 대고 튈 수도 없었다.

잡혀 있는 이유도 모른다. 그냥 회의가 끝날 때까지 대기하라는 명령뿐이었다.

이럴 줄 알았으면 피에르 경이 검을 달라고 할 때 바로 드리고 내뺄걸.

그때 레아의 본능은 분명히 큰 소리로 외치고 있었다. 내빼라고. 그냥 피에르 경께 드리고 튀라고. 아니, 사실 그 본능은 집에서부터 외치고 있었다. 엄마가 동생을 낳든 말든 나는 죽어도 못 간다고 하라고.

맞다. 늘 느끼는 거지만, 촉은 무시하면 안 되는 거다. 적어도 아빠가 오셨으면 나처럼 미련하게 다리를 다치지도 않으셨을 거고, 칼만 전해 드리고 수단 방법 가리지 않고 집으로 돌아오셨을 것이다.

"단장님! 단장님이 돌아가셨다고? 정말입니까?"

"기욤! 오 하느님 맙소사. 형제여, 대체 이게 무슨 일입니까!"

주민들을 이끌고 기사단 성채로 퇴각한 기사들이 제단 앞으로 모여들더니 큰 소리로 울부짖기 시작했다.

어릴 때부터 몸과 마음을 강철같이 단련시키는 기사들은 팔다리가 잘리는 고통에도 눈물을 흘리지 않는다는데, 생사를 같이한 형제의 죽음 앞에서는 눈물을 폭포처럼 쏟았다.

동료 기사님들은 단장님의 옷자락이나 차가운 손에 입을 맞추고, 꽃을 바치고, 그의 무훈과 명예로운 행적들을 기억나는 대로 읊기 시작했다.

그리스도와 솔로몬 성전의 청빈한 형제 기사단(성전기사단)의 21대 단장이었던 기욤 드 보주, 신앙의 수호자인 프랑스 왕가의 고귀한 피를 이어받은 기사 중의 기사, 그가 얼마나 흠 없이 명예로운 삶을 살았는지, 전투에서 얼마나 용맹하고 날쌔었는지, 얼마나 많은 이교도와 노예 병사들을 죽였는지, 그의 신앙이 얼마나 참되고 순결하며 진실했는지, 가난한 자들을 얼마나 많이 구제하였으며, 연약한 아이들과 과부들을 얼마나 성심껏 보호하고 도왔는지 입이 마르게 칭송했다.

레아도 찢어진 치맛자락을 끌어당겨 뺨을 타고 흐르는 눈물을 닦았다. 물론 슬퍼서 운 것은 아니었다. 단장님의 죽음을 슬퍼하기에 그분은 너무 높고 멀리 있었고, 레아는 그분에 대해 아는 것이 거의 없었다.

그냥, 무서워 죽을 것 같았다. 나쁜 생각만 뭉게구름처럼 자꾸 올라온다.

대체 무슨 일이 터지려는 걸까. 다들 얼마나 날 걱정하고 계실까. 한눈팔지 말고 바로 집으로 오라고 신신당부하셨는데. 엄마는 동생을 무사히 낳았을까. 어쩌면 나를 버리고 다들 배를 타고 도망쳤을지 몰라. 나 하나 때문에 다른 가족 모두가 죽을 수는 없으니까.

그런데 정말 나를 버리고 가 버렸으면 어떡하지? 집에 갔는데 아무도 없으면……?

머리가 아찔하면서 다시 눈물이 왈칵 흘러나왔다.

기사님들, 대체 왜 나를 붙잡아 두는 거냐고요. 이제 저한텐 땡전 한 푼 나올 게 없는데…….

"저, 피에르 경, 단장님께서 돌아가셨으니 단장님의 검은 관에 넣어 드리면 안 될까요?"

……어, 그, 그리고 저는 이만 가 보면 안 될까요?

레아는 결국 피에르 경에게 살금살금 다가가 여쭈어보았다. 평생 전장이나 마상 경기장을 누비고 다니는 기사님들에게, 검이란 단순한 무기가 아닌 동료나 마찬가지라 했다. 그래서 전사한 기사의 관에 검을 함께 넣어 주는 경우도 적지 않다 들었다.

하지만 그 말이 떨어지기가 무섭게 주변에 있던 기사님들의 시선이 한꺼번에 모여든다. 차가운 목소리가 레아의 말꼬리를 탁 치고 들어온다.

"단장님의 검? 늘 쓰시던 검은 이미 관에 넣어 드렸는데?"

소스라치며 고개를 돌리니 반백에 키가 작고 몸이 땅땅해 보이는 기사님이 서릿발 같은 표정으로 노려보고 있었다.

"코망데르commandeur 티보 고댕……?"

……망했다.

티보 고댕 사령관님은 기사단의 재정과 행정을 담당하는 단장님의 최측근 중 한 분인데, 성질이 깐깐하기로 소문이 자자했다. 그가 무서운 목소리로 계속 추궁했다.

"내 말이 들리지 않나? 넌 대체 누구냐?"

"티보 형제. 이 아이는 성 안나 삼거리의 세공사 아모스의 딸이오. 단장님께서 어젯밤에…….."

"당신께 물어본 게 아닙니다, 피에르 형제."

사령관님의 차가운 목소리가 피에르 경의 말을 탁 끊어 냈다. 서열은 마레샬인 피에르 경이 더 높은데, 성깔은 고댕 사령관님이 한 수 위인 듯했다.

레아는 눈앞이 하얗게 변했지만, 대답을 제대로 하지 못하면 집에 가지도 못하리라는 것 정도는 알 수 있었다. 아랫배와 시큰대는 발목에 힘을 딱 주고 간신히 입을 열었다.

"세, 세, 세공사 아모스의 딸 레아라고 합니다. 서서, 성 안나 삼거리, 단장님 댁 근처에, 아버지의 공방과 집이 있어요."

레아는 단장님이 그저께 밤에 급하게 찾아오셔서 물건을 맡긴 일과, 엄마가 갑자기 아기를 낳게 되어 아빠 대신 자신이 오게 되었다는 것, 그리고 아빠가 '반드시 단장님께 직접 전해 드리라'고 했다는 당부까지 진땀을 쫄쫄 흘리며 설명했다. 하지만 팽팽한 분위기는 전혀 수그러들지 않았다.

"가지고 온 물건을 풀어서 이 앞에 내려놔 봐라."

둘둘 말린 천을 풀어 헤치자 보석과 은으로 화려하게 장식된 검집이 모습을 드러냈다. 티보 경, 피에르 경, 그리고 주변에 서 있던 몇몇 기사들이 숨을 크게 들이쉬었다.

레아는 어깨를 잔뜩 움츠린 채 힐끔힐끔 검을 살펴보았다.

다 아시는 물건인가? 뭐가 잘못됐나? 분명히 말짱하게 다시 맞춰 놓았는데?

호, 혹시…… 중간에 새로 맞춘 것을 눈치채셨나?

레아가 달달 떨면서 사령관님께 검을 바치자, 그는 외려 당황한 얼굴로 주춤주춤 뒤로 물러났다. 레아는 어리둥절했다.

"사령관님……?"

뒤늦게 그가 엄숙한 얼굴로 다가와 무릎을 꿇고 두 손으로 검을 받아 들었다. 분위기가 너무 이상해서 레아는 놀란 내색조차 할 수 없었다. 그는 황급히 검을 다시 감싼 후 주변을 살피더니 레아에게 작은 목소리로 말했다.

"단……장님의 검이 맞는 것 같다. 이건 우리가 관에 넣어 드릴 테니, 너는 회의가 끝날 때까지 이곳에서 대기해라."

"네?"

턱이 덜그럭 아래로 내려앉았다.

아니 사령관님, 저한테 이러시면 안 되는데요? 아빠는 주문과 돈을 받았고, 저는 시간 내에 무사히 납품했으니, 여기서 모든 이야기가 끝나는 거 아닌가요?

……사령관님, 저는 지금 집에 가 봐야 한다고요…….

레아가 울음을 터뜨릴 듯 눈을 찌그러뜨리자, 티보 경이 레아를 데려온 기사에게 차갑게 명령했다.

"발타! 이 아이가 밖으로 나가지 못하도록 감시해!"

†

발타라고 불린 기사는 짐작대로 성전기사단의 정식 기사는 아니었다. 기욤 단장님의 에퀴에르, 즉 견습 기사 중 한 명이었다. 하지만 단장님의 깃발을 들고 있었던 걸 보면 단장님이 가장 신임하는 측근이었던 듯했다.

그는 이상할 정도로 말이 없었다. 사령관님의 명령대로 레아가 앉아 있는 구석에서 몇 걸음 떨어진 곳에 꼿꼿하게 서서 레아를 감시할 뿐이었다.

실내에 있으면서도 투구도 벗지 않고, 사슬로 만든 갑옷도, 판금 보호대도, 불편한 쇠 장갑도 벗지 않는다.

제단에는 단장님의 시신이 있고, 동료 기사님들과 병사들, 적을 피해 밀려온 백성들이 제단 앞에 나와 그의 옷자락이나 발에 입 맞추며 통곡하는데, 그는 레아의 곁에서 꼼짝도 하지 않는다. 제단에 가까이 갈 생각조차 하지 않는다. 레아를 감시하는 것이 세상에서 제일 중요한 일인 것처럼.

그래도 모시던 분이 돌아가셨는데 어떻게 저렇게 냉랭할 수 있지?

그는 꽤 마른 편이었지만 괴물처럼 키가 컸고, 피를 뒤집어써서 비린내와 쇳내가 풍겼다. 레아는 온몸을 덜덜 떨면서도 한마디 하지 않을 수 없었다.

"저, 모시던 단장님께 인사라도 드리고 오시잖고요······."

그가 고개를 돌려 레아를 내려다보더니 말 한마디 없이 고개를 젓는다.

레아는 안타깝고 답답했다. 모시던 단장님과 사이가 안 좋았나. 감정도 없는 냉혈한인가. 저 무쇠 투구를 벗기고 표정이라도 제대로 보고 싶었다. 레아는 최대한 조심스럽게 말했다.

"저, 혹시 모시면서 힘들거나 섭섭한 게 있었어도, 앞으로 다시는 못 뵐 텐데 인사라도 하고 오시는 게 낫지 않겠어요?"

"······."

"저는 도망가지 않고 여기 가만히 있을게요. 정말로요. 생 미셸 대천사의 이름으로 맹세······."

그는 여전히 들은 척도 하지 않는다. 재수 없는 놈. 그래도 모시던 분이 돌아가셨는데, 배은망덕한 놈. 레아는 다시 고개를 숙이고 아픈 다리를 감싸 안았다.

툭, 툭, 툭.

얼마나 시간이 흘렀을까? 어수선한 와중에 아주 가는 소리가 귀에 들어왔다. 지붕에서 빗물이 떨어지는 소리와 비슷했다. 레아는 눈을 빙그르르 돌려 주변 바닥을 살폈다.

"······?"

발타의 발치로 작은 물방울이 떨어지고 있었다. 조심스럽게 곁눈질로 그를 올려다본 레아는 얼른 시선을 떨어뜨렸다.

그의 무쇠 투구 턱 부분에 물방울이 맺혀 있었다. 더러운 먼지와 소금기가 뒤섞인 그 물방울은 돌바닥으로 느릿느릿, 하지만 오랫동안 떨어졌다.

툭, 툭, 투툭. 툭.

그의 발치에는 둥그런 물 얼룩이 희미하게 번져 갔지만, 그는 여전히 움직임 한 자락 없이 허리를 꼿꼿이 세우고 두 발을 단정히 붙인 채 레아를 지키고 서 있을 뿐이었다.

레아는 그를 올려다볼 수 없었다. 그의 억눌린 듯한 숨소리가 뒤늦게 희미하게 들리기 시작했다.

"마드무아젤, 고댕 사령관님과 세브레이 원수께서 뵙자 하십니다."

레아가 그들의 호출을 받은 것은 사방이 어두컴컴해진 후였다. 지금까지 레아를 감시하고 있던 발타가 예배당 뒤에 있는 비밀 회의실로 안내했다.

복도는 길고 어둑어둑했는데 허둥지둥 도망 온 백성들이 이곳저곳에 구겨 앉아 있어 분위기가 흉흉했다. 그들이 끌고 온 닭과 오리, 돼지들이 여기저기서 꽥꽥대며 튀어나올 때마다 레아는 기겁해서 펄쩍 뛰었고, 그때마다 다리가 아파 비명을 삼켜야 했다.

레아가 다리를 질질 끌며 자꾸 뒤처지자 그는 자리에 멈춰서 레아를 한참 노려보았다. 몹시 언짢은 듯했다. 그가 써늘한 목소리로 내뱉었다.

"많이 아프십니까."

아니 딱 보면 모르나. 다리가 부러졌는데 당연히 아프지.

하지만 그렇게 대놓고 말할 만큼 간덩이가 크지는 않아서 레아는 조그만 목소리로 대답했다.

"괘, 괜찮아요. 걸을 수 있어요."

그는 내키지 않는 듯 쇠 장갑을 벗고 손을 내밀었다. 하지만 레아가 손을 잡고 기대려는 순간, 바로 손을 확 거둬들이고 만다. 하마터면 넘어질 뻔한 레아는 간신히 벽을 짚고 몸을 가누었다.

레아가 잡았던 손을 쉬르코 자락으로 힘껏 문지르던 그는 뒤늦게 아차 싶었는지 레아를 돌아보며 손을 멈추었다.

레아는 아픈 것도 아픈 것이지만, 너무 불쾌해서 얼굴이 딱딱하게 굳었다. 내가 무슨 불가촉 이교도 맘루크도 아니고, 예루살렘 왕국 아크레의 자유민인데 이게 대체 무슨.

아 그래, 성전기사단은 여자들하고 접촉을 최대한 금하고 있지. 인사도 제대로 못 하게 한다지. 모시던 분도 돌아가셨지. 기분이 당연히 좋지 않겠지. 하지만 아무리 이해하려 해도 여전히 기분이 나빴다.

다만 그걸 따질 만큼의 용기는 없어서, 레아는 발을 질질 끌며 처량하게 그를 따라 걸었다.

그나마 마레샬 세브레이를 볼 수 있다니 다행이었다. 그분께 얼른 사정 설명을 하고 집으로 돌아가야 한다. 나만 기다리고 있을 엄마 아빠 생각만 하면 속이 바작바작 타들어 갔다.

"저는 이만 가 보겠습니다. 몸조심하시고 다리가 빨리 낫기를 바랍니다."

그가 문 앞에서 내키지 않는 태도로 뻣뻣이 고개를 숙인다. 레아는 끝까지 기분이 나빴지만, 마음을 고쳐먹었다. 어쨌든 이분은 자신을 구해 주신 분이고, 오늘 모시던 주인을 잃었다.

에퀴에르는 정식 단원도 아니고, 정식 기사도 아니었다. 집으로 돌아가야 할지, 이곳에 남아 싸워야 할지, 다른 기사의 밑으로 다시 들어가 견습 기사 생활을 처음부터 시작해야 할지, 생각이 복잡할 것이다.

영주의 장남이거나 자신의 영지가 있다면 아무래도 상관없지만, 물려받을 것이 없는 차남 이하 견습 기사들의 처지는 고달팠다. 서임도 못 받고 집에 돌아가면 다른 곳에서 새로 견습 생활을 시작할 때까지 눈칫밥이나 먹는 구박데기가 되게 마련이었다.

레아는 아픈 다리를 최대한 가누며 고개를 깊이 숙였다.

"저, 저를 구해 주셔서 감사합니다, 발타 님."

그는 문을 열어 주려다 몸을 돌리고 잠시 망설였다. 그는 쇠 장갑을 바닥에 놓고 다시 손을 쉬르코에 문지르더니 손을 내밀었다.

뒤늦게 부축이라도 하려고?

레아가 멀뚱하게 바라보자 그가 뒤늦게 투구를 벗고 얼굴을 가리고 있는 사슬 면갑과 두건까지 벗는다. 그리고 다시 손을 내밀었다. 조금 전보다 훨씬 조심스럽고 주춤대는 태도였다.

레아는 그의 손을 보며 뒤늦게 깨달았다. 그가 아까 손을 빼내고 옷자락에 그렇게 문질렀던 것은 자신과 닿기 싫어서가 아니라 무쇠 장갑 속의 손이 피와 땀과 쇠 자국으로 엉망진창이기 때문이었다.

그리고 자신이 손을 내밀어 주어야 저분이 그 손에 입 맞추고 인사를 할 수 있다는 것도.

하지만 레아는 얼어붙은 것처럼 꼼짝도 할 수 없었다.

대체…… 생긴 게…… 왜 이래.

뭔가 이상하다. 분명히 사람은 사람인데 인간 같지 않다.

일단, 머리카락이 하얗다. 백발은 아닌데, 아니 흰 머리카락이면 백발은 맞는데, 순은처럼 매끈하고 눈부시게 반짝거렸다. 마치 은으로 거미줄처럼 가늘게 실을 짜서 매끈하게 빗어 내린 것처럼.

게다가 그의 얼굴은 지나치게 하얗고 깨끗했다. 눈썹은 길게 빠졌고, 속눈썹은 풍성하고, 눈매는 부드럽고 우아하게 휘어 올라갔고, 눈동자는 아크레 앞바다처럼 새파랗게 맑다. 입술은 버찌를 터뜨려 문 것 같고, 턱은 수염 한 올 없이 매끈했다.

하다못해 손가락마저 귀족 숙녀들의 그것처럼 가늘며 길쭉했다. 불과 반나절 전, 저 아름다운 손이 단도나 철퇴를 쥐고 맘루크 놈들의 모가지를 쉴 새 없이 따거나 대가리를 퍽퍽 깨뜨리고 있었다고는, 누구도 상상하지 못할 것이다.

자고로 제대로 된 기사라 하면, 얼굴이나 팔다리에 벌건 칼자국이 몇 개쯤 얽혀 있고, 눈 코 입은 우락부락하고, 얼굴은 볕에 타서 시커멓고, 목소리는 우르릉우르릉 쇠 긁어 대는 소리가 나고, 수염도 가시넝쿨처럼 얽혀 있는 게 보통 아닌가?

그런데 눈앞에 있는 분은 그런 기사가 아니라 한밤중에 달빛을 타고 내려온 요정 같았다.

그가 무안해서 고개를 돌리고 손을 물릴 때까지 아니, 정중하게 허리를 굽히고 인사를 할 때까지 레아는 넋을 놓고 바라보기만 했다. 퍼뜩 정신을 차린 레아가 황급히 맞인사를 하며 물었다.

"바, 발타 님은 이제 가족에게 돌아가시나요? 아니면 아크레의 성전기사단에 남으시나요?"

"가족은…… 없습니다. 일단 속히 파리로 돌아가서 저를 돌봐 주시던 분을 뵙고 단장님의 서거 소식을 알린 후에 차후의 일을 정해야 합니다."

아, 집이 없으신가. 괜히 물었나. 그래도 파리에 후원자나 친척은 계시는 건가?

궁금한 점 몇 가지가 툭툭 튀어 올랐지만 안에서 문이 열리며, 더는 물을 수 없게 되었다.

등 뒤에서 그의 나직한 목소리가 들렸다.

"어디 계시든 하느님께서 당신을 보호해 주시기를."

†

회의실에는 티보 고댕 사령관님과 피에르 드 세브레이 경을 위시한 기사님들이 등받이가 높은 의자에 앉아 있었다.

촛불만 가물가물하는 넓은 방에서, 웃음기 하나 없는 얼굴로 레아를 노려보는 기사님들은 한결같이 시커멓고 무시무시해 보였다.

그들은 사슬 갑옷과 판금 보호대를 여전히 착용하고 있었고, 붉은 십자가가 박힌 흰 쉬르코도 걸치고, 하얀 망토도 두르고, 단검과 장검까지 제대로 장착한 상태였다. 즉 기사단의 정복 차림이라는 뜻이었다.

그리고 고위 단원들이 정복 차림으로 모인 비밀 회합에, 일개 세공사의 딸이 불려갔다는 건, 결코 좋은 뜻은 아니었다.

호, 혹시?

레아는 힐끔힐끔 곁눈질로 기사님들의 수를 세어 보았다. 하나, 둘, 셋…… 기사단의 신부님까지 합쳐서 열세 명.

예수님의 최후의 만찬에 참여했던 사람도 열세 명. 바로 그 숫자.

서, 설마? 13인 회의인가?

몸이 딱딱하게 굳었다. 성전기사단 13인의 회의는 새 단장을 뽑을 때 소집하는 특별 회합이었다.

물론 단장님이 돌아가셨으니 소집이 되기야 할 테지만, 보통은 열세 명을 선정하는 데도 밤샘기도니 뭐니 하며 며칠씩 걸린다고 들었는데, 번갯불에 콩 튀긴 듯한 이 속도는 뭘까? 전투 중이라 단장님 자리를 비워 두기 어려워서?

어쨌든 다시 말하건대, 일개 세공사의 딸이 13인의 회의에 소환된 건 정말 좋은 일이 아니었다.

고댕 사령관의 메마른 목소리가 들렸다.

"네 이름과 나이, 아버지 이름과 사는 곳을 대라."

다른 기사님들도 있어서인지 아까 들었던 질문이 되풀이되었다. 레아는 자신이 아는 대로 자세하게 대답했다. 그제 밤에 단장님이 찾아오신 일, 검집의 수선, 그리고 새벽부터 지금까지 있었던 일을, 있는 그대로, 아는 그대로, 샅샅이 털어 대답했다.

다만 칼의 비밀 장치까지는 입에 담지 않았다. 그건 레아 자신도 우연히 알게 된 것이고, 원래대로라면 그 사실을 몰라야 하는 거니까.

게다가 이건 단장님이나 최측근만 알고 있는 기밀 사항일 수도 있었다. 이런 데서 깝죽대고 비밀을 누설했다가는 온 가족의 모가지가 날아갈 수도 있다.

조사가 이어지는 동안, 사령관님과 몇몇 단원들 사이로 빠른 눈짓이 오간다. 그 뜻이 무엇인지까지는 짐작할 수 없었지만 그들의 시선이 오갈 때마다 등 뒤로 쭈뼛쭈뼛 곤두서는 느낌이 드는 것으로 보아 좋은 뜻 같지는 않았다.

피에르 경은 눈썹을 찌푸린 채 침묵했고, 티보 경은 팔짱을 낀 채 눈을 가늘게 뜨고 레아를 응시하더니 천천히 고개를 끄덕였다.

"좋다. 아모스의 딸 레아, 너는 이만 가 봐도 좋다."

문을 여니 밖은 이미 깜깜한 어둠에 잠겨 있었다. 무슨 일이 터지기라도 할 듯 등골이 써늘했다.

……대체 이게 무슨 일이지?

단장님은 왜 칼에 그런 비밀 장치를 만들어 두신 걸까?

저분들은 왜 나를 이렇게 무섭게 추궁한 거지?

저분들은 그 비밀 장치를 아는 걸까, 모르는 걸까.

뒤늦게 찾아온 의문에, 다시 식은땀이 흘러내렸다.

†

다그락, 다각, 툭툭, 다그락, 다각, 툭툭.

레아가 절뚝절뚝하며 거리로 나서자마자 뒤에서 이상한 소리가 들리기 시작했다. 사방을 두리번거리던 레아는 기겁하며 입을 틀어막았다.

"……."

어두컴컴한 그늘에서 시커멓고 거대한 그림자가 다가오고 있었다. 절그럭절그럭, 사슬 갑옷과 무기 부딪치는 소리. 소름이 쫙 끼친다.

누, 누구지?

레아는 다리 아픈 것도 무시하고 황급히 옆의 골목으로 비켜섰다. 제발 그냥 지나가는 사람이면 좋겠다. 오늘 하도 무서운 일을 많이 당해서 이제는 거리를 지나가는 쥐 새끼 한 마리에도 가슴이 미친 듯이 뛰었다.

다그락, 툭, 툭.

제발 지나가라, 그냥 지나가라, 제발 나 같은 거 신경 끄고 갈 길 가세요.

아, 잠깐, 혹시 맘루크 놈이 성내에서 돌아다니는 건가? 단장님이 돌아가시고 싸움은 어떻게 됐지? 아까 놈들이 성안으로 들어오기라도 했나? 그래도 기사단 본부까지는 들어오지 못했는데?

다그락, 툭, 툭.

쿵쿵쾅쾅쿵쿵쾅쾅, 이제 심장은 걷잡을 수 없이 날뛰었다. 주춤주춤 골목 안으로 들어가는데, 하필 막다른 골목이다. 바들대는 입술 사이로 모깃소리가 흘러나왔다.

"거, 거기 누, 누…… 누구세요……?"

들었는지 못 들었는지, 아무 대답이 없다. 레아는 진땀을 흘리며 벽에 바짝 붙었다. 절걱대는 사슬 갑옷 소리가 점점 가까워진다.

"……!"

시커먼 인영이 골목 어귀를 막는다. 쇠로 만든 투구에 사슬 갑옷과 판금 보호대, 장검과 단검, 철퇴로 무장한 기사다. 이에서 딱딱 소리가 난다. 무서워서 혼이 나갈 것 같다.

흐으, 어떡해. 제기랄, 난 어떡해.

레아는 담벼락에 등을 붙이고 어깨를 바짝 움츠렸다. 맞서 싸우기는커녕 도망칠 엄두조차 나지 않는다. 레아의 목소리엔 이미 울음이 절반쯤 섞였다.

"흐으, 거, 거기, 윽, 누, 누누누, 누구냐고……."

그가 걸음을 멈춘다. 왜인지 당황한 것처럼 느껴졌다. 투구 사이에서 낮은 목소리가 흘러나왔다.

"발타라고 합니다."

"흐, 으으……."

말이 끝나기도 전에 눈물이 왈칵 쏟아졌다. 갑자기 다리가 풀린 레아는 자리에 주저앉아 울기 시작했다. 그가 얼른 투구를 벗으며 더듬더듬 말했다.

"……놀……라게 해 드렸으면 죄송합니다. 그, 혼자 가시기엔 아무래도 위험할 듯해서…… 맘루크들이 성안으로 들어왔었는데……."

"흑, 흑, 흐으……. 기사님이, 더 무서……. 시, 시키면 갑옷이 이렇게 갑자기, 흐, 흑."

너무 놀란 탓인지 울음이 멎지 않는다. 그는 어쩔 줄 몰라 하며 면갑과 두건까지 벗더니 레아를 향해 깊이 고개를 숙였다.

"용서해 주십시오. 제 갑옷을 보면 알아보실 줄 알았습니다. 정말 죄송합니다."

그의 머리카락이 뺨과 어깨 위로 쏟아져 내린다. 달빛을 받아 얼음처럼 반짝거리는 머리카락은, 도가니에서 녹인 새하얀 순은이 매끈하게 흘러내리는 느낌과 비슷했다. 너무나도 신비롭고 아름다운 모습에, 눈물이 덜컥 멈춰 버렸다.

"……일어나실 수 있겠습니까?"

그는 조심스럽게 다가와 손을 내밀었다. 하지만 레아는 손을 잡고 일어나는 대신, 여전히 얼빠진 얼굴로 그를 올려다보았다.

어, 어떡하지. 내가 지금 꼴이 말이 아닐 텐데.

갑자기 가슴이 두근거리며, 무서웠던 마음이 말끔히 사라진다.

세상에, 내 마음이 이렇게 간사했었나?

아니다. 내 마음은 간사한 게 아니라 꿋꿋한 것이다. 내 인생의 첫 번째 꿈이 무엇이었던가. 꽃미남 기사가 되는 것이 아니었던가. 내 인생의 두 번째 꿈이 무엇이었던가. 꽃미남 기사와 결혼하는 것이 아니었던가.

달님 요정 같은 기사님의 손을 꼭 잡고 일어난 레아는, 눈물 콧물 먼지투성이 피투성이인 꼴로, 하지만 자신이 할 수 있는 동작 중 최고로 아름답고 우아하게 허리를 수그렸다.

"정말 고맙습니다, 발타 님."

생각할수록 고마운 분 아닌가. 다리가 아픈 것도 아픈 것이지만, 사실 이 위험한 때에 집까지 혼자 가야 한다고 생각하니 오금이 저려 죽을 지경이었다.

지금 아크레에서 안전한 곳은 거의 없다. 요 며칠 동안 성전기사단의 본부가 있는 남쪽 지역과 해안까지 이어지는 길만 그나마 버티고 있었고, 나머지 지역은 이미 맘루크 놈들이 한바탕 휩쓸고 지나갔다.

놈들이 어디서 불쑥 튀어나올지 모른다. 그렇잖아도 순찰을 위해 무장한 기사님 몇 명이 성채를 나서는 모습이 보인다.

그렇다고 안전한 기사단 성채에 계속 숨어 있을 수도 없는 노릇이다. 레아가 가지 않으면 엄마, 아빠, 라셸르 모두 출발도 하지 못한 채 집에서 기다려야 할 테니까.

다행히 아까 누군가가, 세이렌 호는 아직 떠나지 않았다 했다. 지금이라도 집에 가면 내일 새벽에 부두로 나가서 배를 탈 수 있다. 엄마는 아기를 낳았을 것이고, 좀 힘들어도 일단 배에 오르면 맘루크 놈들에게 붙잡혀 죽지는 않을 것이다. 그러면 된다.

"말 타실 수 있겠습니까?"

"아, 그럼요!"

말에 타지 못하면 또 옆구리에 대롱대롱 매달려 가게 될 거라 생각하니 번개처럼 대답이 튀어나온다.

"아으! 아야야!"

물론 고삐를 잡고 등자에 발을 올리자마자 번개처럼 비명이 튀어나온다. 등자에 한 발을 올려놓은 채 말 엉덩이를 끌어안고 낑낑대는 레아를 보며, 그가 난처한 목소리로 말했다.

"……나오세요."

"네? 왜, 왜요? 발타 님. 잠깐만요, 잠깐, 저 탈 수 있어요. 제가 말을 얼마나 많이 타 봤는, 얘는 군마라서 너무 높아서 그런 거예요. 다리도 괜찮아요. 하루만 자고 일어나면 로마나 파리까지 뛰어갈 수도 있을……."

"나오세요, 마드무아젤."

그가 조금 단호해진 목소리로 되풀이한다.

레아가 얼굴을 쭈그리고 주춤주춤 물러나자, 그는 두르고 있던 하얀 망토를 벗더니 돌계단 위에 깔아 놓고는 슬그머니 다른 곳을 바라본다. 뭔가를 어떻게 해 보라는 것 같은데 말 한 마디 없다.

레아는 어리둥절했다. 바닥에 깔린 댁의 망토를 나한테 어쩌라고?

답답해서 속이 보글보글할 때쯤이 되어서야, 레아는 그게 '상처 좀 봐 드릴 테니 앉아서 치마 좀 걷어 봐라' 하는 뜻이라는 것을 알아차렸다.

……아, 속 터져.

물론, 독신 수도사들만 우글우글하는 성전기사단에 오래 계셨으면 '마드무아젤, 치맛자락 좀 무릎 위까지 걷어서 다리 좀 보여 주시면 안 될까요?' 따위의 말이 입에서 안 나올 수는 있겠다. 거기선 여자들과 함부로 말도 못 하게 하고, 어머니나 누이동생과 인사의 입맞춤도 못 하게 하는 엄한 규칙이 있으니까.

특히 귀부인이나 숙녀가 남자에게 맨다리를 함부로 보여 준다는 건 부주의한 일, 부끄러운 일을 넘어 대놓고 '날 잡아 잡수' 하는 유혹으로 여겨졌다.

신부님, 수녀님들도 늘 강조하시지 않던가. 여자의 다리란 남자를 죄악으로 인도하는 지름길이니, 그 죄악의 도구를 절대 남자들에게 드러내지 말아야 한다고. 오로지 자식 생산을 위해 남편에게 보여 주는 것만이 유일하게 허용되는 일이라고 했다.

……물론 모든 기사님이 그 가르침을 철저하게 지키는 건 아니다. 발타 님은 꽤 고지식하고 융통성이 없는 분이 틀림없다.

그리고 이런 말 하긴 뭐하지만, 님은 아직 견습 기사님이잖아요. 그럼 아직 정식 단원도 정식 기사님도 아닌 거잖아요. 여자와 대화 좀 해도 아무 상관 없잖아요.

그리고 뭐, 나도 귀부인이나 지체 높은 숙녀도 아니고.

레아는 속으로 투덜거리며 치맛자락과 슈미즈를 걷어 올리고 다리의 상처를 드러냈다. 치마는 먼지와 진흙으로 엉망이고 밑단은 길게 찢어져 있었지만, 그나마 무릎까지 내려오는 슈미즈엔 찢어진 곳이나 꿰맨 자국도 없고 레이스까지 달려 다행이라는 생각이 들었다.

그는 거추장스러운 사슬 갑옷을 벗어 말에 묶어 놓은 후, 횃불을 가까이 들이대고 상처를 살펴보기 시작했다. 그 와중에 무릎 아래의 상처만 보고 그 위는 시선을 주지 않으려고 바짝 긴장한 기색이 역력했다.

그는 부목을 엉성하게 대고 묶은 천 쪼가리를 풀어 이곳저곳을 살펴보고, 손가락으로 조심스럽게 짚어 보기도 했다. 부러진 발목은 이미 대추야자색으로 탱탱 부었고, 손을 대면 설레기는 고사하고 펄쩍 뛸 정도로 아팠다. 그럴 때마다 그의 어깨도 화들짝 튀어오른다.

"이런 상태로 성벽까지 뛰어오신 겁니까."

말투는 조용하고 조심스러웠지만, 평생 절름발이로 살 생각이냐, 하는 호통이 들리는 것만 같았다.

그가 주머니에서 손수건을 꺼내 말없이 내민다. 꽃무늬가 수놓인 새하얀 비단 손수건을 본 레아는 잠시 어리둥절했다.

아, 아니 발타 님? 이건 대체 무슨 상황이죠……? 눈물은 진작에 다 들어갔는데, 난데없이 가슴 설레게?

그, 그나저나 취향도 참 고급스러우시네요. 그런데 이 손수건을 저한테 주시는 이유가……?

……아플 테니 꽉 물고 있으라는 거구나. 젠장.

레아는 아까운 손수건을 꽉 물고 눈을 꼭 감았다.

으아아아, 엄마아아아!

새까만 밤하늘이 순식간에 노래진다. 귀족 집안의 연약한 아가씨도 아니고, 노새처럼 강건하기 짝이 없는 장인의 딸이 고작 이 정도로 엄살을 부려선 안 된다는 건 아는데, 이건 아파도 너무 아팠다. 발모가지를 도끼로 찍어 내는 것 같다.

레아가 손수건의 자수가 으스러질 정도로 이를 뽀드드드 가는 동안, 그는 상처를 닦아 내고 손으로 조심조심 더듬어 조각난 뼈를 바른 위치로 맞추기 시작했다. 맞추는 솜씨가 세심하면서도 능숙한 걸 보면 기사단에서 많이 해 본 일인 듯했다.

다만 레아가 비명과 울음을 삼킬 때마다, 불쌍한 견습 기사도 칼에 찔린 것처럼 소스라쳤다. 레아는 비명을 죽이기 위해 필사적으로 기도를 읊기 시작했다.

"아야, 아흐흑, 하느님, 자, 자비하신, 성모님, 엄마, 흐흑, 치유의 라파엘 대천사님, 이 다, 다리를, 아야야, 으으, 얼른 낫게, 해, 주시고……. 어, 얼른 낫게, 아아악!"

"다, 다 되어 갑니다. 마드, 마드무아젤, 많이 아프십니까, 아, 조금만, 조금만 참으세요."

그는 덜덜 떨리는 목소리로 레아를 달랬다. 목소리만 들으면 그쪽이 더 아픈 것 같았다.

그는 옆에 있던 나뭇조각의 끝부분을 아프지 않게 둥글게 다듬어 다시 부목으로 대준 후, 쉬르코 자락을 찢어 다리를 단단히 감아 주었다.

"……다 됐습니다."

레아는 그의 얼굴과 목덜미가 진땀으로 흥건해진 것을 발견했다. 얼마나 긴장했는지, 새하얗던 얼굴에도 벌겋게 핏기가 올라와 있었다. 그는 레아의 드레스를 허둥지둥 발등까지 끌어 내린 후 고개도 들지 못한 채 당부했다.

"당분간 이쪽 다리 움직이지 마시고 집에 가서 제대로 단단히 감아 두십시오."

"고맙습니다, 발타 님."

레아가 눈물 콧물을 흘리며 침이 묻은 수건을 돌려 드리자, 발타는 난처한 얼굴로 고개를 저었다.

"……넣어 두십시오."

하긴, 나 같아도 안 받겠다.

그래. 하루 종일 고생한 끝에 꽃미남 기사님의 손수건을 한 장

얻은 거라고 치자.

레아는 좋은 쪽으로 생각하려 애썼다. 이분께는 정말 죄송하지만, 오늘 같은 날엔 이런 것으로라도 위안을 삼아야 할 판이었다.

"정말 고맙습니다, 발타 님. 이 은혜를 어떻게 갚아야 할지……."

"천만에요. 얼른 나오십시오."

발타는 두건 달린 망토를 깨끗하게 털어서 레아의 머리에 씌워 주고 꼭꼭 여며 준 후, 손으로 발받침을 만들어 레아가 다치지 않은 발로 안장에 올라가게 도와주었다. 그러잖아도 밤공기가 차서 몸이 오슬오슬했는데 망토가 퍽 따뜻했다.

생각보다 정중하고 배려심 깊은 분이라는 생각이 들었다. 말이 지나치게 짧긴 했지만, 기사단의 엄한 규율대로 교육받았다면 그럴 수도 있을 것 같다. 제대로 교육받은 기사들이라면 가난하거나 나이 어린 평민 여자들에게도 결코 예의를 잃는 법이 없다고 했다.

발타는 고삐를 잡고 앞서 걸었다. 달이 뜨긴 했지만 길이 꽤 어두워 말은 천천히 걸었다.

다각 다그락 툭툭, 다각 다그락 툭툭.

언제 전투가 있었냐는 듯 조용한 밤거리에는 말굽 소리와 그의 발걸음 소리만 규칙적으로 들렸다. 건조한 흙바닥에 스며드는 그의 발소리는 곱고 부드러웠다.

레아는 말 위에 앉은 채 한숨을 쉬었다.

아 정말, 볼수록 신경 쓰인다. 글쎄, 남자 머리카락이 저렇게 하얗고 예쁘게 찰랑찰랑할 일인가.

아니, 머리카락만이 문제가 아니다. 저 요정 같은 얼굴도 신경 쓰이고, 길고 가는 손가락도 신경 쓰이고, 이제는 저 말라빠진,

68

아니 지나치게 호리호리한 몸도 자꾸 신경이 쓰인다.

사슬 갑옷과 사슬 두건, 망토까지 벗은 그는 이제 은실로 수놓인, 발목 길이의 진청색 벨벳 콧트cotte 드레스만 걸치고 있었는데, 허리가 몹시 가늘어 보이긴 했지만 우아하면서도 날렵한 매력이 넘쳤다.

아아, 무릎까지 길게 늘어뜨린 거들 끝자락이 다리의 움직임을 따라 살랑살랑 흔들리는 모습만으로도 사람이 이렇게 미칠 수 있구나.

아까 저분의 옆구리에 매달려 있을 때는 알통이 더덕더덕한 억센 기사님이 틀림없다고 생각했는데, 갑옷을 벗겨 놓고 보니 바람에 한들거리는 풀잎 같은 분이었다.

어떻게 저런 몸으로 나를 한 팔에 끼고 뛸 수 있었을까.

시선을 느꼈는지 그가 고개를 들어 레아를 올려다본다.

"하실 말씀이라도 있습니까?"

꾸르르르.

때마침 배가 큰 소리로 대신 대답해 주었다. 얼굴로 열이 확 올랐다. 아아, 누구 몸뚱인지 눈치 더럽게 없구나. 몹쓸 생각을 들키지 않은 건 다행이지만 이때 좀 우아하고 점잖은 소리가 나와 주면 안 되었겠니.

발타는 웃음기 하나 없는 표정으로 물었다.

"시장하십니까?"

레아는 처량한 표정으로 고개를 끄덕였다. 정신없는 하루를 보내느라 배고픈 것도 깡그리 잊고 있었는데, 사실 배는 종일 곯고 있었다. 오늘 먹은 것이라곤 아침 식사로 만든 살라미가 든 스튜한 그릇이 전부였으니까.

고로로로로로. 억울한 것을 항변하기라도 하듯 배에서 다시 수줍은 속삭임이 흘러나왔다.

발타는 말을 멈추고 뒤에 달린 자루를 뒤적거렸다. 가죽 주머니를 열자 빵이 하나 나왔다. 그는 빵을 손에 든 채 잠시 망설였다. 가죽 주머니에는 빵이 딱 하나밖에 없었다.

"저, 발타 님. 마지막 남은 거면 안 주셔도 돼요. 집에 가면⋯⋯."

"그건 아닙니다. ⋯⋯죄송합니다."

발타는 황급히 빵을 내주면서 붉어진 얼굴로 사과했다.

레아는 받아 들고서야 그가 망설인 진짜 이유를 알았다. 시커멓고 이빨도 안 들어갈 정도로 단단한 것이, 빵이 아니라 돌덩이 같다. 뜨거운 스튜에 넣을 수 없다면, 도끼로 찍어 먹어야 할 판이었다.

레아는 빵을 뽀득뽀득 씹어 삼키며, 집에 도착하면 아침에 구워 둔 촉촉한 빵과 살라미 소시지와 말린 살구와 치즈를 저 자루에 가득 채워 주어야겠다고 결심했다.

"발타 님은 이제 어디로 가세요? ⋯⋯아, 파리로 가신다고 하셨나요?"

"⋯⋯예."

"파리에 돌봐 주시던 분이 계시다 하셨죠. 친척이 계신 건가요?"

가족이 없다고 하셨었지. 대답은 한참 나오지 않았다. 괜히 물었나, 싶을 때 그가 조용히 대답했다.

"그곳에 제가 자란 수도원이 있고, 제 후견인도 파리 시테 섬에 계십니다."

어쩐지. 레아는 살그머니 웃었다. 저 가늘고 고운 손가락을 봤을 때부터 딱 수도사님 같더라니. 정말 수도원에서 자라셨구나. 파리라는 말을 들으니 괜히 반갑기도 했다.

"파리에 대한 이야기는 저도 많이 들었어요. 꼭 한 번 가 보고 싶은 곳이에요. 루이 선대왕 폐하께서 지으신 생트 샤펠 성당이 그렇게 아름답다면서요?"

"예."

"예수님의 가시관과 십자가 조각이 모셔져 있다면서요? 전부 다 번쩍번쩍 황금으로 감싸여 있나요?"

"예."

"새로 지어진 노트르담 대성당도 그렇게 엄청나다는데 정말인가요?"

"예."

"필립 폐하께서 그렇게 잘생기셨다면서요? 즉위하시기 전부터 세계 최고의 미남이라는 소문이 일 드 프랑스를 넘어서 앙글레테르, 부르고뉴, 신성로마제국, 아키텐, 프로방스, 베니스, 시프르(키프로스), 우트르메르까지 짜르르……. 정말인가요?"

"예."

"필립 폐하께선 연주창을 치료하는 은사가 있다던데, 정말인가요?"

"그렇다고 합니다."

"직접 보신 적이 있나요?"

"아뇨."

레아의 어깨가 점점 움츠러들었다. 아무리 애를 써도 도무지 대화가 연결되지 않는다. 원래 말이 없으신 성격인가, 아니면 여자

하고 말하는 걸 정말 싫어하시는 건가.

말보다 침묵이 귀하다는 건 뭘 모르는 소리다. 처음 만난 사람들 사이의 침묵은 고문만큼이나 불편하고 괴로운 일이다. 레아는 쪼그라든 목소리로 조금 더 말을 이어 보았다.

"혹시 왕실분들은 모두 치유의 은사를 갖고 있나요?"

"아닙니다. 정식으로 즉위한 왕들에게만 허락된 것입니다. 대관식 때 랭스 대주교에게 도유식(塗油式, 기름을 바르는 의식)을 받으면 연주창 치유의 은사를 받게 된다고 합니다."

단답식 대답만 이어 오던 그에게서 드디어 긴 대답이 나왔지만, 분위기는 별로 개선되지 않았다.

"폐하께서 파리 시내를 자주 돌아다니신다는데, 혹시 만나 보신 적 있으세요?"

"예."

"정말 그렇게 잘생겼나요? 발타 님보다요?"

"예? 그분은 저처럼 평범한 사람과는 비교할 수 없는 분입니다."

그가 기겁한 얼굴로 고개를 젓는다.

레아의 턱이 아래로 덜걱 떨어졌다. 평범? 지금 눈앞에 있는, 요정처럼 아름다운 이 얼굴이 평범한 거라고?

오, 하느님. 파리라는 곳은 대체 무슨 축복을 받아서 이런 미남들이 우글거린단 말인가요? 아아, 죽기 전에 파리 구경은 꼭 한번 해야겠구나.

레아는 눈을 반짝이며 열띤 목소리로 대화를 이었다.

"실은 저희 아빠도 어렸을 때 파리에서 사셨대요. 지금도 거기 형제랑 친척들이 남아 있다고 하셔요."

그러다 보니 가문의 비밀(?)도 조금 털어놓게 되었다. 발타가 눈을 가늘게 뜨고 고개를 갸웃하며 묻는다.

"아버지께선 어쩌다……?"

……아크레로 오게 되셨습니까? 라는 말이겠지. 그 말인즉슨 어쩌다 고향을 등지게 되었느냐, 까놓고 말하면 무슨 사고를 치고 쫓겨난 거냐, 하는 뜻일 거고. 십자군 출정이나 순례객이 아니라면 이렇게 먼 타향까지 흘러오는 게 쉬운 일은 아니니까.

레아는 생긋 웃으며 대답했다.

"루이 선왕 폐하의 8차 십자군에 출정하셨다가 여기 정착하셨대요."

"아, 예. 그러셨군요."

그의 짧은 대답에 존경심이 듬뿍 실린다. 진실을 알면 그 마음이 쏙 들어갈 텐데.

아빠는 아시케나지 유대인이었고, 파리 인근에는 아시케나지 마을이 있다고 했다. 하지만 그 말까지는 입에 담지 않았다. 사람들은 유대인이나 집시, 떠돌이들을 몹쓸 전염병처럼 취급했기 때문이었다.

다행히 아빠는 신분세탁에 멋지게 성공해서, 아크레에선 그가 유대인이라는 걸 아는 사람이 가족 말고는 아무도 없었다.

아빠는 열세 살 때, 성인식을 마치고 얼마 되지 않아 가출을 감행했다. 이놈의 가난이 지긋지긋해서 어떻게든 떼돈을 벌어 보겠다며 말이다. 미친 듯이 좋아했던 아가씨가 사랑 대신 돈을 택했던 것 같기는 한데, 이제 진실은 미궁일 뿐이다.

그러구러 한 몇 달 길바닥에서 떠돌던 아빠는 루이 선왕 폐하, 즉 현재 프랑스 왕이신 꽃미남 필립 폐하의 할아버지께서 이끄시는 8차 십자군 꼬랑지에 대장장이 보조로 달라붙게 되었단다.

아빠 같은 쫄보가 대체 무슨 생각으로 그런 짓을 저질렀는지, 지금까지도 미스터리이긴 하다. 위대할 손 사랑의 힘, 아니 실연의 힘이라 하기엔 아빠는 아크레에서 만난 엄마와 너무 꿀 떨어지게 잘 살고 있고.

어쨌든 그때 평생 쓸 용기를 닥닥 긁어 쓴 덕에 지금 용기가 한 톨도 남지 않는 부작용은 생겼지만, 그래도 아빠는 운이 좋은 편이었다.

우트르메르, 즉 동방에선 사라센 놈들과 전투가 끊이지 않아 늘 일손이 부족했다. 마침 도제로 들어간 귀금속 세공방의 주인은 기계장치의 장인으로 유명한 알 자자리의 제자의 제자이자ー물론 확인할 길은 없다ー 아크레에서 손꼽히는 실력파 장인이라 했다.

그분은 나중에 아빠의 장인이 되셨고, 공방도 아빠에게 물려주셨다. 쉽게 말하면, 돌아가신 외할아버지가 허우대만 좋은 겁쟁이 도제 놈을 데릴사위로 들였다는 얘기다.

아빠는 파리와 그곳에 남은 가족들을 그리워했지만, 소식을 보낸 적도 없고 돌아가지도 않았다. 앞으로 영원히 돌아가지 못할 것이다. 여기저기 빌붙어 살아남기 위해 두 번이나 개종을 했기 때문이다.

엄마는 아빠가 유대교에서 가톨릭으로 한 번 개종했다고 알고 있지만, 레아가 알기로 아빠는 선왕 폐하와 함께 포로로 잡혔을 때 몇 년간 이슬람교에 발을 들인 전적도 있었다. 나중에 눈물 철철 고해성사와 열 다스의 초와 은괴 하나를 성당에 봉헌하는 것으로 입을 싹 닦은 모양이지만.

눈치를 보아하니, 아빠는 랍비가 가르치는 이스라엘의 야웨 하느님도 믿고, 이맘이 가르치는 유일신 알라도 믿고, 신부님이 가르치는 성 삼위 하느님도 믿는 것 같다. '어차피 다 같은 분이 아닌가' 하고 혼잣말로 중얼대는 걸 얼핏 들은 적이 있는데, 물론 쫄보 대마왕답게 당연히 그런 말을 다른 사람에게 하지는 않는다.

어쨌든 아빠는 그 괴상한 신념을 가지고, '가늘고 길게 떼돈이나 벌며 나름 잘 먹고 잘 사는 중'이었다.

레아는 발타의 존경 어린 목소리를 더 듣고 싶지 않아 적당히 말을 돌렸다.

"발타 님은 그러면 파리로 가셔서 다른 영주님의 에퀴에르가 되시는 건가요?"

"잘 모르겠습니다. 단장님께서 돌아가시기 전에 제 서임식을 위해 시테 섬으로 전갈을 넣어 주셨습니다만, 결정은 제 후견인께서 하실 겁니다."

덤덤한 표정에 느릿한 말투. 그리고 또 바로 이야기가 툭 끊어진다.

아, 정말 대화를 이어 가기가 이렇게 힘들 수가 있나. 아무리 여자들이랑 수다 떨지 말라는 규칙이 있다고 해도 성전기사단원도 아니고, 아직 기사님도 아니잖냐고.

그냥 남과 얘기하는 게 싫으신가. 기분이 많이 안 좋으신가.

아까 그의 투구 턱 밑에 맺혀 있던 물방울들이 떠올랐다. 발치에서 둥그렇게 만들어지던 작은 물 자국. 레아는 이제 그의 고요한 표정 뒤로, 몇 가지 감정을 감지할 수 있을 듯했다.

그리고 그중 어떤 감정은 매우 깊고 거대하게 느껴졌다.

레아는 최대한 조심스럽게 물었다.

"저, 발타 님. 단장님은 어떤 분이셨나요?"

"기욤 경께서는 용맹하고 인품이 고결한, 진정한 기사였습니다."

그는 그 질문을 기다렸다는 듯, 망설임 없이 대답했다.

"그분은 누구보다 용감했지만, 주민들의 안전을 위해 비겁하다는 모욕조차 기꺼이 감수하시던 분이었습니다. 그래서 작년에 술탄 칼라운과 휴전 조약을 제안하기도 하셨던 겁니다."

"네."

"그분은…… 저를 친아들처럼 돌봐 주셨고, 헤아릴 수 없이 많은 가르침을 주셨습니다. 저에겐 아버지와 같았던 분입니다."

"……네."

"그분을 모셨던 건 제 인생에서 가장 큰 영광이었습니다. 저는 성전기사단에 입단하기로 서원을 했고, 평생 그분의 곁에서 이교도들과 싸우게 해 달라고 기도했습니다."

막혔던 둑이 터진 듯, 괴었던 마음이 한꺼번에 쏟아져 나온다.

짐작대로 발타 님과 돌아가신 단장님 사이에는 인연이 깊었다. 당연히 슬픔도 깊고, 추모하고 싶은 말도 많았던 듯했다.

하지만 그는 무슨 이유에서였는지 시신 앞에서 꽃을 드리지도 않았고, 옷자락이나 발에 입을 맞추지도 않았다. 아니, 그의 무훈을 칭송하는 동료 기사들 틈에 끼지도 않고 자신만 끝까지 감시하고 있었다. 자신을 감시하는 것이 세상에서 제일 중요한 일인 것처럼.

대체 왜 그러셨을까. 감시 따위 잠시 남에게 맡길 수도 있었을 텐데. 그것도 다리가 부러져서 제대로 걷지도 못하는 여자애 따위를.

어지간히 융통성도 없는 분. 저절로 한숨이 나왔다.

한참 이어지던 말이 어느새 침묵으로 바뀐다.

다그락, 다각, 툭, 툭…….

그의 발걸음이 천천히 늦어진다. 그는 잠시 걸음을 멈추었다가 다시 몇 발짝을 걸었다.

다각, 툭, 다각, 툭.

다시 걸음이 멈춘다. 잠시 말을 잇지 못하고 머뭇거리던 그가 혼잣말처럼 중얼거린다.

"그런데 단장님께서는 그렇게 갑자기 가셨고…… 저는 감사하다는 말씀조차 드리지 못했습니다."

그의 고개가 천천히 수그러든다.

"왜 그랬는지 모르겠습니다. 말씀드릴 기회가 그렇게 많았는데."

"……."

"저는 전장에서 많은 사람을 죽였습니다. 저나 단장님 역시 전장에서 죽으리라는 것도 당연히 알고 있었습니다. 이렇게 갑작스럽게 헤어질 걸, 알고 있었는데……."

레아는 멈춰 선 그의 뒷모습을 물끄러미 응시했다. 잠시 받아진 날숨소리에 따라, 굳건하던 어깨에 가는 떨림이 인다. 은빛 머리카락이 잘게 물결친다. 그 뒷모습이 슬프다기보다 서럽도록 아름다웠다.

다그락, 다각. 다시 말이 움직이기 시작했다.

†

"저기가 성 안나 삼거리예요. 기사단장님 저택 오른쪽 두 번째 골목에 바로 보이는 돌집이 아빠 공방이고 그 뒤에 붙은 게 우리 집이에요. 아, 단장님을 모셨으면 당연히 아시겠네요!"

어둠에 잠긴 마을은 고요했다. 맘루크 놈들이 몇 번이나 휘젓고 다녀서인지, 마을은 묘지처럼 숨 막히게 조용했다.

이분이 함께 와 주지 않았으면 정말 위험한 일을 당했을지도 모른다. 무엇보다 다리도 엄청 아팠을 거고, 억지로 걷다가 뼈가 비틀려서 평생 절름발이로 살아야 했을지도 모른다.

순간, 레아는 고개를 갸웃했다.

어, 그러고 보니 아까부터 다리가 아프지 않은 것 같다.

……이상하다? 분명 말에 오를 때만 해도 아파서 죽을 것 같았는데?

그가 앞마당의 나무에 말을 매고 손을 내밀 때까지 레아는 계속 고개를 갸웃거렸다. 혹시 몰라 등자에 발을 디뎌 보았는데, 여전히 아프지 않다. 부축을 받아 발을 땅에 대는 순간, 레아는 눈을 동그랗게 뜨고 말았다.

아니, 이게 어떻게 된 거지?

발목이 약간 뻐근하기만 할 뿐, 아까처럼 칼로 쑤시는 통증은 싹 사라졌다. 통통, 탕탕, 발을 몇 번 굴러 보았다. 아프지 않았다. 확신할 수 있었다. 지금 다리는 아침에 집을 나설 때와 똑같이 말짱한 상태였다.

내내 차분하던 발타가 눈을 크게 뜨고 목소리를 확 높였다.

"마드무아젤! 지금 그렇게 발을 구르면 평생 다리를…….'

하지만 발타는 말을 잇지 못하고 그대로 얼어붙었다. 레아가 치맛자락을 걷고 그의 눈앞에서 발목을 빙글빙글 돌리기 시작했던 것이다.

이럴 수가. 너무나 매끈하고 기운차게 잘 돌아간다. 지금 같아선 밤새 춤도 출 수 있겠다.

레아는 발꿈치로 땅을 팍팍 굴렀다가 깨금발도 했다가 다쳤던 발로 폴짝폴짝 뛰어 보이기도 했다. 그러잖아도 춤추는 것을 밥 먹는 것보다 좋아하는지라 사양도 겸양도 없었다.

발타는 눈썹을 잔뜩 찌푸린 채, 눈앞에서 레아가 접시처럼 빙글 빙글 돌며 춤을 추는 것을 한참 동안 바라보았다.

"이게 대체 어떻게 된 일입니까?"

"저, 치료해 주신 분께서 그렇게 물으시면, 저는 뭐라 말씀드려야 할지……."

발타가 여전히 미심쩍은 얼굴로 고개를 갸웃거린다. '혹시 저 여자가 가짜로 엄살을 부렸던 건 아닐까.' 생각하는 눈치였지만, 그러기에는 또 그가 직접 뼈를 맞추지 않았던가. 레아가 크게 다 쳤던 것은, 그가 가장 확실하게 알고 있었다.

"마드무아젤의 간절한 기도가 응답을 받은 듯합니다. 주님의 놀라운 은혜입니다."

발타는 이 상황을 엄살로 몰아가는 대신, 기사단에서 교육받은 예비 수도사답게 매우 은혜롭게 결론을 내렸다. 물론 미심쩍은 시선까지 완전히 거두지는 못했지만, 그걸 입 밖으로 낼 만큼 무례하지는 않았다.

레아는 레아대로 이 황당한 사태를 논리적으로 납득해 보려고 애를 썼다.

설마, 부러졌던 게 아니고 삐끗했던 거였나? 그런데 이 망할 놈의 발목이 놀라서 엄살을 부린 걸까?

하긴, 그럴 수 있다. 주인이 겁쟁이 엄살쟁이면 손모가지 발모 가지도 온갖 호들갑은 다 떨게 마련이니까. 손가락을 베였을 때

팔목이 잘린 것처럼 울부짖으며 엄마에게 달려가던 덩치 큰 아빠가 생각났다.

에휴, 결국 그 아빠에 그 딸이지 뭐.

아니, 하지만 뼈가 부러졌었잖아! 아예 다리가 이상하게 꺾인 게 보였었잖아. 발타 님이 잘 고정시켰다고 해도, 뼈가 진짜 부러진 거였다면 제대로 붙는 데만 두 달은 걸릴 텐데?

애초에 하느님께서 사람 몸을 만드실 때, '뼈가 부러지면 두 달쯤 걸려서 붙어라.' 하고 만드셨다. 라파엘 대천사가 벳자타(베데스다) 연못에서 치유의 마법 지팡이(?)를 휘두른 게 아니고서야, 잠깐 사이에 말짱하게 붙을 리가 없다.

생각에 잠겼던 레아는 결국 한숨을 푹 쉬며 납득을 포기했다. 이유야 어찌 됐건 다리가 말짱하게 나은 것은 사실이고, 그러면 주님께든 성모님께든 혹은 치유의 천사에게든 감사의 기도를 올리면 될 일이다.

아차, 그 전에 감사 인사를 할 분은 따로 있지. 레아는 뒤에서 말고삐를 잡고 머뭇거리며 서 있는 발타에게 허둥지둥 고개를 숙였다.

"오늘 저를 구해 주셔서 정말 감사합니다. 발타 님이 아니었으면 저는 아까 성첩에서 죽었을지도 몰라요."

"······별말씀을."

"여기까지 데려다주시고 상처도 치료해 주셔서 고맙습니다. 그런데, 아, 잠깐, 잠깐만요!"

생명의 은인을 이렇게 빈손으로 보낼 수는 없다. 그러잖아도 레아는 계산에 밝아서 실물 빚이든, 마음의 빚이든 모자라거나 남는 것 없이 맞아떨어져야 발 뻗고 잠을 자는 성격이었다. 목숨을 구

해 준 대가로 대체 무엇을 해 드려야 할지는 감도 잡히지 않았지
만.

"저, 잠시만 기다려 주시겠어요? 제가 빵이라도 갖다 드릴게
요. 아침에 제가 구워 놓은 게 있는데……."

빵이라는 말에 그가 멈칫한다. 목울대가 저절로 움직이는 것이
보인다. 그래 놓고는 또 당황해서 얼른 고개를 숙인다. 그의 얼굴
로 붉은 기가 빠르게 퍼지는 것을 보며 레아는 얼른 시선을 옆으
로 피해 드렸다.

세상에 얼마나 굶고 다니시는 걸까, 이분은. 조금 전에 무슨 말
을 하실 듯 머뭇거렸던 게, 먹을 것을 좀 부탁하려 하셨던 걸까?
세상에, 딱하기도.

"그거 말고도 살라미하고 치즈도 있어요. 제가 자화자찬하는
건 아닌데 제가 만든 치즈가 좀 괜찮아요. 다들 맛있다고들 해요.
그리고 말린 과일들이랑, 뒤뜰에서 딴 아몬드랑 포도주도 있을 거
고……. 잠깐만 들어와서 가져가시겠어요?"

레아가 부지런히 읊어 대며 소매를 잡아끌자, 그 역시 멈칫멈칫
뒤를 따라온다. 만약 엄마가 아기를 무사히 낳으셨으면, 아빠한테
부탁해서 플로린 금화 몇 개 정도라도 감사 선물로 드리면 좋겠
다. 기분 나빠하지 않으셨으면 좋겠는데.

시선을 옆으로 둔 채 주춤주춤 끌려오는 그를 보며, 레아의 심
장은 점점 빠르게 뛰기 시작했다.

"아빠, 아빠! 주무세요? 라셸르!"

탕탕탕, 탕탕탕탕.

아빠와 동생을 번갈아 부르던 레아는 고개를 갸웃했다. 한참 기
다렸는데 아무 대답도 들리지 않는다.

더럭 겁이 났다. 혹시 무슨 일이 생긴 건 아닐까? 엄마는 동생을 무사히 낳았을까? 내가 기사단의 성에 안전하게 있는 동안, 혹시 맘루크 놈들이 여기까지 휘젓다가 돌아간 걸까?

애써 눌러 놓은 생각이 정신없이 튀어나온다. 레아는 불안을 숨기려고 발타를 보며 억지로 웃어 보였다.

"다들 자나……? 서, 설마 나만 버리고 다들 배 타고 나가셨나? 아, 아빠가 좀 의리 없긴 해요. 하, 하, 아하하."

"……."

그는 대답 대신 문고리를 가만히 잡았다. 창백한 그의 얼굴에서 짙은 긴장감이 느껴졌다.

삐걱.

문은 잠겨 있지 않았다. 오히려 놀란 것은 레아였다.

"어? 아빠가 문 잠그는 거 깜박하셨나? 아, 원래 아빠가 깜박깜박 잘 하시긴 해요. 그래서 문단속은 매일 제가 하는데……."

"……."

"아? 바, 발타 님, 왜……."

레아가 안으로 깡충 들어가려는 순간, 그가 얼굴을 찌푸리더니 레아의 손목을 뒤로 확 낚아챘다. 낮고 무거운 목소리가 내려앉았다.

"잠시 기다려 보세요. 제가 먼저 들어가 보겠습니다."

"바, 발타 님? 왜……. 무, 무슨 일이라도 있나요?"

레아는 어리둥절한 얼굴로 눈만 깜박거렸다. 발타는 그 말에 대답하는 대신 레아를 몇 걸음 뒤로 보내고 칼을 빼 든 후 조심스럽게 문을 열었다.

삐그그그그그그.

문이 열리는 순간 쇳내인지 핏내인지 알 수 없는 냄새가 훅 들이닥친다. 등 뒤로 천천히 한기가 흘러내린다.

"무슨 일이에요, 안에 무슨⋯⋯."

황급히 안으로 들어가려 하는데, 긴 망토 자락이 앞을 가로막는다.

"들어오지 마십시오."

"왜, 왜, 왜요!?"

"마드무아젤 레아, 들어오지 마십시오."

그가 낮게 가라앉은 목소리로 되풀이한다. 레아는 천천히 시선을 내렸다. 문 사이를 가린 그의 망토 자락 옆으로, 안쪽 문고리가 눈에 들어온다.

"⋯⋯어?"

두 손이 천천히 입으로 올라갔다. 아, 악, 아아악. 두 손으로 입을 꼭 틀어막았는데도 비명이 저절로 터져 나간다. 발타가 황급히 뒤를 돌아 레아의 눈을 가려 주었다.

안쪽 손잡이에 손목이 매달려 있었다. 손잡이를 꽉 쥔 채로.

1-3. 도주

집 안은 온통 피투성이였다. 방이든 부엌이든 벽이든 천장이든 온통 붉은 얼룩이 난잡하게 튀어 엉망진창이었다.

손잡이에 매달린 손은 아빠의 것이었다. 화덕 앞에 쓰러져 있는 아빠의 남은 손에는 제대로 휘두르지도 못하는 칼이 쥐어 있었고, 엄마는 짚단 위에 피투성이가 된 채 엎드려 있었다.

레아는 비틀비틀하며 집 안을 돌아다녔다. 눈길을 돌릴 때마다 눈물 대신 구역질이 나왔다. 입을 틀어막자 이젠 온몸이 사시나무 떨리듯 떨렸다.

더러운 맘루크 개새끼들, 이 악마 새끼들! 다 죽어! 죽어! 죽어!

눈물은 나오지 않는다. 무슨 일을 해야 할지도 알 수 없었다. 아무래도 이건 꿈인가 보다. 응, 꿈일 거야. 멍하니 앉아 있던 레아는 갑자기 소스라치며 벌떡 일어났다.

"라, 라셸르! 라셸르!"

동생에게 생각이 닿는 순간 찬물이 머리 위로 쏟아진 것 같았다.

"라셸르가, 라셸르가 없어, 없어, 동생이 없어졌어요!"

레아는 벌떡 일어나 횃불을 들고 집 주변을 정신없이 돌아다니기 시작했다. 하지만 라셸르는 흔적도 보이지 않았다.

그는 말없이 수색을 도와주었지만, 괜찮을 거라든가 다른 집에 가 있을 거라는 말은 하지 않았다. 이미 무슨 일이 일어났는지 짐작한 듯했다.

적군이 휩쓸고 지나간 마을에서, 엄마 아빠는 돌아가시고 라셸르만 사라졌다는 게 무슨 뜻인지 모르는 사람은 없을 것이다. 그래도 현실을 인정할 수 없어서, 레아는 더듬대며 간절하게 물었다.

"라, 라셸르는 이제 겨우 네 살인데…… 아직 아기인데, 잡혀간 걸까요?"

"……."

발타는 대답하는 대신 가만히 고개를 돌렸다.

드디어 눈물이 쏟아지기 시작했다. 레아는 넘쳐흐르는 눈물을 닦을 생각도 못 하고 그를 바라보며 멍하니 물었다.

"아무 일도 못 하는 아기인데, 왜, 왜 그 아이를 잡아갔을까요?"

예쁘니까. 그래. 라셸르는 천사처럼 예쁘니까 아마 죽이지 않고 끌고 갔겠지. 몇 년만 데리고 있으면 비싸게 팔 수 있을 테니까…….

레아는 두 손으로 얼굴을 감싸고 흐느껴 울었다. 이미 손수건을 레아에게 준 발타는 두 손을 모으고 조용히 서서 그녀가 눈물을 멈출 때까지 기다려 주었다.

"맘루크가 끌고 간 거라면…… 그래도 죽지는 않았을 겁니다만……."

그가 조용히 말했다. 어디선가 잘 살 테니 걱정 마라, 다시 만날 수 있을 거다, 따위 입에 발린 위로는 없었다. 적어도 사라센에게 둘러싸여 200년 동안 싸워 온 아크레인이라면, 그런 위로가 얼마나 허무맹랑한 것인지 잘 안다.

그는 아무 말 없이 아빠와 엄마의 시신을 한곳에 모은 후 침대 시트를 벗겨 곱게 감싸 주었다. 그리고 바닥에 주저앉아 있는 레아 앞에 무릎을 접고 앉아 조용히 묻는다.

"두 분을 묻어 드려도 될까요."

레아는 멍하니 고개를 끄덕였다. 텅 비어 버린 머릿속으로, 얼빠진 생각들만 창날처럼 푹푹 들이박힌다.

이분은 나 때문에 온갖 귀찮은 덤터기는 다 쓰시는구나. 나 감시하느라 단장님께 제대로 작별 인사도 못 하고, 내가 걱정돼서 바로 못 떠나고 기다려 주시고, 다리도 치료해 주시고, 빵도 뺏기고, 흉한 꼴도 보고, 무덤까지 파 주시는구나.

아침 첫 배를 타고 가시려나. 가실 때 빵이랑 치즈를 좀 넣어 드려야 할 텐데. 그런데 지금 빵하고 치즈가 중요한가? 난 이제 뭘 어떻게 하지? 아, 그래. 땅을 파려면 삽이 있어야 하는데.

레아는 반쯤 정신이 나간 채 흐느적흐느적 일어나 창고에서 삽을 가져다주었고, 발타는 뒤뜰로 나가 땅을 팠다. 시신을 처리하는 일에 익숙한 것 같았다.

그는 두 사람이 묻힐 공간만큼 빠르게 파냈고, 피에 젖은 시트로 시신을 감싸 구덩이 속에 내려놓았다. 레아는 그 위로 흙을 덮었다. 흙 위로 땀이 줄줄 떨어졌다. 아니, 땀인지 눈물인지도 잘

구별이 되지 않았다.

꼬끼오-!

닭이 울기 시작했다. 가장 먼저 우는 것은 목청이 높고 가늘고 긴 피에르네 수탉, 다음은 오줌싸개 장네 수탉, 뒤이어 동네에서 가장 시끄러운 알리스 아줌마네 수탉이 꾸에에꾸에에 목이 쥐어 짜이는 것처럼 울어 댄다. 마을에서 도망친 사람도 많을 텐데, 닭 울음소리가 변함없이 이어지는 것이 너무 이상하고 기가 막혔다.

무덤을 평평하게 고르고 주변을 정돈한 발타는 그제야 허리를 펴고 몸을 세웠다.

어느새 하늘 한쪽이 부옇게 밝아지며, 그의 그림자가 무덤 위로 길게 늘어진다. 하얀 머리카락과 땀에 젖은 반듯한 이마가 희미하게 반짝거린다.

햇빛이 한 걸음씩 밀려들면서, 주변이 얼룩얼룩 윤곽을 드러낸다. 아빠는 뒤뜰에 아몬드 나무를 여러 그루 심어 두었는데 봄만 되면 꽃을 함빡 피워 집 주변을 온통 새하얗게 물들이곤 했다. 바람이라도 불면, 꽃잎이 뒤뜰을 가득 채우며 폴폴 날아다녔다. 속삭이는 듯 낮은 목소리가 뒤에서 들렸다.

"……눈이 오는 것 같습니다."

눈? 어디서 들어 본 적 있는 말인데……?

그래. 아빠에게서.

아빠는 봄이 될 때마다 하얀 꽃비를 맞으며 고향을 그리워했다. 고향에서 눈을 맞는 것 같다, 고 말하곤 했다.

아크레에 사는 레아는 눈을 본 적이 없었다. 그래서 아빠가 가끔 추억하던 고향의 풍경을 상상하기 어려웠다. 겨울마다 온 세상이 새하얀 얼음 솜털로 덮인다는 파리라는 곳은, 신비하고 아름다운 미지의 세상이었다.

바람이 주변을 후르륵 휩쓸고 지나간다. 하느작하느작 떨어지던 꽃잎들이 바람에 휘감겨 춤추듯 위로 솟아오른다.

무덤 앞에서 경건하게 두 손을 모아 쥐고 고개를 숙인 그는 대리석 조상처럼 움직임이 없었다. 길고 부드러운 옷자락과 머리카락만 바람에 팔락였다. 은으로 만든 실타래처럼 흔들리는 머리카락, 그의 주변에서 춤추는 하얀 꽃잎. 그 풍경은 이해할 수 없을만큼 아름다워 레아는 이 모든 일이 현실이 아니라 환상처럼 느껴졌다.

두 사람을 위한 기도를 마친 그가 레아에게 짧게 묵례한 후 몸을 돌이키는 순간, 레아는 간신히 해야 할 일 한 가지를 떠올렸다.

"바, 발타 님. 저, 혹시 시장하시면…… 시, 식사라도 하시고……."

"아닙니다. 괜찮습니다."

급하게 대답한 그는 한참 망설이다 머뭇머뭇 덧붙였다.

"빵……이 있으면, 몇 개만 좀 주시겠습니까."

†

바스락.

주방에 들어서던 레아는 소스라치며 움직임을 멈췄다.

집 안에는 아무도 없는데 이건 무슨 소리지? 잘못 들었나?

아니다. 분명, 들릴락 말락 한 어떤 소리가 들렸다. 쥐가 다니는 소리와 조금 다른 소리.

설마, 맘루크 놈들이 집에 남아 있었다는 말인가?

부스럭, 스스스.

레아는 바들바들 떨며 문고리를 꽉 잡고 사방을 둘러보았다. 어스름하게 빛이 들어오는 실내, 화덕 쪽에서 소리가 난 것 같은데 아무것도 없다. 길고양이가 들어왔나?

순간, 레아의 귀에 희미한 소리가 들렸다.

"······어, 언니······?"

"라셀르?"

레아는 구르듯 벽난로 앞으로 달려가 화덕 구멍으로 머리를 밀어 넣었다.

"언니, 레아 언니, 레아, 언니······."

불을 넣지 않아 차가운 화덕에는 미처 치우지 못한 잿가루가 수북하게 남아 있었고, 라셀르는 그 속에서 재를 뒤집어쓴 채 쪼그리고 있었다.

"왜 이제 와. 왜 이제 왔어, 언니. 금방 온댔잖아, 레아 언니."

머리부터 발끝까지 새까맣게 변한 라셀르가 엉금엉금 기어 나오더니 레아의 목에 매달린다. 이제야 안심이 되었는지 라셀르는 레아에게 찰싹 매달려서 온몸을 와들와들 떨며 소리 없이 울기 시작했다. 재로 덮인 얼굴은 이미 눈물로 범벅이 되어 있었다.

라셀르의 흐느낌은 쉽게 멈추지 않았다. 레아는 동생을 꽉 끌어안고 토닥였다. 그제야 아빠가 화덕 앞을 가로막고 죽은 이유를 알게 되었다.

레아는 동생을 토닥이며 작은 소리로 물었다.

"라셀르, 맘루크 놈들이 여기까지 왔어? 놈들이······."

"아니야, 언니, 맘루크 아니야."

라셀르가 딸꾹질을 하며 고개를 저었다. 새까만 얼굴에 새하얀 눈물 자국이 난도질한 칼자국처럼 어지럽게 엉켰다. 그 위로 다시 공포가 어렸다. 작은 입술이 달싹거린다.

"생강과자 아저씨하고 다른 형제 네 명."

작고 통통한 다섯 손가락이 쫙 펴진다. 레아는 벼락을 맞은 듯 멍청하게 눈만 깜박였다.

……피에르 드 세브레이 경?

라셸르가 생강과자 아저씨라고 하는 사람은 피에르 경 말고는 없다. 그분은 레아와 라셸르를 예뻐하며 여기 오실 때마다 귀한 생강과자나 색유리 장식품을 손수건에 싸서 챙겨 주셨기 때문이었다.

왜? 맘루크 놈들이 아니고 왜 성전기사단이 우리를 죽이려 하지?

"라, 라셸르. 생강과자 아저씨가 분명해? 어떤 옷을 입고 계셨는데?"

"빨갛고 끝이 넓은 십자가 있는 하얀 쉬르코하고 하얀 망토. 까맣고 하얀 방패."

동생은 콧물을 훌쩍거리며 대답했다.

빨간 파테 십자가가 수놓인 하얀 쉬르코와 하얀 망토는 성전기사단의 정복이다. 까맣고 하얀 방패―성전기사단의 보쌍(일당백) 방패도 마찬가지다.

아크레 주민, 아니 우트르메르 주민은 물론이고 사라센의 무슬림들 중에서도 그걸 모르는 사람은 없다. 더욱이 형제라는 말은 기사단원들 사이에서 흔한 호칭이기도 했다.

이게 대체 무슨 일이지?

레아는 이 상황이 나쁜 꿈처럼 느껴졌다. 몸이 와들와들 떨리는

데, 도무지 멎을 생각을 하지 않는다.

"그, 그래. 생강과자 기사님하고 다른 기사님들이 무슨 말을 했는지 알려 줘."

라셀르는 눈물을 삼키며, 아까 있었던 일을 더듬더듬 털어놓기 시작했다. 레아는 눈을 크게 뜬 채 숨도 제대로 쉬지 못하고 귀를 기울였다.

동생은 나이치고 기억력과 말주변이 좋은 편이라, 있었던 일, 들었던 말을 그대로 전달하는 데 큰 어려움은 없었다.

그리고 동생의 말을 토대로 추측한 아까의 상황은, 제정신으로는 도저히 믿을 수 없는 내용이었다.

†

점심때가 지나도 아기는 나오지 못했다. 아니, 손은 나왔는데 몸이 나오지 못했다고 했다. 마을을 미친 듯이 돌아다니다 허탕을 치고 돌아온 아빠는 문고리를 잡고 울었다. 산파는 고사하고 도와주러 올 사람도 없다고 했다.

라셀르도 아빠도 점심을 굶었지만, 아빠는 밥을 굶었다는 것조차 모르는 것 같았다.

오후가 되자 거리에서 맘루크 놈들이 마을로 들어왔다는 고함이 들리기 시작했다. 기사들과 병사들이 놈들과 싸우기라도 하는지 거리가 시끄러워졌고, 엄마는 정신을 잃었다.

아빠는 엄마의 뺨을 때리며 또 울었다. 엄마는 뺨이 빨갛게 되도록 맞았지만 정신을 차리지 못했다. 맘루크 놈들이 물러났는지 쫓겨났는지, 해 질 녘이 가까워지자 거리는 잠시 조용해졌다.

생강과자 아저씨가 찾아온 건 저녁때가 다 되어서였다. 다른 기사님들도 함께였다. 절그럭절그럭, 사슬 갑옷 소리와 판금 보호대 소리가 문밖에서부터 크게 들렸다.

라셸르는 왜인지 겁이 나서 불 꺼진 화덕 옆에, 안 보이는 구석 자리에 바짝 쪼그리고 앉아 몸을 숨겼다.

문을 연 아빠가 놀란 목소리로 물었다.

"무, 무슨 일이십니까, 피에르 경? 혹시 레아가 도착하지 않았습니까? 물건을!"

"물건은 잘 받았다, 아모스. 하지만 우리가 예까지 온 이유를 모르지는 않을 텐데?"

"무슨 이유 말씀입니까?"

눈을 둥그렇게 뜬 아빠는 무슨 짐작을 했는지 갑자기 온몸을 와들와들 떨기 시작했다.

"피에르 경! 저, 저는 고장 난 장치를 고쳐 드렸을 뿐입니다. 그 일에 대해선 아무에게도 말하지 않았습니다. 단장님께 맹세도 했습니다! 죽는 한이 있어도 비밀은……."

뒤에 있던 키 작은 기사님이 코웃음을 치며 차갑게 말을 잘랐다.

"맹세한 바로 다음 날 딸한테 검집을 보여 주고 갖다 주라고 시키기까지 한 주제에, 비밀을 엄수했다 헛소리를 한단 말인가?"

"코망데르 고댕, 그, 그건 아내가, 지, 진통이 시작돼서……."

"미안하지만, 본 사람은 전부 입을 막는 수밖에 없다. 외부인이 일단 알게 된 비밀은 그가 살아 있는 한 지켜진 적이 없어."

"서, 설마! 사령관님! 그럼 레아, 레아는? 레아는 어디 있습니까? 무사합니까?"

"아직은."

아빠의 얼굴이 흙빛이 된다. 오, 하느님 맙소사. 거대한 몸집이 크게 휘청거렸다.

"그, 그럼 애초에 저한테 일을 맡길 때부터 저를 죽여서 입막음을 하시려고……?"

"단장님 명령대로 자네가 직접 왔으면 혼자 죽고 끝났을 텐데, 왜 딸을 대신 보내서……."

생강과자 기사님은 아빠를 보며 딱하다는 듯 혀를 찼다.

와당탕.

순간 아빠는 급하게 문을 안으로 닫아걸었다. 걸려고 했다. 하지만 아빠의 계획은 손잡이를 쥔 손목이 잘리는 통에 실패로 돌아갔다.

아빠는 손목에서 피를 줄줄 흘리면서도 비명도 지르지 않고 다른 손으로 벽에 걸린 검을 끄집어냈다. 아빠가 문 앞에서 기사님들을 막아선 그 짧은 시간 동안 라셀르는 불 꺼진 화덕 속으로 엉금엉금 기어 들어갔다.

승부는 순식간에 갈라졌다. 아빠는 화덕을 막고 쓰러져 애원하기 시작했다.

"사령관님, 원수 각하, 존경하는 기사님들, 제 아내는 조금 전에 죽었습니다. 이미 이 세상 사람이 아니에요. 아니, 살아 있어도 어차피 오래 못 가요. 그러니 제발 그냥 놔주세요. 그 사람은 아무것도 모릅니다, 죽었어요. 죽을 거예요. 제발 그 사람한테는 칼을 대지 마세요."

라셀르는 아빠의 눈꼬리에서 피가 섞인 눈물이 흘러내리는 것과, 무사히 숨은 막내딸을 향해 아주 짧은 순간, 힘껏 웃어 보이는 모습을 보았다. 피로 얼룩진 입술이 희미하게 움직였다.

울지 마, 라셸르. 절대 울면 안 돼.
라셸르, 나오지 마. 아빠는 괜찮아, 엄마도 괜찮아.
라셸르. 거기서 기다려. 언니가 올 거야. 너를 구해 주러 올 거
야. 그때까지만 기다려.
레아에게 전해 줘, 도망가라고. 멀리 가라고. 아주아주 멀리,
멀리 가라고.
얘들아, 미안해. 얘들아, 미안해.
울지 마. 라셸르, 울지 마. 제발.

라셸르는 끝까지 울지 않았다.
방에서 나와 집 주변을 한참 살피던 사람들은 다시 들어와서 아
빠의 코에 손을 대고 눈도 뒤집어 본 후, 몸을 일으켰다. 기사님
들이 두런두런 이야기를 나누는 소리가 들렸다.
"이자에게 딸이 둘이 있다고 하지 않았습니까?"
"하나가 지금 성에 붙잡아 놓은 레아라는 계집아이고, 또 하나
는?"
"……다른 한 명은 그새 마을로 도망친 모양인데, 전……투 때
문에 사람들을 동원해서 찾기가 쉽지 않을 듯하오, 티보 형제."
생강과자 아저씨의 목소리는 무척 괴롭게 들렸다.
"제기랄! 주변을 샅샅이 수색했는데, 대체 언제 빠져나간 거
지!"
다른 기사님이 거칠게 화를 내는 소리가 들리더니 잠시 후 차분
하게 가라앉은 목소리가 이어졌다. 코망데르 고댕이라 불린 키 작

은 기사님이었다.

"좋습니다, 피에르 형제. 레아라는 아이를 일단 살려서 내보낸 후에, 밖에 사람을 대기시켰다가 집에 무사히 데려다주게 하겠습니다."

"……."

"그러면 그 아이가 집에 와서 알아서 동생을 찾아내겠죠. 마을에서 어느 집에 자주 놀러 다니고 어디에 잘 숨는지는 언니가 가장 잘 알 테니까요. 찾아내면, 둘 다 그 자리에서 처리하겠습니다."

"티보 형제, 그 아이들은 아직 어립니다. 그 소심한 세공사가, 단장님의 명을 어기고 딸들에게 '그것'을 보여 줬을 리가 없지 않겠소?"

떨리는 목소리로 말하는 생강과자 아저씨를 향해, 키 작은 기사님이 큰 소리로 외쳤다.

"아모스가 딸에게 검을 보여 주고 맡긴 이상, 그가 비밀을 지켰다는 걸 믿을 수가 없게 됐잖습니까!"

"티보 형제."

"피에르 형제! 그것을 관리하고 운반하는 것은 엄연히 제 소관입니다. 그런데 단장님께선, 아무리 사정이 급했다지만, 저에게 말도 없이 외부에 유출했고, 잠금을 여는 방법조차 알려 주지 않고 돌아가셨습니다. 외부에서 이걸 본 사람들이 생겼다? 있을 수 없는 일입니다. 그 애들이 유물에 대한 정보를 떠들고 다니면 어찌할 것입니까!"

생강과자 기사님의 미간이 꿈틀거렸다.

"이 집 막내는 네 살밖에 되지 않았소, 티보 형제! 만에 하나,

아모스가 아이들에게 뭔가를 보여 줬다 해도, 뭘 봤는지 기억도 못 할 게요."

"피에르 형제! 그것은 우리 기사단의 병력과 자산의 통수권을 상징하는 물건이며, 그것을 안전하게 보존하는 것은 우리의 가장 중요한 임무입니다! 아주 작은 정보라도 유출되도록 놔둘 순 없습니다!"

"……."

"당신의 마음을 모르는 바는 아니나, 인정에 이끌리시면 안 됩니다, 피에르 형제. 저도 그런 아이들까지 희생시키고 싶진 않지만, 하느님을 위한 사명이 먼저 아니겠습니까."

생강과자 아저씨는 더 이상 반대하지 못했다. 그저 고개만 숙이고 긴 한숨을 쉴 뿐이었다. 키 작은 기사님이 주위를 둘러보며 짧게 명령했다.

"레아라는 아이가 본부를 나갈 때 바로 사람을 붙여. 동생까지 찾아서 같이 처리하도록."

"옛, 알겠습니다."

반대하는 사람은 없었다. 아빠는 이제 움직이지 않았고, 라셸르는 끝까지 울지 않았다.

†

맙소사. 레아는 새파랗게 질렸다.

믿을 수가 없다. 내가 집에 와서 라셸르를 찾도록 한 후에 한꺼번에 죽이려고 사람을 붙였다고?

그럼 그게…… 발타 님이었단 말인가?

뱃속에서 뜨거운 무언가가 울컥 치밀어 올랐다.

어쩐지, 지체 높은 아가씨도 아닌, 장인의 딸 따위를 데려다주 겠다고 긴 시간을 밖에서 기다려 줄 리가 없지. 난 그것도 모르고 고마워서 어쩔 줄 모르고 먹을 것까지 챙겨 주려고 했는데.

터질 듯한 분노가 온몸을 휩쓸었다.

성전기사단 본부에는 기사단의 어마어마한 재산─귀한 보화와 성 유물들이 보관되어 있다고 들었다.

기사님들이 저렇게 펄펄 뛰는 걸 보면, 아까 드렸던 그 검은 그 보물 중에서도 손꼽히는 귀한 물건일 것이다. 예수님의 옆구리를 찔렀다는 성창이나, 소문만 무성한 성배聖杯만큼이나 귀한 것일지 도 모른다.

남들에게 절대 들켜서도 안 되고 함부로 보여서도 안 되는 그런 보물. 소문이 한번 퍼졌다 하면 전 세계에서 그 보물에 눈독 들인 도둑이나 군대들이 몰려들게 되어 있으니까.

그래, 단장님은 애초부터 검의 수리가 끝나면 아빠를 죽일 생각 이었다. 맡길 때부터.

그리고 그걸 딸들도 봤으니, 가족들까지 모조리 죽여 버리겠 다?

그런 사악한 결론이 어디 있어? 그렇다면 아예 맡기질 말았어 야지!

성전기사님들을 숭배하다시피 하던 레아의 배신감은 이루 말할 수 없었다.

특히 발타에게는 정말 감쪽같이 속았다. 그는 지령을 받고 앞에 서 기다리고 있었던 거고, 정중하게 예의를 차리는 척, 단장님의 죽음을 슬퍼하는 척, 엄마 아빠의 장례를 도와주는 척하면서 멋지게 연극을 했던 거였다. 손이 부들부들 떨린다.

다 죽여 버리고 싶다.

……내가 앙글레테르의 사자왕 리샤르만큼 힘이 있으면 당장 뛰어나가 죄다 해치우고 싶다. 저 뒷마당에 있는 발타 님, 아니 발타 놈을 비롯해서, 우리 엄마 아빠를 이렇게 만든 성전기사 놈들까지 모조리 죽여 버리고 싶다.

하지만 현실의 레아는 겁쟁이 집안의 약해 빠진 쫄보 딸이고, 기사는커녕 오리 새끼 한 마리 제대로 죽이지 못한다. 레아가 제일 잘하는 건 뒤통수가 근지러울 때 뒤도 돌아보지 않고 도망치는 일뿐이다.

레아는 입술을 꼭 깨물었다.

그럼 지금 당장 해야 할 일은?

……라셀르를 데리고 도망치는 것!

그래. 어차피 맘루크 놈들 때문에 이 마을에서 살기는 글러 먹었다. 배를 타고 멀리, 우리를 아는 사람이 하나도 없는 아주아주 먼 곳까지 도망쳐서 조용히 숨어 사는 거야.

레아는 동생을 꼭 끌어안고 입을 막은 후, 귀에 대고 속삭였다.

"라셀르, 쉿. 우리 도망가야 해."

라셀르의 눈이 동그래진다.

"왜, 언니?"

"밖에 우리를 죽이려는 사람이 있어. 아주 조심해서, 소리 안 나게 나가야 해."

"언니, 그럼 우리 어디로 가?"

"몰라. 일단 배를 타고 멀리, 아주 멀리멀리 가야 해."

레아는 엄마가 누워 있던 침대 밑의 나무판자를 밀고 아빠가 준

비해 둔 자루를 꺼냈다. 네 명의 뱃삯으로 준비해 둔 플로린 금화들과 은전, 구리 동전 몇 개, 그리고 며칠간 먹을 것을 넣어 둔 자루였다. 등에 자루를 메고 끈으로 친친 묶은 후 라셸르에게 속삭였다.

"라셸르, 두 손으로 언니 목을 꼭 안아. 절대 손 풀면 안 돼."

레아는 굵은 밧줄을 찾아, 바짝 달라붙은 라셸르를 단단히 묶었다. 앞뒤로 무거운 짐이 달리니 온몸이 짓눌리는 것 같았다.

레아는 체격이 건장한 편이었고, 공방에서 몸을 단련시켜 왔음에도, 일어나기도 전에 자빠질 뻔했다. 레아는 한 손으로는 동생을 안고, 한 손으로는 벽을 짚은 채 끙끙대며 일어났다. 다리가 휘청휘청했다.

"언니, 무겁지. 미안해."

"괜찮아. 내가 힘이 좀 세잖아?"

"응. 맞아. 언니는 세상에서 제일 힘이 세."

……지금 그런 칭찬 듣고 싶지 않거든?

레아는 창문으로 고개를 살짝 내밀고 밖을 살폈다. 발타는 아직 뒤뜰에서 기다리는지, 앞마당에는 말만 묶여 있었다.

조심조심, 들키지 않게.

라셸르를 찾은 것을 들키면, 그 순간 우린 둘 다 끝장이다.

한 걸음 옮길 때마다 등에서 절그럭대는 소리가 난다. 식은땀이 흘러내린다. 삐걱대는 경첩과 돌쩌귀에 귀한 기름을 쏟아붓고 소리 나지 않게 문을 연 후, 나무에 묶인 말을 향해 살금살금 걸어 나갔다.

일단 올라타서 달리기만 하면 쫓아오지는 못할 것이다. 이 무거운 짐을 지고, 라셸르까지 안고 뛰어서 도망쳤다간 성 안나 삼거리를 벗어나기도 전에 잡히고 말 것이다.

레아는 말을 묶은 줄을 풀고 콧잔등을 쓰다듬으며 달랬다.

쉬, 쉬, 이 과자 좀 먹고 우리 좀 태워 줘. 제발 부탁이야.

네 주인이란 놈은 우릴 속여서 죽이려고 한 악당이라고. 그런 악당을 모시고 다니다니, 창피하지도 않아?

많이 바라지도 않아. 조 앞에 항구까지만.

덩치가 큰 검은 말은 생각보다 얌전했다. 다행이다. 간신히 등자에 발을 올렸다. 다행히 발도 여전히 말짱했다. 저 빌어먹을 놈의 말대로 하느님의 은혜인지 귀신의 조홧속인지는 모르지만, 다리가 나은 것은 정말 다행스러운 일이었다.

라셸르. 꼭 잡아.

레아는 버둥버둥 말에 오른 후 말의 옆구리를 힘껏 찼다. 그동안 짐말이나 나귀는 자주 다뤄 봐서 말 다루는 일에는 자신이 있었다.

……하지만.

히히힝!

고삐가 풀린 말이 갑자기 앞발을 높이 들어 올리며 펄쩍 뛰더니, 이리저리 내닫기 시작했다. 하마터면 굴러떨어질 뻔했다.

제기랄! 말까지도 뒤통수를 치네!

아, 맞다, 얘 데스트리에 군마였지. 애초에 얌전할 리가 없잖아……!

전투용 군마는 성질로든 힘으로든 레아가 평소에 끌고 다니던 늙은 짐말이나 나귀와는 완전히 다른 종자였다. 레아는 말의 모가지를 끌어안고 필사적으로 버텼고, 두 사람을 떨쳐 내는 데 실패한 말은 이내 두 사람을 매달고 날뛰기 시작했다. 발타의 놀란 목소리가 들렸다.

"마드무아젤, 이게 무슨……? 아, 동생을 찾았습니까? 말은
왜……?"

아아, 이런 게 운명의 똥밭이구나. 레아는 속으로 울부짖었다.

그는 내내 뒤뜰의 무덤 곁에 있었던 모양이다. 혹시 우릴 죽일
기회를 엿보고 있던 걸까?

아니나 다를까. 그가 손에 단검 같은 것을 쥐고 있는 것이 보였
다.

제기랄. 내가 저럴 줄 알았다니…….

아니 잠깐, 그런데, 저게 단……검은 아닌…… 것 같은데?

레아는 날뛰는 말 위에서도 눈을 부릅뜨고 그의 손을 노려보았
다. 그리고 이내 그 정체를 알아차렸다. 단검이 아니라 나무로 만
든 십자가였다.

어? 혹시…… 엄마 아빠 무덤에 꽂아 주려고?

레아는 급히 뒤뜰 쪽을 바라보았다. 무덤은 아몬드 꽃으로 하얗
게 장식되어 있었다. 그는 레아와 라셸르가 이야기를 나누는 동
안, 아빠가 좋아하시던 아몬드 꽃을 꺾어서 무덤을 곱게 장식한
후 십자가를 만들어 주고 있었던 것이다.

우릴 죽이러 온 주제에 왜 저런 짓을……?

궁금증은 길게 이어지지 못했다. 날뛰던 말은 빠르게 머리를 휘
저으며 큰길로 튀어 나갔다. 데스트리에 전투마가 전속력으로 달
리는 속도는 엄청났고, 몸부림은 더욱 엄청났다.

레아는 이판사판 죽기 살기로 말의 목을 끌어안았다. 중간에 납
작하게 끼어 있던 라셸르가 와아아 울음을 터뜨렸다.

"레아, 잠시만요, 레아! 크레도!"

당황한 얼굴로 쫓아오려던 발타가 황급히 말을 불러 세운다. 하지만 말은 그가 부르는 소리를 듣지 못한 채 난폭하게 날뛰었다. 얼마나 심하게 몸부림을 쳤는지 그의 소지품이 든 허름한 가죽 자루가 저만치 나가떨어진다.

"……헉! 안 돼!"

레아는 저도 모르게 비명을 질렀다. 그가 허리에서 단검을 뽑아 든다. 아찔했다. 그는 단 두 자루의 단검으로 레아를 덮치던 맘루크 병사 둘을 한꺼번에 거꾸러뜨린 최고의 전사였다. 레아는 저도 모르게 큰 소리로 울부짖었다.

"제발, 제발, 하느님, 제발 저희를 살려 주세요! 제발!"

"……."

잠시 망설이던 발타가 이를 악물며 팔을 내린다. 그의 손에서 단검이 툭 떨어진다. 그는 자리에 못 박혀 선 채, 레아와 라셸르, 그리고 자신의 말이 멀어지는 모습을 바라보기만 했다.

레아는 불현듯 직감했다.

나는 이제, 다시는 이곳에 돌아오지 못할 것이다.

나는 이제, 다시는 보지 못할 것이다. 하얗고 노랗고 빨간 꽃들로 둘러싸인 세공방, 아빠의 망치 소리와 내 노랫소리가 떠나지 않던 손때 묻은 작업장, 돌과 백토와 잘 다듬은 나무로 지은 아담한 집, 아몬드 꽃잎으로 새하얗게 뒤덮인 뒷마당, 빵 냄새 가득하던 화덕, 정겨운 돌담길, 흥겨운 아크레 시장의 떠들썩한 고함 소리, 이웃들이 쉴 새 없이 인사하며 지나다니던 성 안나 삼거리, 알리스 아줌마, 마르그리트, 장, 이자벨라, 용맹한 기사님들.

……엄마, 아빠.

레아는 그 짧은 순간, 고개를 돌려 아크레에서의 마지막이 될 장면을 기억에 담으려 애썼다. 하필 그 장면에 저 사내가 들어간 것이 한스러웠다.

그가 무릎을 꺾고 허물어지듯 세공방 앞에 주저앉는다. 색색의 꽃이 화사하게 핀 공방의 정원을 배경으로 망연히 자신만 바라보고 있는 가증스러운 사내가 왜인지 한없이 슬퍼 보여, 레아는 더욱 한스러웠다.

두두두두두, 두두두, 두두두.

두 사람을 태운 말은 부두를 향해 맹렬히 달렸다. 집은 순식간에 아득히 멀어졌다.

2부. 아크레의 발타

Baltha d'Acre

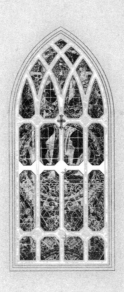

2-1. 여러 얼굴을 가진 도시

발타는 아크레에 처음 들어왔을 때의 기묘한 느낌을 기억하고 있었다.

아크레는, 케루빔이나 야누스처럼 여러 개의 얼굴을 갖고 있다. 이곳은 유대 민족이 신의 명령대로 차지했다가 이교도들에게 빼앗긴 영광과 치욕의 땅이며, 십자군이 수복했다가 빼앗긴 기쁨과 슬픔의 땅이었다.

젖과 꿀이 흐른다던 이곳은 황량하고 척박했고, 신성하고 거룩해야 할 이 땅에선 협잡과 탐욕과 살의가 쟁쟁했다.

이곳에선 순결한 이상과 더러운 죄악이, 뜨거운 열망과 차가운 냉소가, 전쟁과 평화가, 축복과 저주가 늘 공존했다.

빵 굽는 냄새와 피비린내, 아이들이 웃는 소리와 병사들이 내지르는 단말마의 비명…… 공존할 수 없는 것들이 혼란스럽게 뒤섞인 이 기묘한 도시는 이름은 있으나 실체가 없는 곳이기도 했다.

예루살렘 왕국엔 예루살렘이 없었다. 그리고 아크레는 그 신기루 같은 왕국의 수도였다.

하여 발타는 날이 갈수록 아크레에 깊은 동질감을 느끼게 되었다.

발타는 자신의 내면에 너무나 상반된 것들, 결코 조화를 이룰 수 없는 것들이 함께 뿌리박혀 있다는 것을 알고 있었다.

그는 어떤 때는 칠십 먹은 상인처럼 노회했고, 어떤 때는 어린아이처럼 순진했다. 새로운 지식에 갈급했으나 지식은 신앙과 매번 충돌했다. '작은 솔로몬', '동방의 현자', '바벨의 대천사'라는 별명으로 불렸던 그는 신앙과 충돌하는 자신의 지식을 애써 은폐해야 했다.

신앙은 깊었으나 공허를 막을 수는 없었고, 타인을 경계하는 방법은 알았지만 외로움을 이길 방법은 알지 못했다. 죽음이 두렵지는 않았으나 부끄럽게도 고통은 두려웠다.

폭발하는 화산 같은 욕망과, 얼음처럼 차디찬 이성이 공존했다. 근육이 강건해지고 외모가 아름다워질수록 그는 자신의 육체를 경멸하고 증오했다.

그는 로고스가 지배하는 관념과 추상의 세계를 깊이 사랑했으나, 그가 몸담고 살아가는 세계는 카오스가 지배하는 우트르메르였다. 이성과 감정, 추상과 현실은 그의 내면에서 늘 격렬하게 충돌하곤 했다.

그는 생각이 많아질수록 침묵했고, 감정이 짙어질수록 가혹하게 짓눌렀다. 그는 얼굴을 감추고 생각을 감추고 신분마저 감춘 채, 위대한 누군가의 그림자로만 존재하려 노력했다.

어차피, 내게 남아 있는 삶은 이미 여분의 것이니.

그는 오래전, 시테 왕궁의 고문탑에서 죽을 운명이었다. 하지만 하느님께서 필립 태자의 손을 통해 구원의 이적을 베푸셨고, 그날 발타는 여분의 삶을 받았다. 그래서 발타는 남은 생의 방향을 자신이 원하는 대로 주장해서는 안 된다고 믿었다.

그리하여 발타는, 예루살렘 왕국을 수호하다 죽어 간 성전기사들의 삶에서 생의 방향을 탐색하기 시작했다.

성전기사들은 자신의 모든 소유와 육신을 하느님께 바치기로 맹세한 자들로, 용맹한 전사이자 순결한 수도사, 고난의 순례자이자 피의 순교자들이었다. 저마다 인간적인 결함은 있었으나, 신을 향한 열정과 헌신만큼은 아무도 부정할 수 없었다.

어린 발타는 그들 틈에서 자라는 동안, 저들과 어깨를 나란히 하여 이교도들과 싸우는 자신의 모습을 꿈꾸었다.

맹렬한 전장 한복판, 상상 속의 자신은 아비규환이 벌어진 들판 한가운데서 누런 모래 먼지를 뒤집어쓰며 적에게 미친 듯 칼을 휘두르고 있다.

뜨거운 햇볕이 무쇠 투구와 사슬 갑옷을 달구어, 머리끝부터 발끝까지 지글지글 녹아내린다. 전투는 반나절, 혹은 종일 맹렬하게 이어진다. 어둑어둑 땅거미가 지면, 들판은 양쪽 진영 병사들의 시체로 가득해진다.

만약 운이 좋다면 그는 전사한 동료를 데려가기 위해 시체 더미를 뒤적이고 있을 것이고, 운이 없다면 그 시체 더미 속에 파묻혀 있을 것이다. 물론 늘 운이 좋을 수는 없으니, 언젠가는 그 땅에서 살과 뼈를 묻게 될 것이다.

입었던 갑옷과 무기는 누군가에게 거두어져 비싼 값으로 팔리겠지만, 시신은 수습되지 않고 그 자리에 남겨져도 좋을 것이다.

피로 얼룩진, 먼지가 가득한 흙바닥에서 자신의 시체는 이리저리 뒹굴고 말발굽에 짓밟혀 으깨지다가 예루살렘의 흙이 될 것이다. 그런 식의 완벽한 소멸도 나쁘지 않을 것 같다.

데우스 불트.

신성한 임무는 인간을 위한 것이 아니다. 오로지 하느님을 위한 것.

그러니 나의 죽음은, 인간의 눈으로 볼 때 허망하고 비참할수록 좋으리.

아무도 고마워하지 않는 죽음. 공허하고 덧없는 죽음. 오로지 하느님만 알아주시는 죽음.

그것은 성전기사로서 가장 명예롭고 아름다운 죽음일 것이다.

"……."

눈을 뜨자 새까만 어둠이 눈앞에 펼쳐진다.

짙은 어둠과 절대 침묵에 잠긴 고요한 기도실. 발타는 두 손으로 얼굴을 감싸고 나직하게 신음했다.

당혹스럽다. 기나긴 기도를 마친 직후, 영적 환희와 고요한 평화가 충만해야 할 이 순간, 그의 가슴 밑바닥엔 오히려 시커먼 공허와 허탈감이 진득하게 내려앉곤 했다.

나의 삶은 무엇을 위한 것일까.

천국을 위한 고통은 너무 크고, 기쁨은 너무 작다.

하느님께서 나에게 원하시는 게 정말 이렇게 건조하고 황량한 삶일까.

발타는 조금 더 이어지는 불경한 마음을 저지하지 않고 잠시 방

110

치한다.

천국도 이렇게 무미건조하고 황량할 것인가.

생각을 끊기 위해 두 손을 가슴에 얹고 소리 내어 기도를 이어 나간다.

Miserere me Domine, qvia pecco tibi, Miserere……

그의 목소리는 점점 어둠 속으로 스며든다. 기도실의 어둠은 무저갱의 공허, 혹은 미지의 공포와 너무나도 닮았다.

잠시 기도를 멈춘 순간, 어둠의 무게가 온몸을 확 짓누른다. 바닥없는 늪으로 끝없이 빠져들어 가는 느낌.

나의 지향할 바는, 거룩한 관념과 신성한 추상의 세계. 바위처럼 차고 단단한 이성의 세계.

……하지만 눈앞에 펼쳐진 것은, 짙은 어둠, 무저갱과 같은 허공. 나는 여전히 발 디딜 땅을 찾을 수 없다.

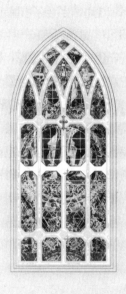

2-2. 아크레 시장의 오후

"에취! 에취! 에취!"

발타의 커다란 재채기 소리에 성경을 낭독하던 사제의 목소리가 잠시 끊어졌다. 식사 시간은 쥐 죽은 듯한 침묵 속에서 진행된다. 오로지 식당 귀퉁이에서 낭랑하게 성경을 낭독하는 소리만 들릴 뿐이다.

"헛흠. 음."

성경을 낭독하던 사제가 못마땅한 듯 헛기침을 하더니 다시 낭독을 이어 나간다. 아크레 성전기사단 본부에 얼마 전에 배속된 젊은 사제는 신경 거슬리는 것을 참기 싫어했다.

하필 오늘의 낭독은 레위기다. 고약하기도. 왜 시편이 아니고 레위기일까. 먹어야 할 것, 먹지 말아야 할 것의 리스트가 줄줄 흘러나오고 있었다.

날아다니는 벌레는 먹어도 좋고 기어 다니는 벌레는 먹으면 안 되고, 닭은 먹어도 좋고, 매나 솔개나 홍학은 먹으면 안 되고…….

하느님께서 저 금지 목록에 후추를 넣어 주셨으면 좋았을 텐데.

발타는 부질없는 생각을 하다가 다시 눈썹을 찡그렸다. 눈에 띄는 행동을 자제하며 없는 듯 지내려 노력하고 있었지만, 생리적인 반응은 어쩔 수 없다. 팔각 정향 계피 시트론 다 괜찮은데, 왜 하필 후추만.

고개를 뒤로 쭉 빼 보았지만 여전히 콧속이 근질근질한다. 주변에서 다른 견습 기사들과 시동들이 힐끔대는 시선이 느껴진다. 눈꼬리 입꼬리가 실룩실룩하는 꼴이, 하나, 둘, 셋, 속으로 숫자를 세고 있는 게 다 보인다.

고약한 인간들. 세상에 어떤 용맹한 기사도 재채기를 의지로 참지는 못할 것이다. 발타는 본능과의 싸움을 포기했다.

"에취! 에취!"

그날은 발타가 시동 노릇을 졸업하고 자신의 검을 소지하는 것이 허락된 첫날, 즉, 에퀴에르(견습 기사)로 불리기 시작한 날이었다.

원래는 고기가 나오지 않는 날인데, 그날따라 발타 앞으로 사슴 고기가 푸짐하게 나왔다. 겨자와 후추와 정향이 아낌없이 뿌려진 것을 보면, 단장님이 특별히 신경 써서 요리하라고 언질해 둔 것이 틀림없었다.

최고급 포도주도 한 잔 가득 나왔는데, 물을 타지 않은 진짜배기 포도주였다. 잘 말린 대추야자와 알록달록 색이 든 귀한 사탕도 한 병 얻었다.

사탕은 대부인 자크 경의 선물이었는데 그는 사라센 이교도라면 자다가도 이를 박박 가는 주제에, 그들이 만든 맛있는 과자나 알록달록한 사탕을 사 줄 때는 아무 거리낌이 없었다. 아주 귀한 것이니 아무도 안 볼 때 너 혼자 먹으라는 으름장까지 잊지 않는다.

에퀴에르가 되는 일에 큰 의미를 부여하지 않았던 발타는 이런 종류의 특별대우가 어색해서, 고개를 숙이고 열심히 먹는 척했다.

하지만 요리사가 특별대우랍시고 고기의 속까지 향료를 왕창 퍼붓는 바람에 다 망했다. 요리사들이 비싼 향료를 처덕처덕 바를수록 최고급 요리가 된다는 신념을 갖고 있던 덕에, 발타는 고기를 먹는 내내 재채기를 해야 했고 입속도 온통 얼얼해 이게 고기인지 신발 밑창인지도 모를 지경이었다.

하지만 제대로 된 기사 후보생이라면 그런 사소한 괴로움을 내색해서는 안 될 일이었다. 옆에 있던 선배들이 '나도 다 당해 봤느니라' 하는 듯한 웃음을 억누르며 어깨를 툭툭 친다.

발타는 고개를 수그리고 재채기를 해 가며 열심히 먹기만 했다. 식사 시간 금언 규칙이 없었다면 선배나 동료들은 발타를 놀리느라 꽤 떠들썩했을 것이다.

간신히 식당 밖으로 나오니 단장님이 한 마디 툭 던진다.

"9시과(오후 2~3시) 미사 때까지 훈련은 없다. 같이 가 볼 곳이 있으니 가스콩을 끌고 정문으로 나오너라."

명대로 노새를 끌고 나왔더니, 가타부타 아크레 시장으로 걸음을 옮긴다. 발타는 영문도 모른 채 노새의 고삐를 쥐고 그를 따랐다.

신참 견습 기사를 위한 선물 사재기가 시작되었다.

"이야, 발타 이놈 키 큰 거 봐라? 괘씸한 것, 나보다 한 뼘은 더 크네? 단장님. 꼬꼬마 코흘리개를 이만큼 번듯하게 키우시느라고 고생 많으셨습니다."

"……자크 경, 오셨습니까."

발타는 떨떠름하게 인사했다. 하필 목통 크고 시끄러운 대부님께서 이 난처한 사재기에 따라붙었다.

"발타, 너 단장님한테 효도해야 한다, 엉? 내가 파리에 계신 누군가를 뒷담 하려는 건 아닌데, 애를 맡겨 놓고 이렇게 다 클 때까지 양육비 한 푼 안 내고 말이지, 엉? 날로 먹네, 날로 먹어. 이야, 진짜."

우트르메르에서 동에 번쩍 서에 번쩍 맹활약 중인 자크 경은 단장님과 연배가 비슷해서인지 꽤 격의 없이 지내는 분이었다.

나이는 진작 40줄로 접어들었는데, 하는 행동을 보면 원래 나이보다 스무 살은 덜 먹은 것 같다. 다만 기사단에서 유행하는 턱수염을 가슴께까지 공들여 길게 길렀기 때문에 겉보기에는 원래 나이보다 열 살은 더 들어 보였다.

단장님은 젊은 나이에 기사단 최고 지위에 오르셨기 때문에 나이 든 기사들에게 권위를 잃지 않으려고 온갖 무게는 다 잡고 다니셨는데, 자크 경은 반대였다. 아랫사람 앞에서는 무게 있는 척 애를 쓰셨지만 친한 동료와 함께 있으면 순식간에 말 많은 이웃 아저씨로 전락했다.

"자고로 제대로 된 기사라면 부르고뉴−프랑슈콩테 사나이들처럼 좀 터프한 맛이 있어야지. 내 고향이 거기라서 하는 말은 아니야! 어째 요새 에퀴에르들은 하나같이 트루바두르(음유시인)처럼 하늘하늘 간들간들 그 꼬라지인지 모르겠어. 죄다 거시기를 떼어 버려야 해."

"발타, 살다가 혹 가스코뉴 놈을 만나면 말이다, 성호를 세 번

116

긋고, 소금을 뒤로 던지고 십 리 만 리 튀는 게 상책이야. 대가리 대신 맷돌을 얹고 다니는 놈들이라니까?”

“작센 놈들은 어째 하나같이 고추 큰 것만 자랑하지? 근데 우리 기사단에 들어와서 그걸 대체 얻다 써먹냐? 오줌 멀리 눌 때? 단장, 뽑지 마요, 뽑지 마, 그거 크다고 자랑하는 놈들.”

“성 요한 기사단 그 재수 없는 양아치 새끼들, 수탉처럼 볏이나 세우고 거들먹대는 주제에. 놈들은 칼빵 맞고 피를 한 됫박 흘리면서 자빠져 있는 환자한테도 사혈을 하겠다고 팔뚝에 칼을 박아 넣는다고! 돌팔이 새끼들!”

원래 자크 경은 용맹하고 우직한 성품과 순수하고 열렬한 믿음으로 유명했는데, 불같은 성정과 저런 막 나가는 뒷담⑺ 때문에 빵과 물만 먹는 징계도 몇 번이나 받은 전적이 있다. 기사로서의 명예와 품위를 실추했다는 것이다.

하지만 자크 경은 ‘성전기사로서의 명예와 품위는 천국에 쌓아 놓은 이교도의 수급으로 결정되는 것’이라며 눈썹 하나 까딱하지 않았다.

성전기사단 단원들은 모두 순결을 서약한 독신 수도사들로 신앙과 여자 문제에 대해서는 엄격했지만, 저런 종류의 터프함이나 폭력 문제는 다소 너그럽게 봐주는 경향이 있었다.

“발타 넌 대체 기사가 된다는 놈이 허리통이 그게 뭐냐. 한 번 걷어차면 똑 부러지게 생겼네. 사나이라면 허리통이 와인 통처럼 좀 불룩하고, 엉? 좀 땅땅하고, 엉? 나처럼 든든한 맛이 있어야지, 엉? 이 손목 좀 봐! 무슨 청어 가시도 아니고! 내가 너 걱정하다가 머리 다 빠진다.”

하루 이틀 당한 잔소리가 아니라 발타는 어깨만 으쓱할 뿐이다.

이제 자크 경은 쌓인 물건들을 보며 호들갑을 떨기 시작했다.

"발타, 야 인마, 네가 여자를 꾈 것도 아닌데 이렇게 반짝반짝 얄랑얄랑하는 비단 쉬르코를 대체 얻다 쓸 거냐? 이 장미꽃 손수건 좀 보시게. 이거 네가 고른 거야? 단장님이라고? 거짓말하지 마. 무장하고 반나절만 훈련해도 속옷을 쥐어짜면 땀이 한 사발 가득 나오는데 이렇게 숨만 불어도 찢어질 것 같은 손수건을 뭐에 써! 아, 혹시 너 단장님한테 큰 죄라도 지었냐? 장차 성전기사가 될 사나이라면 이따위 손수건 대신, 어? 슈미즈 소맷단을 확 찢어서, 어? 그걸로 얼굴에 흘러내린 피와 땀을, 어? 이마하고 목에 대고 착착착! 저세상 터프함을, 어?"

"자크 형제, 들어가서 낮잠이나 주무시오."

단장님의 점잖은 저지는 아무런 소용이 없다. 그의 참견질은 이제 단장까지 올라간다.

"단장님! 발타는 얼굴이 이래 멀끔하긴 해도 일당백 기사 후보생입니다. 지금이라도 마상 경기 뺑뺑이 돌리면 떼돈을 긁어모을 걸요! 1~2년만 착실히 모아도 성 요한 기사단 놈들이 애지중지했던 크락 데 슈발리에 요새도 사 올 수 있을 겁니다. 아니, 우리 발타가 앙글레테르의 기욤 르 마레샬(윌리엄 마샬)이나 리샤르 대왕처럼 되지 말란 법 있습니까?"

"……."

"근데 그런 애를 프로방스나 피렌체 놈들처럼 끼라라끼라라 사랑 노래나 시킬 겁니까!! 얘가 이런 야릇잖은 물건 때문에 이상한 물이 들어서 나중에 화장하고 귀도 뚫고, 검 대신 류트 들고 허리나 살랑살랑 흔들며 싸돌아다니면 대체 어떡하실 겁니까, 네?"

이쯤 되면 점잖으신 단장님마저 킬킬 웃기 시작한다. 발타도 그런 제 모습을 상상하고는 픽 웃어 보였다.

하지만 발타는 이런 수선스러움이 싫지는 않았다. 자크 경이 이렇게 격의 없이 놀려 먹는 이들은 다섯 손가락에 꼽혔다. 그는 기사단 단원인 친조카 레몽보다 대자代子인 발타를 더 아끼고 신뢰했다.

"알리에노르 마마께선 해도 해도 너무하셨어. 남자들 물을 다 버려 놨다니까. 어휴! 이런 몹쓸 유행 퍼뜨려 놓고 바람둥이 앙리 새끼(영국 헨리 2세)랑 홀라당 재혼했다 이거지! 아무리 대세가 왕떡대 연하남이라지만 좀 너무한 거 아니야?"

대부분의 성전기사들이 그렇듯, 자크 경도 루이 7세 선왕의 왕비였던 알리에노르를 별로 좋아하지 않았다.

프랑스 왕실의 본거지인 파리 지역에 남쪽의 낭만적이고 우아한 궁정 문화를 들여온 것은, 선왕 루이 르 죈느의 첫 왕비인 아키텐의 알리에노르였다. 좋게 말하면 낭만이고, 자크 경의 방식으로 말하면 '경건과 엄숙으로 똘똘 뭉친 왕실을 연애놀음판으로 만든 사건'이었다.

유행이 바뀌는 것은 순식간이었다. 수도원 같던 시테 궁은 얼마 지나지 않아 귀부인과 기사, 음유시인들의 연애 행각으로 몸살을 앓게 되었다.

귀부인이나 숙녀에게 기사들이 도누아를 바치는 유행까지는 낭만과 명예를 다 같이 잡는 일이니 좋다 이거다. 하지만 어디서 굴러먹던지도 모르는 날라리 가수들이 귀부인들과 모여 앉아 앵알앵알 사랑 노래나 해 대고, 거미처럼 가는 손가락을 까닥이면서 어머나 어쨌어용 저쨌어용 하는 건 좀 다른 문제다.

그리고 용맹한 기사들까지 그 흉내를 내게 된 건 아주아주 다른 문제다. 어째서 기사의 미덕에 가느다란 허리나 향수 뿌린 손수건이나 연애편지 쓰는 능력 따위가 들어가게 된 건가!

거기다가 기사들이 유행에 편승해 귀부인들에게 손수건을 바치고 꽃을 바치고 편지를 바치다 보면 어쩌다 손도 닿고 어쩌다 입도 닿고 결국은 치맛자락 속에서 불꽃놀이를 벌이게 마련 아니던가.

들키면 피차 끔찍한 죽음을 피할 수 없는데도, 그 몹쓸 유행은 들불처럼 퍼져 가, 이제 기사들과 귀부인들의 비밀 연애는 공공연한 문화가 되어 버렸다.

그 용맹하던 프랑크 기사들이 대체 어쩌다가 그따위 불륜에 자신의 용기를 낭비하게 되었는지, 진실로 통탄할 일이었다. 자크는 발타도 혹시나 그런 몹쓸 물이 들까 봐 노심초사했다.

듣다 못한 단장님이 이젠 대놓고 휘이휘이 손짓을 한다.

"자크 형제, 자크! 할 일 없으면 떠들지 말고 제발 들어가서 낮잠이라도 주무시오."

"할 일이 왜 없겠습니까! 지금 발타에게 그런 위험이 목전에 닥쳤으니 제가 지금 계속 경고하고 있는 것 아닙니까! 전 발타의 대부입니다. 발타를 아버지처럼 보호할 책임이 있습니다."

"……."

"단장님. 지금도 차마 눈뜨고 못 보겠는데 대체 발타한테 어떤 희한한 걸 더 사 주려고요? 자꾸 이러면 로마에 감사監査하라고 찌릅니다? 과소비 싹쓸이라고? 흥청망청이라고? 정말 찌를까요, 단장님?"

"발타, 가스콩 입에서 재갈 풀어서 저 인간 입에 좀 물려라."

발타는 고개를 옆으로 돌린 채 싱겁게 웃었다.

어느덧 가스콩의 잔등에는 발타의 짐이 차곡차곡 쌓이기 시작했다. 기본 무기는 이미 후견인에게 받았으니 다른 것들을 사 줄 생각인 듯했다. 고급 물소 가죽으로 만든 장화, 코끝이 한 뼘 넘도록 길게 빠져서 그 끝을 발목에 묶게 만든 노란 단화—사실 이건 기사단 금지 물품이다— 부드러운 양가죽으로 만들어진 '끝자락이 허벅지 위에서 우아하게 흔들린다'는 고급 허리띠, 허벅지까지 닿는 쇼스(긴 양말형 바지) 두 켤레와 그것을 고정할 붉은 비단 가터, 고급 리넨으로 만든 브레(속바지)와 슈미즈, 훈련할 때 입는 가벼운 튜닉과 미사를 드릴 때 입을 푸른색 남성용 콧트, 어깨를 덮는 두건과 정강이까지 닿는 벨벳 망토까지, 쇼핑 품목은 상당히 길게 이어졌다.

물욕이 없고 화려한 것도 싫어하는 발타는 당황하기 시작했다. 하지만 만류할 수도 막을 재간도 없었다.

'단장님께 절대복종'이 규칙인 기사단에서 아랫사람의 의견 따위는 별로 중요하지 않았다. 선물을 사용할 당사자의 취향이나 의견조차 필요 없었다. 지중해 전역에서 가장 돈이 많은 성전기사단의 단장께서 돈 좀 쓰시겠다 하는데 그걸 누가 감히 막겠는가.

발타는 두건을 콧잔등까지 푹 끌어 내린 채 '내가 정말 저 붉은 비단 끈을 써야 하나' 걱정하며 단장님을 따라다닐 수밖에 없었다.

오렌지 주스를 파는 여자 옆을 지나며 발타가 그녀의 오렌지 바구니를 흘낏 바라보자 단장님이 툭 묻는다.

"목마르냐."

"아닙니다. ……참을 만합니다."

곁눈질한 걸 들켰다 생각하니 민망했다. 단장님이 보일 듯 말

듯 웃는다.

"먹고 싶으면 먹고 싶다고 해도 된다."

단장님은 걸음을 멈추고 여자에게 주스를 석 잔 시켰다. 단장님을 알아본 여자는 화들짝 놀라 허리가 반으로 접히도록 절을 했다. 그리고 옆구리에 걸린 잔을 수건으로 박박 닦은 후, 잘 익은 오렌지를 몇 개 골라 짜서 잔이 넘치도록 따라 주었다.

세 사람은 길모퉁이 그늘에 서서 오렌지 음료를 마셨다. 너무 더워서인지 큼직한 잔에 가득하던 주스는 눈 깜짝할 사이에 없어졌다. 단장님은 석 잔을 더 시켰고, 자크 경은 뒤늦게 단체 할인이 되냐며 가격을 흥정했다. 단장님과 발타는 모르는 사람인 척 자크 경을 외면했다.

시장 사람들이 수레를 끌고, 나귀를 몰고, 혹은 무거운 물지게를 지고 세 사람의 옆을 지나간다. 장사꾼들은 이 좁은 골목길에 바글대는 사람들을 익숙한 몸놀림으로 피해 다니는데, 꼭 뱀이 땅꾼을 피해 요리조리 미끄러지는 듯하다.

여기저기서 호객을 하는 고함 소리로 귀청이 떨어져 나갈 것 같다. 오후의 아크레 시장에는 살아가는 데 필요한 모든 잡동사니가 모조리 쏟아져 나온 듯했다.

세 사람은 시끄러운 고함과 누런 먼지를 흠뻑 뒤집어쓰며 주스를 마셨다. 단장님과 자크 경은 한 모금씩 음미하며 아껴 마시는 발타를 곁눈질하며 뿌듯하게 웃었다.

발타는 모른 척하고 주스를 마셨다. 한 모금 한 모금씩 오래오래 마셨다. 잘 익은 오렌지의 과즙은 달고 향긋했다.

2-3. 성 안나 삼거리의 아모스 세공방

"……마음에 드는 게 있으면 예서 몇 개 집어 봐라."

붉은 우단이 깔린 커다란 탁자 위로 남성용 장신구들이 하나하나 놓이기 시작했다. 성구聖句가 새겨진 은반지, 알알이 장미 장식을 아로새긴 묵주용 은팔찌와 십자가 목걸이가 놓이고, 뒤이어 기사들 사이에 유행하는, 보석이 박히고 죔쇠까지 달린 가죽 거들, 어깨나 허리에 늘어뜨리는 사슬 장식, 망토를 고정할 때 쓰는 대형 브로치가 끌려 나왔다.

거들에 다는 은십자가 장식도 있었고, 화려한 장식이 수놓인 비단 앨모너(소지품 주머니), 작은 성물함, 단검 세트도 있었다.

"이 공방집의 물건은 믿을 만하지. 아크레, 아니 우트르메르 전역에서 아모스를 따라올 만한 장인은 아직 없어."

단장님이 무뚝뚝하게 덧붙였다. 그는 속정이 많은 데 비해 말투는 덤덤하고 딱딱한 편이었다.

등 뒤로 진땀이 흘러내렸다. 발타는 자신에게 이런 장신구가 필요하리라는 생각을 해 본 적이 없었다.

지금 발타가 있는 곳은 성 안나 삼거리의 단장님 댁 인근에 있는 아모스 세공방이었다.

기사단 단원들은 공동생활이 원칙이지만, 단장님이나 고위 기사에겐 별도의 처소가 주어지기도 하는데, 이 세공방은 단장님 댁 근처에 있었다. 발타는 매일 이 앞을 지나다니며 공방을 보았지만, 안에 들어와 본 건 이번이 처음이었다.

"기욤 단장님. 어서 오십시오."

머리가 바닥에 닿도록 인사를 드리는 이는 세공방의 주인인 아모스였다. 작고 섬세한 것을 만드는 세공사답지 않게 덩치가 크고 수염이 텁수룩하며 몹시 우락부락하게 생겼다.

세공방은 꽤 넓었는데 커튼으로 가려진 뒤쪽은 작업장인 듯했고, 앞쪽은 손님들을 맞이하고 판매하는 공간인 듯했다.

아하, 예예. 남성 장신구 몇 가지요? 기사님들이 쓰실 만한? 있고말고요. 은십자가 장식이나 여밈용 브로치 같은 거요. 예예.

덩치 큰 세공사는 두 손을 비비며 단장님의 설명을 듣더니 자물쇠로 잠긴 벽장을 열고 그곳에 쌓인 나무 상자들을 하나하나 늘어놓기 시작했다.

단장님도 나오신 김에 뭔가를 사시려는 걸까.

발타는 물끄러미 탁자 위를 응시했다. 보석이나 금으로 된 비싼 장신구들은 보통 주문 제작을 하지만 은이나 구리, 가죽이나 나무 장신구는 만들어 놓은 것들이 꽤 있는 듯했다.

보드라운 벨벳 천에 감싸여 있던 은 세공품들은 새하얗고 눈부

124

섰으며 장식은 섬세하고 아름다웠다. 고작해야 옷을 여미고 졸라 매는 물건에 이런 섬세한 수공이 아깝다는 생각이 들었지만, 단장 님처럼 높은 직분에는, 그에 합당한 격식이 갖추어져야 한다는 것 은 알고 있었다.

"우린 안에서 아모스하고 얘기 좀 하고 나올 테니, 마음에 드는 게 있으면 몇 개 집어 봐라."

"……예?"

"못 알아들었느냐? 네가 쓸 것 골라 보라고."

사재기가 끝난 줄 알고 안심했던 발타는 당황했다. 아무리 시세 를 몰라도 이 세공품들이 어마어마하게 비싼 놈들이라는 건 안다. 이런 걸 무일푼 에퀴에르에게 마음대로 골라 보라는 단장님이 대 인배인지 생각이 없는 건지 모르겠다.

"아, 안녕하세요. 맘에 드는 물건이 있으신가요?"

커튼 뒤쪽에서 일하던 직인이 통통 튀어나와 말을 붙인다. 워낙 비싼 물건들이 나와 있으니 방에 들어간 주인 대신 지켜보러 나온 듯했다.

……여자인가?

남자 직인인 줄 알았는데, 얼굴에 앳된 기가 남은 소녀였다. 키 가 껑충하게 크고 얼굴선이 시원시원 굵은 편이었는데, 목소리는 곱고 맑았다. 가까이 다가오지 않고 멀찍이 서 있는 걸 보면 낯을 좀 가리거나 조심스러운 성격인 듯했다.

"편하게 천천히 골라 보셔요. 궁금한 게 있으면 바로 말씀하시 고요."

"예."

당연히 소녀는 들어가지 않고 그곳에서 얼쩡거렸고, 발타는 당

125

연히 편하지 않았다.

한동안 침묵이 이어졌다. 발타는 원래도 말이 없는 데다, 기사단에서의 묵언 훈련으로 말없이 이어지는 시간이 그다지 거북하지는 않았다. 거북한 것은 소녀가 앞에 서 있다는 사실 하나뿐이었다.

하지만 소녀는 손님의 긴 침묵이 몹시 불안한 듯했다. 그녀는 손가락을 쥐어뜯으며 안절부절못하다가 슬그머니 다가와 말을 붙이기 시작했다.

"어, 음, 기사님……?"

"……."

발타는 아직 기사가 아니었다. 그냥 기사인 척 대답할까, 기사가 아니라고 말해 줄까 생각하는 사이, 소녀의 목소리는 조금 더 초조해졌다.

"아, 저, 저기……."

조금 머뭇대던 소녀가 용기를 내서 물건 홍보를 시작한다.

"여, 여기 있는…… 금속 세공품들은 어, 전……부 아버지가 만드신 거예요. 저희 아버지가 만드신 건 모양도 예쁘고 사용하기도 편하지만, 금이나 은 함유량도 믿을 만해요."

세공사의 딸인가?

발타는 곁눈으로 힐끔대며 소녀를 살펴보았다. 소녀는 다행히도 아빠를 별로 닮지 않았다. 뽀얀 피부에 발그레한 뺨이 시선을 끌었는데, 특히 아크레의 바다처럼 푸른 눈동자는 탁자 위에 놓인 어떤 보석보다도 아름다웠다.

대충 묶어 뒤로 넘긴 머리카락이 허리까지 찰랑거린다. 움직일 때마다 파도처럼 물결치는 금발은 아크레의 강렬한 햇빛을 담고 있었다. 어둑한 공방에서 이 소녀 혼자만 눈부시게 빛났다.

발타는 저도 모르게 눈썹을 찌푸렸다. 평소대로 사슬 면갑을 두르고 두건까지 푹 뒤집어쓰고 있어서 다행이었다. 안 그랬으면 이상한 표정을 들켰을 것이다.

"어떠세요? 예쁘죠?"

"예."

"저희 아버지는 아크레 최고의 세공사예요. 세공뿐만 아니라 온갖 복잡한 장치가 든 물건도 우트르메르에서 최고로 잘 만드시죠. 오토마타의 대가이신 알 자자리의 제자의 제자의 제자라니까요?"

아, 아닌가? 제자의 제자의 제자의 제자인가? 소녀는 고개를 갸웃하더니 눈을 깜박이며 멋쩍게 웃어 보였다. 아직 손님맞이에는 그리 익숙하지 않은 듯했다.

발타는 오토마타의 전설인 알 자자리를 알고 있었다. 아까 소녀는 작업용 책상에 달라붙어서 뭔가 일을 하고 있던 것 같았는데, 그렇다면 이 소녀는 알 자자리의 제자의 제자의 제자의 제자가 되는 걸까?

발타는 문득 소녀가 만든 물건이 궁금해졌다.

"와, 뭔가 많이 사셨네요. 다 단장님 물건인가요?"

소녀는 밖에 있는 노새와 그곳에 실려 있는 짐들을 바라보며 탄성을 질렀다. 발타는 왜인지 조금 부끄러웠다.

"……아닙니다. 제 물건입니다."

"헉! 기사님 물건이에요? 우와! 대단하세요!"

소녀의 호들갑에 발타는 더 민망해졌다.

"아직 기사는 아닙니다. 오늘 에퀴에르가 됐고, 저 물건은 제가 산 게 아니라 선물을 받은 겁니다."

"아, 저건 그럼 에퀴에르가 된 기념 선물인가요?"

"그렇습니다."

"그럼 기욤 단장님의 에퀴에르 중 한 분이 되시는 건가요?"

"……그렇습니다."

얼굴로 점점 열이 오르는 것이 느껴졌다. 구매 의욕을 일으키는 건 고사하고 자꾸 손님을 도망치고 싶게 만드는 걸 보면 소녀는 접객과 판매에 영 소질이 없어 보였다.

"축하드려요! 그럼 조금만 더 기다리면 성전기사단 기사님이 되시는 거네요!"

소녀가 발그레하게 달아오른 얼굴로 팔짝 뛰어 다가왔다. 보석처럼 푸른 눈동자가 흥분과 감탄으로 반짝반짝 빛났다.

"예, 기사 서임을 받으면 바로 입단할 예정입니다. ……받아 준다면요."

"당연히 입단하실 수 있을 거예요! 다른 사람도 아니고 단장님을 모시던 분이잖아요. 얼른 입단하실 수 있도록 제가 매일 기도해 드릴게요!"

"감사합니다, 마드무아젤."

발타가 예의 바르게 허리를 숙여 인사하자 소녀의 눈이 동그래진다. 귀족 집안의 숙녀가 아닌 자유민의 딸이라, 마드무아젤이라는 존칭이 꽤 낯설었던 모양이다.

발타는 숙녀에게 어울리는 예우를 해 주고 싶었던 것뿐인데, 혹시 소녀가 자신을 여자에게 수작이나 거는 허세 가득한 남자로 오해할까 봐 조금 초조해졌다.

하지만 소녀는 그리 기분 나쁜 것 같지는 않았다. 소녀는 장밋

빛으로 달아오른 뺨에 열심히 손부채질을 하더니 결국 기어들어 가는 소리로 고백했다.

"저, 저기, 실은 제가 숙녀라는 말을 들어 본 게 처음이라⋯⋯ 그, 그것도 성전기사님한테⋯⋯. 아후⋯⋯."

그래 놓고는 얼굴이 빨개져서 몸을 돌리더니 두 손으로 뺨을 감싸고 동동거린다. 아이, 난 몰라, 진짜 말했어. 어떡해, 아휴 죽겠네, 나 어떡해.

발타야말로 뭘 어떡해야 할지 몰라 죽을 지경이었다. 그는 숙녀와 제대로 이야기해 보는 것 자체가 처음이었다. 지금껏 대화를 나눠 본 여자라야 기사단에서 일을 하는 늙은 하녀나 시장의 상인들 정도였는데, 그것도 두 마디를 넘어가 본 적이 없었다.

"마드무아젤. 다시 말씀드리는데, 저는 아직 성전기사단 기사가 아닙니다."

"아직은 아니지만 조만간 되실 거잖아요. 아이, 난 몰라, 나 어떡해. 떨려 죽겠다. 아 사실은요, 제 어릴 때 꿈이 꽃미남 리샤르 폐하나 시테 궁 필립 폐하처럼 멋진 기사가 돼서 성전기사단에 들어가는 거였거든요. 아 물론, 그때는 제가 확실히 뭘 좀 몰라서."

하하하, 저도 모르게 웃음이 터졌다. 갑자기 어린 시절 비밀까지 털어놓는 소녀는 꽤나 엉뚱한 구석이 있었다.

"기사가 될 수 없으면 기사님과 결혼하는 방법은 어떻습니까? 기사처럼 직접 싸우지는 못해도 곁에서 도울 수도 있고, 남편과 함께 십자군에 출정할 수도 있습니다. 알리에노르 비전하를 비롯해서 십자군에 부군과 함께 출정한 귀부인은 상당히 많습니다."

발타는 저도 모르게 소녀의 고민에 대한 대안을 제시했다. 물론 소녀는 귀족이 아닌 자유민이었지만, 기사와의 결혼이 아주 불가능한 것은 아니었다. 일급 장인의 딸이기 때문이었다.

아모스처럼 실력 좋고 부자로 소문난 장인 정도 되면 재산이 없는 편력 기사를 사위로 맞는 일이 불가능한 일은 아니었다. 마상 시합에서 계속 져서 큰 빚을 지고 떠돌아다니는 기사들도 적지 않았으니, 이 소녀 정도라면 기사의 아내가 되는 것이 어렵지 않을 듯했다. 지참금도 많고 고급 기술도 손에 익힌 장인의 딸은 자유민 신붓감 후보 중에서 가장 높은 레벨에 속했다.

하지만 소녀는 시무룩한 얼굴로 고개를 저었다.

"하지만 성전기사단 기사님들은 결혼 못 하게 되어 있잖아요."

"성전기사단 기사만 기사는 아니잖습니까."

"성전기사단 기사님이 아니면 무슨 소용인데요."

소녀의 입에서 애잔한 한숨이 흘러나온다.

소녀는 아무래도 '기사'가 아니라 '성전기사'에 로망이 있는 것 같았다. 당연히 성전기사의 독신 규율이 아쉬운 듯했다.

두 손으로 치맛자락을 꼭 움켜잡은 소녀는 이제 새빨갛게 익은 얼굴로 자신을 힐끔대며 발가락을 꼼지락대고 있었다. 등으로 진땀이 흘러내린다. 소녀를 마주 보고 있기가 점점 거북해진다. 혈관 속의 피가 흥성흥성 춤을 추는 것처럼 느껴졌다. 그는 간신히 반박했다.

"꼭 성전기사가 아니라도, 명예롭고 용맹하며 인품이 훌륭한 기사님들도 많습니다."

소녀는 고개를 옆으로 살짝 기웃하더니 눈을 뱅그르르 옆으로 돌렸다. 입이 뾰족하게 다물어지는 모양새를 보니 동의할 수 없는 듯했다. 성질 더러운 진상 기사들의 소문을 꽤 낱낱이 알고 있는 모양이다.

기사들이란 용맹함은 기본적으로 갖추고 있으나, 인품에 대해서는 그야말로 복불복이었다. 성인 호칭을 받아 마땅한 루이 9세 같은 기사도 있지만 개차반 기사들도 차고 넘쳤다.

발타는 결혼에 대해 진지하게 생각해 본 적은 없었으되, 그간 보고 들은 정보들 덕에 결혼에 대해 상당히 회의적인 시각을 갖고 있었다.

귀부인과 미혼의 숙녀들을 성모 마리아처럼 떠받들며 예의를 갖춰 낭만적인 애정 공세를 퍼붓던 기사들이, 결혼 후 아내를 뼈가 부러지도록 때리고, 재산을 빼앗고, 탑의 골방이나 수녀원에 가두어 놓고는 제멋대로 바람을 피우는 꼴을 너무나 많이 봐 왔다. 부부간의 깊은 속사정까지야 알 수 없지만, 그럴 거면 대체 결혼은 왜 하는지 모르겠다는 생각밖에 들지 않았다.

"그냥 어렸을 때 그랬다는 거죠. 지금 그렇다는 건 아니고요."

"……."

"아빠는 같은 세공사하고 결혼하라지 뭐예요. 사위가 공방 물려받아야 한다고. 근데 여기서 일하는 직인들 중에서 맘에 드는 남자는 하나도 없단 말이에요. 하나아도! 하나같이! 아우우우!"

소녀는 몸서리를 치더니, 뒤를 흘낏 돌아보며 작은 소리로 투덜대기 시작했다.

"못생기고, 게으르고, 비겁한 쫄보 주제에 걸핏하면 여자를 쥐어 팰 생각이나 하고, 못생기고, 욕 잘하고, 들창코에, 뻐드렁니에, 드으럽고, 못생기고, 머리에 이도 많고, 손등에 때가 겹겹이고, 못생기고, 싸가지 없고, 여자한테 추근대고, 곁땀 냄새 발 냄새에, 못생기고, 꽃도 싫어하고, 길고양이 돌 던지고, 어린애들 놀려 먹고, 못생기고, 이빨도 싯누렇고, 입에서 썩은 내 나고, 못생기고, 실력은 나보다도 형편없는 주제에 아빠만 없으면 무시하고 후려치고, 못생기고, 돈도 없고, 저금도 안 하고, 술 좋아하고, 돼지처럼 먹는 거나 밝히고, 주제에 여자 밝히고, 못생기고……."

발타는 소녀의 말 중에서 '못생기고'가 몇 번 들어갔는지 세 보려다가 포기했다.

어쨌든 소녀는 남자의 외모를 꽤 보는 모양이었고, 더러운 것을 몹시 싫어하는 듯했다. 그리고 그 '못생기고 더럽고 실력이 별로인' 직인들에게 쌓인 것도 어지간히 많았던 모양이다.

발타는 잠시 눈을 깜박거렸다. 속이 울렁거리는데 이유를 알 수 없었다. 그는 충동적으로 입술을 열었다.

"아버님께 말씀해 보시지요. 팜프 솔로 자격으로 일하겠다고 인정받으면, 독신으로 아버지의 장인 직위를 이어받을 수 있다고 들었습니다. 물론 실력이 뒷받침된다면……."

"그러니까요. 아빠가 아들이 없어서 자꾸 사위 타령을 하시는데 그냥 제가 결혼 안 하고 후계자 하면 되거든요. 제가 여기 있는 직인들보다 실력이 훨씬 좋아요. 아, 교만한 게 아니고 정말이에요. 다른 사람들은 아빠가 만든 거하고 제가 만든 거, 구별 못 할 때도 많아요."

말을 해 놓고 순식간에 얼굴이 새빨개지는데, 금방이라도 석류처럼 터질 것 같았다.

발타는 퍼뜩 정신을 차렸다. 자신이 대체 무슨 말을 지껄이고 있는지 모르겠다. 역시 면갑을 두르고 있는 것이 천만다행이었다. 그는 당황한 것을 필사적으로 숨기며 말을 돌렸다.

"직접 만드신 물건들을 보고 싶습니다."

소녀의 눈이 커졌다.

"저, 잠시만요. 아직 판매해 본 적은 없는데, 한번 가져와 볼게요."

그녀는 겸양을 떨거나 사양하는 대신, 기회를 기다렸다는 듯 콧트 드레스 자락을 정강이까지 걷어쥐고 커튼 뒤로 달려갔다. 탈싹탈싹탈싹, 시커먼 공방의 마룻바닥에서 보드라우면서 경쾌한 소리가 들렸다. 소녀의 발목은 유난히 하얗고 가늘었는데, 소녀는 그 가는 발목으로 사슴처럼 가볍고 우아하게 뛰었다.

발타는 황급히 고개를 돌려 외면해 주었다. 아무리 급해도 남자 앞에서 맨다리를 드러내다니. 소녀가 부주의하다는 생각이 들었다.

……내가 자꾸 무슨 생각을!

숙녀의 드러난 다리에 눈길을 두는 것은 질 낮고 무례한 치한이나 하는 짓이었다.

질 낮고 무례한 치한. 무례한.

발타는 눈을 꽉 감고 장면을 털어 내려 애썼다. 잘 되지 않았다. 고개를 힘껏 흔들었다. 생각을 털어 내려 할수록 발타는 난감해졌다.

탁.

소녀가 들고 온 상자를 탁자 위에 내려놓는다. 보쌍 방패만큼이나 큼직한 나무 상자였다.

상자 안에는 은으로 만든 브로치와 카메오 목걸이, 망토 고정용 장식 사슬, 여성용 머리띠, 머리핀, 티아라, 단검과 단도, 거울에 다는 십자가 장식 등이 있었다. 주석으로 만든 포도주 잔, 구리로 만든 작은 종도 있었다.

"어떠세요?"

……대단하다.

발타는 눈도 깜박이지 않은 채 그녀의 작품들을 바라보았다.

소녀의 자부심에는 이유가 있었다. 이 정도면 어지간한 장인이라도 뿌듯해하지 않겠는가.

물론 곁에 있는 아버지의 물건들에 비하면 살짝 서툴고 미숙한 부분이 눈에 띄긴 했다. 하지만 그녀가 만든 물건은 시선을 잡아당기는 힘이 있었다. 아니, 신경을 긁는 쪽에 더 가까웠다.

이런 말을 하기는 좀 이상하지만, 물건에서 소녀의 감정이 느껴진다. 열렬함, 집착 혹은 신념이라 해도 좋을 어떤 감정. 날렵하고 매서운 장식이 인상적인 검집부터 주석 거울, 자그마한 브로치나 보석이 박힌 머리핀에 이르기까지, 물건 하나하나에 소녀의 영혼이 담겨 있는 것 같았다.

특히 누금 기법을 사용한 장식들이 압권이었다. 눈에 보이지도 않는 작은 금구슬들을 흐트러짐 하나 없이 끝까지 빽빽하게 박아 넣은 걸 보면 꼼꼼한 성격도 성격이지만, 불완전한 상태로 타협하지 않으려는 완벽주의 성향도 있는 것 같았다. 발타는 소녀와 자신의 공통점을 찾은 것 같아 어쩐지 기분이 좋아졌다.

하지만 극도로 긴장한 채 대답을 기다리던 소녀는, 발타가 대답을 지체하자 풀 죽은 목소리로 덧붙였다.

"사실 제 이름 걸고 물건을 직접 만든 건 몇 달 안 됐어요."

아니, 마음에 안 든 게 아니다. 당신의 물건들은 완벽하며, 나는 당신과 나의 공통점을 찾은 것 같아서 기뻤다.

……는 말 따위를 할 수 있을 턱이 없다.

슬슬 진땀이 흐르기 시작했다. 숙녀에게 도누아를 바치다가 주먹으로 뺨을 맞아도 이보다는 덜 난감할 것 같았다. 한참 머뭇대던 발타는 아까부터 궁금했던 것을 묻는 것으로 말을 돌렸다.

"은 제품에는 나뭇가지 무늬가 공통으로 들어 있군요. 특별한 의미가 있습니까?"

발타가 집어 든 둥글고 큼직한 은브로치를 본 소녀의 얼굴은 이내 뿌듯한 웃음으로 물들었다.

"그건 은의 결정 모양이에요."

"은의 결정?"

발타는 저도 모르게 소녀의 눈을 정면으로 응시했다. 소녀는 눈을 빛내며 환하게 웃고 있었다. 눈을 뗄 수 없었다. 소녀는, 그녀가 만든 물건들만큼이나 발타의 시선을 집요하게 잡아끌었다.

"아빠는 세공사지만 광석에서 쇠나 금, 은을 직접 뽑아낼 줄 아세요. 그래서 저도 열한 살 때부터 은을 제련하고 단조 성형하는 걸 배우기 시작했어요."

"아……."

맙소사. 제련은 위험하고 힘이 많이 드는 일이다. 게다가 단조 성형은 금속을 쉴 새 없이 접어 가며 망치질을 해서 물건을 만들어 나가는 방법이다.

쇠를 평생 다룬 장인들에게도 조심스럽고 고달픈 작업인데 그걸 이렇게 마르고 가냘픈 소녀에게 시킨다고?

저 아버지란 작자는 대체 무슨 생각이지?

"그…… 손과 손목의 상처들도 그럼……."

"네. 일하다 생긴 거예요. 영광의 상처죠. 저희 아빠의 손과 팔에도 이런 상처들이 많아요. 이런 상처 하나 없이 진정한 장인이될 수는 없다고 하셨죠."

소녀는 손등과 손목에 이리저리 얽힌 상처들을 부끄러워하지

135

않고 자랑스럽게 내보였다. 여자의 손이라기엔 너무 상처가 많고 거칠어서, 보는 것만으로도 속이 쓰렸다. 하지만 생긋 웃고 있는 소녀의 얼굴에선 자부심이 가득했다.

"그리고 금이나 은을 직접 추출할 줄 안다는 건, 저도 아버지처럼 제가 만든 물건의 함량을 제 이름을 걸고 보증할 수 있고, 제 이름을 걸고 각인을 찍을 수 있다는 뜻이에요. 예쁜 모양만 만드는 게 귀금속 세공의 전부는 아니고, 스스로 신용을 지켜 나갈 능력도 중요하다고 하셨어요."

자신의 일에 대한 자부심이 소심한 소녀의 빗장을 풀었다. 소녀는 상자 구석을 뒤적이더니 보드라운 우단 천에 곱게 싸인 뭔가를 꺼내 발타를 향해 내밀었다.

"이거 한번 보실래요? 되게 신기해요."

손바닥에 놓인 것은, 새하얗게 빛나는 가느다란 나뭇가지 형태의 은이었다. 반 뼘 정도 되는 은의 나무는 소녀의 손 위에서 신비롭게 반짝이고 있었다.

"아무 불순물이 없는 순은을 추출할 때 이런 새하얀 나뭇가지 모양이 나와요."

"……."

"이게 제가 난생처음 뽑아 본 은이에요. 기념으로 보관해 두고 있죠. 저는 이걸 아르브르 다르장(arbre d'argent, 은의 나무)이라는 별명으로 불러요. 아빠하고 저만 쓰는 말이지만."

발타는 소녀가 만들어 낸 순수한 은의 결정을 홀린 듯이 들여다보았다. 신기하다. 신비롭다. 아니, 신성하게 느껴지기까지 한다.

소녀의 은나무는 새하얗고 자그마하고 건드리면 바로 망가질 듯 연약한 모습이었다. 처음에는 그저 이곳에서 벗어나고만 싶었는데 이제 점점 흥미가 생기기 시작했다.

"순은을 처음 뽑아내던 날, 이걸 처음 보았을 때 숨이 탁 막히는 것 같았어요. 은빛 나뭇가지들이 하얗게 얽혀서 영롱하게 반짝이고 있는데, 너무 신비로운 거예요."

"아, 예."

"괜히 눈물이 나고, 가슴이 벅차고, 손이 떨리고 두렵기도 했어요. 천상에만 존재해야 할 것 같은 거룩하고 아름다운 무언가를 제 손으로 만들어 낸 것 같았거든요. 상상이 가세요?"

"……음."

발타는 자신의 상상력 부족이 한스러웠다. 소녀의 열띤 감정에 조금이라도 동조해 주고 싶은데, 도무지 그림이 그려지지 않는다.

소녀는 두 손을 가슴에 꼭 누른 채 눈을 반짝이며 그때의 경이를 되살리고 있었다. 신비로웠어요. 그 느낌은 도저히 말로 설명할 수 없어요. 소녀의 열렬한 설명은 접객과 판매의 영역에서 점점 멀어지고 있었다.

발타는 저도 모르게 눈을 찡그리며 시선을 비꼈다. 햇빛을 정면으로 마주할 때처럼 눈이 시렸다. 이 순백의 나뭇가지보다, 태양빛과 하늘빛을 머금은 소녀의 머리카락과 눈빛이 더 눈부시고 신비롭게 느껴졌다.

순간 흠칫했다. 자신이 이런 생각을 했다는 것이 믿어지지 않았다.

소녀가 은의 결정을 다시 천으로 감싸는 것을 보며, 발타는 조심스럽게 물었다.

"은의 결정은 원래 그렇게 천으로 싸 두어야 합니까."

"네. 불순물이 전혀 없는 순은은 무르고 약하거든요. 손가락 하나만 대고 눌러도 바로 휘어지고 모래알 하나에도 상처가 나요. 이렇게 고운 천으로 감싸 두지 않으면 원래 모습이나 색깔을 유지하지 못해요."

"안타까운 특성이군요."

소녀는 고개를 들더니 살짝 기울이고 눈을 깜박였다. 잠시 후 소녀의 눈이 웃음을 머금고 사르르 가늘어진다. 입술의 양 끝이 살짝 올라가는 모양새가 날렵하고 고왔다.

"음, 물론 그렇게 느끼실 수도 있겠지만요, 절대 순수의 연약함은 안타깝지 않아요. 오히려 그 때문에 더 가치가 있지요. 가장 훼손되기 쉽고 더러워지기 쉬운 금속이기 때문에, 오히려 목숨 걸고 보호해야 할 절대 순수와 순결, 거룩함의 상징으로 남을 수 있다고 생각해요."

발타는 이런 말을 하는 소녀가 철학자처럼 느껴졌다.

"은의 결정 모양을 각인으로 삼으신 데 무슨 특별한 이유가 있습니까."

소녀는 천천히 고개를 끄덕였다.

"저, 제가 나중에, 나중에 혹시 아빠처럼 괜찮은 물건을 만들게 되면요……."

"예."

"그 물건을 성전기사단 기사님들이 쓰실 수도 있잖아요. 그래서……."

발타는 고개를 갸웃했다. 두 번이나 대답을 들었음에도, 여전히 이해가 되지 않는다.

"성전기사단과 이 은의 결정 모양이 무슨 관계가 있습니까?"

한참 말을 고르던 소녀가 눈을 내리깔고 고백하듯 말을 이었다.

"저는 사람들이 꿈꾸는 예루살렘 왕국이 이 은의 나무와 비슷하다고 생각해요."

"······?"

"실제로 우리가 사는 예루살렘 왕국은 전혀 거룩하지도 않고 평화롭지도 않고, 뭐 하나부터 열까지 엉망진창이지만, 그래도 사람들에게 여전히 거룩한 이상으로 남아 있잖아요. 그런 점이 이 은의 결정과 비슷한 것 같았어요······."

소녀의 조곤조곤한 목소리가 물 흐르듯 이어진다.

"저는 성전기사님들이 이 은의 나무를 가슴에 하나씩 품고 계시는 분이라고 생각해요. 실현 불가능한 이상이라는 걸 다 아시면서도, 끝까지 이걸 품고 지켜 내실 분들이라고······."

발타는 손에 들었던 것을 천천히 내려놓았다. 머리가 징, 울린다.

소녀의 말이 맞다. 성전기사단은, 몰락이 눈앞에 보이는 예루살렘 왕국의 수도 아크레를 끝까지 사수할 것이다. 몰락을 예견하지 못해서가 아니라, 그 이상을 끝까지 포기하지 않을 것이기 때문에.

소녀는 잘 알고 있었다. 우리가 목숨 걸고 지키려는 것은, 현실의 부패하고 타락한 예루살렘 왕국이 아니라, 우리가 영혼에 깊이 간직한 은의 나무, 그 순결하고 거룩한 이상임을. 지상에서 단 한 번도 온전한 형태로 존재한 적 없던 나라와 이상을 위해 우리가 기꺼이 목숨을 바치려는 것을, 그녀는 잘 알고 있었다.

그리고 소녀는 그 미련하고 현실감 없는 사람들을 비웃는 대신, 자신만의 방식으로 예우를 바치려는 것이다. 존경과 동경과 아픈 마음까지 모두 담아.

성전기사단에 대한 소녀의 동경은, 소녀다운 치기나 감상적인 흥분과는 전혀 결이 달랐다. 그녀는 혼란과 고통의 땅 너머에 존재하는 것을 보았고, 그것이 탐욕의 세상에 얽혀 괴롭게 살아가는 사람들에게 어떤 가치를 갖고 있는지 이해하고 있었다.

손에 쥔 브로치를 지그시 움켜쥐었다. 앞이 흐릿하게 일그러지는 것 같다.

발타는 확신했다. 오늘 이 순간, 메마르고 황량한 나의 사명은 생명을 얻었다. 우기를 맞이한 광야처럼.

우르트메르, 특히 예루살렘 본토의 우기는 짧다. 하지만 그 변화는 기적이라 불릴 만큼 드라마틱하다. 몇 번의 비가 지나가고 나면 풀 한 포기 없던 사막에 순식간에 싱싱한 생명력이 뻗쳐오르며, 들판마다 크고 작은 야생화들이 폭발하듯 피어오른다.

그리고 지금 소녀는 그의 사막에 시원한 빗줄기가 되어 주었다.

이제 나의 사명은 더 이상 공허하지 않을 것이다. 마르지 않는 샘을 품게 된 사막처럼, 남은 삶은 깊고도 충만할 것이다. 발타는 브로치의 무늬를 내려다보며 입술을 지그시 깨물었다.

"기사님, 아니, 에퀴에르님? 그 브로치가 마음에 드세요?"

"예, 마음에…… 듭니다."

발타는 잠긴 목소리로 띄엄띄엄 대답했다. 다른 물건들은 물결에 흔들려 제대로 보이지 않았다. 그저 연약하고 작은 나뭇가지 형상만 보였다.

"가져가세요."

소녀가 속삭이는 소리가 들렸다. 발타는 눈을 크게 떴다. 무슨 말이든 하고 싶은데, 말이 나오지 않는다. 그는 고개를 들지도,

입을 열지도 못한 채 브로치를 두 손으로 꼭 잡았다.

"그건 제가 제일 처음 만든 물건이에요. 에퀴에르가 되신 축하 선물로 드릴게요."

"어, 어째서 이 귀한 걸……."

"이걸 만들면서, 계속 소원을 빌었거든요. 성전기사단의 기사님이 써 주시면 너무 행복할 거라고. 나중에 기사님이 되셔서도 가끔 사용해 주시면 저는 정말 기쁠 거예요."

소녀의 목소리는 맑고 진지했다. 발타는 도저히 그것을 거절할 수 없었다. 예의상으로라도 돌려 드려야 했지만, 손이 그것을 놓아주지 않는다. 목도 꽉 잠겨, 사양하는 말조차 제대로 나오지 않았다.

"이……렇게 귀한 걸, 아, 아버님께 허락…… 안 받고 그냥 주셔도 됩니까."

"네, 괜찮아요. 아빠가 '네가 처음 만든 거니까, 너 좋아하는 사람한테 선물해 줘도 된다'고 하셨어요."

왜 제가 당신의 '좋아하는 사람'이 된 겁니까?

……라고 묻지는 못했다. 소녀가 터질 듯이 새빨개진 얼굴로 손가락을 쥐어뜯고 있었던 것이다. 그런 상태에서 그리 물었다간 소녀의 손가락 관절이 아예 꺾여 나갈 것 같았다.

그리고 소녀가 그렇게 하지 않았어도, 묻지 못했을 것이다. 발타의 심장도 이미 터질 것처럼 날뛰고 있었다.

그는 브로치를 두 손으로 가슴에 꽉 누른 채 한쪽 무릎을 꿇고 소녀에게 깊이 고개를 숙였다. 어머나 난 몰라, 어떡해. 이러지 마세요. 소녀가 쩔쩔매는 소리가 들린다. 하지만 발타는 오랫동안 고개를 들 수가 없었다. 고개를 들었다간 소녀에게 절대 보이지 말아야 할 모습을 보일 것 같았다.

그날 밤, 발타는 기도실에서 한참 동안 넋을 잃고 앉아 있었다.

소녀를 만난 후 단장님이나 자크 경과 무슨 일을 했는지, 오후 미사나 저녁 식사 때 무슨 일이 있었는지는 전혀 기억나지 않았다.

아무리 진정해 보려 해도 소용없었다. 아무리 기도문을 외워도 조금만 정신이 흐트러지면 소녀의 목소리가 떠올랐고 이내 가슴이 뛰었다. 격렬한 훈련을 마쳤을 때처럼 호흡이 가빠 온다. 괴로웠다.

괴로운가?

발타는 눈썹을 찌푸리고 고개를 깊이 숙였다.

모르겠다.

이게 옳은 감정일까?

발타는 더욱 깊이 고개를 숙였다.

아니다.

발타는 소맷단 속으로 손을 넣어 소녀의 선물을 꺼냈다. 단장님이 아모스에게 기어이 값을 지불하긴 했지만, 발타에게 이 브로치는 어디까지나 그녀의 '선물'이었다.

크고 동그란 브로치. 안쪽에는 작은 글자도 새겨져 있었다.

DEVS VVLT 신께서 원하신다

이 글자의 뜻은 알고 쓴 걸까.

모르고 쓰지는 않았을 것이다. 소녀는 성전기사단을 열렬히 흠모하고 있었다. 그러니 이 유명한 구호를 모를 리가 없었다.

라틴어를 쓸 줄 아는 장인의 딸이라니.

이상했다. 소녀에 대한 것이라면 모든 것이 다 이상하게 느껴졌다. 그것을 두 손으로 꼭 쥐고 가슴에 붙였다. 가슴에서 뜨거운 물결이 출렁거렸다. 이상하다, 이상하다, 이상하다. 이상한 것이 많아질수록 심란하고 집중이 되지 않는다.

발타는 기도를 포기하고 고개를 들었다.

역시 이상하다. 늘 자신을 집어삼키던 어둠이 더 이상 어둡게 느껴지지 않았다.

발타는 멍하니 허공을 응시하며 생각했다.

그 소녀가 안심하고 세공방에서 계속 물건을 만들어 낼 수 있으면 좋겠다. 이 나뭇가지가 새겨진 물건들을 오래오래, 많이많이 만들어 낼 수 있으면 좋겠다.

소녀의 삶을 안전하고 행복하게 지켜 주는 것, 그녀의 삶이 자식과 손자들을 통해 영구히 이어지도록 도와주는 것, 발타는 그것이 예루살렘을 사수하는 것만큼이나 신성하고 거룩한 일로 느껴졌다.

그는 잠시 눈을 감은 채 소녀가 숙녀가 되고, 누군가의 부인이 되고, 아이들을 낳고, 아이들이 또 아이들을 낳으며 큰 일가를 이루어 가는 모습을 상상했다.

30년 후, 60년 후, 100년 후, 아니 500년 혹은 1천 년 후, 소녀를 조금이라도 닮은 누군가가 여전히 세상에 발을 디디고 살아가는 모습을 상상했다.

순간 가슴이 크게 뛰었다.

그것처럼 신비롭고 놀라운 기적이 어디 있을까.

발타는 은으로 만들어진 작은 나무 형상을 다시 내려다보았다. 보면 볼수록 벅찬 느낌이 차오른다. 설명할 수 없고 이해할 수 없는 그 느낌은 낯설었고, 당혹스러웠다.

발타는 문득 깨달았다.

짙은 어둠 속, 무저갱과도 같은 허공에 발 디딜 땅이 생겼다.

2-4. 레아, 레아, 레아

발타가 아모스 세공방 인근에서 시간을 보내는 일이 잦아졌다.

물론 에퀴에르란, 얼렁뚱땅 농땡이가 통용되는 직종은 아니었다. 성전기사단 소속 기사들은 전투가 있든 없든 엄격하고 빡빡한 일과를 소화해야 했다.

그러니까 수도원 소속 수사들이 한밤중부터 시작하는 하루 일과—하루 두 번의 미사와 대여섯 번의 일과기도를 비슷하게 소화하면서 무지막지한 훈련을 더 하는 것이다.

사정이 그렇다 보니 기사들의 잡다한 시중을 들고 말을 돌보고 훈련까지 해야 하는 견습 기사들은 입에서 단내가 날 지경이었다. 특히 발타의 경우, 단장님이 기대하는 바가 작지 않다 보니 훈련과 교육은 혹독할 정도로 과했다.

불행인지 다행인지, 단장님의 거처는 성 안나 삼거리에 있었고, 바로 근처에 세공방이 있었다. 발타는 적어도 하루에 한 번씩은 그 앞을 지나다녀야 했다.

　뒤에 가정집이 딸려 있는 세공방 작업실은 몇 대째 이어져 내려
오는 곳이라 했는데, 손재주 좋은 세공사들이 바지런하게 고쳐 대
었는지 낡은 것치고 모양새가 말끔했다.
　벽이든 지붕이든 꼼꼼하게 수선이 되어 있었고 안쪽에는 비 샌
자국이 없으며, 마당에는 진흙이 발에 더께더께 달라붙는 걸 막기
위해 하얀 자갈을 깔아 놓았다.
　앞마당에 이름 모를 하얗고 노랗고 붉은 꽃을 잔뜩 심어 놓은
건 안주인의 취향이 아니라 소녀의 취향이었다. 욕심이 과해서 꽃
이 미어질 때도 있었으나, 어쨌든 소녀의 정원이 마을에서 가장
화려하고 예쁜 건 확실했다.
　뒷마당에는 염소를 기르는 것 같았다. 염소가 매해해매해해 우
는 소리가 가끔 들렸다. 소녀가 염소와 이야기를 나누거나 동생이
나 아빠와 수다를 떠는 목소리도 종종 들렸다.
　"더워, 더워, 더워어! 문 좀 활짝 열어라, 레아. 레아야!"
　곰처럼 덩치가 큰 주인은 더위를 많이 탔다. 그는 아크레의 땡
볕에 몸서리를 치곤 했다. 두건과 면갑으로 얼굴을 가리고 공방
근처를 배회하던 발타는 화들짝 놀라 커다란 나무 뒤로 몸을 숨긴
다.
　시원하게 머리를 틀어 올리고 팔을 걷어붙인 소녀가 문을 활짝
열어젖힌다. 소녀는 손목도 희고 가늘었다. 소녀가 그 가늘고 하
얀 팔로 커다란 나무 물통을 들고 나와 마당에 물을 촤아아 흩뿌
린다.
　"그대여, 나를 사랑해 주세요. 랄랄라. 그대여, 나를 선택해 주

세요. 랄랄라. 그대여, 나와 입 맞춰 주세요. 나를 꼭 안아 주세요. 이렇게 눈부신 날, 이렇게 아름다운 날, 랄랄라 랄랄라, 랄라리랄라……."

소녀는 노래를 좋아했다. 좋아하는 시나 재미있는 이야기가 있으면 멋대로 노래를 지어 불렀다. 세공사가 되지 않았으면 트로베리츠(trobairitz, 여성 음유시인)가 되었을지도 모른다.

그녀는 특히 사랑 노래를 좋아했다. 그래서 발타는 가끔 곤혹스러움을 느꼈다. 입 맞춰 달라니, 꼭 안아 달라니, 저렇게 저속하고 음란할 데가! 발타는 그런 가사를 들을 때마다 가슴이 죄어드는 것 같았다.

하지만 소녀는 남의 속도 모르고 저렇게 해맑게 노래하며 종일 경쾌하게 뛰어다녔고, 발타의 머릿속에는 기도문 대신 '랄랄라 랄랄라 랄라리랄라'만 떠돌아다녔다.

소녀는 춤을 너무 좋아했다. 조금이라도 흥이 오르면 치맛자락을 걷어쥐고 사슴처럼 깡충대며 춤을 추었다. 그때마다 쨍한 금빛 머리카락이 반짝반짝 나풀나풀 흩날렸다. 발타는 그 모습을 정면으로 볼 수도 없고, 외면할 수도 없어 난감해 죽을 지경이었다.

소녀는 예쁜 것들에 대한 욕심이 과했다. 그래서 집 주변을 온통 알록달록 꽃밭으로 만들어 놓은 것도 모자라 창턱과 길가와 지붕에까지 꽃씨를 뿌려 댔다. 그 덕에 공방의 작은 마당과 지붕은 마리 드 브라방 전 왕비의 정원만큼이나 화려해졌다.

소녀의 주변에서는 늘 생명력이 넘쳐흘렀다. 세공방 마당의 정원에서는 나비와 벌들이 노닐고, 지붕의 꽃밭에서는 박새와 종달새들이 짝짓기를 한다. 소녀가 먹이는 염소는 어느새 어미가 되어 새끼를 낳고, 소녀가 키운 꽃들은 계절마다 색깔대로 활짝 피어올라 저마다 열매를 맺고 씨를 내었다. 소녀의 주변은 항상 랄랄라 랄랄라 랄라리랄라로 가득 차 있었다.

랄랄라 랄랄라 랄라리랄라. 소녀의 노랫소리는 발타의 귀에서 하루 종일 잉잉거렸다.

발타는 공방 근처를 자주 배회하기 시작하면서, 예전에는 몰랐던 소녀에 대한 자잘한 정보들을 하나씩 얻게 되었다.

세공방에서는 남자 네 명과 소녀 한 명이 일을 하고 있었다. 오토마타의 전설 '알 자자리의 제자의 제자의 제자'인 세공 장인이 한 명, 아직 장인이 되지 못한 직인이 셋, 직인도 도제도 아닌 소녀 하나. 하지만 직인들이 소녀의 작업에 함부로 참견하지 못하는 걸 보면 그들보다 소녀의 실력이 월등한 듯했다.

발타는 소녀가 일을 할 때 미간을 찡그리고 입술을 꽁 앙다무는 버릇이 있다는 것도 알게 되었다. 소녀는 깔깔대며 웃기를 잘하고, 몹시 수다스러우며 남의 부탁을 잘 거절하지 못했다. 그리고 무엇보다 가족을 소중하게 생각했다.

소녀는 그리고 겁이 많았다. 놀라기도 잘 놀랐다. 아주 작은 일에도 화들짝 놀라 자빠지며 성호를 긋는 습관이 있었다.

지네와 전갈과 쥐를 무척 무서워했다. 하지만 겁이 많고 소심한 엄마를 위해 앞장서서 막대기를 들고 앞으로 나서곤 했다. 소녀가 새하얗게 질린 얼굴로 '괘괘괜찮아, 이, 이까짓 거. 나, 나는 이런 거 하나도 안 무서워.' 하며 벌벌 떨며 앞으로 나서는 모습을 볼 때마다, 발타는 대신 나서고 싶어서 저도 모르게 다리가 움찔거렸다.

다행인지 불행인지 소녀의 사냥 실력은 나름 봐줄 만해서 발타가 굳이 나설 필요는 없었다. 다만 일이 그렇게 되다 보니, 너도 나도 쥐나 독충을 잡으려면 소녀를 불렀다.

발타는 덩치 큰 소녀의 아버지마저 쥐가 나왔다며 딸을 부를 때, 그늘에서 뛰어나가 저 거대한 등짝을 칼집으로 후려갈기고 싶은 것을 참느라 애를 써야 했다. 직인들이 그저 귀찮다는 이유로 소녀를 부를 때마다 발타는 그들에게 장갑을 던져 결투를 신청하고 싶었다. 소녀 주변에 있는 남자들은 하나같이, 하나같이 미치도록 한심했다.

내가 저 소녀의 아빠였다면, 오빠였다면, 아니, 저 작업장에 있는 남자 중 한 명이었다면 저 소녀에게 절대 저런 짓은 시키지 않았을 것이다.

'못생기고, 게으르고, 비겁한 쫄보 주제에 걸핏하면 여자를 쥐어팰 생각이나 하고, 못생기고, 욕 잘하고, 들창코에, 뻐드렁니에, 드으럽고, 못생기고, 머리에 이도 많고, 손등에 때가 겹겹이고, 못생기고, 싸가지 없고, 여자한테 추근대고, 곁땀 냄새 발 냄새에, 못생기고, 꽃도 싫어하고, 길고양이 돌 던지고, 어린애들 놀려 먹고, 못생기고, 이빨도 싯누렇고, 입에서 썩은 내 나고, 못생기고, 실력은 나보다도 형편없는 주제에 아빠만 없으면 무시하고 후려치고, 돈도 없고, 저금도 안 하고, 술 좋아하고, 돼지처럼 먹는 거나 밝히고, 주제에 여자 밝히고, 못생기고……'

소녀의 기나긴 불만은 이제 무슨 노랫가락처럼 저절로 재생된다. 그때마다 피시시 웃음이 흘러나왔다. 아마 소녀는 그 불평불만마저 노래로 만들어 두고 혼자 있을 때 몰래몰래 불러 댈지도 모른다.

아아, 그 얼마나 한심한 사내들인가. 소녀 대신 벌레나 쥐도 못 잡아 주다니. 나한테 부탁하기만 하면, 며칠 내로 벌레든 생쥐든 아예 씨를 말려 줄 수 있는데.

"……이런."

발타는 이성을 찾자마자 기겁하며 튕겨 일어나 허둥지둥 본부로 달려갔다.

아무래도 자신에게 사악한 마귀가 붙은 게 틀림없다. 그렇지 않고서야 이따위 미친 생각만 하고 있을 리 없다.

소녀는 발타만큼이나 바빴다. 몸이 약한 엄마 대신 동생을 돌보고 이른 아침부터 스튜를 끓이고 공방 뒤쪽의 작업용 화덕에 쭈그리고 앉아 납작하거나 동그랗게 부풀어 오른 밀빵을 구웠다. 마을 공용 화덕보다 세공방에 있는 작업용 화덕이 더 마음에 드는 듯했다.

새벽에 세공방 앞을 지나갈 때면 고소하고 향긋한 빵 냄새가 났다. 냄새를 맡을 때마다 가슴과 머리가 빵 향기로 가득 차는 듯했다.

동시에 맹렬한 허기가 몰려들었다. 하얗고 납작한 밀빵, 겉은 단단하고 속은 촉촉한 동그란 빵, 그 말랑말랑 촉촉한 하얀 속을 파내어 짭짤하고 뜨거운 살라미 야채 스튜에 적셔 먹으면 얼마나 행복할까.

쥐도 지네도 잡아 주지 않는 작업장의 남자들은 저 빵을 먹을 자격도 없는데 그래도 좋다고 꾸역꾸역 먹어 대겠지. 아무 생각도 없는 돼지처럼. 아까운 줄도 모르고. 맛도 모르고. 고마운 줄도 모르고.

소녀가 세공사 대신 제빵 장인이 되어 빵을 팔아도 좋겠다, 그럼 용돈을 모아 사 먹으러 올 텐데. 어떤 날은 그런 얼빠진 생각도 했다. 고소한 빵 냄새는 고약할 정도로 끈질겼다.

물론 저 아름다운 소녀는 제빵 장인보다는 은 세공사나 야철 장인이 너무 잘 어울렸다. 하지만 그래도 저 빵을 한 조각만 얻어먹을 수 있으면 얼마나 행복할까, 2배로 더 힘이 나지 않을까.

아마 이런 생각을 하게 된 이유는 배가 고파서 그럴 것이다. 일이 너무 많아서, 훈련이 너무 고되어서, 그저 허기가 너무 심하게져서. 그렇게 생각하지 않으면, 매일 이런 한심한 생각에 사로잡혀 있는 자신을 이해할 방법이 없었다.

소녀는 발타와 다른 의미에서 아크레라는 도시와 닮았다. 소녀의 머리카락은 아크레의 태양처럼 뜨겁고 눈부셨고, 눈동자는 아크레 앞바다처럼 짙게 푸르렀다. 목소리는 맑고 화사하고 열렬했다. 발타는 그녀가 생명수, 생명의 샘, 생명의 빛, 영혼의 태양처럼 느껴졌다.

아크레의 밝고 발랄한 생기는 소녀에게, 아크레의 어둡고 무거운 그늘은 발타에게 나뉘어 주어진 것 같았다. 이런 것도 나름 어울리는 짝이라고 할 수도 있겠다, 생각하던 발타는 크게 소스라치며 황급히 성호를 그었다.

소녀는 놀랍게도, 아니 예상대로 글자를 읽고 쓸 줄 알았다. 성당의 교구 신부에게 가끔 책을 빌려 읽는 눈치였는데 '여우 이야기' 같은 유행 소설도 읽었지만, '용맹한 꽃미남 기사'가 되는 게 꿈이었다던 소녀답게, 롤랑의 노래나 아더 왕 이야기 등에 깊이 심취했다.

소녀는 앞마당의 작은 의자나 나무 그늘에 앉아 동생을 무릎에 앉혀 놓고 책에서 읽은 이야기를 들려주곤 했다.

소녀는 이야기를 실감 나게 하는 재주가 있었다. 본인의 감정이 너무 심하게 들어가 가끔 내용 왜곡이 있기는 했지만, 듣는 재미로는 최고였다. 나무 뒤에서 몰래 귀를 기울이던 발타는 시간 가는 줄 몰랐다. 그래서 종종 본부로 복귀가 늦어 꾸지람을 들었다.

소녀는 여우 르나르가 속임수로 생선과 치즈와 소시지를 얻고, 신부님들을 골탕 먹이며, 사자왕에게 반역을 저지르고 성지순례를 핑계로 멋지게 뒤통수를 치며 도망칠 때 어쩐지 신이 난 듯했다.

소녀는 확실히 잘생긴 기사들을 좋아했다. 그래서 소녀는 아더왕과 원탁의 기사들 이야기에 한껏 빠져들었다. 소녀는 기껏 모인 원탁의 기사들이 성배를 찾기 위해 흩어졌다가 뿔뿔이 스러져 버린 일에 대해선 땅을 치며 통탄했다.

소녀는 성물에 대한 동경이 전혀 없었기 때문에, 용맹한 꽃미남 기사들이 와르르 모여 있다가 흩어져 소멸(?)한 사태에 대해서만 끝없이 안타까워했다.

귀니에브르 왕비와 기사 랑슬로(귀네비어와 랜슬롯)의 염문에는 입에 거품을 물고 화를 냈다. 소녀는 기사들과 귀부인 사이에 유행하는 피나모르(궁정 비밀 연애), 혹은 인간의 의지를 넘어서는 운명적인 사랑을 잘 이해하지 못했다.

소녀는 귀니에브르에 이입하는 대신 기사 랑슬로에게 이입하여, 그 아깝고 전도유망한 기사가 사랑 따위에 눈이 멀어 미래를

망친 일을 자신의 일처럼 아까워했다.

소녀는 성경의 이야기는 물론, 이교도인 유대인의 전설이나 아랍인들의 전설도 꽤 많이 알고 있는 눈치였다. 저 많은 이야기를 어떻게 알게 된 걸까. 부모님에게 듣게 된 걸까. 쉽게 알 수 있는 이야기들은 아닌데. 궁금했다. 발타는 자신이 공부한 신화나 전설들을 들려주면 저 소녀가 얼마나 좋아할까, 어떤 표정을 지을까 부질없이 상상하곤 했다.

소녀는 손님을 어르고 눙치는 영업에는 별로 소질이 없었지만, 숫자 계산은 무척 잘했다. 아버지는 물건을 팔다가 여러 가지 금화와 은화를 섞어서 계산을 치르는 손님이 오면 딸을 불렀다.

소녀는 어지간한 여인숙 주인보다 셈이 빨라 물건 가격을 브장(베잔트) 금화와 디나르 금화, 플로린, 두카토 금화, 혹은 각종 은화와 동전으로 빠르게 환산해 계산해 주곤 했다.

발타는 하루하루가 지나가며 소녀에 대해 점점 많은 것을 알게 되었지만, 만족스럽지 않았다. 소녀가 하는 행동과 소녀가 하는 말과 소녀가 생각하는 모든 것을 알고 싶었고, 소녀가 만든 것들을 모조리 갖고 싶었다.

발타는 소녀가 자리를 비웠을 때, 가끔 세공방 안으로 들어가 소녀가 만든 물건들을 보았다. 소녀의 물건은 아버지의 물건보다 저렴하게 팔리고 있었다. 물론 아모스의 물건보다 저렴하다는 것이지, 물건 자체가 싸다는 것은 아니었다. 원료 자체가 은이니 그 정도는 감수해야 했다.

성전기사단원은 개인 재산이 없는 것이 원칙이고, 영지도 가족도 없는 발타는 더욱 가난했다. 그나마 그가 에퀴에르가 되었다는 소식을 들은 왕이 갑주, 무기, 군마 한 필과 함께 리브르 은괴 두 개를 선물로 보낸 덕에 원하는 것들을 몇 가지 손에 넣을 수 있었다.

은목걸이, 브로치, 거들에 다는 십자가 장식. 묵주 팔찌.

그는 소녀가 만든 것들은 한눈에 알아볼 수 있었다. 은의 나뭇가지 모양이 아니더라도, 다소 서툰 듯 과한 듯한 솜씨가 아니더라도 저절로 눈이 가고 손이 끌렸다.

발타가 물건을 집어 들면 어김없이, '그건 제가 만든 게 아니고 제 딸이 만든 겁니다만, 솜씨가 꽤 괜찮죠? 몇 년 안 가서 이 아비를 이겨 먹을 겁니다.' 하는 주인장의 설명과 너털웃음이 따라붙었다.

발타는 소녀의 물건들을 귀한 성물 모으듯 하나씩 사들였다. 그리고 몸에 지니고 다니며 들여다보고, 잘 때 만져 보며 소녀를 떠올렸다.

성전기사들이 추구하는 이상과 순수의 세계에 최고의 예우를 바치고 싶어 했던 소녀는, 아이러니하게도 그 세계에 몸담고 있던 발타를 사람들이 발 딛고 살아가는 세상으로 끌어내렸다.

레아, 레아, 레아.

소녀의 이름은 하염없이 달콤하게 느껴졌다. 발타는 그런 상상에 젖어 들 때마다 소녀가 만든 물건을 가슴에 끌어안고 떨리는 몸을 깊이 구부렸다.

레아. 레아, 레아.

레아라는 이름은 관념과 추상의 존재가 아닌 보이고 들리고 만져지는 실재였다.

내가 끝내 지켜야 할 것은. 내가 거룩한 사명을 위해 싸우다가 시신도 찾지 못할 정도로 짓뭉개져야 할 이유는.

레아, 레아, 레아.

소녀를 위해서라면. 저 눈부신 금발을 위해서라면, 저 새파랗고 아름다운 눈을 위해서라면. 저 붉고 아름다운 입술을 위해서라면, 저 입술에 물린 웃음을 위해서라면.

레아, 레아, 레아.

이름을 되뇔수록 황홀한 떨림과 간지러움이 전신을 휩쓴다. 부끄럽다. 생각이 온통 진창이 된다.

발타는 입술을 꽉 깨물었다. 혀 밑으로 쓴 물이 고인다. 소녀와 관련된 생각들은 모두 금지된 것, 위험한 것, 불경한 것, 따라서 쳐서 끊어 내야 할 것이었다.

발타는 오래전, 성전기사단의 일원이 되기로 하느님 앞에 맹세했었다. 자신이 어떻게 행동해야 할지 잘 알고 있었다.

"요새 자리를 자주 비우는구나."

"죄송합니다, 단장님. 주의하겠습니다."

발타는 변명하는 대신 고개를 숙이고 사죄했다. 그간의 태만은 변명할 여지가 없다. 단장님을 수종하는 견습 기사나 시종들이 적지 않아 자신의 부재가 크게 눈에 띄지 않으리라 여겼다.

맘루크 술탄과의 교섭과 아크레 강경파의 비난에 시달리던 단장은, 피곤에 잠긴 목소리로 명했다.

"카퓌쉬와 쉬르코를 벗고 뒤를 돌아봐라."

단장님은 명을 내릴 때 이유를 설명하지 않는다. 기사단에서 단장의 명은 절대적이라 이유를 설명해 가며 설득할 필요가 없다. 다만 복종해야 할 뿐이다.

발타는 시킨 대로 슈미즈만 남기고 겉옷을 모두 벗은 채 등을 돌렸다. 등판으로 스며 나온 붉은 얼룩을 본 단장님은 슈미즈 자락을 어깨까지 걷어 올렸다.

등에는 자계 채찍이 만들어 놓은 피딱지가 어지럽게 얽혀 있었다. 단장은 이유를 묻는 대신 한숨을 쉬며 혀를 찼다.

"약이라도 바르지."

"그러겠습니다."

"이제 세공방에는 가지 마라."

얼굴로 시뻘겋게 피가 몰렸다. 대체 어디서 들켰을까. 어디까지 알고 계실까. 발타는 고개도 들지 못한 채 사죄했다.

"죄송합니다, 단장님."

"아모스의 맏딸이 그 집에서 일하는 직인과 약혼을 했다. 조만간 결혼해서 함께 공방을 물려받을 거라 하더구나."

손끝이 가늘게 떨리는 것이 느껴졌다. 뱃속으로 끓는 쇳물이 흘러들어 가는 것 같다. 발타는 눈을 감은 채 차분하게 사죄했다.

"……죄송합니다. 다시는 가지 않겠습니다."

"서임식을 당기는 것이 좋겠다."

단장은 발타의 대답에는 별다른 대꾸 없이 덧붙였다.

"이번 맘루크 놈들의 공세를 무사히 막아 내면, 네 서임식을 치러 줄 수 있겠느냐고 필립 폐하께 전언을 넣겠다. 내가 해 줄 수도 있지만, 폐하께서 집전하신다면 더욱 기뻐하실 것이다."

"……."

"네 서임식을 기념해서 소규모 마상 경기라도 열면 좋겠지. 그리고 바로 우리 기사단으로 입단하면 될 게다."

단장은 서임식을 당겨서 거행하는 이유를 말하지 않았고, 발타 역시 묻지 않았다. 발타가 고개를 숙이자 단장은 짤막하게 덧붙였다.

"마음 정리해라. 너만 괴롭다."

†

"아모스 공방집 지금 난리던데."

대규모 전투를 앞두고 있어서인지, 자크 경의 얼굴에는 평소와 같은 장난기가 전혀 없었다. 그는 기도실 밖에서 발타가 나오는 것을 기다리다가 시큰둥하게 내뱉었다. 발타가 자리에 멈춰 서서 그의 얼굴을 가만히 바라보았다. 자크 경은 팔짱을 풀고 툭툭 집어 던졌다.

"일하던 직인 둘이 이번 전투에 전부 차출됐고, 한 놈은 며칠 전에 도망쳤어. 맏딸과 약혼한 후계자 놈이 모아 놓은 돈을 들고 튀어서 영감이 넋이 나갔어."

발타는 잠시 움직임을 멈추었다. 소녀의 기나긴 불퉁거림이 귓가로 빠르게 지나간다. 아마 소녀는 남몰래 기뻐했을 듯하다. 다만 그 말을 듣고 다시 격렬하게 출렁대는 감정은 용납할 수 없었다.

그리고 자크 경이 왜 이런 말을 해 주는지 이유를 알 수 없었다.

"아모스는 전투가 시작되기 전에 아크레를 빠져나갈 생각이었는데 발목이 잡혔어. 카피텐 모젤 말로는 아모스가 마르세유행 배에 예약을 해 두었다더군."

"자크 경, 죄송하지만……."

"돈을 다시 마련하려면 시간이 걸리겠지만 돈이 없는 집이 아니니, 뱃삯이 모이는 대로 여길 빠져나갈 거야. 실력이 좋으니 다른 곳에 가서도 잘 먹고 잘 살 테지."

"제게 이런 말씀을 하시는 이유를 알지 못하겠습니다."

자크는 그를 빤히 올려다보다가 피식 코웃음을 쳤다.

"이런 건방진 꼬꼬마. 나한테까지 모르쇠야? 아크레에서 기욤이나 내 귀에 들어오지 않는 소식이 있을 것 같아?"

"……"

"난 기욤과 생각이 달라. 성전기사가 되어 독신으로 살아가는 것만이 거룩한 삶은 아니야."

자크 경은 팔짱을 낀 채 투벅투벅 말을 이었다.

"기사단에 입단해서 평생 독신으로 늙어 가는 대신, 결혼해서 가정을 꾸리고 살다가 십자군이 다시 결성될 때 참전하는 방법도 있어. 나는 결혼을 해 본 적은 없지만, 다른 신부님들처럼 여자가 악한 존재라고 생각하지 않아. 여자를 만드신 것도 하느님이고, 여자를 남자에게 인도하신 것도 하느님이고, 가정이라는 울타리를 만드신 것도 하느님이란 말이지."

몸이 가늘게 떨렸다. 이분은 내 마음을 얼마나 알고 계시는 걸까. 부끄럽고 당황스러운 마음도 잠시였다. 발타는 큰 물살에 휩쓸린 것처럼 현기증을 느꼈다. 자신의 미래는, 어쩌면 달라질 수 있다. 있나? 그것은 옳은 일인가? 가능한 일인가?

발타는 입술을 꽉 문 채 그의 말에 귀를 기울였다.

"발타. 기회는 여러 번 오는 게 아니야."

"……"

"섣불리 입단해서 독신의 삶을 맹세했다가 여자가 생겨서 불명예스럽게 쫓겨나는 단원들을 많이 봤어. 그것보다는 마음에 둔 숙녀가 있으면 결혼하는 게 나아. 파리대학 아벨라르 교수의 스캔들을 모르는 건 아니겠지. 그런 건 하느님의 이름에 영광을 돌리는 게 아니라 먹칠을 하는 일이야."

피에르 아벨라르는 천재적인 신학자이자 논리학자였다. 하지만 이제는 그의 신학에 대해 기억하는 이가 없고, 그가 육욕을 못 이겨 고귀한 집안의 숙녀를 농락했다가 성기가 잘려 나간 이야기만 백 년이 넘은 지금까지 널리널리 회자될 뿐이었다.

발타는 표정을 굳히며 단호하게 대답했다.

"그럴 일은 없습니다. 저는 기사단에 들어가기로 몇 해 전에 서원을 했고, 그것을 지킬 것입니다."

"서원이라. 이미 서원을 했단 말이지."

자크 경의 눈썹이 완고하게 찌푸려졌다. 그 역시 신에게 한 맹세의 무게를 잘 알고 있었다. 하지만 그는 팔짱을 낀 채 고집스럽게 말했다.

"어린아이의 서원은 아버지가 철회할 수 있어."

"저는 아버지가 없습니다, 아시다시피."

그는 자신이 어린아이가 아니라며 반박하려다 말을 돌렸다. 발타는 여전히 자신의 나이를 정확히 알지 못했다.

"내가 네 대부라는 걸 잊었구나, 발타."

그가 호탕하게 웃었다. 자식이 없는 그는 부모가 없는 발타의 견진성사 때에 기꺼이 대부가 되어 주었다. 하지만 발타는 웃을 수 없었다. 모르는 척 그의 제안을 받아들일까, 순간적으로 흔들리긴 했지만 발타의 이성과 신앙은 유혹을 짓누르는 데 성공했다. 그는 예의 바르게 고개를 숙이고 차분하게 반박했다.

"대부님, 숙녀의 서원은 남편이나 아버지가 대신 철회할 수 있지만, 아들의 서원은 철회할 수 없습니다."

"오, 그건 몰랐네. 거참. 신학자도 아닌데 꼬장꼬장 따지긴. 공부를 많이 한 인간들은 이런 게 문제라니까."

자크 경은 투덜대면서도 두 번 권하지는 않았다. 기사단원들은 신학적인 지침에는 절대 복종한다. 그것은 그들이 기사인 동시에 수도승이었기 때문이었다.

그쯤 해서 지나갈 줄 알았던 자크 경이 툭 집어 던진다.

"발타, 나는 지금 지원군을 요청하러 우트르메르 요새들과 루아드 섬, 시프르까지 쭉 돌고 와야 해."

"조심해서 다녀오십시오."

"같이 가겠나? 기욤에겐 내가 부탁할 테니."

"그건…… 어렵습니다. 단장님의 깃발을 제가 지켜야 합니다."

"그래. 그리 대답해야 우리 발타지. 그럼."

자크 경은 우울한 얼굴로 짧게 웃더니 갑자기 몸을 돌려 그의 어깨를 끌어안았다. 발타가 당황해서 그 자리에 못 박힌 듯 서 있자 자크 경이 낮게 가라앉은 목소리로 덧붙였다.

"죽지 마라. 부탁이니."

발타는 그것이 마지막 기회였음을 알았다.

†

약속대로 아모스 세공방에 발길을 끊었다.

하지만 생각을 끊는 일은, 생각보다 쉽지 않았다.

그는 깊은 어둠에 잠길 때마다 소녀를 생각했다. 이제는 생각만 해도 끔찍하게 고통스러웠다.

오래전 투르 드 봉벡, 그 어둡던 고문실에서 겪었던 통증이 다시 재현된다. 벌겋게 달아오른 인두로 몸의 어딘가를 지지는 것 같고, 손톱 밑에 지그시 박히던 바늘의 감촉이 등줄기를 긁어 대는 것 같다. 그는 소녀가 만든 묵주를 끌어안으며 몸을 깊이 구부렸다.

누군가가 속에서 끊임없이 충동한다. 한 번만 다시 만나 보면 마음이 정리될 것 같다고, 혹은 지금이라도 자크 경에게 서원을 철회해 달라 구차하게라도 청해 보려느냐고, 서원을 깨고 받게 될 저주가 이 고통보다 더하겠느냐고. 발타는 쇠로 만든 침대의 기둥을 붙잡은 채 힘겹게 유혹을 물리치는 기도문을 외웠다.

질서정연하며 투명하던 기도는 나날이 탁해지고 엉망으로 흐트러졌다.

하느님, 그녀를 한 번만 더 만나 볼 수 있도록 해 주십시오. 아니, 다시는 보지 못하도록 해 주십시오. 제가 한 여자의 남편으로 평범하게 죽지 않도록, 전장에서 당신의 이름을 위해, 명예롭게 전사하게 해 주십시오. 아니, 덧없이 죽는다 해도, 그녀만큼은 나를 기억하게 해 주십시오. 이름 한 조각이라도 그녀의 마음속에 남겨지게 해 주십시오.

'아모스가 마르세유행 배에 예약을 해 두었다더군.'
' ……뱃삯이 모이는 대로 여길 빠져나갈 거야.'

발타는 이를 사리물었다. 묵주 팔찌를 움켜잡고 가슴에 힘껏 짓누르며, 그는 통절히 뇌었다.

그녀를 보지 않을 것이다. 결코 보지 않을 것이다. 다시는 볼 수 없을 것이다.

단장님은 오로지 주민들을 살리기 위해 자신의 명예까지 포기하며 알 아슈라프 칼릴과 협상에 임했지만, 결국 실패했다. 우리에겐 지원군이 거의 없다. 이곳에 있는 천여 명의 기사로 10배에 가까운 병력을 상대해야 한다.

이집트의 젊은 술탄은 자비가 없고 관용도 없다. 살라흐 앗딘(살라딘)이나 보두앵 4세 같은 지혜롭고 관용 넘치는 왕들의 시대는 다시 오지 않을 것이다.

이번 전투에선 정말로…… 살아남기 힘들 것이다.

소녀는 떠날 것이고, 돌아오지 않을 것이다.

그는 이를 악문 채 벽에 머리를 박았다. 머리가 아닌 가슴에 격통이 일었다.

하느님, 부디, 한 번만 다시 만날 수 있도록 해 주십시오.

……단 한 번이라도 볼 수 있게, 그녀가 나를 기억이나마 할 수 있게.

저는 당신께 한 약속을 지킬 것입니다. 그러니 저를 불쌍히 여기사, 단 한 번이라도.

†

알 아슈라프 칼릴─이집트의 젊은 술탄의 진군 소식이 하루하루 급박하게 전해지며, 아크레에는 전운이 감돌기 시작했다.

단장님은 알게 모르게 주변을 정리하기 시작했다. 아끼던 물건을 선물로 주기도 하고, 평소에는 표현하지 않던 애틋한 마음을 드러내기도 했다. 물론 성전기사단 단원들은 늘 죽음을 염두에 두고 살았지만, 최근 단장님의 태도는 평소와는 확실히 달랐다.

"그동안 고생 많았다, 발타. 앞으로 성전기사단을 받치는 기둥이 되어 다오."

"……단장님."

"필립 폐하를 너무 믿지 마라. 그분은 신심이 깊지만 냉혹한 분이시다."

평소답지 않다. 그런 말씀 마시라 부탁드리고 싶다. 하지만 입이 떨어지지 않았다. 단장님이 그렇게 행동하시는 이유를 잘 알고 있었기 때문에.

단장님. 그동안 단장님께서 베풀어 주신 은혜에 진심으로 감사드립니다.

어쩐지 그 말씀을 드려야 한다고 생각했다. 앞에 무릎을 꿇고 발등에 입이라도 맞추고 싶었다. 하지만 발타는 망설였다. 그 말을 입 밖으로 내었다가는 불길한 예감이 현실이 될 것 같았다.

망설임은 오래가지 못했다. 차기 단장에게 필요한 것들을 하나하나 확인하던 단장님께서 검집이 열리지 않는다는 것을 발견했다. 단장님은 얼굴이 흙빛이 된 채 붉은 벨벳 천으로 싸인 검집을 들고 말 위에 올랐다.

"잠시 다녀올 데가 있으니 따라오지 마라."

아모스 영감에게 가시는 걸까? 저 검집에는 복잡한 장치가 되어 있고, 그것을 알아보고 수선할 수 있는 자는 알 자자리의 후계자로 알려진 아모스 영감 외에는 없다.

하지만 발타는 묻지 않았다. 만나시지 못할 것이다. 영감은 그동안 재산을 필사적으로 처분해서 얼마 전 뱃삯을 다시 마련했고, 카피텐 모젤의 세이렌 호에 다시 예약을 했다고 들었다.

세이렌 호는 하루 이틀 내로 출항한다 했으니, 겁 많고 눈치 빠른 영감은 가족과 함께 진작 배에 올랐을 것이다.

단장님은 그들을 만나지 못할 것이고, 눈이 푸르고 태양빛처럼 눈부신 머리카락을 갖고 있던 소녀도, 다시는 아크레에서 볼 수 없을 것이다.

발타는 단장이 돌아왔을 때 아무것도 여쭙지 않았다. 소녀가 떠난 것을 굳이 확인하고 싶지 않았다. 어쨌든 소녀는 무사할 것이고, 그의 일상은 원래의 흐름으로 돌아갈 것이다.

……그러면 된 것이다.

"기욤 단장! 맘루크 놈들이 성벽을 기어오르고 있습니다! 북동쪽 탑이 위험합니다!"

이틀 후, 새벽부터 성전기사단 성채로 달려와 고함을 지른 것은 성 요한 기사단의 부단장 마티외 드 클레르몽이었다. 그쪽 단장인 장 드 빌리에 경은 부상을 입어 시프르 섬으로 가 있고, 부단장이 단장의 대리를 맡고 있었다.

성 요한 기사단은 성전기사단과 사이가 심하게 나빠서 서로 협력해서 작전을 진행하는 일이 거의 없었다. 하지만 이제는 그런 거부감조차 의미 없을 정도로 상황이 급박했다.

북동쪽의 돌출 탑은 저주의 탑이라는 별명을 갖고 있는데, 성전기사단 성채의 방어 요충지였다. 그곳이 점령당하면 끝장이었다.

얼마 전에 생 앙투안 문이 뚫렸을 때, 단장님이 기사 수십 기를 이끌고 간신히 그들을 격퇴한 적이 있었는데, 이쪽의 희생도 적지 않았다. 언제까지 버틸 수 있을지 전혀 가늠이 되지 않는다. 이제 승리를 믿는 이는 없었지만, 그렇다고 물러나는 이도 없었다.

"당장 그쪽으로 병력을 보내라. 종을 쳐라. 사령관들을 깨우고 병력을 모두 끌고 북쪽 탑으로 가라. 나도 바로 가겠다. 발타! 무구武具를!"

기욤 단장은 갑옷과 투구, 그리고 무기를 갖추자마자 바로 탑으로 달려갔다. 기사들은 출전하기 전에 종부성사를 미리 드리고 가는 관습이 있지만, 전속 사제를 부를 시간조차 없었다.

단장이라 해서 뒤에 물러서서 지시만 내리는 일은 없다. 성전기사단 단장들은 대대로 가장 앞장서서 싸우는 것을 당연한 의무로 여겼다. 그래서 전사하거나 포로로 잡히는 경우도 많았다.

발타는 단장의 깃발과 그의 무기들을 챙겨 들고 뒤를 따라 달렸다. 긴 회랑을 달리는 동안 거리에서 들끓는 비명과 아우성이 창날처럼 귀에 꽂힌다.

신부님과 의사를 찾는 고함 소리가 여기저기서 들린다. 쨍강쨍강쨍강, 전투를 알리는 종이 미친 듯이 울려 댄다.

마음은 급한데, 속은 답답하다. 먹던 것이 명치에 걸린 것처럼. 단장님께 무슨 말인가를 해야 할 것 같은데, 무슨 말을 해야 할지 알 수 없었다.

성탑 꼭대기는 성전기사단의 보쌍 깃발과 성 요한 기사단의 깃발, 기욤 단장님의 깃발과 예루살렘 왕국의 깃발이 뒤섞여 요란한 소리를 내며 펄럭였고, 사방 쇠가 갈리고 부딪치는 소리, 종소리, 고함과 비명과 신음 소리로 가득했다.

"찍어 내! 궁사! 궁사! 돌! 돌 가져와! 사다리 걷어 내! 끓는 물! 아악!"

기어 올라오던 자들은 화살과 돌과 끓는 물과 창으로 죽었고, 막는 자들은 아래서 치솟는 화살로 죽었다. 발타는 긴 갈래창으로 난간에 걸쳐진 사다리를 힘껏 밀어내거나 기어 올라오는 사람들을 찔러 떨어뜨렸다.

성벽에 걸쳐진 긴 사다리, 그것도 병사들이 다닥다닥 붙어 있는

165

사다리를 창 한 자루로 밀어내리려면 젖 먹던 힘까지 끌어 올려야 했다. 완전히 뒤로 밀어내는 것보다 사다리를 밀어 뒤로 띄우고 옆으로 밀어 넘기는 편이 그나마 수월했다.

두 사람이 사다리를 밀어내는 동안 두 사람은 방패를 들고 위로 쏟아지는 화살을 막아 내야 했다. 적군 서너 명이 매달려 있던 사다리가 휘청하며 옆으로 넘어가면, 매달려 있던 적병들은 눈을 동그랗게 뜨고 입을 크게 벌리며 비명을 지른다. 안 돼애애, 애애애, 아아아, 아아. 이런 식으로 죽을 줄은 전혀 몰랐다는 듯, 그들은 눈을 크게 뜨고 미친 듯이 허둥대며 소리를 지른다.

초지를 까맣게 뒤덮은 메뚜기 떼처럼, 맘루크 병사들은 죽여도 죽여도 끝도 없이 올라왔다. 시간이 지날수록 그들은 점점 더 가까이, 점점 더 많이 기어 올라왔다.

처음에는 난간에 걸쳐진 사다리를 힘껏 밀어 넘기면 되었는데, 시간이 지날수록 매달린 병사에게 창을 휘둘러야 했고, 담장 꼭대기를 붙잡고 오르려는 놈들의 손가락과 팔목을 찍어 내야 했고, 얼마 지나지 않아 담을 넘어온 놈들의 머리에 도끼와 철퇴를 내리쳐야 했고, 이제는 성벽을 완전히 넘어온 놈들과 칼을 맞대고 싸워야 했다.

발타는 그들이 죽어 나가는 것을 보며, 그들의 아내나 자식들, 그들의 어미나 늙은 아버지들을 연결하여 생각하지 않으려 애썼다. 이유 없는 적개심으로 똘똘 뭉쳐 있지 않으면 검에 망설임이 생기고, 전장에서 짧은 망설임은 곧 죽음으로 연결된다.

이곳저곳에서 쓰러지는 동료들이 보인다. 같은 에퀴에르 동료들, 경무장한 평민 병사들, 사슬 갑옷과 투구로 무장한 기사들, 누구에게나 죽음은 급작스럽고 공평했다.

그들 곁에 서 있던 자들은 죽어 가는 동료를 부둥켜안고 오열하며, 사제 대신 다급하게 종부성사를 베푼다. 성부와, 성자와, 성령의 이름으로, 그대의 죄를, 오 하느님, 제발! 그대의 죄를 사하노라……! 사방에서 치솟는 굉음과 비명 때문에, 마지막 참회와 울부짖으며 내지르는 동료의 사죄경은 거의 들리지 않는다.

발타는 어디가 고장이라도 난 것처럼, 아무 느낌도 들지 않았다. 무섭다거나 도망치고 싶다는 생각조차 들지 않는다. 그저 시끄러웠고, 정신이 아득했고, 투구의 작은 구멍으로 보이는 시야가 너무 답답했고, 쇠로 만든 투구 속을 지글지글 달구는 햇볕이 너무 고통스러웠다. 얼굴은 익어 버릴 것 같고, 땀이 줄줄 흘러내려 뺨이 근지러워 미칠 지경이었다.

이곳에서 생을 마감하는 건, 그동안 가장 바라 왔던 죽음의 형태다. 생각하는 순간 짤막한 한마디가 귓가를 가로지른다.

'죽지 마라. 부탁이니.'

발타는 희미하게 웃었다. 미안합니다, 대부님. 부탁을 들어 드릴 수 없을 듯합니다.

그런데…… 이게 정말 내가 원하던 죽음이 맞을까?

발타는 단장의 기를 붙잡은 채 문득 사방을 둘러보았다.

그렇게 사이가 좋지 않던 성 요한 기사단의 부단장과 단원들도 우리 기사단과 어깨를 나란히 해서 싸우고 있다. 단장도, 견습 기사들도, 사령관도, 말구종도, 병사도, 노예도, 모두모두 성벽에 바짝 붙어 적군들과 뒤엉켜 있었다.

이곳에 거룩함은 없었다. 죽지 않기 위해 죽이려는 살의와 맹렬

167

하고도 순수한 생존본능만 있었다.

이 죽음은, 과연 열망했던 것만큼 대단한 가치가 있을까.

발밑이 크게 흔들리는 느낌이 든다.

'너는 너무 생각이 많아. 사람은 한 번에 한 가지만 생각하면 돼.'

누구의 목소리일까. 아, 그래. 자크 경.

'네 속에는 복잡한 것이 너무 많이 얽혀 있구나. 그것이 너를 지나 치게 괴롭히지 말기를.'

단장님. 이것은 나를 아끼던 속 깊은 단장님의 목소리.

'나의 작은 솔로몬, 본디 인간의 내면은 복잡한 것이다. 그래서 인 간이 아름다운 것이지. 바로 너처럼.'

이 목소리는, 그래. 파리 시테 궁의 주인. 냉혹한 강철의 군주. 아름다운 나의 왕, 나와 가장 닮은 나의 형님.

'예루살렘 왕국이 이 은의 나무와 비슷하다고 생각해요.'

소녀의 목소리가 떠오르는 순간 정신이 번쩍 든다. 맑고 시원한 물을 뒤집어쓴 것 같다.

'저는 성전기사님들이 이 은의 나무를 가슴에 하나씩 품고 계시는

분이라고 생각해요.'

'실현 불가능한 이상이라는 걸 다 아시면서도, 끝까지 이걸 품고 지켜 내실 분들이라고……'

'네가 처음 만든 거니까, 너 좋아하는 사람한테 선물해 줘도 된다고 하셨어요.'

이상한 일이다. 전투가 벌어지는 성가퀴 한복판인데, 자꾸 그녀가 옆에 와 있는 듯한 착각이 들었다. 이미 세이렌 호를 타고 안전하게 아크레를 떠났을 그녀가.

단장님, 단장님!

소녀의 목소리가 환청으로 들린다. 발타는 환청을 날리기 위해 장창을 힘껏 움켜쥐고, 꼭대기까지 손을 뻗은 병사를 긴 창으로 찔러 댔다.

목에 창이 박힌 병사는 소리도 지르지 못하고, 넘어가는 사다리를 목숨줄처럼 꼭 붙잡은 채 추락했다. 머리통이 익어 버릴 것 같은 열기, 사방에서 하얗게 번쩍이는 날붙이들, 뽀얗고 자욱한 먼지, 누런 흙바닥과 거친 돌벽 이곳저곳에서 꽃밭처럼 번져 가는 붉은 핏자국들, 단장님, 단장님! 기욤 단장님! 소녀의 환청은 더욱 심해졌다.

"Vade post me, Satana, Scandalvm es mihi(마귀야 물러나라, 너는 나를 시험에 들게 하는)……"

발타는 기도문을 중얼대다가 짜증스럽게 뒤를 돌아보았다. 이건 환청이다. 그녀는 세이렌 호에 타고 있다. 그녀는 이곳에 있을 리가 없……

……레아?

눈부시게 흐트러진 금빛 머리카락이 시야에 꽉 들어찬다. 그대로 시간이 멈춰 버린 것 같다. 사방은 귀청이 떨어질 것처럼 시끄러운데, 그 소리가 전혀 느껴지지 않는다. 물속에 들어온 것처럼 먹먹하기만 하다.

세이렌 호를 타고 떠났어야 할 소녀가 이곳에 와 있다. 이상하고 이상하고 이상하다. 소녀는 폭포수 한가운데 피어 있는 백합화처럼 전장의 한복판에 덩그러니 피어 있었다.

다, 당신이 왜 여기에?

"단장님! 단장님!"

소녀는 다리를 절고 있었다. 붉게 얼룩진 치맛자락은 엉망으로 찢어져 있었고, 사슴처럼 날렵하게 뛰어다니던 희고 가는 다리는 피에 흠뻑 젖은 채 바닥에 질질 끌리고 있었다. 소녀의 얼굴은 먼지와 눈물 자국으로 온통 얼룩져 있었다. 발타는 온몸이 그대로 얼어붙었다.

이래서는 안 된다. 레아, 당신은 여기서 죽으면 안 된다.

차라리, 내가 백 번은 거듭 죽어 나간다고 해도, 당신만은 살아야 해.

속으로 부르짖던 순간, 발타는 깨달았다. 자신이 그렇게 꿈꾸었던 명예로운 죽음, 예루살렘 왕국의 흙이 되어 소멸하는 장엄한 최후 따위는 다 공허한 헛소리였다.

결국 나는 살고 싶었다. 나는 살아서 저 눈부신 금발과 새파란 눈을 가진 소녀를 지키고 싶었다. 성전기사단에게 열렬한 애정과 존경과 예우를 바치고 싶어 하는 소녀를, 내 발밑의 무저갱에 든든한 땅이 되어 주었던 저 소녀를, 목숨과 맞바꿔서라도 지켜 주고 싶었다.

깨달음은 늘 이렇게 늦었다.

"발타!"

찰나의 순간이 영원처럼 아득하게 느껴졌다. 옆에 서 있던 단장님이 천천히 뒤로 물러서는 것이 보인다. 단장님의 움직임이 느릿하게 느껴졌다.

"발타. 단장기를 지켜라. 앞을 봐."

단장님의 목소리도 이상하게 작고 낮게 들렸다. 발타는 뒤늦게 그의 앞을 막아서며 단장기를 다시 붙잡아 세웠다.

"단장님. 기욤 단장님?"

피에르 드 세브레이 경의 익숙한 목소리가 들린다. 레아는 그 뒤를 따라오고 있다. 소녀가 자신을 스쳐 지나간다.

그녀는 피에 젖은 투구를 쓰고 있는 자신을 알아보지 못한다. 아니, 투구가 없어도 알아보지 못할 것이다. 기억하지도 못할 것이다. 몇 년 전 단 한 번, 면갑을 두르고 두건까지 쓴 채 몇 마디 나눈 게 고작이었던 에퀴에르를 기억할 리가 없다.

"난 물러선 게 아니야, 피에르 형제."

뒤에 주저앉은 단장님은 이상한 목소리로 웃기 시작했다. 발타는 뒤를 돌아보았다. 어느새 면갑을 벗은 단장님은 발타를 보며 서글픈 얼굴로 웃고 있었다.

이상하다. 발타는 덜덜 떨리는 손을 내려다보았다. 왜 이렇게 떨리는지 이해할 수 없었다. 단장님이 천천히 한쪽 팔을 들었다. 그의 겨드랑이에 박힌 화살이 뒤늦게 보인다. 화살은 그의 몸을 꿰뚫고 목 뒤로 삐죽 튀어나온 상태였다.

"……죽는 중이지."

사방이 조용해졌다. 발타의 손에서 깃발이 툭 떨어졌다. 하늘

171

과 땅이 빙그르르 돌며 뒤집히는 것 같다.

"이런 맙소사, 기욤! 단장님!"

마레샬 세브레이와 성 요한 기사단의 마티외 부단장이 쓰러진 단장님을 부축하며 울부짖는 것이 보인다. 꺄아아아! 단장님! 소녀의 울부짖는 소리가 귀에 유난히 들어와 박힌다.

황금빛 햇살이 소녀의 흐트러진 머리카락 위에서 날카롭게 부서진다. 소녀는 단장님의 긴 검집을 꼭 움켜쥐고 있다. 발타는 그 안에 무엇이 들어 있는지 알고 있다. 온몸을 지글지글 지져 대는 열기 속에서, 발타는 심장이 얼어붙는 것 같았다.

불현듯 그녀를 한 번만 더 만나게 해 달라고 애걸했던 기도가 떠올랐다.

그런 기도를 해서는 안 되었다. 이런 일은 결코 일어나서는 안 되었다.

"안 돼, 일어나. 정신 차려요, 기욤! 당신이 쓰러지면 어떡해! 당신마저 쓰러지면 여기는 어떡해!"

오랜 세월 견원지간으로 지내 왔던 마티외 드 클레르몽 경이 그를 움켜잡고 울부짖는다. 그 울부짖음은 이 성의 마지막을 예감한 자의 좌절과 절망으로 얼룩져 있다. 피에르 드 세브레이 경이 하얗게 질린 얼굴로 외친다.

"발타! 뒤는 다른 사람에게 맡기고 저 칼을…… 아니, 저 아이를 엄호해서 데려와! 단장님은 기사단 본부로 모신다!"

……하느님.

그는 신께서 자신의 기도를 가납하셨음을 알았다.

가장 이해할 수 없는 방법으로.

3부. 성 유물의 비밀

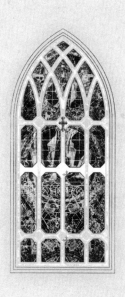

3-1. 세이렌 호

"아모스가 죽었어? 흠. 그렇군. 그래서 너희 둘만이라도 탄다고?"

"네. 돈은 가져왔어요."

레아는 아빠가 어떤 배에 타기로 약속을 했는지 알고 있었다. '세이렌'이라는 이름을 가진 배라고 했다. 선장은 모젤 플레르라는 털보 아저씨로, 덩치가 크고 성질도 고약스럽게 생겨 먹었다.

그의 주변에는 배를 태워 달라는 사람이 구름처럼 몰려 있었는데, 실제로 배를 탈 수 있는 사람은 몇 명 없었다. 플로린 금화가 필요했다. 그것도 아주 많이. 그는 이제 금 함량이 들쭉날쭉하는 다른 지역 금화는 거들떠보지도 않았다.

"그런데 안타까워서 어쩌지. 뱃삯이 2배로 올랐어. 얼마 전에 성벽 뚫렸었잖아."

전혀 안타까워하지 않는 얼굴로 선장이 계속 나불거린다.

"한 명당 플로린 금화 20개. 둘이니까 40플로린. 아, 말도 있으면 합쳐서 80플로린. 말은 덩치가 너무 커서 두 몫은 받아야지. 그래도 손해야."

입이 저절로 떡 벌어졌다.

"플로린 금화 80개요? 너, 너무 비싼 거 아닌가요? 80플로린이면 집이 몇 채인데요!"

"싫으면 말든가. 니들 말고도 타려는 손님들은 많아."

강도 강도 이런 날강도가 따로 없었다. 우리 집처럼 가게가 딸린 근사한 집을 짓는 데도 30플로린이면 뒤집어쓰는데, 뭐?

아크레에서 첫손에 꼽히는 귀금속 세공사이자 오토마타 제작자인 아빠는, 사람들에게 알부자로 알려져 있었다. 그런 아빠조차도 네 명의 뱃삯으로 플로린 금화 40개를 다시 마련하느라 어지간히도 똥줄을 태웠다. 그런데 눈 하나 깜짝 안 하고 80플로린? 이 뚱보 선장은 술탄 아슈라프 칼릴 그 개새끼보다 더 악질이 틀림없다.

모젤 선장이 입술을 비죽이더니 친절한 척 제안했다.

"정 비싸면 이 말은 버리고 타든가. 내가 알아서 처분해 주지. 그럼 40플로린만 내도 돼."

레아는 이를 꼭 물고 생각에 잠겼다.

물론 말이 있으면 좋은 점은 많다. 배에서 내려서 어른도 없이 라셀르를 데리고 다니려면 말이라도 있어야 했다. 특히 이렇게 좋은 말이 있으면 사람들의 대우도 확실히 좋아지고, 도둑 떼나 거지들을 만났을 때 쉽게 도망칠 수도 있다.

더욱이 이건 자신을 죽이려던 발타 님, 아니 발타 놈의 뒤통수를 치고 뺏어 낸, 전투로 치자면 엄연한 '전리품' 아닌가!

하지만 선택의 여지가 없었다. 아빠가 마련한 뱃삯은 플로린 금화 40개와 은전 몇 닢 정도에 불과했다.

"……여기요."

레아는 분해서 몸을 떨면서도 금화를 열 개씩, 네 번 세어 날강도 놈에게 주었다.

이것저것 따질 겨를이 없었다. 지금 이 배에 타지 않으면 내일은 없다. 내일 뱃삯은 얼마가 될지 모르고, 이렇게 많은 금화를 갖고 있다는 걸 들키면 반나절도 되지 않아 칼침을 맞고 돈을 뺏기게 될 것이다. 그러잖아도 지금 주변에 있는 사람들은 눈을 희번덕거리며 레아가 방금 건넨 금화를 훔쳐보고 있지 않은가.

레아는 선장이 금화를 일일이 깨물어 가며 확인하는 것을 기다렸다가 조심스럽게 물었다.

"어디로 가는 배인가요?"

"일단 시프르 섬에 들렀다가 해변 따라 올라가서 시실르(시칠리아) 섬 메시나로 갔다가, 베니스, 그리고 마르세유까지 간다. 아무 데서나 내리고 싶은 데서 내리면 돼."

"네."

"2~3일에 한 번씩은 해변에 정박하니까 먹을 건 그때그때 구해 오고, 갑판 아래 선실 구석에 물통 있으니 목마르면 내려가서 마시고, 멀미 나면 갑판에 올라가서 바다에 토해. 선실에 토하면 다른 사람들에게 맞아 죽을 테니. 봉변당하기 싫으면 아무 데나 함부로 얼쩡대지 말고 구석에 얌전히 박혀 있고."

레아는 라셀르의 손을 잡고 갑판 구석에 앉은 후, 동생을 무릎에 앉혔다. 작은 몸이 축 늘어지며 레아의 품에 폭 안긴다.

레아는 동생의 머리를 쓰다듬으며 힘없이 중얼거렸다.

"라셸르, 우리 어디에서 내리는 게 좋을까?"

"……몰라. 언니 가고 싶은 데로 가아……."

새파란 눈이 가물가물 깜박깜박한다. 나도 모르는 걸 네 살배기 동생이 알 리가 없지. 레아는 조그맣게 한숨을 쉬었다.

아크레에서 태어나서 아크레 밖으로 한 걸음도 나가 보지 못했던 레아는 시실르 섬, 메시나, 베니스, 마르세유가 어디인지 감도 잡히지 않았다. 아니, 그 전에 말이 통하는지 아닌지도 알 수 없었다.

어떡하지? 우린 이제 어떻게 살지?

모르겠다. 고작 하루 만에 너무 많은 일이 벌어져서 머리가 텅 빈 것만 같았다.

"으응……."

라셸르의 눈꺼풀이 소르르 아래로 내려가더니 레아의 가슴에 머리를 기댄다. 무서워서 우는 줄 알았더니 잠을 자고 있었다. 시커멓게 재에 뒤덮여 있던 머리카락이 이제야 반짝이는 금빛을 되찾았다.

레아는 동생의 머리카락을 살살 쓰다듬어 주었다.

정신 똑바로 차려야 해……. 이젠 엄마 아빠도 없으니까.

넌 그래도 라셸르보다 열두 살이나 많잖아. 질질 짜고 있을 때가 아니라고.

천천히 눈을 깜박거렸다. 눈이 뻑뻑하고 아픈데, 다행히 눈물은 나오지 않았다. 그저 엄마 아빠를 생각할 때마다 뭔가를 잊어버린 것처럼 명치가 답답하고, 숨을 쉬기 힘들 뿐이었다.

"괜찮아. 이 정도는 무섭지 않아."

레아는 소리 내어 혼잣말을 해 보았다. 살아남으려면 일단 정신줄을 붙잡는 게 가장 중요한데, 우리 집안사람들은 어떻게 되어 먹은 게 두려움에 짓눌리면 생각 자체가 멈춰 버린다. 그래서 레아의 혼잣말은 절박한 생존 기술이기도 했다.

레아는 입술을 떨면서도 무심한 척, 태연한 척 중얼거렸다.

'어, 어떻게든 되겠지. 설마 들키기야 하겠어?'

'정말 들키면?'

'설마 죽기야 하겠어?'

'정말 죽으면?'

'제기랄, 죽으면 그만이지 어쩌라고. 기사님이든 맘루크 놈이든 하늘나라까지 쫓아와서 칼을 휘두르진 못할 거 아냐!'

'그럼 라셀르는?'

흐, 씨.

새로운 두려움이 왈칵 치민다. 간신히 오줌이나 가리는 네 살짜리 예쁜 여자아이에게 기다리고 있는 일이라는 건 눈에 보듯 환했다.

……이제는 죽으면 그만이지, 하고 생각하면 안 되는구나. 라셀르를 위해서라도 꼭 살아남아야 하는구나.

결국 쫄보 레아가 이겼다. 사랑하는 사람, 반드시 지켜야 할 사람이 뒤에 있으면 두려움은 영원히 사라지지 못한다.

그래, 가늘고 길게 떼돈이나 벌면서 사랑하는 사람들과 소리 소문 없이 살아가는 삶이야말로 그 얼마나 기적 같은 일인가. 사자 심장의 리샤르 폐하같이 전장에서 명예롭게 죽는 것보다 훨씬 힘든 일일지도 모른다.

아빠의 인생 목표가 얼마나 높고 위대한 것이었는지, 이제야 알 것 같다.

레아는 이를 지그시 물고 앞으로의 일을 궁리하기 시작했다.

어느 항구에서 내리면 좋을까? 되도록 아크레와 멀리 떨어져 있고, 맘루크도 성전기사단 본부도 없는 곳이면 좋을 텐데.

세공방 직인으로 써 달라고 해 볼까. 그러면 아무래도 아빠 이름을 말해야 하고, 그럼 꼬리가 잡히기 쉬울 텐데.

하녀로 써 달라고 하면 써 주려나. 다른 아이들보다 키도 훨씬 크고 힘도 세니까, 열여덟이나 스무 살쯤 먹었다고 거짓말을 하면 받아 줄지도 모르는데. 라셸르까지 하녀 일을 하게 할 수는 없는데. 일할 때 데리고 다녀야 할까? 구빈원에 맡길 순 없어. 수녀원에 부탁하면 좀 받아 주시려나? 어쩌지?

아, 난 어떡해. 정말 아무것도 모르겠어.

레아는 동생을 감싸 안고 고개를 푹 숙였다..

그날 바로 출발할 것 같던 배는 무슨 일인지 계속 부두에 붙잡혀 있었다. 맘루크 놈들은 도시를 거의 정복했고, 함락은 시간문제인데 대체 왜 떠나지 않는 걸까?

선원들은 여기저기 모여서 불안한 얼굴로 웅성거렸다. 선장은 분을 꽉꽉 눌러 참는 표정으로 선원들만 닦달했다.

출항 준비는 진작에 다 됐고, 승객도 받을 만큼 받아 이미 갑판 위, 갑판 아래 선실, 선창, 통로까지 사람과 짐과 말과 가축들이 바글바글해서 제대로 돌아다니기도 힘들 지경이다.

욕심 사나운 선장 놈은 대체 뭘 바라는 거지. 출항하기도 전에 배가 꼴꼴 가라앉아 봐야 정신을 차리려나.

계단 밑 구석 자리에 숨어 있는 레아는 초조해서 미칠 것 같았다. 앙리 폐하와 귀족들, 돈 있는 사람들은 진작에 시프르 섬으로 튀었다. 이제 집 몇 채 값을 짊어지고 올 사람이 몇 명이나 남았 겠냐고.

뒤늦게 승선한 사람들 말로는, 맘루크 병사들은 아크레에서 유일하게 남은 기사단 본부를 집중 공격하는 중이라 했다. 기사단 성채로 피신한 주민들과, 싸우는 기사와 병사들, 그리고 이곳 항구에 와 있는 사람들을 제외하면 남은 주민들은 대부분 포로로 잡혀갔다고도 했다.

항구에 서 있는 주민들은 선장들을 붙잡고 제발 좀 태워 달라며 울부짖었지만, 뱃삯은 점점 비싸졌다. 레아는 맘루크 놈들도 미웠지만, 저 날강도 선장 놈은 더 미웠고, 성전기사단이 제일 미웠다.

빨리 출항해서 어디로든 가고 싶었다. 물귀신 세이렌이 득시글 대는 섬으로 가야 한대도 아크레만 아니면 괜찮을 것 같았다.

"이봐, 여기 이 검은 말…… 혹시 발타의 말 아닌가?"

라셸르를 토닥토닥 재우던 레아는 화들짝 놀라 고개를 들었다. 성전기사단 정복을 입은 기사들이 배에 올라 이리저리 둘러보다가 레아가 몰고 온 말 앞에 멈추어 서는 것이 보인다.

아, 어떡해……!

하필이면 제일 앞에 선 게 티보 고댕 사령관이다. 레아는 잠든 라셸르를 안고 황급히 계단 밑으로 몸을 숨겼다. 그나마 사람들이 그 앞에 짐 더미를 쌓아 두어 밖에서 쉽게 보이지는 않았다. 그래도 무서워서 동생을 쉬르코 자락으로 폭 덮고 몸을 잔뜩 움츠렸다.

아니, 단장님도 돌아가셨는데 사령관이라는 사람이 왜 여기까지 와서 얼쩡대는 거야. 전투가 한창인데 성채는 버려두고!

"틀림없습니다. 코망데르. 파리 시테 궁의 폐하께서 하사하셨다는 전투마 크레도입니다. 잡털 하나 없이 새까만 놈이죠."

맙소사, 어쩐지 저놈의 말이 유난히 미모가 뛰어나다 했더니 꽃미남 폐하께서 하사한 말이었구나. 죽기 싫어 이판사판 끌고 왔는데, 어째 분위기가 좋지 않은 방향으로 흘러가는 것 같다.

"아, 그렇다면 발타가 이 배에 타고 있다는 건가? 바로 파리로 간다 하더니 아직도 출발하지 못했군."

"아침에 항구 근처에서 발타를 봤습니다. 말을 잃어버려서 찾는 중이라고 들었습니다."

"전시에 이 귀한 말을 잃다니 그답지 않군. 그나마 말을 찾아 여기 승선한 것 같으니 다행이야. 그러잖아도 찾아다니고 있었는데."

고댕 사령관이 밝아진 목소리로 말했다. 레아는 조마조마하며 귀를 기울였다. 다행이다, 나를 찾아다닌 건 아니었구나. 안도하는 순간, 사령관님이 큰 소리로 명했다.

"선장에게, 이 말의 주인을 찾아서 데려오라 하게."

"이 말을 저한테 준 사람이요? 기억하고말고요."

모젤 선장이 이마가 땅에 닿도록 굽신거린다. 알고 보니 세이렌호는 성전기사단이 소유한 범선 중 하나였다. 욕심 사나운 선장이지만 선주들(?)에게는 얼마나 공손한지 몰랐다.

"난리통에 부모가 죽은 아이들이 이 말을 몰고 왔습니다. 원래는 그 아비와 계약을 했는데, 올 수 있었던 건 어린 딸아이 두 명뿐이었지요. 불쌍한 친구 같으니. 자애로우신 성모님, 그와 아내의 영혼을 천국으로 인도하시고 사악한 맘루크 놈들 대가리에는 벼락을……."

"뭐? 은발의 견습 기사가 아니라 여자아이 둘이라고?"

말을 끊는 사령관님의 목소리에 싸늘하게 날이 선다. 모젤 선장은 주춤 뒤로 물러서더니 얼른 성호를 그으며 대답했다.

"은발의 키 큰 기사님은 아까 뵙긴 했습니다만 승선하진 못하셨습니다. 뱃삯도 없으셨지만, 뭔가를 애타게 찾고 계시는 듯했습니다. 이 말을 몰고 온 건……."

주변에 모인 기사들의 팽팽한 긴장감이 느껴진다. 계단 옆에 쌓인 커다란 짐짝 사이에 몸을 숨긴 레아는 초조해서 죽을 것 같았다.

"성 안나 삼거리의 세공사 아모스의 딸들입니다. 지금 이 배에 타고 있습지요."

으아! 맙소사, 난 몰라!

레아는 머리를 쥐어뜯었다. 저 빌어먹을 뚱땡이는 왜 저런 쓸데없는 것까지 다 기억하는 거지?

아빠는 왜 많고 많은 배 중에서 하필이면 성전기사단의 배를 골랐을까……?

"둘 다 금발에 파란 눈을 가진 자매입니다. 언니는 저만큼이나 키가 크고, 동생은 제 허리춤에 올까 말까 했는데, 아주 예쁘장하게 생겼습니다. 몰골은 지저분했지만, 벨벳으로 만든 비싼 드레스와 은실로 수를 놓은 파란색 망토를 두르고 있었……."

모젤 플레르 선장은 레아와 라셀르의 인상착의를 늘어놓기 시작했다. 몸을 바짝 웅크린 레아의 등으로 진땀이 흘러내린다.

"혹시 이 말이 도둑맞은 말이라면, 제가 암만 손해를 보더라도 주인에게 돌려 드려야 합지요. 고약한 것들. 전시에 군마를 훔치면 팔다리 잘리는 정도가 아니라 바로 목이 매달리는 걸 모르진 않을 텐데 말이죠."

뭐지, 그럼 나는 전시에 군마를 훔친 놈이 되는 건가?

눈앞이 깜깜하다. 하지만 붙잡히면 죽는다는 건 어차피 똑같으니 딱히 상황이 달라진 것도 아니었다.

고댕 사령관님이 내뱉는다.

"허, 참. 쥐새끼 같은 것들, 그것도 모르고 엉뚱한 곳에서 찾아 헤맸어."

"그러게요, 사령관님. 그 와중에 최고급 전투마까지 골라 훔친 걸 보면 아주 여간내기가 아닌 모양입니다."

"지금부터 배에서 아무도 못 내리게 해. 그 계집아이 둘은 우리가 찬찬히 찾아보면 되겠군. 갑판, 선실, 선창까지 구석구석 샅샅이 뒤져 보면 될 테지. 내가 둘 다 직접 처리하겠다."

이건 말도 안 돼!

레아는 속으로 울부짖었다. 사령관님이 여기 와 있는 게 정말 우릴 찾기 위해서였다고? 사령관님, 우릴 잡는 게, 급박한 전투를 팽개치고 올 만큼 큰일인가요?

아, 막말로 우리가 칼을 훔친 것도 아니고! 돈을 떼먹은 것도 아니고! 칼은 흠집 하나 없이 고스란히 돌려 드렸고! 예?

아, 물론, 그 칼의 비밀 장치를 열 줄 아는 사람이 세상에 저 하나밖에 안 남았다는 건 조금 유감인데, 가르쳐 드릴 수 없다는 건 좀 많이 유감인데, 그거 여기저기 조금만 눌러 보고 연구해 보면 금방 아시게 될 거라고요. 단장님의 검집의 비밀 장치를 알았다는 게, 무슨 죽을죄는 아니잖아요…….

비밀 유지는 걱정 마시라니까요. 제가 모가지가 열 개가 아닌 다음에야, 대체 그걸 어디 가서 떠들고 다니겠어요.

사령관님의 목소리가 싸늘하게 흘러내렸다.

"그리고 자넨 하선해서 발타를 찾아와. 병사들을 모조리 풀어서 부두와 정박한 배들을 샅샅이 수색하게."

"예. 오지 않겠다고 하면 제압해서라도 끌고 올까요?"

젊은 기사의 기세등등한 말에, 사령관님이 한숨을 쉬며 대답했다.

"그 자리에서 목이 따이고 싶은가."

"예?"

"그자는 현재 기사단 소속이 아니야. 말을 찾았다고 하고, 뱃삯을 내주겠다고 하면 따라올 걸세."

†

"발타사르, 이 말이 자네 말이 맞나? 폐하께서 하사하셨다는?"

"맞습니다, 사령관님. 크레도가 여기 있었군요."

발타가 부하들에게 둘러싸여 배에 오른 것은 반나절도 채 지나지 않아서였다. 안색이 몹시 좋지 않은 걸 보면 무척 마음고생을 한 듯했다. 주인이 목을 끌어안고 뺨을 비비자 검은 말이 반갑다는 듯 푸르르푸르르 투레질을 한다.

이 난리통 북새통에 사람을 바로 찾아오는 걸 보면 성전기사단이 유능하긴 한가 보다. 하긴 저 말갈고 반짝반짝하는 외모로 부두에서 배회하고 있으면 못 찾는 게 더 이상하긴 하겠다.

"이 귀한 것을 대체 어쩌다 잃어버린 겐가? 도둑이라도 맞은

185

건가?"

"제 실책입니다. 단장님 댁 근처에서 볼일이 있어서 나무에 묶어 두고 잠시 자릴 비웠다가 잃어버렸습니다. 이렇게 신경 써서 찾아 주시다니, 진심으로 감사드립니다."

레아는 고개를 갸웃했다. 라셸르도 이상한 걸 눈치챘는지 눈을 데구르르 굴리며 소리 없이 묻는다.

'언니, 저 아저씨는 왜 우리가 말 가져갔다는 말 안 해?'

'그러게. 직접 봤으면서?'

"하긴, 그러고 보면 아모스의 공방도 돌아가신 단장님 댁 근처였지."

고댕 사령관님이 비식 웃으며 중얼거리는 소리가 또렷이 들린다.

"어쨌든 전시에 군마를 훔치다니, 그것도 자네 말을 훔치다니 간이 배 밖으로 튀어나온 놈들이야. 눈에 띄기만 했으면 자네의 검에 모가지가 꿰뚫렸을 텐데."

"혹시 말을 훔친 자들을 찾았습니까?"

"아직은. 하지만 염려 말게. 도둑들은 지금 이 배에 타고 있으니 금방 잡힐 걸세."

"……다행이군요."

"다행이지. 마침 우리도 추적하던 죄인들이었거든. 본부에 갇혀 있다가 도망치던 중이었는데, 쫓기는 와중에 자네 말까지 훔쳤을 줄은 몰랐지. 어차피 잡히면 바로 교수형이야."

레아는 이를 꽉 물었다. 분해서 손이 부들부들 떨렸다. 사령관님은 그 '죄인들'이 사실은 아무 잘못도 없으며, 그중 한 명은 고작 네 살짜리 아기라는 사실은 말하지 않는다. 기사단이야말로 큰

186

죄를 범했다는 말도 하지 않는다.

당신네가 필요해서 아빠에게 맡긴 거잖아. 아빠는 명령대로 칼집을 고쳐 준 죄밖에 없어. 그래 놓고 비밀을 알게 됐다는 이유만으로 일가족까지 모조리 죽이겠다니, 이게 무슨 개소리야.

하느님, 왜 저런 놈들한테 벼락을 내리지 않으세요? 하느님을 최고로 잘 믿는다는 기사단에서 저따위 짓을 하고 있는데요.

생각하던 레아는 갑자기 움직임을 멈췄다.

아니, 잠깐, 잠깐……?

왜 사령관님이 저 인간에게 '추적하던 죄인'에 대해 설명을 하고 있지? 문 앞에서 날 기다리다가 집까지 데려가서 동생까지 죽이고 오라고 했다며.

레아는 눈을 동그랗게 뜨고 귀를 바짝 기울였다.

"희한한 게, 그 여자가 본부를 빠져나가자마자 바로 사람을 붙였는데 감쪽같이 사라졌더라고. 다리를 심하게 다쳤던데 대체 어떻게 도망친 건지. 성 안나 삼거리까지 가는 길을 샅샅이 뒤졌는데, 혼자 걸어가는 절뚝발이 여자는 없었더란 말이지. 멀지도 않은 거리인데 말이야."

맙소사…….

등으로 식은땀이 흘러내린다. 맞다. 그날 밤, 기사단 본부의 바로 옆 골목에서 저 인간에게 치료를 받고 있을 때 본부에서 순찰 나가던 서너 명의 기사들이 있었다.

……순찰 나가던 게 아니라 나를 쫓아왔던 거였나?

당연히 혼자 걸어가는 절뚝발이 여자는 없었겠지. 그 여자는 그때 누군가에게 꽤 오랫동안 치료를 받고, 누군가의 말을 얻어 타고, 누군가의 망토를 얻어 입고, 후드까지 머리에 푹 뒤집어쓰고,

시종을 거느린 고귀한 귀족 아가씨처럼 돌아가고 있었으니까.

"아……."

눈앞에서 불이 번쩍한다.

잠깐! 이거, 발타 님이…… 기사단 명령으로 우릴 죽이려고 기다렸던 게 아니라…….

……혹시 저걸 눈치채고 몰래 우릴 살려 주려고?

레아는 멍하니 눈만 깜박거렸다. 머릿속에서 두꺼운 얼음이 쩍쩍 소리를 내며 깨져 나간다.

하나하나 생각할수록 상황은 점점 또렷해진다.

찾아서 죽이려는 게 목적이었으면, 골목에 숨어서 나를 치료하면서 시간을 보내지도 않았을 거고, 망토를 둘러서 얼굴을 가려 주는 일도, 말에 태워서 귀부인처럼 모시고 가지도 않았을 것이다.

그리고 집에 들어가기 전에 누가 안에 있는지, 무슨 일이 벌어졌는지 확인 따위 해 줄 필요도 없었을 것이다. 그는 바로 돌아갈 수도 있었는데, 이런저런 핑계까지 대며 마당에서 한참 꾸물댔다.

무엇보다, 우릴 정말 죽이려 했다면, 돌아가신 엄마 아빠 시신을 수습해서 묻어 주거나, 나무 십자가나 꽃으로 무덤을 장식해 주는 멍청한 짓 따윈 하지 않았을 것이다. 대신, 동생부터 빨리 찾아보라고 닦달했을 것이다.

그리고 말을 타고 도망치는 우리를 향해 당연히 검을 날렸을 것이다. 그는 단 두 자루의 단검으로 두 명의 목을 정확히 꿰뚫는 자였고, 전시에 군마를 훔치는 자는 즉결 처형이니까.

아, 그러고 보면, 발타 님은 돌아가신 단장님께 작별 인사도 못

하고 내 옆에서 한시도 떠나지 않고 나를 감시하고 있었지.

……감시가 아니고 처음부터 나를 보호해 주려고 그러셨던 거구나.

뭔가 이상한 걸 눈치채고서, 나를, 보호해 주려고…….

레아는 두 손으로 얼굴을 감싸고 고개를 숙였다.

세상에 이런 멍청하고 배은망덕한 년이 있을까. 발타 님이 아니었으면 나나 라셀르는 진작 목숨을 잃었을 텐데.

그런 고마운 분께 은혜를 갚기는 고사하고 말이나 훔치다니! 그래 놓고는 전리품이니 어쩌니 하며 의기양양하고 있었다니.

레아는 머리를 쥐어뜯으며, 발타의 조심스러운 목소리에 귀를 기울였다.

"도둑들은 어떤 벌을 받게 됩니까? 채찍질을 당하게 됩니까? 아니면 신체 절단형까지 가게 됩니까?"

"일단, 전시에 군마를 훔친 건 팔다리나 눈을 내놓는 정도로 끝날 일은 아니지. 즉결로 넘겨져서 목을 매달아야 할 만큼 큰 죄야. 왜? 어떻게 처형해 주었으면 좋겠나?"

발타는 잠시 뜸을 들이다가 짧게 한숨을 쉬며 대답했다.

"말을 훔친 것은 너그러이 생각해 주시기를 부탁드립니다. 소행이 괘씸하긴 합니다만, 어쨌든 크레도는 무사히 찾았고, 맘루크군이 성내로 들어왔으니, 어린 마음에 정신이 없었을 듯도 합니다."

"어리다는 건 어찌 알았지? 어떤 입 싼 놈이 정식 단원도 아닌 에퀴에르에게…….."

고댕 사령관은 눈썹을 찌푸리고 혼잣말을 했다. 발타는 침묵했다.

"어쨌든 자네가 도둑들의 구명을 청하다니 의외군. 크레도는 폐하께서 하사한 최고의 데스트리에 아닌가. 자네가 정 원한다면 군마 절도 건에 대해서는 한번 생각해 보겠네만…… 조건이 있네."

"무슨 조건 말씀이십니까?"

되묻는 목소리에 경계심이 어렸다. 사령관님의 목소리가 속삭이는 것처럼 작아진다.

"단장의 검, 아니, 정확히 말하면 '단장의 홀'에 대해, 자네가 아는 정보를 모두 알려 줘야겠어."

그들이 자리를 떠난 후, 레아는 발타가 했던 행동들을 찬찬히 되짚어 보았다.

아무리 생각해도, 그의 행동은 이상했다. 기사단 출신이라는 분이, 기사단이 총력을 기울여 추적하는 '죄인'을 이렇게 도와줘도 되는 걸까? 그의 사려 깊은 위로와 헌신적인 도움은 미안하고 고마운 걸 넘어 이해할 수 없을 지경이었다.

심지어 그 급박한 상황에서도 아빠 엄마의 장례까지 치러 주었다. 정중하게 예의를 갖추어서, 그렇게나 깊은 슬픔에 잠긴 시선으로.

왜 그러셨을까? 난생처음 보는 여자한테? 대체 무슨 마음으로?

그분도 부모님이 안 계시다고 했던가. 모시던 단장님이 아버지 같다고 했던가.

'그분은…… 저를 친아들처럼 돌봐 주셨고, 헤아릴 수 없이 많은 가

190

르침을 주셨습니다.'

'그분은 누구보다 용감했지만, 주민들의 안전을 위해 비겁하다는 모욕조차 기꺼이 감수하시던 분이었습니다.'

서글픈 웃음이 흘러나온다.

발타 님, 우리 아빠도 그러셨어요. 다들 아빠를 겁쟁이라고 놀렸지만 사실, 우리 아빠는 세상에서 제일 용감한 분이었어요.

돈 한 푼 없이 고향을 빠져나와 새로운 세계로 발을 디딘 아빠는, 세상의 어떤 기사보다 훨씬 용감했을 것이다.

생전 처음 가 보는 베니스, 하프스, 알렉산드리, 시프르 섬을 거쳐 머나먼 이방의 땅 아크레에 정착하기까지, 두렵잖은 순간이 한순간이라도 있었을까. 아빠는 매 순간 그 두려움에 맞서서 사자 심장의 리샤르 대왕보다 용감하게 싸워 나가야 했을 것이다.

다만 너무 소중한 것이 생겨서 아빠는 그만 겁쟁이가 되었다. 엄마, 나, 라셸르. 절대 잃지 말아야 할 것들 지키기 위해, 아빠는 얼마든지 비굴해져도 좋았던 것이다.

'그런데 단장님께서는 그렇게 갑자기 가셨고…… 저는 감사하다는 말씀조차 드리지 못했습니다.'

'왜 그랬는지 모르겠습니다. 말씀드릴 기회가 그렇게 많았는데…….'

흐으…….

저도 모르게 눈물이 흘러나왔다. 그의 조용한 목소리가 자신을 위로하고 토닥여 주는 것처럼 느껴졌다. 사랑하는 분들을 갑자기 그렇게 보내고 얼마나 힘들고 아프냐고. 나도 당신의 슬픔을 깊이 이해한다고.

이제야 어렴풋이 이해가 간다. 그가 어떤 마음으로 부모님의 장례식을 치러 주고 기도를 해 주었는지. 귀한 말을 훔쳐서 도망치는 고아 자매를 대체 어떤 마음으로 그냥 보내 주었는지.

그리고 왜 그 아이들을 용서해 달라고 어려운 부탁까지 하게 되셨는지…….

발타 님은 알고 계셨다. 파리에서 아크레라는 먼 이국땅까지 흘러들어 와 간신히 자리 잡은 한 남자의 삶을. 그리고 그렇게 위험하고 고단한 세월을 헤쳐 온 아빠가 필사적으로 지키려던 것이 무엇인지도. 고작, 철없는 딸이 지나가듯 흘린 몇 마디만으로도.

소리 없이 눈물만 떨어뜨리고 있으니 옆에서 조그만 손이 등을 토닥인다.

"언니, 무서워하지 마. 내가 있잖아, 레아 언니."

달래는 라셸르의 목소리도 조금 젖어 있다. 하지만 울보 라셸르는 언젠가부터 소리 내어 울지 않는다. 레아는 동생을 꼭 끌어안고 오래도록 숨죽여 울었다.

†

"이봐, 얼른 모자를 벗고 고개 들어 봐. 아니군."

"마담, 금발에 파란 눈을 가진 자매를 보셨습니까. 언니는 키가 크고, 동생은 네다섯 살 정도 되는……."

본격적인 수색이 시작됐다. 기사들과 선원들은 갑판과 아래층 선실을 뒤지며 사람들을 하나하나 붙잡고 확인 작업을 벌였다.

세이렌 호는 큰 범선이다. 갑판 중앙에는 커다란 돛대들이 서 있고, 그 앞으로 꽤 높고 널찍한 선수루가 있었는데, 그곳에 선장실과 조타실이 있었다. 그리고 갑판 아래로 내려가면 어두침침한 선실과 선창이 나왔다.

계단 옆의 짐 더미 속에 숨어 있던 레아는 눈만 빼꼼 내민 채 숨을 곳이 있는지 살폈다. 갑판 아래층은 널찍했으나 천장이 상당히 낮아 몹시 답답했다. 작은 환기창으로 빛이 들어와 아주 어두침침하진 않았지만, 오래 숨어 있기에는 적당하지 않아 보였다.

사방 툭 트인 공간이고, 눈을 돌리는 곳마다 피곤에 찌든 승객들과 말과 소, 돼지, 닭과 오리들이 바글바글했다. 거기에 산더미 같은 짐들이 구석구석 쌓여 아수라장이 따로 없었다.

이곳 승객들은 모두 인당 20플로린이라는 거금을 낼 수 있는 부자일 테지만, 개인 공간 따위는 어림도 없었다. 그냥 엉덩이 붙일 자리만 있으면, 맨바닥에 쭈그리고 앉아 비비적대며 버티고 있을 뿐이었다.

냄새도 문제였다. 습하고 퀴퀴한 곰팡내와 갯내와 비릿하고 지릿한 냄새가 걸쭉한 파도처럼 밀려오는데, 레아는 숨도 쉴 수 없을 지경이었다.

자, 레아, 생각해. 여기보다 안전하고, 냄새도 안 나고, 수색도 안 당하고, 기사들이 다 내릴 때까지 숨어 있을 만한 곳.

아래를 내려다보았다. 동생이 파란 눈동자를 빛내며 자신을 올려다보고 있었다. 얕은 눈시울에 눈물이 아슬아슬 고여 있지만, 라셀르는 여전히 울지 않는다. 자신의 손을 쥐고 있는 자그마한 손에 힘이 꼬옥 들어간다.

유일하게 남은 가족. 내가 세상에서 제일 사랑하는 동생.

내가 아무리 겁쟁이라도, 네가 내 앞에서 죽어 나가는 꼴은 못 보겠다.

그래. 이판사판이다. 이래도 죽고 저래도 죽을 거면, 마지막 도박이라도 해 보자.

기사와 선원들이 앞에서부터 확인 작업을 하는 동안, 레아는 짐 더미 속에서 슬그머니 일어나 갑판 위로 올라갔다. 선미 쪽 계단 바로 옆에 숨어 있던 게 천만다행이다. 그 와중에 가파른 계단이 무려 열일곱 개나 된다. 갑판까지 올라가는 동안 레아는 심장이 터질 것 같았다.

갑판에 올라온 레아는 뱃멀미라도 하는 것처럼 입을 틀어막았다. 금방이라도 토할 듯한 표정으로 비틀비틀 뱃머리 쪽으로 걸어가자 사람들이 코끝을 우그리며 황급히 길을 터 주었다.

라셀르는 입을 꼭 다문 채 레아에게 바짝 달라붙어 따라온다. 단단히 맞잡은 손이 물에 풍덩 빠진 것처럼 미끌미끌하다.

괜찮아, 라셀르. 잘될 거야.

응. 언니. 잘될 거야.

나만 믿어, 라셀르.

응, 언니만 믿어.

간신히 선수루까지 온 레아는 두건을 눌러쓴 채 안쪽을 힐끔 곁눈질했다. 바로 앞의 조타실에는 항해사나 조타수로 보이는 시커멓고 험상궂은 선원이 두 명 정도 보인다. 그들은 술병을 입에 물고 큰 소리로 떠들어 대고 있다.

그리고 그 뒤로 좁은 통로를 사이에 둔 선실이 보인다. 레아는 동생을 향해 있는 힘껏 웃어 보인 후, 동생을 단단히 끌어안았다.

"언니 목 꽉 안아."

"응, 언니. 라셸르 꼭 안았어."

레아는 생각을 쥐어짜며 이를 악물었다.

어쩌면 지금은……. 아마 지금 저 방에는…….

햇볕이 머리 위로 쨍쨍 꽂히고, 등으로는 진땀이 흐른다. 쥐어짜야 하는 것은 생각이 아니라 땀과 용기였다.

그녀는 선원들이 잠시 한눈파는 틈을 타서 선수루의 좁은 통로로 살금살금 들어섰다. 둥둥대고 뛰던 심장이 이젠 터질 것 같다.

"좋아, 그럼, 하나, 둘, 셋. 간다."

타박타박타박타박.

달칵.

방문이 닫히자마자 레아는 문에 등을 댄 채 주르르 주저앉았다.

등으로 식은땀이 줄줄 쏟아진다. 눈을 뜰 용기가 없어서, 눈을 꼭 감은 채 숫자를 세었다. 하나, 둘, 셋, 넷, 다섯……. 열까지 셌는데 아무 소리도 들리지 않는다.

"언니…… 눈 떠도 돼. 아무도 없어."

라셸르가 속삭이는 소리에 레아는 그제야 눈을 들어 방 안을 조심스럽게 둘러보았다.

동생의 말대로, 그리고 레아의 희망대로, 방에는 방의 주인도, 선원도, 기사도 없었다.

그 방은 선장실이었다.

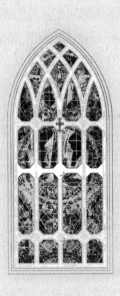

3-2. 비밀의 방

선장실에 아무도 없을 거라는 건, 그러니까 합리적인 예측이라기보다 이판사판 도박이었다. 선장 놈부터가 선주님들을 모시고 다니느라 쩔쩔매는 판인데 어떤 간덩이 큰 선원들이 선장실에 들어와 활개 치고 앉아 있겠느냐, 하는 단순 소박한 예측이었다.

촉이 맞은 건지, 운이 좋은 건지, 어쨌든 선장실엔 사람이 없었다. 일단 한 고비 넘겼다.

"후아아. 라셸르. 침대가 있어. 다행이다."

운명의 똥밭이 드디어 끝나려나 보다. 계속되는 행운에 레아는 두근대는 가슴을 쓸어내렸다.

모젤 선장의 침대는 보통 선원들이 벽에 매달아 쓰는 해먹이 아니라 커다란 평상 침대였다. 바닥의 습기를 피하기 위해, 높직하게 틀을 만들어 짚과 양털로 푹신한 깔개를 얹은 후 시트를 깐 것이다.

세상에 양털이라니. 양털 침대 정도 되면 영주님쯤 되어야 사용할 수 있는 최고급 침대였다. 다시 말하건대, 이 배는 성전기사단의 배이고, 성전기사단은 돈이 많았다.

어쨌든 침대의 좋은 점은, 밑에 숨을 공간이 있다는 점이었다. 아빠처럼 배가 띵띵한 어른은 들어가기 좀 어렵지만, 레아와 라셸르 정도면 어찌어찌 들어갈 만했다. 밑에 잡동사니가 빼곡하게 처박혀 있지 않다면.

"라셸르. 시트를 들추고 침대 밑으로 들어가. 집에서도 침대 밑에 숨어서 놀았던 거 기억나지?"

동생은 이제 울지도 않고 시키는 대로 한다. 잠시 후 레아도 따라 들어가 시트를 다시 바닥까지 끌어 내렸다.

희미한 어둠 속에서, 레아는 동생을 꼭 끌어안았다.

아아. 일단 살았다…….

나중 일은 모르겠다. 지금 요 순간만 넘기는 것도 벅차 죽을 지경이니까.

레아는 숨을 죽인 채 생각에 잠겼다.

아무리 찾아봐도 없으면 포기하고 돌아가겠지? 어쨌든 이 배는 출항을 할 거고, 기사님들이 전투까지 팽개치고 따라오진 못하실 테니까. 그럼 어떻게든 되지 않을까.

일단 출항만 하면, 가다가 선장에게 들킨다고 해도 40플로린이나 내고 탄 손님을 바다에 던지기야 하겠어?

……아, 물론 던질 수도 있지.

어쩌지? 이젠 뇌물 먹일 돈도 안 남아 있는데.

레아는 머리를 쥐어 싸고 신음했다. 아무리 긍정적으로 생각하려 해도, 눈앞은 여전히 깜깜했다.

원래 계획은 눈에 안 띄게 숨어 최대한 버티다가 첫 번째 항구에 몰래 내려서 다른 곳으로 가는 배를 얻어 타는 것이었다. 그런데 이 침대 밑에서는 그리 오래 버티지 못할 것 같았다.

"언니, 우리 이제 어디 가?"

옆에 납작 엎드린 라셸르가 조그마한 소리로 묻는다. 첫 번째 기항지가 어디랬더라.

"시프르 섬……?"

"시프르가 어디야?"

"잘 몰라. 멀지는 않다는데, 가 본 적은 없어."

"응? 언니가 모르는 것도 있어?"

"그럼 당연하지."

"아니야. 언니는 다 알아."

동생이 단호한 목소리로 대답한다. 도저히 반박할 수 없는 절대적인 믿음이었다.

레아는 라셸르의 우상이었다. 라셸르가 보기에 언니는 키도 크고, 손도 크고, 발도 크고, 어깨도 넓고, 힘도 세고, 뜀박질도 빠르고, 나무도 잘 타고, 나귀나 말도 잘 다룬다.

글자도 읽을 줄 알고, 숫자도 계산 잘하고, 디나르, 베잔트, 플로린, 두카토 금화와 종류별 은화, 동전들을 빠르게 환산해서 계산할 줄도 알았다.

동네 언니 오빠들과 말싸움도 잘하고, 밤새도록 옛날이야기도 잘하고, 뚝딱뚝딱 망치질도 잘하고, 아기자기 예쁜 것도 잘 만든다. 동네의 껄렁대는 오빠들도 함부로 덤비지 못한다.

하긴, 레아가 눈을 부릅뜬 채 쇠를 불에 달구거나 망치질을 하는 모습을 보고 있노라면, 그 누구든 깝죽댈 마음이 천리만리 사라지지 않을까. 속 알맹이가 '천하제일 쫄보 대회 우승자'인 것까지야 알 게 뭔가.

다만 아크레 밖에 대한 정보라면, 레아 역시 라셸르만큼이나 무식했고, 앞으로의 대책에 대해서도 동생 이상으로 아는 게 없었다.

"언니, 시프르 섬엔 왜 가는 거야?"

"제일 가까운 섬이니까."

40플로린이라는 거금을 내고 제일 가까운 항구에 내려야 한다니, 본전 생각에 눈물이 난다. 이놈의 돈에 대한 집착은, 아빠 말마따나 유대인이라면 피할 수 없는 저주인가 보다.

"콜록, 콜록, 캑, 캑."

라셸르가 기침을 시작했다. 레아는 동생의 입을 손수건으로 급히 틀어막으며 속삭였다.

"라셸르, 기침하면 안 돼. 이걸로 입 꼭 막고 있어."

라셸르가 두 손으로 수건을 꼭 쥐고 기침을 참으려고 애를 쓴다. 불쌍해 죽겠다. 고 조그만 손가락 사이로 붉고 화려한 꽃무늬가 보인다. 발타 님의 손수건이었다.

수건을 보는 순간, 다시 미안해졌다. 언제라도 좋으니, 다시 만나면 발밑에 엎드려서 진심으로 사과드려야 할 것 같다. 고맙다는 말씀도 드리고 싶다. 그분께 너무 큰 빚을 졌다. 살아생전 꼭 한 번 다시 뵙고 마음의 빚을 반드시 갚고 싶다.

아, 말값도 갚아야 하네.

왕이 하사한 데스트리에 군마라 했던가. 그럼 한 마리에 100리브르가 넘을 것이다. 플로린 금화로 200개를 주어야 살 수 있다는 뜻이다.

물론 기사단의 눈에 걸렸으니, 날강도 뚱땡이 선장 놈도 그 돈을 다 받아먹지는 못하겠지만, 그건 그쪽 일이고, 어쨌든 레아가 그분께 빚진 돈은 빼도 박도 못하는 200플로린이다.

순간, 빚을 갚겠다는 가상한 결심이 까마득하게 멀어지기 시작했다.

이제 팜므 솔로 세공사가 되긴 글러 먹었으니, 그 돈을 모으려면 악명 높은 갤리선의 노잡이가 되거나 길 가다가 보석이 잔뜩 박힌 왕관이라도 줍는 것 말고는 딱히 방법이 없다.

"콜록. 콜록."

어느덧 레아의 목구멍도 간질간질해지기 시작했다. 레아는 급히 입을 틀어막고 주변을 둘러보았다.

와, 진짜 끝내준다…….

세상에 더러워도 이렇게 더러울 수가. 먼지가 이렇게 담요처럼 깔려 있으니 기침이 나는 건 당연하겠지!

문제는 먼지뿐이 아니었다. 아까 선창에서 맡았던 것보다 더 고약한 냄새가 훅 치밀었다. 젖은 가죽 신발이 썩은 듯한 퀴퀴한 냄새에 싸한 갯내와 강한 지린내가 섞인 듯한 냄새.

이게 대체 무슨 냄새지?

순간, 배 밑바닥에는 사람보다 사람 아닌 것들이 훨씬 많다는 말이 떠올랐다. 그리고 놈들이 득시글대는 곳에서는 특유의 이상한 냄새가 난다는 것도.

서, 서, 설마?

찍찍, 찍찍찍.

"으아아……."

레아는 저도 모르게 비명을 지르다 입을 틀어막았다.

201

깜깜한 침대 밑, 냄새의 장본인들이 정체를 드러냈다. 토토토토, 토토토토. 등 뒤로, 발치로 뭔가가 겁도 없이 돌아다니고 있다. 히이익, 히잇. 손수건을 물고 있던 라셀르가 울음을 터뜨릴 것 같은 표정을 지었다. 레아는 필사적으로 동생을 달랬다.

"쉬, 쉿, 조용히 해, 라셀르. 울면 안 돼."

하지만 울보 라셀르의 동그란 눈은 벌써 눈물을 잔뜩 머금었다. 얇고 조그만 입술 끝이 실룩실룩하고, 입술 끝이 옴죽옴죽 뾰족하게 튀어나오면 하나 둘 셋 세기도 전에 울음이 터진다는 신호였다.

그래, 지금까지 정말 잘 참았다. 평소의 라셀르라면 벌써 수십 번도 더 울음을 터뜨렸을 것이다.

하지만 라셀르는 지금까지 이상할 정도로 울지 않았다. 아빠의 마지막 당부가 '라셀르, 울지 마라'였는데, 혹시 그 때문일까. 눈시울이 욱신댄다.

레아는 입술을 꼭 깨물고 보이지 않는 아빠에게 속삭였다.

아빠, 무서워 죽겠어요. 나 어떡해. 나 좀 도와줘요, 아빠.

쥐들이 찍찍대는 소리가 점점 커진다. 아니, 많아진다. 등에 멘 자루에 든 고기랑 치즈 냄새를 맡았나? 찍찍대는 소리가 사방에서 들리는 품이, 쥐 떼에 포위된 듯한 느낌이다.

아, 맞다. 배에서 오래 산 쥐들은 사람을 무서워하지 않는댔지.

레아는 속으로 욕설을 퍼부으며 허리춤에서 막대기를 꺼내 단단히 움켜잡았다. 손이 달달 떨리는 것이 느껴졌지만, 어쩔 수 없다. 선장실에 사람이 없을 때 쥐들을 잡아 놔야 한다. 안 그러면 숨어 있는 내내 공포에 시달리면서 지내게 될 것이다.

레아는 무기를 쥔 손에 힘을 주어 달달 흔들어 보였다.

"라, 라, 라셀르, 내, 내가 저놈들 다 잡아 줄게. 어, 언니가 다 때려잡아 줄게. 언니 믿지? 응?"

그러고 보니 무기라는 게 다리를 치료할 때 썼던 부목이다. 그의 손길이 닿았던 소중한 물건으로 저 더러운 쥐새끼들을 때려잡아야 한다니. 눈물 난다.

"너, 너, 이…… 이 건방진 쥐, 쥐 새끼들, 내, 내 손에, 다, 다, 주, 죽었어어!"

레아는 다가오는 놈들을 향해 막대기를 휘둘렀다. 침대 밑에 납작 엎드린 상태라 놈들을 잡으려면 개구리처럼 허우적거려야 했다.

허우적댈 때마다 드레스 자락이 담요같이 쌓인 먼지를 걸레처럼 닦아 내는 게 느껴진다. 잘하는 짓이다. 넌 왜 집에서도 안 하던 침대 밑 청소를 여기서 하고 자빠졌냐.

……옷을 더럽힌다고 등짝을 후려칠 엄마도 없는데, 뭐.

갑자기 콧등이 시큰해진다. 레아는 눈물을 뿌리며 분노의 일격을 가했다.

찌익, 깩깩깨!

쥐들도 날쌨지만, 세공사의 딸이자 대장장이 집안의 장녀로서 오랜 세월 단련해 온 망치질 솜씨가 빛을 발했다. 특히 그 신속함과 정확도는 타의 추종을 불허했다.

쥐들은 겁도 없이 다가왔다가 대갈통이나 등짝을 뒤지게 얻어맞고는 죽는소리를 하며 도망쳤다. 회초리가 어리석은 아이들에게 지혜와 겸손을 준다는 솔로몬 대왕의 말씀은, 쥐에게도 똑같이 적용되는 듯했다.

똑똑한 놈은 한 대만 맞고 튀고, 멍청한 놈들은 세 대를 맞고서야 내뺐다. 아예 사지를 뻗고 나자빠진 놈들도 있었다. 레아는 발을 허우적거려 나자빠진 놈들을 저 구석으로 걷어찼다.

"꺼, 꺼, 꺼져, 또, 나, 나오면 죽어, 진짜 죽는다……. 어? 왜 그래, 라셀르?"

레아는 잠시 움직임을 멈췄다. 라셀르가 고개를 갸웃하며 소매를 잡아끌고 있었다.

"언니, 바닥 소리가 이상해."

"뭐가 이상해?"

"어떤 데선 툭툭 턱턱, 소리가 나고 어떤 데선 통통, 하는 소리가 나."

고개를 갸웃했다. 두들겨 패는 데만 정신을 쏟아서 몰랐는데 뭐가 이상했나? 레아는 바닥을 막대기로 가볍게 쳐 보았다.

툭, 툭, 통, 통, 툭툭…….

울림이 깊은 소리가 나는 부분이 있다. 그건 아래쪽이 비어 있는 공간이라는 뜻이었다. 레아는 두들기는 것을 멈추고 손끝으로 어둑어둑한 바닥을 찬찬히 더듬었다.

"라셀르, 여기 뭔가 틈이 있어."

레아는 떨리는 목소리로 속삭였다. 손도 제대로 들어가지 않을 만큼 좁은 틈이었다. 뺨을 바짝 갖다 대 보았다. 가늘게 바람이 올라오고 있었다.

"……여기 분명히 무슨 비밀 장치가……."

틀림없다. 오토마타의 달인인 아빠에게 교육받은 감이 그렇게 말하고 있었다.

레아는 막대기를 구멍 안으로 조심조심 밀어 넣어 보았다. 뭔가 이리저리 움직이며 툭, 툭 막대기에 걸리는 느낌이 난다. 갈고리 같은 게 있으면 좋을 텐데. 억지로 다시 손을 넣어 보았다.

라셀르는 멀찍이 떨어져서 달달 떨면서 지켜본다. 마루 밑에 사는 커다란 괴물이 레아의 손을 뜯어 먹기라도 할 듯한 표정이었다.

히이익!

손끝에 어떤 것이 탁 와 닿는다. 소스라치게 놀란 레아는 하마터면 비명을 지를 뻔했다. 손등이 찢어지건 말건 틈에서 빼려고 뒤트는 순간 그 이상한 것이 다시 손가락에 툭, 와 닿는다. 지하의 물뱀일까, 거대한 지네일까. 손이 바들바들 떨렸다. 하지만 레아는 눈을 질끈 감고는 기어이 그 괴물(?)을 잡아채고 말았다.

"어? 이건······?"

끌려 나온 것은, 먼지와 기름때에 절어 붙은 굵은 밧줄 끄트머리였다. 밧줄은 손에 걸려 있는데 마치 모가지에 걸려 있는 것처럼 숨이 막혔다.

라셀르가 무릎걸음으로 다가와 등에 바짝 붙는다. 이제 달달달이 아니고 와들와들 떠는 것이 느껴진다.

"라, 라셀르, 이 줄, 한번 다, 당겨 볼까?"

"안 돼 언니! 절대절대절대 안 돼!"

"그, 그래도 궁금하지 않아? 밑에 뭐가 있는지?"

"아니야 언니, 하나아아도, 코딱지 귀 딱지 벌레 똥만큼도 안 궁금해."

라셀르가 펄쩍 뛰며 반대한다. 그래. 그렇게 대답할 줄 알았다. 나도 그렇게 대답했을 테니까.

레아와 라셀르는 예전부터 무서운 일이 있으면 서로 용기를 북돋우는 게 아니라 서로 소맷부리 치맛자락을 뒤로 잡아당기며 뜯어말리기에 바빴다. 용기가 없으면 '궁금해 죽겠어.' 하는 맹랑한 호기심이라도 있어야 좋을 테지만, 겁쟁이 집안의 쫄보 자매에게 그런 가상한 덕목이 남아 있을 리가 없었다.

그럼에도 끈을 놓을 수가 없었다. 이 침대 밑에서는 절대로 길게 버티지 못할 테니까. 그러니 조금이라도 살아날 가능성을 찾으려면 없는 용기라도 쥐어 짜내서 이런 도박이라도 해야 한다. 더 무서운 것에서 덜 무서운 쪽으로 도망치는 것도 용기라고 할 수 있는지는 모르겠지만.

"괜⋯⋯찮을 거야. 그렇지, 라셸르?"

안타깝게도 라셸르는 끝까지 대답하지 않았다. 레아는 배신감에 몸을 떨며 끈을 잡아당겼다.

끼끼끼끽, 삐그덕.

떵⋯⋯!

순간, 침대 아래에 있던 바닥이 비스듬하게 기울어지며 두 사람의 몸을 주르르르 아래로 내동댕이쳤다.

"꺄아악!"

"으아아악!"

레아와 라셸르의 입에서 동시에 비명이 터졌다. 큰 소리를 내지 말아야 한다는 것을 생각할 겨를도 없었다.

시커먼 어둠이 아가리를 쩍 벌리고 두 사람을 집어삼켰다.

3-3. 비밀 회의

덜커덩. 퉁, 퉁…….

아이고, 아야야.

아래로 굴러떨어진 두 사람은 깜깜한 어둠 속에서 한동안 꼼짝 못 하고 엎어져 있었다.

라셀르는 그럭저럭 운이 좋은 편이었다. 나름 푹신한 깔개 위에 떨어져서 크게 다치진 않았다.

다만, 푹신한 깔개가 되어 버린 레아는 운이 썩 좋지는 않았다. 레아는 라셀르의 엉덩이에 뒤통수를 깔린 채 한참 끙끙 앓아야만 했다.

"여긴 어디지……?"

간신히 일어나 사방을 둘러보니 사방이 막힌 좁은 방이 천천히 눈에 들어온다. 레아가 일어섰을 때 정수리가 천장에 닿을 정도의 낮은 방이었다. 다만 덮개 사이로 희미한 빛이 흘러들어 와서 완전히 캄캄하지는 않았다.

레아가 당겼던 끈은 나무 덮개를 받치는 굵은 빗장에 달린 것으로, 그것을 위에서 잡아당기면 문이 아래로 열리게 되어 있었다. 위급 상황에 대비한 비밀 공간이 틀림없었다.

아아, 다행이다. 굴러떨어진 곳이 사람들이 바글대는 아래층 선실이나 선창이었으면 어쩔 뻔했는가.

"그런데 언니, 저기도 또 문이 있는데?"

"그러네."

두 사람의 정면에는 커다란 나무 문이 있고, 그곳에도 두꺼운 빗장이 걸려 있었다. 즉, 이 좁은 비밀 공간은 저 문 너머 선실로 가는 중간 통로라는 뜻이었다.

레아는 엉금엉금 기어 그 앞에 쪼그리고 앉아 아래위를 샅샅이 살폈다. 문이 몹시 두꺼워서인지, 너머에선 아무 소리도 들리지 않았다.

"언니, 이 문을 열면 뭐가 나오는 거야?"

"갑판 아래 사람들 바글바글 모인 방 있었지? 거기야. 이 문은 절대 열면 안 돼."

말이 떨어지기가 무섭게 동생이 후다닥 물러난다. 레아도 엉겁결에 같이 물러나 문 반대편 벽에 바짝 붙어 앉았다. 아래층의 선원들과 기사들 한복판에 덜렁 던져진다는 상상만 해도 소름이 끼쳤다.

"바닥으로 내려가는 줄사다리도 있고 계단도 있는데 왜 침대 밑에 이런 통로를 만들었어?"

'언니는 모르는 게 없잖아'가 모토인 동생에게 '내가 그걸 어떻게 알아'라는 대답은 도저히 나오지 않았다. 레아는 필사적으로 머리를 쥐어 짜냈다.

"선원이 반란을 일으키거나 위급할 때 선장이 도망쳐야 할 수도 있잖아."

"선원들이 반란을 일으켰는데 선원들 있는 선실로 도망쳐?"

"어, 어쩌면 밖으로 나가는 비밀 탈출구일지도 모르지. 영주님 계시는 성에도 성 밖으로 빠져나가는 비밀 탈출구가 있는데 배라고 없으란 법은 없잖아."

"밖이면 바다인데? 언니, 그럼 우리 바다로 풍덩 뛰어드는 거야?"

말문이 막혔다. 선원들 한가운데 던져지는 결말은 슬프기 짝이 없지만, 바닷속에 빠지는 건 아예 꿈도 희망도 없었다.

"됐어, 라셸르. 이제 더 묻지 말고, 우리 여기 그냥 숨어 있자. 시프르 섬에 도착할 때까지."

"응. 언니."

라셸르는 고분고분 대답했다.

"먹을 것도 있으니까 여기에 며칠 숨어 있어도 괜찮을 거야."

"응, 언니."

"저 문을 열면 기사님들이랑 선원들이 득실득실하니까 절대 열지 말고."

"응, 언니."

"저 뚜껑을 열면 선장 놈한테 들키니까 뚜껑도 열지 말고."

"응. 언니."

라셸르는 눈을 반짝이며 꼬박꼬박 대답했다. 레아는 동생이 너무 기특해서 꼭 끌어안아 주었다.

품에 안긴 동생의 작은 몸이 이상하게 따끈따끈하게 느껴졌다.

"씨발 새끼들. 아주 안방처럼 휘젓고 다니네, 계집년 둘이 뭐라고 이 지랄이지. 더럽고 치사해서, 내가 진짜 확 기사단 들어가서 단장 되고 만다, 진짜."

위에서 들린 시끄러운 소리에, 레아는 뚜껑을 조금 들어 올리고 상반신을 앞으로 걸친 채 시트 구멍으로 밖을 엿보았다. 모젤 선장이 침대에 앉아 신발을 벗어 팽개치고는 소나기처럼 욕을 퍼붓는 중이었다.

출항 직전의 배에 난데없이 올라와서 온통 휘젓고 다니며 오만 갑질을 하는 것도 꼴 보기 싫은데, 출항도 못 하게 하고, 견습 기사 따위를 얼렁뚱땅 무임승차 시키고, 말값도 금화 몇 푼으로 퉁 치려고 한다, 그런 날강도가 어디 있느냐. 그는 자신의 날강도 짓을 새까맣게 까먹은 채 쉴 새 없이 투덜거렸다.

그중 가장 심하게 욕을 먹은 것은, 난데없이 사라져 버린 노랑머리 두 계집아이였다.

분명히 둘이 배에 올라타는 걸 봤는데, 왜 코빼기도 안 보여. 물에 빠져 뒈졌나. 맞아 뒈졌나. 기왕 뒈지려면 내 눈앞에서 뒈지면 좀 좋아, 역시나 도둑질한 말이었어. 도둑년들 같으니, 눈깔이 뽑히고 양쪽 손모가지가 모조리 잘려 봐야 정신을 차리겠지. 망할 년들 같으니.

콰당!

중얼대는 소리는 길게 이어지지 못했다. 커다란 문소리와 함께 고댕 사령관과 기사들이 한꺼번에 들이닥쳤다. 어찌나 당황했는지, 선장이 맨발로 벌떡 일어난다.

210

"고맹 사령관님? 무, 무슨 일이십니까!"

"카피텐(선장) 플레르, 당장 닻을 올리게. 샤토 드 라 메르로 가세."

"예? 시돈의 성전기사단 요새 말입니까? 아크레는 어떻게 하시고요? 지금 기사단 본부에서 전투가 맹렬……."

"머뭇거릴 시간이 없어! 기사단 성채가 함락됐어."

헉, 선장이 크게 숨을 들이쉬었다. 레아 역시 입을 틀어막았다.

설마설마했지만 정말 이렇게 금방 함락됐다고?

아니, 사실 레아도 알고 있었다. 지금까지 버텨 온 게 기적이다. 성전기사단, 성 요한 기사단의 신념과 용맹함이 아니었으면 불가능한 일이었을 것이다.

"성에 남은 기사님들과 병사들은 어찌하고요? 백성들은요? 마레샬께서도 성에 남아 계시지 않습니까!"

모젤 선장이 다급하게 묻자 사령관님이 침중하게 대답했다.

"피에르 경은 협상 제안을 받고 성 밖으로 나가셨다가 매복에 걸려 참수당했네. 알 아슈라프 칼릴, 이름의 명예도 모르는 쓰레기 같은 자여, 대대로 저주받고 자자손손 도륙당하기를."

뭐? 새…… 생강과자 아저씨까지 돌아가셨다고?

기사단에서 우리를 살리려고 애쓰시던 유일한 분이 이렇게 허망하게 돌아가셨다. 눈시울이 욱신거린다. 우리가 무사히 살아날 희망이 하나둘 꺼져 가는 것 같다.

"술탄이 성에서 버티던 기사들과 남은 백성들을 모조리 도륙하라고 명령했네. 그게 마무리되면 바로 해안으로 달려올 거야."

사령관님의 뒤에 있던 적갈색 곱슬머리의 젊은 기사가 설명을 덧붙인다. 13인 회의에서 들었던 목소리 중 하나인 걸 보면 그 역시 고위 단원이거나 집안이 좋은 기사인 듯했다.

"다들 정신 차리게. 그들의 죽음을 헛되이 할 참인가. 얼른 시돈으로 가서 다른 형제들에게 지원을 요청하고, 아크레를 탈환해야 하네. 단장도 새로 선출해야 하고. 카피텐, 빨리 돛을 올리게."

"옛, 알겠습니다."

선장이 복도로 나가 고함을 지르기 시작했다. 출항! 출하아아앙! 조타실 쪽에서 쨍강쨍강 종이 요란하게 울렸다. 다들 위치로, 위치로오오! 정신 차려, 이 미친 새끼들아, 출항하기도 전에 술부터 처마시는 놈들이 어딨어. 조타수! 시프르가 아니라 시돈으로! 샤토 드 라 메르로 간다!

부우우욱, 활짝 편 돛이 바람을 한껏 받는 소리가 선장실까지 울린다. 그에 맞춰서 배가 출렁출렁 움직이기 시작했다. 벽에 귀를 대고 있어서일까. 배에 부딪히는 바람 소리, 바닷물 소리가 선명하게 느껴졌다.

레아는 동생을 무릎에 눕힌 채 멍하니 앉아 있었다. 가슴이 꽉 막히고, 목이 졸리는 것 같다. 슬퍼서인지, 무서워서인지 잘 모르겠다. 무서운 일을 지나치게 많이 겪으면, 마음이 짓눌려 한 덩어리로 뭉쳐 버리는 모양이다.

선장이 선장실에 돌아오자, 고댕 사령관님이 짧게 지시했다.

"카피텐 모젤, 시돈에 도착할 때까지 이 방은 우리가 임시 본부로 쓰도록 하겠네."

레아는 소리 없이 비명을 지르며 머리를 쥐어뜯었다. 운명의 똥밭은 계속 이어지고 있었다.

선장이 방을 비워 주자, 사령관이 좌우를 돌아보며 엄숙한 목소리로 말했다.

"솔로몬 성전의 가난한 형제 기사단, 단장 대리, 예루살렘 왕국의 사령관 티보 고댕, 오늘 밤 자정에 기사단 비상 회의를 소집하겠네."

†

"그나마 불행 중 다행입니다. 사령관님의 혜안이 아니었다면, 본부에 보관하던 기사단의 재산과 문서들을 챙겨 오는 건 불가능했을 겁니다."

밖에서 들려오는 걸걸한 목소리에 레아는 퍼뜩 정신을 차렸다. 깨고서야 자신이 자고 있었다는 것을 알아차리고 소스라쳤다.

믿을 수 없다. 아무리 피곤해도 이 판국에 잠이 들었단 말이야?

사방은 캄캄하고, 희미한 불빛만 흘러들어 오고 있었다. 옆에서 라셸르가 쌕쌕대는 숨소리가 들린다. 오후 내내 여기가 아프다 저기가 아프다 투정하는 걸 간신히 재웠는데, 그 와중에 같이 곯아떨어진 모양이다.

……내가 대체 얼마나 잔 거야?

살짝 밖을 내다본 레아는 지금이 캄캄한 밤이며 기사단 단원들이 정복 차림으로 모여 있음을 알게 되었다.

벌써 자정인가? 비밀 회합이 시작된 건가?

방금 들은 목소리가 낯설지 않다. 13인 회의에서 들었던 목소리 중 하나였다. 레몽 드 툴루즈라 했던가? 다혈질의 젊은 기사님. 하지만 티보 사령관님의 목소리는 침통했다.

"모두 챙길 수 있었던 건 아닐세, 레몽 형제. 가장 중요한 보물이 빠졌어."

"예? 어떤 게 빠졌습니까? 단장님의 검집도, 세례자 성 요한의 유골도, 성체를 감쌌던 아마포도 이 배에 싣기 전에 틀림없이 확인했는데요?"

순식간에 팽팽한 긴장감이 차올랐다. 잠시 망설이던 사령관님은 긴 한숨과 함께 입을 열었다.

"검집을 드디어 열었어. ……비밀 장치를 열기 위해 며칠이나 걸렸네."

"…….'

"그런데…… 그 안에 있어야 할 게 없어."

콰당. 레몽 경이 벌떡 일어나는 바람에 의자가 뒤로 넘어갔다. 한쪽에서 짧게 숨을 들이켜는 소리가 들린다.

아? ……바, 발타 님?

아주 짤막한 숨소리 한 자락이었지만 레아는 확신할 수 있었다. 발타 님이 오셨다. 나와 동생을 구해 주시고, 잘못을 용서해 주시고, 우리를 살리기 위해 끝까지 애를 써 주셨던 발타 님이 여기 계신다. 가슴이 뛰기 시작한다. 그분이 이곳에 와 계시다는 사실 하나만으로도 눈앞이 확 밝아지는 것 같다.

"설, 설마! 사령관님, 단장의 홀이 없어졌단 말입니까?"

"오, 하느님. 대체 이게 무슨! 성 십자가 유물이!"

여기저기서 거센 고함이 터졌다. 잠시 감격에 젖었던 레아는 순식간에 얼어붙고 말았다.

뭐, 뭐? 성 십자가 조각?

이, 이게 무슨 미친 소리지? 그럼 그 칼집의 비밀 공간에 성 십자가 유물이 들어 있었다는 말이야?

성 십자가라는 건, 콘스탄티누스 대제의 어머니 성녀 헬레나가

214

발견한, 예수님이 못 박혀 돌아가셨다는 그 나무 십자가를 말한다.

발견될 때부터 치유의 기적을 일으킨 성물이고, 여러 조각으로 나뉘어 각 지역으로 퍼져 나갔는데, 손톱처럼 부스러진 조각이라도 진품이라는 확인만 받으면 값을 헤아릴 수 없었다. 그 유물로 인해 전투가 벌어지고 그것을 담보로 휴전이 될 만큼 대단한 가치가 있는 물건이었다.

……성전기사단에 그 조각이 있었구나.

대체 그 물건이 어쩌다가 단장의 홀이 돼서 기사단의 권한을 상징하게 됐는진 모르지만, 우리가 왜 쫓겨 다니게 됐는지는 이제 잘 알겠다.

그나저나 그 귀한 성물을 보석으로 치장된 성물함이 아니라 검집 안에 숨겨 놓았다니. 독버섯을 짝으로 삶아 드셨나. 아, 물론 세상에서 가장 귀하다는 보물이니 눈에 띄지 않는 곳에 숨겨 두려는 마음은 이해가 되지만, 결론이 어째 그래 비범할까.

"하느님께 맹세코, 검집의 비밀 공간에는 아무것도 없었네."

고댕 사령관의 괴로운 목소리가 이어졌다.

"아모스를 바로 죽이지 말았어야 했어. 그의 손으로 검집을 열어 보게 하고, 그 안에 성물이 있는지 없는지 확인하고, 빼돌린 것을 돌려받은 후에 죽였어야 했어."

그게 무슨 헛소리예요! 빼돌리다니!

아빠는 훔치지 않았어. 우리 아빠는 그럴 사람이 아니야. 돌아가신 단장님이 다른 곳에 미리 숨겨 두셨을 거란 당연한 추론은 왜 안 해요?

레아는 이를 갈며 속으로 욕을 퍼부었다. 레아가 처음 봤을 때,

215

검집은 틀림없이 비어 있었다. 소심 쫄보 대마왕인 아빠가 그런 엄청난 것을 빼돌릴 리가 없다.

아빠는 돈 욕심은 많았지만, 일에 대해서는 답답할 정도로 정직했고, 값을 더 받는 일도 없었다. 아크레에 외지인으로 붙어살며 어떠한 트집도 잡히지 않도록 극도로 조심하는 습관이 배어 있던 덕이다.

"고댕 사령관님, 감히 청하건대, 한 말씀 올려도 괜찮겠습니까."

그때 낯익은 목소리가 끼어들었다. 낮고 조용한 목소리인데도 가슴에 벼락이 쾅, 박히는 것 같다.

"말하라, 발타."

"돌아가신 단장님이나 피에르 경의 말씀으로는, '세공사 아모스는 간담이 작고 두려움이 많아 속임이 없는 자'라 했습니다. 제가 아는 아모스는 세공품의 비율을 절대 속이지 않고, 이름의 명예를 지키는 신의 있는 장인이었고요. 단장님께서 성물을 미리 다른 곳에 숨겨 두시고 수리를 맡겼을 가능성도 고려해 주십시오."

그는 조용하고 차분차분한 목소리로 아빠를 변호하기 시작했다.

눈시울이 시큰해졌다. 간신히 숨통이 트이는 것 같다. 저분의 차분한 목소리만 들리면 그저 고맙고, 미안하고, 자꾸 가슴이 아리고 목이 메었다.

"아니, 기욤 단장은 성물을 다른 곳에 숨길 수 없었을 거야. 죽음을 목전에 두고도 급하게 수리를 맡겼던 걸 보면 고장 난 검집을 열지 못했던 게 분명해."

"사령관님. 저희의 비밀을 지키는 것도 중요하고, 유물을 찾는

216

것도 중요하지만, 아무것도 모르는 자들의 목숨을 취해 입을 막는 것이 과연 주님께서 원하는 방향일지…… 저는 염려스럽습니다."

갑자기 싸늘한 침묵이 내려앉았다. 말투는 조심스럽지만 내용은 기사단이 죄를 지었다고 대놓고 비난하는 것이다. 모인 사람들의 험악한 분위기가 고스란히 느껴졌다.

사령관님은 분노를 억누른 채 대답했다.

"작은 희생을 감수하지 못하면, 어떤 거룩한 위업도 달성하지 못해. 우리라고 그런 일이 즐겁겠나. 신의 나라는 순교자의 피 위에서 세워지는 것이다. 그런 것까지 말로 설명해야 하나?"

"……."

"아모스에 대해선, 지나간 일이니 더 이상 왈가왈부할 것 없어. 지금 중요한 건, 한시바삐 대규모 비밀 수색대를 파견해서 그 성물을 찾아오는 걸세."

"사령관님, 외람되지만 한 말씀만 더 올려도 되겠습니까."

티보 경은 선뜻 대답하지 않았다. 흠, 흠. 헛기침 소리가 나오고, 혀를 요란하게 차는 소리도 들렸다. 분위기를 보아하니, 그의 발언이 모인 사람들을 상당히 불쾌하게 만든 것 같다. 아니, 사실은 발타가 이 자리에 있는 것 자체를 마땅찮아 하는 느낌이었다.

술렁임은 점점 커졌고, 결국 사령관님은 손을 들어 그들을 조용히 시킨 후, 내키지 않는 듯 고개를 끄덕였다.

"발타. 너는 내 요청으로 여기 참석한 것이고, 진실을 말하고 비밀을 지키기로 맹세한 이상, 이곳의 단원들과 동일한 발언권이 있다. 게다가 얼마 전까지 우리와 함께 싸운 전우이고, 입단을 서원한 자이니, 발언을 허락하겠다."

"성 유물의 회수가 중요한 것은 알지만 단장님께서 **빼서 숨기**

셨거나 세공사가 빼돌렸으면 성물은 아크레 성내에 있지 않겠습니까. 그러면 장기간의 잠입 작전이 필요한데, 전력도 크게 분산될뿐더러 희생도 클 것입니다. 일단 아크레 탈환을 도모한 후에 수색 작업을 진행하는 것이 어떨까 합니다."

그는 당연한 내용을 조심스러운 목소리로 말했다. 하지만 단원들은 그 말이 더욱 마음에 든 것 같지 않다. 여기저기서 날카로운 목소리가 튀어나왔다.

"정식 기사도, 단원도 아닌 자가 걱정할 일은 아니지. 우리 기사단은 죽는 한이 있어도 주님의 뜻을 받들며, 어떠한 상황의 어려움도 불평하지 않는다. 그게 우리의 명예다."

"성 유물이 어디에 있든, 누구의 손에 있든, 얼마나 큰 희생을 치르든, 우리는 수단 방법 가리지 않고 반드시 되찾을 것이다. 그것이 우리 임무고 존재 이유다."

"자네가 할 일은 참견이 아니라 성 유물에 대한 정보를 알려 주는 일이야."

"……사령관님."

"끝까지 듣게, 발타사르. 현재 기사단에는 그것을 친견한 단원이 거의 남아 있지 않아. 하지만 자네는 그 유물에 대한 적잖은 정보를 갖고 있지. 그러니 아직 입단도 하지 않은 자네를 이 자리에 불러 부탁을 하는 걸세."

사령관님의 부탁은 명령처럼 들렸다. 그리고 뒤끝이 있는 발타님은 저들의 공격을 고스란히 되돌려 주었다.

"코망데르 고댕, 저는 말씀대로 정단원도 아닌 견습 기사였습니다. 아는 바가 별로 없습니다."

"많지 않다는 건, 없지도 않다는 말이겠지?"

곁에 있는 젊은 기사가 말끝을 잡아챘다. 발타는 부인하는 대신 다시 입을 다물었다. 사령관님의 목소리가 초조해진다.

"그것을 친견한 적은 있나, 발타?"

"없습니다."

"그 형상에 대해 다른 이에게 설명을 들은 건?"

"별로 없습······."

"발뺌할 생각은 마라. 자네는 회의에 들어오기 전에, 진실만을 말하겠다고 하느님의 이름으로 맹세했다!"

사악한 놈들. 하느님의 이름으로 맹세를 시키다니, 레아는 저들이 비열하다는 생각이 들었다.

사령관님의 카랑카랑한 목소리가 이어졌다.

"기욤이 말한 적이 있다. 단장의 홀을 갖고 있던 건 자신이지만, 가장 많은 정보를 갖고 있는 건 발타일 거라고. 자네가 시테 궁의 폐하에게 그와 관련된 비밀 정보를 들었던 걸 모를 줄 아나?"

"코망데르, 제가 굳이 말하지 않아도, 주님께서 원하신다면 그것을 다시 세상에 드러내시지 않겠습니까. 성녀 헬레나에게 그랬듯이, 솔로몬 성전의 동굴에서 오를레앙의 필립에게 그랬듯이, 주님께서 적절하게 여기는 때에, 적절하다 여기는 자의 앞으로 보내시지 않겠습니까."

주변에서 크게 술렁이는 소리가 났고, 사령관님의 목소리가 확 올라간다.

"발타 네 이놈! 우리가 그 소유자로 적절하지 않다는 말이냐! 죽고 싶은가!"

발타가 고개를 들고 사령관을 노려본다. 팽팽한 시선이 맞닿나 싶더니 서늘하고 조용한 목소리가 흘러나왔다.

"어차피 죽이실 것 아니었습니까."

"뭐?"

"제가 아는 대로 말씀드리면, 다음에는 제 입도 막으실 것 아닙니까. 저 역시 외부인이니까요. 그리고 다음 차례는 제게 정보를 주셨던 시테 궁의 폐하가 되는 겁니까."

좌중은 순식간에 조용해진다. 사령관님은 아차 싶었는지 이마를 짚으며 한숨을 쉰다.

"……큰 소리를 낸 건 사과하겠네. 자네는 단순히 기욤의 에퀴에르가 아니라 그의 기수였고, 기사단 입단을 서원한 자 아닌가. 어떻게 외부인이라 할 수 있겠나."

말이 순식간에 휙휙 뒤집힌다. 레아는 듣는 것만으로도 분해서 죽을 지경이었다.

"알다시피, 그 십자가 조각을 지키는 것은 우리 기사단의 가장 중요한 임무야. 주님께서는 다시 오실 그날까지 거룩한 홀을 맡길 자로 우리 기사단을 택하셨네. 그것을 잃은 것도 크나큰 치욕인데, 하물며 찾을 시도도 하지 않고 이교도의 손에 놔둘 수는 없지 않은가."

기사단의 임무? 이건 또 무슨 말이지? 레아는 저도 모르게 미간을 찌푸렸다.

성전기사단의 임무는 너무나도 잘 알려져 있었다.

첫째, 예루살렘으로 성지순례를 오는 순례객을 안전하게 호위하고 도와주는 것.

둘째, 사악한 이교도 세력으로부터 예루살렘 왕국을 지키는 것.

그런데 대체 언제부터 성 십자가를 지키는 게 성전기사단의 '가장 중요한 임무'가 됐담. 레아는 속으로 이를 뽀드득 갈며 악담을 퍼부었다.

성 십자가 조각인지 뭔지, 절대 나오지 마라. 땅속에 깊이 파묻혀서 영원히 나오지 마라. 죄도 없는 엄마 아빠를 죽인 벌은 받아야 할 거 아니야?

발타 님, 알려 주지 마세요. 10년이든 100년이든, 영원히 찾지 못하게 절대 알려 주지 마세요! 뭔가 얻고 싶으면 엎어져서 싹싹 빌어도 모자랄 판에 어디서 협박질이야?

회의장에는 숨 막히는 침묵이 내려앉았다. 레아의 들리지 않는 소원 때문은 아니겠지만, 발타는 입을 다문 채 버렸다. 사령관님의 목소리가 은근하게 낮아진다.

"발타, 아까 그대의 요청에 대한 조건을 잊었나?"

······조건?

"예루살렘 왕국에서 금화 한 닢 이상의 절도는 최하가 신체 절단형임을 알지 않나? 손이나 발을 자르거나 눈을 빼는 벌을 받아야 하지. 크레도는 플로린 금화 200개 이상의 가치가 있고, 전시의 군마 절도는 가중처벌이 되는 걸 잘 알 텐데? 주인인 자네가 용서하고 싶어도, 교수형을 피할 수 없네. 범인은 잡히면 즉결 처분이야."

레아의 등으로 식은땀이 흘렀다. 하다하다 이젠 나까지 끌어들여 공갈 협박을 하는구나. 사람들은 무슨 말인지 몰라서 어리둥절했지만, 눈치 없이 무슨 내용이냐 묻는 사람은 없었다.

그의 차분하던 표정이 크게 흔들린다. 기회를 놓치지 않고, 고 댕 사령관님이 오금을 박았다.

"발타 너는 기욤과 우리 기사단에게 큰 은혜를 입었고, 이곳에 입단하기로 서원했다. 절대복종의 규율은 단원뿐 아니라 입단 예정자에게도 해당하는 의무다. 그러니 너는 이제 명을 받들라."

"……명을 받들겠습니다."

결국 발타는 무릎을 꿇고 깊이 허리를 숙여 복종의 자세를 취했다.

제기랄. 레아는 눈을 꽉 감았다. 본의 아니게 그의 약점이 된 것이 미안해서 죽을 지경이었다.

잠시 후 그에게서 억양이 거의 사라진, 단조로운 목소리가 흘러나오기 시작했다.

"아시다시피, 기사단이 소유한 보물 중 귀한 것으로 손꼽히는 것은, 만딜리온이라 불리는 그리스도의 수의와 세례자 요한의 유골이 있고, 그보다 더욱 귀하게 여겨지는 것은……."

그가 잠시 말을 멈춘다. 내키지 않는 듯한 가는 한숨 소리가 들린 것도 같다.

"바로 콘스탄티누스 대제의 모후 헬레나 성녀께서 발견하신 치유의 성 십자가 조각입니다."

3-4. 전설

약 1천 년 전, 성녀 헬레나가 발견한 성 십자가는 후일 여러 조각으로 나뉘어 각지로 퍼져 나갔다.

그중 예루살렘의 성묘 교회에 모셔져 있던 성 십자가 유물은 100여 년 전 하틴 전투 때, 살라흐 앗 딘에게 예루살렘을 뺏기면서 함께 탈취당하고 말았다. 당시 기사단 단장이었던 제라르 드 리데포르 경 역시 적에게 참수당하고 말았다.

예루살렘 상실도, 단장의 전사도 대단한 타격이었지만, 성 십자가를 빼앗긴 충격도 이만저만이 아니었다. 그 성물은 다마스쿠스로 보내졌다는 소문도 있고, 조각조각 나뉘어 팔렸다는 소문도 있었지만, 솔로몬 성전 옛터, 즉 성전기사단 본부 어딘가에 깊이 숨겨져 있다는 소문도 돌았다.

확실한 것은 아무것도 없었다. 하지만 그대로 앉아서 빼앗기기에, 그 치유의 성 십자가는 너무나도 귀하고 중요한 물건이었다.

"이교도에 빼앗긴 성 십자가를 되찾아 와야 한다!"

이 무모한 생각을 실행에 옮긴 것은 성전기사단 단원들이었고, 동조하여 연합 작전을 벌인 것은 프랑스 왕실의 기사들이었다. 프랑스의 왕들은 가톨릭 신앙과 교회의 수호자였기 때문에 왕실 기사들은 사명감에 불타 결사대에 앞다투어 자원했다.

문제는 성 십자가가 어디에 모셔져 있는지는 단서가 전혀 없다는 점이었다. 빼앗긴 기사단 본부든, 다마스쿠스든, 경비가 삼엄한 요새와 궁궐에 잠입하여 구석구석 뒤져야 하는 일이었다. 죽음을 두려워하는 단원은 없었지만, 객관적으로 보면 무모한 것을 넘어 제정신이 아닌 작전이었다.

주변 상황도 호락호락하지 않았다. 사라센의 아이유브 왕조와 예루살렘 연합 왕국 사이에는 위태위태한 휴전이 유지되고 있었는데, 혹여 마찰이 빚어질 경우, 바로 전쟁으로 연결될 위험이 있었다.

하여, 모든 일은 비밀리에 진행되었다.

잠입에 능숙한 열두 명의 기사들이 비밀 작전에 자원했다. 그들은 예루살렘으로 가장 먼저 잠입하기로 했다. 가장 익숙한 곳이고, 옛 기사단 본부도 그곳에 있으며, 아는 자들이 많이 남아 있어서 상대적으로 수색이 수월할 거라 여겼다.

기다리기라도 한 듯, 이교도들이 따라붙었다. 추격은 맹렬했다. 안타깝게도, 열 명의 기사들은 옛 기사단 본부에 도달하기도 전에 목숨을 잃었고, 남은 두 명의 단원 역시 치명적인 부상을 입은 채 정신없이 쫓기게 되었다.

그때 두 명의 기사가 성 십자가 조각을 되찾고 살아 돌아올 수 있었던 것은, 오로지 성모 마리아 혹은 대천사 라파엘의 도움이라고 전해진다. 다만 라파엘 대천사라는 주장의 근거는 그가 치유의 천사라는 점과, 건네받은 성물함에 라파엘의 상징물이 몇 가지 새겨져 있다는 점뿐이어서, 정설로 받아들여지지 않았다.

두 명 중 마지막으로 살아남은 자는, 이름이 알려지지 않은 성전기사였다. 그는 동료 한 명이 뒤에서 목숨을 걸고 엄호한 덕에 살아남을 수 있었으나, 동료는 피를 너무 많이 흘려 결국 죽고 말았다.

오를레앙의 필립으로 불리던 그 동료는 신분을 감추고 작전에 참가한 왕실 기사였는데, 그 역시 실제 이름과 고향은 알려지지 않았다.

성전기사는 자신을 구한 동료의 시신을 길바닥에 버릴 수 없어, 등에 업고 옛 성전기사단 본부 지하로 숨어 들어갔다. 기사단의 옛 본부는 오래전 솔로몬 성전이 있던 곳으로, 지하 공간이 복잡하게 얽혀 있었다.

뒤에는 추적자가 바짝 붙었고, 자신의 부상도 만만치 않다. 죽음을 예감한 그는 흐느끼며 성모 마리아에게 도움을 구했다.

― 너는 무엇을 원하기에 이 깊고 위험한 곳까지 들어왔느냐.

순간 기적과도 같이, 성모 마리아께서 그 자리에 나타나셨다. 그녀는 빛으로 짠 망토를 목에서부터 발끝까지 두른 듯 온몸이 휘황한 광채로 빛났고, 성령의 임재를 증명한다는 하얀 새의 형상이 어깨에 앉아 해처럼 빛나고 있었다. 성전기사는 눈이 멀 것만 같은 광휘에 정신을 잃을 뻔했다.

"지극히 거룩하신 동정 성모시여, 저희는 주님의 성스러운 나무를 원하나이다."

그는 목숨이 경각에 달렸음에도, 목숨을 구걸하는 대신 자신의 임무를 완수하고자 했다.

성모께서는 말없이 몸을 돌려 안내하기 시작했다. 성전기사는 동료의 시신을 끌고 그 뒤를 따랐다.

그는 경비가 삼엄한 궁의 비밀 문을 지나 깊은 지하실과 좁고 어둡고 긴 미로 같은 길을 통과했다. 사람과 짐승의 뼈가 사방에 쌓인 캄캄한 통로를 지나, 위치를 짐작할 수조차 없는 깊은 지하 동굴을 한참 들어가야 했다.

그는 들어가는 길목에 태산처럼 쌓인 보석의 산과 황금의 길을 보며 기함했다. 옛 솔로몬 성전에 있었을 듯한 온갖 황금 제기祭器들과 거대한 금 방패들, 옛 페르시아나 바빌로니아 제국에 있었을 법한 이국의 보석과 장신구, 시대를 알 수 없는 금화와 은화, 상아로 만든 거대한 조각상들, 기기묘묘한 세공품, 장식품, 특히 온갖 색깔로 빛나는 보석들이 앞뒤좌우로 끝도 없이 쌓여 있었다.

넋을 잃고 두리번대는 기사에게 고요한 목소리가 떨어졌다.

— 손대지 마라. 이 모든 것은, 성스러운 나무의 주께 속한 것이니. 이것은 신성한 사명을 감당한 주의 군사에게 주어질 것이니라.

원하던 성 유물은 동굴 가장 안쪽, 가장 높은 곳에 놓인 성물함에 모셔져 있었다. 성모님께서는 물과 생명나무, 물고기 등이 새겨진 커다란 성물함에서 길쭉한 나뭇조각을 꺼내 들었다.

성전기사는 그것을 보며 잠시 의심했고, 잠시 망설였다. 성 십자가 유물을 실제로 보았던 기사들은 모두 죽었고, 그는 이것이 진짜인지 가짜인지 확인할 수 없었다.

툴루즈 백작 레몽이 발견한 성창처럼 종교 재판으로 진위를 가릴 수도 없고, 헬레나 성녀가 증명했듯 치유의 이적을 바랄 수도 없었다.

자애로우신 성모께서는 연약한 인간의 의심을 이해하고 가련히
여겼다.

－ 믿음이 연약한 자여. 그대의 믿음 없음을 용서하노라. 그대는 이
자가 살기를 바라느냐.

"오, 거룩하신 성모님, 간절히, 간절히 원하나이다."

그는 눈물을 흘리며 애걸했다.

"여기 쓰러진 동료는 필립 도를레앙이라 하는 자로, 세상에서
가장 용맹한 기사이자 저를 구하기 위해 자신의 목숨을 버린 고귀
한 영혼을 가진 자입니다. 간절히 구하오니, 제발 치유의 이적을
베풀어 주십시오."

그녀는 고요히 고개를 끄덕이더니, 거룩한 나뭇조각을 들어 동
료의 시신에 가져다 대며 말했다.

－ 신이 택한 여인이 기도하고, 신이 원하신다면, 바로 그곳에 치유
의 이적이 임하리라.

그녀의 어깨에 있던 눈부신 새의 형상이 기사의 머리에 내려앉
았다. 성전기사는 예수 그리스도께서 세례를 받으실 때, 성령께서
새의 형상으로 내려왔다는 성경의 기록을 떠올리고 황급히 이마
를 바닥에 댔다. 동굴을 가득 채운 빛이 너무 눈부셔 대낮처럼 느
껴졌다.

순간, 죽어서 차갑게 식은 시신에 온기가 돌더니, 한참 후 왕실
기사가 눈을 뜨고 사방을 두리번거렸다.

"……여, 여기가, 어디입니까……?"

성전기사는 살아난 동료를 끌어안고 통곡했다. 두말할 것도 없는
신의 기적, 성녀 헬레나가 증명한 성 십자가의 치유의 기적이 고스
란히 재현되는 순간이었다. 뒤이어 성모님의 목소리가 이어졌다.

– 내가 이제 그대에게 새로운 삶을 허락하노니, 이제 그대는 주의 군사로 태어나 주를 위해 죽고, 주를 위해 사는 자가 되어야 하리라.

그녀는 다시 거룩한 나무를 성전기사의 상처 위에 가져다 댔고, 순간, 피가 줄줄 흘러나오던 상처가 씻은 듯 사라졌다.

두 기사는 눈물을 폭포처럼 쏟으며 그 자리에 엎드려 절하고 그녀의 발과 성물에 입을 맞추며 그녀와 그의 아들을 찬미했다.

그녀는 나뭇가지를 들어 올리며 물었다.

– 내가 이것을 더 이상 지키지 못하는 날이 오리라. 나를 대신하여 이것을 대대로 지킬 수 있겠는가.

"당연히 하겠습니다. 저희는 그 일을 위해 목숨을 바치러 온 자들입니다."

– 그대에게 이 거룩한 홀을 맡기리니, 주께서 세상에 다시 오시는 날, 이것을 주의 손에 바치라. 이것이 그대의 맡은 바 신성한 임무가 될 것이니, 그날에 너희가 주의 능력을 보리라.

"오, 마라나 타, 주 예수여, 속히 오시옵소서!"

– 약속이 이루어지는 날, 주의 보좌에 모든 능력과 존귀와 거룩한 영광의 기억이 다시 임하리라. 충성스러운 주의 군사여, 그대는 새롭고 완전한 육신으로 영원한 생명을 누리며, 그 마음에 원하는 바를 넘치도록 받으리라.

그들은 감격의 눈물을 흘리며, 제 이름의 명예와 가문의 명예와 성전기사단의 명예와 성 삼위 하느님의 이름까지 걸고 임무를 수행하겠다고 맹세했다.

하지만 감격도 잠시, 두 사람은 이내 커다란 문제에 부딪혔다. 이 귀한 것의 관리자로 누가 선택되었느냐 하는 것이다.

이것을 찾기 위하여 일을 추진한 것은 성전기사단이었고, 살아

남아 성모 마리아를 만난 것도 성전기사였다. 그런데 성모님께서 내린 유물을 받은 것은 왕실 기사였다.

하지만 이 앞에서 다툴 수도 없고, 그렇다고 명예롭게 양보하기엔 너무나 대단한 물건이었다. 두 사람 사이에 갑자기 싸늘하고 어색한 기류가 흘렀다.

한 기사가 조심스럽게 물었다.

"존귀한 분이시여, 그렇다면 저희 중 누가 이 귀한 물건을 맡아 거룩한 임무를 책임지게 되리이까."

– 거룩한 지팡이가 선택받은 자를 인도하리니, 신께서는 한 여자를 선택하셨고, 그 여자는 한 남자를 선택하리라.

하지만 그녀는 선택받은 '한 남자'가 누구라고 정확히 짚어 주는 대신 허공을 향해 손을 들었다.

어두운 동굴 가득히 화사한 그림이 펼쳐졌다. 아니, 그림처럼 또렷한 환상이었다. 아름다운 정원과 아름드리나무, 들판 가득한 꽃무리, 나무에 앉아 있는 눈부시게 아름다운 여인, 그리고 왕관과 검과 황금을 바치는 세 명의 구혼자에 대한 이상한 이야기가 여러 장의 그림처럼 연속해서 나타났다.

동굴은 쥐 죽은 듯 조용했고, 잔뜩 긴장한 두 기사의 숨소리밖에 들리지 않았다.

두 사람이 정신을 차렸을 때, 그들은 어느새 동굴 밖으로 나와 있었다. 두 사람의 주변에는 아름다운 꽃이 무성하게 피어 있었는데, 꽃은 왕관과 같고, 잎은 검과 같고, 뿌리는 황금 덩어리 같은 꽃들이었다.

그리고 성모님은 오간 데 없이 사라졌다. 그녀의 목소리만 허공에서 꿈결처럼 흘러 들어왔다.

– 거룩한 신의 영광, 용맹한 인간의 명예, 탐욕스러운 짐승의 풍요.

이 모든 형상을 담은 꽃을 약속의 증거로 삼으리니, 내가 이 꽃을 선택받은 자에게 친히 보이리라.

그들은 당황했다. 신께서 택한 여자라면 방금 현현하신 성모 마리아를 의미하는 것 아닌가?

그런데 성모님은 지금 두 사람 모두에게 선택의 꽃을 보여 주었다. 그렇다면 둘 중에 누구를 택하셨는지는 여전히 알 수 없지 않은가.

환상 속의 이야기로 대입해서 따지면 더 난감해진다. 구혼자는 자그마치 세 명이었다.

그렇다면, 지금 있는 두 명 말고도 기사 한 명이 더 살아 있단 말인가? 아니면 이것을 위해 경쟁할 한 명이 어딘가 더 있다는 뜻인가?

게다가 환상 속에서, 정원 속 여자는 끝까지 아무도 선택하지 않았고, 이야기는 비극으로 끝났다.

두 사람은 누가 성 유물의 관리자로 선택이 되었는지 끝까지 알 수 없었다.

이 일은, 프랑스 왕실과 성전기사단 사이의 대대적인 소유권 분쟁으로 이어졌다.

우선적인 권한은 그 지하 동굴의 주인이었던 성전기사단에 있다고 할 수 있었으나, 실제로 성모님께 성 유물을 받은 것은 왕실 기사였기 때문이었다.

알고 보니 신분을 감추었던 왕실 기사는 왕의 혈육 중 한 명이라 했다. 그는 프랑스 왕실의 백합이 그 증거의 꽃이라 주장하며, 끝까지 내어 주지 않으려 했다.

결국 목숨을 걸고 서로를 지켜 주었던 두 기사는 서로를 저주하며, 그것을 빼앗기 위해 검을 맞대고 싸우게 되었다. 하지만 실질적으로 갖고 있는 것은 왕실이니, 크게 아쉬울 것이 없었다.

참다못한 성전기사단에서는 신성 재판을 요구했다.

당시 왕은, 성전기사단의 도움을 받을 일이 많았다. 하여 그들의 요구를 대놓고 무시할 수 없었다. 왕은 궁여지책으로, 혹은 농담 반 진담 반으로, 12 대 1 승부라는 말도 안 되는 조건을 제시했다.

기사단에서는 조롱과도 같은 제안에 격노했으나, 참사회에서 '신의 뜻이라면, 승부는 기사의 수에 있지 않다'는 강경파의 주장이 세를 얻어, 그 불리한 제안을 받아들였다.

그리고 성전기사는 기적과도 같이 신성 재판에서 승리했고, 성 십자가 유물은 성전기사단의 손에 들어왔다.

그 후 기사단은 성 유물을 보호하기 위해 그 존재를 철저히 비밀에 부쳤고, 구전을 제외하고는 그에 대한 어떤 기록도 남기지 않았다. 단장 취임 투표나 참사회에 참석할 정도의 고위 간부 외에는 실물을 친견한 단원도 거의 없었다.

그때부터 성 유물은 그것을 숨긴 검집에 빗대어 '단장의 검' 혹은 '단장의 홀', '거룩한 지팡이' 등으로 한 겹 감추어 불리게 되었다.

†

귀를 쫑긋하고 듣던 레아는 고개를 갸웃했다.

세 명의 구혼자 이야기는, 그렇게 비밀스러운 이야기라기엔 꽤 알려져 있는 이야기 아닌가?

그건 아크레의 우리 집 앞마당에 피어 있던 예쁜 꽃들에 대한 동화로, 라셀르에게 매일 밤 들려주던 단골 이야기이기도 했고, 심지어 자신의 꿈에서도 나올 만큼 익숙한 이야기였다.

아 물론, 레아의 꿈속에서는 미인 아가씨가 아니라 미남으로 살짝 버전이 바뀌어 있긴 했다. 초지일관 꿋꿋한 취향을 가진 레아는 꿈속에서도 미남을 밝혔다.

"그렇다면 그 성 유물이 어떤 형상인지, 최대한 자세하게 설명해 보게."

이제 선장실은 쥐 죽은 듯 고요했다. 사람들은 숨소리조차 내지 않고 집중해서 귀를 기울였다. 그 모습을 자세하게 알아 두어야 찾아보기도 할 것이고, 진위 여부도 가늠할 수 있기 때문이었다.

레아는 계속 들을까 말까 고민에 빠졌다. 검집을 보았다는 이유만으로도 온 가족이 죽었는데, 그 귀한 비밀을 미주알고주알 알게 된다면 모가지가 열 개라도 모자랄 판이다.

그렇다고 귀를 틀어막을 수도 없다. 살아남으려면 일단 이 방에서 무슨 일이 일어나는지 정확하게 알아야 하니까.

그리고 발타의 목소리가 들릴 때마다 귀를 막으려는 손에서 자꾸 힘이 풀어졌다. 고저가 별로 없는 낮고 조용한 목소리인데, 들릴 때마다 가슴이 무너지는 것 같고 눈 속 깊은 곳이 싸하게 아렸다.

"기사단에서 보관하던 성 유물은, 옛 단위로 한 큐비트, 즉 손끝에서 팔꿈치 정도까지 오는 정도의 길쭉한 나뭇조각으로, 한쪽이 거무스름한 색으로 물들어 있고, 두께는 그리 두껍지 않아, 특별히 제작된 검집에 빠듯이 들어갈 정도이고, 위쪽에 작은 구멍이 있는 것으로 알려져 있었습니다."

"옹이구멍이 있단 말인가? 아니면 어떤 정신 나간 놈이 성 십자가에 구멍을 냈다는 말이야?"

차별화된 귀중한 단서에 기사들이 눈을 빛내며 되물었다.

"누가 구멍을 낸 게 아니라, 그리스도의 손이 못 박힌 부분이라 추측한다고 들었습니다."

아? 레아는 저도 모르게 소리를 내려다 얼른 입을 다물었다. 다른 기사님들은 놀란 듯 한참 침묵하다가 간신히 물었다.

"그, 그곳이 못 자국이라는 걸 어떻게 확인했다고 하나? 박혔던 못은 별도로 모셔져서 황제의 말굴레로 만들어지지 않았나."

"못 자국 안에 스며든 그리스도의 성혈이 굳어 보석이 되었다는 말이 있습니다."

다들 놀란 듯 한참 동안 말을 잃었다. 여기저기서 성호를 긋는 사람들도 있었다.

"사실인가? 나무 속에 보석이 있다는 걸 어떻게 확인했다고 하나? 누가 확인했지? 부러뜨려 보았을 리는 없고."

"예전에 십자군을 두 번 이끄셨던 루이 선대왕 폐하께서, 그것을 친견하실 때 손수 확인하셨고, 기욤 단장님도 취임 후 그것을 직접 확인하셨습니다."

"어떻게?"

"그 구멍에 바늘이나 송곳을 살짝 밀어 넣었을 때, 달그락달그락 보석 부딪치는 맑은 소리가 났다고 하셨습니다."

"……오, 하느님."

사령관님이 알 수 없는 말을 중얼대며 짧막한 기도문을 외웠다. 레아의 몸도 덜덜 떨렸다. 치유와 부활의 능력을 보이고, 그리스도의 피가 굳은 보석을 품은 십자가 조각이라니. 하늘이 노래질 정도의 고귀한 물건 아닌가.

"기사단에서는 왕실과의 불필요한 분쟁을 줄이기 위해 성물을 깊이 숨기게 된 것이라 들었습니다. 기사단의 임무는 그것으로 기사단의 위상을 높이는 것이 아니라 안전히 보관하고 있다가 재림 주님께 바치는 것이니까요."

"……."

"그로 인해 이미 적잖은 희생이 있었습니다. 그런데 그것을 찾기 위해 희생이 계속 이어진다면 그 역시 주님께 슬픔을 안겨 드리는 일이 아닐까, 그런 주제넘은 생각을 했습니다. 정식 단원도 아닌 자의 건방지고 미련한 말을 부디 용서해 주십시오."

발타는 감정이 느껴지지 않는 차분한 목소리로 사죄했다.

레아는 그가 아빠 엄마의 죽음을 염두에 두고 그런 말을 했음을 알았다. 발타는 기사들이 비밀을 지키기 위해 무고한 자를 죽인 것에 대해 분노하고, 엄마 아빠의 죽음을 진심으로 마음 아파하고 있었다.

그래서, 그래서 나와 동생을 구해 주신 걸까. 자신의 손으로라도 부당한 희생을 막고 싶어서?

눈시울이 시큰거리고 흐느낌이 치받아서, 레아는 두 손으로 입을 틀어막았다.

기사들은 한숨을 쉬며 침묵했다. 귀한 정보들을 들었음에도 썩 기꺼운 표정은 아니었다.

발타는 고개를 들고 담담하게 말을 맺었다.

"이게, 제가 알고 있는 내용의 전부입니다."

3-5. 사죄

"언니, 흐으, 언니, 아파, 아파아……."

멍 하니 앉아 있던 레아는 퍼뜩 소스라쳤다.

어둠 속에 있으니 시간 감각이 없었다. 회의가 끝나고 모여 있던 기사들이 모두 나간 후 시간이 얼마나 지났는지도 모르겠다. 반나절? 한나절? 하루?

목이 타는 것처럼 마르다. 물은 없었다. 물을 늘 마실 수 있을 때는 먹을 것이 가장 중요하다고 생각했는데, 아니었다. 먹을 것보다 물이 10배, 100배는 중요했다.

자루에 먹을 것이 아무리 많아도 목이 말라붙으니 아무것도 먹을 수 없다. 침도 마르고, 목소리도 안 나오고, 목구멍이 쩍쩍 졸아붙는 것 같다.

고작 하루 이틀 물을 마시지 못한 것뿐인데, 이젠 파도 소리가 희미하게 들릴 때마다 바다로 뛰어내려서 소금물이라도 퍼마시고 싶었다.

"⋯⋯흐으, 으응, 언니, 으으으. 아파, 흐으으, 아파."

언제 일어났는지, 라셀르가 숨죽여 훌쩍거린다. 레아는 기겁하며 수건으로 동생의 입을 틀어막았다. 하지만 이제는 틀어막아도 울음이 멎지 않는다. 다행히 지금은 선장실에 사람이 없는 것 같다. 레아는 진땀을 흘리며 라셀르의 귀에 대고 속삭였다.

"아파? 어디, 어디가 아파?"

"배가 아파. 목도 아파. 머리도 아파. 팔도 다리도 잘 안 움직여."

"언제부터 그랬어?"

"옛날 옛적부터 아팠어. 여기 들어왔을 때부터 아팠어."

"여기 떨어질 때 혹시 다친 거야?"

"몰라 언니, 아파. 그냥 다 아파⋯⋯."

라셀르는 어디가 아픈지 정확히 말하지 못했다. 뼈가 부러진 것 같지는 않은데, 뭐가 잘못됐는지 모르겠다. 솔직히 떨어질 때 깔아뭉갠 동생보다 깔린 자신이 더 아팠겠지만, 그걸 따지기엔 동생의 상태가 심각했다.

"언니, 목이 아파. 따가워. 뜨거운 모래를 삼키는 거 같아, 흐으, 흐, 온몸이 다 아파. 흐어엉."

아아. 나야말로 같이 목 놓아 울고 싶다.

"어, 언니, 무, 물⋯⋯. 아파. 아파. 목이 아파, 언니, 물⋯⋯."

"어, 없어. 물 없어, 라셀르. 참아. 조금만, 참아."

"그럼 언제 물 있어? 언제까지 참아? 언니 아파, 라셀르 목 아파, 머리도 아파⋯⋯."

레아는 동생의 머리를 짚어 주다가 크게 소스라쳤다.

"라셸르, 네 이마 왜 이렇게 뜨거워? 불덩이 같잖아……."

맙소사, 온몸이 이렇게 펄펄 끓고 있으니 아픈 게 당연하지.

동생은 이제 대답도 못 하고 할딱할딱 숨만 내쉬었다. 그러고 보니 입술도 하얗게 말라비틀어져 있었다.

눈앞이 깜깜해진다. 이웃집 알리스 아줌마의 말이 떠오른다. 아줌마는 일곱 명의 아이들이 있었는데 두 명 빼고는 죄다 열병으로 죽었다. 아기들은 열이 이렇게 높은 상태로 하룻밤만 지나면 죽게 된다고 했다. 실제로 그렇게 죽은 아기들도 직접 봤다.

엄마는 열이 나면 커다란 통에 물을 담아 아이를 담아 놔야 한다고 했다. 아빠는 수건에 물을 흠뻑 적셔서 몸을 닦아 줘야 한다고 했다. 하지만 지금은 물통은 고사하고, 수건을 적실 물도, 마실 물조차 한 방울 없다.

어떡하지? 나 지금 어떡해야 하지? 지금이라도 나가서…….

나가서 뭐? 기사님들은 배에서 내리지 않았고, 여전히 눈을 부라리고 우릴 찾고 있다. 그런데 뭘 어떡해? 선원들한테 가서 물을 달라고 해? 의사 선생님 불러 달라고 해?

레아는 동생의 손을 잡은 채 고개를 저었다. 동생의 손은 여전히 뜨거웠다. 이대로 두면 큰일 나는데, 뭘 어떻게 해야 할지 모르겠다.

라셸르, 미안해……. 나 이제 도저히 못 해 먹겠어.

너만큼은 꼭 살리겠다고 약속했는데…… 사실은 나도 아파, 나도 힘들어 죽겠어.

아빠 미안해, 엄마 미안해. 나 무서워요. 이대로 놔두면 라셸르가 죽을 거 아는데, 그래도 무서워. 무서워서 못 나가겠어요.

누구라도 제발 좀 도와주세요. 누구라도 제발.

"라셸르, 조금만 더 참아 봐."

하지만 레아도 이제 알고 있다. 라셸르는 이미 한계치 이상으로 참은 것이다. 레아가 눈물을 뚝뚝 떨어뜨리는 것을 본 라셸르가 뒤늦게 울음을 참느라고 끅끅, 끅끅, 하며 몸부림을 친다.

"미안해, 언니. 계, 계속 아, 아파서, 울음이 안 그쳐서, 끄,끅, 흐으, 미안해 언니."

"흐으, 으, 씨, 대, 대체 나, 나한테 어떡하, 하라고……."

"언니, 울지 마. 나 안 아파. 하나도 안 아파."

라셸르가 희미하게 웃으며 소르르 눈을 감았다. 이제 라셸르는 눈물을 그쳤는데, 반대로 레아가 소나기처럼 눈물을 쏟았다.

미안해, 라셸르. 이 배에 타자고 해서 미안해. 여기서 숨자고 해서 미안해. 다른 방법을 못 찾아서 미안해. 아프게 해서 미안해. 물 못 구해 와서 미안해. 그냥 내가 다 잘못했으니까, 제발 일어나…….

"언니가 왜 미안해? 나 정말 안 아프다니까. 다 나았어."

동생의 바싹 말라붙은 입술에서 사각사각 쉬어 빠진 웃음소리가 흘러나왔다. 레아는 흐느껴 울며 동생의 두 손을 꼭 잡았다. 지금 할 수 있는 건 기도밖에 없다. 그런데 어떻게 기도해야 하는지 새까맣게 잊어버렸다.

이럴 때 엄마가 어떻게 기도했지? 아빠는 어떻게? 아, 잠깐만. 엄마가 그랬는데. 동생들이 태어나자마자 죽었을 때, 바로 신부님을 부를 수 없으면 옆에 있는 사람 아무라도 종부성사를 드려 줘야 한다고…….

순간 눈앞이 하얘지면서 숨이 턱 막혔다. 레아는 고개를 힘껏 저었다.

아니야, 종부성사라니, 너 미쳤어? 라셀르한테 그런 일은 절대 일어나지 않을 거야.

레아는 벽에 머리를 박고 두 손을 꼭 모아 쥔 채 간절히 기도문을 외웠다. 하느님, 예수님, 성모님, 생 미셸 대천사님, 성 라파엘 대천사님, 기억나는 모든 기도문을 다 외우며 레아는 동생을 끌어안고 소리 없이 울었다.

이런 건 사실이 아닐 거야. 이건 꿈일 거야.

레아는 고개를 쳐들고 눈을 꽉 감았다. 눈을 힘껏 감았다가 다시 뜨면, 나는 침대 속에 누워 있을 거야. 옆에선 라셀르가 쌕쌕 소리를 내면서 자고 있을 거고 밖에선 아빠가 '레아, 이 늦잠꾸러기! 안 일어나고 뭐 해?' 하고 웃고 계실 거야. 문틈으로는 엄마가 끓이는 살라미가 듬뿍 든 스튜 냄새가 솔솔 흘러들어 오고 있을 거야.

그래, 그러니까 이건, 꿈일 거야. 응.

드드드, 덜컹, 덜컹.

삐그덕, 삐걱.

그래. 이 소리는 아빠가 우리 방으로 다가오는 소리야. 투벅, 투벅, 툭. 툭. 그래. 낯익은 발걸음 소리가 들리고, 조금 있으면 방문이 활짝 열리고 햇빛이 촤르르 밀려들어 올 거고…….

쿵.

문이 열리는 소리와 함께 환한 빛이 쏟아져 들어왔다.

레아는 눈물범벅이 된 채 고개를 돌렸다. 침대는 어느새 옆으로 밀려났는지, 머리 위에 있던 뚜껑이 활짝 젖혀지면서 환한 빛이 촤르르 밀려들어 온다.

머리 위로 긴 그림자가 늘어졌다. 레아는 흠뻑 젖은 눈을 깜박이며 자신을 내려다보는 사람을 멀거니 올려다보았다.

……이, 이것도 꿈일까?

"발타 님……?"

"그렇게 소리 내서 울면 들킵니다, 마드무아젤…… 레아."

그는 레아만큼 놀란 것 같지는 않았다. 여전히 조용조용, 차분한 목소리였다. 하지만 새파란 눈동자는 크게 벌어진 채 깜박임도 없이 아래를 응시하고 있었다. 레아는 뒤늦게 그가 자신만큼이나 놀랐다는 것을 알아차렸다. 한참 만에야 그가 입을 뗐다.

"어디 숨어 계시나 했는데 용케 이런 곳을 찾으셨군요."

"어, 어떻게……. 방에 아무도 없는 줄 알았는데……."

"지난밤에 침대 밑에서 이상한 소리가 들린 것 같아서 알아보려고 기척을 죽이고 남아 있었습니다."

"아, 그, 그때 소, 소리가 들렸……나요?"

"염려 마십시오. 그때 다른 분들은 듣지 못했을 겁니다. 제가 작은 소리를 잘 듣는 편입니다. 그리고 지금 사령관님과 측근들과 선장은 아크레로 지원 오던 기사들을 접견하러 잠시 뭍에 내리셨습니다. 한동안 아무도 들어오지 않을 겁니다."

레아는 그를 멍하니 올려다보았다. 꿈이 아니다. 꿈같은데, 꿈이어야 하는데, 꿈이 아니다.

그런데 이상하다. 왜인지 들켰는데도 무섭지도 않고 숨이 막히지도 않는다. 그냥 라셀르와 함께 죽고 싶다는 생각뿐이었다.

다만 죽을 때 죽더라도, 이분께 드릴 말씀이 있었다. 레아의 뺨으로 다시 눈물이 흘러내렸다. 그녀는 바닥에 무릎을 꿇었다.

"죄송해요, 발타사르 님. 제가 잘못했어요."

"……."

"그때 저를 라셸르랑 같이 죽이려고 집까지 데려다주신 줄로만 알았어요. 그래서 말을 뺏어 타고 도망친 건데⋯⋯."

"⋯⋯마드무아젤."

괜찮다거나 용서하겠다거나 하는 말은 나오지 않았다. 레아는 고개를 들어서 그의 얼굴을 볼 용기가 없었다. 목소리가 점점 처량하게 기어 들어갔다.

"죄송해요. 정말 죄송해요. 사실 먹을 것도 챙겨 드리고 싶었는데⋯⋯."

"마드무아젤. 지금은 그런 말씀을 하실 때가 아닌 것 같습니다."

"저 선장 놈한테 말 다시 사시는 데 돈 많이 드셨죠. 얼마 드셨어요?"

"30플로린입니다. 아, 다시 말하지만, 지금은 그런 말씀을 하실 때가⋯⋯."

순순히 대답하던 발타가 고개를 젓는다. 레아는 그의 뺨에 핏방울이 번지는 것처럼 붉은 기운이 확 퍼지는 것을 발견했다.

풀썩.

그가 비밀 공간으로 가볍게 뛰어내린다. 쿵, 하고 떨어진 레아와 달리 고양이처럼 부드럽고 사뿐하게 내려앉는다. 그는 침대 양쪽 다리에 끈을 묶어 원위치로 당겨 놓고 뚜껑을 다시 닫았다.

"음⋯⋯."

그는 등잔을 들어 주변을 둘러보고는 나직하게 신음했다.

불빛이 들어오니, 좁고 먼지투성이인 비밀 통로와, 선실로 통하는 빗장 걸린 나무 문과, 먼지를 시커멓게 뒤집어쓴 채 바닥에 누워 있는 라셸르의 모습이 환하게 드러났다. 열에 들떠 힘없이 늘어진 모습을 보니 언제 죽어도 이상할 것 같지 않다.

나 때문이야. 이런 곳에 널 끌고 들어오는 게 아니었는데.

차라리 맘루크 놈들에게 붙잡혀서 노예로 팔리는 게 나았을지도 몰라. 너를 찾지 못하는 게 나았을지도 몰라. 내가 기사님들 손에 죽는 게 나았을지도 몰라. 어떤 쪽이라도, 네가 여기서 이 꼴로 죽는 걸 보는 것보단 나았을 거야.

난 어떡해. 엄마, 아빠, 라셀르. 미안해. 아빠, 나 어떡해요.

죄책감으로 숨을 쉴 수가 없었다. 레아는 발타의 앞에 무릎을 꿇고 엎드렸다.

"발타 님, 도와주세요. 제발 동생 좀 살려 주세요."

"레아!"

발타는 자신도 황급히 무릎을 꿇고 레아를 만류한다.

"마드무아젤, 대체 왜 이러십니까. 제발 이러지 마십시오."

레아는 목이 말라붙어 쩍쩍 갈라지는 목소리로 애걸했다.

"제발 동생을 치료해 주세요. 한 번만 살려 주세요. 은혜는 절대 잊지 않겠습니다. 제가 가진 거 전부 다 드리……."

레아는 말을 잇지 못하고 고개를 숙였다. 은혜 갚는 건 고사하고 타고 도망친 군마값만 해도 200플로린. 어지간히 산다 하는 이들도 평생 구경 못 할 거금인데, 레아의 주머니엔 먼지뿐이고, 남은 거라곤 비루한 몸뚱이와 목숨뿐이었다. 애가 탔다.

"지금은 돈이 없지만, 나중에 돈 벌어서 꼭 갚을게요. 하녀든, 세공사든, 갤리선 노잡이든, 아니, 평생 발타 님의 노예가 되어서라도 다 갚을게요."

팔다리가 잘리지 않아도, 200플로린을 갚으려면 평생 노예로 살아도 모자랐다. 레아는 마음이 다급했다.

"시키는 일은 뭐든지 다 할게요. 정말 무슨 짓이든……. 하느님 이름으로 맹세해요. 그러니 제발 동생을 좀 치료해 주세요."

"마드무아젤……. 그 말은 듣지 않은 것으로 하겠습니다."

그가 눈썹을 찡그리며 딱딱하게 대답했다.

너무나도 야멸찬 대답에 레아는 정신줄이 툭 끊어지는 것 같았다. 멍하니 발타를 올려다보았다. 말도 나오지 않는다. 눈물만 줄줄 흘러내렸다. 정신이 반쯤 나간 레아의 얼굴을 보며, 그는 당황한 얼굴로 더듬더듬 덧붙였다.

"레아, 그게……. 자유민 숙녀가 함부로 노예가 된다는 말을, 아니, 하느님의 이름으로 함부로 맹세하시면 안 된다……는 뜻으로 드린 말이었습니다."

아. 하느님 이름으로 맹세한 것이 거슬리셨다? 기가 막혀 순간 헛웃음이 나왔다.

물론 아빠도 늘 '하느님의 이름으로는 절대 맹세하면 안 된다'고 가르쳤다. 야웨의 이름으로 맹세한 것은 잘못된 것이라도 반드시 목숨을 걸고 지켜야 한다고. 맹세를 지키지 않으면 큰 저주를 받는다고도 했다.

하지만 지금 이 판국에 그딴 게 무슨 상관일까. 지금 동생만 살릴 수 있다면 저주고 나발이고 악마에게 영혼도 팔 수 있을 것 같다. 몸이 아픈 엄마 대신 라셸르를 키우다시피 한 레아는 세상 누구보다 동생을 아꼈고 목숨처럼 사랑했다.

"지금이라도 밖으로 나가…… 육지에 내려 도움을 받는 것이……."

"그건 안 돼요."

레아는 바로 고개를 저었다. 나가면 육지에 내리기는 고사하고 선상에서 성 유물을 훔친 혐의로 끌려갈 것이고, 보지도 못한 물건을 어디에 숨겼느냐 고문을 당하다가 죽게 될 것이다. 어쩌면 라셸르까지.

레아의 좌절에 찬 얼굴을 본 발타는 입술을 깨물고 마른침을 삼켰다. 그의 목울대가 크게 움직인다. 한 번, 그리고 또 한 번. 그의 손끝이 꿈틀거리는 것이 보인다. 그는 시선을 돌리고 간신히 대답했다.

"도움을 드리지 못해 정말 죄송합니다. 저는 의사가 아니라……."

"아니에요. 발타 님은 제 다리도 치료해 주셨잖아요. 부러진 다리도 금방 낫게 해 주셨잖아요……."

"그건 제가 한 일이 아닙니다. 저는 의서 몇 권만 들여다보고, 전투에서의 처치법만 배웠을 뿐입니다. 그날 다리가 나으셨던 건 분명한 이적입니다. 하느님께서 그때 당신의 간절한 기도를 들어주셨던 겁니다."

아, 맞다. 그때 이를 악물고 죽자 사자 기도했던 생각이 뒤늦게 떠올랐다. 하지만 레아는 자신이 기도했다고 다리가 나았다고는, 여전히 믿기 어려웠다.

"그런데, 지금도 열심히 기도했는데, 하고 있는데……. 흐으윽……."

발타의 눈이 반쯤 감긴다. 엄마 아빠의 시신을 묻어 줄 때도 딱 저런 눈빛이었다.

"제가 한번 볼 테니, 진정하십시오."

발타는 라셸르 쪽으로 허리를 굽혔다. 라셸르는 이미 의식을 잃었다. 그는 동생의 숨결을 확인한 후 이마를 짚어 보더니 암담한 얼굴로 다시 고개를 들었다.

"동생이…… 언제부터 이랬습니까?"

"모르겠어요. 아까까지만 해도 목이 마르다고만 했는데…… 왜 이렇게 온몸이 뜨거워졌는지, 왜 자꾸 아프다고 하는지……. 혹시 사혈이라도 한 번 해 주실 수 있으신가요."

레아는 쩍쩍 갈라지는 목소리로 하소연했다.

그는 어둡게 가라앉은 얼굴로 라셀르의 안색을 살피고 손목의 맥박 뛰는 곳을 잡아 보았다. 드레스의 조임 끈을 풀고, 똑바로 눕힌 후 천천히 신발도 벗겼다.

레아는 입을 다물고 초조하게 그의 움직임을 지켜보았다. 세상에 태어난 후 이렇게 간절하게 기도했던 적이 없는 것 같다.

"원하신다면 사혈을 해 드리겠습니다. 막대기가 있으면 하나만 주십시오."

레아는 쥐를 잡을 때 쓰던 기다란 부목을 꺼냈다. 그는 라셀르의 한쪽 팔 위를 수건으로 묶고 막대기를 끼워 몇 바퀴 돌린 후 단도로 팔뚝의 한 부분을 찔렀다. 레아도 몇 번 본 적이 있는 사혈 치료법이었다.

부러진 다리를 치료하실 때도 그렇고, 사혈도 익숙하게 하시는 걸 보면 자랐던 수도원이나 기사단에서 의술을 정식으로 공부하셨나, 하는 생각이 들었다.

피가 줄줄 흘러나올 줄 알았는데 의외로 칼자국에서 핏방울이 살짝 맺힐 뿐, 흘러나오지 않는다. 잘못 찌르셨나 싶었지만 생각해 보니 이 가는 팔뚝에서 줄줄 흘러나올 정도의 많은 피를 담고 있을 것 같지 않다. 그는 시선을 돌리지도 않은 채 나직하게 속삭였다.

"제가 배움이 짧아 치료법이 온전치 않습니다. 이해해 주십시오."

245

레아의 눈에 천천히 눈물이 맺히기 시작했다. 그는 눈을 가늘게 뜬 채 동생의 얼굴만 응시했다. 정신을 잃은 동생에게서는 별다른 반응이 없었다. 비밀의 방은 무시무시한 침묵에 휩싸였다.

희망과 절망과 의심이 뒤죽박죽 섞인 채 그 시간을 버티는 동안, 레아의 눈물은 서서히 말라붙었다. 그의 흔들림 없는 뒷모습을 바라보고 있으니, 울음도 조금씩 진정되기 시작했다.

하아아. 동생의 가는 숨소리가 들리는 것 같다. 시이이이이. 유달리 긴 한숨 소리가 모기 날갯소리처럼 희미하게 흘러나온다. 레아는 더듬더듬 동생의 뺨에 손을 대 보았다.

"……아, 열이 내리고 있어요."

레아는 떨리는 목소리로 말했다. 발타는 대답하지 않았다. 레아는 그의 발치에 엎드려 절을 하고, 동생의 이마를 쓰다듬으며 히득히득 웃기 시작했다.

"발타 님. 열이, 열이 내려가고 있어요. 아아, 잘됐다. 감사합니다! 정말 고맙습니다. 사혈이 효과가 있나 봐요."

"……그랬다면 다행입니다."

발타는 웃지도 않았다. 함께 기뻐하지도 않았다. 그저 담담한 표정으로, 동생을 편안히 눕혀 주고, 머리카락을 정돈하고 옷자락도 곱게 정리하고 자신의 망토를 벗어서 덮어 주었다. 그리고 레아를 향해 고개를 돌리고 조심스럽게 입을 열었다.

"마드무아젤 레아. 늦기 전에 드릴 말씀이 있습니다."

"무슨 말씀을……. 헉, 발타 님?"

순간 레아는 발타의 이상한 행동에 기겁하며 뒷걸음질했다. 그가 갑자기 레아의 앞에 무릎을 꿇더니, 이마를 바닥에 대고 엎드린 것이다.

레아는 한 손으로 입을 가린 채, 그의 반짝이는 은발이 바닥에 폭포처럼 흐트러지는 것을 멍하니 지켜보았다. 무슨 이유인지 짐작도 되지 않는다.

"용서하십시오, 레아. 정말 뭐라 드릴 말씀이 없습니다. 진심으로 사죄합니다. 미안합니다."

"그, 그게 무슨 말씀이세요……?"

"저는 아직 기사도 아니고, 성전기사단 단원도 아니지만, 대신해서 용서를 빌겠습니다."

"……."

"아무리 성물이 귀하다 해도, 당신의 부모님이 비밀 유지를 위해 희생된 것은 결코 있어서는 안 될 일이었습니다. 미안합니다. 정말 미안합니다."

그의 고개는 여전히 더러운 바닥에 박혀 있다. 그는 그렇게 꼼짝도 하지 않은 채 대신 사죄했다.

"저는 어릴 때부터 기사단에서 자랐고, 기사 서임을 받으면 바로 성전기사단에 입단하여 예루살렘 수복하는 일에 평생을 바치겠노라 서원을 했습니다."

"아……."

"하지만 당신들의 무고한 희생까지 받아들이기는 어려웠습니다. 우리의 의도가 아무리 옳고 정당해도 당신의 가족에게 저지른 짓은 옳지 않은 일입니다. 결코 하지 말았어야 할 일입니다. 저라도, 저 혼자라도 우리 기사단이 무죄한 피를 흘리는 것을 막아 보려 했습니다만, 제 능력이 부족했습니다."

눈물이 왈칵 솟구치려는 것을 레아는 필사적으로 참았다. 온갖 감정이 폭풍처럼 휘몰아쳤다.

죄가 없는 이들이 죽고, 잘못이 없는 이가 사죄하는 일만큼 허망한 일이 있을까. 사죄를 받는데도 속은 후련하지 않고, 오히려 그동안 쌓였던 억울한 감정과 서러움이 한꺼번에 터져 나왔다.

그것과 별개로 이분의 사과는 사무치도록 고마웠다. 이분과 나는 무슨 인연일까. 이분은 나를 왜 이렇게까지 생각해 주시는 걸까. 결국 눈물이 방울방울 흘러 떨어지기 시작했다. 레아는 꽉 잠긴 목소리로 물었다.

"저, 저를 몰래 살려 주신 걸 들키면, 대신 벌을 받는 건 아닌가요? 입단도 못 하시는 건 아닌가요?"

"마드무아젤, 그 역시 하느님의 뜻입니다. 제가 감수할 것입니다."

그는 여전히 이마를 바닥에 댄 채 말을 이었다.

"억울한 죽음은 여기까지만……. 저는 당신이라도, 당신만이라도 무사하기를 바랍니다. 당신마저 잘못되면 저는 견딜 수 없을 것입니다."

흐으, 흐으윽, 으윽, 흐으.

레아는 그의 앞에 서서 흐느끼기 시작했다. 무슨 말이라도 하고 싶은데, 목구멍에선 꺽꺽 소리만 흘러나왔다. 울면서도 레아는 자신의 감정이 어떤지조차 알 수 없었다.

그저 묻고 싶었다.

당신은, 왜 내가 죽는 것을 견딜 수 없어요?

당신이 뭔데? 엄마 아빠도 아니고, 라셀르도 아닌, 생전 처음 본 당신이 왜 내가 죽는 걸 견딜 수 없어요?

하지만 레아는 묻지 못했다. 물어서는 안 될 것 같았다.

"마드무아젤. 부디 여기서 조금만 더 버텨 주십시오. 시돈에 들르면, 기사들은 모두 내릴 것입니다. 다음 행선지는 시프르 섬입니다. 그곳에서 무사히 탈출할 수 있도록 제가 최선을 다해 돕겠습니다. 그러니…….”

말을 잇던 그가 갑자기 말을 멈추더니 고개를 번쩍 든다. 그의 새파란 눈동자가 빙그르르 돌더니 번쩍 빛을 뿜는다. 레아와 시선이 맞닿는가 싶은 순간 그가 몸을 날렸다.

“흡!”

그가 어느새 레아의 등 뒤로 바짝 붙어 입을 틀어막는다. 깜짝 놀란 레아는 반사적으로 크게 발버둥을 쳤다. 그가 한 손으로 입을 막은 채 팔과 허리를 한꺼번에 끌어안고 온몸으로 확 눌렀다.

……이, 이게 무슨?

너무 놀라서 눈물이 쑥 들어갔다. 레아는 그의 몸에 깔려 바닥에 납작하게 짜부라진 채 눈만 굴렸다. 입을 틀어막은 손아귀의 힘이 얼마나 억센지 턱이 으스러질 것 같았다. 그의 숨결이 귀에 와 닿았다. 그가 온몸을 팽팽하게 긴장하고 있다는 것이 느껴졌다.

콰당!

순간, 위에서 요란한 소리가 터졌다.

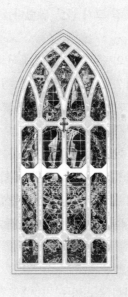

3-6. 숨기고 싶은 일들

"사령관님이 나가신 김에 발타에 대해 속 시원하게 말이나 해 봅시다. 대체 기사단 단원도 아닌 자가 어째서 그렇게 중대한 비밀을 속속들이 알고 있단 말입니까!"

방문이 부서지듯 열리는 소리가 나더니, 이내 성난 목소리가 터져 나왔다.

레아는 깜짝 놀랐다. 하마터면 들킬 뻔했다. 대체 사람들이 언제 이렇게 가까이 왔지?

보통은 복도에서 방으로 다가오는 발걸음 소리가 들리곤 했는데, 이번엔 우느라 정신이 빠졌는지 전혀 눈치채지 못했다. 다행히, 귀가 밝은 발타가 용케 들은 모양이었다.

뒤이어 서너 명의 목소리가 한꺼번에 귀에 들어오기 시작했다.

"돌아가신 단장님께서 아끼던 에퀴에르 아닌가. 어릴 때부터 직접 곁에 두고 가르치셨고, 서임을 받으면 당연히 우리 단원이 될 거라 여기셔서 안심하고 속의 말을 하셨던 게 아닐까?"

"설마 단장님께서 '미래의 단원'이라는 이유로 일개 견습 기사에게 극비 사항을 미주알고주알 털어놓으셨다는 겁니까? 에퀴에르 중에서도 정식 단원은커녕 정식 기사조차 되지 못하는 이들이 얼마나 많은데요!"

아까 회의에서 들었던 귀에 익은 목소리, 다혈질의 젊은 기사, 레몽 경이다. 다른 이들도 기다렸다는 듯 동조했다.

"맞습니다. 게다가 발타는 영지는 고사하고 부모가 누구인지조차 모르는 떠돌이라 하지 않았습니까? 단장님도 돌아가신 판에, 이제 누가 그를 믿고 기사 서임식을 해 주겠습니까?"

"신분도 모르는 무일푼 떠돌이가 기사 서임을 다 받다니. 세상 좋아졌군요."

여기저기서 툭툭 튀어나오는 말에는 불신과 냉소가 역력했다.

레아는 그와 함께 바닥에 엎드린 채 그 난처한 대화를 듣고 있어야 했다.

대화가 이어질수록 발타의 몸이 점점 긴장하는 것이 느껴졌다. 위에서 몸을 움직일 때마다 그의 긴 머리카락이 귀와 뺨을 간질였지만, 레아는 움직일 수조차 없었다. 그의 얼굴을 보지 못하는 것이 차라리 다행이었다. 어떤 표정이든 보고 싶지 않았다.

"우리가 그를 의심하는 가장 큰 이유는, 그의 태도입니다. 뭐가 그리 비밀이 많은지!"

"그러게 말입니다. 그렇게 오랫동안 기사단에 있었으면서도, 가족이나 고향 같은 개인적인 이야기는 한 번도 한 적이 없었지요."

"그런 걸 보면 카타리 이단이나 더러운 아시케나지 유대 족속

일 수도 있고, 노예나 범죄자 출신일 가능성도 배제할 순 없겠죠. 어쩌다 저희 기사단이 그런 자들의 신분세탁까지."

"레몽 형제! 확실하지 않은 내용으로 함부로 추측하는 건 자제하게."

누군가 그 험담을 막아 보려 했지만, 분위기는 점점 험악하게 흘렀다.

"그게 아니라면, 왜 그렇게 필사적으로 자신을 숨기려 했겠습니까? 뭐가 그렇게 귀한 몸이라고, 실내에서도 두건이나 면갑으로 얼굴을 가리고 다녔을까요?"

"그의 활 솜씨나 단검 다루는 실력도 소름 끼치지만, 그렇게 기척 없이 빠르게 상대를 죽이는 기술도 수상하지 않습니까. 그가 저 사악한 산중노인 휘하의 자객 출신(아사신 단)이 아니라고 또 어찌 보증하겠습니까."

"그를 무조건 믿고 미래의 동료로 받아들이기엔, 수상하고 음습한 부분이 너무 많습니다."

레아는 눈을 질끈 감았다. 모욕적인 내용이 끝도 없이 이어졌다. 그가 몸을 꽉 누르고 있지 않았다면, 두 손으로 귀를 틀어막고 말았을 것이다.

그런데 뭔가 좀 이상하다?

아무리 맘에 안 드는 말을 했기로서니, 저 정도로 적대적인 반응을 보이는 것이 이해가 되지 않는다. 정식 단원은 아니지만, 그래도 오랜 시간 어깨를 나란히 하고 싸운 전우 아닌가. 그것도 매우 든든하고 뛰어난 전우.

발타 님이 싸우는 모습은 짧은 시간 보았을 뿐이지만, 그가 무시무시한 전사라는 것은 바로 알아차릴 수 있었다. 그런 동료를 이렇게 뒤에서 모욕하며 비웃는 것이 이상하게 느껴졌다. 그것도 명예를 소중히 여기고 말과 행동을 엄하게 다스린다는 기사님들이.

"대체 왜 이렇게 빙빙 돌려 말씀하시는 겁니까? 솔직하지 못하게. 사실, 다들 짐작하고 있지 않습니까?"

레몽이 키득, 웃으며 묘한 억양으로 덧붙였다.

"그의 얼굴이나 행동거지를 보면 바로 느낌이 오지 않습니까?"

"무슨 말씀입니까, 레몽 형제?"

"그는 악마가 인간을 타락시키기 위해 만들어 낸 유혹자가 틀림없어요. 그의 얼굴을 제대로 본 자들은 '가장 아름답고 정숙한 여인도 그의 옆에선 시든 꽃처럼 느껴진다'고 말합니다. 그것이 과연 정상적인 반응이겠습니까?"

기가 막혀서 입이 저절로 벌어졌다. 무슨 개소리를 저렇게 진지하게 하는 거야?

레아는 다들 코웃음을 치며 저 레몽이라는 미친놈을 나무랄 줄 알았다. 하지만 모인 기사들은 레아와 생각이 다른 듯했다. 나직한 헛기침과 침묵으로 은근히 동조하기까지 한다.

"그는 남자와 여자의 음심을 동시에 부추기는 자로, 하느님의 창조 질서에서 벗어난 사악한 존재입니다."

이런 말까지는 참을 수 없었던 듯, 레아를 누르던 팔이 가늘게 떨리기 시작했다. 레몽 경의 신랄한 비난이 계속 이어졌다.

"까놓고 말해 볼까요? 다마스쿠스, 바그다드, 알레프의 노예 시장이나 맘루크 부대에서는 미동 노예가 공공연하게 거래되곤 했습니다. 아크레에서도 알음알음 거래가 있었고요."

"레몽 경!"

"아, 이 지역에서 그런 구역질 나는 풍속이 있음을 부정할 생각은 마십시오. 성스러운 전투에 참가했던 기사나 제후들 중에서도, 그런 사악한 습속에 물들어 어린 소년 노예를 사서 본국으로 데려가는 자들이 꽤 있었습니다. 지금 기사단 내에서도 남색의 풍습이 전혀 없다고 할 것입니까? 주여, 이 타락한 자들을 용서하소서."

"……흠, 흠."

"발타 역시 그런 유형의 노예였을 거라는 생각, 한 번도 안 해 보셨습니까? 그러니 가족이나 고향 등에 대해 말 한 마디 못 했던 거고, 얼굴을 감추는 데 그리도 급급했던 거고, 다른 사람과 교류조차 피했던 거겠지요. 그렇게 눈에 띄는 외양으로 낯을 들고 다니다간 틀림없이 알아보는 자가 생길 테니까요."

"……."

"저는 애초부터 그런 자를 동료로 받아들일 생각이 없었습니다. 그자가 우리 기사단에 입단하고자 한다면, 제가 목숨을 걸고 반대할 생각이었습니다."

"레몽 형제, 잠시 진정하시죠."

누군가 만류하려는 듯 정색하며 말을 막았다. 하지만 다혈질의 기사는 도저히 참을 수 없는 듯했다.

"진정이요? 그런 자를 고위 단원들의 비밀 회합에 참석시키는 것도 모자라, 저희조차 알지 못하는 극비 정보를 구걸하기까지 했는데 진정이요? 왜 그자가 그런 중요한 정보를 알고 있단 말입니까?"

"그건, 파리 시테 궁의 폐하께서……."

"시테 궁의 필립이 어떤 사람인데 그런 극비 정보를 저런 자에게 함부로 누설한단 말입니까? 정보의 진짜 출처가 누구인지는 다들 짐작하고 있지 않습니까!"

"하지만 레몽 형제. 설마 고결하신 기욤 단장님께서 그러실 리가……."

옆에 있던 금발의 기사가 조심스럽게 반박했다. 하지만 레몽 경은 책상을 주먹으로 탕 후려치며 외쳤다.

"저도 믿고 싶지 않았습니다, 아르노 형제! 제가 기욤 단장님을 얼마나 존경하고 그 명예를 흠모했는지 다들 아시지 않습니까! 하느님께서는 제 진실한 마음을 아십니다! 하지만 이 상황이 말하고 있는 바를 직시할 때도 되지 않았습니까?"

"레몽 형제!"

"저는 그 근본도 없는 자가 기사단의 극비 정보를 주워듣고, 우리에게 이런 모욕을 끼치는 것을 용납할 수 없습니다. 다들 기사로서 명예도 없습니까? 자존심도 없습니까?"

저 반응은 대체 뭐지? 대체 이 분위기는 뭐야?

아, 그리고 보니 알리스 아줌마가 마을 아줌마들과 놀러 와서 수다를 떨 때 비슷한 말을 했던 것도 같다. 무슨 큰 비밀 이야기를 하는 건지 목소리를 한껏 낮췄는데, 워낙 목통이 커 놓으니, 문 옆에서 흙장난을 하고 있던 레아와 라셸르에게도 다 들렸다.

'있잖아, 독신 남자들만 모인 기사단이나 수도원에선…….'

주변에 있던 아줌마들의 야릇하고 간지러운 웃음소리가 기억난다.

'하긴 기사님들 중에서도 여자처럼 곱상하고 야리야리한 분들도 있

256

더만.'

'근데 여자도 아닌데 어떻게 그게 돼?'

'그거야 뭐. 맘만 먹으면 안 될 게 뭐람.'

'어머나, 레아야 넌 저리 가. 뭘 안다고 숨어서 듣고 있니.'

알리스 아줌마답지 않은 소곤거림에, 엄마의 멋쩍은 나무람까지. 정확하게는 모르지만 왜인지 낯 뜨겁고 야릇한 뉘앙스였다. 혹시 그런 종류의 이야기인가? 레아의 머릿속은 뒤죽박죽 엉키기 시작했다.

"베갯머리송사라도 있지 않고서야, 정식 기사도 아닌 견습 기사가 기사단 최고의 극비 사항을 어찌 그리 잘 알 수 있단 말입니까!"

"입 닥쳐!"

갑자기 격노한 목소리가 터지더니, 문이 요란하게 열리는 소리가 들렸다. 레아는 크게 소스라치며 몸을 떨었다. 몇 사람이 줄지어 방 안으로 들어서는 듯, 쿠당쿠당쿠당, 거침없는 발걸음 소리가 이어졌다.

"누구냐! 어딜 감히……!"

창, 챙, 촤르르, 기사들이 빠르게 검을 뽑아 들었다. 그러자 새로 들어온 사내가 사나운 목소리로 쏘아붙였다.

"나는 부르고뉴의 자크 드 몰레, 기욤 형제를 단장으로 선출했던 13인의 기사 중 한 명이다. 대체 언제부터 성전기사단 기사들이 고결한 망자를 뒤에서 험담하고 깎아내리게 되었나."

"아……."

아는 사람인지, 모인 사람들이 나직하게 탄식하며 칼을 내린다. 발타의 어깨가 크게 꿈틀거리는 것이 느껴진다. 레아는 처음 듣는 이름이었지만, 말하는 내용으로 보면 기사단에서 꽤 알려진 사람이거나, 단장님의 측근이었던 듯했다. 그의 호통은 한참 동안 더 이어졌다.

"레몽, 네 이놈! 어디 할 짓이 없어서 고결한 망자와 무고한 동료를 이렇게 수치스럽게 한단 말이냐. 내가 너를 그따위로 가르쳤느냐!"

"죄송합니다, 숙부님."

"기욤은 내가 가장 존경하는 동료이자 친구고, 기사 중의 기사였다. 그를 한 마디만 더 모욕한다면, 이곳에 있는 모두에게 결투를 신청해서 한 놈도 남김없이 목을 베어 주겠다. 레몽 너도 마찬가지다! 그러니 경고하건대, 다들 입 닥쳐라."

사납고 날카로운 목소리가 허공을 갈랐다. 목소리만 들어도 꼿꼿하고 다혈질적인 성격이 고스란히 느껴졌다.

혹시 발타 님도 잘 아는 기사님일까?

레아의 의문에 대답이라도 하듯, 자크 경이 거친 목소리로 말했다.

"발타가 누군지는 대부인 내가 잘 알아."

아, 맙소사, 발타 님하고 가장 가까운 분이셨구나.

다행이다. 드디어 이분께 든든한 지원군이 도착한 것이다. 자크 경의 설명이 이어진다.

"발타는 이단이나 아시케나지 따위도 아니고, 더러운 미동 노예는 더더욱 아니야. 그는 프랑스에서 가장 경건하고 고귀한 집안 출신이고, 신앙심도 깊어. 어린 나이에 예루살렘 탈환을 위해 목숨을 바치겠다고 생트 샤펠에서 입단 서원까지 했을 정도니까."

"아? 생트 샤펠이라고 하셨습니까?"

그 말 한마디에 갑자기 분위기가 확 바뀌었다.

생트 샤펠은 프랑스 시테 섬에 있는 왕실 전용 성당으로 십자군을 두 번이나 이끌었던 루이 선대왕이 지은 곳이었다. 왕실의 일원이나 최측근, 그리고 왕실의 귀빈이 아니면 출입이 허락되지 않는 곳이기도 했다.

그, 그 말은……?

"그리고 그의 신원보증인은 프랑스와 나바르의 국왕이자 신앙의 수호자이신 필립 폐하시다. 발타에게 검을 내려 줄 고귀한 영주와 주군들은 차고 넘치지. 그 정도면 오해를 풀기엔 충분하지 않겠나?"

"신원 보증인이…… 필립 폐하시라고요?"

주변에서 크게 술렁이기 시작했다. 하지만 레몽이라는 기사는 여전히 고집스러웠다.

"외람되지만 숙부님, 폐하께서 보증하신 자라 해서 신원을 장담할 순 없습니다. 폐하께서 신임하시는 노가레의 기욤 경은 사악한 카타리 이단의 후손 아닙니까. 또 폐하의 호위를 맡은 타국의 루티에(자유 용병) 중 불신자나 이단자들이 없다고 어찌 장담하겠습니까."

성전기사단 단원들은 수도승으로서 복종의 의무가 있다. 하지만 대의와 신념에 목숨을 던지는 기사들이라, 옳다고 믿는 일에 대해서는 한 걸음도 물러서지 않았다.

"게다가 숙부님, 발타는 고위 기사조차 알지 못하는 성 십자가에 대한 정보를 자세하게 알고 있었습니다. 기사단 내부의 비밀은 죽음으로 지키도록 맹세하고 있는 바, 어디서 비밀이 새었는지는 명명백백 밝혀야 옳지 않겠습니까. 지금 정에 이끌릴 때가 아닙니다."

"뭐가 어째……! 네 이놈, 레몽!"

감정이 격해졌는지 자크 경의 목소리가 탁 끊어진다. 하지만 조카의 고집도 만만치 않았다. 그는 이제 고댕 사령관님을 설득하기 시작했다.

"수습할 시간이 얼마 없습니다, 사령관님. 만약 발타가 시돈 항구에 내려 잠적하면 성 유물의 비밀이 일파만파 퍼질 수도 있습니다. 그러면 성물을 되찾는 일이 매우 어려워질 것이고, 영원히 찾지 못할 수도 있습니다."

"……."

"사령관님, 지금이라도 그를 처리하라 명령해 주십시오. 적어도 구금이라도! 아직 늦지 않았습니다."

이 미친놈들, 뭐가 어쩌고 어째?

레아의 가슴에서 뜨거운 것이 욱하고 치밀었다. 이제 슬픈 걸지나 분해서 온몸이 터질 것 같다. 우리 가족을 몰살한 것으로도 모자라서, 이제 단장님을 성실하게 모신 발타 님마저 죽이겠다고? 기껏 필요한 정보를 알려 줬더니 샅샅이 발라 다 주워 먹고는, 비밀을 지켜야 하니 처리하겠다? 시간이 얼마 없으시다?

속에서 욕설이 화산처럼 터지려 한다. 레아가 피가 나도록 이를 악물고 어깨를 들썩이는 동안, 발타의 팔에서 힘이 천천히 빠져나갔다.

발타 님……?

그는 레아를 풀어 주고 뒤로 물러났다. 벽에 기대앉은 그는 말한마디 없이 고개를 수그렸다. 긴 머리카락이 커튼처럼 얼굴을 가려, 레아는 그의 표정을 볼 수 없었다.

레아는 손을 내밀려다 조금 머뭇거렸다. 그가 지금 얼마나 처참한 기분일지 감히 상상할 수 없었다. 그는 진심을 담아 레아를 위로했는데, 레아는 그에게 무슨 말을 해 줘야 할지도 알 수 없었다. 젊은 기사들은 방금 전까지 그들을 도왔던 견습 기사의 처리 방법에 대해 제각각 떠들어 댔다.

"다들 그 입 다물어!"

참다못한 고댕 사령관님이 노호를 터뜨렸다. 주변이 일순 잠잠해지자 그가 괴로운 듯 고개를 흔들며 중얼거렸다.

"그만들 하게. 더 이상 형제들끼리 다툴 때가 아니야. 그러기엔 너무 많은 것을 잃지 않았나……."

곁에 서 있던 자크 경도 슬픔에 잠긴 목소리로 중얼거렸다.

"나는 오랜 친구의 시신에 꽃 한 송이 바치지 못했는데, 그의 시신의 피가 굳기도 전에 이따위 더러운 말이나 듣고 있구나. 안타깝도다, 진실로 안타깝도다."

"……."

"그것도 모자라, 우리 형제들이 혈육처럼 기른 아이가 이런 더러운 오해와 모욕을 감수하고 살았다니. 믿을 수가 없어."

자크 경은 의자에 털썩 앉아 괴롭게 중얼거렸다. 티보 사령관이 조심스럽게 제안했다.

"면목 없소, 자크 형제, 그렇다면 형제께서 오해가 풀리도록 설명해 주실 수 있겠소?"

"당연히 그렇게 할 것입니다, 사령관님. 나는 두 사람과 오랜 시간 가까이 지낸 자로서, 그들의 고결한 명예를 지켜 줄 의무가 있습니다. 하지만 그러기 위해서는……."

그는 주변을 둘러보더니 엄숙한 목소리로 물었다.

"여기 모인 형제들은 내가 말하는 비밀을 무덤까지 가져가겠다고 성전기사단원으로서 맹세해야 하오."

잠시 침묵이 흐른 후, 기사 중 한 명이 앞으로 나서서 무릎을 꿇고 고개를 숙였다. 이 사태를 주도했던 레몽 경이었다.

"솔로몬 성전의 가난한 형제 기사단, 레몽 드 툴루즈, 이 자리에서 나온 어떤 말도 밖으로 가져가지 않겠다고 제 명예와 기사단의 명예를 걸고 맹세합니다."

"솔로몬 성전의 가난한 형제 기사단, 기 도를레앙, 이 자리에서 나온 어떤 말도……."

뒤를 이어 다른 기사들도 하나씩 나서서 자신의 이름을 걸고 맹세를 했다.

한 사람도 빠짐없이 맹세한 후에야 자크 경은 입을 열었다.

"발타가 그 정보를 자세히 알고 있는 건 어쩌면 당연한 일이야. 왜냐하면 그는……."

"……."

"십자군 총사령관을 두 번이나 역임하신, '교회와 신앙의 수호자' 루이 선왕 폐하의 손자이기 때문일세."

아니 이게 무슨 말이지? 누, 누구의 손자?

그녀는 저도 모르게 고개를 돌려 뒤로 물러앉은 발타를 바라보았다.

"발타 님?"

발타는 여전히 고개를 숙인 채 손을 이마에 짚고 있었다. 뭔가 야릇하고 더러운 오해를 받는 것보다 더 괴로운 것 같았다.

대체…… 왜?

파리 백작 위그 카페에서 시작된 프랑스 왕가는 유럽에서 첫손에 꼽히는 고귀한 가문이며, 성전기사단의 직속 통치자인 교황 성하를 제외하면 성전기사단에 가장 영향력 있는 가문이기도 했다.

200여 년 동안 예루살렘 왕국에 가장 큰 힘을 행사한 곳은 프랑스였으며, 특히 프랑스의 왕들은 자타 공인 '교회와 신앙의 수호자'로서, 십자군과 성전기사단을 헌신적으로 지원했다. 십자군에 참가한 기사와 병사도 압도적으로 많았고, 지원금의 규모도, 성전기사단에 희사한 재산도 어마어마했으며, 성전기사단 단장들도 프랑스 명문가의 귀족이 대다수였다.

그러니 발타가 왕가의 사람, 특히 성인품에 오를 예정이라는 '거룩한 루이' 대왕의 손자라면, 저들의 개소리는 완전히 뒤집히게 되는 것이다.

"그, 그게 무슨 말씀이십니까, 숙부님? 누, 누구의 손자시라고요?"

아니나 다를까. 레몽이 입을 딱 벌린 채 뒤늦게 기겁한 목소리를 낸다.

"다시 말해 줘? 발타는 십자군 총사령관을 두 번이나 지내신 루이 선왕 폐하의 손자라는 말이 있어."

"……."

"루이 선대왕 폐하께서는 단장의 홀이 기사단에게 넘어간 것을 평생 원통해하시면서, 다섯 번이나 친견하시고 손으로 직접 만져 보기도 하셨어. 오죽하면 성 십자가의 다른 조각이라도 구하려고 엄청난 비용을 쏟아부었겠나."

"아……."

"함께 십자군에 참전하셨던 필립 르 아르디(필립 3세, 용맹왕) 선왕 폐하도, 지금 시테 궁의 주인(필립 4세)께서도 당연히 그 정보를 자세히 알고 계시지. 그 정보가 발타에게 전해진 것도 딱히 이상한 일은 아닐세."

"오, 하느님."

"왕실에서 정식으로 인정한 건 아니지만, 필립 폐하께선 우리 앞에서 발타를 당신의 동생이라 언급하신 적이 있고, 깊이 신뢰하고 계시네. 자네들은 잘 모르겠지만, 두 사람이 나란히 서 있는 모습을 본 적이 있는데, 분위기가 꽤 닮기도 했어."

"……."

"폐하와 기욤 단장은 발타가 성전기사단에 입단해서 왕실과 기사단의 교두보 역할을 맡아 주기를 크게 기대하셨네. 그러니 낯 뜨겁고 더러운 오해 따위는 이쯤 접어 두는 게 좋을 게야."

기세등등하던 기사들은 이제 바보처럼 입만 벌린 채 얼빠진 소리만 내고 앉았다.

아, 아, 아아아. 레아 역시 똑같이 얼빠진 소리를 내다가 얼른 입을 틀어막았다.

어쩐지. 저 말을 들으니 사람들에게 이상한 오해를 불러일으킨 발타 님의 외모가 드디어 이해가 간다.

프랑스 왕실에는 예전부터 미남이 많기로 유명했다. '여인이 낳은 남자 중 이보다 아름다운 남자는 없었다'던 필립 오귀스트(필립 2세, 존엄왕) 선왕 폐하부터, 현재 대륙에서 가장 아름다운 남자라 불리는 필립 폐하, 폐하의 아들들, 심지어 동생인 발루아의 샤를 공께서도 한때 눈부신 미모의 사나이였다는 소문이 물 건너 아크레에까지 파다했다.

어쩐지, 어쩐지! 드디어 미스터리가 풀렸다.

이분이 정말 프랑스 왕실의 사생아라면, 저렇게 요정처럼 아름다운 것도 이상한 게 아니다. 저 아름다움은 악마가 인간을 닥치는 대로 유혹하기 위해 만든 게 아니라, 가문에 면면히 이어지는 전통(?)일 뿐이었다.

당사자가 미남이라는 자각이 없던 것도 이제야 이해가 된다. 주변이 그렇게 미남 파티이니 저 미모를 가지고도 '평범'하다는 생각이 드는 거다.

다른 기사들도 비슷한 생각을 했는지 한동안 괴괴한 침묵이 가득했다.

"제가 크게 잘못했습니다."

침묵을 깬 것은 레몽 경이었다.

"돌아가신 기욤 단장님의 명예를 훼손하고 동료를 뒤에서 모독한 일을 깊이 반성합니다. 발타를 만나면 정중하게 사죄하겠습니다."

"명예를 아는 기사라면, 당연히 그래야겠지."

레몽 경은 오해했던 것을 깨닫는 순간, 바로 잘못을 인정했다. 뒤이어 다른 기사들도 조금 머뭇거리며, 하지만 별달리 변명하거나 핑계를 대지 않고 순순히 자신의 잘못을 시인했다.

"발타가 겉으로는 그래 보여도 대단한 전사라는 건 다들 알 테지. 입단 후의 활약을 기대해도 좋을 거야. 그리고 입도 무거우니, 성 유물의 비밀 엄수에 대해서는 염려하지 않아도 돼."

자크 경은 한결 누그러진 목소리로 말을 맺었다.

방에 있던 기사들이 방을 비우고도, 레아는 한참 동안 꼼짝하지 못했다.

머리가 텅 비어 버린 와중에, 입 밖에 낼 수 없는 생각들만 불쑥불쑥 치밀었다 사라진다.

발타 님 덕에 여기 있는 걸 들키지 않아서 다행이다. 발타 님이 더러운 오해를 풀고 사과를 받게 돼서 다행이다. 명예를 되찾을 수 있게 돼서 다행이다. 발타 님이 죽지 않게 돼서 다행이다.

성 십자가의 비밀을 알고 있다는 이유로, 우리처럼 죽지 않아서 정말 다행이다…….

그래, 다행이라고 생각해야지. 감사하다고 생각해야지. 엄마, 아빠는 비밀을 조금 안다는 이유로 죽었고, 나와 동생도 잡히기만 하면 죽은 목숨인데, 그래도 발타 님만은 무사하잖아.

천천히 눈물이 굴러떨어졌다.

나는 지금 억울한 걸까?

모르겠다. 발타 님이 살게 된 건 다행인데, 왜 자꾸 눈물이 날까?

레아의 마음을 읽기라도 한듯, 뒤에서 발타가 무거운 목소리로 물었다.

"부모님은 돌아가셨는데, 저는 살게 된 것이 억울하고 분하십니까."

"……그럴 리가요."

"……."

"발타 님이 무사하셔서 기뻐요. 정말 다행이에요. 발타 님마저 잘못되면, 저는 견딜 수 없을 거예요."

목이 타들어 가는 것처럼 아팠지만, 이 마음은 진심이었다. 다시 눈물이 후드득 떨어진다.

266

레아는 자신의 마음을 도무지 이해할 수 없었다. 라셸르가 숨은 화덕 앞을 막은 채 나무토막처럼 **뻣뻣하게** 굳어 있던 아빠, 피투성이가 된 채 침대에 널브러져 있던 엄마를 생각하니 당신이 무사해서 기쁘다는 말이 어떻게 나왔는지 모르겠다.

그가 무슨 말이라도 하려는 듯 입술이 꿈틀거린다. 또 미안하다는 말을 하려는 것일까. 레아는 이 순간만큼은 미안하다는 말을 듣고 싶지 않았다.

레아는 떨리는 목소리로 물었다.

"발타 님은 정말 프랑스 왕실과 관계가 있으신 분인가요."

발타는 괴로운 듯 거칠게 숨을 쉬었다.

"마드무아젤 레아. 저는, 아닙니다……. 틀림없이, 아닐 겁니다."

"……무슨 말씀이세요?"

"돌아가신 선왕 폐하께선 저를 끝까지 아들로 인정하지 않으셨습니다. 제대로 된 증거는 아무것도 없습니다. 고향에 대해 기억나는 것은 희미한 꿈속의 장면들뿐이고, 그곳이 어디인지, 어머니가 누구인지, 아무것도 기억나지 않습니다."

"……."

"사람들은 제가 탐욕에 정신이 나간 창녀의 사생아일 거라고 믿고 있습니다. 저도 그게 맞는 것 같습니다."

"왜요, 발타 님! 대체 왜 그렇게……."

발타는 눈을 감고 고개를 수그렸다.

차라리 평범한 자유민의 아들로 태어났으면 얼마나 좋았을까. 레아 당신처럼, 솜씨 좋고 바지런하며 다정한 장인의 아들로 태어났으면.

267

소녀가 흐느끼는 소리가 들렸다. 발타는 그녀가 울 때마다 몸의 어딘가가 심하게 아팠다.

그녀가 나를 대신해 눈물을 흘리는 걸까? 잘 모르겠다.

발타는 천천히 입을 열었다.

"제 어린 시절의 첫 번째 기억은, 투르 드 봉벡, 피비린내 가득한 시테 궁의 고문탑이었습니다."

3-7. 필립 르 벨

Philippe le bel, 미남왕 필립

프랑스의 왕 필립 르 아르디(필립 3세) 재위기, 시테 궁 정문의 수 직 병사는 성문 앞에 소년 한 명이 우두커니 서 있는 것을 발견하 고 고개를 갸웃했다.

키가 크고 마른 소년은 대여섯 살 정도로 보였고, 옷은 온통 흙 먼지로 뒤덮여 있어 몰골이 말이 아니었다. 하지만 눈부신 은발과 새파란 눈동자, 선이 고운 이목구비가 유난히 눈에 띄었다. 이름 이 뭐냐, 고향이 어디냐 물었지만, 소년은 아무것도 대답하지 못 했다.

눈썰미가 좋은 병사는 소년의 옷이 유행에 뒤처지긴 했지만, 몹 시 화려하고 고급스러운 옷이라는 것을 바로 알아차렸다. 성문 근 처에서 동전을 구걸하는 떠돌이 소년들이야 발에 채도록 많지만 이런 고급 옷을 입은 떠돌이는 하나도 없었다.

윤기 흐르는 비단으로 만든 튜닉에 동방의 덩굴무늬 패턴이 화려하게 수놓인 망토, 작은 보석과 은장식이 박힌 허리띠, 게다가 망토를 고정한 브로치에는 큼지막한 진주가 박혀 있었다.

저런 옷을 입은 소년이 이름도 집도 모른 채, 하인 하나 없이 거렁뱅이 꼴로 돌아다니는 걸 보면, 무슨 사연이 있는 게 틀림없었다.

더 큰 문제는 소년의 손에 편지가 들려 있다는 점이었다. 오래된 양피지는 가장자리가 나달나달 삭았고 밀랍 봉인 따위는 진작 떨어져 나갔으되, 글자는 그럭저럭 남아 있었다.

병사는 글을 몰랐지만, 첫 낱말이 왕의 이름인 것은 어찌어찌 알아보았다. 병사는 바로 글을 읽을 줄 아는 관리를 불렀다.

관리는 내용을 소리 내어 읽어 주다가 그대로 흙바닥에 주저앉았다.

「필립 아르디, 오를레앙의 고귀한 분이여.

당신께서 이 편지를 받으실 때, 유감이지만 저는 이 세상에 없을 것입니다.

그래서 이제 약속대로, 제가 낳은 아이를 당신 곁으로 보냅니다.

다소 예민하긴 하지만 여리고 수줍음이 많으며 외로움이 깊은 아이입니다.

행복하게 잘 자라도록 부디 따뜻하게 돌보아 주시고,

약속대로 당신 손의 왕홀을 그의 손에 반드시 넘겨주십시오.

신의 이름으로 맹세하신 그날 밤의 약속을 지키시리라 믿습니다.

그의 이름은 Haute lande의 발타사르 혹은 몇 가지 다른 이름으로도 불렸지만,

새로운 이름을 내려 주신다면 기쁘게 받을 것입니다……」

그 뒤에 이어지는 내용과 이름이 적힌 부분은 양피지 가장자리가 삭아 바스러지는 바람에 더 이상 알아볼 수 없었지만, 그것만으로도 충분했다. 이건 대형 사건이었다. 편지를 들고 있는 관리의 손이 달각달각 떨렸다.

그는 이 엄청난 사태를 억지로라도 이해해 보려 애썼다.

그래, 폐하께서 이사벨르 비전하와 사별하시고 브라방의 마리 님과 재혼하시기 전 몇 년 동안 독수공방하신 적이 있었지.

그때 잠깐 연애를 하셨을 수도 있고, 살짝 진도를 빼……신 적도 있는 걸로 알고 있다. 아무리 신앙의 수호자 가문이라 해도 한창 나이의 사나이가 독수공방하기가 쉬우냔 말이야.

그래……. 이 경건한 시테 궁에서도 귀부인과 기사들의 불륜이 넘쳐 나는 판이니, 그 정도야 충분히 이해할 수 있지, 음.

다만 내용은 이해할 수 있는 범주를 넘어섰다. 겉보기엔 예의 바른 편지지만, 곳곳에서 풍기는 시건방진 말투나 제 아들에게 당당하게 왕위를 달라는 미친 소릴 보면, 폐하께서 만만찮은 가문의 아가씨와 사고를 치고 정비로 맞이하겠다고 공수표를 날리신 게 분명했다.

하지만 이런 식으로 차기 왕위를 내놓으라는 건 그냥 나 죽여 달라고 하는 것과 다름없었다. 폐하는 둘째 치고, 일단 새 왕비께서 가만히 계실 리가 없다.

시테 궁의 새로운 안주인이 되신 브라방의 마리 님께서는 교양 있고 우아하신 분이지만, 브라방의 여인들이 어디 보통 여인들인가. 두 사람은 비슷한 생각을 하며 부르르 몸을 떨었다.

271

새 왕비마마께서는 자신이 낳은 아들을 왕위에 앉히기 위해 수단 방법을 가리지 않았다. 그녀가 선왕비 이사벨르 님이 낳은 맏아들 루이 태자를 독살했다는 소문은 프랑스뿐 아니라 바다 건너 우트르메르까지 파다하게 퍼져 있었다. 증인들까지 소리 소문 없이 처리하는 솜씨가 아주 보통이 아니었다.

게다가 지금 왕위 후계자인 필립 태자는? 그 아래로도 줄줄이 포진하고 있는 적자 혈통의 왕자들은?

두 사람은 눈앞에 뚝 떨어진 이 아름다운 소년을 아래위로 훑어보았다

일단 왕비마마께 들키면 이 아이는 죽은 목숨인데, 대체 이걸 어쩌지.

죽은 루이 태자의 뒤를 이은 필립 태자가 워낙 냉철하고 주변을 믿지 않아 그나마 버티고 있지만, 사실 그 역시 언제 죽어도 이상하지 않은 상황이었다.

관리는 이 아름다운 떠돌이 소년을 왕 앞으로 데려가는 일에 가책을 느꼈다. 소년의 어머니는 아마도 고귀한 집안 출신일 것이고, 어쩌면 탐욕스럽고 오만할 것이고, 어쩌면 순진했겠지만, 어쨌든 이 빌어먹을 편지 덕에 아들의 팔자는 대차게 망해 버렸다.

여기서 모르는 척 아이를 쫓아 보내면 그나마 죽지는 않을 테지만. 내용을 들은 증인이 있는 이상, 윗선에 보고를 안 할 수는 없었다.

이 소년은 죽을 것이다.

"어쩌지? 난 네가 누군지도 모르고, 이 편지를 쓴 게 어떤 여자인지도 모르고……."

왕은 옆에 있는 사람에게 편지를 소리 내어 읽게 하더니, 이내 파안대소했다.

"그런 약속을 한 기억도 내 머릿속엔 남아 있지 않은데?"

왕은 훤칠하고 수려한 이목을 갖고 있었으나, 웃고 있을 때도 눈빛이 불안정하게 흔들려서 보는 사람을 불안하게 만들었다.

그는 부왕과 함께 십자군에 참전하며 '필립 르 아르디─용맹왕 필립'이라는 별명을 얻게 되었다. 하지만 본래 조용한 성격인 그는, 주변의 기대를 부담스러워하고 큰 중압감을 느꼈다. 그래서인지 왕은 감정의 기복이 심하고, 불안정하며, 가끔 이해할 수 없는 기행을 보일 때도 있었다.

"낡은 편지 한 장만으로 내 아들이 된다면 프랑스, 아니 파리에만 1만 명의 아들이 생길 거야. 재미있겠구나! 1만 명의 아들이라니! 그게 또 1만 명의 왕이 되겠지! 아하하하, 재미있겠어! 안 그러냐?"

다행히 왕은 그날 기분이 좋았고, 난데없이 나타난 '아들'을 바로 죽이는 대신 크게 웃음을 터뜨렸다.

"네 어미가 대체 누군지 몰라도, 무슨 생각으로 이런 짓을 꾸몄는지 진심으로 궁금하구나. 아무리 대가리가 비었어도 이런 짓을 하면 이 예쁜 아들이 죽을 거라는 생각은 못 했을까?"

"……."

"벙어리냐, 왜 대답을 못 하지? 위그? 피에르? 칼로 이 아이의 팔을 한번 그어 보도록 해. 아, 아프기는 한 거냐? 피가 나니 허수아비는 아니고, 소리를 내니 벙어리도 아니고, 그럼 백치인가? 울어? 여리고 수줍은 게 아니라 아예 사내구실 못 할 쓰레기가 왔구나."

"……."

"대답해 봐라. 네 어미가 너를 왕의 아들이라 하더냐? 아들을 낳으면 왕비로 삼아 주겠다고 했다더냐? 그런데 나는 벌써 아들이 다섯이나 돼. 아, 첫째 아들은 죽었지, 참. 오, 불쌍한 루이. 하필 마리가 아들을 낳던 해에 죽었을까 그래, 얄궂게도. 누가 음식에 독을 탄 게지, 아, 하, 흐하하하하하하!"

왕은 딱히 대답을 바라지 않는 듯, 파안대소하며 말을 이었다.

"애야, 참으로 어여쁜 아이야. 이름이 발타사르였다고? 과한 이름이로다. 네 멍청한 어미는 천한 아들에게 과분한 이름을 붙여 주었구나. 우리 가문이 대대로 신앙의 수호자이니, 부러 그리 지은 것이냐. 오호, 그렇다면 쾌씸하고도 기특하지 않으냐."

왕은 트루베르가 시를 낭독하는 것처럼 손짓 발짓을 하며 과장된 어조로 말을 이어 나갔다.

"너는 그 이름이 아기 예수께 몰약(장례용 방부 향료)을 바친 동방 박사의 이름이었던 건 알고 있느냐? 터번의 발타사르, 그리스도의 죽음과 부활을 기리기 위해서 사막을 건너온 동방의 지혜의 왕 이름이 발타사르였다. 너같이 조금 아프다고 눈물이나 질질 흘리는 약해 빠진 쓰레기가 아니라, 동방 지혜의 왕이란 말이다!"

"……."

"네 어머니가 죽은 건 천만다행이로다. 내 앞에 왔으면 살아 있는 걸 후회할 정도로 온몸을 자근자근 썰어 주었을 텐데. 이따위 재미있는 헛소리를 지껄인 혓바닥부터, 차례대로."

발타는 팔뚝에서 줄줄 흘러내리는 피가 발밑에서 여러 가지 모양을 만들어 내는 것을 가만히 내려다보았다. 폭언과 조롱이 폭포처럼 쏟아져 내리는데, 이상할 정도로 아무것도 느껴지지 않았다.

두려움도, 슬픔도, 좌절감도, 실망감도. 오로지 통증 하나만 생생할 뿐이었다.

무생물처럼 아무 반응도 보이지 않는 소년이 지루해졌는지, 왕은 손을 흔들었다.

"나가라. 나는 너를 모른다. 다시는 오지 마라. 내 눈에 다시 띄는 날엔 내 손에 죽을 것이다."

왕의 손에 들려 있던 낡은 양피지는, 소년의 팔을 찢었던 칼에 의해 조각조각 잘게 찢겨 바닥으로 너저분하게 떨어졌다.

"네 이름이 너를 살렸다. 동방박사, 지혜의 왕에게 바치는 작은 예우라고 생각해라."

다시 말하건대, 그날 왕은 기분이 무척 좋았다. 그리하여 차기 왕위를 요구하는 아름다운 소년을 때려죽이는 대신 너그럽게 풀어 보냈다.

하지만 그 소식을 들은 왕비는 기분이 무척 좋지 않았다. 하여 성문 밖으로 쫓겨난 소년은 열 걸음도 걷기 전에 머리에 두건이 씌워졌고, 이내 정신을 잃게 되었다.

왕비는 이 소년의 이름이 무엇인지, 고향이 어디이고, 부모가 누구인지 알고 싶어 했으나 소년은 아무것도 기억하지 못했다. 꿈에서나 간신히 떠오른다는 영지의 숲이나 하천, 정원의 모습 따위로는 아무것도 알아낼 수 없었다.

소년은 며칠 동안 돌벽에 매달려 고문을 당하면서도 숨이 끊어지지 않았다. 손톱 발톱은 첫날 모두 벗겨졌고, 전신이 피투성이가 되도록 기절조차 하지 않아 내내 맨정신이었다. 소년은 당장 죽을 수만 있다면 무슨 짓이든 할 수 있을 것 같았다.

"네 이름이 뭐지?"

사방이 조용해졌다 싶은 순간, 낯선 목소리가 들렸다. 간신히 고개를 드니 눈앞으로 화사한 금빛이 반짝거렸다. 믿을 수 없을 만큼 아름다운 사람이 새파란 눈동자로 자신을 내려다보고 있었다. 인간이 아닌 천상의 어떤 존재가 강림한 듯했다.

"네, 이름."

약간 톤이 높은, 소년과 어른의 중간쯤에 있는 그의 목소리는 짜증스럽지는 않았지만 무심하고 메말랐다.

내 이름, 내 이름이 뭐였더라.

머릿속이 새하얗게 지워진 듯했다. 며칠 전에 왕이 뭐라 했더라. 지혜로운 동방박사, 그리스도의 삶과 죽음을 예비했던 고귀한 세 명의 왕 중 한 명. 그의 이름은, 아마도,

……발타사르.

"발타……. 쿨럭, 컥."

목에서 핏물이 치밀어 대답이 중간에서 끊어졌다. 그의 깨끗한 쉬르코 앞자락이 순식간에 핏물로 물들었다. 그는 짜증을 내지도 않았지만, 발타의 상태에 동정을 보이거나 호들갑을 떨지도 않았다. 천천히 몸을 물리며 내처 물을 뿐이었다.

"그래, 편지엔 발타사르라고 써 있었지. 네가 내 동생이라던데, 사실이야?"

발타는 그제야 그가 네 명의 왕자 중 하나이며, 왕의 앞에서 편지를 읽었던 사람이라는 것을 알아차렸다.

아니, 아니, 절대 아니에요.

발타는 남은 힘을 쥐어짜 고개를 힘껏 흔들었다. 모릅니다, 아니에요. 저는, 정말로 아무것도. 뒤늦게 눈에서 뜨거운 것이 치솟

았다.

발타는 그의 앞에서 지금까지 실토했던 내용을 필사적으로 되풀이했다. 희미하게 남은 기억 조각, 작은 영지, 멀리 보이는 아담한 성채, 숲과 하천과 정원, 나무와 꽃과 나비와 새들이 있고, 시원한 바람과 파란 하늘이 있고…….

아, 하, 하하.

눈앞의 왕자는 딱히 웃음을 숨기지 않는다. 저것은 비웃음일까. 아니라면 왜 웃는 걸까. 발타는 알 수 없었다.

"나는 필립이다. 네 형이지."

그는 망토를 벗어 발타를 둘둘 말아 어깨에 둘러멨다. 발타는 자신을 고문하던 병사들이 모두 어떻게 되었는지 궁금했다. 이상할 정도로 조용했다. 하지만 둘둘 말린 망토 안에서는 아무것도 볼 수 없었고, 밖에선 아무 소리도 들리지 않았다.

다시 정신을 차리니, 나무로 잇대어 놓은 높은 천장이 보였다. 촛불이 한쪽 구석에서 타오르고 있었다. 침대 위에 누여진 발타는 뒤늦게 찾아온 극심한 고통에 이를 악물며 식은땀을 흘렸다.

"이 아이는 제 배다른 동생입니다. 이름은 발타, 발타사르라고 합니다. ……저는 아직 동생을 지킬 힘이 없으니, 기사님들께서 이 아이를 비밀리에 보호해 주셨으면 합니다."

필립이 무슨 이유로 동생이라 말했는지 발타는 여전히 알 수 없었다. 그의 형인 루이 태자가 몇 해 전 독살당한 것을 아는 기사들은 또 다른 어린 희생자의 모습에 분연히 발을 구르며 일어났다.

"염려 마십시오, 태자 전하. 현재 파리에서 가장 안전한 장소라면 바로 여기, 성전기사단 파리 본부일 것입니다. 아무도 모르게 보호할 것이니 염려 마십시오."

병력 지원을 호소하기 위해 파리에 와 있던 기욤 드 보주 단장이 앞으로 나서서, 자신과 형제들이 이 가련한 사생아를 책임지겠다고 약속했다.

얼마나 시간이 지났을까. 사람들이 모두 나갔는지 사방은 쥐 죽은 듯 고요했고 곁에 놓인 촛불만 희미하게 흔들렸다. 차가운 손이 이마를 짚는 것이 느껴졌다. 자신을 구한 손이었다. 그가 무심하게 중얼대는 소리가 들렸다.

"죽지 마라."

왜 저를 살려 주시는 건가요?

놀랍게도, 필립은 소리 없는 그 말을 정확히 알아들었다.

"……신에게 서원한 바가 있어서."

그는 한쪽 입술을 비틀며 웃었다. 발타가 죽은 것처럼 반응이 없자, 그는 혼잣말처럼 투벅투벅 설명을 시작했다.

"몇 년 전에, 새어머니께서 내린 포도주를 마시고 죽어 가는 형님을 눈앞에서 보았어. 독은 정말 자비롭지 못한 방법이야."

"……."

"숨어 있던 나는, 형을 구하러 나섰다간 그 자리에서 함께 죽으리라는 것과…… 계속 숨어 있으면 결국 내가 왕이 되리라는 것을 알았지."

그는 혼잣말처럼, 혹은 고해라도 하는 것처럼 계속 중얼거렸다.

"나는 형의 죽음을 지켜보면서, 훗날 내가 무사히 살아남아 왕

278

이 된다면. 십자군을 이끌고 동방에 가기로 서원했다."

"……."

"그리고 그녀가 자기 아들을 왕위에 올리기 위해 우리 형제를 하나라도 죽인다면. 그 아들을 똑같은 방식으로 죽이겠다고 맹세했어. 그것이 공의이며. 신의 질서이며. 내가 생각하는 선善이라 믿었다. ……그래서 지금 내가 여기 와 있게 된 거야."

그는 여전히 오늘 노루 사냥을 나갈 예정이야. 하고 말하는 것처럼 담담하게 설명했다. 저를 왜 살려 주신 건가요? 발타가 입술만 달싹이며 다시 묻자. 필립은 귀찮아하지 않고 대답해 주었다.

"네가 죽으면 나 역시 맹세한 대로 그녀의 아들을 죽여야 하니까. 신의 이름으로 맹세한 것은 반드시 지켜야 해. 하지만 그녀의 아들 루이는 아직 다섯 살밖에 안 된 아기라서 손대기가 내키지 않아. 그러니 좀 귀찮겠지만 발타 네가 살아 줘야겠다."

농담이라도 하는 것처럼. 그가 다시 웃는다. 아무 감정도 느낌도 없는 웃음이었다. 태자의 말하는 방식은 좀 이상했다. 선한 일을 하고 있음에도 악한 일처럼 느껴지게 만들었는데. 그것을 선이며 신의 질서이며 공의라고 못 박아 말하고 있었다. 혼란스러웠다.

"네가 낫기를 기도하마. 아직 랭스에서 도유식을 못 받아서 치유의 은사는 임하지 않았겠지만. 주님께서 선택한 자의 기도를 외면치 않으시리라 믿는다."

그가 손을 내밀어 발타의 가슴에 손을 대고 기도를 시작했다. 발타는 두 손으로 그 손을 꼭 쥐고 놓지 않았다. 제대로 보이지도 않는 눈에서 뜨거운 물이 줄줄 흘러내렸다.

발타는 일주일 후 자리에서 일어났다. 하지만 상처가 아물고.

뽑힌 손톱과 발톱이 새로 자라기까지는 두 달이 넘게 걸렸다.

필립은 발타가 아크레로 가기 전까지, 절기 때마다 생강과자나 사탕, 과일꿀조림 따위를 보내 주었다.

발타가 수도원의 도서관에서 종일 시간을 보낸다는 말에 기도 서와 시편, 로망스 필사본을 보내 주었고, 그가 아퀴나스와 황금 전설을 독파한 것을 알게 된 후엔 그리스 로마 시대의 귀한 저작들을, 그가 의술에 관심이 많은 것을 알게 된 후엔 사라센에서 입수한 귀한 의서들을 보내 주었다. 호신용 작은 단검, 훈련용 에스토크나 은십자가 등을 선물하기도 했다.

필립이 온갖 견제와 독살의 위협과 음모, 그리고 부왕의 변덕을 이겨 내고 무사히 왕위에 오른 후, 발타는 몇 년 만에 그를 다시 만날 수 있었다. 성전기사단 파리 본부인 탕플 수도원에서, 호위병이나 시종 하나 없이, 왕은 발타를 독대했다.

발타는 그의 앞에 말없이 무릎을 꿇고 그의 발에 입을 맞추었다. 희고 긴 손가락이 발타의 어깨에 얹혔다.

"보고 싶었다, 발타. 키가 많이 컸구나."

왕은 기억했던 것보다 목소리가 부드러웠다. 발타는 다시 그의 발등에 입을 맞추며 몇 년 동안 생각해 왔던 것을 말했다.

"폐하께 생명을 빚진 자입니다. 은혜를 갚도록 허락해 주십시오."

왕은 기뻐하는 내색도, 귀찮아하는 기색도 없이 덤덤히 물었다.

"내가 네게 무엇을 요구할 줄 알고?"

"생명은 생명으로, 삶은 죽음으로 갚음이 합당하니, 원하시는 것을 말씀하소서. 제가 가진 것이면 무엇이든 바칠 것입니다."

"나의 작은 솔로몬, 너는 비참한 말을 참 아름답게도 하는구나."

그는 발타에게 손을 내밀었다. 발타가 손을 잡고 일어나니 그가 입을 비틀며 웃는 것이 보인다. 냉소처럼 보이는 저 웃음에서, 발타는 왕의 진심을 느꼈다. 오랜 시간 죽음의 위협에 신경을 곤두세우고 살아온 젊은 왕은 웃음이 편안하지 못했다.

"내 오른팔이 되어 줘. 발타, 동방의 현자, 내 아름다운 동생."

젊고 아름다운 왕은 발타를 기꺼이 동생이라고 불렀다.

"발타, 나는 어릴 때, 루이 형이 태자로 있을 때 성전기사단에 들어가 우트르메르에 가서 성지를 수복하는 것을 꿈꾸었다."

"예, 폐하."

"하지만 형이 죽고 내가 왕이 되었으니 기사단에 들어가기는 어렵게 되었지."

왕은 차분한 목소리로 말을 이었다. 젊은 왕은 몹시 과묵하다고 알려져 있었지만, 마음을 터놓은 자들에게는 그렇지 않다고 들었다. 그래서 발타는 그의 기나긴 이야기가 의아했다.

그가 문득 묻는다.

"네가 나 대신 그곳에 들어가 주겠어?"

발타는 고개를 들어 올린 채 그의 얼굴을 올려다보았다. 왜……? 이유를 알 수 없었다. 발타의 말없는 의문에 왕이 묘한 표정을 지으며 대답했다.

"너와 나는 같은 꿈을 꾸는 자다."

발타는 여전히 이해하지 못했다. 자신은 그런 원대하고 아름다운 꿈을 가진 적이 없었다. 다만 저 새파랗게 빛나는 눈동자가 지나치게 황홀해서 발타는 왕의 말을 선뜻 부인하지 못했다.

"발타, 나는 언젠가 할아버지처럼 십자군을 이끌고 동방에 갈 것이다. 내가 죽기 전에 반드시 예루살렘 성지를 이교도들 손에서 찾아올 것이다. 그게 내 평생의 소원이며, 내가 주님께 약속한 것이다."

이 신실하며 냉철한 왕은 어쩌면 이상주의자인지도 몰랐다. 그의 사명은 원대했으되 까마득하게 먼 곳에 있었다. 그 원대한 꿈을 입에 담으며, 그가 찬연히 웃는다.

"그러려면 성전기사단의 전적인 지원이 필요해. 우트르메르에서 그들의 도움 없이 전투를 치를 수도 없고, 승리를 기대할 수도 없어."

"예, 폐하."

"기사단이 나의 손과 발이 되어 주어야 가능한 일이다. 발타, 내 작은 솔로몬, 네가 나 대신 들어가서 그곳에서 그 일을 맡아 해 다오."

조부인 루이 9세의 깊은 신앙을 이어받은 젊은 왕은 경건하고 책임감이 강했지만, 내면이 따뜻한 인간은 아니었다.

그의 신념은 차고 냉철했으며, 의지는 강철과도 같았다. 신의 이름으로 맹세한 평생의 숙원. 그가 믿는 정의를 위해서라면, 그는 협박도 회유도, 혹은 속임수마저 마다하지 않을 것이다.

사람들은 그를 '아름다운 왕'이라는 별칭으로 불렀지만, 혹자는 '대리석의 왕' 혹은 '강철의 왕'이라 부르기도 했다. 차갑고 메마른 성품, 백성에 대한 책임감과 강철 같은 의지, 깊은 신앙과 깨끗하고 경건한 행실, 이 모든 것은 서로 전혀 어울리지 않을 것 같았지만, 아름다운 젊은 왕에게서는 근사한 조화를 이루었다.

그는 사명을 기어이 이루고야 말 것이다. 생각하던 발타는 문득 궁금해졌다.

"폐하께서는 저를 믿으십니까."

새파란 눈동자가 살풋 가늘어진다. 그가 다시 웃었다.

"그래."

"어째서 저를 믿으십니까."

"너와 나는 같은 꿈을 꾸는 자라고 말하지 않았던가."

"그것이 신뢰의 근거가 되겠습니까."

"너는 나와 가장 많이 닮았어. 가장 가까운 인종이지."

"……."

"그리고, 나는 나를 믿는다."

발타는 순간 그의 신뢰를 납득했다. 발타 역시 왕이 자신과 매우 닮았다고 생각했다. 물론 외모가 닮았음을 말하는 것은 아니었다. 왕이 어째서 혈육인지 아닌지 확실치도 않은 자신을 동생이라 칭했는지 알 것 같았다.

"명을 받들겠나이다, 폐하."

며칠 후 왕족만 출입할 수 있는 생트 샤펠의 제단 앞에 무릎 꿇은 발타는, 기사 서임을 받으면 성전기사단에 입단하여 왕이 이끄는 성전聖戰에 참전하겠노라 맹세했다.

왕의 친척이기도 한 기욤 드 보주 단장은 발타에게 왕족이나 귀족이 배울 만한 수준의 가르침을 베풀었다. 성전기사의 기본 무기인 장창과 에스토크, 단검을 다루는 법 외에도 기마술, 궁술과 외상 치료법을 가르쳤고 읽기, 쓰기, 음악, 신학과 철학, 수학, 회계 등도 별도로 교육시켰다. 차세대 지도자로 키우려는 의도가 선명하게 느껴질 정도였다.

기사단에서 고위 단원으로 올라가려면 적어도 기본 이상의 교양과 학문적 소양이 필요했고, 특히 금전 거래와 관련된 회계 기술도 익혀 두어야 했다. 성전기사단은 유럽과 지중해 일대에서 가장 믿을 만한 신용금고였고, 왕실과 귀족, 상인들과 대규모 거래도 많았으며, 동산, 부동산의 규모도 어마어마했기 때문이었다.

성전기사단의 회계 기술과 재정 관리 능력은 사라센의 영향을 받아 유럽에서는 가히 독보적인 경지라고 할 수 있었지만, 그 기술을 외부로 유출하지는 않았다.

발타는 기민하고 예리하여 전사로서도 놀라운 재능을 보였고, 총명하고 학구열도 높았다. 지나치게 과묵하긴 하지만 지혜롭고 냉철한 판단력으로 어린 솔로몬, 혹은 동방의 현자(동방박사)라는 별명으로 불리기도 했다.

기욤 단장과 왕이 발타에게 거는 기대는 결코 낮지 않았다. 발타의 신분은 철저히 비밀에 부쳐졌지만, 루이 선왕의 혈통이며, 필립 왕이 신임하는 이복형제이니, 왕실과 기사단의 교두보 역할을 맡을 수 있으리라 여겼다. 기욤 단장 역시 왕실과 혈연이 있었기 때문에, 시테 궁과 기사단 사이에서 까다로운 중재자 역할을 감당할 수 있지 않았던가.

왕실과 성전기사단은 200년 동안 물심양면(?) 끈끈하게 얽혀 있었다. 프랑스의 왕과 귀족들은 대대로 기사단에 엄청난 재산과 병력을 희사해 왔고, 기사단은 왕실이 필요한 군자금과 보석금 따위를 융통해 주곤 했다.

발타 역시 기사단에 입단하면, 필립 왕과 기사단 양측에서 매우 중요한 존재가 될 것이다.

발타는 아크레로 온 후, 기욤 단장의 시동으로, 그리고 견습 기사로 교육을 받았다. 학문적 소양으로든 기사의 무재로든 무엇 하나 빠지는 것이 없었기 때문에 조만간 기사 서임을 받은 후 정식으로 입단할 예정이었다.

올해 초, 이집트의 술탄 알 아슈라프 칼릴이 아크레 성을 포위하기 전까지는 그랬다.

†

"그리고…… 남들이 오해하는 그런 일은 결코 없었습니다."

긴 이야기를 끝낸 발타는 아까부터 하고 싶었던 말을 마지막으로 덧붙였다. 레아는 고개를 갸웃했다.

"남들이 오해하는 그런 일……이요? 그게 무슨 일인데요?"

그의 얼굴로 핏기가 천천히 모여들었다.

"……불명예스러운 짓은, 하느님께 맹세코, 어떤 일도 없었습니다. 다만 제가 얼굴을 잘 드러내지 않고 남들과 거리를 두었던 이유는……."

레아는 그가 무엇을 이렇게 열심히 변명하는지 잘 이해하지 못했지만, 잠자코 듣기만 했다. 점점 붉어지는 얼굴을 보니 함부로 물어볼 만한 내용은 아닌 듯했다.

"몇몇 신부님들께서, 제 외모가 타인을…… 죄에 빠뜨릴 수 있다는 말씀을 하셨기 때문입니다. 이 지역에는…… 유력자들이 미동을 곁에 두는 오랜 악습이 있고, 그들의 눈으로 보면 기욤 경을 오해할 수 있다고도 했습니다. 기욤 단장님께서는 고결하고 흠이 없으며 명예로운 기사였습니다. 그런 분께 불경한 오명은 결코 얹어 드리고 싶지 않았습니다.”

“······.”

“반면에 기욤 경은, 제 안전을 걱정하셨습니다. 소년들을 비밀리에 납치해 알레프나 바그다드에서 노예로 파는 상인들이 있다 했습니다. 그래서 정식 서임을 받을 때까지 되도록 외부에서 얼굴을 드러내지 말라고 당부하셨던 겁니다······.”

레아는 이제 도저히 참을 수 없었다.

“아름다운 게 잘못인가요? 왜 불경한 오명이 생기는데요?”

“······.”

“하느님이 선물하신 아름다운 얼굴을 왜 가리고 다녀야 하는데요? 필립 폐하께서 아름답다고 얼굴을 가리고 다니시나요? 필립르 오귀스트 선왕께서는요? 알리에노르 왕비마마께서는요? 그분들이 얼굴을 숨겼다는 기록이 남아 있나요?”

그는 시선을 옆으로 돌리더니, 바로 몸을 일으키며 엉뚱한 대답을 했다.

“사람들이 모두 나간 것 같습니다. 마실 물이라도 가지고 오겠습니다.”

3-8. 탈리타, 쿰

Talitha, qvm 소녀야 일어나라

"얼마 안 있으면 시돈에 도착할 겁니다. 샤토 드 라 메르 요새에서 기사단 참사회가 열릴 것이고, 바로 단장 선출이 있을 것입니다. 저는 증인으로 참석해야 해서 시돈에서 기사단과 함께 내려야 합니다."

비밀 장소로 돌아온 그의 손에는 두꺼운 천으로 된 커다란 자루와 물이 든 가죽 부대가 들려 있었다. 그는 가죽 부대를 내밀며 작은 목소리로 물었다.

"물 좀 드시겠습니까."

홀린 듯 저절로 두 손이 앞으로 나갔다. 물을 못 마셔서 입술이 갈라지고 혀가 쩍쩍 달라붙던 참이었다. 꼴락, 꼴락, 꼴락, 꼴락, 물이라는 게 이렇게 맛있는 거구나. 목구멍을 넘어가는 물은 너무 달고 시원했다. 이 물을 마시다가 배가 터져 죽어도 좋겠다는 생각이 들 만큼.

라셀르를 깨워 물을 줄까 하다가 이내 고개를 저었다. 일어나자마자 바로 챙겨 주면 될 것이다. 지금은 조용히 자고 있는 것이 레아를 도와주는 것이었다. 힘들다고 정말 울기 시작하면 달래지지도 않는다.

그가 조심스럽게 입을 열었다.

"내릴 때 선장이나 사령관님이 확인을 할 수도 있습니다. 차라리 남자로 변장해서 내리시면 어떻겠습니까."

꿀럭꿀럭, 컥! 컬럭!

물을 마시던 레아는 거세게 기침을 했다. 그가 황급히 다가와 입을 틀어막았다. 레아는 그의 손을 꽉 잡은 채 어깨를 부들부들 떨며 기침을 참았다.

발타는 얼마나 놀랐는지, 레아의 어깨를 거의 감싸 안듯 하며 입을 막고 있는 것도 깨닫지 못했다. 그가 사색이 된 채 물었다.

"괘, 괜찮으십니까? 마드무아젤, 많이 놀라셨습니까?"

"제가, 어, 어떻게 남자로 변장을 해요?"

"제 여벌 옷을…… 좀 가져왔습니다. 세탁은 했습니다만, 슈미즈나 브레(슈미즈 아래 받쳐 입는 헐렁한 남성용 속바지) 같은 건…… 많이 낡아서, 그리 깔끔하진 않습니다."

그가 난처한 듯 말끝을 흐렸다.

레아는 자신의 몰골을 내려다보고 한숨을 쉬었다. 오물 진창 해자에 빠진 듯한 이 꼬락서니를 보면서도 속옷이나 속바지가 깨끗하지 않은 것에 신경을 쓰고 계시다니, 도무지 이해할 수 없었다.

"마드무아젤께서는 어지간한 남자들만큼 키가 크시니 머리를 짧게 치고, 두건을 써서 얼굴을 가리면 딱히 의심을 받지는 않으실 겁니다."

그래. 이럴 때는 별로 예쁘지 않은 내 얼굴이 고맙긴 하다. 레아는 고개를 조금 숙이고 우물쭈물 물었다.

"그, 그럼, 내릴 때 두건을 벗어 보라고 하면요……?"

"그럴 일은 없어야겠지만, 만약 하선자들의 얼굴을 일일이 확인한다면 조금 더 숨어 계시면서 다른 방법을 찾으셔야 할 겁니다. 항구에서 밤까지 기다렸다가 바다로 뛰어들어서 선착장이나 인근 해변으로 올라오시는 방법도 있고……. 시프르 섬 말고도 기항지마다 하룻밤씩은 정박할 겁니다. 수영, 하실 수 있습니까?"

"저는 잘하는데 라셀르는 전혀 헤엄 못 쳐요. 아, 걱정 마세요. 제가 한 팔로 안고 헤엄칠 수 있을 거예요."

레아는 애써 밝게 대답했지만, 그의 표정은 시커멓게 가라앉았다. 그는 무슨 말인가 하려는 듯 입술을 들썩이다, 결국 한숨을 쉬며 말을 돌렸다.

"일단, 지금 입으신 옷은 많이 불편하실 것 같으니 갈아입으시는 게 좋을 듯합니다."

"네."

"지금 입으셨던 옷가지는 제가 바다에 던지거나 태워서 처리하겠습니다. 제가 잠시 나가 있을 테니 옷을……."

"아, 아니에요. 저는 꽤, 괜찮으니까, 나가지 마세요. 뒤돌아서 잠시만 기다리세요."

레아는 얼른 그의 소맷자락을 잡았다. 옷 갈아입게 잠시 밖에 나가 있으라고 말할 만큼 정신머리가 빠지지는 않았다. 한번 드나들 때마다 사람이 있나 없나 신경을 곤두세워 확인하고 침대를 옮기고 다시 당겨 놓고 해야 하는데, 창피하다고 그런 위험을 감수하게 할 수는 없지 않은가.

레아는 몸을 돌리고 희미한 어둠 속에서 옷을 갈아입었다. 옷자락이 버스럭대는 소리가 날 때마다 발타가 혹시나 돌아볼까 봐 긴장해서 힐끔힐끔 뒤를 곁눈질했지만, 그는 벽으로 몸을 돌린 채 바위처럼 꼼짝 않고 앉아 있었다. 다만 딱딱하게 굳은 그의 어깨를 보면, 그도 레아만큼이나 긴장하고 있는 것 같기는 했다.

입고 있던 옷들이 바닥에 떨어졌다. 집에서 나올 때 입고 있던 푸른 콧트 드레스는 피와 흙과 먼지가 잔뜩 엉겨 붙어 차마 볼 수 없을 지경이었고 오랫동안 갈아입지 못한 슈미즈와 쇼스에서는 지독한 냄새가 났다.

발타의 슈미즈는 품이 꽤 컸지만 길이가 짧은 편이라 자루를 뒤집어쓴 것 같지는 않았다. 질이 좋은 리넨이었지만, 무척 낡기는 했다.

울로 만든 속바지도, 허벅지까지 당겨 신는 쇼스도 여기저기 해지고 수선한 자국이 눈에 띄었다. 다시 그를 흘끔 돌아보았다. 등을 돌리고 있는 그는 어쩐지 창피해하는 것 같았다.

"아……?"

레아는 망토를 고정하는 브로치를 내려다보며 눈을 크게 떴다.

브로치에 새겨진 은의 나뭇가지 모양이 또렷하다.

어, 어떻게 이걸 발타 님이 갖고 계시지?

이것은 자신이 만든 것이다. 이 나뭇가지 모양을 보면 알 수 있다. 그것도 세공품을 직접 제작한 지 얼마 되지 않았을 때 나온, 서투른 구석이 남아 있는 물건이었다. 아마 다른 것들보다 저렴하게 판매가 되었을 것이다.

그때 혹시 발타 님이 우연히 사셨던 걸까?

한 번도 뵌 적이 없는데. 혹시 아빠가 파셨나?

레아는 멍하니 눈을 깜박거렸다. 깜박, 기억의 실 끝이 잡힌다.

아니야. 이건 아빠가 판매한 게 아니야. 이건, 내가 제일 먼저 만들었던 물건이고…….

레아는 멍하니 눈을 깜박였다. 순간 실타래가 화르륵 풀린다.

……어떤 신참 에퀴에르에게 드렸……는데?

레아는 미간을 잔뜩 우그리고 기억을 더듬으려 애썼다.

"발타 님, 이, 이 브로치 혹시……."

브로치라는 말을 듣자마자 그가 몸을 화드득 튕긴다. 하지만 뒤를 돌아보지는 못한다. 그는 잠시 침묵하다가 조용히 대답했다.

"아는 기사님께…… 받은 물건입니다."

그럴 리가.

레아는 눈썹을 찌푸렸다. 그때의 대화는 정확하게 기억나지 않지만, 그래 봬도 세공사 레아의 첫 번째 작품이었고, 솜씨는 좀 서툴러도 은으로 만든 물건이었다. 나중에 기욤 단장님이 아버지에게 값을 지불했다고 들었지만, 그래도 깊은 뜻을 담아 드린 물건이었고, 얼굴도 기억나지 않는 그분 역시 무척 고마워하며 받았다. 적어도 레아는 그렇게 믿었다.

……그런데 이 귀한 걸 함부로 남에게 넘겨줬다고?

배신감이 밀려들었다. 레아는 섭섭한 기색을 채 숨기지 못한 채 물었다.

"이걸 주신 기사님은 지금 어디 계신가요?"

"전투 중에 돌아가셨습니다."

아. 레아는 얼른 입을 막았다. 아. 저런. 전사하신 동료 기사님의 유품을 물려받은 거구나. 짧은 시간이나마 얼굴도 모르는 그를 원망했던 것이 죄스러워졌다. 레아는 얼른 성호를 긋고 이름도 얼

굴도 모르는 옛 에퀴에르를 위해 짧게 기도했다.

"이걸 주신 기사님과 아주 가까운 사이셨나 봐요."

"……그렇습니다."

꽤 마음이 아픈 듯, 낮게 잠긴 목소리였다.

내가 만든 거라고 말씀드릴까. 반가워하실까. 이상한 인연이라 생각하실까.

레아는 브로치를 보며 잠시 생각에 잠겼다가, 말을 하지 않는 것이 좋겠다고 결론을 내렸다. 그걸 아시면 신기해하고 기뻐하시기보다 왜인지 마음 아파하실 것 같았다.

매무시를 정리하고 몸을 일으켰다. 어쩐지 옷에서 향기가 나는 듯했다. 말릴 때 향긋한 꽃물이라도 뿌리셨을까. 향수라도 두어 방울 떨어뜨렸을까. 담백하고 은은한 달빛과도 같은 달고 부드러운 향이었다.

"다 갈아입었어요."

"아, 예. 이 자루도 같이 챙기십시오."

주머니 안에는 그가 챙긴 듯한 굳지 않은 빵과 마른 과일과 육포 몇 종류가 들어 있었다. 선원들이 먹는 돌처럼 딱딱한 비스킷뿐 아니라 높으신 분들이나 드실 만한 하얀 빵이나 소금에 절여 훈제한 돼지고기, 덩어리 치즈도 있었다.

물이 가득 담긴 가죽 부대도 두 개나 더 들어 있었다. 이 정도만 있으면, 이곳에서 며칠 정도는 넉넉히 버틸 수 있을 것 같았다.

"이건, 뭔가요?"

절그럭대는 소리가 나는 가죽 주머니도 한 귀퉁이에 들어 있었다. 레아는 주머니를 열고 물끄러미 내려다보았다. 디나르, 플로린, 두카토 금화 몇 개가 두서없이 섞여 있고 은화와 동전은 좀 더 많았다.

"당분간 자금이 좀 필요하실 겁니다."

레아는 이것이 그에게 남은 전 재산이라는 것을 알아차렸다.

성전기사단은 원래 개인 재산을 소유하지 않는 것이 원칙이지만, 그렇다고 그들이 무일푼이라는 말은 아니었다. 그들은 영주였거나, 적어도 영주의 자제들이었다.

하지만 발타는 그렇지 않은 듯했다. 왕실의 사생아라지만 정식으로 인정받은 것도 아니고, 영지도 없고, 집도 없고, 재산도 없다. 무일푼 떠돌이 편력기사와 다를 것이 없었다. 하물며 뒤를 돌봐 주던 단장님까지 돌아가셨는데.

그런데 가진 돈을 전부 나에게 주겠다고?

레아는 멍하니 눈을 깜박였다.

저분은 뭔가 이상하다. 왜 나에게 이렇게까지 해 주시는지 모르겠다.

"저, 이건 받을 수 없어요, 발타 님."

"받아 두십시오. 혼자 다니실 때 돈이 없으면 노숙을 해야 하는데, 여자 혼자 노숙을 하면 정말 위험합니다."

"발타 님은요."

"저는 남자고, 당분간 기사단과 동행하게 될 것이니 크게 염려하지 않으셔도 됩니다. 무장한 기사들이 모여서 야영을 하는 것은 크게 위험하지 않습니다."

그는 고집을 꺾지 않고 레아의 허리띠에 기어이 돈이 든 주머니를 달아 주었다. 그리고 레아가 옷 입은 것을 살펴보더니 그제야 희미하게 웃었다.

"잘 어울리십니다. 이제 머리만 짧게 정리하시고 두건을 푹 눌러쓰시면 아무도 못 알아볼 겁니다."

발타가 허리에 찬 작은 단검을 내민다. 하지만 레아는 그것을 받는 대신, 그를 물끄러미 올려다보았다.

……이상해, 이상해, 이상해…….

이건, 내가 이해할 수 있는 범주를 넘었다.

이분은 대체 어쩌다. 대체 언제부터.

발타 님께 여쭤봐야 한다. 지금 확인하지 않으면, 앞으로 영원히 알 수 없게 될 어떤 마음에 대해. 지금 꺼내지 않으면, 애초에 존재하지도 않았던 것처럼 파묻히게 될 어떤 감정에 대해.

동정일까, 죄책감일까, 혹은 그와는 전혀 다른 이름의…… 몹쓸 감정일까.

속삭이듯, 목멘 소리가 흘러나왔다.

"발타 님."

"예."

"여쭤보고 싶은 게 있어요."

"말씀하십시오."

"솔직하게 말씀해 주시겠다고 약속해 주세요."

"……예."

그가 담담하게 대답했다. 저도 모르게 입술이 달싹거렸다.

"저를, 이렇게까지 도와주시려는 이유가 뭔가요?"

"그건, 아까 말씀드렸다시피."

"기사단이 우리 가족을 다 죽여서…… 말고, 다른 이유가 있는 건 아닌가요?"

"그 외에, 무슨 이유가 더 필요하십니까."

그는 평온한 목소리로 대답했다. 레아는 울음을 참기 위해 미간과 입술을 잔뜩 일그러뜨렸다.

정말요? 그게 다라고? 정말?

"……"

그는 눈을 아래로 내리깐 채 조용히 레아의 시선을 견딜 뿐, 가타부타 대답을 하지 않았다. 이미 오래전부터 이 대답을 준비하고 있던 게 분명했다.

그의 마음은 영원히 표현되지 않을 것이고, 그리하여 애초부터 존재하지 않았던 것처럼 깊이 파묻힐 것이다. 그는 그것을 진심으로 원하고 있었다.

결국 레아는 한숨을 쉬며 그에게 등을 보이고 돌아앉았다.

"죄송한데, 머리카락…… 좀 잘라 주시겠어요?"

왜인지 그의 얼굴을 보는 것이 점점 견디기 어려웠다.

레아는 머리숱이 많고 머리가 길었다. 묶은 머리를 풀자 금빛 폭포가 허리까지 흘러내렸다.

그는 레아의 뒤에 앉아 아주 조심스럽게, 성 유물을 만지는 것 같은 손길로 머리카락을 쓰다듬었다.

무거운 침묵 속에서 사그락, 사그락, 칼이 머리카락을 베는 소리만 들렸다. 그는 머리카락을 목덜미가 보일 정도로 짧게 잘라 내고 있었다.

보이지는 않지만 잔뜩 긴장한 것이 느껴진다. 목이나 어깨에 손이 닿을 때마다 흠칫흠칫 놀라며 황급히 손을 뗐고, 어깨에 떨어진 머리카락을 떼거나 불어 낼 때, 지나치게 조심스러워했다.

그는 레아의 머리카락을 아주 신중하게 잘라 냈고, 자른 머리카락은 한 올이라도 흘릴세라 타래를 지어 옆에 곱게 모아 두었다.

레아는 이 순간이 이상하게 느껴졌다. 주변의 시간이 모두 멈춰 버리고 두 사람의 시간만 흘러가는 것 같았다.

조심스럽고 떨리는 손에서, 어떤 감정이 느껴졌다. 손이 멈춘다. 다시 움직이고, 다시 멈춘다. 그의 날숨이 살짝 흔들렸다. 레아는 깍지 낀 손가락이 새하얗게 되도록 힘을 주었다. 그가, 그가 어떤 말을 할 것 같다. 무슨 말을.

"마드무아젤…… 레아."

"네."

그는 잠시 망설였다. 그의 목소리가 조금 흔들리는 것처럼 느껴졌다.

"미리 인사드리겠습니다. 저는 이제 나가면 다시 여기 들어오지 못할 겁니다. 안전하게 내리시는 것까지 도와드리고 싶었는데, 정말 죄송합니다."

"네."

레아는 그가 원래 하려던 말을 기어이 삼켜 넣었다는 것을 알았다. 목이 멘다. 다시 오지 못한다는 말이 싫었다. 저 미안하다는 말도 너무너무 싫었다. 고맙다는 말을 하고 싶은데, 목이 꽉 막혀서 말이 나오지 않는다.

"부디…… 무사히 탈출하시기를 바랍니다. 시프르 섬은 성전기사단의 거점 지역이고 기사들의 왕래도 잦으니, 기회 닿는 대로 기사단 본부가 없는 곳으로 옮기셔서 편히 사십시오."

"……."

"좋은 분을 만나 결혼하시고, 아기들도 많이 낳고, 행복하게 사십시오. 당신을 위해 늘 기도하겠습니다."

눈물이 솟구치기 시작했다. 왜인지 모르겠다. 그의 말이 떨어지자마자, 눈이 고장이라도 난 것처럼 미친 듯이 눈물이 흘러내렸다.

"저, 정말 감사합니다. 약속할게요. 행복하게 잘 살겠습니다. 바, 발타 님도, 조, 좋은 분 만나셔서……."

"저는 결혼하지 않습니다. 성전기사단 기사들은 평생 독신으로 사는 것을 아시지 않습니까."

다시 눈물이 쏟아진다. 가슴이 쪼개지는 것 같았다. 그리고 불현듯 알게 되었다.

그가 하려다가 삼킨 말이 무엇인지. 보이려다 감춘 감정이 무엇인지.

내가 하고 싶은 말은 또 무엇인지.

그가 손을 멈춘다. 레아가 소리 없이 우는 것을 뒤늦게 알아차린 것이다. 그는 모르는 척 다시 손을 움직이려 했지만, 다시 멈췄다.

손이 가만히 어깨에 와 닿았다. 어깨에 있는 머리카락을 치우려는 듯, 긴 손가락이 어깨를 쓸어내렸다. 그 움직임이 너무나 애틋하고 조심스러워, 레아는 숨이 멎을 것 같았다.

뒤로 고개를 돌렸다. 눈물로 범벅이 된 채, 그를 올려다보았다. 그의 새파란 눈이 반쯤 눈꺼풀에 잠겨 있다.

발타는 레아에게 왜 우느냐고 묻지 않았다. 단검을 옆에 소리 없이 내려놓더니, 머뭇머뭇, 너무나 조심스럽게 레아의 어깨를 감싸 안았다. 귓가로 날숨이 가만가만 밀려왔다. 머리카락에 입술을 대고 있는 걸까. 목덜미에서 그의 습한 숨결이 느껴졌다.

그 극도로 조심스러운 움직임. 이상하게 놀랍지는 않았다. 어깨를 감싸 안은 팔에 가만히 힘이 들어간다. 그 떨림이 너무나 애처로워서, 레아는 손을 올려 마주 안는 대신 몸을 가만히 그의 가슴에 기댔다.

그의 손이 서투르게 레아의 어깨를 토닥였다. 그의 몸이 빳빳하게 긴장한 것이 느껴졌다. 그는 지금 숨도 제대로 쉬지 못하고 있었다. 그의 머리카락만이 보드랍게 한들거리며 뺨을 간질인다.

레아는 눈을 감은 채 물었다.

"발타 님. 성전기사단에 꼭 입단하셔야 하나요?"

"예. 어릴 때…… 서원을 했습니다."

"아버지가, 하, 하느님께 맹세는 함부로 하는 게 아니라고……."

"어릴 때는 그걸 몰랐습니다."

하느님과의 맹세는 절대적이다. 하느님의 이름으로 건 서원은 죽더라도 지켜야 한다. 잘못된 맹세라도 반드시 지켜야 한다. 그렇지 않으면 큰 저주를 받는다고 했다.

아버지에게 들은 옛이야기 중에 잘못된 서원을 했던 위대한 지도자가 있었다. 판관기, 사람들이 자신의 방식대로, 제멋대로 신을 믿던 암흑의 시대, 하느님을 신실하게 믿던 입타(입다) 장군은, 박해받던 유대 민족을 구원하기 위해 전쟁에 나가게 되었다.

그는 하느님께 '전쟁에서 승리하면, 집에 돌아갈 때 자신을 맞이하러 가장 먼저 나오는 자를 번제로 바치겠다'고 서원했다.

하지만 그를 맞이하러 가장 먼저 뛰쳐나온 건 하나밖에 없는 무남독녀였다.

귀가 밝은 개가 먼저 뛰어나올 거라 생각했을까. 집 앞에 풀어 놓아 기르는 양떼나 염소들이 먼저 나와 영접하리라 생각했을까. 하인이 나왔으면, 하인을 태워서 바칠 생각이었을까.

레아로서는 도저히 이해할 수 없는 맹세였지만, 아마도 하느님께서도 원하지 않았을 약속이었겠지만, 그는 맹세를 지킬 수밖에 없었다.

그래서 입타 장군은, 통곡하며 딸을 태워 제물로 바쳤다.

신과의 약속이란 그런 것이다. 게다가 발타에겐 '어린 시절의 성급하고 어리석은 서원'이라며 야단치고 서원을 대신 물러 줄 부모님도 없다.

······발타 님, 당신은 혹시 그 맹세를 후회하시나요?

하지만 차마 그것까지는 물을 수 없었다.

"앞으로 발타 님을 다시 뵐 일은 없을까요."

"저는 성전기사가 될 것이니, 마드무아젤께서는 저와 마주치면 안 됩니다. 절대 만나서는 안 될 것입니다."

아주 짧은 순간, 그의 팔에 힘이 훅 들어간다. 어깨가 부서져 나갈 것 같았다. 그는 낮은 목소리로 속삭였다.

"마드무아젤께서 세상 어디에선가 좋은 분과 행복하게 잘 사신다고 생각하면, 저 역시 기쁠 것입니다."

그는 낮은 목소리로 속삭이더니, 잠시 후 다시 검을 들고 머리를 다듬기 시작했다.

"다 됐습니다."

영원히 이어질 것 같은 시간이 끝났다. 레아는 고개를 흔들어 보았다. 머리가 가벼워진 것이 느껴진다. 허전하고 이상했다. 그의 곁에는 가지런히 정리된 머리카락이 끈으로 묶여 있었다.

"어떤가요, 발타 님? 진짜 남자 같은가요?"

그가 고개를 들고 레아를 응시한다. 빤히 올려다보는 저 새파란 눈동자가 어쩐지 반쯤 물에 잠겨 있는 것 같다. 그는 레아의 모습을 눈동자에 끌로 새겨 넣으려는 것처럼, 눈도 깜박이지 않았다.

"……아름다우십니다."

그는 말이 끝나기도 전에 눈을 꽉 감고 고개를 숙였다.

레아는 두 손으로 뺨을 문질렀다. 눈물은 무슨 짓을 해도 멈추지 않았다. 그는 레아를 달래는 대신, 말없이 그 시간을 견뎠다. 사람들은 오랫동안 방에 들어오지 않았고, 레아는 안심하고 울었다.

눈물이 얼추 마를 무렵, 그가 담담한 얼굴로 입을 뗐다.

"드릴 말씀이 있습니다. 마드무아젤 레아."

"네."

"동생분의…… 여행은 끝났으니, 마드무아젤께선 이제 작별 인사를 하시는 게 좋겠습니다."

"……네?"

레아는 버석대는 눈에 힘을 주었다.

지금 저분이 무슨 말을 하는지 잘 모르겠다. 무슨 여행을 끝내? 왜 동생과 인사를 해? 나 혼자 탈출할 거라는 생각을 하는 걸까? 라셀르는 계속 나와 함께 갈 건데?

턱이 달달 떨리기 시작했다. 응, 아냐. 라셀르는 나랑 끝까지 같이 갈 거야. 어디든 같이 갈 거야. 발타 님이 말실수를 하셨어. 그것도 좀 심각한 말실수를. 레아는 애써 웃으며 고개를 저었다.

"아니에요. 라셀르는 저하고 같이 갈 거예요. 어디든지 같이 가요."

"마드무아젤."

"저 쪼끄만 아기를 보내긴 어디로 보내요. 저흰 죽어도 같이 죽고 살아도 같이 살아요."

300

레아는 그의 대답을 듣지 않고, 동생이 누워 있는 쪽을 향해 무릎걸음으로 다가갔다.

"라셀르…… 자니?"

"……."

"이제 그만 좀 일어나 봐. 목 안 말라? 목말라 죽겠다더니?"

동생은 여전히 단잠에 빠져 있다. 잠투정도 많고 까다로운 아이가, 고맙게도.

생각해 보면 잠든 지 그렇게 오래된 건 아니다. 아까 사혈할 때 묶어 둔 막대기가 그대로 있다. 그때 분명 열이 떨어지기 시작했다. 레아는 가느다란 팔을 꽉 졸라맨 수건을 풀어 주며 말했다.

"아, 이제는 열이…… 완전히 떨어졌……."

하지만 레아는 수건을 채 풀지도 못한 채 그대로 굳어 버렸다.

느낌이…… 왜 이렇게 이상해……?

아까와 달라진 건 없는 것 같은데, 작은 몸에서 중요한 무언가가 사라진 것 같다. 저 입술은 아직도 붉고, 이 자그마한 손은 아직도 미지근한 온기가 남아 있는 듯한데, 말로 설명할 수 없는 섬뜩한 느낌에 온몸이 들들 떨렸다. 레아는 치밀어 오르는 비명을 삼키며 동생의 몸을 흔들었다.

"라, 라셀르, 일어나. 일어나 봐……. 응?"

툭툭, 툭, 툭. 늘어진 팔다리가 바닥에 부딪치며 무거운 소리를 냈다. 모래가 담긴 젖은 가죽 부대를 흔드는 느낌이었다. 덜컥 겁이 난 레아는 목소리를 억지로 쥐어짜 동생을 불렀다.

"라셀르, 라셀르! 일어나! 일어나아! 장난치지 말고."

목소리에 울음이 섞이기 시작했다.

그래. 원래 라셀르는 아침에 잠을 깼으면서도 자는 척하며 버티기 일쑤였다. 지금처럼. 장난치지 마. 일어나 봐. 일어나라고. 오늘따라 동생의 장난이 유난히 길다. 몸을 흔들어도, 옆구리를 간질여도, 귀에 입김을 불어도 꼼짝 않고 버틴다.

"흐, 흐으. 라셀르, 장난치는 거 알아. 언니한테 심통이 나서 그래? 울보라고 맨날 놀려서 속상했어? 미안해. 이제 다시는 안 놀릴게. 그러니까 일어나…….."

매일 울어도 좋고 안아 달라고 떼써도 좋으니까, 제발.

라셀르, 예쁜 내 동생. 세상에서 제일 착하고 사랑스러운 내 동생.

이렇게 귀엽고, 작고, 가녀리기만 한 동생…….

……이럴 리가 없잖아…….

저도 모르게 동생을 붙잡은 손이 덜덜덜 떨린다. 떨림은 순식간에 온몸으로 퍼져 나갔다. 눈물이 후드드 떨어진다. 마음은 현실을 인정하지 못하는데, 몸이 먼저 알아차린 것이다.

뒤에 앉아 있던 발타가 다가와 레아를 라셀르에게서 떼어 냈다.

"……미안합니다."

동생 앞을 가로막은 그가 무릎을 꿇고 고개를 깊이 숙인다. 레아는 이해할 수 없었다.

뭐가 미안한데요? 왜 당신이 미안해하는데요?

죽인 사람은 따로 있잖아요. 당신은 우리를 살려 주려고 애쓰던 분이잖아요. 당신은 기사단 단원도 아니잖아요. 그런데 왜 미안해하시는데요? 당신은, 우리 가족하고 아무런 관계도 없는 생판 남이었잖아요. 그런데 왜 이렇게 고통스러워하시는 건데요?

그가 눈을 감은 채 조용히 되풀이했다.

"뭐라고 위로를 드려야 할지……. 정말 미안합니다."

울고 싶은데, 이제 눈물이 안 나온다. 레아는 뻑뻑하고 쓰라린 눈을 천천히 깜박거렸다. 그의 이마에서 땀방울이 흘러내리는 모습이 보인다. 땀방울이 긴 속눈썹까지 흘러내려가서 커다란 방울로 맺혔다가 툭, 터져서 뺨을 타고 다르르 굴러 내려가는 것을 보며, 레아의 머릿속은 천천히 흰색으로 물들었다.

일순, 집의 뒤뜰에 서 있는 듯하다. 잠시 기억 속에 들어온 걸까. 아몬드 꽃잎이 바람에 새하얗게 날리고, 온통 새하얗게 변한 세상에서 한 남자가 자신을 바라보며 서 있다. 곱게 깎아 만든 나무 십자가를 손에 쥐고, 저렇게나 안타까운 시선으로.

참으로 이상한 운명이다. 이분은 내가 가족의 죽음 앞에 맞닥뜨려 넋을 놓고 있을 때, 왜인지 늘 내 곁에 와 있었고, 나를 붙잡아 주었다. 말라붙은 입술이 천천히 달싹거렸다.

"……아까…… 사혈하실 때부터, 알고 계셨지요?"

"예."

그는 담담히 대답했다. 그래. 그럴 것 같았다. 당신은, 동생의 호흡을 확인할 때부터 이미 늦었다는 것을 알고 계셨다.

"……그런데 왜 치료도 해 주시고 지금까지……."

"당신이라도 살리고 싶었습니다."

곧 사람들이 들어오는데, 그때 동생이 잘못된 걸 알고, 자포자기해서 소리 내 울면 들키니까, 조금이라도 사람이 없는 시간으로 미뤄 보려고.

……어떻게든 나만이라도 살려 보려고.

레아가 망연자실 주저앉아 있는 사이, 그는 구석에 누워 있는 라셸르의 시신을 정리하기 시작했다. 사혈할 때 팔에 묶었던 막대기와 수건을 풀어 주고, 흩어진 옷과 머리카락, 팔다리를 잘 정돈

한 다음, 벌어진 입을 다물어 주었다. 그리고 자신의 망토로 꼭꼭 감싸 여미기 시작했다.

수습을 마친 발타가 몸을 뒤로 물리며 말했다.

"제가 최대한 예를 갖춰서 조용히 보내 드리겠습니다. 그러니······."

밤에 몰래 수장을 시키겠다는 건가······?

그래. 원래 배에서 죽은 사람들은 바다로 보내니까.

레아는 대답 없이 몸을 떨기만 했다. 마지막 수습까지 해 주시니 감사하다고 해야 하는데, 입이 떨어지지 않는다. 보내기 싫다고 투정조차 할 수 없다.

시신이 썩으면 바로 냄새가 나기 시작할 것이고, 쥐가 들끓게 된다. 그러면 시프르 섬까지 가지도 못한 채 들키게 될 것이다.

나지막한 목소리가 들렸다.

"동생과 마지막 인사라도 하시겠습니까."

레아는 몸을 사시나무처럼 떨며 라셸르 앞에 앉았다.

아까는 보지 않으려 했던 동생의 실제 모습이 이제는 똑똑히 보인다. 피부는 석고처럼 희고, 입술은 하얗게 꺼풀이 일어나 있었다.

동생의 몸은 미지근한 게 아니라, 사실 차가웠다.

그래. 사실은······ 차고 딱딱했다.

그는 뒤에서 무릎을 꿇고 두 손을 모으고 눈을 감고 있었다. 동생의 영혼을 위해 기도해 주시는 거겠지. 우리 엄마에게도, 아빠에게도 해 주셨던 것처럼.

내 동생, 라셸르. 내가 제일 사랑하고 예뻐했던 동생은 이제 바다에 던져질 것이다. 그 차가운 바닷속에서 깊이 가라앉아 썩어

갈 것이다. 다시는 보지 못할 것이다.

엄마, 아빠에 이어 라셀르까지 죽고 나니, 넓은 세상에 혼자만 덜렁 버려진 것 같았다. 왜 이렇게 꾸역꾸역 살아남아야 하는지 모르게 되었다. 목숨이라도 건지겠다고 미친 듯이 도망 다녔던 게 바보같이 느껴진다.

"동생을 많이 아끼셨나 봅니다."

그의 조용한 위로에 자꾸 마음이 무너져 내렸다. 인정하고 싶지 않다. 눈앞의 장면이 너무나 현실감이 없어서 꿈을 꾸는 것만 같다. 당장에라도 눈을 뜨고 일어나 언니, 언니, 하면서 목에 매달리며 웃을 것 같다. 레아는 발타의 옷자락을 잡고 더듬더듬 물었다.

"발타 님, 프랑스 왕실…… 출신이시라고 했죠."

"아닙, 확실하지 않습니다. 왜 갑자기……."

"필립 폐하와 닮으셨다면서요, 필립 폐하께서도 형제라고, 하셨다면서요……."

"……마드무아젤, 성전기사단 소속 1만 명의 기사들도 모두 형제라 부릅니다."

"폐하께서는 치유의 은사가 있으시다면서요. 필립 폐하는 발타 님을 살리셨잖아요! 아니 선왕 폐하들께도 전부……."

무슨 말을 하려는지 짐작한 듯, 발타가 단호하게 말을 막는다.

"연주창 치유의 은사뿐입니다. 그것도 왕들만, 대관식 때 랭스 대주교의 도유식을 받아야만 임하는 은사입니다. 일반 왕족과는 아무 상관도 없습니다."

"발타 님은, 제 다리를 낫게 해 주셨잖아요. 그건 제가 똑똑히 느꼈어요. 그럼, 분명히……."

305

"마드무아젤. 그건 제가 한 일이 아닙니다! 그날 하느님께서는 당신의 간절한 기도를 들어주신 겁니다."

"그건 아니에요. 저는 그렇게 경건한 사람도 아니고, 왕실처럼 위대한 믿음의 가문 출신도 아니에요."

뺨을 타고 내려간 눈물이 동생을 감싼 푸른 망토 위로 툭툭 떨어졌다. 이렇게 고마운 분에게 생떼를 쓰면 안 되는데, 너무 다급하고 억장이 무너져서 마음대로 되지 않았다.

울음을 삼키려 입을 틀어막고 안간힘을 쓰는 레아를 보며, 결국 발타가 고개를 떨구고 만다.

"원하시는 대답을 해 드리지 못해 죄송합니다. 왕실의 어떤 분도 죽은 사람을 살리지 못했습니다. 성인으로 추앙받는 루이 선왕 폐하도 마찬가지입니다. 기적을 발현한 자는 아무도, 아무도 없었습니다."

알고 있다. 알고는 있는데, 너무 분해서. 아무 잘못도 없는 당신에게 매달려 보는 것이다.

레아는 쉰 목소리로 말했다.

"그래도, 기도 한 번만 해 주시면 안 될까요. 눈이라도 한 번만 뜨게 해 달라고. 혹시 모르잖아요."

"……그것은 옳은 기도가 아닙니다, 마드무아젤."

발타는 단호하게 고개를 저었다. 레아의 목소리는 점점 더 바닥으로 기어들어 갔다.

"그럼, 어떻게 기도하는지만이라도, 알려 주세요. 제가 해 볼게요. 저라도."

"……."

"이럴 때 쓰이는 기도문은 없나요. 죽은 사람을 살려 달라고 기도했던 사람이, 단 한 명도 없었나요?"

"……."

그는 여전히 대답하지 않았다. 레아는 마지막 병자성사마저 치르지 못하고 보낸 동생을 끌어안고 그저 숨죽여 울었다.

"탈리타, 쿰, 푸엘라 티비 디코, 수르제……."

옆에서 조용한 기도문이 들리기 시작했다.

Talitha, qvm……. Pvella, tibi dico Svrge……. Pvella, tibi dico Svrge(소녀야 내가 너에게 말한다. 일어나라)…….

레아는 저도 모르게 눈을 크게 떴다. 저것은 동생의 영혼을 천국으로 인도하는 내용이 아니다. 예수님이 죽은 소녀를 살리실 때 했던 기도였다.

레아는 동생을 끌어안은 채 더듬더듬 그의 말을 따라 했다.

"탈리타, 쿰, 푸엘라 티비 디코 수르제……."

이런다고 살아 돌아오지 않을 건 안다. 발타 님도 아신다. 옳지 않은 기도라는 것도 아신다. 하지만 그대로 두었다간 내가 미쳐 버릴 것 같으니, 이렇게 억지 기도라도 해 주시는 것이다.

저분 방식의 위로일까. 안타까움일까. 새로 눈물이 넘쳐흘렀다.

탈리타 쿰, 하느님. 이 기도의 값으로, 제 영혼이 필요하면 가져가세요. 푸엘라, 티비 디코, 수르제, 제 목숨이 필요하면 그것도 가져가세요. 저는 이제 그런 거 필요 없어요. 푸엘라, 수르제. 수르제…….

레아는 피를 토하듯 그의 말을 따라 했다. 기도는 목소리가 갈라져서 제대로 들리지 않을 때까지 계속되었다.

그리고 그 긴 시간 동안, 발타는 두 손을 모으고 눈을 감은 채 그 시간을 함께 버텨 주었다.

"……."

레아는 라셀르에게 마지막으로 입을 맞추었다. 입술이 바짝 말라 비틀어져 까슬까슬한 것이 느껴진다. 잠들기 직전까지도 목이 타는 것처럼 아프다고 울던 것이 생각났다.

"얼마나 목이 말랐어. 얼마나 힘들고 아팠어."

레아는 가죽 물통을 동생의 입술 위에 기울였다. 바짝 말라비틀어진 입술 위로 물이 스며들었다.

톡, 톡 토르르.

동생의 까칠하고 메마른 입술 사이로 물이 조금씩 스며들었다. 동생의 입가가 점점 촉촉해진다. 순간 뭔가 등골이 쭈뼛하고 이상한 느낌이 들었다.

"……자, 잠깐."

발타가 다급하게 끼어들어 레아를 뒤로 밀었다. 물이 왈칵 쏟아지며 라셀르의 입으로 스며들어 간다. 순간 작은 입술이 동그랗게 벌어진다. 아, 아아. 물에 적셔진 입술이 오물오물 입맛을 다시더니 갑자기 입을 크게 벌린다.

"언니, 물……! 언니, 물! 목말라, 물!"

"꺄악! 꺄아아악!"

레아는 기겁하며 발타에게 매달렸다. 발타는 한 팔로 급히 레아를 안으며 한 팔로는 레아가 놓친 가죽 부대를 주워 급히 라셀르의 입에 갖다 댔다.

"흐으, 무, 물, 으응, 꼴깍, 꼴깍, 언니, 으으, 꼴깍."

라셀르는 눈을 꼭 감은 채 훌쩍이며 물을 마셨다. 꼴락, 꼴락, 꼴락, 목구멍이 꼼틀꼼틀 바지런히 움직인다. 동생은 작은 배가 볼록 튀어나올 정도로 한껏 마시고서야 눈을 떴다.

"라셸르……?"

아크레의 앞바다처럼 눈이 시리도록 새파란 아름다운 눈동자가 보인다. 그대로 숨이 멎는 것 같았다. 발타 역시 한 손으로 입을 틀어막고 중얼거린다.

"……오, 하느님, 이, 이게, 무슨…….”

레아는 떨리는 손으로 라셸르를 감싼 망토를 풀고, 손과 발을 만져 보고, 뺨에 손을 대 보았다. 라셸르는 어리둥절한 얼굴로 손가락을 꼼지락대더니 레아를 향해 두 팔을 벌린다.

"언니이……?"

"라, 라셸르! 라셸르!"

몸을 던지듯 동생을 끌어안았다. 말은 나오지 않고, 눈물만 폭포처럼 쏟아졌다.

이제 동생은 따뜻했다. 말랑말랑하고 포동포동한 느낌이 난다. 아까 차가운 석고 같던 느낌은 환상이었던 것 같다.

"어, 언니? 왜 울어? 언니, 언니, 이 무, 무서운 아저씨는 누구야?"

라셸르가 겁에 질린 목소리로 묻는다. 처음 보는 남자가 있어 무서운 모양이다. 하지만 레아는 오열을 틀어막느라 한 마디도 할 수 없었다.

"마드무아젤, 이, 이게 어떻게 된…….”

발타는 새하얗게 질린 얼굴로 레아와 라셸르를 번갈아 바라보더니, 레아의 다리로 시선을 옮겼다. 예전에 다쳤다가 레아가 절박하게 기도하고 나았던 다리였다. 그의 눈동자가 크게 흔들렸다.

"……하느님."

발타는 황급히 성호를 긋더니 레아의 앞에 엎드렸다. 그의 어깨가 격렬하게 떨리고 있었다. 그는 고개도 들지 못한 채 무릎걸음으로 다가와 레아의 발에 입을 맞추었다.

"……미천한, 종이…… 감히…….”

"바, 발타 님!”

"이, 이 자리에서, 신의 기적을 목도하나이다.”

"아니, 아니야, 아니에요! 저, 저는 아무것도, 아무것도…….”

레아는 공포에 질려 발을 황급히 뺐다. 나도 왜 이런 일이 일어났는지 몰라! 어떻게 살렸는지 나는 아무것도 모른다고요!

하지만 발타는 단호하게 말했다.

"마드무아젤, 두 눈으로 보셨잖습니까. 저도 보았습니다. 당신께서 기도하면서 동생분에게 어떤 일이 일어났는지! 맹세코, 이것은 성녀 헬레나에게 임했던 기적보다 더 놀라운 신비이며 기적입니다.”

반박할 수도 없었다. 라셸르가 깨어난 것은, 아까 내가 울며 기도하던 그 순간에 일어난 일이었다.

생각해 보면, 부러진 내 다리가 순식간에 나았던 것도, 내가 이를 악물고 기도하던 그 순간에 일어났던 일이 맞다. 그때 말을 타고 오는 내내, 레아는 다리의 통증을 전혀 느끼지 못했었다.

하지만 이건 절대, 절대 있을 수 없는 일이다.

레아는 라셸르를 끌어안은 채 고개를 힘껏 저었다. 나에게 성녀의 기적 따위가 임할 리 없다. 그건 내가 가장 잘 안다.

발타 님은 모른다. 내가 어떤 집안에서 자랐는지. 십자군에 참전했다는 우리 아빠가 원래 어떤 사람이었는지.

이교도 아시케나지 유대인. 여자 문제로 좌절해서 십자군에 따

310

라붙으며 얼결에 개종한 엉터리 신자, 포로가 되어선 이슬람교로 개종했던 변절자, 다시 아크레로 도망 와서는 십자군 참전자임을 내세우며 신실한 가톨릭교도로 살았던 아빠.

아빠는 끝까지 엘로헤 이스라엘 야웨와 사라센의 유일신 알라와 신부님이 강론하시는 삼위일체 하느님이 어떤 점이 다른지 이해하지 못했다.

그리고 그것은 레아 역시 마찬가지였다. 겁이 많아 다른 이들에게 한 번도 말을 못 했을 뿐이다. 지옥에 떨어져도 이상하지 않을 계집애에게 질병의 저주라면 모를까, 치유와 부활의 기적이라니, 지나가던 개가 웃을 일이다.

"마드무아젤, 이제부터 제가…… 당신을 보호하겠습니다. 기사단과 교황청에 당신이 보여 준 두 번의 기적을 증언하고, 당신을 안전하게……."

"아니에요! 하지 마세요. 난 몰라, 아니에요. 제가 한 일이 아니란 말이에요……. 제발 일어나세요, 발타 님. 일어나시라고요……."

"기적은 신께서 행하시고, 당신은 그분의 성스러운 손이 된 것입니다. 그렇지 않다면 이 기적을 어떻게 설명하시겠습니까."

"그건, 잠깐 죽을 뻔하다가 물을 마시고 아슬아슬하게 살아난…… 그런 경우도 있잖아요."

"동생은, 사혈할 때 이미 맥이 멎은 상태였습니다. 어째서 당신은 신의 이적을 부인하려 하십니까."

발타는 다시 엎드려 레아의 발등에 맞추었다. 벽에 붙어 선 레아는 더 이상 뒤로 물러설 수도 없어서 주르르 미끄러져 주저앉았다. 라셸르가 죽었다고 할 때만큼이나 무섭고 눈물이 났다.

"흑, 으윽, 흐으으……."

311

품에 안겨 있던 라셸르는 두 사람을 번갈아 바라보다가, 숨을 죽이고 우는 레아를 끌어안고 등을 토닥토닥 두드리며 속삭였다.

"언니, 쉿, 옆의 선실에서 들어, 언니 쉿! 아이 참, 쉬이이!"

라셸르는 자신에게 무슨 일이 있었는지 전혀 모르는 채 레아를 달래느라 쩔쩔맸다.

"언니, 그만 울어. 언니, 왜 자꾸 울어, 나도 울고 싶잖아. 언니."

라셸르는 소맷자락으로 레아의 뺨을 닦았다. 하지만 시꺼먼 소맷자락은 레아의 얼굴을 더 엉망으로 만들 뿐이었다.

"이것을……."

발타는 아까 사혈할 때 썼던 수건을 풀어서 내밀었다. 끼워져 있던 막대기가 발치로 툭 떨어진다. 발타는 여전히 낮게 부복한 자세로, 간곡하게 말했다.

"마드무아젤, 부디 염려하지 마십시오, 이제부터 제가 당신을 보호할 것입니다. 그러니 제발 눈물을 거두시고……."

레아는 멍하니 눈을 깜박거렸다.

……저분이 자꾸 나를 보호하겠다고 한다.

시돈에서 헤어지는 게 아니라, 나를 보호하겠다고.

그런데, 나는 지금 이걸 기뻐하고 있는 건가?

뭐가 기쁘지? 더는 도망치지 않게 된 것? 아니면 저분과 같이 다닐 수 있게 된 것?

……레아. 너 미친 거 아니야?

"아, 잠깐만……."

그의 말이 갑자기 끊어졌다. 그의 시선이 레아의 발치에 고정되어 있다. 그가 잠시 고개를 기웃하더니 갑자기 미간을 딱딱하게 굳힌다.

"······?"

아래를 내려다보았다. 길쭉한 막대기가 다리 아래에 절반쯤 깔려 있었다.

그는 이제 눈을 부릅뜨고 그것을 노려보고 있다. 갑자기 팽팽한 긴장감이 차올랐다.

"마드무아젤, 그 막대기 좀······."

레아는 막대기를 주워 들었다. 그의 눈이 가느스름해진다.

"······?"

흔히 볼 수 있는 지저분한 나무 막대기였다. 손끝에서 팔꿈치 정도까지 닿는 크기로, 발타가 라셸르를 사혈할 때, 그리고 쥐를 잡을 때 썼던 것이다.

아 맞다, 다리를 치료해 주실 때 부목으로도 쓰셨다. 내 다리 길이에 꼭 맞게, 아프지 않게 귀퉁이를 둥글게 다듬어 주셨었다.

그런데 이게 왜······?

"나무에 옹이구멍이 있습니다."

발타가 긴장한 목소리로 말했다.

레아는 고개를 갸웃하며 그를 곁눈질하다가 소스라치게 놀랐다. 그의 눈빛이 새파랗게 번득이고 있었다. 그가 잔뜩 갈라진 목소리로 되풀이했다.

"나무 귀퉁이에 옹이구멍이 있습니다. 보이십니까."

그의 말처럼 나무에는 굵은 못이 하나 들어갈까 말까 싶은 구멍이 있었다.

옹이구멍이 있는 나무 처음 보나? 왜 저러시지?

하지만 이어지는 말을 들은 순간, 레아는 온몸이 완전히 얼어붙었다.

"브로치 핀을 구멍 안에 넣어 보시겠습니까?"

'기사단에서 보관하던 성 유물은…… 손끝에서 팔꿈치 정도까지 오는 정도의 길쭉한 나뭇조각으로…… 위쪽에 작은 구멍이 있는 것으로 알려져 있었습니다.'

'그리스도의 손이 못 박힌 부분이라 추측한다고…… 못 자국 안에 스며든 그리스도의 성혈이 굳어 보석이 되었다는 말이 있습니다.'

설마? 설마 그럴 리가. 설마.

모든 나무에는 옹이구멍이 있다. 이것도 마찬가지로, 흔한 옹이구멍이다. 못 자국 같은 게 아니야. 이 안에 그리스도의 피가 굳어서 변한 보석 따위가 있을 리가 없어. 당연히!

'그 구멍에 바늘이나 송곳을 살짝 밀어 넣었을 때, 달그락달그락 보석 부딪치는 맑은 소리가 났다고 하셨습니다.'

그가 눈을 치켜뜨고 레아를 바라본다. 새파란 눈이 이글이글 타오르는 것 같다. 레아의 손에서 막대기를 뺏어서 직접 확인하고 싶은 것을 예의상 간신히 참고 있는 것 같다.

레아는 덜덜 떨리는 손으로 브로치의 뾰족한 부분을 구멍 안에 넣어 보았다. 숨 막히는 침묵 속에서, 가는 소리가 들렸다.

다그락, 달그락. 다각, 다각.

이, 이, 이게 뭐야!

기절할 것 같다. 이 감촉은 보석이나 유리의 매끈한 표면에 닿을 때의 그 느낌이 틀림없다. 발타의 얼굴도 새하얗게 변했다.

"오, 이런 맙소사. 마드무아젤, 왜, 당신이, 왜 그걸……?"

발타는 말하다 말고 다시 이마를 바닥에 박았다. 이번엔 레아가 아닌 성 십자가에 대한 예우였다. 하지만 레아는 온몸이 얼어붙어서 나무를 쥔 채 꼼짝도 할 수 없었다.

"……당신이 왜 이걸 갖고 있습니까."

서늘하고 명료한 목소리가 튀어나왔다.

고개를 든 발타는 완전히 다른 사람이 되어 있었다. 크게 벌어진 눈은 당혹감과 의심으로 가득했다.

"그, 그게 무슨 말씀이세요? 이건 분명 발타 님이……."

"무슨 말도 안 되는 말씀을! 이 나무는 아까 사혈할 때 분명 당신이 나에게 내어 준 것입니다! 그런 것까지 속일 생각입니까!"

"아니에요! 그때, 그, 그 골목에서 제 다리 치료해 주실 때, 분명 발타 님이 저에게 부목으로 대 주셨던 나무인데……!"

"제가 부목으로 댔던 나무? 그걸 아직 갖고 있었단 말입니까?"

그의 눈이 확 커진다. 하지만 오해가 풀린 건 아니었다. 이제 그의 얼굴에선 혼돈이 깨끗이 사라지고, 배신감과 좌절감만 이글이글했다.

"오, 맙소사. 하느님 용서하소서. 제 잘못을, 용서…… 제기랄!"

그가 이를 악물며 씹어뱉는다.

"그러니까, 애초부터 당신이 갖고 있었다는 거 아닙니까! 나는 그것도 모르고 그것의 가, 가장자리를, 부러뜨려서…… 다듬었고, 오, 이런 맙소사, 하느님, 제 불경함을 용서하소서. 저는, 모르고 한 일…… 제기랄!"

그는 거의 정신이 반쯤 나간 것 같았다. 이제 그에게서는 극심한 분노와 살기 외에는 느껴지지 않았다. 그게 무슨 말이에요, 따지려던 레아는 순간 입을 벌린 채 그대로 굳어 버렸다.

순간 몇몇 장면들이 한꺼번에 눈앞으로 화르륵 지나갔다.

발타 님은 분명 그 골목에서 다리를 치료해 주시면서 부목을 발목에 대 주셨다.

그래, 그럼 부목은 어디서 난 걸까. 근처에서 주운 걸까?

그럴 리가. 그 후미진 골목 길바닥에 성 십자가 유물이 굴러다닐 턱이 없다.

그러면, 어디서 났지?

아, 그럼 내가 그 전에 엉터리로 묶었던 부목을 다듬어서 다시 대 준 건가?

다시 머리가 징징 울렸다. 레아가 처음 다리가 부러졌을 때 엉터리로 댄 부목. 그건 집이 무너진 폐허에서 굴러다니던 손때에 전 나뭇조각이었다.

내 다리가 부러졌을 때, 옆에서 굴러다니던…….

순식간에 눈앞이 노래졌다. 드디어 그때 무슨 일이 일어났던 건지 알았다.

맙소사, 칼집이 부러지면서 안에 들어 있던 성 십자가 조각이 튕겨 나갔던 거였어?

나는 그것도 모르고 그 엄청난 유물을 부목으로 썼던 거고…….

……발타 님은 그 삐죽대는 귀퉁이를 다듬어서 내 다리에 꼭 맞게 다시 대 준거고?

드디어 상황이 착착 짜맞춰진다. 하느님 맙소사. 악마가 대놓고 장난이라도 친 게 아니고서야 이럴 수는 없다. 알 자자리의 오토마타들이 정교하게 착착 맞아 돌아가는 것처럼, 이 모든 상황이 차르르르 돌아가서 이 기가 막힌 결말을 연출한 것이었다. 기가 막혀서 구역질이 올라올 지경이었다.

대체 이걸 어떡해. 나는 어떡해.

라셀르가 살아난 진짜 이유도 드디어 알았다. 내 다리가 나은 이유도 이제야 알겠다.

발타 님의 말대로, 이것은 신의 기적이다. 죽은 사람도 살렸다는, 이 성 십자가 유물이 다시 기적을 나타낸 것이다.

그 이적이 왜 단장님이 아닌 나와 라셀르에게 나타났는지는 모르겠지만, 아마, 이것이 너무 귀한 것이다 보니 꽁꽁 숨겨 놓기만 해서 이적이 발휘되지 못했던 듯했다.

생각이 툭 끊어진다. 얼음처럼 써늘한 목소리가 귓가에 떨어진다.

"……마드무아젤, 손에 든 것, 내려놓으세요."

고개를 돌리니 차갑게 얼어붙은 발타의 눈동자와 파르라니 번득이는 칼날이 보인다. 새하얀 얼굴에는 이제 붉게 핏기가 올라와 있었다. 그가 무서운 전사라는 것은 들었지만, 이렇게 눈앞에서 살기가 뻗쳐오르는 것은 처음 보았다.

그의 분노는 정당했다. 지금까지 목숨 걸고 구해 준 여자에게 뒤통수를 맞은 것이다. 입 밖으로 내어 말하기 어려운 깊은 감정까지 보여 주며 최선을 다해 도와주었는데, 그 감정마저 농락당한 기분이 어떨지, 레아는 감히 상상하기 어려웠다.

그는 더 이상 차가워질 수 없는 목소리로 되풀이했다.

"여러 번 말하지 않겠습니다. 성 십자가를 당장 내려놓으십시오."

"발타 님, 제, 제발, 제 말을, 잠깐만."

"말? 무슨 말? 더 속이고 더 농락할 말이 남았습니까?"

"……."

"저를 감쪽같이 속이고 제 감정을 농락하니 좋으셨습니까? 호의를 베푸는 제가 우스웠습니까? 당신을 구해 드리기 위해 제가 마음을 바치고 목숨을 거는 꼴이 재미있었습니까?"

"아, 아니, 아니에요, 저는 정말 모르고……."

"아하. 모르셨군요."

그가 차갑게 코웃음 친다. 입이 저절로 막혔다. 지금 이 상황은, 레아 자신이라도 도저히 믿어 줄 수 없을 것 같다.

"이 귀하고 거룩한 성물을, 어, 어떻게 감히 훔칠 생각을, 어떻게 감히. 대체 이걸 어디에 팔 생각이었습니까. 소문이 안 날 거라고 생각했습니까?"

그는 이글이글 불타는 눈으로 레아를 노려보며 한 마디씩 씹어 뱉었다.

"성물을 그 자리에 내려놓으라 했습니다, 마드무아젤! 안 들립니까? 내려놓고, 두 손을 앞으로 내미시고 순순히 묶이세요. 내 손에 당신 피를 묻히고 싶지는 않아! 그러니까!"

그는 더 이상 목소리를 낮추거나 숨기려는 생각을 접은 듯했다. 고맹 사령관님께 우리를 넘기기로 결정한 것이다.

이건 설득이 통할 상황이 아니었다. 설명해서 믿어질 만한 내용도 아니다. 그러기에는 저분의 배신감이 너무 크다.

마음을 결정한 레아는 동생에게 빠르게 눈짓했다.

라셀르, 언니 손 꼭 잡아!

레아는 손에 쥔 막대기를 바닥에 내려놓는 척하다가 갑자기 어두운 구석으로 힘껏 던졌다.

"레아!"

그가 숨을 들이쉬며 황급히 구석으로 몸을 날렸다. 그가 컴컴한 구석을 더듬으며 성 십자가를 찾는 사이, 레아는 선실로 통하는 무거운 문의 빗장을 열었다.

"라셀르, 문 열리자마자 바로 뛰어나가!"

위의 뚜껑을 열고 도망치긴 애초에 불가능했다. 옆의 선실로 통하는 길을 여는 것이 그나마 가능성이 있었다. 적어도 사람들이 많이 엉켜 있으면 빠져나가기는 어렵겠지만, 추적하기는 더 어려울 것이다.

물론 운이 좋아야 승객들이 바글대는 선실이다. 재수 없으면 선원들이 몰래 술을 마시고 있는 창고일 수도 있고, 정말 재수가 없으면 기사님들과 정면으로 맞닥뜨릴 수도 있다.

어느 쪽이든, 지금 잡히는 것보다는 나을 것이다. 저 손에 잡히면 반드시 죽을 테니까.

섭섭하거나 놀랍지는 않았다. 발타 님의 저 반응은 당연한 것이다. 다만 저분이 지금 느끼실 배신감을 생각하면 미안하고, 죄스럽고 뼈저리게 한스러울 뿐이었다.

빠그드드드, 쩍.

귀를 긁는 소리와 함께 선실로 통하는 문이 활짝 열렸다. 레아는 허둥지둥 문을 닫고 옆에 놓인 작은 나무토막을 쐐기처럼 문 아래 박았다. 오래 버티진 못해도 도망칠 시간만이라도 벌어 주면 된다. 하다못해 가장 가까운 창문에서 바다로 뛰어들 시간만이라도.

……어?

몸을 돌린 레아는 돌처럼 굳어 버렸다.

그곳에는 예상했던 선원도, 기사님들도, 바글대는 승객들도 없었다. 먼저 뛰어든 라셸르가 뒤를 돌아보며 달달 떨리는 목소리로 중얼거렸다.

"어, 언니……. 여, 여기 이상해."

레아 역시 우들우들 떨며 앞에 펼쳐진 넓은 공간을 응시했다.

눈앞에는 거대한 황금의 동굴이 펼쳐져 있었다.

3-9. 솔로몬 성전의 보물

갑판 바로 아래 있는 공간은, 선실이 아니었다.

그곳은 보물로 가득 찬 동굴처럼 보였다. 오래전 성 십자가를 되찾으러 갔던 용맹한 성전기사가 성모 마리아를 따라가는 길에 보았다던 그 비밀의 동굴.

어쩐지! 갑판 아래층 선실 천장이 유난히 낮더라. 레아는 뒤늦게 깨달았다. 지금 숨어 있는 공간도 천장이 낮아 레아도 머리를 살짝 수그려야 할 정도였다.

하지만 아래층 선실에서 갑판으로 올라오는 계단은 무려 열일곱 개. 사람 키의 2배가 넘는 높이였다. 왜 그 생각을 진작 못 했을까.

이 장소는 성전기사단의 비밀 운송 용도로 만들어 둔 공간이 틀림없었다.

"레아! 문 여세요. 레아!"

쿵쿵, 쿵, 쾅쾅. 문에 부딪치는 소리가 점점 격해지고 있다. 제기랄. 이제 들키는 건 신경도 쓰지 않는 모양이다.

길게 생각할 틈이 없었다. 레아는 라셸르의 손을 잡고 급히 사방을 두리번거렸다. 어떡하지? 횃불이 있으면 좋을 텐데. 빠져나갈 곳, 다른 문이나 창문은? 이런 곳에 나가는 문을 만들어 두었으려나?

"아, 저기!"

어둠에 눈이 조금 익는 순간, 반대편 선미船尾 쪽에 꽤 큼직한 창문이 나 있는 것이 보인다. 그곳으로 희미한 달빛이 흘러들어 오고 있었다.

"라셸르, 우리 저 창문으로 빠져나가야 해."

"언니, 창문 밖은 바닷물인데? 나 헤엄 못 치는데?"

"걱정 마, 언니가 잡아 줄게."

라셸르는 그 말에 바로 치마를 걷어쥐고 뛰기 시작했다. 죽었다가 살아난 아이라고는 전혀 생각할 수 없을 만큼 말짱한 몸놀림이었다.

쾅, 콰작, 쿵, 쿵!

뒤에서 문을 부서져라, 밀어 대는 소리가 들린다. 레아는 뒤도 돌아보지 않고 달렸다. 라셸르는 몸집이 작아 물건이 잔뜩 쌓인 틈을 요리조리 피해 가며 달렸고─물론 두어 번 엎어지긴 했지만 울지는 않았다─ 레아도 쌓인 물건에 몇 번이나 다리를 부딪혔지만, 아픈 것도 느끼지 못했다.

두 사람의 옆으로 고색창연한 보물들이 스쳐 지나간다. 눈을 돌리는 곳마다 온통 황금빛 향연이다.

처음 눈앞을 가로막은 것은, 거대한 황금 방패들이었다. 그 옛

날 솔로몬 대왕이 성전을 장식했었다는 금 방패들이 저랬을까 싶게 위용이 대단했다. 그 뒤로, 거대한 황금 사자상, 황소상 등이 늘어섰고, 금으로 만든 각종 도구도 빼곡하게 쌓여 있었다.

가죽으로 겉을 감싸고 테두리를 은이나 보석으로 장식한 거대한 궤짝들도 사방 겹겹이 쌓여 있다. 얼마나 급하게 실었는지 뚜껑이 반쯤 열려 있는 궤짝도 적지 않았다.

상자마다 금화가 지천이었다. 지금 많이 사용하는 플로린이나 두카토가 아닌, 옛날 금화들이었다. 주먹만큼이나 커다란 보석들, 진주, 화려한 장신구가 가득한 상자들도 헤아릴 수 없었다.

미쳤어. 이건 꿈이야, 꿈일 거야.

점점 숨이 받아졌다. 보물로 가득 찬 비밀 공간은 가도 가도 끝이 없는 지하 동굴처럼 느껴졌다.

세상에서 가장 돈이 많은 건 로마의 교황 성하도, 프랑스의 필립 폐하도, 이교도 술탄도 아니다. 바로 성전기사단이다. 그 옛날 세계에서 가장 큰 영화를 누렸다던 솔로몬 대왕의 보물도 이 정도는 아니었을 것이다…….

……솔로몬 대왕의 보물?

아, 맙소사. 순간 뒤통수를 망치로 맞은 것 같았다.

기사단 본부는 원래 솔로몬 성전이 있던 자리였다. 그래서 성전기사단의 정식 이름이 '솔로몬 성전의 가난한 형제 기사단' 아니던가.

그렇다면 예전에 십자군이 예루살렘을 잠시 수복했을 때, 기사단은 성모님이 나타나셨다는 지하 동굴을 정말 찾아냈다는 건가?

그래서, 동굴에 있던 보물들을 전부 기사단 본부로 옮겨 온 거고?

그리고 아크레가 함락될 것 같으니까, 그 보물들을 기사단 함선으로 급하게 옮겨 실은 거고?

어쩐지! 레아의 등으로 식은땀이 흘렀다.

이제야 알겠다. 이 배가 왜 빨리 출항하지 못하고 며칠씩이나 항구에 붙잡혀 있었는지, 전투가 급한데 티보 고뱅 사령관님은 왜 고위 간부들을 모조리 거느리고 이 배에 계속 타고 계셨는지!

나를 찾기 위해서 그랬던 것만은 아니었다. 사람들 눈에 띄지 않게 이 많은 보물을 배로 옮겨 싣고 있었던 것이다.

쿵, 쿵, 콰당…… 쩍!

"헉!"

레아는 소스라치며 뒤를 돌아보았다. 제기랄. 문짝이 부서져 나갔다. 대체 얼마나 무식하게 힘을 줘서 밀어냈으면 문 밑에 괴어 둔 쐐기가 튕겨 나갈까.

"레아! 아……? 이, 이게 무슨……!"

그가 움직임을 멈춘다. 단장님을 오래 모셨다는 발타 님도 이것까지는 몰랐던 모양이다.

그가 눈을 크게 뜬 채 잠시 주변을 둘러보는 사이 레아와 라셀르는 드디어 창문 앞에 다다랐다.

"멈추세요. 거기 멈추시라 했습니다!"

그의 목소리가 쩡, 울려 퍼졌다. 큰 목소리는 아니었지만, 서릿발처럼 매섭고 차가웠다. 레아는 울음 섞인 목소리로 그저 빌었다.

"발타 님, 죄송해요, 용서해 주세요. 저, 정말 몰랐……."

눈물이 난다. 믿어 줄 만한 말이 아니라는 걸 아니까, 믿어 달라는 말도 나오지 않는다. 은혜를 이따위 뒤통수로 갚고 도망치는 것이 가슴 찢어지게 아팠다.

성물을 돌려 드렸으니, 어쩌면 모르는 척 놓아주실까 기대했지만, 헛된 희망이었던 듯했다.

그는 오래전에 성전기사가 되기로 서원을 했고, 이미 뼛속까지 성전기사단의 일원이었다. 억울한 죽음을 막아 보려 노력했지만 속은 것을 알게 된 직후 모든 것이 뒤집혔다.

"라, 라셸르, 뛰어내릴 수 있겠어?"

의자를 놓고 창턱으로 올라선 라셸르는 이내 새파랗게 질렸다. 그나마 보름달이 떠 있어 아주 어둡지는 않았지만, 아래에서 흉흉하게 출렁이는 시커먼 파도를 본 라셸르가 그예 눈물을 터뜨린다.

"언니, 나 못 해, 나 무서워……."

레아도 아래를 내려다본 순간, 오금이 바짝 오그라들었다. 동생이 뛰어내릴 수 있을 리 없다.

어떻게 할까. 엎드려서 싹싹 빌어 볼까. 한 번만 살려 달라 애걸해 볼까. 아니면 내가 안고 뛰어내려야 할까. 다시 뒤를 돌아보는 순간, 눈앞으로 하얀 빛이 스치고 지나갔다.

퍽.

숨이 멎는 것 같다. 레아와 라셸르 사이, 딱 두어 뼘 정도 되는 그 틈으로 단검이 와서 박혔다. 기가 막힌 솜씨였다. 어찌나 깊이 박혔는지, 단도의 검날 절반이 나무에 박혀 있었다.

맙소사. 이걸로 목이 꿰뚫렸으면 즉사다. 단순한 위협치고는 위력이 너무 무시무시하다. 그가 산중노인의 패거리일 수도 있다는 말이 실감이 난다. 기사라기보다 암살자로 훈련받으신 게 아닐까.

"마드무아젤, 두 번의 자비는 없습니다. 동생에게 당신이 죽는 꼴을 보여 줄 생각입니까. 움직이지 마시란 말 안 들립니까!"

그가 산더미 같은 보물 더미들을 헤치고 가까워지기 시작했다. 다만 생각만큼 빠르지는 못한 것이, 이 비밀 창고의 천장이 그의 키보다 낮았다. 그는 레아와 달리 허리를 숙이고 복잡한 짐을 헤치며 다가와야 했다.

"레아!"

그는 이제 초조하고 다급한 기색을 전혀 감추지 못했다. 손에는 이미 두 번째 단검이 들려 있다. 레아는 눈을 질끈 감았다. 발타가 소지한 단검은 단 두 자루. 그러니 두 번째 칼은 어긋나지 않을 것이다.

이젠 가장 피하고 싶은 방법밖에 남지 않았다.

……라셀르를 안고 바다로 뛰어드는 것.

바다로 뛰어들면 아마 죽을 거고, 만에 하나 하느님께서 은혜를 베푸신다면, 가까운 해안까지 헤엄쳐 갈 수 있을지 모른다. 조금 있으면 시돈에 도착한다고 했으니까.

물론 그것이 얼마나 얼빠진 믿음인지는 잘 알고 있었다. 해안이 얼마나 남았는지도 모르고, 캄캄해서 방향도 모르고, 무엇보다 '하느님의 은혜를 바랄 수 없는 짓거리'를 저질렀으니까. 다만 다른 방법이 없을 뿐이었다.

레아는 동생을 힘껏 끌어안고 그대로 창문으로 몸을 날렸다. 날리려고 했다. 하지만 뒤를 잠시 돌아보는 순간, 그가 이를 악문 채 팔을 휘두르는 것이 보인다.

아, 늦었다!

느낌으로 알았다. 한발 늦었다. 목이 꿰뚫리고 말 거야. 레아는 눈을 질끈 감았다.

쩍!

바로 귓가에서 나무가 찍히는 소리가 들린다. 덜덜 떨다가 실눈을 뜨고 확인해 보니 칼이 자신의 목에서 한 뼘 옆에 박혀 있었다.

딱 한 뼘.

그가 새하얗게 굳은 얼굴로 이를 악무는 것이 보인다. 실수가 아니다. 레아는 그가 마지막 순간에 손끝을 비틀었음을 알았다.

기사들의 기본 장착 무기는 검신이 긴 에스토크와 단검 두 자루. 이제 던질 무기가 남아 있지 않으니 직접 달려와 에스토크를 뽑을 것이다. 레아는 동생을 안은 채 창문 밖으로 몸을 기울였다.

"레아아아!"

레아의 몸이 아래로 훅 떨어지는 순간, 그가 격분하여 부르짖는 소리가 들렸다.

"언니! 언니, 으악, 언, 콜록, 언, 콜록!"

높은 곳에서 떨어지는 충격은 대단했다. 하마터면 라셸르를 놓칠 뻔했다. 밤바다는 온통 깜깜해서 잠시라도 놓치면 끝장이었다. 레아는 동생의 치맛자락을 필사적으로 잡아당겼다.

허우적대는 동생과 함께 물속으로 한참 들어갔다가 올라오면서, 두 사람은 짠물을 잔뜩 먹었다.

레아는 입수한 지 얼마 되지 않아 자신이 판단을 잘못했다는 것을 깨달았다. 라셸르가 매달리는 힘이 무시무시했다. 버틸 수 없을 것이다.

혼자 수영하는 것과 필사적으로 매달리는 누구를 함께 끌고 가는 것은 완전히 달랐다. 해안이 어딘지도 모르겠지만, 동생을 끌고 해변까지 헤엄친다는 계획은 애초부터 완전히 글러 먹은 일이었다.

앞에서는 세이렌 호가 천천히 멀어지고 있었다. 발타는 따라서 내려오지 못했다. 레아와 라셸르는 바다에서 한참 동안 허우적거렸다.

첨벙.

선미의 창가에서 뭔가가 떨어진다. 떨어진 것은 바다 위에서 이리저리 흔들리며 레아의 앞으로 다가왔다. 나무 의자였다. 창가에 놓여 있던 의자를 발타가 집어 던진 것이다.

……붙잡고 버티라는 건가?

"컬럭, 쿨럭, 콜럭, 언니, 어헝, 어어어엉, 언니이이!"

의자를 붙잡고 간신히 몸을 가눌 수 있게 된 라셸르가 드디어 안심했는지 크게 울음을 터뜨렸다. 레아도 의자에 상반신을 걸친 채 간신히 숨을 골랐다. 입에선 짠 내가 가득한데, 숨을 쉴 때마다 달았다.

고개를 들어 빠르게 멀어져 가는 배를 바라보았다. 그는 두 사람이 떨어진 창가에 서 있었다. 달빛이라 확실하게 보이지는 않지만, 그는 배가 점점 멀어질 때까지 창문에 못 박힌 듯 매달려 서 있었다.

그, 그래도 성 십자가를 돌려주고 왔으니, 나를 용서하고 잊어 주실까.

한숨을 쉬며 의자를 두 손으로 꼭 모아 쥔 레아는 순간 눈을 크게 떴다.

"……라셸르? 네가 왜 그걸 들고 있어?"

라셸르의 손에는 한쪽 귀퉁이에 옹이구멍이 있는 그 막대기가 쥐어져 있었다. 오, 이런 맙소사. 이게 대체 무슨 일이야! 레아는 새파랗게 질려서 얼른 막대기를 뺏어 들고 고함쳤다.

"라셀르! 이걸 왜, 왜 네가 갖고 있어! 왜 이걸 네가!"

라셀르는 눈이 동그래지더니 의자를 붙잡은 채 울기 시작했다.

"언니가 바다에 빠지면서 놓쳤잖아! 그래서 내가 얼른 주웠단 말이야! 이거 없으면 쥐 못 잡으니까! 언니 돌려주려고!"

레아의 눈앞으로 노란 안개가 차올랐다. 뭐? 뭐가 어째?

"무슨 말이야? 라셀르! 똑바로 대답해 봐! 내가 이걸 갖고 바다에 빠졌다고? 난 아까 분명 방구석으로 던졌는데?"

"아니야! 언니 바보야! 방구석에는 브로치 던졌잖아! 언니는 아무것도 모르고!"

라셀르는 분하고 서러운 듯 펑펑 울기 시작했다. 하지만 레아는 기가 막혀서 동생을 토닥여 줄 정신도 없었다.

맙소사. 내가 정신이 나갔구나. 분명히 이걸 던졌다고 생각했는데.

당연히, 발타 님은 우리가 도망가게 그냥 놔둘 수 없었겠구나.

"라셀르, 절대 움직이지 말고 이거 꽉 잡고 있어! 금방 올게. 언니 금방 올게!"

레아는 나뭇가지를 입에 물고 급하게 헤엄치기 시작했다. 돌려드려야 한다. 그렇지 않으면 정말 평생 목숨의 위협을 받으며 쫓겨 다녀야 한다. 혹시 돌려받으면, 천에 하나 만에 하나 잊고 용서하실지도 모른다. 레아는 나뭇가지를 움켜쥐고 힘껏 외쳤다.

"발타, 발타 님! 도, 돌려 드릴게요! 기다, 기다려, 잠깐만! 지금 당장, 돌려 드릴게요!"

"레아!"

그가 부르짖는 소리가 귀에 감긴다. 수영을 할 수 없는지, 그는 창틀을 꽉 움켜잡은 채 물에 뛰어들지 못하고 머뭇거렸다. 레아! 레아! 그가 부르는 목소리가 울부짖는 것처럼 들린다. 레아는 그쪽으로 힘껏 헤엄쳐 가며 나뭇조각을 위로 올려 들고 고함쳤다.

"나, 훔친 거 아니에요. 맹세, 맹세할게, 잠깐만, 잠깐, 콜록, 억, 잠, 돌려 드릴게, 돌려 드리러 갈게요. 제발, 기, 기다려……."

꿀럭꿀럭, 꺽, 꿀럭, 입으로 짠물이 사정없이 들어찬다. 레아는 정신없이 허우적대며 필사적으로 외쳤다. 그가 듣지 못하리라는 것은 알지만, 억울해서, 그냥 입을 다물고 울기만 하기에는 너무 억울해서 레아는 끝없이 소리쳤다.

"하느님 이, 이름으로, 맹세, 맹세해, 나 훔친 거 아니에요. 아니야! 당신, 발타 님께 돌려 드릴……."

미안해요. 용서해 주세요. 내가 뭘 잘못했는지 모르는데…….

……당신을 아프게 했던 것만으로도, 나는 죽을죄를 지은 것 같아요.

"기다려 주세요, 내가 돌려 드리러 갈게요. 반드시, 당신을 찾아서 돌려 드리러 갈게……."

"레아! 레아아아!"

그가 주먹으로 가슴을 누르며 피를 토하는 것처럼 고함을 지른다. 레아가 외치는 소리를 그가 들었는지 못 들었는지, 알 수 없었다.

"언니! 언니 윽, 컬럭, 컬럭, 우웩, 언, 으아아아, 꼴록, 언니!"

뒤에서는 동생이 살려 달라고 울부짖는다. 레아는 더 이상 쫓아갈 수 없다. 바람을 한껏 받은 배는 새까만 어둠 속으로 파묻히기 시작한다. 레아, 레아아, 아아아. 그의 목소리도 점점 아스라하게

330

작아진다.

입에 가득 찬 바닷물의 짠맛에 구역질이 났다. 자신을 짓누르는 이 시커먼 바닷물이 모두 눈물처럼 느껴졌다. 미안해, 미안해요, 발타 님. 미안해, 미안해요. 나는 몰랐어, 정말 몰랐어요……. 레아는 미친 듯이 울부짖었다.

"맹세할게요. 발타 님! 돌려 드리러 가겠습니다! 제가 죽기 전에, 반드시 발타 님께 돌려 드리러 갈게요! 죽는 한이 있어도, 반드시, 돌려 드리러……. 반드시!"

뜨거운 눈물이 쏟아져 나왔다. 레아는 의자를 붙잡은 채 꼴락꼴락 버티고 있는 동생을 끌어안고 한참을 울었다.

왜 의자를 던져 주었는지 뒤늦게 깨달았다.

우리가 불쌍해서 자비심으로 던져 주신 게 아니다. 죽지 말고 반드시 살아 있으라는 명령이었다. 그래야 세상 끝까지 추적해서라도 이 성물을 돌려받을 수 있을 테니까.

이 유물은 포기할 수 있는 물건이 아니다. 성전기사단의 존재 이유이며, 세상에서 가장 귀한 보물이기 때문에, 마지막 단원 한 명까지도 이 유물을 추적할 것이다.

그리고 지금까지와는 달리, 그 쫓는 선봉에는 발타 님이 서 계실 것이다. 가장 무서운 기사이며, 추적자이며, 나에 대해 가장 많은 정보를 갖고 계시는 그분이.

탈출은 성공했지만, 내 인생은 끝났다. 영원히 끝났다.

레아는 나뭇조각을 꽉 움켜쥔 채 울음을 터뜨렸다.

두 사람은 나무 의자를 붙잡고 반나절을 버티다가 뒤에 오는 다른 배를 만나 구조를 받았다. 천운이라 할 수 있었다. 그 배에도 아크레를 탈출하는 사람들이 꽉 차 있었지만, 망망대해에서 건져 낸 사람에게 뱃삯을 받지는 않았고, 두 사람은 무사히 시프르 섬에 도착할 수 있었다.

하지만 운명의 똥밭은 넓고도 깊어 도무지 끝이 보이지 않았다.

하녀나 세공방 직인으로 취직해서 어찌어찌 먹고살아 보겠다는 장대한(?) 계획은 애당초 글러 먹었다. 최대한 사람 눈에 띄지 않는 곳에서 지내는 것이 목표가 되어 놓으니 일자리를 얻을 수 있을 턱이 없었다.

베니스에서도, 마르세유에서도 두 사람은 계속 여인숙을 전전하며 떠돌았다. 아무도 신원보증을 해 주지 않는, 네 살짜리 아기가 딸린 거렁뱅이 여자를 덜렁 써 줄 사람은 아무도 없었다.

대신 눈을 번들대며 다가와 추근대거나, 납치해 팔아먹으려는 인간들만 차고도 넘쳤다. 발타가 준 옷을 입고 다니는데도, 감이 좋은 포주 놈들은 귀신같이 눈치를 챘다. 라셀르가 저도 모르게 이름을 부르다가 들킨 경우도 많았다.

레아는 조금이라도 등이 오싹하면 라셀르를 옆구리에 끼고 메뚜기처럼 튀어 도망쳤다. 그러다 보니 한 지역에서 보름 이상 머무른 적이 없었다.

발타 님이 하신 말씀이 맞았다. 여자 혼자 하는 노숙은 위험하기 짝이 없었다. 물론 여인숙도 빈대와 벼룩과 날강도와 부랑배와 매춘부들이 들끓었지만, 끔찍하다는 생각조차 하지 못했다. 그런 생각이 들 만큼의 여유조차 없었기 때문이었다.

레아는 라셀르를 재워 놓고 여인숙의 깜깜한 어둠 속에서 긴장한 채 밤을 지새우고, 낮에는 나무 그늘에 앉아 동생에게 망을 보게 한 후 꾸벅대며 졸곤 했다.

돈이 든 주머니는 속옷에, 성 십자가 조각은 허벅지에 묶고 다녔고, 잘 때는 몸을 바짝 오그리고 잤다. 은화 한 닢을 주고 칼을 사서 늘 허리띠에 차고 다녔다. 잠을 잘 때도 몸에서 칼을 떼어 놓은 적이 없을 정도로 매 순간 초긴장하며 버텨야 했다.

길 위의 세계는 마을이나 도시와는 다른 세계였다. 무법천지였다. 그 세계를 지배하는 사람들은 좀도둑, 떼도둑, 강도, 인신매매범, 부랑자, 거지, 언제든 강도로 돌변할 수 있는 거리장사꾼, 매춘부, 가짜 탁발수도사, 방랑객, 집시, 미치광이, 유리걸식하는 문둥이 무리들이었다. 허허벌판 황무지에서 떠돌다 만나는 사람들은 늑대나 곰, 승냥이만큼이나 위험했다.

하지만 레아가 무엇보다 두려워한 것은 성전기사단이었다.

그들은 여성과 약자에 대한 사려 깊은 예의, 깊은 신앙심과 엄격한 규율로 인해 사람들에게 칭송과 경외의 대상이었다. 여자들이 여행을 하다가 성전기사를 만나면 묻지도 따지지도 않고 동행과 보호를 요청할 정도였다.

하지만 레아에게 성전기사단이란 이제 공포의 대상일 뿐이었다. 성전기사단의 희고 검은 보쌍 깃발, 혹은 붉은 파테 십자가 표식이 먼발치에 보이기만 해도 손발이 달달거렸다. 먹던 것도 집어 던지고 동생을 안고 도망치는 일이 부지기수였다.

성전기사단 지부는 어디에나 있었다. 어느 나라에도 속하지 않고, 어떤 왕에게도 통제되지 않고, 오직 교황 성하의 명령에만 복종하는 그들은, 세상을 다스리는 또 다른 거대한 힘처럼 느껴졌다.

아크레와 예루살렘 왕국의 영토를 잃었어도, 세계 각지에 흩어져 있는 그들의 힘은 여전히 막강했다. 버틴다고 좋아질 만한 상황은 아니었다.

레아와 라셀르는 그렇게 몇 달을 길 위에서 보냈다. 부랑자에게 몹쓸 짓을 당할 위험도 수도 없이 겪고, 인신매매 상인에게 잡혀 갈 뻔한 위기도 넘긴 레아는, 동전 한 닢 없이 텅 비어 버린 주머니를 들여다보며 결국 결단을 내리고 말았다.

"라셀르. 우리 파리로 가자."

"파리? 그게 어디야?"

"아빠가 살던 고향. 그곳에 아빠 친구들하고 친척들이 많이 사는 동네가 있대. 아시케나지 마을이라고."

"아시케나지?"

"응. 아시케나지."

파리의 아시케나지 마을. 야웨 하느님은 믿지만 삼위일체 하느님과 그리스도는 믿지 않는 이교도 유대인들이 사는 마을. 아빠의 고향. 레아는 잠시 주저하다 덧붙였다.

"있잖아, 파리는 겨울에 도시가 온통 새하얗게 변한대."

"우와."

"파리에는 잘생기고 멋진 사람도 정말 많대."

"우와. 언니, 그럼 얼른 파리로 가자."

라셀르는 레아의 눈물 괸 얼굴을 올려다보며 냉큼냉큼 대답했다. 새까맣게 땟국에 전 얼굴로, 기를 쓰고 활짝 웃으며 대답하는 동생을 보며, 레아는 결국 눈물을 떨어뜨리고 말았다.

"그래, 라셀르. 우리, 파리로 가자. 가서, 아빠가 예전에 살던 마을로 찾아가 보자."

아빠가 그렇게 그리워하던 고향에, 우리가 대신 가 보자. 거기서 아빠의 이름을 대고 아는 사람이 있는지 찾아보자. 아빠가 그렇게도 그리워하던 사람들을, 우리가 가서 대신 만나고 함께 살아보자.

아몬드 꽃잎이 뒤뜰을 새하얗게 덮던 것처럼, 세상이 온통 새하얗게 물든다던 그곳에 가 보자. 발타 님이 계실지도 모르는 그곳에.

레아는 잠시 숨을 멈췄다. 그의 얼굴은 작은 꼬투리만 있으면 바로 심장을 후려치며 튀어나왔다. 달에서 내려온 요정처럼 희고 아름답던 모습으로, 맑고 차분한 목소리로, 온 도시가 새하얗게 물든다 말하던 그의 눈에는 깊은 슬픔이 어려 있었다.

우리를 살렸던 손으로 우리에게 칼을 던졌던 발타 님. 레아는 자신의 귀 바로 옆에 박힌 단검이 부르르 떨리던 그 울림을 생각하며 다시 눈물을 떨궜다.

그곳에 가면, 그를 만나게 되려나. 파리에 들른다고 했었는데.

레아가 지금까지 아빠의 고향으로 가지 못했던 건, 단 한 가지 이유 때문이었다.

파리에 가면 그를 만나게 될까.

그는 아마 진작 파리에 도착해서 형님인 필립 폐하를 배알했을 것이다. 그리고 기사 서임을 받고 기사단이 결집해 있다는 시프르 섬으로 출발했을 것이다.

하지만 어쩌면, 서임 문제로 한동안 파리에서 머무르고 있을지도 모르는 일이었다.

이번에 만날 때는, 그의 단검이 어긋나는 일은 없을 것이다. 이제 그의 검은 흔들림 없이 단번에 내 목을 꿰뚫을 것이다. 상상만 해도 목이 졸리는 것 같다.

하지만 레아는 같은 이유로 파리에 가고 싶기도 했다.

그를 만나고 싶어서.

……미친 거지, 응.

뭔가 심각한 병에 걸린 게 틀림없었다. 열병에 걸려 죽어 가는 사람이 며칠에 한 번씩 온몸이 펄펄 끓어오르는 것처럼, 그렇게 미쳐 버릴 만큼 그가 보고 싶었다. 그에게 털어놓고 싶은 말이 폭발 직전까지 쌓여 있는 느낌이었다.

그는 분명 자신을 죽이려 했으나, 마지막 순간에 손을 틀었다. 두 번 모두 그랬다. 칼을 던지기 직전의 아주 작은 흔들림. 무슨 심경의 변화가 그를 스치고 지나갔는지 알 수 없으나, 그 순간의 흔들림이 레아를 살렸다.

레아는 손에 들린, 작은 옹이가 박혀 있는 막대기를 지친 눈으로 내려다보았다.

이해할 수 없는 운명의 장난. 이것은 왜 기어이 내게 왔을까. 중간에 버려지거나 없어질 기회가 얼마나 많았는데, 왜 끝내 내 손으로 돌아왔을까. 보면 볼수록 혼란스러울 뿐이었다.

다만 확실한 것은, 이것을 반드시 그에게 돌려주어야 한다는 사실뿐이었다.

언제가 됐든, 무슨 방법으로든 그의 손에 돌려주어야 했다.

성전기사단이 아닌, 그의 손에.

그리고 인정하기 싫지만, 이 모든 이유와 상관없이 그를 만나 보고 싶었다. 그의 낮고 부드러운 목소리를 다시 듣고 싶었다. 그의 정중하면서도 조심스러운 움직임을 다시 보고 싶었다. 그의 맑고 푸른 눈동자에 어리던 옅은 물기를 다시 보고 싶었다.

그런 생각이 들 때마다 레아는 가슴이 쥐어뜯기는 것처럼 아팠고, 눈물이 솟구쳤다.

그냥, 미쳤다는 생각밖에 들지 않았다.

레아와 라셀르가 마르세유 항구에 도착해 아비뇽을 지나 리옹, 부르고뉴, 오를레앙을 거쳐 파리에 도착하기까지 꼬박 아홉 달이 걸렸다. 발타가 주었던 금화는 진작 다 떨어져서, 두 사람의 몰골은 돼지치기나 거렁뱅이와 전혀 다를 바 없었다.

파리에 도착하던 날, 큰비가 왔다. 차가운 빗줄기가 무섭게 쏟아져 레아와 라셀르의 몸은 시궁창에 빠진 것처럼 홈빡 젖었다.

파리엔 요정처럼 아름다운 사람 따위는 없었다. 아몬드 꽃잎처럼 하느작하느작 내려와서 세상을 새하얗게 덮는 눈 같은 것도 보이지 않았다.

센 강은 더러웠고, 길은 진창이었다. 강에는 크고 작은 나룻배들이 우글거렸으며 사공들은 소리를 지르고, 거리를 오가는 장사치들도 악을 쓰며 소리를 질렀다.

사람들이 함부로 내다 버린 똥과 오줌으로 뒤범벅이 된 진흙은 한 걸음 한 걸음 걸을 때마다 맨발에 쩔걱쩔걱 달라붙었다. 돌아다니는 사람들도 비에 홈빡 젖어 궁상스럽고 더러웠다.

그중 제일 더럽고 냄새나고 볼품없는 것은, 자신과 라셀르였다.

레아는 길에 멈춰 서서 새까만 땟국에 전 동생의 뺨을 손바닥으로 문질러 주었다. 우는 법을 잊어버린 동생은 레아를 올려다보며 배시시 웃었다.

"언니, 다 왔어?"

"응, 다 왔어. 파리야."

동생은 더 이상 아무것도 묻지 않았다. 대신 두 팔을 올려 레아의 목을 꼭 끌어안았다. 하루 종일 굶었으면서도 언제 밥을 먹느냐, 어디서 자게 되느냐, 누구를 만나게 되느냐, 하나도 묻지 않는다.

비는 계속 쏟아졌고, 레아는 동생을 끌어안은 채 안심하고 울었다.

파리. 레아가 가장 사랑했던 두 남자의 도시였다.

4부. 백은의 기사

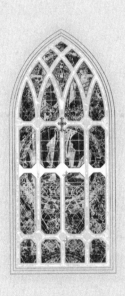

4-1. 팔레 드 라 시테, 파리

Palais de la Cité, Paris 파리 시테 궁

"내 작은 솔로몬, 어서 오너라. 기다리고 있었다."

늘 단조롭던 왕의 목소리가 살짝 높아졌다가 내려앉는다. 어전 시종 위그 드 부빌은 비죽비죽 웃음이 튀어나오려는 입을 지그시 눌렀다. 왕이 기다리는 2층 그랑드 살르 안으로 막 들어선 은발의 사내는 작다는 말을 듣기에는 어이없을 정도로 키가 컸다.

'작은 솔로몬, 동방의 어린 현인.'

왕이 발타사르 드 올랑드 경에게 붙여 준 별명은 다소 괴팍하고 고약하기까지 하여, 남들이 들으면 놀리는 것처럼 들릴 지경이었다. 다만 듣는 당사자는 민망함을 내색한 적이 없었고, 왕은 상대의 감정에 크게 개의하지 않아 그 기묘한 호칭은 지금까지 이어지고 있었다.

"보트르 마제스테."

그가 왕의 앞으로 다가가 한쪽 무릎을 꿇고 예를 갖춘다.

341

“그리스도 신앙과 교회의 수호자이며 치유의 손이시며 신성 프랑스와 나바르의 왕이신 폐하께 그리스도의 은총이 하해와 같이 임하시기를 기원합니다. 그간 평안하셨습니까.”

변함없이 엄정하고 절도 있는 태도였다. 긴 인사를 듣던 왕이 오른손을 내밀며 고저 없는 목소리로 답했다.

“매일이 여일하고 내 호흡은 여전히 평안하니 하느님의 은혜겠지. 그대에게도 주님의 은혜가 임하기를. 여행은 어땠는가.”

“덕분에 평안하였습니다, 폐하. 건강하신 폐하의 모습을 뵈니 기쁨이 한이 없나이다.”

은빛의 폭포가 흘러내려 왕의 손등을 덮었다. 발타가 그의 반지에 입을 맞추고 고개를 들자 왕이 보일 듯 말 듯 비딱하게 웃었다.

“틀에 박힌 인사는 삶을 지루하게 만든다, 발타.”

왕은 발타의 손을 잡아 일으켜 포옹한 후 양쪽 뺨을 맞댔다. 왕의 팔에 힘이 과하게 들어갔는지, 그가 난처한 표정을 짓는다.

원래 왕과 직속 기사란 가족보다 깊은 신뢰와 충성, 전우애, 형제애로 끈끈하게 묶이게 마련인데, 왕은 그중에서도 저 아름답고 출중한 기사를 특별히 아꼈다.

왕은 감정 표현이 거의 없어 대리석의 왕, 혹은 강철의 왕이라는 별명으로 불렸지만, 그가 발타 경을 아끼는 것은 시테 궁에 있는 자라면 누구나 알고 있었다. 그리고 숫기 없는 기사는 그것을 가끔 민망해했다.

발타사르 경은 왕에게 서임을 받은 기사이자 파리 인근에 왕의 약초밭 한 뙈기를 봉토로 받은 가신으로, 1년에 두 달 정도 시테 궁에서 왕을 모셔야 하는 입직 의무와, 왕의 전쟁에 참전할 의무가 있었다. 물론 잦은 전쟁으로 인해 하루가 멀다 하고 소환령이 떨어졌던지라 의무 기간이 큰 의미가 없긴 했다.

그는 입직 기간과 전시를 제외한 거의 모든 시간을 여행으로 보냈다. 눈곱만 한 영지를 팽개쳐 두고 편력기사처럼 정처 없이 떠돌며 하세월을 보내더니, 어느새 관록 있는 기사로 틀이 잡혔다. 지금도 온 유럽을 내처 떠돌아다니다가 의무 이행을 위해 파리 시테 섬으로 돌아온 참이었다.

"위그!"

왕이 부르는 말에, 문가에 서 있던 위그는 하인들이 들고 있던 포도주와 과일이 든 쟁반을 받아 들고 상태를 재빠르게 확인했다. 어릴 때 신변의 위험을 느끼며 살아왔던 왕은 늘 은식기를 사용했는데, 얼룩 하나 없이 말끔해야 했다.

선대 왕의 시종으로 시테 궁에서 잔뼈가 굵었던 아버지 말로는, 왕은 호불호의 표현이 거의 없지만 과할 정도로 집착하는 부분이 몇 가지 있다 했다. 그중 하나가 독살에 대한 것이었다. 그래서 작년 몽상 페벨 전투에서 아버지가 돌아가신 후 왕의 최측근 시종이 된 위그는 식기를 검수할 때마다 여전히 바짝 긴장하곤 했다.

위그는 플뢰르 드 리스(카페 왕실을 상징하는 백합 문양)가 새겨진 나무 탁자 위에 은잔과 술병, 그리고 은 접시들을 조심스럽게 내려놓은 후, 기둥 뒤로 몸을 물렸다.

두 사람이 나란히 있는 모습을 함부로 곁눈질하지 않기 위해 조심했지만, 시선이 가는 것은 어쩔 수 없다. 두 사람은 어딜 가든 사람의 눈길을 잡아 끌었다.

왕은 태자 시절부터 유럽 최고의 미남이라는 소문이 자자했다. 그는 프랑스에서 첫손에 꼽히는 기사로, 훤칠한 장신에 어깨가 넓고 근육이 보기 좋게 잡힌 체형을 갖고 있었다. 어깨까지 덮인 짙은 금발, 반듯하면서도 써늘한 느낌의 이목구비가 인상적이었다.

하얀 대리석을 정확하게 대칭으로 깎아 만든 조각품처럼 매끈한 느낌을 주면서도 차갑고 중후한 위엄이 넘쳐, 사람들은 그를 대리석의 왕이라고도 불렀다. 감정이 느껴지지 않는 새파란 눈동자로 남을 빤히 응시하는 습관 때문에 사람들에게 두려움의 대상이 되기도 했다.

왕의 이복동생이라는 소문이 있는 발타 경은 아름답다는 점에서는 왕보다 높은 점수를 받을 만했지만, 분위기는 많이 달랐다.

그는 말갛게 빛나는 은빛 머리카락과 기사답지 않게 가는 목과 날씬한 허리, 희고 투명한 피부, 은은하고 청초한 분위기를 풍겨 요정처럼 신비로운 존재로 느껴졌다. 얼굴만으로는 전혀 나이를 짐작할 수 없는 이 기사는, 실제로 자신의 나이를 정확히 알지 못한다고 들었다.

열여섯에 기사 서임을 받고 이듬해부터 전장에 나서야 했던 왕은 말 위에 올라앉으면 위풍당당한 무인답게 느껴졌다. 반면 발타 경은 호리호리한 몸과 특유의 신비롭고 사색적인 분위기 때문에 전혀 무인처럼 뵈지 않았다.

아크레 공방전부터 플랑드르 쿠르트레 전투, 루아드 섬 공방전, 기나긴 잉글랜드 해전에서 몽상 페벨 전투에 이르기까지 숱한 전장에서 무자비한 전사로 이름을 날렸음에도 여전히 수도원 필사 신부나 소르본 대학의 젊고 유약한 신학 교수처럼 느껴졌다.

필립이 턱짓으로 의자를 권하며 묻는다.

"나바르와 샹파뉴, 부르고뉴를 들러 왔다고 들었다. 그곳은 어떻던가."

"부르고뉴 프랑슈콩테의 로베르 백작과 모후이신 마담 다르투아께서 폐하께 안부 전해 달라 하셨습니다. 올해 부르고뉴는 여름에 폭염이 있어서 포도의 향이 진했습니다. 포도주가 잘만 숙성된다면 특별히 맛과 향이 좋을 듯하다며 농민들의 표정이 밝았습니다. 나바르의 농민들이 관리자에게 불만스러운 건 예나 지금이나 한결같고, 상파뉴는 일조가 많고 비가 적절해서 여러 곡물과 과일들의 작황이 좋았습니다."

기나긴 여행 중에 겪은 재미있고 박진감 넘치는 이야기가 얼마나 많을 텐데, 그런 건 죄 날려 먹고, 어째 세무 보고서 같은 대화만 줄줄 이어진다. 물론 두 사람의 대화는 오래전부터 이런 식이라 위그는 이제 딱히 우습지도 않다.

"그래, 로베르는 내년에 여섯 살이 되던가. 드센 어머니 밑에서 한동안 고생하겠군. 포도가 잘됐다니 마르그리트도 좋아하겠어. 그 아인 친정인 부르고뉴의 포도주만 세계 최고로 알고 있거든. 나바르나 상파뉴의 와인도 나쁘지 않은데."

로베르 백작은 왕의 육촌인 아르투아 여백작 마오의 아들이고, 그녀의 어린 딸들은 왕의 어린 아들들과 혼인 말이 오가는 중이었다.

부르고뉴 공작의 딸인 마르그리트는 왕의 맏며느리로, 태자 루이의 아내였다. 그리고 상파뉴 백작령은 북부 이탈리아와 플랑드르를 잇는 유통의 중심지로, 왕비 잔느가 특별히 아끼며 직접 통치했던 지역이었다.

왕이 언급한 세 지역은 모두 왕이 특별히 신경 쓰는 곳이었다. 그래서 발타 경은 궁에 입직하기 전, 이 세 지역을 일부러 거쳐 오곤 했다.

그가 차분한 목소리로 덧붙인다.

"폐하께서 원하신다면, 오늘 저녁 상파뉴의 풍미 좋은 백포도주와 달콤한 말린 과일, 나바르의 절인 대구 요리를 맛보실 수 있을 겁니다."

올해 4월, 왕비 잔느 드 나바르와 사별한 왕은 겉으로는 초연해 보였으나 왕비의 고향 지역 와인이나 전통 요리들을 일삼아 찾을 때가 있었다. 왕의 입술이 한쪽으로 기웃 올라간다.

"그 와중에 선물을 바리바리 싸 들고 온 건가? 변변한 시종도 없이 혼자 돌아다녔으면서."

"폐하, 선물이 아니고 앞으로 두 달간의 복지부동을 염원하는 뇌물입니다."

"뇌물이라니 더 반가운데. 자네도 궁정 생활이 길어지다 보니 눈치라는 것이 생기는 모양이야. 하지만 그간 밀린 일로 자네가 꽤 바쁠 예정인데 안타까워 어쩌지."

왕이 비딱하게 웃으며 대답했다.

왕은 웃는 모습이 아름다운 사내였다. 공석에서 웃음을 지을 때는 얼음처럼 차갑거나 석상처럼 반듯하게 웃었다.

하지만 지금처럼 진심으로 웃을 때는 한쪽 입술이 비쭉하게 올라가고 어딘지 모르게 부자연스러워 보였다. 왕을 잘 아는 발타 경은 이 웃음을 더 기꺼워하는 듯했다.

"자랑할 것이 있을 텐데, 발타?"

왕이 은잔에 와인을 따르며 심드렁한 어조로 묻는다.

"로베르 백이 개최한 대규모 마상 시합에 참가했다며. 자네가 팀을 꾸린 기사들만 30명이 넘고, 팀이 잡은 포로가 서른일곱에 자네 혼자 잡은 기사가 열하나, 소영주가 둘이 있었다던데."

"……정보가 빠르십니다."

"마르그리트가 부르고뉴 출신 아닌가. 소문에 밝고 꽤 수다스러워. 애석하게도 루이가 그걸 단속하지 못하니 이런저런 소문들이 바로 퍼져 나가지. 자네 우승 소식은 사흘도 안 돼서 일 드 프랑스 사람들이 다 알고 있었어."

"상금 때문에 출전한 걸 아시지 않습니까. 부끄럽습니다."

"그렇게 엄청난 보석 금을 쓸어 왔으면, 다른 반응 좀 보여 주게."

"운이 좋았습니다, 폐하."

왕은 결국 입술을 비죽하며 웃고 만다.

"겸손하시기도 하지, 동방의 현자님. 그렇게 좋은 운이 10년 넘도록 지속되었으면, 보통은 실력이라 하지. 위대한 기사 기욤 르 마레샬 경을 '50년 동안 운이 좋았던 사내'라고 말하진 않으니까. 자, 축하주나 좀 받게."

왕은 술에 약한 발타 경이 공손히 잔을 받아 가볍게 입술만 적시고 내려놓자 짧게 혀를 찼다. 왕 역시 취하는 것을 좋아하진 않았지만, 가끔은 저 반듯한 기사가 취하는 것을 보고 싶어 하는 눈치였다.

"그나저나 마오…… 마담 다르투아는 좋은 사윗감을 눈앞에서 놓쳤군그래. 숙녀께서 대놓고 낙점한 우승자를 멀쩡하게 내 옆에 돌려보낸 걸 보니."

"예? 낙점이라뇨?"

"이럴 줄 알았지. 눈치도 못 챘던 건가, 자네?"

"저, 무, 무슨 눈치 말씀입니까……?"

발타 경이 말을 더듬기 시작한다. 위그와 곁에서 대기하던 시종들은 입을 꾹 틀어막았고 왕은 한 손으로 턱을 괴고는 픽 웃었다.

"사실 그 마상 경기는 마드무아젤 로잘린의 남편감을 찾아보려고 열었던 거야. 로잘린은 일전에 돌아가신 부르고뉴 백 오토와 마오가 딸처럼 키운 조카인데, 5천 아르팡 영지의 상속자거든. 아키텐의 알리에노르만큼이나 아름답고 콧대도 대단한데, 그 때문인지 외려 혼사가 좀 늦었어. 그런데 로잘린이 경기를 보고 단번에 자넬 낙점했다지."

"……폐하, 무슨 오해가……. 백작의 성에서 어떤 이상한 일도 없었습니다."

발타 경은 당황한 기색을 감추지 못한 채 서둘러 해명했다.

"저는 우승 팀을 성에 초대하는 것이 관례라기에 응한 것뿐입니다. 식사 후에, 성의 신부님께서 황금 전설 성 십자가에 대한 특이한 필사본이 있다 하셔서 사제관에서 밤새 그것을 필사하고 바로 아침 미사를 드린 후에, 어린 영주님과 마담께 하직하고 나온 게 전부입니다. 숙녀분과는 저녁 식사 때 짧게 뵌 것이 전부이고 아침에는 뵙지도 못했는데 무슨 말씀을……."

"아, 당연히……."

……못 봤겠지. 왕은 기묘한 얼굴로 말을 삼켰다. 시종들은 웃음을 참느라 등에서 식은땀이 날 지경이었다.

그깟 필사본 몇 장 때문에 귀한 숙녀를 춥고 깜깜한 복도에서 밤새 기다리게 했으니 그 콧대 높은 숙녀가 앓아눕는 게 당연하지. 따귀나 안 맞은 게 다행이다. 파리 사람들은 다 알고 있는데 당사자만 까맣게 모르고 있다, 당사자만!

"소맷자락이나 손수건 소문은?"

"그것도 그저 호사가들의 소문일 뿐입니다. 마드무아젤께서 식사 중 긴 소맷자락이 번거로우셨는지 그것을 떼어서 쓰시던 수건과 함께 의자 한쪽에 접어 놓으신 것뿐입니다. 치맛자락 때문에 잠시 제 쪽으로 밀어 두신 것을 깜박 잊고 놓고 가셨는데, 물론 저는 손끝 하나 대지 않았습니다."

"아하…… 아무렴. 그랬겠지."

왕이 결국 실소를 터뜨린다. 하긴, 그 뜻을 알아챌 정도로 눈치가 있었으면, 백작의 초대를 받고 성으로 딜렁딜렁 따라갈 일도 없었을 것이다.

"눈치 없는 것도 죄야, 발타. 잔느가 살아 있었으면 자네 지금 등짝 한 대 맞았을 거야. 반나절 잔소리는 덤이고."

그제야 그날 자신이 무슨 짓을 저질렀는지 깨달은 발타 경이 한 손으로 입을 막고 진땀을 흘린다.

"폐하, 제가 실수를…… 큰 무례를 저질렀던 것 같습니다."

"무례인 걸 미리 알았으면 방에서 얌전히 마드무아젤의 방문을 기다렸을 건가?"

"무슨 말씀이십니까. 절대 초대에 응하지 않았을 것입니다, 폐하."

"어쨌든 난 자네가 성에서 납치당해서 바로 신방으로 끌려 들어간 줄 알고 한동안 노심초사했어. 아무것도 모르는 모태 솔로 기사님께서 밤새 헤맬 텐데, 그러면 일주일 만에 온 프랑스에 소문이 파다하게 퍼지고 순결하신 백은의 기사님을 찬양하는 노래까지 열댓 곡은 만들어질 게 아닌가?"

"……폐하."

"난 그럼 자네하고 같이 안 다녀. 그야말로 가문의 대망신 아닌가."

왕은 장난기 어린-하지만 다른 사람이 보기엔 턱없이 냉랭한 얼굴로 와인을 쭉 들이켰다. 발타 경은 당황한 기색을 감추지도 못한 채 붉어진 얼굴로 고개를 숙였다.

왕은 자신이 총애하는 순진한 기사를 놀리는 것을 은근히 즐기는 듯했다. 발타 경은 생각이 깊고 전투에서 판세를 잘 읽기로도 첫손에 꼽히는데, 이상하게도 남녀 관계에선 무딘 것을 넘어 숙맥이나 다름없었다.

그가 슈발리에 다르장(Chevalier d'argent 백은의 기사님)이라는 별명으로 불리는 데는, 그 순진무지함을 놀리는 의미가 숨어 있었다. 그는 숙녀나 귀부인들에게 예의 바르고 정중하게 행동하기 위해 최선을 다했으나, 결정적으로 저따위 만행을 저지르고 다니는 통에 숙녀들의 원성이 자자했다.

"어쩌겠나. 자네를 너무 어릴 때부터 남자만 득실대는 곳에 밀어 넣어 이 지경이 된 것을. 나를 탓하게."

성전기사단은 수도사들이라 여성과의 접촉을 철저하게 금하고 있었다. 여성과의 개인적인 만남은 물론, 일상적인 인사 등의 가벼운 접촉이나 이성에 대한 화제도 최대한 피해야 했다.

기욤 드 보주 전 단장이나 전속 신부 스테파노는 그 부분에서 특히 엄격했다. 발타 경이 의술에 관심이 많다는 이야기를 듣고 왕이 아랍어로 된 의서를 어렵게 구해 보내 준 적이 있었다. 그랬더니 단장과 신부가 미리 검열을 해서 여성 질병 부분과 여성의 인체가 그려진 삽화를 말끔하게 도려내고 전해 주었다는 일화는 기사단 내에서도 꽤 유명했다.

……그러니 결과물이 저 모양 저 꼴인 것은 어쩔 수 없는 것이다.

진짜 문제는 발타 본인이 이 일에 대해 아무 문제의식을 느끼지 못한다는 점이었다. 어차피 성전기사단에 입단할 것이고 그러면 평생 동정을 지켜야 하기 때문에 이런 무지가 전혀 문제가 되지 않는다고 생각하는 것 같았다.

"저, 폐하. 그 무슨 황공한 말씀을……. 제 부족함이 폐하의 명예에 혹 누가 된다면 언제든 가르침을 주십시오. 충심으로 받들겠습니다."

"내 작은 솔로몬, 그런 데서부터 충심으로 접근하겠다는 게 문제라니까. 진심으로 걱정스러워. 부빌? 대체 이 사태를 어떻게 하면 좋겠나?"

왕이 위그에게 시선을 옮겼다. 위그는 왕의 놀려 먹기에 기꺼이 동참했다.

"폐하, 심려치 마십시오. '대장장이가 무두질을 배우는 것은 인생의 낭비'라는 말이 있지 않습니까? 써먹을 일 없는 지식이란 그림 속의 금화 무더기와 같은 것입니다. 순결한 백은의 기사님은 기사단의 지엄한 규율대로 지금껏 아무 문제 없이 살아왔고, 입단하게 되면 더더욱 문제가 없을 것입니다."

모욕감을 느낀 듯 발타 경의 목덜미가 붉어지고, 왕의 웃음은 살짝 애매해진다. 발타 경의 기사단 입단 문제에 대해서라면, 왕은 할 말이 아주 많았다.

아니나 다를까, 왕이 웃음기를 거두고 입을 연다.

"글쎄. 쟁쟁한 영주들도 일등 사윗감으로 자넬 호시탐탐하고 있으니, 이제 가문 좋은 숙녀를 골라 결혼하는 것도 나쁘지는 않겠지. 신부님들이 여인들을 악의 화신이라고 하는 건 몰라서 하는 말이니 겁먹을 건 없어."

"……폐하?"

"혹시 내 사촌이나 조카들 중 맘에 드는 숙녀가 있나? 아니면 내 처가는 어떤가. 나바르나 상파뉴의 여인은 정열적이고 신앙심도 깊으면서 현명해. 그리고 아름답지. 그대라면 내 기꺼이 중신을 서지. 아, 물론 성전기사단에 '언젠가' 입단할 예정이니 그건 곤란할까?"

발타는 왕의 말에 살짝 돋은 가시를 감지하고 가늘게 한숨을 쉬었다.

"폐하, 오랫동안 기다리시게 해서 정말 송구스럽습니다. 폐하와의 약속을 잊은 것은 아닙니다. 일이 정리되는 대로 성전기사단에 입단 요청을 할 것입니다."

"정리? 언제? 종부성사 때?"

왕은 무표정한 얼굴로 말을 튕겨 냈다. 무거운 침묵이 내려앉았다. 왕은 몸을 뒤로 기대고 팔짱을 끼며 냉랭하게 물었다.

"아직도 찾지 못했나?"

"예. 죄송합니다, 폐하."

"미안하다는 말은 더 이상 듣고 싶지 않다고 했다, 발타."

"주의하겠습니다."

"그대가 원치 않으니 그동안 캐묻진 않았어. 하지만 그동안 시간이 많이 흘렀다는 건 알아야 할 때가 됐어. 내 나이가 벌써 30 중반이야."

"명심하겠습니다. 오래 기다리시지 않도록 하겠습니다."

왕은 팔짱을 낀 채 자신의 앞에서 깊이 고개를 숙이는 기사를 물끄러미 내려다보더니 덤덤하게 말했다.

"아니, 더는 기다릴 수 없는 일이 생겼다."

발타가 고개를 들고 눈으로 조심스레 여쭙는다. 무슨 일이 있으십니까. 왕은 그를 향해 허리를 굽히고 속삭이듯 말했다.

"교황청에서 나에게 9차 십자군의 총사령관직을 제안했다."

"폐하."

"기다렸던 바야. 나와 잔느의 오랜 숙원이며 하느님께 서원했던 일 아닌가. 나는 프랑스 왕의 자리를 루이에게 물려주고 우트르메르에 갈까 한다. 예루살렘 왕국과 콘스탄티노플의 황제란, 주님을 믿는 자로서 바랄 수 있는 최고의 영광 아니겠는가."

왕의 목소리는 어둑한 열기에 휩싸여 있었다.

발타는 말없이 왕을 올려다보았다. 무겁고 답답한 열감이 홀의 내부를 꽉 채우며 일렁거린다. 이 정도면 충분히 기다리지 않았는가. 왕은 한 마디, 한 마디 눌러 가며 낮은 목소리로 덧붙였다.

"그러니 너는 더 늦기 전에 약속을 지켜 주어야겠어. 내 작은 솔로몬."

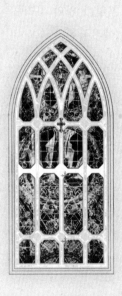

4-2. 황금 이빨의 뱅상

"레, 레아……? 네, 네가 어떻게 여기에……?"

아크레가 함락된 이듬해 봄, 길에서 떠돌던 레아와 라셸르가 파리 아시케나지 마을에 간신히 도착했을 때, 두 사람이 맞닥뜨린 건 의외의 인물이었다.

'저 혹시 레위 지파의 아모스라는 사람을 아세요?'

'오래전에 이 마을의 대장간에서 도제로 일하다가 열세 살 때 성인식 받자마자 도망친 아모스라는 소년을 아세요?'

레아가 그렇게 수소문하며 마을을 골목골목 돌아다닐 때, 새파랗게 질린 얼굴로 레아의 앞을 막아선 사람이 있었다.

"서, 설마, 레아? 너 정말 레아 맞아? 어, 어떻게 이런 일이!"

레아는 그의 누런 뼈드렁니를 보자마자 턱이 덜렁 아래로 떨어졌다. 정신을 차리고 보니 입에서는 험한 말이 정신없이 튀어 나가고 있었다.

"이, 나, 나쁜 새끼, 개새끼, 이 날도둑놈! 네가 왜 여기서 나와!"

"언니, 언니! 벵상 오빠야, 화내지 마. 벵상 오빠야아!"

플로린 금화 40개를 훔쳐 도망친 약혼자, 아니, 도둑놈 새끼가 이곳에서 '아모스의 아들 벵상'으로 살고 있었다. 벵상 오빠라면 껌벅 죽었던 라셸르는 아무것도 모른 채 눈물을 글썽이며 반가워했지만, 레아는 도저히 참을 수가 없었다.

"뭐가 어째? 네가 우리 아빠의 아들이라고? 이게 무슨 미친 소리야!"

"쉬, 쉿, 잠깐 조용히 해 봐, 레아, 레아 님? 라파엘라 님? 아이고 성모 마리아 님, 내가 말할게, 다, 다 설명할게!"

물론 가장 당황한 건 벵상 쪽이었다. 그는 레아와 라셸르를 황급히 공방으로 끌어들인 후 식은땀을 흘리며 중얼대기 시작했다.

"으와 씨, 왜 사람 헷갈리게 남자 옷은 주워 입고, 식겁하게. 아, 그래. 떠돌이로 다니려면 그게 낫겠구나. 아크레에서 정말 탈출했다고? 아 미친, 이런 게 기적이야, 오, 하느님 감사합니다. 내가 그 소식 듣고 동쪽을 향해서 아침부터 저녁까지 우느라고 일주일간 밥을 못 먹었는데. 그, 그런데 너 정말 유령 아니지? 라셸르도? 우리 귀염둥이 꼬꼬마 아가씨, 손 좀 줘 봐. 만져 보게. 아아, 정말이구나. 이럴 줄 알았으면 깃발이라도 들고 마르세유로 마중을 나갔을 텐데!"

마르세유항에 도착해서 여인숙을 전전하던 벵상은 아크레가 함락되고 그곳에 남아 있던 주민들이 모조리 참수당했다는 소식을 듣게 되었다.

당연히 스승님과 가족이 빠져나오지 못했을 거라 생각한 벵상은 일주일 동안 식음을 전폐하고 앓아누웠다. 물론 고기와 포도주만 안 먹었다는 뜻으로, 빵과 아몬드 우유와 그가 좋아하는 매콤한 스튜는 당연히 먹었다.

간신히 자리에서 일어난 그는 흐느껴 울며 성당으로 찾아가, 약혼녀와 스승 가족을 위해 제단에 초를 밝히고 그들을 위한 위령미사를 부탁했다.

그는 미사를 드리는 내내 까마귀처럼 꺽꺽 울어 대며 가련한 약혼녀의 영혼이 지옥으로 떨어지지 않기를 기도하고, 스승이 죽기 전에 자신을 저주하지 않았기를 기도하고, 자신이 구사일생 살아남은 일에 대해 감사를 올렸다.

그 직후, 그는 떠돌이 생활을 청산할 새로운 기회가 펼쳐졌음을 깨달았다.

그래, 파리에 아시케나지 마을이 있다고 했지?

그는 스승이 파리 출신이며 아시케나지 유대인이라는 것을 진작 눈치채고 있었다.

떠돌이 생활 중에 추방당한 이교도들도 꽤 만나 봤던 벵상은 스스로를 '관대하고 편견이 없으며, 비록 말은 많으나 입은 무거운 사나이'라 자부하고 있어서, 스승의 비밀은 점잖게 지켜 주었다.

하지만 막상 스승은 벵상을 사위로 점찍은 이후부터 대놓고 입이 가벼워졌다. 그는 술이 거나해지면 딸과 '조만간 사위'를 붙잡아 앉혀 놓고 고향 이야기, 어릴 때 친구와 일가친척, 그들의 신기한 전통과 풍습에 대해 하염없이 늘어놓곤 했던 것이다.

아시케나지 사람들은 어딜 가나 이교도라 천시당했지만, 그들의 마을은 질서와 전통이 살아 있고, 교육 수준도 높으며, 부자들도 많았다. 글을 알고 숫자 계산이 빠른 이들도 적지 않았다. 무엇보다 파리는 귀금속 유통의 중심지고, 세공사들의 도시였는데, 파리 세공사 동업조합에선 아시케나지 유대인들의 입김이 막강했다.

그리고 벵상이 가진 기술이라곤 같잖은 세공 기술뿐이었다.

"아하, 그래서 아빠한테 배운 기술로, 아빠한테 주워들은 내용으로 아들 시늉을 하셨다……?"

레아는 화가 나서 손이 부들부들 떨릴 지경이었다. 마을에선 그가 사기꾼이라는 걸 알아차릴 사람이 아무도 없었다. 사람들은 아크레가 함락되고 남은 주민들이 모조리 참수당한 소문은 들었지만, 오래전 도망친 소년 아모스가 그곳에 살고 있던 것은 몰랐다.

소식을 듣고 삼삼오오 모여든 일가친척들은 벵상을 붙잡고 아빠의 잃어버린 20년에 대해 밤새 캐물었다. 오랜 세월 아빠의 술주정과 넋두리를 들어 주어야 했던 전직 예비 사위는 그야말로 탁월한 말발과 임기응변으로, 가까운 친척이었던 랍비 토비아스의 확인 작업을 무사히 통과하고 당당하게 아들이라는 인정을 받게 되었다.

친척들은 아모스의 뒤늦은 부고를 듣고는, 유일하게 살아 돌아온 아들(?)을 끌어안고 통곡했다. 벵상 역시 키스 한 번 못 해 보고 잃은 약혼녀를 생각하며 눈물을 소나기처럼 쏟았고, 얼마 지나지 않아 배타적이기로 소문난 아시케나지 마을에 무사히 자리 잡게 되었다.

벵상은 갖고 있던 플로린 금화 40개로 작업실이 딸린 작은 집을 사서 조그만 공방도 하나 차리고, 몇몇 친척들의 도움으로 귀금속 세공 동업조합에 어찌어찌 이름도 올리게 되었다.

그들은 외인에 대해서는 경계심이 몹시 강했으나, 가까운 친척

358

끼리는 끈끈하게 결속되어 있었고, 공동체 의식도 대단했다−물론 그들에게 뿌린 반짝이 플로린의 위력도 부인할 순 없었다.

뱅상은 창밖을 흘끔대며 조그만 목소리로 설득을 시작했다.

"어, 어차피 레아 네가 여기서 살 거면 남자가 필요해. 아빠든, 오빠든, 친척이든, 남편이든. 네가 아무리 기술이 좋아도 남자 없이 혼자 공방을 내서 자리 잡는 건 턱도 없어. 동업조합에 들어가지도 못하고. 그렇잖아?"

"그래서?"

"다행히도, 내가 바로 성인 남자 아니냐. 자그마치 파리의 귀금속 세공사 동업조합에 이름이 올라가 있는! 매우 능력 있는 성인 남자!"

레아는 눈을 가느스름하게 뜨고 뱅상을 노려보았다.

재수 없는 말이지만 틀린 말은 아니다. 작위를 가진 여공작이든, 자유민의 딸이든, 노예 계집아이든 다 마찬가지다. 생각할수록 분통 터지는 일이었다.

불행 중 다행인 건, 저놈도 아빠에게 쫄보력이 옮아, 누군가를 죽여 입막음할 생각은 하지 못한다는 점이었다. 성전기사님들에게는 대의를 위해 죄 없는 일가족을 몰살할 용기와 신념이 있었지만, 이 강아지에게는 그런 용기도 신념도 없었다. 뭔가 좀 이상하지만, 세상을 살 만하게 만드는 건 용감한 기사님들이 아니라 우리 같은 쫄보들일지도 모른다.

떠벌이 녀석의 말투가 갑자기 조심스러워진다.

"사실 있잖냐, 레아 네가 여기 정착하려면 나와 결혼해서 함께 세공방을 운영하는 게 가장 좋겠⋯⋯."

"닥쳐, 그놈의 누렁니를 몽땅 깨 버리기 전에! 랍비한테 끌고 가서 다 까발릴까!"

레아는 모루 위에 있는 망치를 집어 들고 이를 갈았다. 떠돌이 생활 반년 만에 성질이 바닥을 쳤는지 이제 눈에 보이는 게 없다. 다만 라셀르가 보고 있으니 애써 참을 뿐이다. 벵상은 몸을 움찔하더니 바닥에 엎어져 싹싹 빌기 시작했다.

"알았어, 알았어. 이제부터 찍소리도 안 할게. 제발 비밀만 좀 지켜 줘. 우리가 남매 맞다고만 해 줘. 너하고 라셀르가 포로로 잡혀가다가 탈출해서 아빠 고향으로 도망 온 거라고 말만 맞춰 줘. 그러면 너희가 여기서 자리 잡고 살 수 있도록 내가 최선을 다해서 뒷배를 봐 줄게. 엉?"

"……."

"이 이빨에 대해서 네가 그렇게 잔인한 소리를 하면 나는 너무 슬퍼. 네가 '말할 때 썩는 냄새 난다'고 했잖아. 기억도 안 나? 그런 가혹한 정서적 학대를 나같이 섬세한 사람이 어떻게 견뎠겠어. 그래서 좋은 향기 나는 잎이란 잎, 풀이란 풀은 모조리 씹고 다니다가 그만 이빨이 황금으로 형질 변경이 된 거야."

"아, 그래애. 연금술이 따로 없다? 이참에 세공사 대신 연금술사 그쪽으로 전업하지, 엉?"

"야, 여기선 말 한마디 할 때마다 돈의 향기가 진동하는 황금 이빨로 소문났는데 너는 왜 자꾸 그러냐. 물론 네가 얼굴 밝히는 거 잘 아는데, 야, 인간적으로 사람 겉모양만 보고 그렇게 차별하는 거 아니다? 내가 아크레를 떠난 이유도, 약혼녀가 만족할 만한 근사한 남자가 돼서 귀향하기 위해서였다고! 내 비참하고 힘들었던 마음을 네가 알아?"

"그렇다고 돈을 훔쳐 가? 훔친 돈으로 빼입고 오면 멋있어 보일 거 같아?"

"그게 사연이 있어! 이유가 있다고! 네가 들으면 내가 이해가 되는 걸 넘어서 불쌍해서 눈물을 흘려 줄……."

"눈물이고 나발이고, 일단 아빠한테 훔쳐 간 돈부터 내놔, 이 날도둑놈아."

레아는 말싸움조차 하기 싫었다. 일단 저놈의 누렁니만 보면 바로 전의를 상실하곤 했다.

다만 저놈이 훔쳐 간 돈은 한 푼이라도 남김없이 건져야 직성이 풀리겠다. 가문에 면면히 이어지는 돈독 본능은 역시나 강력했다.

"아우 씨, 야, 네가 나한테 날도둑이라고 하면 그건 더 슬퍼! 그거에 대해선 나도 할 말이 많아! 내가 왜 돈 가지고 튀었는지 알기나 알아?"

"도둑놈의 사연 따위 알고 싶지 않거든?"

소리치던 레아는 저도 모르게 움찔 입을 다물었다. 그렇게 따지면 자신도 말할 자격이 없다. 어쩌다 보니 비싼 군마를 훔쳤고 어쩌다 보니 성 십자가 조각도 손에 들어와 버리지 않았는가. 구구절절 사연 빼고 결론만 들으면 레아의 죄가 벵상의 죄보다 백만 배쯤 더 클 것이다. 벵상이 빽 고함을 친다.

"알기 싫어도 좀 알아 둬! 네 아버지가 내 월급을 계속 떼어먹었다고!"

"뭐?"

"사위가 되면 그 공방을 아예 나한테 통째로 줄 테니 한꺼번에 받는 셈 치라면서! 그치만 너는 나랑 결혼할 생각이 눈곱만큼도 없었잖아. 그럼 나는 밀린 돈 어떻게 받아!"

"뭐, 뭐?"

머리가 아뜩해진다. 너무나도 놀라운 진실에 레아는 화내는 것도 잊어버리고 눈만 깜박거렸다. 뒤이어 떠벌이 뱅상의 트레이드 마크인 속사포 말발이 흘러나오기 시작했다.

"레아 너 말이야, 인간적으로 나한테 너무했던 거 알고는 있냐? 내가 약혼녀에게 아무리 잘해 주려고 노력해도 나만 보면 고개를 뒤로 쭉 빼다가 바로 도망치고, 뱅상하고 결혼하느니 내일 당장 수녀원에 들어가 버린다고 신부님 수녀님들 다 붙잡고 훌쩍대기나 하고, 그럼 내가 뭐가 돼!"

맙소사, 내가 성당에 가서 훌쩍대면서 넋두리한 말은 언제 훔쳐 들었대? 갑자기 미안한 마음이 좁쌀만큼 돋아났다.

"그리고 말야, 내가 옆에 가려고만 하면 일부러 절절 끓는 쇳물 도가니 들고 오락가락하고, 새파란 단검 날을 쓰다듬으면서 눈을 부릅뜨고 실실 웃어 대기나 하고. 나 옆에 오지 못하게 일부러 그런 거 모를 줄 알아?"

아니 그럼 어쩌라고. 싫은데 억지로 좋은 척을 해야 하나?

"나도 돈만 있으면 네가 그렇게 노래를 하는 꽃미남 기사…… 까지는 아니지만 돈 많은 상인이 돼서 네 앞에 나타날 수 있었다고! 그럼 너는 분명히 나에게 홀랑 반했겠지. 너 얼굴하고 돈에 약한 거 알아."

"뭐뭐뭐가 어째?"

하지만 레아는 따지지 못했다. 돈에 약한 것도 사실이었기 때문이다. 뱅상은 더욱 기가 살아 큰소리를 쳐 댄다.

"그런데 네 아버지는 말이야, 엉? 딸의 속도 모르고, 엉? 아니 알고도 모른 척하고! 내 피 같은 월급을 안 주는 거야! 이 결혼 망했네 하는 각 나오면 그때라도 월급 계산해서 줘야 하는 거 아냐?

362

벼룩의 간을 빼먹어도 유분수지 진짜!"

아빠가 돈을 떼어먹었다는 건 너무 의외의 진실이었다. 아빠가 물론 돈을 굉장히 밝히긴 했지만, 그래도 계산 하나는 칼 같았다. 양심적인 사람이라서⋯⋯라기보다, 재판에 끌려갔다가 이교도 출신이었다는 과거가 드러나는 것을 너무너무 무서워했기 때문이었다.

아무래도 아빠가 벵상을 진짜 사위 취급해서 한 짓 같긴 한데, 그래도 아빠가 악덕 고용주였다는 사실은 변함이 없다.

"어, 아빠가 돈을 주지 않았던 건 나도 몰랐어. 정말 몰랐었어. 미안해⋯⋯."

저도 모르게 대신 사과하던 레아는 다시 고개를 들고 팩 고함쳤다.

"그래도 아빠가 떼어먹은 돈이 40플로린은 아니잖아! 네가 20년 동안 떼먹힌 게 아니잖아, 이 날강도 같은 놈아!"

"그게, 다 이유가 있어! 내가 뭐 썩 그렇게 제대로 된 날강도는 아니야!"

그는 여전히 당당하게 큰소리를 쳤다.

"예루살렘 왕국에선 남의 물건 슬쩍한 금액이 한 브장 이상이면 손을 자르거나 한쪽 눈을 빼잖아. 하지만 난 고마우신 스승님의 손이나 눈을 못 쓰게 만들고 싶진 않았단 말이야!"

"뭐가 어째?"

"너는 어려서 몰랐겠지만, 예루살렘 왕국에선 재판 전에 뒤에서 싸바싸바, 아니, 돈으로 합의하는 관행이 있다고. 뒤에서 5배를 물어 주고 합의하면 쓱싹 눈감아 주는 거지. 나는 정확하게 4년 동안 8플로린을 못 받은 데다 희망 고문까지 당했고⋯⋯."

"그래서 당당하게 40플로린을 훔치신 거야? 이 개자식아! 아빠한테 말이라도 하지 그랬어! 달라고, 한 번이라도……."

핑계 없는 무덤 없고, 이유 없는 도적질도 없다지만, 녀석의 말도 어거지로 이해는 할 수 있다지만, 레아는 분하고, 분했다.

"그 돈이 있었으면 우리 가족은 아크레 첫 공격이 시작되기 전에 배를 탈 수 있었을 거야! 그럼 아무도 안 죽었을 거라고! 그러니까……."

생각하는 순간 다시 눈물이 왈칵 쏟아졌다. 멍청하게 쏟아지는 눈물 때문에 본때 있게 욕설을 해 보려는 계획은 실패로 돌아가고 말았다. 레아가 할 수 있는 일이라곤 그저 눈물을 지질지질 흘리며 '돈 줘, 흑, 돈 달라고…… 흐으으.' 하며 처량하게 중얼대는 것뿐이었다.

납작 엎드린 벵상이 잔뜩 쭈그러진 목소리로 빌었다.

"미안해. 나도 그렇게 될 줄은 몰랐어. 난 그저 네 아버지처럼 부자가 돼서 비잔티움 황제처럼 멋지게 차려입고 네 앞에 다시 나타날 생각이었어……. 그렇게 아크레가 함락될 줄은 꿈에도 몰랐단 말이야. 나도 일주일 동안 너랑 스승님 생각하며 우느라고 밥도 못 먹어서 피골이 상접……."

"흐으, 입 좀 다물어. 흐으……."

저따위 말을 들으니 떨어진 눈물이 아까워진다. 한마디 나올 때마다 망치로 한 대씩 때려 주고 싶다. 이 떠벌이 놈하고 있으면 아무리 슬프고 심각한 상황도 하찮고 우습고 한심하게 느껴진다.

레아는 벵상의 그런 점을 정말 싫어했지만, 아빠는 그런 점을 무척 좋게 생각했다. 무게 잡고 진지 빨아 봐야 인생의 행복에 하등 도움이 안 되지만, 힘들고 아팠던 걸 우습고 가볍게 만드는 재주야말로 사람이 행복해지는 중요한 재능이라는 것이다. 물론 레아는 여전히 그 말에 동의할 수 없었다.

레아는 야무지게 눈물을 닦고 손을 벌렸다.

"다 됐고, 남은 돈이나 내놔."

"······그게, 레아야, 당연히 네 발 앞에 다 바치고 싶은 마음은 굴뚝같은데, 돈이 없어."

"그 큰돈을 다 어쨌어!"

"결혼 준비 때문에 다 털었어. 아, 씨발. 그때 당했던 거 생각하면."

"결혼······? 너 결혼했어?"

벵상은 텃세가 심한 이 마을에 빨리 정착하려면 '이곳 아가씨와 결혼하는 게 최고'라는 것을 바로 깨달았다.

그는 다음 날부터 바로 아가씨를 물색하여 작업에 들어갔고, 그녀와 그녀의 아버지 마음을 단번에 사로잡아 약혼까지 파죽지세로 이어 나갔다. 스승인 아모스가 차독(사독) 대제사장 집안이라는 소문이 높은 점수를 받았다더라 했다. 물론 벵상은 차독이 누군지도 몰랐다.

아시케나지 마을에선 신부를 데려오려면 신랑이 신혼집부터 마련해야 했다. 한참 망설이던 벵상은 장기적으로 투자한다 생각하고 금화를 털어 근사한 공방이 딸린 스승님의 옛집을 샀다. 그 집을 갖고 있던 친척은 '옛 집주인의 아들'에게 바가지를 씌우지는 않았지만 플로린 금화 서른다섯 개에서 단 한 푼도 깎아 주지 않았다.

문제는 다른 데서 터졌다. 벵상은 아시케나지 남자들이 어렸을 때 할례를 받는다는 사실은 몰랐다. 예비 사위가 '무할례자'에 율법에 일자무식이라는 사실을 알게 된 신부 아버지는 기겁했다.

'아니, 아모스의 아들이, 다른 집안도 아닌 차독 대제사장의 후손이, 어찌 이럴 수가!!' 하고 펄펄 뛰다가 '이 결혼은 무효세!'를 외치기 시작했다.

결국 랍비 토비아스 할아버지가 중재에 나섰다. 벵상은 단기 속성으로 전통 일곱 절기와 율법 과외를 받고 할례까지 받는다는 조건으로 결혼을 허락받게 되었다. 벵상은 할례가 아시케나지 남자들만 받는 특별 세례와 비슷한 의미라 주워듣고, 해맑고도 용감하게 고개를 끄덕였다.

그가 할례가 뭔지 제대로 알게 된 것은, 그러니까 할례를 전담하는 모헬 랍비에게 거시기의 피부가 생짜로 한 뭉텅이 잘려 나간 후였다.

벵상은 충격으로 정신이 나갔고, 다음 날부터는 아파서 또 정신이 나갔다. 하필 한창 더운 때인 데다 자꾸 손을 대 놓으니 상처는 빨리 낫지 않고 계속 곪고 덧났다.

그는 거시기를 한 번도 써 보지 못한 채 고자가 되는 건 아닐까 하는 극심한 공포와, 펄펄 끓는 열과, 죽을 것 같은 그곳의 통증에 두 달 가까이 시달려야 했다. 그는 이불을 쥐어뜯고 눈물을 철철 흘리며 엄마 배 속에서부터 지금까지 지었던 죄를 깊이 참회했다.

그리고 모진 고통을 이겨 내고 어정어정 밖으로 나온 그를 기다리고 있던 것은 파혼 소식이었다.

'명색 차독 제사장 집안이라며 토라조차 모르는 놈에게 딸을 줄 순 없네!'

그는 다시 이불 속으로 기어 들어가 왜 고통당했는지 알 수 없게 된 거시기를 위해 다시 두 달 동안 눈물을 철철 흘렸다.

"오호, 그래도 정의는 살아 있네?"

레아는 벌겋게 부은 눈가를 문지르며 입을 비죽대고 웃었다. 물론 제대로 된 정의구현이라기엔 지나치게 사소했지만, 그나마 혼쭐난 꼴을 보니 속은 조금 풀렸다.

이번에도 벵상의 말발에 밀리긴 했으나, 그의 제안에 악의는 없었고, 자신에게 유리한 제안인 것도 확실했으며 그가 자신을 무척 좋아했던 것도 사실이었다. 파혼당하지 않고 그 여자와 결혼까지 했으면 좋았겠지만, 그것까지야 어쩔 수 없고.

드디어 정신을 차린 레아는 본격적으로 협상을 시작했다.

"좋아, 벵상. 돈이 없다면 이 공방이라도 내놔."

"아우 씨, 레아야, 레아 님? 이게 무슨 헛소리신가. 날도둑님이 따로 없……."

"뭐가 어째? 날도둑? 이…… 강아지야, 날도둑은 너야!"

다시 목소리가 확 커지자 놈은 허둥지둥 레아의 입을 틀어막고 진땀을 뻘뻘 흘렸다.

"레아 누님, 레아 언니? 조그맣게 말해요, 나 귀 좋아. 주변 사람들도 귀 좋아. 아니 근데, 아직 결혼도 안 한 마드무아젤께서 운영하지도 못할 공방 가져가서 뭐 하게?"

"내가 운영을 하든 팔아먹든 무슨 상관인데? 네놈이 아빠 돈으로 잘 처먹고 처웃으면서 사는 꼴을 보느니 아예 불 싸지르고 굶어 죽고 말지!"

"언니, 화내지 마아…… 벵상 오빠야."

구석에 쪼그리고 있던 라셀르가 견디다 못해 끼어들었다. 늘 바른 말 고운 말만 쓰던 천사표 언니가 마귀처럼 돌변한 것을 보며, 라셸르는 바다에 빠졌을 때만큼이나 공포에 질려 있었다. 레아는 터져 나오려는 고함을 꼭꼭 눌러 담았다.

벵상은 벵상대로, 레아가 정말 일을 저지를 수도 있다는 걸 직감하고 다리를 달달 떨었다. 얼마 전까지만 해도 재재재재 수다스럽지만 겁 많고 눈물 많던 쫄보 소녀가 왜 이렇게 독하게 변했을까.

하긴 떠돌이 생활이 사람을 얼마나 독하게 만드는지는 벵상이 가장 잘 알고 있었다.

"그럼, 레아야. 우리 서로 잘하는 걸 해서 돈을 나누는 건 어떨까? 너는 만들고, 나는 팔고. 내가 또 영업 실력 하난 기가 막히잖아?"

벵상은 손님을 홀려서 물건 팔아먹는 건 잘하는 편이었지만, 세공사로서의 재주는 그저 그랬다. 아무리 입담이 좋아도 물건이 받쳐 주지 않으면 재구매가 되지 않는다. 조만간 파리나 날리게 될 미래가 빤히 보여 내심 불안해하던 참이었다.

반면 레아는 세공 실력만큼은 이미 장인급이었다. 꼼꼼한 것을 넘어 집착에 가까울 정도로 완벽을 추구하는 성질머리 때문이었다. 같이 일하던 직인들은 레아를 보며 '이상한 데서 끝장을 보는 저놈의 성질머리'라며 흉을 보았는데, 결국은 그게 실력이었다.

레아는 곰곰 따져 보았다. 어차피 자신은 숨어 살아야 한다. 협업이 성공하면 이 위기는 기회가 될지도 몰랐다. 레아는 고개를 끄덕이며 조건을 걸었다.

"그럼 내가 혼자 일할 방을 따로 만들어 줘. 옆에서 자꾸 시끄럽게 떠들면 망치로 그 황금 이빨을 깨 버리고 싶으니까."

"알았어, 알았어! 공방 옆에 작은 작업실을 따로 만들어 줄 테니 너는 거기서 문 걸어 잠그고 일해. 그럼 됐지?"

"라셀르하고 내가 지낼 곳도 필요해."

"아주 호구 잡았냐. ……좋아. 공방 위에 다락방도 새로 지어 줄게. 오케이? 밖의 사람들과 접촉하거나 골치 아픈 문제들도 내가 다 막아 줄 테니 넌 마음 편히 일이나 해. 그럼 됐지?"

플로린 40개를 들고 뛴 것 때문인가. 그는 선선히 호구 노릇을 해 주겠다고 나섰다.

"배분은 8 대 2야. 내가 8이야."

"와 이거 봐, 이거 날강도 다 됐어? 야, 나도 돈 모아서 결혼해야지? 내가 만년 파혼에 파산 상태로 살아야겠냐? 장래 부인까지 굶어 죽으라는 거야?"

물론, 돈 문제라면 경우가 달랐다. 그는 우리 집안의 쫄보력도 물려받으면서 돈 밝힘증도 같이 물려받은 모양이었다.

"네 장래 부인이 굶어 죽든 말든……. 음, 7 대 3!"

맞다, 그 여자는 무슨 죄야. 레아가 슬그머니 양보하자 벵상이 더욱 애절하게 말했다.

"레아야, 레아 님? 좀만 더 봐주라. 결혼하면 애들도 태어날 텐데 애기들 끌어안고 굶어 죽으란 말이야?"

날도둑놈 결혼을 하든 말든, 애새끼가 태어나든 말든……! 이라고 말하고 싶었지만, 아기와 엄마라는 존재에 영 취약한 레아의 입에선 엉뚱한 말만 나온다.

"네 애들은 네가 알아서…… 휴, 그래. 6 대 4!"

"씨발, 야, 명색 동업 아니냐. 그리고 몇 년을 같이 지낸 정도 있지. 반반! 5 대 5! 그 이상은 안 돼. 할례를 한 번 더 받는 한이 있어도 저어얼대 안 된다고!"

함께 지낸 정? 그 말에 레아는 갑자기 단호해졌다.

369

"그럼 할례 한 번 더 받고 5 대 5 하든가."

말이 떨어지기 무섭게 벵상이 몸서리를 치며 외쳤다.

"레아 넌 인간도 아니야! 이 마귀 대마왕! 잘 먹고 잘 살아라!"

거래가 성사되었다. 사실 순이익 6 대 4란 레아 입장에선 퍽 좋은 조건이었고, 여기서 자리 잡고 먹고살려면 저놈과 원수지간이 되어서도 곤란했다. 동업조합 조합원이란 지위는 벌어먹고 사는 데 너무나 중요했다.

"좋아, 그럼 마지막으로……."

레아는 눈썹을 찌푸리고 잠시 머뭇거렸다.

성전기사단에게 들키지 않기 위해서는 이 마을에 숨어 사는 것만으론 부족하다. 외부 사람들이 별로 드나들지 않는 마을이라 해도 세금 징수원과 호위 병사들은 뻔질나게 드나들게 마련이었다. 안전장치가 더 필요하다.

레아는 입고 있는 시커먼 바지를 내려다보며 곰곰이 생각에 잠겼다. 내가 발타 님의 옷을 입고 다니지 않았으면, 절대 파리까지 무사히 올라오진 못했겠지.

하지만 이 방법을 쓰면 나는…….

시선을 돌리니, 겁먹은 눈으로 벵상과 레아를 힐끔대는 라셸르가 보인다.

그래, 일단 동생을 안전하게 지켜야 한다. 동생이 혼자 살아갈 수 있을 때까지. 결혼할 때까지만이라도. 내가 편하고 불편한 것을 따질 때가 아니다.

레아는 길게 한숨을 쉬며 벵상에게 마지막 조건을 내놓았다.

"나를 남자 동생으로 소개해 줘. 이름 바꿔서."

4-3. 백은의 기사

Chevalier d'argent

아크레 함락 후 파리에 도착한 발타는 왕에게 기사 서임을 받았다.

발타는 '아크레의 함락과 모시던 단장님의 서거'를 이유로 축하연과 마상 시합을 모두 고사했고, 왕은 발타의 간곡한 청을 받아들였다. 그래서 식을 집전할 왕과 신부, 그리고 최소한의 증인만 참석한 아주 작은 규모의 서임식이 치러졌다.

서임 전날 밤, 기사 후보생은 독방에 홀로 앉아 그동안의 죄를 고백하며 밤 시간을 보내게 되어 있다.

그날 밤, 왕은 발타가 은으로 만든 십자가를 쥔 채 숨죽여 흐느끼는 것을 발견했다. 소리는 거의 들리지 않았다. 하지만 등을 돌린 채 엎드린 그의 어깨가 가늘게 들먹이는 모습만으로도 깊은 고통이 절절히 느껴졌다.

왕은 예상하지 못했던 그의 모습에 곤혹스러움을 느꼈지만, 이유를 물을 수는 없었다. 그 시간은 어떤 외부인도 개입할 수 없는 시간이었다.

이튿날 발타는 지난밤의 흔적을 말끔하게 지우고 생트 샤펠 성당으로 들어섰다. 왕실에 속한 자들은 일반 백성의 출입이 금지된 2층을 이용했는데, 왕이 부른 곳이 바로 2층의 예배실이었다. 왕이 그를 왕실의 일원으로 인정한다는 암묵적인 표시이기도 했다.

화려한 스테인드글라스의 빛이 장엄하게 쏟아지는 예배실 단상 앞, 발타가 왕이 내린 허리띠와 검, 그리고 박차를 받고 고개를 든다. 순간 왕은 그의 맑고 깊은 눈동자에 깊게 고인 좌절과 고통의 흔적을 희미하게 발견했다.

하지만 왕은 그의 명예를 고려하여, 그를 괴롭힌 것이 무엇인지 끝내 묻지 못했다.

"그게 무슨 말이지, 발타? 기사단 입단을 하지 않겠다는 뜻인가?"

"아닙니다, 폐하. 입단을 잠시만 미루겠다는 뜻입니다."

그는 야전에서 잔뼈가 굵은 기사로, 에퀴에르 시절부터 이미 아크레 최정예 전사로 꼽혔다. 사라센 군은 그를 '아크레의 도살자'라 부르며, 산중노인의 자객 이상으로 두려워했다. 다들 발타가 서임을 받으면 바로 기사단에 합류해 아크레 수복을 위해 싸울 거라 믿었다.

하지만 발타는 바로 입단하지 않았다.

"입단 전에 반드시 찾아보아야 할 것이 있습니다, 폐하."

그때부터 발타의 방랑기사 생활이 시작되었다. 그동안 시돈,

토르토사 등 동방의 십자군 거점들은 하나하나 적의 손에 떨어졌다. 발타는 기사단에서 도움을 청할 때마다 전투에 꼬박꼬박 참전했지만, 입단만은 계속 미루었다.

왕은 자신에게까지 속을 숨기는 발타가 괘씸하다기보다 그가 찾고자 하는 것이 무엇인지 궁금해졌다. 하지만 그는 대답하는 대신 이마를 땅에 댄 채 사죄의 말만 되풀이했다.

왕은 그가 엎드려 사죄하는 모습이 지겨워졌다. 그래서 '더 이상 네 입에서 미안하다는 말이 나오지 않게 하라'고 명한 후, 묻는 것을 그만두었다.

서임받은 지 3년째 되는 해, 왕은 청빈의 삶을 온몸으로 실천하던 발타의 궁상(?)을 보다 못해, 파리시 인근 왕령지 중 작은 밀밭과 약초밭을 하사했다.

둘을 모두 합쳐도 고작 50아르팡(약 0.2km², 1아르팡=황소 하루갈이 넓이)밖에 되지 않아, 영지라고 이름 붙이기도 낯부끄럽긴 했다. 건들건들 걸어도 밥 한 끼 먹을 시간이면 한 바퀴 다 둘러보고 올 정도였으니까.

그나마 더 넓은 땅이면 발타가 거절할 게 분명해서 '그대는 굶어도 내가 준 크레도는 굶기지 말아야 할 게 아닌가.' 하며 떠넘기다시피 한 것이다.

물론 그가 입단할 성전기사단은 개인 소유를 인정하지 않아, 1만 아르팡의 영지라도 발타에게 별다른 의미가 없으리라는 건 알고 있었다. 하지만 왕은 이런 방법을 써서라도 발타를 제 사람으로 확실히 묶어 두기를 바랐다.

발타는 왕의 마음을 이해하고 선선히 오마주(homage 신종계약)를 바쳤다. 그에게 내려진 이 작은 족쇄는 편지에 적힌 지명의 앞부

373

분을 따 올랑드Haulande 영지로 불리게 되었다. 이는 '높은 곳의 황량한 땅'이라는 의미를 갖고 있었으나, 실제 그의 고향이 어디인지 아는 자는 아무도 없었다.

그의 작은 영지엔 위풍당당한 돌성이나 해자 따윈 없었다. 집사나 견습 기사나 하녀들도, 수십 마리의 말이 대기하는 대형 마구간도 없었다.

그저 세 구역으로 나뉜 밀밭과 약초 나부랭이가 자라는 황무지가 있고, 울타리와 벽난로가 간신히 갖춰진 영주님의 돌벽집이 한 채, 주변으로 농노들의 흙집 대여섯 채가 옹기종기 모여 있을 뿐이었다.

돌벽집 옆에는 해자로도 못 써먹을 좁은 시내가 흘렀는데, 그곳에 설치된 작은 다리와 무너져 가는 물레방앗간, 공동 화덕과 곡식 창고가 발타가 소유한 마을 시설의 전부였다.

손익 계산이 빠른 발타는 영지에 도착한 지 반나절 만에 방랑기사로 복귀했다.

"……발타가 마상 시합에? 그게 사실인가?"

얼마 지나지 않아 '백은의 기사'에 대한 괴소문이 시테 섬의 왕궁으로 쏟아져 들어오기 시작했다.

소문의 내용은 의외인 것을 넘어 황당했다. 발타는 마상 시합이 열리는 곳마다 일삼아 찾아다니고 있었다. 시종도 시동도 없이, 깃발조차 지지리궁상 제 손으로 들고.

그리고 참가하는 경기마다 우승을 휩쓸고 있었다! 소문은 해가 갈수록 크게 부풀었다.

마상 시합 단체전인 멜레mêlée에 참가하는 기사는 보통 팀에 속해 있게 마련인데, 애초 한솥밥을 먹던 이들이 같은 팀을 꾸리는 경우가 많았다. 하지만 경기 전에 만난 기사를 그때그때 스카웃해서 팀을 꾸리는 경우도 적지 않았다.

처음에 발타는 전초전 격인 일대일 개인전 주트joute에만 참가하며 간신히 이름을 알리기 시작했는데, 얼마 지나지 않아 멜레의 섭외 1순위 기사로 떠올랐고, 몇 년이 되지 않아 팀의 우두머리로 추대되는 일이 잦아졌다.

마상 시합은 큰돈이 오가는 곳이었다. 패자를 포로로 잡아 거액의 몸값도 받고, 그들의 무기와 갑옷, 말도 차지할 수 있기 때문이었다. 팀을 승리로 이끄는 데는 전투 실력과 전략적인 사고가 중요했으니, 당연히 발타의 인기는 하늘 높은 줄 모르고 높아졌다.

실제 전투처럼 양편으로 나뉘어 기사들끼리 뒤엉켜 싸우는 멜레 시합은 최고의 오락이자 구경거리였다. 교황과 주교와 신부들이 백 년 넘도록 '마상 시합하는 새끼들은 전부 다 파문이야아아!'를 외치고 있지만, 신심 깊은 왕과 귀족, 기사들은 그 협박만큼은 귓등으로 듣지도 않았다.

특히 '교회와 신앙의 수호자'가 다스리는 프랑스에서 마상 시합이 가장 많이 개최되었다. 한창 시즌일 때는 일주일이 멀다 하고 여기저기서 경기가 열렸다.

전투 경험이 풍부한 발타는, 눈에 띄는 화려한 공격보다 극도로 효율적인 공수 전환 방식으로 팀 기사들의 체력 고갈을 막으며 영리하게 팀을 승리로 이끌었다. 한 시합에서 서른 명 넘는 포로를 잡는 경우도 있었다.

그의 개인적인 전투 능력은 가히 독보적이라 할 만했다. 그는 단호하고 무자비한 손속으로 꽤 유명했고, 실수한 상대를 기다려 주는 관용 따위도 없었다. 귀부인들에게 인기 있을 법한 '모양 좋은 대결'에도 전혀 신경을 쓰지 않아, 철퇴, 단검, 주먹질 발길질까지 동원한 막싸움을 하는 때가 더 많았다. 상대의 투구를 벗기고 머리채나 수염을 잡아 땅으로 동댕이치거나, 올가미를 걸고 낙마시키는 짓도 많이 했다. 그와 몸싸움까지 갔던 기사들은 발타의 이름만 들어도 고개를 절레절레 흔들었다.

귀부인과 숙녀들은 으으, 하며 진저리를 치다가도 발타가 투구를 벗고 관전객들에게 승자의 인사를 하는 순간, 태도가 돌변하곤 했다. 막장 싸움을 까맣게 잊고, 입을 멍하니 벌린 채 승자의 눈부신 아름다움을 찬양했다. 요란하게 소문이 퍼지는 건 당연했다.

검은 삼각기에 은빛 나뭇가지를 수놓은 발타의 문장은 처음엔 알아보는 자가 아무도 없었다. 하지만 이제는 그것이 백은의 기사의 문장이라는 것을 모르는 이가 없었다.

귀부인과 미혼의 숙녀들이 어찌나 그에게 열광했는지, 영주들은 아내나 딸에게 들들 볶이다가 그를 저녁 식사에 초대해야 했다. 귀부인들 사이에서는 그가 전설 속 백조 기사의 현현이라거나, 천사들의 군단장 생 미셸이 인간의 형상으로 강림했다거나, 전설의 기사 기욤 르 마레샬이 다시 태어났다는 소문이 돌아다녔다.

영주들은 그에게 1천 아르팡(약 4km²)의 영지를 줄 테니 자신의 밑으로 들어오라 하기도 했고, 자신의 딸을 아내로 주겠다고 제안하기도 했다.

안타깝게도 백은의 기사께서는 그런 류의 제안에는 몹시 취약

했다. 식사를 하다가도 바로 일어나 줄행랑을 놓을 정도였다. 그 덕에 '그분은 아직까지 모태 솔로 숫총각이 틀림없다'는 불명예스러운 소문과 함께 슈발리에 다르장 퓌르─순수한 백은의 기사님이라는 별명도 파다하게 퍼져 버렸다.

발타는 그간 축재蓄財에 무심했던 걸 보상하기라도 하듯, 갈퀴로 돈을 쓸어모으는 중이었다. 예전에 누군가가 '발타를 몇 년간 마상 시합에 뺑뺑이를 돌리면 크락 데 슈발리에 요새도 사 올 수 있을 것'이라는 우스갯소리도 했다는데, 그 말이 아주 빈말은 아니었다.

……그리고 그의 작고 소중한 영지는 대책 없이 방치되고 있었고.

위그는 발타의 근황에 대해 보고할 때마다 난감했다. 그의 집은 늘 거미줄과 먼지로 뒤덮여 있었는데, 1년 내내 빈집이니 영지민들도 거의 신경 쓰지 않았다.

영지에 속한 농노는 딱 다섯 집 열아홉 명인데, 타이유(토지세)나 바날리테(시설 이용세)를 바짝 걷어도 사슬 갑옷 쇼스 한 짝도 살 수 없었다. 한 경기당 많으면 2~300리브르씩 제 몫으로 챙겨 오는 올랑드의 영주님은 그 알량한 세금조차 받지 않았다.

그 덕에 나름 꿀 빨며 살아가게 된 영지민 열아홉 명은, 만과 기도 종이 울릴 때마다 두 손을 모으고 얼굴도 가물가물한 영주님의 승리와 무사 귀환을 기원하곤 했다.

왕은 처음엔 이 난데없는 상황을 말없이 지켜보기만 했다. 하지만 발타의 행적은 누가 봐도 수상했다. 결국 시테 궁의 정보통인

앙게랑 드 마리니 보좌 주교가 나서서 발타의 행적을 추적하기 시작했다.

그런데, 정보가 모일수록 사태는 미궁으로 빠져들었다.

"폐하, 발타 경이 마상 경기에서 번 돈으로 세공품들을 미친 듯이 사들이고 있다 합니다!"

왕은 시종의 동그란 얼굴을 멀뚱히 내려다보았다.

"아침을 잘못 먹었나, 위그? 어디서 그런 이상한 소문을?"

"틀림없습니다, 폐하. 보좌 주교께서 남쪽의 정보원들을 모조리 발타 경에게 붙였습니다. 발타 경은 툴루즈 지역에서만 200리브르 이상을 세공품과 보석 구입에 사용했습니다. 무려 집 일곱 채 값을 하룻밤에 탕진……."

아라곤에서는 80리브르 이상, 아키텐에서도 자그마치 120리브르 이상! 발타 경은 남부의 사치와 향락에 맛을 들인 게 틀림없습니다. 열심히 보고하는 시종은 평소와 달리 흥분을 감추지 못했다.

"게다가 발타 경은 각 지역의 고귀한 숙녀들을 대놓고 망신시키고 있다 합니다."

"그게 무슨."

"시합이 열리는 곳마다 숙녀들에게 꽃과 향유와 수놓은 소맷자락과 비단 손수건을 한 보따리씩 받고 있는데, 눈앞에서 대놓고 무시하는 바람에 망신당한 숙녀들의 원성이 하늘을 찌르고 있다 합니다."

분개하던 위그가 단호하게 결론을 내렸다.

"복에 겨워서 숙녀들에 대한 기본예절을 잊은 겁니다. 그것은 폐하의 명예에도 큰 누가 되는 일 아니겠습니까. 이번에 입직할 때 폐하께서 단단히 일러두셔야 할 듯합니다."

필립은 실소했다. 그가 아는 발타와 너무 어울리지 않는 보고다.

하지만 재무와 세금 관련 업무를 맡고 있는 마리니 보좌 주교는 발이 넓고 일을 허투루 하는 자도 아니었다. 그는 전국에 풀어 둔 세금 징수원이나 상인들을 통해 온갖 정보를 수집했는데, 그를 통해 들어오는 소식들은 꽤 믿을 만했다. 그래서 왕은 혼란스러웠다.

구매 목록으로 들어가면 사태는 더욱 혼돈으로 치달았다. 망토 고정용 은브로치, 비싼 보석이 줄줄이 박힌 은장식 거들, 겹줄 은목걸이, 여성용 머리 장식이나 루비 박힌 팔찌, 반지, 귀걸이, 보석함 같은 사치품도 있는 반면, 은십자가 장식, 성물함, 묵주 팔찌 같은 신앙 소품도 있었고, 은접시, 술잔, 주전자 같은 식기류도 있었고, 단검 같은 무기류도 있었다. 생뚱맞게 구리 냄비나 식칼, 국자 같은 잡동사니를 사들일 때도 있었다.

게다가 그렇게 기를 쓰고 사들인 물건들을 제대로 사용하는 것도 아니었다. 그렇다고 누군가에게 선물로 주는 것도 아니다. 고작 하룻밤만 만지작거리며 들여다보고는, 바로 싫증을 내어 지역의 성전기사단 지부에 맡겨 놓고 뒤도 돌아보지 않고 떠난다 하였다.

어쨌든 발타가 마상 시합에 열심히 참가하는 이유는 파악이 되었다. 그는 무슨 이유에서인지 세공품 수집을 하고 있으며, 그 비용을 충당하려고 목숨이 오가는 시합에 쉴 새 없이 참가하는 것이다.

합리적인 결론은 당황스러웠다. 그래서 왕은 발타에 대한 보고

가 올라올 때마다 심하게 피곤했다.

'심려를 끼쳐 드려 면목 없습니다, 폐하.'
'폐하. 아직은 고하기 어렵습니다. 일이 제대로 마무리되면 고하겠나이다.'

발타의 해명은 간결했다. 아무리 오마주를 바친 기사라도 개인적인 비밀까지 털어놓을 의무는 없었다. 왕 역시 호기심을 채우기 위해 그를 핍박할 생각도 없었다. 말해 줄 때까지 기다릴 수밖에 없었다.

다만 발타는 왕에 대한 의무는 성실히 이행했다. 그는 어느 지역에 가든 꼬박꼬박 자신의 거처를 궁으로 알렸고, 왕이 소환령을 내리거나 입직 기간이 되면 바로 파리 시테 섬으로 돌아와 왕의 명을 받들었다. 많은 영주와 기사들이 병역 면제세를 납부하는 것으로 입직 의무를 대신하고 있었지만, 발타는 미련하리만큼 곧이곧대로 시테 섬으로 돌아오곤 했다.

그는 성전기사단에서 교육받은 회계 기술과 도표형 주판을 사용한 계산법으로 왕실의 재무 작업을 도왔고, 왕의 체스 상대가 되어 주고, 책을 낭독하고, 자료를 필사하고, 퐁텐블로 숲에서 왕의 사냥에 동참하고, 시테 궁의 개축 공사 현장에 감독관으로 투입되었다.

물론 전투에 끌려 나가는 일도 많았다. 왕이 즉위한 후 크고 작은 전쟁이 끊이지 않는 통에 참전을 위한 소환령이 꽤 잦은 편이었다.

그는 영국과의 기나긴 해전에도 참전했으며 5만의 병사와 수백의 대귀족과 영주, 기사들이 칼 한 번 쥐어 보지도 못하고 목숨을 잃은 쿠르트레 전투에서도 왕과 기사들을 무사히 탈출시키는 데 성공했다.

특히 작년에 있었던 몽상 페벨 전투에서는 지휘관으로 투입되어 전무후무한 대승에 일조했다. 왕과 교황이 크게 충돌했던 아나니 사태 때에는 교황 직속인 성전기사단과 왕의 갈등을 소리 소문 없이 봉합하기도 했다.

왕과 기사의 관계란, 가족 이상의 끈끈한 전우애와 충성심으로 단단히 엮여 있게 마련이었다. 왕은 그중에서도 발타를 친형제 이상으로 신임하고 의지했다.

그러나 왕의 신임이 깊어질수록 발타는 은둔 수도승처럼 자신의 존재를 은폐하려 애썼다. 왕의 최측근 부르주아 관료들—앙게랑 드 마리니 보좌 주교나 기욤 드 노가레 경처럼 권력을 적극적으로 누리려 하지도 않았다.

그는 그저 무엇인가를 찾아 밖으로 밖으로 떠돌 뿐이었다.

†

"발타, 나는 프랑스의 왕이 아니라 예루살렘 왕국의 왕으로 생을 마칠 것이다."

어느새 그랑드 살르에 진득한 어둠이 내려앉는다. 왕의 목소리는 이제 촛불처럼 건들건들 일렁거린다. 발타는 대답하는 대신 왕을 물끄러미 응시하기만 했다.

올해 봄, 잔느 왕비의 서거 후 왕은 생각이 많아졌다. 한동안 잠을 잘 이루지 못했고, 침실에서 불까지 끈 채 생각에 잠겨 있을

381

때가 많았다.

왕은 자신이 약간 무기력증에 빠진 것뿐이라 생각했다. 그는 애통에 잠겨 이성을 잃지도 않고, 심지어 눈물조차 거의 흘리지 않았다. 그저 깊은 어둠 속에서 왕비와 함께 이루고 싶어 했던 일을 하나하나 곱씹을 뿐이었다.

"……사실 잔느가 살아 있을 때 진작 그리했어야 했어."

발타는 침묵했다. 그것은 왕의 신성한 맹세이자, 왕과 서거한 왕비의 오랜 꿈이라는 것을 알고 있었다.

하지만 신임 교황의 새로운 십자군의 제안은 적절하지 않았고, 왕의 결론은 더욱 적절하지 않았다. 십자군의 총사령관이란 신앙의 수호자에 대한 확증이자 구원의 방편인 동시에, 군사와 군자금을 대는 물주가 되라는 뜻이기도 했다.

그러잖아도 조부인 생 루이 선왕이 두 차례나 십자군을 이끌면서, 프랑스 왕실에는 천문학적 부채가 쌓여 있었다. 필립 왕 역시 재위 기간 내내 주변과 전쟁에 시달려 돈줄이 말라붙은 상태였다. 거기에 금의 함량을 줄인 불량 금화를 잔뜩 발행한 덕에, 물가마저 엉망진창이었다. 오죽하면 주교들이 왕을 '가짜 화폐 메이커'라는 몹쓸 별명으로 부르며 조롱하고 있을까.

이런 상황에서 왕이 십자군의 총사령관을 맡으면 프랑스는 파산으로 주저앉을 것이고, 후폭풍이 어떻게 몰아칠지는 짐작조차 되지 않았다.

하지만 발타는 재정 이야기는 그대로 삼켜 넣고 다른 것을 물었다.

"폐하, 그리 생각하시는 이유가 돌아가신 왕비마마의 소원이었기 때문입니까."

왕이 말없이 발타를 내려다본다. 할 말이 많이 괴어 있는 듯하지만, 표정만으로는 거의 알아낼 수 없다. 왕은 표정이나 말투의 변화가 지나치게 적은 자였다.

"그게 잔느와 나의 동일한 소원이고 사명이었음을 그대는 잘 알고 있을 텐데? 잔느 역시 단 하루라도 예루살렘 왕국의 왕비로 살다 죽기를 원했어."

"하느님께서도 '지금' 그 일을 원하신다고 확신하십니까."

왕은 어둠 속에 파묻혀 가만히 웃었다. 돈 이야기 대신 튀어나온 난데없는 질문들에 조금 난처한 듯 보였다.

"그걸 모르겠어. 잔느가 살아 있다면 좀 더 단호한 대답을 해 주었을 텐데."

"그분의 대답이 단호하다 하여 그것이 하느님의 뜻이 되겠습니까."

"나의 작은 솔로몬, 너는 가끔 이렇게 나를 아프게 하는구나."

"외람되오나, 폐하께선 제가 오기 전부터 아프셨습니다."

왕은 미간을 보일락 말락 구기며 혀를 찼다.

"내가 아파 보였나."

"예. 폐하."

"그럴 리가…… 음, 그럴 수도."

왕은 부인하는 대신 애매한 표정으로 고개를 기울였다.

강철의 왕, 바위의 왕이라고도 불리는 그는, 어렸을 때부터 함께 자란 왕비 잔느를 깊이 신뢰했고, 그녀 외에는 어떤 여자도 곁에 둔 적이 없었다. 왕비는 신앙심이 깊으며 단호하고 진취적인 성격의 여장부였는데, 왕은 왕비의 그런 성향에 안정감을 느꼈던 듯했다.

발타는 왕이 고통을 호소하지 않는 것이, 고통을 인내하는 것이 아니라, 고통을 고통이라고 인식하지 못하는 게 아닐까 생각했다. 어린 시절 지나친 불안과 자기 억제에 짓눌려 있던 왕은, 감정을 있는 그대로 인식하고 받아들이는 데 어려움을 겪는 것 같았다. 감정을 제대로 표현하는 방법도 알지 못했다.

어쩌면 그는 왕비와 함께 꿈꾸었던 종교적 이상에 뒤늦게 집착하는 것으로 낯선 슬픔을 치환해 보려는 건 아닐까.

"그럼 어떻게 하는 것이 좋겠나. 내 작은 솔로몬."

메마르고 냉정한 왕에게는 감정적 호소나 감언이설이 영향을 미치지 못했다. 다른 신하들은 왕은 감정이 거세된 인간이라 수군댔지만, 발타는 왕이 감정을 느끼는 방식과 표현 방식이 타인과 다를 뿐이라고 생각했다.

지금 왕은 분명 흔들리고 있었다. 발타는 평소보다 2배는 더 숙고하여 말을 골랐다.

"폐하, 신께 받은 사명은 망각이나 진통의 도구가 될 수 없습니다. 마음이 아프면 아픈 대로, 괴로우면 괴로운 대로 놓아두시기를 청합니다."

왕은 눈썹을 찌푸렸다. 그는 발타에게 자신의 사명과 십자군 출정 여부에 대해 물었는데, 발타는 아내를 잃은 상실감과 고통을 먼저 해결하라 말하고 있다. 묘하게 불쾌하다. 여자에 대해 아무것도 모르는 발타가 이런 조언을 할 거라고는 생각하지 못했다. 왕은 웃음기를 거두고 냉랭하게 물었다.

"신성한 사명을 향한 내 열정이 망각이나 진통의 도구로 보이나?"

"결례를 용서하십시오. 언짢으셨다면 죄를 받겠습니다."

"나는 기분이 나쁘다고 신민을 치죄하지는 않는다. 하지만 이건 먼저 묻고 싶군. 그대는 사랑하는 여인을 잃고 깊이 아파 본 적이 있는가."

그런 아픔도 알지 못하는 자가 감히 입에 담을 만한 충고는 아니지. 왕이 삼킨 냉소가 들리는 듯했다. 망설이던 발타는 들릴락 말락 한 한숨과 함께 고개를 저었다.

"제 얕고 부박한 감정을 폐하의 깊은 상실감과 어찌 감히 비교할 수 있겠습니까."

왕은 눈을 크게 떴다. 의외의 대답. 저 말은 뒤집어 생각하면 배우자의 사별만큼은 아니지만, 여인과 이별로 인해 아파 본 적이 있다는 말이었다.

"다시 묻겠다. 너는 사랑하는 여인을 잃어 본 적이 있나."

발타는 다시 침묵했고, 왕은 인내하며 대답을 기다렸다.

"……예."

이런. 왕은 놀란 표정을 감추지도 않고 몸을 발타 쪽으로 깊이 기울였다.

"살아 있는가."

"살아 있기를 매일 기도합니다."

"아크레에서의 일인가, 파리에서의 일인가."

"아크레에서의 일입니다."

"아크레라면 내가 잘 알지 못하는 가문이겠군. 어느 가문의 영양인가. 내 작은 솔로몬을 매혹한 술람밋 여인이."

"폐하……."

"혹, 네가 지금 애타게 찾는 대상이 그 여인인가?"

"……아닙니다."

발타는 왕에게 거짓을 말하지 않는다. 하지만 몸의 반응과 입의 대답이 다를 때가 있다. 발타가 발타를 기만할 때 주로 그러했다. 왕은 다시 물었다.

"그러면 네가 간절히 찾아 헤매는 무언가를 그녀가 갖고 있는가."

"폐하."

발타는 결국 무릎을 꿇은 채 이마를 바닥에 박았다. 흘러내린 은빛 머리카락 사이로 드러난 목덜미가 붉었다.

"폐하. 미천한 자의 별 볼 일 없는 기억입니다. 부끄러워 차마 입 밖에 내지 못함을…… 너그러이 해량하소서."

왕은 짧게 한숨을 쉬며 몸을 뒤로 물렸다.

……이건 놀라운 일인걸.

난감해하는 발타를 집요하게 추궁할 생각은 없었다. 왕은 필요하다고 판단한 정보는 반드시 손에 넣었으나, 기본적으로 타인에 대한 호기심이나 참견이 많은 편은 아니었다. 그게 특별히 아끼는 발타라도 마찬가지였다. 왕은 본래의 대화 방향으로 돌아와 다시 물었다.

"그래서, 그대는 그 감정을 긴 세월 그리 놔두어서, 아픔과 슬픔이 조금이라도 감해졌느냐."

"아닙니다."

그는 여전히 엎드린 채 대답했다. 왕은 다시 눈썹을 찌푸렸다.

"감해지지 않았는데 왜 아프고 괴로운 대로 놓아두라는 거냐."

"스스로를 속이지 않는 것은, 자기 자신에 대한 가장 기본적인 예의이기 때문입니다."

왕은 짧게 웃었다.

"너는 아직도 아프고 슬프고 괴로우냐."

"예, 폐하."

"솔직하구나, 발타. 네 용기가 아름답다."

흐흐, 흐하하. 왕이 음울하게 웃으며 몸을 일으켰다. 그가 다가오자 향긋한 포도주 냄새가 콧속으로 스며들었다. 발타는 왕이 상당히 취했다는 것을 알아차렸다.

"그 여인이 누군지 묻지는 않겠다. 하지만 그녀가 네게서 무엇을 가져갔는지, 왜 그리 애타게 찾는지는 궁금하구나. 찾으면 서원을 철회하고 결혼이라도 할 참이냐."

발타는 이마를 땅에 댄 채 힘겹게 대답했다.

"아닙니다. 그런 일은 결단코 없을 것입니다, 폐하."

그는 레아를 필사적으로 추적하면서도 성물이 그녀의 손으로 옮겨진 것이 불가항력의 거룩한 힘에 의한 것은 아닐까, 문득 의심이 들 때가 있었다. 고귀한 왕실 기사에게서 성전기사단에게 넘어온 일이 신의 뜻이라 여기듯이.

물론 진실은 알 수 없다. 신의 뜻을 온전히 이해하기엔 인간의 지혜가 너무 박하다. 그러니 모든 해석에 대한 가능성을 열어 두어야 마땅하지 않은가.

아니, 그건 변명이다.

발타는 그 생각이 더러운 합리화에 불과하다는 것을 알고 있었다. 고귀한 성물을 눈앞에서 놓친 것은 자신의 실수가 맞다. 끔찍한 실수. 변명의 여지가 없다. 그녀의 일가는 죽음으로 갚아야 할 죄를 지었고, 나는 그녀에 대한 욕정에 눈이 멀어 그녀를 잠시 살려 준 것뿐이다.

나는 최후의 순간까지 그녀를 찾아내야 하고, 그녀를 처단하고 성물을 다시 회수해야 한다. 그리고 단장님 손에 그것을 돌려 드리고 죄를 고백한 후, 그에 따른 합당한 벌을 받아야 한다.

그때 내가 추하고 더러운 감정에 잠겨 손을 삐끗하지 않았으면, 그 보물은 그날 밤 세이렌 호에서 기사단에 무사히 돌아갔을 것이다.

'너는 못 해. 너는 그녀를 죽이지 못해.'

'넌 하다못해 그녀를 기사단으로 끌고 가서 넘기지도 못해.'

'네가 그녀에게 원하는 건 다른 거잖아, 안 그래?'

악마는 매일 밤 그의 귀에 속살대며 웃었다. 자신의 내면을 가장 잘 아는 악마가 펼치는 유혹은 집요하고 적나라했다.

발타는 그때마다 자계 채찍을 들고 필사적으로 싸웠다. 나는 할 수 있다. 맹세코, 이번에는 실수하지 않는다. 그 싸움은 그가 치렀던 어떤 전투보다 처절하고 힘겨웠다.

왕의 조용한 목소리가 그의 상념을 끊는다.

"다시 묻겠다. 네가 그 술람밋 여인에게서 돌려받을 것이 무엇인가."

기사단의 존재 이유인 성 십자가, 그리고…… 그녀의 목숨입니다. 폐하.

하지만 발타는 대답하지 못했다. 그의 명대로 용서해 달라는 말도 입에 담지 못했다. 그저 죄를 청하듯 이마를 바닥에 댄 채 그의 매운 시선을 등으로 받아 낼 뿐이었다.

발타의 기나긴 방랑벽의 이유에 대해 처음으로 실마리를 잡은 왕은, 긴 침묵으로 대답을 기다렸다. 하지만 아무리 기다려도 그 이상의 내용은 나오지 않는다. 왕은 짧게 한숨을 쉬며 의자에 등을 기댔다.

"더 묻지 않을 테니 고개를 들어라. 네가 그리 있으면 마음이 아프다."

발타는 고개를 들어 왕을 올려다보았다. 왕의 입술에 적자색 와인이 묻어 붉고 매끄럽게 반짝거린다. 윤곽이 선명한 입술, 맑고 화려한 금발, 아크레 앞바다처럼 새파란 눈동자.

왕의 얼굴은 누군가의 얼굴을 무시로 떠올리게 했다. 불경하고 고약한 일이긴 했으나, 의지로 통제되지 않아 발타는 왕을 접견하는 것이 고통스러울 때가 있었다.

발타는 왕의 금발을 올려다보며 문득 생각했다.

레아. 당신의 머리카락은 아크레의 햇빛처럼 여전히 그렇게 눈부실까.

그는 굵은 송곳이 명치에 지그시 박히는 듯한 통증에 잠시 눈썹을 찡그렸다.

내가 추적하는 것은 정말로 성 십자가일까, 아니면 당신일까.

이 아픔은 가책일까, 당신을 내 손으로 없애야 한다는 두려움일까, ……혹은 그리움일까.

발타는 여전히 확신하지 못한 채, 고요히 입을 열었다.

"폐하. 스스로를 기만하지 않는 것이 왜 이렇게 어려운지 모르겠습니다."

왕은 담담하게 고개를 끄덕이며 포도주가 가득 채워진 은잔을 내밀었다. 발타는 더 이상 사양하지 않고 단숨에 잔을 비웠다.

"염려 마라. 나는 나를 기만하지 않는다. 나는 신앙의 수호자로서, 너와 함께 예루살렘에 갈 것이다."

왕의 말이 갑자기 아득하게 멀어진다. 발타는 눈을 크게 뜨고 자신이 쥔 빈 은잔을 내려다보았다.

거슬린다, 뭔가가 눈에 거슬린다.

"······!"

그는 숨을 거칠게 쉬며 자신의 망토를 고정한 브로치를 잠시 내려다보고 다시 비어 버린 은잔을 내려다보았다.

새하얀 은잔의 안쪽에 몹시 낯익은 나뭇가지 모양의 각인이 새겨져 있었다.

4-4. 아시케나지 마을의 은 세공사

'아모스의 둘째 아들, 벵상의 동생, 아시케나지 마을의 은 세공사 레비.'

'벵상과 레비의 누이동생 미셸르.'

아시케나지 마을에서 레아와 라셸르는 그렇게 새 이름으로 살아가기 시작했다. 마을에 들어설 때 발타의 옷을 입고 있었고, 벵상이 가족 이야기를 두루뭉술 눙치고 넘긴 덕에 레아는 벵상의 남동생으로 큰 무리 없이 안착하게 되었다.

그리고 예상대로, 그것은 최대의 안전장치가 되었다.

성전기사단이 추적하는 건 금발의 자매지 사내가 둘이나 낀 삼남매가 아니었다. 게다가 이 마을에는 레아의 '진짜 친척'들이 수두룩했다. 마을의 정신적 지주인 랍비 토비아스는 아빠와 가장 가까운 친척이기도 했다.

물론 천하제일 쫄보 삼인방은 아크레에 대해 한 마디도 입 밖에 내지 않았고, 토비아스와 친척들 역시 '포로로 끌려가다 군마를 훔쳐 타고 도망친 삼남매'의 안전을 위해 당연히 함구했다. 전시에 군마를 탈취하는 것은 이곳에서도 목이 매달릴 일이었기 때문이다. 오랫동안 박해받으며 떠돌던 집단의 특성상, 내부 결속력이 어찌나 단단한지 몰랐다.

무엇보다 좋은 건, 이 마을에는 외인들의 출입이 매우 드물다는 점이었다.

외부 사람들 눈에 이 마을은 말 그대로 '이교도 소굴'이었다. 아시케나지는 액운과 전염병을 불러오는 존재이며, 집시나 맘루크 노예 같은 하류 인간이었다.

게다가 천하고 더러운 일이라 여겨지는 가죽 염색과 무두질을 하는 사람이 많아서 털을 삭히기 위해 모아 놓은 오줌 냄새도 진동했다. 찰거머리보다 질긴 세금 징수관들도 볼일만 끝내면 코를 실룩이며 화살처럼 내뺐다. 레아에게 이보다 더 안전할 곳은 찾기 어려울 것이다.

마을 사람들은 세 남매에게 우호적이었으나, 레아의 작업장에 함부로 들어오지는 않았다. 벵상이 무슨 약을 친 건지, 랍비 토비아스가 신신당부를 한 건지, 어쨌든 '전에 살던 곳'에 대한 정보를 시시콜콜 캐는 사람은 하나도 없었다.

라셀르는 점점 예쁘게 자랐고, 마을 사람들의 귀여움을 독차지했다. 토비아스의 며느리 실비아는 라셀르를 무척 살갑게 챙겼다. 실비아는 아이들을 좋아했지만, 지금까지 살아남은 자식이 하나도 없어서 라셀르를 친손녀처럼 챙겼다.

레아는 성당에 가는 대신 하얀 돌로 지어진 작은 회당에 가서 이런저런 잡다한 기도를 드리곤 했다. 절대로 들키지 않기를, 세공방이 잘되기를, 동생이 건강하게 잘 자라기를, 실비아에게 예쁜 아기를 보내 주시기를. 처음에는 습관적으로 성호를 긋다가 식겁해서 손을 내렸지만, 그 버릇도 하루하루 지나가며 점점 사라지게 되었다.

벵상은 날만 새면 머리끝부터 발끝까지 수컷 공작새처럼 치장하고 높으신 분들께 영업을 하러 다녔다. 그리고 틈만 나면 마을의 예쁜 아가씨나 과부에게 실없이 들이댔다가 차이기를 반복했다. 재산도 꽤 있고 입성에서도 돈 냄새가 폴폴 풍기니 가난한 과부라면 혹할 법도 한데, 이상하게 결혼까지 연결되지는 않았다. 일이 성사될 법하면 막판에 정떨어질 주둥이질을 골라 하는 바람에 번번이 파투가 났던 탓이다.

형인 벵상이 마을 스캔들 메이커 전담 노총각이니, 동생 레비에게까지 결혼 말이 들어오지는 않아, 레아는 쓸데없는 관심과 잔소리에서 비껴갈 수 있었다.

아시케나지 마을에서는 모든 것이 조용하고 평화로웠다. 믿을 수 없을 만큼.

†

레아가 온 후 벵상 세공방은 빠르게 유명세를 타게 되었고, 왕실에 물건을 납품할 정도까지 성장했다. 안목이 높고 취향이 까다로운 시테 궁의 주인께서는 레아가 만든 왕관과, 같은 디자인의 목걸이, 반지 세트를 몹시 흡족해하셨다 하였다.

흔히 유행하는 색색의 보석을 일정 간격으로 듬성듬성 박는 스타일 대신, 큼직하고 새파란 사파이어 세 개를 대칭으로 중앙에

박고 아래쪽으로 자잘한 에메랄드와 루비를 띠처럼 두른 세련된 디자인이었는데, 그 덕에 뼁상 세공방은 일약 스타 세공방으로 발돋움했고, '세공사 레비'도 어찌어찌 귀금속 세공사 동업조합에 이름을 올릴 수 있게 되었다.

파리는 귀금속 세공과 거래의 중심 도시였다. 그리고 그 업계를 틀어쥐고 있던 것은, 농업에도 공직에도 종사할 수 없는 아시케나지인들이었다. 떠돌이 세월이 길었던 그들은 귀금속에 대한 집착이 대단했고, 그 안목과 손끝 기술도 대를 이어 오며 크게 발달했다.

시테 섬 왕궁으로 연결되는 북쪽의 샹제르 다리에는 귀금속 판매업소와 환전상, 대부업자들의 점포가 닥지닥지 붙어 문전성시를 이루고 있었는데, 절반 이상이 아시케나지인의 점포였다. 그 바닥에선 실력만 검증받으면 유대인도 홀대받지 않고 밥벌이를 할 수 있었다.

게다가 은 세공품은 수요가 꾸준하고 소비층이 두터웠다. 사람들은 은으로 만든 성물이 순결과 순수한 신앙을 지켜 주며 악한 기운을 물리친다고 믿었다. 서민들조차 은으로 된 작은 십자가 정도는 갖고 싶어 애를 태웠다.

독살을 방지하기 위한 은수저는 왕실과 어지간한 영주의 식탁에선 필수품이었고, 고급 은식기는 부와 권력을 상징하는 물건으로 여겨졌다. 은 세공사인 레아에게는 이 모든 것이 더 이상 좋을 수 없는 조건이었다.

레아가 만든 물건들은 까다로운 파리 귀족들 사이에서도 호평 일색이었다. 망치로 수천 번씩 쳐서 만드는 단조 세공품이라 단단하고 묵직한 맛이 있었고, 모래알처럼 작은 금구슬 은구슬을 박아 넣는 누금 솜씨는 집착에 가까울 정도였다. 매끈한 직선, 유려한 곡선, 깔끔한 에나멜 코팅 솜씨, 세밀한 돋을새김에 눈 높은 호사가들은 몹시 흡족해했다.

벵상은 시테 궁과 센 강 이남에 포진한 대귀족들의 저택들, 주교관, 수도원, 수녀원, 기사관, 부유한 상인과 은행가들의 집을 찾아다니며 혁혁한 매출을 올리고, 레아가 궁금해하는 바깥소식도 자주 전해 주었다.

그동안 성전기사단도 부침이 많은 듯했다. 그 무섭던 티보 고뎅 단장은 1년 만에 돌아가시고, 아크레 역전의 용사였던 자크 드 몰레 경이 후임 단장이 되었다.

새 단장은 신앙이 무척 깊지만 엄청난 독불장군 고집쟁이라는데, 아크레 탈환을 위한 군사와 군자금을 모집하기 위해 동서남북 좌충우돌 정신이 없다 했다.

레아는 기사단이 추적을 포기한 걸까 희망을 걸었다가도 이내 고개를 저었다. 성 십자가 조각은 포기할 만한 물건이 아니다.

성 루이 선대왕께서 사 온 십자가 조각과 가시관 가격이 자그마치 13만 5천 리브르라고 했다. 그걸 모시기 위해 지은 생트 샤펠 성당의 건축비가 4만 리브르나 되는데, 그것의 3배 반이나 되는 금액이라니, 레아는 그게 어느 정도 되는 돈인지 상상도 되지 않았다.

그런데 그런 보통 십자가 조각도 아니고, 치유의 기적을 보여준, 성혈이 스며든 조각이다. 그것도 성모 마리아인지 대천사 라파엘인지께서 주님이 오실 때까지 잘 보관하다 돌려 드리라고 당부했단다. 그러면 어마어마한 상을 주겠다 하시면서. 그쯤 되면 13만 5천 리브르가 아니라 135만 리브르, 아니 1350만 리브르쯤

될지도 모른다.

내가 단장이라도 절대 포기할 수 없을 것이다.

하루하루 흘러가며 침대 밑 비밀 창고에는 플로린과 두카토 금화들이 자그락자그락 쌓이기 시작했다. 다락 천장에는 엄마가 만들어 두었던 것처럼 살라미와 햄이 매달리게 되었고, 단지에는 치즈가, 상자에는 계피와 통후추와 아니스, 월계수 잎 따위가 몽치몽치 담겨 있게 되었다.

시간이 갈수록 세공방은 점점 유명해졌고, 벵상은 점점 통통해졌고, 라셀르는 점점 예뻐졌고, 레아는 점점 부자가 되었다. 아빠가 살아 계셨으면 '네가 나보다 낫다' 하며 껄껄 웃으셨을 것 같다.

라셀르는 어린아이답게 예전의 기억을 빠르게 잊고는 구김 없이 곱게 자랐다. 배에서 내려 떠돌아다닐 때는 시도 때도 없이 악몽을 꾸고, 공포에 질려 도망치거나 혼자 울거나 허공에 대고 헛소리까지 해서 레아와 벵상이 무척 걱정했지만, 마을에 자리 잡고 한 해 두 해 지나가며 점점 안정을 찾게 되었다.

이제 그녀는 레아와 같이 밥을 먹으며 그날 있던 일을 종알종알 늘어놓곤 했다. 손목에 칭칭 감긴 테필린을 보여 주며 외울 것이 너무 많다고 볼을 불룩 부풀리는 모습을 보면 레아는 하루의 피곤이 모두 풀리는 것 같았다. 라셀르가 밝고 예쁘게 자라는 것이 레아의 유일한 행복이었다.

밤늦게 다락방 침실에 들어간 레아는 곤히 잠든 라셀르를 토닥이며 중얼거렸다.

'아빠, 나 그래도…… 나름 잘하고 있지요?'

— 응, 그래, 잘했다. 우리 레아, 잘했고말고.

이게 진짜 아빠 목소리인지 귀신의 목소리인지 혹은 레아 자신의 목소리인지는 별로 중요하지 않다. 그냥, 매일, 하루하루 이런 대답을 듣고 위로를 받고 싶었다.

'아빠, 이제, 라셸르만 좋은 남자 찾아서 결혼시키면, 내 할 일은 다 하는 거죠? 그렇죠?'

레아는 깜깜한 어둠 속을 응시하며 눈을 가만히 깜박거렸다. 그럼, 그렇고말고, 하는 대답 대신 어김없이 튀어나오는 목소리가 있다.

– 그럼 그다음엔? 라셸르를 결혼시키고, 레아 넌 어떡할 거니?

순간 대답이 목에 턱 걸리고 만다.

⋯⋯솔직히 말하면 그냥 이대로만 살고 싶다.

비겁하고 못되고 양심 없는 짓인 건 안다. 하지만 찌질한 겁쟁이인 레아는 이 마을에 숨어서 지금처럼 가늘고 길게, 소리 소문 없이 먹고살다가 편안히 죽고 싶었다.

한때 아빠에게 간절하던 꿈은 이제 레아의 꿈이 되었다. 그 시시하고 별것 아닌 것 같던 꿈은 사실 이렇게나 귀하고 이루기 어려운 것이었다.

하지만⋯⋯.

레아는 곁에 놓인 물건으로 시선을 옮겼다.

가죽띠 두 겹으로 친친 감겨 있는 막대기, 바로 기사단을 발칵 뒤집어 놓은 성 십자가의 조각이었다. 레아의 소박한 꿈은 늘 그곳에서 멎었다.

쏴아아아, 쏴아.

콰르르르르르.

파도가 무섭게 부서지는 소리가 들린다. 이 성물을 보기만 하면 레아의 기억은 오래전 아크레 앞바다로 사정없이 끌려갔다.

'발타, 발타 님. 도, 돌려 드릴게요! 기다, 기다려, 잠깐만! 지금 당장, 돌려 드릴게요!'
'레아!'

울부짖는 것처럼, 그가 끝없이 외치던 단 한 마디. 레아, 레아, 레아. 레아는 눈을 꽉 담고 가슴에 손을 댔다. 이 목소리가 떠오를 때마다 가슴 깊은 곳이 여전히 우릿하다.

'나, 훔친 거 아니에요. 맹세, 맹세할게, 잠깐만, 잠깐, 콜록, 억, 잠, 돌려 드릴게, 돌려 드리러 갈게요. 제발, 기, 기다려……'

꿀럭꿀럭, 꺽, 꿀럭, 그때 입속으로 들이쳤던 짠물의 맛이 아직도 생생하게 느껴진다. 온몸을 휘감고 물귀신처럼 옷자락을 잡아당기던 차가운 바닷물, 그에게 다가가려 필사적으로 허우적대던 기억은, 이렇게 저녁마다 고스란히 되살아나곤 했다.

그때나 지금이나, 레아는 자신이 정확하게 무슨 잘못을 했는지 알 수 없었다. 하지만 그의 고통스러운 부르짖음만 떠올리면, 그에게 죽을죄를 지은 것만 같았다.

'기다려 주세요, 내가 돌려 드리러 갈게요. 반드시, 당신을 찾아서 돌려 드리러 갈게……'
'레아! 레아아아!'

내가 외치는 소리를 그분은 들으셨을까, 못 들으셨을까.

들으셨다고 믿고 싶지만, 레아는 알고 있었다. 들릴 만한 거리는 아니었다. 그럼에도 레아는 계속 되풀이해서 말할 수밖에 없었다.

'미안해, 미안해요, 발타 님. 나는 몰랐어, 정말 몰랐어요…….'

'맹세할게요. 발타 님! 돌려 드리러 가겠습니다! 제가 죽기 전에, 반드시 발타 님께 돌려 드리러 갈게요…….'

눈시울이 뻐근해지면서 두 손에서 천천히 힘이 풀린다. 레아는 눈을 비비다가 손가락에 묻어 나온 물기를 보며 힘없이 웃었다.

"……제기랄……. 이게 뭐야……."

훔칠 생각도 없고, 욕심낸 적도 없다. 그런데 무슨 운명의 장난처럼 내 손에 들어왔고, 그 뒤로도 몇 번이고 되돌아온 것뿐이다. 갖고 싶지 않다. 이것이 천하를 살 수 있는 귀한 물건이라 해도, 자신이나 라셀르의 목숨보다 중요하지는 않았다.

레아는 손가락으로 눈꼬리를 문지르며 다시 마음을 다잡았다.

내 소박한 꿈은 이루어지면 안 된다. 나는 가늘고 길게, 소리 소문 없이 잘 먹고 잘 살 자격이 없다.

발타 님과의 약속을 지켜야 한다. 어떻게든 그분을 찾아 돌려 드려야 한다. 훔친 것이 아니라고, 그저 기막힌 운명의 장난처럼 내 손으로 들어왔다고, 그분께서 믿거나 말거나 진심으로 해명해야 한다.

발타 님은 믿어 주실까. 내가 가진 것을 다 드린다 하면, 조금은 딱히 여겨 주실까.

레아가 이렇게 필사적으로 돈을 모았던 이유는 라셀르의 지참금 때문이기도 하지만, 그를 만났을 때 빚진 것을 조금이라도 갚아 보고 싶어서였다.

발타 님은 당시 낡아 빠진 속옷을 입고, 주머니에 동전 몇 푼밖에 지니고 다니지 못할 정도로 가난했다. 그때 해진 속바지와 겉옷을 빌려주며 부끄러워 고개도 들지 못하던 그분을 생각하면, 아직도 눈물이 핑그르르 돌았다.

레아는 손등으로 눈가를 문지르며 침대 밑에 모아 둔 금화들을 계산해 보았다. 그나마 돈이라도 잘 벌어서 다행이다. 레아는 돈을 밝히는 속물이지만, 그분께 진 빚을 갚을 수만 있다면 지금까지 모은 돈을 모조리 털어 드리고 평생 노예로 살 수도 있을 듯했다.

……그러니까, 그분이 살려만 주신다면.

떵!

귓가에 단검이 박히는 소리가 되살아난다. 귓가를 아슬아슬 스치고 벽에 박힌 단검의 흔들림, 그 서슬에 잘린 머리카락이 팔을 타고 사르륵 흘러내리던 그 오싹한 감촉.

나는 이번엔 틀림없이 발타 님 손에 죽을 것이다. 그보다 더 운이 없으면, 기사단 참사회나 비밀 회합에 끌려갈 것이다. 기사단에 끌려가면 물건을 돌려준다 해도 끔찍한 고문을 당하다 죽게 될 것이다.

레아는 두 손으로 얼굴을 감싸고 눈을 감았다.

사라센과 늘 교전 중이던 아크레에는 온갖 종류의 고문과 처벌 방법이 세세하게 퍼져 있었다. 온몸이 너덜너덜하도록 채찍질을 당하고, 수레바퀴에 달려 팔다리가 부서지고, 눈을 뽑히고 혀를 잘리면서도 끝까지 의연하게 죽음을 맞이하는 기사들의 무용담 역시 전설처럼 퍼져 있었다.

하지만 난 고문당하는 게 세상에서 제일 무서운데…….

무서워, 끔찍하게 아플 거야. 너무 아프면 무슨 말이 나올지 몰라. 동생까지 모조리 죽게 할 참이야? 꼭 돌려 드려야 해? 이 동네에서 이렇게 조용히 숨어 살다 죽어도, 세상 달라질 건 아무것도 없어…….

"안 돼!"

자신을 뒤에서 가만히 끌어안던 그 애처로운 떨림이 떠오른다. 차마 말도 하지 못한 채 고개를 수그리고 말던 그의 붉어진 목덜미, 질끈 감은 눈, 파르르 떨리던 속눈썹, 그리고 그 새파란 눈동자에 깃들었던 충격, 배신감으로 처참하게 일그러지던 마지막 표정만 생각하면 레아는 심장으로 벌건 쇳물이 흘러들어 가는 것만 같았다.

내가 아무리 겁쟁이라지만 그분이 평생 무거운 자책을 짊어진 채 나에 대한 배신감과 증오를 끌어안고 살게 할 수는 없다.

지금까지 너무 오래 기다리시게 했다. 라셀르를 결혼시키면 바로 그를 찾아 떠날 것이다.

이제 레아가 마지막으로 바라는 것은, 라셀르에게 불똥이 튀지 않도록 자신의 선에서 모든 것을 끝내는 것.

"발타 님, 그래도 우리 가족 중에서 행복하게 살아남는 사람이 한 명은 있어야 하지 않겠어요?"

레아는 손끝으로 망치의 자루 부분을 가만히 쓰다듬으며 담담하게 중얼거렸다.

"그러니…… 조금만 기다려 주세요. 동생 결혼식이 얼마 안 남앉어요."

결혼식이 끝나면 발타 님을 찾기 위해 길을 떠날 것이다. 진작 기사단에 입단하셨겠지. 기사단은 시프르의 왕권 투쟁에 휘말려 정신없다 들었는데, 그곳에 계시려나. 아니, 파리에 와 계실까. 노르망디 지부에 계시려나. 아님 바다 건너 앙글레테르?

발타 님은 나를 만나면, 알아보실 수는 있을까.

……혹 나를 여전히 예쁘다고 생각해 주실까.

레아는 자신의 몰골을 내려다보고 서글프게 웃었다. 자신을 알아보기는커녕 여자로 보이기나 하면 다행이겠다. 올이 굵고 거친 튜닉, 불똥 구멍이 어지러운 낡은 조끼에 갖바치 대장장이나 입는 투박하고 질긴 바지, 손가락은 마디마디 굳은살에 팔뚝은 덴 자국과 물집투성이였다. 게다가 그동안 가슴을 얼마나 꽉꽉 묶고 다녔는지 이젠 앞뒤로 돌려 봐도 전혀 여자로 보이지 않았다.

'어떤가요, 발타 님? 진짜 남자 같은가요?'
'……아름다우십니다.'

나무 막대기 위로 눈물이 툭툭 떨어졌다.

4-5. 재회

와장창, 챙, 챙, 자르르르⋯⋯.

"바, 발타 경! 이, 이게 대체 무슨 짓입니까!"

기겁한 위그가 목소리를 빽 높였다.

지금 위그의 눈앞에서는 그가 들고 있던 은주전자와 술잔들이 돌바닥 위로 요란하게 굴러가고 있었다.

그리고 문제의 주인공은 바닥에 주저앉아 그것들을 움켜쥐고 촛불을 들이대고 있다. 눈을 부릅뜨고, 손을 덜덜 떨면서.

아니 저 인간이 갑자기 왜 저러지? 조금 전 폐하 앞에서는 아주 말짱했는데!

순간 위그는 고개를 갸웃했다.

아, 그건 아니지. 발타 경이 접견실에서 물러날 때쯤엔 상태가 꽤 이상하긴 했다.

"······무슨 일이지, 발타? 피곤한가?"

왕이 묻는 말에도 발타는 대답하지 못했다. 눈을 크게 뜬 채 비어 버린 은잔만 들여다보고 있었다.

"이게 무슨 일이지. 그 한 잔에 벌써 취했나?"

"······폐하."

"곤하면 들어가서 푹 쉬도록 해. 부르고뉴의 잘난 기사들 콧대를 납작하게 만든 이야기는 내일 찬찬히 듣도록 하지. 상파뉴의 와인은 위그 편으로 바로 보내고. ······위그! 발타를 처소로 모시게."

왕도 발타의 상태가 조금 이상한 것을 눈치챘는지, 평상시 같으면 한참을 붙잡아 둘 텐데, 바로 대화를 정리하고 놓아 보낸다.

위그가 탁자로 다가가 은잔과 은주전자 등을 정리할 때도, 발타는 여전히 이상해 보였다. 그는 눈을 부릅뜬 채 위그가 정리하는 물건들만 뚫어져라 노려보고 있었다.

"씨에? ······몸이 안 좋으십니까? 이봐, 다들 와서 발타 경 좀 부축해 드리게."

하지만 복도로 나온 위그가 걱정스러운 목소리로 말하는 순간, 발타는 위그에게 돌진해 그가 들고 있는 은쟁반을 낚아챘다.

······대체 이게······.

발타는 떨리는 손으로 바닥에 구르는 은잔을 주워 든 후 촛불에 대고 하나하나 샅샅이 살폈다.

틀림없다. 발타가 마셨던 은잔만이 아니었다. 은쟁반, 와인이 담긴 은주전자, 은으로 만든 작은 접시. 모든 은 기명에는 예의 작은 나뭇가지 모양이 찍혀 있었다. 발타는 각인을 하나씩 발견할 때마다 벼락이라도 맞은 것처럼 몸을 떨었다.

하느님, 제발……

거센 파도에 휩쓸린 것처럼 머리가 빙빙 돌았다. 침착하려 애를
써도 떨리는 목소리가 잦아들지 않는다.

"위그 경, 이 은잔과…… 술병을 누가 만든 것인지 혹시 아십니
까?"

……어라?

위그는 놀란 내색을 하지 않으려 최선을 다했다. 몽상 페벨에서
전사한 아버지의 뒤를 이어 왕의 직속 시종이 된 지 얼마 되지는
않았지만, 그동안 보고 들은 게 있어 놓으니, 궁에서 처신하는 요
령만큼은 충분했다.

위그는 눈동자를 빙그르르 돌리며 은근하게 물었다.

"혹시 이 세공품이 마음에 드십니까, 발타 경?"

"아십니까."

"알다마다요. 저희 아버지께서 폐하를 모시던 시절에 직접 발
굴한 세공방인걸요. 고급스럽고 품질이 좋아서 시테 궁 전용 매장
납품 업체로 바로 낙점했죠."

발타는 술병 손잡이와 잔의 밑바닥에 있는 각인을 응시했다. 자
신이 외우도록 보았던 그 나뭇가지 각인과 구별이 어려울 만큼 비
슷했다.

각인을 확인하는 순간부터, 가슴이 격렬하게 출렁거렸다. 이런
느낌은 정말 오랜만이었다. 그가 아모스의 물건 중에서 레아가 만
든 것을 골랐을 때 두근대던 그 느낌과 비슷했다.

맙소사. 혹시 그녀를 지척에 두고 다른 곳만 헤매고 다녔다는
말인가?

물론 그녀가 파리에 와 있을지도 모른다고 생각하긴 했었다. 아버지의 고향이라 했으니까. 실제로 발타가 파리에 왔을 때 가장 먼저 한 일도 귀금속 세공방을 샅샅이 뒤지고 다니는 것이었다. 그것도 모자라 파리의 납세자 명단까지 몇 번이나 입수해서 찾아보기도 했었다.

하지만 그때는 흔적도 없었는데, 이제 와서 이게 무슨.

"위그 경, 혹시 어느 세공방인지 알 수 있겠습니까?"

시종의 뚱그스름한 얼굴에 득의만만한 미소가 배어 나왔다.

"벵상 세공방이라고 하는 곳입니다. 그러잖아도 오늘 오후에 새로운 은 기명 납품 건으로 세공사를 만나기로 했습니다만."

"벵상 세공방?"

"한번 같이 만나 보시겠습니까?"

위그는 은근히 눈을 빛내며 목소리를 낮추었다.

손바닥으로 진땀이 진득하게 배어 나온다. 어전 시종 위그 드 부빌은 왕의 최측근으로, 입이 아주 가벼운 건 아니지만, 온갖 소문에 촉각을 곤두세우고 사는 사람이었고, 그의 귀에 들어간 것은 왕에게 고스란히 전달된다고 보는 것이 옳다. 구경거리, 아니 사냥감이 된 기분이 든다.

"그럴까요."

물론, 구경거리가 된 것을 신경 쓸 여유 따윈 없었다.

†

"이자의 이름은 벵상이라고 합니다. 아까 보신 술잔과 주전자를 만든 벵상 세공방의 주인이지요. 벵상, 이분은 올랑드의 영주

406

이신 발타사르 경이시다. 전국 마상 시합마다 휩쓸고 다니면서 백은의 기사님이라는 별명으로 불리고 있지.”

“헉, 그 유명한 백은의 기사님이란 말입니까! 올랑드의 고귀하신 영주님을 여기서 이렇게 뵙게 되다니, 대대손손 가문의 영광입니다!”

요란하게 호들갑을 떨지만, 발타는 저 세공사가 자신에 대해 쥐뿔도 모른다는 것을 바로 눈치챘다. 말이 좋아 영주지, 이름조차 없던 작은 밭뙈기가 전부인, 가문 불명의 기사에게 고귀한 영주라니, 알고 한 말이라면 큰 모욕이나 다름없었다. 위그가 오히려 당황해하며 말을 돌렸다.

“발타사르 경께서 자네가 만든 물건들에 관심이 있으시다 하여 모셔 왔네.”

벵상은 째지는 입을 어쩌지도 못한 채 얼른 허리를 숙였다.

“아, 이런 반가운 말씀이! 영주님께 다시 한번 정식으로 인사 올리겠습니다. 파리 귀금속 세공사 조합에 소속된 장인 벵상이라고 합니다. 파리 근교의 아시케나지 마을에서 세공방을 운영하고 있습지요.”

“……아시케나지 마을……?”

뭔가 바로 어그러지는 소리가 들린다.

아시케나지 마을은 유대인이 사는 이교도 구역으로 파리를 비롯한 어지간한 대도시에는 그들의 공동체가 존재하고 있었다.

이 마을 사람들은 외부 사람들에게 대단히 배타적이다. 박해를 받은 역사가 긴 만큼 저들끼리 어찌나 똘똘 뭉쳐 사는지, 외부인이 마음대로 붙어살 수 있는 곳이 아니었다.

레아는 당연히 가톨릭교도였다. 그녀의 아버지 아모스는 자그마치 생 루이 선왕 폐하의 십자군에 참전한 이력도 있었다. 아시케나지라니, 당치도 않다. 발타는 한숨을 쉬며 물었다.

"그 세공방은 언제 차린 건가?"

"글쎄요. 벌써 몇 대째 그 자리에서 일을 하고 있었다니, 언제 만들어진 것인지는 모르겠습니다. 어쨌든 아버지가 돌아가신 후에 동생과 함께 세공방을 물려받아 운영하고 있습니다."

"……동생이 있나? 동생도 세공 일을 하나?"

"남동생 하나 여동생 하나 있는데, 남동생 레비가 저와 함께 일을 하고 있습니다. 부모님이 일찍 돌아가셔서 저희 형제가 막내 여동생을 고이고이 길렀지요."

"혹…… 여동생은 세공 일을 하지 않나?"

벵상이 펄쩍 뛰며 고개를 젓는다.

"아이고, 무슨 말씀을. 망치 한 번 못 쥐게 하고 얼마나 곱게 길렀는데요. 조만간 좋은 집안의 아들과 결혼할 예정이랍니다."

발타는 실망한 기색을 감추기 위해 천천히 숨을 가다듬었다. 아니란 건 아는데 미련이 자꾸 남는다.

발타는 벵상이라는 세공사의 외양을 찬찬히 살펴보았다. 흐릿한 갈색 머리카락에 키가 꽤 크고 몸집도 두둑한 사내. 누렇게 물든 이빨 때문에 '황금 이빨의 벵상'이라 불린다는 그는 '저 이빨에 돈이 붙어서 그런지 아시케나지 마을에서도 은근 알부자라더라.' 하는 귀띔대로 입성이 무척 훌륭했다.

코가 긴 갈색 가죽신은 말갛도록 반짝반짝했고, 정강이까지 닿는 갈색 콧트와 베이지색 쉬르코는 동방에서 들여온 비단으로 만들어진 것이었다. 옷깃에 달린 노랗고 동그란 유대인 표식만 아니라면 돈깨나 있는 관리 정도로 착각할 정도였다.

아무리 살펴봐도 벵상은 레아나 아모스, 혹은 그의 가족과 전혀 닮은 구석이 없었다.

……역시나 그렇지.

커다랗게 출렁대던 파도가 조용해지면서 피로감이 훅 치고 올라왔다. 몇 마디 나누지도 않았는데 진이 다 빠진 것 같다.

발타는 은잔의 밑바닥에 새겨진 나무 문장을 물끄러미 내려다보았다. 아무리 아니라고 생각해도, 가슴이 울렁거리는 것이 영 진정되지 않는다.

자신의 모습이 다른 사람들에게 어떻게 비칠지 뒤늦게 신경이 쓰였다. 특히 시종 위그 드 부빌은, 왕에게 바칠 소문을 악착같이 수집하는 자였다. 비밀 따위가 보장될 리 없다.

발타는 속으로 가늘게 한숨을 삼키며 마지막으로 확인했다.

"이 물건들은 전부 자네가 만든 건가?"

"아, 그건 제 동생이 만들었습죠. 집 밖으로 나가는 일도 없이 종일 틀어박혀서 일만 한답니다."

아하. 동생이 만들었다……라.

발타는 잠시 망설였다. 머리는 그의 동생 역시 레아와 관련 있는 사람일 가능성은 낮다고 말하고 있다. 하지만 은잔을 쥐고 있는 손은 여전히 가늘게 떨리고 있다.

발타는 떨림을 가라앉히려고 온몸에 지그시 힘을 주었지만 소용없었다. 그래도 기왕 여기까지 왔으니, 마지막으로 확인이나 해 볼 성싶다.

"자네 동생이 만든 물건들을 더 보고 싶군. 내가 쓸 만한 기사용 장신구 몇 점을 내일 이리로 가지고 올 수 있겠나?"

"아이고 감사합니다. 그동안 만들어 놓은 것들 중에서 최고의 품질로만 엄선해서 보여 드리겠습니다!”

벵상의 입이 벌쭉 벌어지며 찬란한 황금 이빨이 고스란히 드러났다. 발타는 웃지 말라고 명령을 내릴까 잠시 고민하다가 한숨과 함께 덧붙였다.

“자네 동생과 함께 오게.”

†

“뭐가 어째? 내가 왜 왕궁에 가야 하는데!”

레아는 파랗게 질려서 뒷걸음질했다. 벵상은 팔짱을 낀 채 투덜거렸다.

“널 딱 찍어 놓고 부르는데 어떻게 거절하냐.”

“그래도 그런 건 알아서 막아 준다며.”

“그것도 한두 번이지, 솔직히 이 정도면 할 만큼 한 거 아니냐, 인간적으로?”

벵상은 황금빛 이빨을 드러내며 땍땍거렸다.

“그동안 ‘은나무 장인 레비’를 궁금해하던 사람이 한둘인 줄 알아? 이분도 네 각인을 보고 사겠다고 하신 거라고. 그 정도 큰손이 부르면 가 봐야지 어쩔 거야?”

“아, 진짜……. 내 언젠가 이런 사태가 벌어질 줄 알았어!”

레아는 지끈지끈하는 머리를 짚고 앓는 소리를 했다.

공방이 입소문을 타면서부터 왕실이나 부유한 귀족들, 고위 법관들이나 지방의 대영주들이 레아의 세공품에 관심을 보이기 시작했다. 그들은 이 실력 좋은 세공사를, 레아가 사용하던 각인 모양 따라 ‘은나무 장인’이라는 별명으로 불렀다.

프랑스에서 은 세공을 하는 수공업자들은 45년 전에 공포된 '제작자 표기법'에 따라 모든 물건에 자신의 상표를 의무적으로 각인해야 했다. 레아는 별다른 생각 없이 자신이 사용하던 은의 결정 모양을 자그마하게 새겨 넣었는데 그것이 귀족들 사이에 '나뭇가지 각인'으로 알음알음 알려진 모양이었다.

뒤늦게 아차 싶었다. 물론 그 각인이 레아의 것임을 아는 사람은 오래전 아크레에서 전사하셨다고 했다. 그래도 신경이 곤두서는 건 어쩔 수 없었다. 레아는 머리를 쥐어뜯으며 중얼거렸다.

"아휴, 이놈의 각인을 진작 바꿨어야 했는데…… 지금이라도 바꿀까?"

"미쳤냐! 내가 이 상표 홍보하느라고 얼마나 피와 살을 갈아 넣었는데!"

뱅상은 사색이 되어 펄쩍 뛰었다.

"레아 이게 아주 복에 겨워서! 파리엔 세공사가 강가의 자갈처럼 많다고! 목숨 걸고 홍보해도 될까 말까 한데, 이유도 없이 새로 바꾼다고? 그동안 홍보에 쏟은 내 피와 땀과 눈물을 다 합치면 대홍수야 대홍수, 어? 노아의 방주 띄워야 한다고!"

"그래도 누가 나한테 관심 가지고 뒷조사라도 하면 어떡해?"

"레아 너 그거 솔직히 과민 반응이야. 언제까지 그렇게 불안하게 살 건데? 볼 때마다 안쓰럽고 딱해 죽겠다."

뱅상은 폭폭 한숨을 쉬었다. 레아도 따라서 폭폭 한숨을 쉬었다. 뱅상은 명색 형제이자 동업자이고, 생각보다 입이 무겁고 신의가 있긴 하지만, 그래도 있는 사실 그대로 털어놓을 수는 없었다.

"뱅상, 데스트리에 군마가 어디 한두 푼이야? 100리브르가 넘어! 10년이든 20년이든 잡히면 바로 모가지 매달리는걸. 내 목이 매달리면 너도 굶어 죽을 거 아냐……."

"아직도 모세가 홍해 쨰던 시절 얘기하냐. 10년도 더 전에 아크레 앞바다에서 놓친 애들을 아직 쫓아다니는 놈이 어딨어? 그 세월이면 아들딸 얼굴도 까먹겠다. 여긴 노예상들이 득실득실하는 다마스쿠스나 알레프가 아니야."

"……."

"그리고 그 군마는 임자가 제대로 찾아갔다며. 그럼 된 거지. 내가 장담하는데, 그 기사님은 새까맣게 까먹었을 거야. 그러니까 신경 좀 꺼."

레아는 한숨을 쉬며 뒤로 물러섰다. 벵상은 이제 돈으로 레아를 살살 꾀기 시작했다.

귀금속 세공품 수집이라는 매우 바람직한 취미를 가지신, 고귀하시고 돈 많은 영주님께서 우리 물건에 흥미를 보이셨다. 어전 시종 나리께 뒷돈까지 찔러주며 알아보니 폐하의 총애를 듬뿍 받는 최측근 기사라고 하신다.

이런 말 하긴 뭐하지만, 정말 얼굴값깨나 하게 생겼는데, 숙녀분들께 인기가 얼마나 많은지 선물 받은 향유와 손수건과 소맷자락이 집에서 썩어 나간다더라. 그 많은 애인에게 철철이 선물을 안겨 주려면 세공품이 앞으로도 얼마나 많이 필요하겠느냐.

"그럼 우리 집안 호구조사는 왜 한 거래? 그리고 너는 뭘 또 그렇게 따박따박 대답해 드리고?"

"갑님이 까라면 까고 읊으라면 읊어야지. 그 정도 대형 물주님이면 아브라함과 사라부터 족보를 외워 보래도 밤새 외워 드려야지, 안 그래?"

저놈이 아시케나지 마을에서 오래 살더니 정말 유대인이 다 됐다. 진짜 같잖다.

"그래도 사정이 있어서 못 간다고 했어야지! 내가 그렇게 신경 쓰는 걸 알면서!"

"엄머나, 누님은 장사가 물로 보이세여? 그딴 식으로 튕겨 가면서 장사를 한다고? 나 아모스의 아들 뱅상, 진짜 간 쓸개 다 빼 놓고 장사하고 있는데 이건 어디서……!"

"우리 아빠 이름 아무 데나 갖다 붙이지 마!"

레아는 고함을 빽 질렀다. 머리가 지근지근 아프다. 동네 마실도 잘 안 나가고 틀어박혀 일만 하는 사람이 대체 뭐가 궁금해서 왕궁까지 불러내냐고. 아 미치겠네.

"레아, 솔직히 그동안 내가, 너 귀찮을 만한 일은 중간에서 다 막았는데, 왕궁 주문은 그게 안 돼. 옆에 어전 시종 나리까지 있었다고."

"……."

"원래 높으신 나리님들 중엔 성으로 불러서 믿을 만한 놈인지 호구조사 다 하고 샘플 본 담에 주문하는 분들도 많아. 물건값이 한두 푼도 아닌데 당연한 거 아니야? 그 당연한 일을 대체 뭐라고 거절할 건데? 대체 언제까지 이렇게 벌벌거릴 건데?"

"……."

"말하는 건 내가 다 알아서 할 테니까, 너는 그냥 뒤에 가만히 엎어져 있으면 돼. 숫기 없어 말 못 한다고 하고. 내일 딱 한 번만 넘겨 주면 우린 팔자 확 펴는 거야. 진짜 큰손이라는 감이 탁 왔다니까."

"알았어. 알았다고. 큰손 중요하지. 라셸르도 내년쯤에 결혼시켜야 하고……."

413

레아는 한숨을 쉬며 억지로 고개를 끄덕였다.

동생이 올해 약혼을 했다. 신랑은 아시케나지 마을에서 가장 부자인 엘리 영감님의 막내아들 다니엘이다. 지참금과 혼수를 꿀리지 않게 보내야 한다. 그것은 전적으로 레아의 몫이었다.

뱅상도 한몫 챙겨 주겠다 하는데, 사실 그는 피 한 방울 섞이지 않은 남이라, 그것도 부담스러웠다. 그는 이미 우리에게 알게 모르게 너무 많은 것을 베풀었다. 마음의 짐을 더 늘리고 싶지는 않았다.

게다가 결혼식이 끝나면 발타 님을 찾아 기약 없는 방랑 생활을 해야 한다.

목숨이라도 구걸하려면 돈은 많을수록 유리하겠지……?

……돈벌레 모드 완승.

궁에 들어가면 두건을 벗어야 할 테니, 번거로워도 얼굴 가득 수염이나 붙이고 가야겠다. 얼마나 꼴사납고 웃길까. 끙, 앓는 소리가 저절로 흘러나왔다.

†

"내 작은 솔로몬이 마음에 들어 했다던 세공사가 자네로군. 이름이 어떻게 되나."

아아, 망했다. 망했어, 난 어떡하면 좋아!

레아는 바닥에 납작 엎드려서 대답 한마디 못 한 채 속으로 울부짖었다.

이곳은 1층 살르 데 장다르므(병사의 방)라 불리는 대형 홀 곁의 작은 공간으로, 레아와 벵상은 탁자에 세공품들을 최대한 반짝반짝 빛나는 각도로 진열해 놓고 큰손 물주님을 기다리던 중이었다. 하지만 정작 밖에서 들려온 건 '국왕 폐하 듭시오오오.' 하는 시종의 낭랑한 목소리였다.

이게 뭔 소리지? 왜 갑자기 국왕 폐하……?

황급히 벵상을 쳐다보니 그 인간도 눈이 동그래져서 두리번대는 중이다.

"어? 왜 갑자기 폐하가 들어오신대냐……?"

와우 씨, 그걸 왜 나한테 물어?

그래. 등짝이 쎄할 때는 집 밖으로 나오는 게 아니라는 아빠 말을 기억했어야 했다. 제기랄! 애나 어른이나 부모님 말씀을 잘 들어야지. 레아는 진땀을 짜내며 자신의 오만한 방심을 탓했다.

옆의 문이 열리고 후리후리한 사내가 너덧 명의 호위를 받으며 들어서더니 안쪽에 놓인 높직한 등받이 의자에 앉는다.

머리를 보기 좋게 감싸고 있는, 레아가 제작했던 사파이어 왕관과 바닥에 끌리는 예장용 푸른 망토로, 그가 왕이라는 것을 바로 알아차릴 수 있었다. 시종이나 관리로 보이는 예복 차림의 남자들이 몇 명 더 따라 들어와 양쪽으로 나누어 선다.

궁정의 예법 따위 쥐뿔도 모르는 레아는 눈앞이 깜깜했다. 왕 앞에선 어떻게 무릎을 꿇는지, 손에 입을 맞추는지 발에 입을 맞추는지, 오른손인지 왼손인지, 손등인지 반지인지, 무슨 인사말을 하는지 온통 깜깜할 뿐이었다.

벵상이 눈치껏 앞서서 인사를 올린다.

"보, 보트르 마마마제스테……."

벵상이 하는 대로 어찌어찌 따라 인사를 올리고, 비슷하게 무릎 꿇고 절을 하고 어찌어찌 왕의 손을 잡고 아무 반지에 입을 맞추긴 했는데, 왕의 손가락이 네 개인지 여섯 개인지, 반지 색깔이 빨간색인지 파란색인지도 모르겠다. 그저 왕의 손이 차고 매끈하며, 알이 굵은 반지들을 많이 끼고 있었다는 것만 기억났다.

"아시케나지 마을의 세공사 형제들인가. 그대들을 주님의 이름으로 축복한다."

왕의 목소리는 서늘하고 메마르게 들렸다. 유대인들을 향해 주님의 이름으로 축복하는 것이 '교회와 신앙의 수호자'의 의도된 모욕일까, 지나치게 이성적인 것을 넘어 인간다운 감정이 거의 없다는 왕의 무심한 말버릇일까. 생각은 길게 이어지지 못했다. 왕의 시선이 레아에게 쏟아져 내린다.

"형제라면서 닮지는 않았구나."

"아, 소, 송구하⋯⋯."

"형제가 닮지 않은 게 나한테 미안할 일인가?"

왕은 짧게 웃은 후 의자에 등을 기대고 가장 곁에 선 시종에게 손짓했다.

"위그, 이 물건들을 만든 자만 남기고 다 내보내게."

망했다.

최악의 상황이 벌어졌다. 아, 물론 폐하께옵서 대화에 선택과 집중을 원하신다는 건 충분히 이해하겠습니다마는, 이게 이해가 된다고 괜찮은 사안은 아니죠.

야, 레아 어떡해, 어떡하지? 이건 나의 플랜에 없었던 일이야! 입만 뻐끔대던 벵상이 어물어물 쫓겨난 후, 왕은 레아를 난도질하듯 자근자근 훑어보기 시작했다.

"내 작은 솔로몬이 마음에 들어 했다던 세공사가 자네로군. 이

416

름이 어떻게 되나.”

이제 어지러운 것을 넘어 구역질이 올라올 지경이었다. 한때 세계에서 제일가는 미남이라는 필립 폐하를 뵙고 싶어 소원소원을 했는데, 그런 위험한 소원은 함부로 비는 게 아니었다. 1층 긴 복도를 걸어 들어올 때부터 천장이 하얗고 노랗고 난리였는데, 이젠 사방천지가 아예 새까맣게 보인다.

대답을 기다리던 왕은 화를 내는 대신 무미한 목소리로 물었다.

“위그, 저자가 나를 두려워하는 모양이야. 저자의 이름이 뭐라 했지?”

정복 차림의 키 작고 뚱뚱한 시종이 나서서 공손히 대답했다.

“저자는 세공사 레비라고 합니다. 파리 귀금속 세공사 동업조합의 장인이고, 벵상 세공방에서 제작을 전담하고 있지요.”

“형도 세공사라 하지 않았나?”

“업계에선 동생 레비의 실력을 훨씬 높이 쳐주고 있습니다. 아모스의 아들 레비의 물건이라 하면 금은의 함량이나 품질, 그리고 디자인 면에서도 보증수표처럼 여겨지고 있죠. 본래는 야장 집안 출신이라 쇠도 잘 다루고 무기도 제법 만들 줄 안다 합니다.”

아, 안 돼. 아모스의 아들이라니! 이 무슨 만행이십니까, 시종 나리! 레아는 손에 쥔 모자를 다시 한번 쥐어짰다.

“아모스의 아들 레비. 고개를 들어 보게. 시테 궁에 왔으면, 내 얼굴 정도는 보고 가야지. 그래야 돌아가서도 왕의 얼굴을 봤다고 자랑이라도 하지 않겠나.”

놀랍게도 왕은 누가 들어도 창피할 말을 너무나 태연하게 하고 있었다.

레아는 고개를 들고 멍하니 왕을 올려다보았다. 더 놀라운 것은 그의 얼굴을 보니 그 말이 너무 당연하게 느껴진다는 것이었다.

단언컨대, 발타 님만큼이나 아름다운 남자는 저분이 처음이었다. 시선이 확 빨려 들어가는 듯한 느낌이었다.

왕이 무심하면서도 단정하게 웃는 모습이 보인다. 입을 벌린 채 그대로 굳어 버린 레아를 보며, 왕은 웃음기를 거두어들이고 고개를 기웃했다.

"그대가 프랑스의 신민이라면 나를 그리 무서워하지는 않을 텐데. 거리를 돌아다니면 치유 기도나 축복기도를 해 달라고 다가오는 백성들도 꽤 있거든."

그야 폐하께서 연주창 치유의 이적을 베푸신다 하니 그렇지요. 아픈 사람이 똥오줌 가릴 정신이 있나요…….

……라는 진실을 고하지는 못했다. 왕의 말투 역시 엄격하다기보다 무심한 쪽에 가까웠는데, 따뜻하거나 부드럽다는 느낌은 눈곱만큼도 들지 않았던 탓이다.

"어쨌든 너무 겁먹진 말게. 괜찮은 답례품이라도 사 볼까 하던 참에 세공사가 와 있다 해서 들러 본 것뿐이니까. 어제 좋은 와인을 선물 받은 게 있어서."

"화, 황공하옵니다, 폐하. 어떤 물건을 원하시는지, 하, 한번 보시……."

레아는 간신히 정신을 붙잡았다. 그렇다. 벵상이 쫓겨났으니, 이제 이 상황은 어쨌든 자신이 온전히 헤쳐 나가야 했다. 레아가 용기를 내서 고개를 드는 순간, 문가에 서 있던 시종 한 명이 낭랑하게 목소리를 높인다.

"폐하, 발타사르 드 올랑드 경이 도착했습니다."

뭐? 지금 뭐라 했지? 발타사르…… 드 올랑드?

레아는 그대로 얼어붙었다. 뭔가 들어서는 안 될 이름을 들은 것 같은데……?

"음, 발타가 왔나? 세공사는 이미 와 있으니 안으로 들어오라 하게."

머릿속이 순식간에 쑥대밭이 되었다. 아니, 아예 화산이 터진 것 같다. 레아는 엎드린 채 손가락을 쥐어뜯으며 필사적으로 마음을 다잡았다.

설마, 저 발타 경이 내가 아는 그 발타 님은 아니겠지?

자자, 레아, 진정해. 정신 좀 차려 봐, 세상천지에 발타가 한둘이겠어? 동명이인! 동명이인!

가, 가만, 그러니까, 저분이 나를 부르신 영주님이라 이거지?

그, 그래. 발타 님은 성전기사단 소속일 테니까, 귀금속 수집이 취미인 금수저 영주님은 아닐 거야, 그렇지?

맞아맞아! 발타 님은 진짜로 돈이 없는 분이었어. 너덜너덜 해진 속옷을 입고 다닐 만큼 째지게 가난하셨다고. 그럼그럼!

삐그그그그그. 그그그.

갈팡질팡하는 사이 뒤에서 천천히 문이 열린다. 레아는 허리를 숙인 채 눈을 힘껏 부릅떴다.

사박, 사박, 사박.

키가 크고 마른 사내 한 명이 왕을 향해 천천히 걸어 들어온다. 고양이가 먼지 쌓인 나무 바닥 위를 사분사분 걷는 것처럼, 그는 나무 복도 위를 걷는데도, 기척이 거의 없었다.

제기랄! 제기랄! 제기랄!

레아는 눈을 질끈 감고 이를 악물었다. 아랫배가 저절로 우그러들며, 눈앞으로 새까만 안개가 밀려든다.

보지 않아도 알 수 있다.

……저건 아크레의 발타 님이 맞다.

그가 옆을 스쳐 지나간다. 그가 잠시 걸음을 멈추더니 바닥에 납작 붙어서 고개를 처박고 있는 레아를 일별한다. 찰나의 순간이었지만 등이 도끼로 찍히는 것 같다.

"……."

그는 바로 시선을 거두고 왕을 향해 똑바로 걸어 나갔다. 왕의 앞에서 그의 움직임은 부드럽고 우아하고 느렸다.

머릿속이 온통 새하얗게 바랜다. 어지럽다. 구역질이 올라온다.

바, 발타 님, 나, 나나난, 아, 아직 당신을 만날 준비가, 안 됐어요…….

조만간 마, 만나러 가려고 결심하고 있었지만, 지, 지금은 아니야. 절대 아니라고요.

그동안 단단히 다져 온 결심이 모래성처럼 허물어진다. 뒷날 생각 않고 그냥 벌떡 일어나서 도망치고 싶다.

그래, 내가 원래 그렇게 용감무쌍한 인간은 아니었지…….

"보트르 마제스테 르 루아."

그가 왕의 앞에 한쪽 무릎을 접고 허리를 숙이는 것이 보인다. 여전히 매끄럽게 반짝이는 은발이 그의 어깨에서 사르르 흘러내린다. 레아는 이제 숨도 제대로 쉴 수 없었다.

발타 님은 변하지 않았다. 그동안의 세월이 옆으로 비껴가기라도 한 것처럼. 저렇게도 아름답게, 저렇게도 신비한 모습으로 여전히 남아 있다. 그저 뒷모습을 보는 것만으로도 영혼이 빨려들어

가는 것만 같다.

발타가 왕의 반지에 입을 맞추며 차분한 목소리로 인사를 올린다.

"그리스도의 평안과 강건이 신앙의 수호자이자 신성 프랑스의 치자이신 폐하의 위位에 임하기를 기원하나이다. 밤새 평안하셨습니까."

그의 목소리를 듣는 순간, 속에서 울컥 무언가가 튀어나올 것 같았다. 변함없이 고요하고 차분한 목소리. 목이 시큰하면서 발밑으로 눈물이 뚝 떨어진다.

······내가 미쳤구나.

레아는 수건으로 이마를 닦는 척 얼른 눈가를 문질렀다. 하지만 이제는 목뿐만 아니라 가슴까지 뻐근해진다.

다행히 사람들의 시선은 발타와 왕에게로 향해 있었다. 무심하고 냉랭하던 왕의 목소리에 생기가 돌기 시작했다.

"어제 그대가 보낸 와인은 맛이 좋더군. 오랜만에 흡족했다."

"마음에 드셨다니 기쁩니다."

"작은 답례를 하고 싶은 참에 마침 자네가 부른 세공사가 들어와 있다기에 먼저 와 보았다. 왕실 아르장트리에 납품하는 자라하더군."

"위그 경에게 개인적으로 청을 넣었는데, 이렇게 폐하까지 번잡하게 해 드리다니 면목 없습니다. 제가 외부에서 일을 처리하고 입궁할 것을 그랬습니다."

"위그가 나한테 입을 털었다고 비난하는 건가. 그게 본래 어전 시종의 일이다, 내 작은 솔로몬. 불쾌해하지 마라."

왕은 한쪽 입술 끝을 끌어당기며 웃었다.

두 사람의 대화는 엄한 격식이나 미사여구로 가득한 궁정식 대화는 아니었다. 건조하고 사무적이었는데, 그 몇 마디만으로도 두 사람 사이의 견고한 신뢰가 느껴졌다.

"무엇보다, 발타 자네가 마음에 드는 세공사를 찾았다 하여 궁금하기도 했다. 세공사 레비, 고개를 들게."

레아가 바들바들 떨며 고개를 들자 그의 시선이 와 닿는다.

"아……?"

그의 입에서 나직한 신음이 샌다. 파란 눈동자가 한순간 커졌다가 점점 가느스름해진다. 아주 짧은 순간 그의 입술이 들썩였다.

하지만 그 입술 안에 담긴 말은, 밖으로 빠져나오지 못한다. 그의 서늘한 시선이 레아의 입술과 턱을 뒤덮은 수염, 그리고 껑충하게 웃자란 키와 남성용 옷차림으로 빠르게 흘렀다. 그의 푸른 눈동자가 짧게 흔들린 후, 입에서 가는 한숨이 흘러나온다.

레아의 이마에서 맺힌 땀이 뺨을 타고 조르르 굴러 가짜로 만들어 붙인 수염 속으로 스며든다.

가짜 수염으로 얼굴을 최대한 가린 것이 신의 한 수였다. 새벽부터 라셸르의 도움을 받아 콧수염, 턱수염, 구레나룻까지 아교로 꼼꼼하게 붙였다. 그전에도 콧수염, 턱수염을 붙여 본 적은 있지만 이렇게 코 밑을 온통 뒤덮은 건 처음이었다.

은쟁반에 얼굴을 비춰 보니, 아크레에서 알아주는 털북숭이였던 아빠가―꽤 많이 마른 아빠가― 어색하게 웃고 있는 것 같았다. 벵상도 '원숭이처럼 보이긴 하지만 딱히 어색하진 않다'고 했다. 원숭이 같다는 말이 고맙게 느껴지는 건 처음이었다. 레아는 발타가 자신을 세상에서 제일 못생긴 원숭이처럼 봐 주기를 간절히 빌었다.

왕의 무감한 목소리가 떨어진다.

"세공사 레비, 자네를 부른 발타사르 드 올랑드일세. 지금은 마상 시합에서 백은의 기사라는 별명으로 유명하지만, 사실은 아크레와 루아드, 쿠르트레, 몽상 페벨에서 크게 활약한 역전의 용사지. 발타, 아시케나지 마을의 세공사, 아모스의 아들 레비일세. 파리에서 손꼽히는 은 세공사인데, 야장 집안 출신이라 쇠도 잘 다루고 무기도 제법 만든다 하는군."

순간 발타의 목소리가 한 계단 뛰어오른다.

"폐하? 아모스의 아들……이라고 하셨습니까?"

"그랬어. 왜, 무슨 문제가 있나?"

"……아닙니다."

그의 눈이 다시 새파랗게 빛을 뿜기 시작했다. 시선이 이제는 레아의 얼굴과 온몸을 난도질하듯 샅샅이 훑는다.

레아는 이를 악물었다. 어떻게든 이 순간을 무사히 넘겨야 한다. 저분을 빠른 시일 내로 반드시 만나야 하지만, 지금은 아니고, 왕 앞에서는 더욱 아니다. 지금 들키면 라셸르까지 죽은 목숨이다.

레아는 비장하게 고개를 들고 발타에게 공손히 인사를 올렸다. 벵상이 하던 대로, 왼손을 배꼽에 대고 오른팔을 멋들어진 곡선을 그리며 허리를 깊이 구부리는 꼴사나운 인사였다. 벵상이 이 꼴로 연습하는 걸 볼 때마다 손발이 오그라들었는데, 막상 자신이 하려니 창피해할 정신조차 없다.

"안녕하십니까, 세공사 레비, 올랑드의 고귀한 영주님이신 발타사르 님께 인사 올립니다. 저는 아시케나지 마을에서 벵상 형님과 함께 세공방을 하고 있는 레비라고 합니다."

어쨌거나 간신히 입은 트였다. 고개를 들자 새파란 눈 두 쌍이 자신을 빤히 응시하는 것이 보인다.

"그대의 아버지 이름이 아모스인가?"

순식간에 평정을 찾은 발타가 차분해진 목소리로 묻는다.

레아는 실룩실룩 떨리는 입술을 필사적으로 끌어 올렸다. 입가에서 쥐가 나려고 했다.

"예. 아버지 성함은 아모스이고, 할아버지의 성함은 노아이고, 그 윗대 할아버지의 성함은 에노크이고, 그 윗대 할아버지는 야코프이고, 그 윗대는 이사악……."

아버지에게 들은 족보를 줄줄 외우기 시작하자, 그가 손을 들어서 말을 막았다.

"됐네. 자네 족보가 궁금한 건 아니야. 그런데, 아모스라는 이름이 아시케나지 마을에선 흔한가?"

레아는 최대한 맹한 표정으로 눈동자를 뱅그르르 돌린 후 고개를 끄덕였다.

"예. 저희 마을에만 열댓 명의 아모스가 있습니다. 세 살 아기부터 팔십 노인까지 골고루죠. 아무래도 유명한 예언가였으니까요. 혹 찾는 사람이 있으십니까?"

"유명한 예언가라……?"

발타는 눈썹을 찌푸리며 중얼거렸다. 레아는 아모스가 성경책에 나오는 사람인 건 알지만 유명한지 안 유명한지까지는 알 수 없었다. 왕은 아예 뒤로 물러앉아서 발타와 레아를 흥미 있는 눈으로 지켜보는 중이다.

발타는 여전히 속을 알 수 없는 얼굴로 물었다.

"수염이 많은 자로군. 작업에 방해되지 않나?"

레아는 다시 한번 가슴을 쓸어내렸다. 저렇게 물었다는 건 수염의 은폐 효과가 확실했다는 뜻이다. 그녀는 필사적으로 이유를 갖다 붙였다.

"그, 수염 기른 게 더 멋있다고 해서요. 저도 장가는 들어야 하지 않겠습니까."

하. 하하. 뒤에 있던 왕이 짧게 웃었다. 발타는 웃지 않았다.

"턱을 가득 덮는 수염은 아시케나지 여인들의 취향인가?"

"그게 솔직히 여자들 취향은 영 모르겠습니다. 종일 공방에 박혀서 일만 하니까, 여자를 많이는 못 만나 봤거든요. 형님이 수염을 열심히 기르는 걸 보면 마을 여인들이 수염을 좋아하는 것 같긴 합니다만 사실 관리가 좀 어렵지 않습니까. 밥 먹을 때 형님 수염이 스튜에 빠지거나 이가 기어 나오는 건 보기가 좀 그래요……."

레아는 그가 듣기 싫어할 만한 말만 골라 늘어놓았다. 아니나 다를까, 그의 눈썹이 지그시 찌푸려지는 것이 보인다. 레아는 수다쟁이의 본능을 빌어 내처 말을 이었다.

"아, 물론 매일 그러는 건 아닙니다. 그걸 마망 실비아, 아니 실비아 숙모님이 발견하면 바로 숙부님을 모셔 와서 밀어 버리거든요. 숙부님은 무두질을 하시는 분이라 거죽에 붙은 털 미는 솜씨 하나는 기가 막힙니다. 커다란 작업용 삭도를 가져와서 형님 턱주가리와 인중을 무쇠투구처럼 빤들빤들 밀어 버리시죠. 숙모님이 옆에서 기다렸다가 바로 레몬을 잘라 턱을 문대는데, 그래야 서캐까지 죽는다며, 그럼 온 동네에 비명이……."

"수염 이야긴 그쯤 하지. 일단 자네가 가져온 물건들을 보도록 할까."

발타가 탁자에 놓인 세공품들로 시선을 옮긴다.

오늘 가져온 물건 중에는 왕궁에 납품할 예정이었던 은촛대와 은쟁반, 주석 거울 등이 있었고, 기사용 장신구를 사겠다 하셨지만, 여성용 장신구도 상당수 끼어 있었다. 뱅상이 '백은의 기사님은 애인이 많다더라, 소맷자락과 비단 손수건이 썩어 나간다더라' 어쩌고 하며 별도로 챙긴 것이다.

저분께 여자라니. 잘 안 믿어진다. 레아가 아는 발타 님은 마음 한 자락 제대로 고백 못 한 채 고개를 숙이고 어깨만 떨던 분이었다.

물론 그동안 적잖은 세월이 흘렀고 저렇게 아름답고 인기 많은 기사라면 당연히 손수건과 소맷자락이 썩어 나갈 수도 있고, 애인이 많을 수도 있지.

그래도 발타 님인 줄 알았으면, 여성용 장신구 따위는 안 가져왔을 것이다.

……아니, 그 전에 짐 싸 가지고 줄행랑을 놨겠지.

발타가 물건을 하나하나 집어 들고 이리저리 돌려 가며 살피는 동안 레아는 어깨를 잔뜩 움츠리고 기다렸다. 어차피 맞을 매, 먼저 맞는 게 낫다고? 거짓말이다. 안 맞는 게 최고다. 안 맞는 게.

"물건에 대해 설명이라도 해 보지 그러나. 물건을 팔려고 온 게 아니었나, 세공사?"

뒤에 앉아 있던 왕이 가느스름하게 실눈을 뜨고 한마디 던졌다. 지금 도망치지 않고 버티는 것만 해도 죽을 지경인데, 홍보까지 해야 한다고? 폐하, 댁만 없어도 살 것 같습니다.

"영주님께서, 어, 그, 하나하나 만져 보셔서 아시겠지만, 저희 공방에선 은을 두드려 만드는 단조 세공을 합니다. 틀에 부어 만

426

든 물건들처럼 속에 구멍이 송송 나 있을 걱정은 안 하셔도 되고요."

"음. 이런 자잘한 면이 있는 물건은 망치 자국을 전부 살려 만든 건가."

"그렇습니다. 그런 물건 하나 나올 때까지 수천, 수만 번을 세심하게 두들겨 주어야 합니다."

"시간이 많이 걸리겠군."

"물론입니다. 하지만 주물제품보다 쫀쫀하고 단단하고 묵직하죠. 손에 붙는 감각도 월등합니다. 값이 좀 나간다 싶어도 품질과 가치를 생각하면 절대 비싸지 않습니다."

그는 이제 말 한마디 없이 은촛대의 바닥을 주의 깊게 바라본다. 반듯한 미간에 천천히 주름이 팬다. 레아는 그가 물건들의 각인을 일일이 살피고 있다는 것을 알아차렸다.

"음……."

그는 레아를 보고, 잠시 헛기침을 하며 물건을 내려놓더니 다시 레아를 보고, 이내 들릴락 말락 한숨을 쉬었다. 그의 작은 고갯짓 하나하나에 레아의 심장이 멈췄다 뛰었다, 목이 졸렸다 풀렸다 한다.

"세공사, 이 나뭇가지 각인은 무슨 특별한 의미가 있나?"

딱히 궁금해서 묻는 것 같지는 않은데, 무언가 확인하려는 의도는 또렷이 느껴진다. 레아는 마른침을 삼키며 어떻게 두루뭉술 대답할까 궁리했다.

아크레에서는 세공사 고유 각인이 의무도 아니었고, 그런 걸 신경 쓰는 사람도 없었다. 그래서 이 은나무 각인을 아크레의 어떤 세공사 딸이 만들었다는 걸 아는 사람은 세상에 단 한 명뿐이었다.

그리고 그분은 이미 아크레에서 전사하셨다.

"……!"

잠시 후 레아는 눈을 커다랗게 뜨고 움직임을 멈췄다. 그가 착용한 장식품들이 뒤늦게 눈에 들어온 것이다.

맙소사, 동일한 각인이 새겨진 물건이 한두 개가 아니다. 자신이 처음 만든 큼직한 은브로치를 비롯해 단검, 거들 장식, 두꺼운 은반지까지. 하늘이 샛노래진다.

이럴 리가 없는데……. 이럴 리가.

바, 발타 님, 당신이 분명히 말씀하셨잖아요. 그 은브로치는 아크레 전투 중에 전사하신 기사님께 받은 거라고.

그런데 브로치 말고도 제가 만든 물건이 왜 그렇게 많은 건데요?

하지만 이내 중요한 사실 하나가 떠오르며 머리가 핑그르르 돌았다.

아, 맞다. 단장님도 '전투 중에 전사하신 기사님'이잖아!

서, 설마, 그럼 그때 오셨던 에퀴에르가 바, 발타 님 맞나?

그, 그럴 리가! 이런 아름다운 얼굴을 내가 잊어버릴 리가!

아, 잠깐. 면갑으로 가리고 계셨나?

머릿속에서 서너 명의 레아가 정신없이 떠들어 대는 것 같다. 상황은 급박한데 생각은 도무지 정리되지 않는다.

그러면 발타 님은 내가 만든 물건을 몰래 모으고 계셨던 건가?

미쳤다! 그럼 지금까지 계속 은세공품을 사들인 이유는 또 뭔데……?

머릿속이 터질 듯 왕왕대더니 아예 생각이 딱 멈춘다. 그냥 이 자리에 바로 엎어져 죽어 버리고 싶다는 생각밖에 들지 않았다.

"세공사, 각인에 무슨 뜻이 있느냐 물었는데."

한참을 기다리던 발타는 눈썹을 찌푸리며 대답을 채근했다. 그러자 왕이 다가와 물건을 살펴보더니 묘한 표정을 지었다.

"그러고 보니 위그, 발타의 문장과 이 집 세공품의 각인이 비슷하지 않은가."

"아, 그러고 보니 그렇습니다, 폐하! 이렇게 신기할 데가."

얼굴이 둥그런 시종께서 눈을 동그랗게 뜨고 얼른 맞장구를 친다. 레아는 눈앞이 캄캄해졌다.

발타 님, 당신은 왜 남들이 다 쓰는 사자나 독수리 따위가 아닌 나뭇가지 모양을 문장으로 삼으셨나요?

그리고 대체 어쩌다…… 은 세공품 수집가가 되신 거죠?

레아는 눈앞에 닥친 결론이 너무 무서웠다. 그녀는 두려움을 무마하기 위해 눈을 똥그랗게 뜨고 혼신의 힘을 짜내 반가운 척을 했다.

"오오! 영주님의 문장도 나뭇가지 모양입니까? 이런 기막힌 우연이! 고귀하신 영주님, 이건 운명입니다. 저희 물건이 영주님의 성을 장식해야만 할 신의 계시 같지 않습니까?"

"세공사, 쓸데없는 말 하지 말고 대답부터 하게."

발타가 낮은 목소리로 타박한다. 레아는 머쓱한 척 머리를 긁으며 이마로 흘러내리는 진땀을 닦았다.

"음, 이 문장이 만들어진 건, 저희 집 뒷마당에 아몬드 나무가 많기 때문입니다. 제가 태어나기도 전부터 있던 나무라는데, 봄이 돼서 꽃이 피면 뒷마당이 온통 새하얗게 덮이지요. 그 꽃잎이 눈처럼 날리는 풍경이 꽤 볼만합니다. 저희 가족은 아몬드 우유라면 사족을 못 쓰고요. 그래서 그 나뭇가지 모양을 따서 만든 것

429

이지요."

"……그런가?"

실망한 기색이 역력한 그의 목소리에, 레아는 간신히 가슴을 쓸어내렸다.

"그렇습니다. 게다가 아몬드 나무는 부활을 상징한다지 않습니까? 부활의 그리스도를 찬미하는 은 세공품에 가장 어울리는 문장이지요."

어찌어찌 갖다 붙인 말이 찰떡처럼 잘 붙는다. 10년 훨씬 넘게 이교도로 산 주제에 부활의 그리스도 어쩌고 갖다 붙인 것이 양심에 찔렸지만, 지금 그걸 가릴 때가 아니었다.

발타가 가볍게 고개를 끄덕이며 씁쓸하게 웃는다. 아, 드디어 아니라고 결론을 내린 건가? 레아는 안도의 한숨을 삼키며 고개를 숙였다. 이 방에 들어온 지 얼마 되지도 않았는데, 벌써 죽을 고비를 몇 번이나 넘긴 것 같다.

"어떠십니까, 영주님. 물건들이 마음에 드십니까."

"그대의 솜씨가 훌륭하다는 건 충분히 알겠네. 그보다……."

레아는 '그보다'라는 말을 못 들은 척하며 냉큼 말을 돌렸다.

"오, 영광입니다, 안목이 높으시다더니 역시 좋은 물건을 볼 줄 아시는군요! 지금 잡으신 최신 유행 거들, 이야, 제가 만든 거지만 이 정도면 베누스의 매혹의 허리띠 아닙니까? 영주님처럼 가늘고 날렵한 허리를 가진 분 아니면 소화하기 어려운 물건이죠."

지금은 다른 주제로 말을 돌리는 것이 최선이다. 하지만 이렇게 떠들다가 말실수라도 하면 어쩌나 싶어 걱정스러워 죽겠다.

그의 반듯한 얼굴이 일그러지는 것이 보인다. 레아는 물주고 큰손이고 다 집어치우고 이 자리에서 얼른 쫓겨나는 것이 가장 좋은 방법이라는 결론을 내렸다.

"그 옆에 있는 십자가 목걸이는 영주님의 위엄과 기품과 고결함과 아름다움을 최고로 돋보이게 해 드릴 겁니다. 한번 해 보시죠……. 이야! 우아한 목선에 너무나 잘 어울리지 않습니까. 이렇게 섹시하고 아름다운 모습을 보면 어떤 숙녀라도 사랑에 빠질 수밖에 없을 겁니다. 궁금하시면 이 주석 거울로 비춰 보시면……."

"돼, 됐어. 궁금하지 않으니 그쯤 하게."

"와하, 아하하하……."

뒤에서 왕이 홍소를 터뜨린다. 여기저기서 키득대는 웃음소리도 흘러나온다. 당사자는 전혀 웃지 않았다. 목덜미와 귓가가 벌게지는 걸 보니, 왕 앞에서 그런 말을 들은 것이 무척 당황스러운 듯했다.

레아의 음모대로, '세공사 레비'의 신상털이는 어물어물 끝나 버렸다. 발타는 눈앞의 시끄러운 털보 세공사와 예전의 쫄보 소녀 레아와는 아무 관련이 없다고 결론을 내린 듯했다.

하지만 뭔가 미련이 남았는지, 창가 안쪽에 놓인 작은 브로치를 들어 올린다. 두 겹의 은줄로 동그랗게 마감한 깔끔한 브로치였다. 그는 그것을 두 손으로 꼭 쥔 채 잠시 침묵했다. 레아는 그 손가락이 가늘게 흔들리는 것을 보며 마음이 복잡해졌다.

발타 님은 지금 과연 무슨 생각을 하시는 걸까.

지금 눈앞에 있는 세공사가 아크레에서 놓친 레아라는 걸 알면 어떻게 하실까.

그럼 발타 님, 그때처럼 제 목에 칼을 던지실 건가요? 이제는 막판에 손을 떨거나 칼이 아슬아슬하게 빗나가는 일은 없겠죠? 아니, 그 십자가 조각을 돌려받아야 하니, 고문실에 매달아 놓고 채찍질을 하고, 불로 지지고, 바퀴에 묶어서 사지를 바스라뜨릴 건가요?

머릿속에서 왕왕대는 목소리를 짓누르며 레아는 활짝 웃어 보였다.

"다 보셨습니까? 혹시 마음에 드시는 물건이 있으십니까?"

"전부 사겠다. 가격을 계산해라."

레아의 턱이 덜그렁 아래로 떨어졌다. 눈치 빠른 시종도, 왕의 입도 슬그머니 벌어진다.

"하, 하, 하하하하."

왕이 다시 웃음을 터뜨린다. 시종이 뭔가 만류해 보려는 듯 입을 뻐끔거린다. 레아는 당황해서 입이 떨어지지 않았지만, 가문에 면면히 내려오는 돈독 본능이 빛을 발했다.

"역시나 안목 높은 영주님이라면 이 물건들의 품격을 한눈에 알아보실 거라 믿었습니다! 이 고귀한 세공품들이야말로 아름다운 영주님을 더욱 눈부시게 빛내 드릴 겁니다. 영주님의 눈동자와 잘 어울리는 파란 사파이어가 박힌 이 목걸이의 가격으로 말씀드릴 것 같으면⋯⋯."

최고 품질 사파이어 목걸이가 7리브르, 은장식 가죽 거들은 1리브르, 누금 장식 은촛대는 3리브르, 화려한 당초 문양이 새겨진 큼직한 주석 거울이 2리브르, 깔끔하게 에나멜 처리된 카메오 브로치 한 쌍이 1리브르 10수⋯⋯. 몸에 두르고 걸치고 장식하는 것 몇 가지만으로도 이미 번듯한 저택 한 채 값이 넘어간다.

물론 발타 님께 이문 남겨 먹을 생각은 없다. 하지만 싸게 드렸다가 계속 주문이라도 하신다면 재앙도 그런 재앙이 없다. 물론 '조만간' 성물을 돌려 드릴 계획이었지만, 그래도 왕과 시종들이

빙 둘러싼 한가운데서 물건 팔다가 들통나는 건 경우가 다르지 않은가.

그렇다고 너무 바가지를 씌우면 그것도 문제다. 국왕 폐하 앞에서 가격 교란자로 찍히면 아시케나지 마을까지 싸잡혀 변을 당하게 된다. 머리에선 쥐가 나고, 입에선 단내가 난다.

"전부 합치면 32리브르 12수입니다만, 한꺼번에 구입하신다면 하나는 서비스로 드리겠습…… 아, 저, 영주님? 무, 무슨 궁금한 점이라도?"

한창 읊는 중에 발타가 가만히 손을 든다. 맑고 새파란 눈동자가 레아를 한참 응시한다. 진땀이 등을 타고 내린다. 그가 무슨 생각을 하는지 전혀 읽히지 않는다.

"자네, 내 전속 대장장이가 될 생각은 없나?"

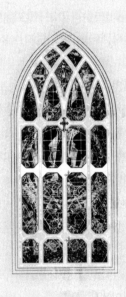

4-6. 의심

레아와 관계가 없다는 건 알겠는데…….

발타는 눈앞에서 시끄럽게 떠들어 대는 세공사를 내려다보며 암담한 기분에 사로잡혔다.

저 세공사를 처음 보았을 때, 말 그대로 벼락이라도 맞은 줄 알았다. 잠시 후 정신을 차리고서야 그가 남자라는 것을 인식했지만, 한순간 정말 레아를 만난 줄 알았다.

금발에 파란 홍채를 가진 사람은 많지만, 저렇게 맑고 청량한 눈과 반짝이는 분위기를 가진 사람은 실로 오랜만이었다.

어제 벵상만 보았을 때는 전혀 접점이 없다 생각했다. 같은 형제인데 어떻게 이렇게 다를 수가 있을까?

후우, 후우, 후. 마상 시합 최종 상대를 앞에 둔 것처럼 숨이 가빠 온다. 아니라고 생각하면서도 마음 한편에선 저 세공사를 놓치면 안 된다는 목소리가 점점 커진다. 이런 생각을 하는 자신이 이상했다.

세공사는 잔뜩 겁에 질렸다. 말이나 행동이 과장되고 부자연스럽다. 하지만 그것만으로 수상하다 몰아갈 순 없었다. 시테 궁에 처음 들어온 사람들, 특히 처음 폐하의 앞에 선 자들은 대부분 저렇게 겁을 먹거나 얼이 빠지게 마련이다. 무서울수록 말이 많아지는 사람이 있다는 것도 안다. 저 세공사도 그런 종류의 사람일 수 있다.

입을 딱 벌린 세공사가 한참 만에 멍청한 얼굴로 되묻는다.

"저, 저를 영주님…… 전속 대장장이로요? 저, 저는 세공사이고…….."

"자네 형 말로는 대대로 야장 집안이고, 쇠도 잘 다루고 무기도 제법 만든다면서. 최고급 무기 장인을 바라는 건 아닐세. 무기 관리와 수선 정도면 충분해. 나는 아직 전속 대장장이가 없어서 불편한 게 많아."

기사들에게 말 관리나 갑옷 시중을 드는 시종만큼이나 필요한 것이 전속 야장이었다. 무기와 갑옷은 전투력과 직결이 되어 늘 세심한 관리가 필요했다.

크고 작은 전투나 시합 때마다 투구나 판금 보호대가 찌그러지고 검의 이가 나가는데, 일일이 대장장이들을 찾아다니는 것도 무척 고역이었다. 성전기사단에서도 고위 단원들은 전속 야장이 있었고, 먹고살기 바쁜 기사들조차 대장장이를 두고 싶어 했다.

"보수는 합의해서 적정한 선으로 제공하겠네. 전용 공방이 필요하면 하나 만들어 줄 것이고, 결혼을 하면 아내와 살 집도 따로 내주지. 내 영지…… 내 집은 시테 섬에서 그리 멀지 않으니 아시케나지 마을에 형제를 보러 다니는 것도 큰 무리는 없을 걸세."

발타는 저도 모르게 영지라고 말했다가 거두어들였다. 초라한 집과 손바닥만 한 땅뙈기를 영지라고 칭했다는 걸 알면 저자는 또 얼마나 비웃을 것인가.

발타는 자신의 땅이 고작 50아르팡밖에 되지 않는다는 것이 난 생처음으로 창피했고, '폐하께서 넓은 영지를 준다 할 때 그냥 받을걸' 하는 아쉬움마저 들었다.

그리고 그런 생각을 하는 자신이 몹시 낯설게 느껴졌다.

세공사의 새파란 눈동자가 옆으로 뱅그르르 돌아간다. 이마에 땀방울이 조르르 맺힌 것이 보인다. 알 수 없다. 이 제안이 저렇게 진땀을 흘리며 고민할 일일까?

"어, 그, 영주님? 제가, 은 세공 쪽으로, 나, 나름 단골도 많고, 돈도 쬐끔 버는 편이라⋯⋯."

"세공 일을 별도로 계속해도 되고, 그곳에서 주문을 받아서 판매하는 것도 허용하겠네. 아르장트리에 납품까지 하는 세공사의 수입까지 막을 생각은 없어."

"그래도, 아, 아시케나지 마을을 떠나기가 좀, 쭉 거기서 자라서 다른 곳에서 살기가 좀."

"아시케나지 마을 밖으로 나오는 게, 돈 벌기에 훨씬 유리할 텐데."

"제, 제가 소문난 쫄보라, 나, 낯을 가리고 숫기가 없어서, 낯선 곳에 가면 불안하고 안정이 되지 않습니다. 그래서 제가 물건을 만들고 형님이 영업을 뛰는 것이지요."

"숫기가 없는 것치고 말을 지나치게 잘하는 것 아닌가."

레아는 도살장에 끌려가는 소가 된 기분이었다.

"그, 그게, 저 같은 이교도를 곁에 두시면 영주님께서 불편하실 겁니다. 주변 사람들도 뒤에서 수군수군할 테고요."

말이 떨어지기가 무섭게 분위기가 싸르르 가라앉는다.

아차, 실수다.

레아는 눈을 질끈 감았다. 교회와 신앙의 수호자라고 불리는 폐하 앞에서 이교도 운운하다니. 역시 말이 많으면 실수가 나오게 되어 있다.

"이교도라는 게 신경 쓰이면 개종을 하고 발타를 따라가면 되겠군그래."

"네?"

갑자기 튀어나온 왕의 참견에 레아는 기겁했다.

"저, 폐하, 죄송…… 황송하지만, 저, 저는 모, 못 갑니다."

"……."

너무 대놓고 딱 잘라 거절하는 말에, 주변이 완전히 얼어붙었다. 시종 나리와 호위 병사들의 턱이 덜그렁 내려앉고, 발타의 눈도 커다랗게 벌어진다. 레아는 울고 싶어졌다.

"저, 동, 동생이 얼마 안 있으면 결혼합니다. 제, 제가 지참금을 마련해 주어야 합니다. 그, 그리고 물건을 만드는 제가 없어지면, 세공방은 쫄딱 망하게 됩니다. 형님이 세공 실력은 솔직히 많이 별롭니다."

푸흐.

왕이 어이없다는 듯 실소를 터뜨렸고, 발타도 나직하게 헛웃음을 짓는다. 어쨌거나 벵상을 멋지게 돌려 깐 덕에, 살얼음 같던 분위기가 조금 나아지긴 했다.

결국 발타가 나서서 상황을 수습하기 시작했다.

"그대에게 괜한 부담을 주었나 보군. 사과하겠네. 원치 않으면 굳이 데려갈 생각은 없어."

왕이 팔짱을 끼고 냉랭한 목소리로 묻는다.

"발타, 이자는 그대가 찾는 자와 관계없는 자인가?"

발타는 말없이 눈을 내리깔았다. 그가 무슨 생각을 하는지 레아
는 도저히 읽을 수 없었다. 확실한 건, 발타가 누군가를 찾고 있
고, 그것이 '세공사'와 관계가 있으며, 왕은 그걸 알고 있다는 점
이었다.

"그렇습니다, 폐하. 그리고 원치 않는 자를 억지로 데려갈 생각
도 없습니다."

"안타깝군."

왕이 전혀 안타깝지 않은 목소리로 내뱉는다.

레아는 발타가 자신을 의심하면서도, 그 느낌을 버린 것을 알아
차렸다. 수염이 텁수룩한 모습으로 나타났기 때문에. 예전에도 생
각한 거지만, 저분은 육감이나 느낌을 크게 신뢰하지 않는 것 같
았다.

왕이 자리에서 일어나며 말했다.

"발타사르 경, 오늘 그대가 구입한 물건의 비용은 내가 지불하
겠다."

"아, 폐하. 황공하오나, 이것은 제가 개인적으로⋯⋯."

"어제 보낸 상파뉴 와인에 대한 답례 선물이다. 말대로 향과 맛
이 일품이었다. 몹시 만족스러웠다."

"감⋯⋯사합니다. 폐하의 은혜를 어찌 갚아야 할지 모르겠습니
다."

와인에 대한 답례치고는 규모가 어마어마했지만, 발타는 고집
을 부리는 대신 깊이 허리를 숙여 감사를 표했다. 왕이나 영주는

439

아랫사람에게 베푸는 도량으로 성품과 너그러움이 평가되었으며, 신하가 선물을 과하게 사양하는 것은 왕을 모욕하는 일이 될 수 있었다.

왕은 레아의 곁을 스쳐 지나가며 말했다.

"세공사는 가져온 물건들을 오늘 안에 올랑드 영지로 옮겨 두도록. 그것까지가 네 책임이다. 위그! 벵상에게 대금을 지불하고, 물목을 작성해서 발타사르 경에게 넘겨라."

"아, 폐하. 그런데 저, 올랑드 영지가 어딘지 잘 모르는데……."

레아는 쩔쩔매며 말끝을 흐렸다. 왕은 레아에게 대답하는 대신 발타를 향해 명했다.

"발타, 이자와 함께 영지에 다녀오게. 영지민들이 그대의 얼굴까지 잊어버려서야 쓰겠나."

그리고 레아를 향해 몸을 돌리더니 차가운 목소리로 덧붙였다.

"세공사 레비, 그대는 원하는 대로 이교도의 마을로 돌아가라. 시테 궁에는 다시 오지 않는 게 좋겠다."

†

"저, 영주님? 올랑드 영지까지 거리가 어느 정도 되나요? 며칠 정도 잡아야 하나요?"

"음, 영지라기보다……."

그는 말을 고쳐 줄 듯 망설이다가 헛기침을 하며 망토 자락을 구겨 잡았다.

"내 영지……는 그 정도로 멀지는 않아. 탕플 대로를 따라 쭉 올라가서 북쪽으로 3리그(1리그=4km정도) 정도 더 올라가면 돼. 소로가 많아서 좀 복잡하고 험하지만 나와 함께 가면 상관없겠지."

"아, 그럼 반나절이면 가겠네요. 만과 기도 전엔 도착하겠어요."

레아는 죽어 가는 목소리로 애써 대답했다. 탕플 문을 지나면 바로 성전기사단의 파리 본부인 탕플 수도원이 나온다. 생각만 해도 오금이 저렸다.

발타는 잠시 말을 멈추고, 레아를 빤히 바라보았다.

"아시케나지 사람들도 만과 기도를 아나?"

"당연하죠. 사용하지는 않지만 성호경 긋는 법도 알고 주님의 기도도 성모경도 모두 외울 수 있습니다."

레아는 한숨을 쉬면서도 성실하게 대답했다. 물론 레아가 온갖 기도문까지 줄줄 외울 수 있는 것은, 그녀가 한때 견진성사까지 받은 '신실한 가톨릭교도'였던 덕이긴 하다.

발타는 레아를 돌아보더니 의외로 빙긋 웃어 보인다.

"하긴, 그럴 수 있지. 나도 꾸란이나 미쉬나, 바빌로니아나 이집트, 헬라 신들의 이야기를 꽤 알고 있으니."

그의 반가운 듯한 대답에 오히려 레아가 식겁했다. 그거야말로 이상하다.

당신처럼 신앙심이 깊은 분이 왜 그딴 내용을 알고 계시는 거죠? 만약 농노가 그런 내용을 떠든다면, 종교재판소에 끌려가 이교도로 몰려 목이 매달릴 수도 있다고요!

"저, 나리, 그런 말씀은 다른 데 가선 안 하시는 게……."

"왜? 종교재판소에 끌려갈까 걱정인가? 아니면 그런 데 빠져서 신앙을 버리게 될까 봐?"

그가 아무렇지도 않은 얼굴로 싱긋 웃는다. 레아가 겁에 질린 얼굴로 고개를 끄덕이자 그가 소리 내어 웃는다.

"신학을 공부하면서 기회 있을 때 모두 읽어 둔 것뿐이야. 그런 것으로 신앙을 저버리게 된다면 애초에 제대로 된 신앙이 없었던 것이지. 걱정해 줘서 고맙네."

다그락, 다각 다그락 다각.

레아는 반쯤 넋이 나간 상태로 허둥지둥 말을 몰았다. 크레도는 군마라 보폭이 크고 빠른데, 레아의 말 시시는 늙은 거세마에 짐까지 잔뜩 실어 놓으니 속 터질 정도로 느렸다. 그래도 발타는 짜증 한 번 내지 않고 중간중간 말을 멈추고 기다려 주었다.

그의 뒷모습은 묘한 중독성이 있다. 길고 매끄러운 은빛 머리카락이 말의 움직임에 따라 좌우로 부드럽게 물결친다. 머리카락이 목과 어깨, 등을 어루만지는 것처럼 느껴진다. 레아는 그때마다 괜히 안절부절못하고 진땀이 났다.

옛날에도 느낀 거지만, 저분은 어깨에 비해 허리가 지나치게 가늘다. 헐렁한 사슬 갑옷을 걸치고 있는데도.

물론 '넓은 어깨! 가는 허리! 튼튼한 하체!'가 트루베르들이 칭송하는 '기사의 섹시, 아니, 완벽한 몸매'라는 건 알지만, 그래도 허리에 조금만 더 살이 붙었으면 얼마나 좋았을까 하는 아쉬움은 어쩔 수 없었다.

음, 아냐, 혹시 알아? 실제로는 저 갑옷과 땀에 젖은 슈미즈 속에 보기 좋은 근육이 붙어 있을지⋯⋯.

"마을에서 잘 벗어나지 않았다면, 여기 시테 섬에 와 본 적도 없나?"

발타가 뒤를 돌아보며 묻는다. 맹한 얼굴로 망측한 망상에 잠겨 있던 레아는 그만 말에서 굴러떨어질 뻔했다.

"으악, 네네, 없습니다. 사는 게 워낙 바쁘다 보니."

"파리 인근에 살면서 어떻게 그럴 수 있지? 그럼 나온 김에 섬 구경이라도 하고 가게. 밖의 세상이 궁금하기도 했을 텐데."

레아는 정신을 바짝 차렸다. 정신을 놓고 있다간 대화 중간에 무슨 꼬투리를 잡힐지도 몰랐다.

그나저나 아크레에선 말 한마디 제대로 못 하시던 분이, 왜 이렇게 말씀이 많아지셨나.

"아, 네. 벼, 별로 구, 궁금하지 않은, 아까 저, 저 시테 궁 오면서, 생트 샤펠 성당도 보고, 샹제르 다리도 보고, 거기 금은방에 저희 마을 분들 많아요, 시장 구경도 하고…… 구경 많이 했습니다."

"샹제르 다리로 건너왔으면 노트르담은 못 본 거잖나. 아무리 아시케나지라도 예까지 왔으면 한번은 보고 가야지. 아깝잖은가."

아깝지 않아! 지금 제 유일한 소원은, 이 물건들을 빨리 당신 성에 갖다 놓고 줄행랑을 놓는 일이라고요!

레아는 우거지상을 하며 속으로 부르짖었지만, 발타는 기어이 말 머리를 돌리고 만다.

그래. 똥을 한두 번 밟았다고 끝나면 그게 운명의 똥밭이겠는가.

발타는 발타대로 뒤따라오는 세공사가 계속 긴장하며 눈치를 보는 것이 의아했다.

아까 폐하 앞에서 떨던 것까지야 충분히 이해할 수 있다. 왕은 포악한 통치자는 아니지만, 온몸에서 느껴지는 권위와 힘만으로도 그 앞에 선 백성들을 압도하곤 했다.

왕은 치유의 기적을 바라고 몰려오는 백성들의 머리에 손을 얹고 기꺼이 기도해 주곤 했는데, 심지어 치유를 받았다는 백성들조차 왕을 우러르면서도 두려워했다. 겁 많은 세공사가 횡설수설하고 진땀을 흘리던 것은 충분히 이해할 수 있었다.

하지만 지금은 왜? 내가 무서워서? 내가 대체 무슨 짓을 했다고?

발타는 세공사에게 최대한의 호의를 베풀었다. 입단속도 제대로 하지 못한 이교도를 최대한 보호했고, 나름 친절하게 대했으며, 그의 세공품을 전부 사겠다고 말하기까지 했다.

그런데 대체 왜 저렇게 겁에 질려 있는 거지? 정말 마을 밖을 나와서 불안해서 그런가? 아니면 왕 앞에서 실수한 것 때문에?

발타는 나직하게 혀를 찼다.

세공사가 왕의 심기를 건드린 건 확실했다. 왕은 교회와 신앙의 수호자이며, 신에게 선택받은 신성 프랑스의 통치자라는 자부심이 있었다. 그의 앞에서 대놓고 이교도임을 자처하는 것은 현명한 일이 아니었다. 그러니 왕에게서 '개종하고 따라가라'는 날 선 반응이 튀어나온 것이겠다.

파리 근교에 아시케나지 마을이 존재한다는 것 자체가 왕의 관용이라는 것을 저 딱한 세공사가 잠시 잊은 듯했다. 안됐지만, 벵상 세공방은 당분간 파리에서 영업하기가 다소 껄끄러워질 것이다.

음, 사정이 어려워지면 내가 알음알음 사 주면 되려나. 물건들은 몹시 끌리는데.

……혹 폐하께서 아시면 노여워하시려나.

발타는 뒤를 돌아보았다. 레비는 시골에서 상경한 촌뜨기처럼 사방 두리번대다가 길바닥의 장사치들에게 붙잡혀 쩔쩔매고 있었다. 영주니이임! 씨에 발타사르? 같이, 같이 가요. 모기처럼 가느다란 목소리가 신기할 정도로 잘 들린다.

영주님, 하는 말이 자꾸 거슬렸다. 자신의 영지는 너무나도 작고, 성도 저택도 아닌 작은 돌담집은 여기저기 시커멓게 썩어 가 농노들의 집과 크게 다르지 않아 보였다.

그동안 벌어 둔 것으로 해자가 둘린 작은 성이나 하나 축조해 둘 걸 그랬나.

고작 50아르팡의 땅에 해자가 둘린 성을? 기가 막혀 웃음이 나올 지경이다.

어쨌든 그 추레한 집을 보여 줄 순 없다. 발타는 오늘 받은 세 공품들을 탕플 수도원에 맡기고 이자는 아시케나지 마을로 바로 보내기로 마음먹었다.

……그런데 나는 왜 저자에게 허름한 집을 자꾸 숨기려 하지?

발타는 지금껏 자신의 궁핍한 모습을 부끄러워한 적은 없었다. 수도승의 청빈은 경건의 증거이며, 명예롭고 아름다운 모습이라 생각했다.

단 한 번, 자신의 궁핍이 수치스러웠던 적이 있다. 더러운 감정에 잠시 눈이 멀었을 때 그랬다. 그 감정으로 인해 인생에서 가장 큰 얼룩을 남기기도 했다.

제기랄.

갑자기 자신에 대한 분노가 치밀어, 발타는 말의 옆구리를 걷어 찼다. 투툭, 투투투투투. 크레도는 시장 골목을 빠르게 달리기 시작했다.

<u>꼬르르르르.</u>

레아의 배에서 천둥소리가 나기 시작했다. 긴장했을 때는 몰랐는데, 이젠 허기가 걷잡을 수 없이 밀어닥쳤다.

당연하다. 점심때가 지나도록 아무것도 먹지 못했으니까. 변장을 한답시고 새벽부터 부산을 떠는 통에 아침부터 쫄쫄이 굶은 판이니.

이럴 줄 알았으면 궁에 도착하기 전에 뭐라도 먹고 들어갈걸.

발타는 한참 앞에 서 있었다. 키가 크고 머리카락이 유난히 반짝거려서 찾기가 어렵지는 않았다. 예전과 달리 얼굴을 감추지 않는 걸 보면, 힐끔대는 시선에 어느 정도 익숙해진 듯도 듯했다.

보아하니 저분은 지금 배가 낙낙히 부르시다. 그러니 산천경개 두루두루 유람하며 올라가자는 것이다. 하지만 나처럼 빈속으로 관광을 하고 반나절 올라가서 납품까지 하고 집에 돌아간다면, 아마 길바닥에서 쓰러지고 말 것이다.

그럼 가면서 눈치껏 뭐라도 사 먹어야…….

레아는 두리번두리번 주변을 둘러보았다.

왕궁이 있는 시테 섬은 명실공히 파리의 중심지로, 양쪽 길가로 건물들이 **빽빽**했고. 사람들도 바글바글했다. 특히 왕궁에서 노트르담으로 이어지는 포목상 거리와 남북으로 이어진 유대인 거리 사이에서는 온갖 잡다한 것을 파는 장사치들이 모여들어 상설 시장을 형성하고 있었다.

"갓 나온 따끈한 빵이 있어요! 건포도와 말린 무화과가 듬뿍 든 빵이 한 덩어리에 1드니에! 동전 한 푼에 배 터진다! 생강빵 한 다스 사시면 10드니에, 통 큰 세일! 얼른얼른 들여가세요!"

청어 열두 마리 한 줄에 드니에 동전 하나요! 정력에 좋은 뱀장

어가 한 상자에 드니에 다섯 개! 레몬은 서비스! 이렇게 큰 치즈 한 덩어리가 7드니에, 싸다아아! 최고급 백포도주 한 예로보암에 4드니에!

장사치들이 이곳저곳을 누비고 다니며 귀청이 터져라 소리를 질러 댄다. 배가 고픈 레아는 침을 꼴딱꼴딱 삼키며 열심히 궁리 했다.

되도록 말 위에서 먹을 수 있는 것으로 사자. 발타 님 것까지 넉넉히 사는 게 좋겠지?

목에 좌판을 건 빵 파는 여자에게 닭고기가 든 길쭉한 빵을 사고, 꼬치에 끼운 청어구이도 샀다. 옆에 있는 꼬질꼬질 소년에게 구운 메추리도 네 꼬치. 소년은 가소롭게도 와인에 절이고 정향과 사프란을 듬뿍 바른 것이라 비싸다며 뻥을 친다.

최상급 백포도주가 들었다는 큼직한 가죽부대도 하나. 말로는 예로보암(3.3리터) 한 통이 모조리 들어갔는데 어째 두 쇼핀(1.65리터)이나 들었을까 싶다. 어쨌든 고기 먹을 때 목을 축일 수 있으면 된다. 인생의 사소한 즐거움에 목숨을 거는 레아는 고기를 먹을 때 맹물을 마시는 것처럼 비극적인 일은 없다고 믿었다.

다시 발타가 있는 쪽을 바라보니, 아예 말에서 내려 너럭바위에 걸터앉아 있다. 레아가 장 보는 걸 보고 느긋하게 기다리기로 작정한 듯했다.

레아는 안심하고 쇼핑을 시작했다. 높으신 분들은 식후에 단것을 먹는 게 유행이라고 했지? 그럼 설탕이 든 생강과자, 색깔이 든 후추과자, 사순절에 잘 사 먹던 레몬 튀김을 여기서도 파네. 발타 님도 좋아하시려나. 넓적한 트랑슈아르tranchoir 빵도 몇 개 사자. 발타 님께 드릴 음식을 판자때기에 놔 드릴 순 없으니까.

그래, 점심은 내가 쏜다. 그러잖아도 예전에 아크레에서 발타 님이 빵 좀 달라고 어렵게 부탁했을 때, 식료품 창고에 쌓아 둔 맛있는 빵과 소시지를 못 드린 것이 두고두고 미안했다. 세상에 얼마나 돈이 없고 배가 고프셨으면 그런 부탁을 하셨겠어.

물론 그건 발타 님께 미안한 일 중 빙산의 일각이긴 하지…….

레아는 속으로 한숨을 삼키며, 시시를 끌고 너럭바위 쪽으로 다가갔다.

"씨에…… 어?"

구부정하게 앉아 있는 사내의 앉은키가 생각보다 작아 보인다. 그렇다고 다리가 길어 뵈는 것도 아니다. 레아는 고개를 갸웃했다.

"……발타…… 님?"

"넌 뭐여?"

허연 백발 영감이 짜증스럽게 고개를 든다. 레아의 손에서 가죽 부대가 툭 떨어졌다.

4-7. 올랑드 영지 가는 길

"영주님! 발타 님, 발타 니이임!"

레아는 눈물을 훔치며 계속 걸었다. 눈물이 계속 흘러나와 앞도 제대로 보이지 않았다.

먼발치에서 보니 헷갈렸다. 똑같이 까만 말에 하얀 머리에 파란 망토였는데, 가까이서 보니 말은 회색 잡털이 섞인 늙은 짐말이었고, 사람은 푸석한 백발의 쭈글쭈글 할아버지였다. 눈깔이 어떻게 됐나 봐. 가까이 있었으면 절대 헷갈리지 않았을 텐데.

발타 님은 대체 어디로 가신 거지? 난 올랑드 영지가 어딘지도 모르는데.

이, 일단 집에 가서 이걸 안전하게 놔둔 다음에, 영지 위치를 알아보고, 경호할 장정들 몇 명 달고서 내일이나 모레쯤 갖다 드리면 안 될까?

생각이 끝나기도 전에 식은땀이 주르르 흘러내렸다.

절대 안 된다. 왕의 명령이다.

돈은 벵상이 벌써 받았을 테고, 나는 오늘 안으로 반드시 물건을 전달해야만 한다. 위약금 따위가 문제가 아니다.

아시케나지인들은 명색 장인이고 자유민이라도 법의 보호를 거의 받지 못했다. 꼬투리를 잡힐 일 따위는 절대 저지르면 안 되었다. 찍소리 못 하고 도둑으로 몰릴 수도 있다. 더욱이 숨어 사는 레아가 끌려가기라도 한다면, 동생까지 함께 죽은 목숨이다.

그렇다고 혼자 밤새 길을 찾아 헤매기엔 너무 위험하다. 말에 얹혀 있는 물건들도 바로 도적들의 표적이 될 것이다. 여기야 파리 한복판이니 덜 위험하지만, 성벽만 벗어나도 허허벌판이나 숲길, 오솔길, 인적 없는 농지들이 줄줄 나타날 것이다.

인적이 드문 들길이나 숲은 해만 떨어지면 무법천지로 돌변한다. 늑대 떼, 배고픈 곰, 강도떼, 좀도둑, 인신매매범, 미친놈, 나환자 무리, 부랑자, 거지 떼, 집시, 어느 것에 당첨되든 그냥 끝장이다.

제대로 된 기사가 한 명이라도 있으면 안심인데. 기사는 사람 죽이는 일에 고도로 특화된 사람들이니까. 그래서 발타를 보고 덜덜 떨면서도 한편으로는 마음을 놓고 있었던 것이다.

어쨌든 선택의 여지는 없다. 왕의 명령은 반드시 수행해야 하고, 올랑드는 혼자 힘으로 찾아가야 한다. 탕플 성문 앞, 성전기사단 본부에서 3리그, 소로가 많고 험하다는 그 반나절 길을 물어 물어 찾아내야 한다.

아름답고 웅장한 노트르담 성당 따위는 하나도 눈에 들어오지 않는다. 레아는 눈물을 훔치며 밀브레 판자 다리를 건넜다. 밀브레 다리 아래로는 센 강이 흐르고, 레아가 한 걸음 한 걸음 내디딜 때마다 낡아 빠진 판자 다리는 삐걱삐걱 슬프게 울었다.

"……대체 이자가 어디로 도망친 거지?"

발타는 난감해졌다. 잘 따라오고 있다고 생각했는데, 눈 깜짝할 사이에 자취를 감추었다. 근처를 몇 번이나 돌고 성당 안까지 들어가 구석구석 살펴보았지만, 세공사는 보이지 않았다.

돈을 미리 받았다고 물건을 가지고 도망친 건가?

설마. 바보가 아닌 다음에야, 왕이 산 물건을 훔쳐 놓고 무사하리라 생각한 건 아닐 것이다. 돈 못 버는 떠돌이도 아니고, 거주지도 분명하고 업계에 입소문도 난 장인인데, 집 한 채 정도 되는 금액으로 자신의 수입 기반을 포기할 리가 없지.

아무래도 복잡한 시장 골목에서 길이 어긋난 것 같은데.

발타는 말의 등을 토닥거리며 말했다.

"크레도, 아시케나지 마을로 가 봐야겠다."

폐하의 명이 있으니 왕궁으론 돌아가지 못할 거고, 영지 위치는 전혀 모를 테니 일단 공방에 돌아가 있겠지. 운반하는 물건이 너무 비싼 것들이라 혼자 들고 돌아다니진 못할 테니까.

"하지만 그랬다간 도둑으로 몰릴 수도 있는데……."

마음이 급해졌다. 절도는 기본적으로 신체 절단형이나 안구 적출이고, 액수가 크면 목이 매달린다. 발타는 자신의 손목이 잘리는 듯한 느낌에 소름이 확 돋았다.

그러고 보니 그 세공사, 단조세공을 한다면서 팔목은 이상하게 하얗고 가늘었다. 누군가의 손목처럼. 생각하던 발타는 순간, 헛웃음을 터뜨렸다.

"……병이다, 이것도."

그는 크레도의 목덜미를 툭툭 두들긴 후, 반대편으로 고삐를 돌렸다.

†

파리 성문을 통과한 레아는 길을 따라 까마득하게 이어진 높은 돌담을 올려다보며 한참 동안 몸을 떨었다.

탕플 수도원−성전기사단의 파리 본부 건물이었다.

이곳은 포위 공격 따위가 전혀 먹히지 않는 거대한 요새였다. 성벽은 어떤 적들도 침투하지 못할 정도로 높고 두껍고 단단했고, 이곳에 있는 기사들도 정예 중의 정예였다. 요새 안에는 샘도 넉넉했고, 자체 경작지도 어마어마하게 넓었다.

그래서 이곳은 귀족들의 비밀금고와 은행 역할도 하고, 피신처로도 종종 사용되었다. 폐하께서 발타 님을 몰래 빼돌려 맡긴 곳도 이곳이었다.

이제 동방에 남은 성지도 없으니, 성전기사단은 순례객의 수호자가 아니라 '세상에서 가장 돈 많은 은행'이 되어 버린 것 같기도 했다.

"저, 혹시, 올랑드 영지에 어떻게 가는지 아시나요?"

레아는 성문 앞에 서서, 지나가는 사람들은 붙잡고 묻고 묻고 또 물었다. 하지만 아는 사람은 하나도 없었다. 그리 먼 거리도 아닌데 이렇게 아는 사람이 없다니, 예상과 달리 올랑드 영지는 아주 작은 곳이 틀림없었다.

반나절이 지나도 아는 사람을 만나지 못하자, 이제 눈물이 나기 시작했다. 해가 떨어지면 끝장이다. 오늘 일진은 정말 왜 이럴까.

레아는 나무에 이마를 대고 소리 내어 울었다.

"자넨 대체 뭐 하는 놈이야? 왜 멀쩡한 놈이 성문 앞에서 지지 울고 있어?"

레아는 화들짝 놀라 옷자락으로 얼굴을 벅벅 닦았다. 옆을 지나던 중년의 남자가 눈을 둥그렇게 뜨고 내려다보고 있다.

반백의 적갈색 수염을 풍성하게 기른 사내는 절반쯤 대머리에 풍채가 좋았다. 신발도 최고급 가죽이고 브로치나 거들도 최고급 청색 사파이어로 장식되어 있었다. 돈은 많은 거 같은데, 하인이나 말도 없이 슬렁슬렁 걸어 다니는 걸 보니 도통 정체를 모르겠다.

레아는 저도 모르게 슬슬 뒷걸음쳤다.

"나리, 여기 동네 잘 아세요?"

"알지. 고향은 프랑슈콩테 롱비지만 여기서도 나름 토박이야. 이 동네는 내 손바닥 안이라고."

"저기, 그럼 올랑드 영지가 어디 있는지 혹시 아세요?"

"알기는 아는데, 거기는 왜? 거기 진짜 별 볼 일 없는 곳인데."

그는 대머리를 긁으며 갸웃한다. 아아, 하느님 감사합니다. 레아는 속으로 눈물을 흘리며 안도의 한숨을 쉬었다.

"저, 왕궁에서 심부름을, 무, 물건 전달해 드릴 게 있는데……."

"시테 궁 심부름? 올랑드 영주 나리가 반짝이라도 거하게 질러서 배달 가는 게 아니고?"

힉. 레아는 저도 모르게 입을 딱 벌리고 뒷걸음질 쳤다. 너무 정확하게 맞혀서 부인할 타이밍도 놓치고 말았다. 맙소사, 발타 님은 대체 동네방네 소문이 어떻게 난 거지?

대머리 아저씨는 그럴 줄 알았다는 듯 껄껄 웃기 시작했다.

"그럼 그렇지. 내 말이 맞았잖은가. 오죽하면 별명이 백은의 기사님이겠어."

뭐, 뭐래? 이봐요 아저씨, 그 별명은 반짝이는 은발이랑 하얗고 뽀얀 얼굴 때문에 붙은 거라고요! 헛소문 유포하지 마세요! 레아는 그 와중에도 분개해서 속으로 조금 시근거렸다.

반대머리 아저씨는 뒤에 높이 솟아 있는 성전기사단 탑을 가리키며 말했다.

"어차피 백은의 기사님께서도 며칠 후면 그거 죄다 가져와서 여기 맡기고 영수증만 받아 갈 텐데, 자네도 아예 여기에 맡겨 두고 영수증만 전해 주는 건 어떤가? 좋은 방법이지?"

이, 이 무슨 미친…….

레아의 황당한 표정에 중년 사내가 큰 소리로 껄껄 웃었다.

"농담일세, 농담. 시테 궁에서 보냈다더니 누굴 닮았는지 유머 센스가 하나도 없네그려. 그나저나 그 바쁜 영주 나리가 웬일로 영지엘 다 가? 해가 서쪽에서 뜨겠네."

슬슬 등짝이 근지럽다. 이 유쾌한 오지랖 아재는 아무래도 성전기사단과 관계가 있는 분인 듯했다. 레아의 얼굴을 기억하는 기사들은 이제 거의 없을 것이고, 털북숭이로 변장한 레아는 더더욱 알아보지 못하겠지만 그래도 기사단에 아는 사람이 생겨 봐야 좋을 게 없었다.

아, 그리고 보니 저 커다란 목소리가 묘하게 낯이 익은 것 같기도 하고……?

"자, 코찔찔이 청년, 잘 보고 기억하게. 그리고 어두워지기 전에 잘 찾아가라구."

그는 나뭇가지를 하나 집어 들더니 땅바닥에 대고 쓱쓱 약도를 그리기 시작했다. 자잘한 오솔길과 이정표까지 표시해 준 걸 보면 마을 지리를 잘 알고 있는 듯했다. 레아는 눈을 부릅뜨고 약도를 열심히 기억한 후, 벌게진 눈으로 고개를 꾸벅 숙였다.

"감사합니다. 이 은혜를 어떻게 갚아야 할지."

그가 껄껄 웃으며 끄덕였다.

"좋아, 자네에게 내 특별히 은혜를 갚을 기회를 주지."

"……네?"

"발타를 보거든, 여기 한 번 오란다고 해. 대부님이 모처럼 짬을 내서 파리에 들렀는데 코빼기도 안 비칠 거냐고. 난 교황 성하 착좌식 때문에 며칠 내로 리옹에 내려가야 한단 말야. 녀석 얼굴 한 번 보는 게 어째 교황 성하 배알보다 힘들어. 내 이놈을 그냥."

순간 레아는 그 목소리를 어디서 들었는지 떠올렸다. 세이렌 호 침대 밑바닥에서 들었던 목소리, 발타 님의 대부님, 발타 님을 적극 옹호하며 홀로 기사들과 싸우던, 그 우렁찬 목소리, 이름이 자크…… 경이라 했던가?

순간 머리가 핑그르르 돌았다.

서, 설마, 그 자크가 지금 성전기사단 단장님인 자크 드 몰레 경은…… 아니겠지?

……운명의 똥밭이여, 제발 아니라고 해 줘!

레아는 말에 오르지도 못한 채 비틀비틀 한참을 걷다가 결국 길바닥에 푹 주저앉았다. 늙은 말이 고개를 숙이고 레아의 얼굴을 콧등으로 툭툭 치며 달래 주는데, 기어이 서러움이 폭발했다.

레아는 녀석의 얼굴을 붙잡고 흐득흐득 울기 시작했다.

"시시야, 난 오늘 대체 죽을 고비를 몇 번 넘기는 거야?"

전임 단장이었던 티보 고댕 경이었으면 바로 들켰을 거고, 그 자리에서 본부로 끌려 들어가 시체가 되어서야 밖으로 나올 수 있었을 것이다. 이런 식으로 사건사고가 터지면 언제 죽어도 이상하지 않다.

레아는 시시 영감의 목을 끌어안고 한참 훌쩍대다가 비척비척 다시 걸음을 옮겼다. 올랑드 영지까지는 반나절 길이지만, 길이 나쁜 언덕바지도 있고 갈림길에 좁은 오솔길, 어두운 숲길도 있다 하니 부지런히 걸어야 해 떨어지기 전에 도착할 것이다.

발타 님이 제발 먼저 집에 도착해 계시면 좋겠다. 레아는 오늘 하루가 더 이상 길어지는 것을 버틸 자신이 없었다.

†

"여긴가. 음……."

발타는 세공방 앞에서 한참 동안 멍하니 서 있었다.

세공방 출입문에는 하얀 나뭇가지 모양이 새겨진 작은 간판이 붙어 있었다.

〈뱅상 세공방〉

그리고 레비의 말대로, 뒤뜰에는 아몬드 나무가 가득했다.

아크레에 있던 레아의 집이 떠올랐다. 세공방 뒤로 그녀가 사는 집이 붙어 있었고, 뒤뜰에는 아몬드 나무의 하얀 꽃이 가득했다. 모습과 장소는 다르지만, 분위기는 이상할 정도로 비슷했다.

어떤 기억은 너무 쉽게 잊히고, 어떤 기억은 잊고 싶어도 쉽게 잊히지 않는다. 행복한 기억보다 고통스러웠던 기억이 더 질긴 듯했다.

발타는 아몬드 나무로 둘러싸인 이 세공방의 문을 열면, 치마를 정강이까지 걷어 올린 레아가 노래를 하면서 작은 망치를 두드리고 있을 것 같은 기분에 빠졌다.

'……그대여, 나를 사랑해 주세요. 랄랄라. 그대여, 나를 선택해 주세요. 랄랄라. 그대여, 나와 입 맞춰 주세요, 나를 꼭 안아 주세요. 이렇게 눈부신 날, 이렇게 아름다운 날, 랄랄라 랄랄라, 랄라리 랄라……'

토끼처럼 경쾌하게 튀어 오르는 노랫소리가 들리는 것 같다. 발타는 그 모습을 볼 때마다 자신의 심장이 모루 위에 놓인 작은 금속이 된 것처럼 느껴졌다. 그래서 발타는 그녀가 망치질을 할 때마다 아찔한 고통을 느끼며 가슴을 누르곤 했다.

어떤 기억은 상상 이상으로 오래가는 데다, 여전히 아프기까지 했다. 고약한 일이었다.

"네? 레, 레비가 없어졌다고요?"

오늘 대목을 만나 입이 째져 있던 벵상 세공사는 동생이 사라졌다는 말에 기겁했다. 하긴 동생이 갖고 있던 세공품들도 몽땅 사라졌다는 말이니 놀랄 만도 했다. 그는 얼굴이 시커멓게 되어 허둥거렸다.

"아오 그 자식, 멀쩡하게 코앞에 계신 분을 못 쫓아오다니. 오기만 해 봐, 아주……."

"……."

"영주님, 정말 죄송합니다. 그, 그놈이 매일 밖에도 안 나가고 일만 죽어라 하다 보니 그런 실수를 한 것 같습니다. 제가 끝까지 기다렸다가 배송을 해 드렸어야 했는데. 여기 잠시만 앉아 보시겠습니까? 이 멍청한 자식은 어디서 헤매고 있는 거지. 좀 있으면 해도 지는데."

"어쨌든 공방으로는 돌아오지 않았단 말이지?"

발타는 난감해졌다. 이제 찾을 만큼 다 찾아보았다. 형 세공사는 허둥대면서도 필사적으로 동생을 변호했다.

"아, 혹시 녀석이 물건을 갖고 튀었나 그런 염려는 안 하셔도 됩니다. 워낙 성실한 데다 겁도 많아서 그런 짓은 절대 안 해요. 그랬다간 세공사 동업조합에서 바로 제명되고 추적 대상이 된답니다."

"……."

"혹여 무슨 일이 있으면 벵상 세공방에서, 제가 전적으로 책임지고 2배로 배상하겠습니다. 그러니 걱정하지 마십시오. 그리고 부디 폐하께도 말씀 좀 잘 올려 주시고요. 바로 마을 사람들 불러서 찾으러 가 보도록 하겠습니다."

글쎄. 오늘 내로 물건이 도착하지 않은 걸 왕이 알게 되면 무슨 변명이든 소용없을 텐데. 세공사는 무사하지 못할 것이다. 발타는 한숨을 쉬며 자리에서 일어났다.

"갈림길이 많고 곧 해가 떨어질 거라 지금은 찾으러 가야 소용없을 거야. 일단 내일까지 기다려 보게. 소식 오는 대로 연락하겠네."

"저, 기, 기사님! 기사님! 잠시만요."

마을 어귀를 막 빠져나갈 즈음, 뒤에서 다급한 목소리가 들렸
다. 돌아보니 눈부신 금발의 젊은 여자가 하얀색 콧코트 드레스 자
락을 움켜잡고 달려오고 있었다.

발타는 말에서 내려 여자 쪽으로 다가갔다. 숨을 할딱이며 달려
오던 여자는 정식 기사 복장의 발타를 보더니 딱딱하게 얼어붙어
얼른 흙바닥에 엎드렸다.

"마, 마드무아젤……?"

발타는 황급히 여자의 손을 잡아 일으켰다. 아무리 이교도 마을
이고 신분 차이가 있다지만 숙녀의 이런 반응은 과했다.

일어난 여자는 눈에 띄게 파랗게 질린 얼굴로, 하지만 침착하게
예의를 갖추어 인사를 했다. 여자는 눈에 띌 정도로 자태가 고왔
고, 입성으로 보아 꽤 부유한 집안의 딸 같았다. 발타는 깊이 허
리를 숙여 예를 갖추었다.

"올랑드의 발타사르라고 합니다. 무슨 일이십니까, 마드무아
젤."

"저는 미셸르라고 합니다. 레비 어…… 오빠의 동생이에요."

여자는 겁먹은 목소리로 조그맣게 대답했다.

"뵙게 되어 영광입니다. 마드무아젤 미셸르."

발타는 여자를 조심스럽게 살펴보았다. 그렇게 보니 얼굴이 세
공사 레비와도 비슷한 것 같고, 어찌 보면 레아의 느낌이 나기도
했다. 물론 발타는 막연한 느낌을 크게 신뢰하지는 않았고, 솔직
히 말하자면 여자들의 얼굴을 잘 기억하는 편도 아니었다.

여자가 걱정이 가득한 얼굴로 묻는다.

"아까 벵상 오빠하고 나눈 말씀을 이제야 전해 듣게 되었어요. 혹시 작은오빠한테 무슨 일이 생겼나요?"

발타는 마드무아젤 미셀르에게 그의 계약과 궁에서 있던 일을 설명했다. 안절부절못하던 여자의 눈에 눈물이 괸다.

"어떡해. 그렇게 비싼 물건을 들고 혼자 다니면 위험할 텐데."

"……."

"귀금속 세공사들은 상품을 들고 나갈 때 혼자 다니지 않거든요. 힘쓸 만한 사람 서넛과 같이 다니지요. 어쩌죠. 지금 날도 어두워지고 있는데……."

발타는 손수건을 건네며 생각에 잠겼다.

맞다. 레비 세공사가 도둑으로 몰리는 것은 차후 문제다. 한적한 길에 출몰하는 노상강도를 만나면, 세공사는 죽은 목숨이나 다름없었다.

"영주님, 혹시 오빠가 영지의 정확한 위치를 알고 있나요? 지금이라도 마을 사람을 모아 찾으러 나가야 할까요?"

"영지의 이름이나 방향 정도는 알려 줬지만, 정확한 위치는 모를 겁니다. 영지가 작아서 길잡이 없이는 찾기 어려울 테니, 레비는 일단 집으로 올 수밖에 없을 겁니다. 그러니 마드무아젤께서는 너무 염려 마시고 댁에서 기다리십시오."

여자는 눈물이 함빡 괸 눈가에 손수건을 지그시 누르며 고개를 저었다. 그녀는 사람들에게 천시당하는 이교도지만, 입성이나 하는 행동은 귀족 가문의 숙녀처럼 보였다. 두 오빠가 막냇동생을 얼마나 애지중지 귀하게 키웠는지 알 것 같았다.

"레비 오빠는 영주님의 영지를 물어물어 찾아갈 거예요. 오빠는 도둑이라고 오해받는 걸 끔찍하게 두려워해요."

"제가 생각이 짧아 마드무아젤께 깊은 심려를 끼쳐 드렸습니다. 집으로 돌아가면서 샅샅이 찾아볼 테니 염려 마시고 들어가 기다리십시오. 그를 찾는 대로 이곳으로 데리고 오도록 하겠습니다."

발타는 깍듯이 인사를 드리고 말에 올랐다.

갑자기 마음이 급해졌다. 영지까지 가는 길은 옆으로 빠지는 좁은 오솔길도 있고 인적이 드문 들판과 휴경지, 그리고 잡목이 우거진 황무지로 길게 이어진다. 들짐승이 출몰하는 작은 숲도 있다. 그곳은 해가 떨어지면 매우 위험했다.

출발도 하지 않았는데 숨이 가빴다.

†

레아는 만과 종이 울리고 해가 뉘엿뉘엿 떨어질 때쯤 되어 간신히 올랑드 영지에 도착했다.

중간중간 떠돌이 무리를 만나기도 하고, 정신이 이상해 보이는 거지들도 몇몇 만났지만, 그래도 털북숭이 젊은이가 말까지 타고 있어서인지 함부로 집적대지는 않았다. 만약 여자가 혼자 이 귀금속을 짊어지고 걸어가고 있었다면 벌써 탈탈 털려 어딘가로 끌려가고 있었을 것이다.

"아, 이, 이게 발타 님 성…… 아니 저택…… 아니, 집인가."

파사사사사사. 아리땁던 환상이 모래성처럼 쓸려 나가는 소리가 들린다.

몇 겹의 방벽과 목책과 해자가 둘린 위풍당당한 성을 상상했다.

마상 시합 최고의 실력자라 했으니, 최소한 울타리 높은 저택 정도는 있을 줄 알았다. 못해도 라셀르의 약혼자 다니엘의 집 정도는 될 줄 알았다. ─물론 다니엘은 아시케나지 마을에서 가장 부잣집 막내아들이라, 집이 좀 크긴 했다─ 어쨌든 마상시합 인기 스타에 왕의 총애를 듬뿍 받는 기사님의 집이니, 그보다는 나아야 하지 않겠느냐고.

일단, 집이 크지 않았다. 까놓고 말하자면 코딱지만 했다!

관리 상태도 엉망이었다. 들어가는 입구부터 현관문 여는 곳까지 잡초가 가득했고, 손질이 안 된 울타리와 나무 벽은 얼룩덜룩 썩어 들어가고 있었다.

돈 좀 번다 하는 영주님들은 으레 청석 기와로 지붕을 얹고, 돈푼이나 있다 하는 서민들도 단단한 널조각으로 지붕을 이는데, 이 집은 한 해만 되면 썩어 문드러지는 짚으로 지붕을 해 놓았다. 당연히 지붕도 시커멓게 썩어 가는 중이었다.

……우리 집 창고도 이보단 낫겠다.

"에휴. 우리 영주님이 집에 별로 신경을 안 쓰셔요. 1년에 하루이틀이나 들르시나, 어떤 때는 하루도 안 주무시고 바로 궁으로 가신답니다."

시테 궁에서 왔다는 말에 레아를 '영주님' 집으로 안내한 아낙은 별 문제의식을 느끼지 못하는 것 같았다. 하지만 '잠금쇠를 손으로 뽑으면 들어갈 수 있어요. 쇠가 삭아서 모양만 남은 거랍니다.' 하는 말에는 기가 막혀서 말이 나오지 않았다.

제정신인가? 도둑떼나 부랑자들이 몰려와서 귀중품을 모조리 훔쳐 가면 어쩌려고.

삐그그그그그그그.

462

나무 문이 죽어 가는 소리를 하며 열리고, 레아는 자루를 내려놓고 얼빠진 얼굴로 사방을 둘러보았다.

"이, 이게 대체……."

맙소사. 왜 저따위 자물쇠를 걸어 두고도 다들 태연한지 알겠다.

자물쇠로 잠글 필요도 없는 집이다. 집 안에는 훔쳐 갈 게 아무것도 없었다. 도선생들께서 뭔가를 훔쳐 가려다가 나무 숟가락이라도 놔 주고 갈 만한 집이었다.

창문으로 낙조의 붉은빛이 들어오며 처참한 실내 풍경을 고스란히 비췄다. 썩은 짚 틈으로 샌 빗물 때문에 마룻바닥에 얼룩이 가득했다. 창마저 제대로 막아 놓지 않아 비바람이 다 들이쳐서 창턱 앞자리는 아예 시커멓게 물들어 있었다.

참나무로 만든 침대 하나만 마루에 고정되어 있었는데, 솜털이나 깃털로 속을 넣은 깔개가 아닌, 그냥 농민들이 쓰는 짚만 얄팍하게 깔려 있었다. 물론 그 짚은 시커멓게 썩어 흐물대고 침대 아래에선 쥐똥 썩는 냄새가 났다.

벽장은 있지만 안은 텅 비어 있고, 물건을 담을 변변한 궤짝도, 앉아 있을 의자도 없었다. 커다란 통나무를 식탁 높이로 잘라 벽난로 곁에 두었는데, 여기저기 쩍쩍 터지고 시커멓게 변해서 식탁이라 하기도 민망할 정도였다. 의자조차 없으니 뭔가를 놓고 먹으려면 허리를 엉거주춤 구부리고 서서 먹어야 할 지경이었다.

창을 가릴 커튼도, 변변한 깔개도, 싸구려 태피스트리마저 한 장 없다. 은접시, 은수저 따위는 고사하고 나무 그릇, 나무 주걱 하나 없고, 무쇠솥 하나만 벽난로에 걸려 있었는데, 그나마 시뻘

젖게 녹이 슬어서, 저곳에 뭔가를 해 먹었다간 천국이든 지옥이든 바로 끌려갈 것 같았다.

침대라도 좀 치워 볼까 싶어 시커먼 짚단을 끌어내 보니, 안에서 쥐와 커다란 벌레들이 후두둑 튀어나왔다. 악! 레아는 기겁하며 뒤로 주저앉았다. 순간 풀썩 먼지가 일더니 두껍게 쌓인 먼지 층이 뒤로 주르르 밀려나며 헝겊처럼 구겨졌다. 그 꼴을 보고 있노라니 눈물이 왈칵 쏟아졌다.

이런 곳을 집이라고…….

발타 님은 지금까지 대체 어떻게 지내 오신 걸까? 편안하게 등 기댈 곳 한 군데 없이, 내내 떠돌이처럼 돌아다니신 걸까.

사방을 둘러볼수록 자꾸 눈물이 흘러나온다. 발타 님이 이런 꼴로 살아가고 있는 것이 전부 나 때문인 것 같다.

나를 찾으러 다니는 일만 아니었으면, 진작 기사단에 입단해서 동료들과 함께 편히 계시거나, 벌써 높은 자리까지 올라가셨거나, 어디엔가 정착하셔서 아기자기 오순도순 살고 계셨을 텐데.

……내가 진작 찾아와서 돌려 드렸어야 했는데.

하지만 그에게 고백할 생각만 하면 여전히 심장이 오그라붙는 것 같다.

간신히 눈물을 추스른 레아는 세공품들을 벽장 안쪽으로 깊이 넣어 두고 벽장문을 예비 자물쇠로 잠갔다. 그리고 우물가에서 빡빡 세수를 하고, 말을 몰아 옆집으로 갔다.

지계석과 나무, 작은 시내로 구별된 올랑드 영지는 너무나도 작았고, 영지민의 집도 딱 다섯 채밖에 되지 않았다.

"영주님께 전해 드릴 것이 있어 시테 궁에서 온 사람입니다. 곧 영주님이 도착하실 텐데 집에서 주무실 수도, 불을 밝힐 수도 없군요. 필요한 것들을 좀 갖다 놔야 하지 않겠습니까?"

"아, 오, 오늘 영주님이 오십니까?"

저녁을 먹던 영지민들이 뒤늦게 허둥대기 시작했다. 레아는 세금도 안 내고, 의무 노역도 안 하고, 영주님의 우물도 물레방아도 공동화덕도 죄다 공짜로 쓰고 있다는 영지민들이 집을 이따위로 방치해 놓은 데 대해 조금 화가 났다.

영지민들은 집에 있는 세간과 먹을 것들을 허둥지둥 나르기 시작했다.

장작과 양초 묶음, 나무 의자, 아몬드 우유 항아리, 덩어리 치즈, 나무 사발, 밀가루와 누룩 따위가 순식간에 문가에 쌓였다. 새 짚단을 몇 묶음 가져오는 이들도 있었고, 깨끗하게 빨아 놓은 시트 몇 장과 낡은 이불을 들고 오는 빨간 머리 소녀에, 나무 대야, 빗자루 등을 머뭇대며 들고 오는 할멈도 있었다. 서너 살 정도 되는 꼬꼬마 아기는 식탁에 있던 빵 바구니를 들고 왔다가 아버지에게 뒤통수를 얻어맞고 잉잉 울며 다시 집으로 가져갔다.

그들은 가져온 것을 차례차례 쌓아 놓고는 눈치를 슬금슬금 보았다. 사람들이 여기저기서 변명하듯 한마디씩 말했다.

"영주님은 별일 없으시죠? 건강해 보이셨습니까?"

"저, 저희는 영주님을 이태 전에 뵙고 한 번도 뵙지 못했습니다. 언제 오실지 전혀 짐작할 수가 없어서……."

"저희는 만과 종이 울릴 때마다 영주님의 건강과 승리를 위해서 기도드리고 있습니다."

레아는 당황했다. 자신은 이런 변명을 대신 들을 이유가 없었다. 까놓고 말하면 화를 낼 자격조차 없는 인간이었다.

그들을 돌려보낸 뒤, 레아는 침대 모서리에 앉아 멍하니 생각에 잠겼다.

어쨌든 오늘의 목표는 달성했다.

하지만 세공품만 놔두고 갈 수는 없었다. 물건의 주인이 도착할 때까지 잘 지키고 있다가 넘겨 드리고 인수증을 받아 가야 했다. 그래야 이 미친 듯이 꼬인 하루가 정리되는 것이다.

레아는 피시시 웃었다.

정리는 개뿔. 이제 2라운드 시작인데.

드디어 발타 님을 만났다.

다행히, 발타 님은 나를 알아보지 못했다. 미심쩍게 보기는 했는데, 다른 사람이라고 결론을 내린 듯했다.

라셀르의 결혼식을 끝내고 발타 님을 찾으러 먼 길을 갈 필요가 없어졌다. 이제 바로 그것을 들고 이곳에 찾아와서 고백을 하면 된다.

그런데…… 무서워. 발타 님 찾으러 가겠다고 결심했던 거, 다 거짓말이었나 봐.

발타 님을 찾으러 간다고 밤마다 하느님께 맹세하면서도, 사실 못 찾을 거라고 생각했나 보다. 그래 놓고는 '어쨌든 나는 돌려주려고 최선을 다했어.' 하고 변명하려던 건지도 모른다.

비겁해. 한심해. 겁쟁이 레아.

이젠 다른 마을로 도망치지도 못해. 라셀르를 숨기지도 못해. 라셀르가 다니엘하고 결혼해서 그 마을에서 계속 살 거잖아.

호구조사도 다 끝났어. 그 무서운 왕까지 내가 어디 사는지 다 알게 됐단 말이야…….

그동안 편안히 숨어 지냈던 것이 꿈만 같다. 레아는 손등으로 눈물을 닦으며 힘없이 중얼거렸다.

"정말 억울해⋯⋯. 난 맹세코 성물 같은 건 갖고 싶지 않았어."

아니, 아니지. 사실 가장 억울한 것은 발타 님일 것이다. 가장 분노하고, 가장 배신감을 느끼고, 시간을 가장 많이 낭비한 것도 발타 님일 것이다. 그분이 아직 성전기사단에 입단하지 못한 이유도 성 유물을 잃어버린 데 대한 죄의식 때문 아니겠는가.

나는 물건을 돌려 드리고 그의 처분대로 대가를 치러야 한다.

레아는 발타의 손에 죽는다면 초연하게 받아들일 수 있을까 잠시 생각해 보았다. 적군에게 사로잡혀서도 의연하게 죽음을 맞이하던 성전기사님들처럼, 나도 그렇게⋯⋯.

레아는 두 손으로 얼굴을 감쌌다.

⋯⋯나는 열 번 다시 태어나도 성전기사는 못 되겠다.

사방이 점점 어두워진다. 비슬비슬 자리에서 일어나 양초 묶음을 풀었다. 양초 열두 자루. 부싯돌을 꺼내 불을 당겼다. 한 다스의 초에 모두 불을 붙이니 자그마한 집이 노르스름한 빛으로 물들었다.

그래도 집에 들어오셨을 때, 조금이라도 따뜻한 게 좋겠지? 날도 많이 쌀쌀한데.

레아는 언제 불을 땠는지도 모를 벽난로에 장작을 몰아넣고 불을 지피기 시작했다.

할 일은 자꾸자꾸 눈에 띄었다. 빗자루를 들고 바닥을 깨끗이 쓸고, 침대 밑의 쥐똥과 죽은 벌레들을 치웠다. 침대 위에서 썩어 가는 짚단을 모조리 벽난로에 밀어 넣고, 물걸레로 침상을 깨끗이 닦아 낸 후 폭신한 새 짚단을 얹고 깨끗한 시트를 위에 덮었다.

빨간 머리 소녀가 가져온 시트와 이불은 종일 햇빛에 바싹 말리기라도 했는지 햇볕 받은 천 특유의 좋은 냄새가 났다. 해바라기 씨나 아몬드를 볶을 때 나는 냄새와 비슷한, 포근하고 고소한 느낌의 냄새였다.

거미줄을 걷어 내고, 물을 길어 와 온 집 안을 박박 닦았다. 탁자에는 하얀 천을 깔고, 문과 덧창을 활짝 열어 환기도 했다. 마당에서 웃자란 약초 잎사귀를 따 와 식탁과 침대, 창틀에 고루고루 문질러 퀴퀴한 냄새를 없애고, 가을꽃을 꺾어 시커멓게 변한 창틀을 요령껏 장식했다.

벽에 걸린 솥을 들고 마당 우물로 가서, 벌겋게 일어난 녹을 식초 섞은 모래와 짚으로 박박 닦았다. 온갖 쇠 종류를 관리하는 데 도가 튼 레아였지만, 녹을 말끔하게 벗기고 반들반들 윤까지 내고 나니 팔뚝이 빠질 것 같았다.

깨끗해진 솥을 벽난로에 걸고 우물물을 가득 부었다. 어쩌면 발타 님은 뜨거운 물을 제일 반가워할지도 모른다. 피곤한 발을 따뜻한 물에 씻을 수도 있고, 출출한 속을 달랠 스튜나 뜨거운 물도 마실 수 있을 테니까.

아크레에서 사라센과 싸웠던 기사님들 중 목욕 같은 이교도의 습속에 깊이 빠져 있던 사람이 한둘이 아니었다. 발타 님도 남들에게 대놓고 말하지는 못하겠지만, 향기 나는 풀이나 꽃을 넣은 따뜻한 물에 몸을 씻는 것을 좋아하실지도 모른다.

"아…… 이제 다 됐다."

레아는 집 안을 한 바퀴 빙 둘러보았다. 자그마한 집인지라 열두 개의 초로도 집 전체가 환해졌고, 침대 시트와 탁자보, 허름한 카펫이 깔린 것만으로도 금세 사람 사는 느낌이 났다. 벽난로의 불길이 커지면서 집 안에 온기가 감돌기 시작했다.

창밖을 보니 어느새 달이 훌쩍 솟아올랐다. 레아는 순간 몸을 크게 휘청거렸다. 사방이 빙그르르 돈다.

"아 맞다. 나 오늘 아무것도 안 먹었지."

배가 고픈 걸 몰랐다. 너무 겁이 나서 배가 고플 정신이 없었다. 하지만 몸은 버티지 못했다. 레아는 먹을 것이 든 자루를 탁자에 놓으며 의자 위에 무너지듯 주저앉았다.

밖에 묶어 둔 시시가 울어 대는 소리가 들린다. 배가 고픈가? 평소와 달리 울음소리에 신경질이 가득하다. 시시에게 짚이라도 한 단 갖다 주고 싶었지만, 몸이 탁자에 들러붙은 것 같다. 일어났다간 바닥에 쓰러질 것 같아서 탁자 위에 잠시 엎드렸다. 눈앞이 점점 시커멓게 물든다. 레아는 눈을 감은 채 중얼거렸다.

"……발타 님, 제가 말이죠, 발타 님을 찾으러 가려고 단단히 결심을 했는데……. 그걸 돌려 드리고 용서를 빌려고……."

그런데 막상 발타 님을 뵈니까 너무 무섭네요.

엄살을 부리는 건 아니에요. 사실 아무 잘못도 없이 괴로우셨던 건 발타 님이신데.

하지만 저도, 제가 뭘 잘못해서 이렇게 됐는지 모르겠어요. 우리 아빠는 단장님의 명령을 받들었던 것뿐이고, 저는 굴러다니는 막대기가 성 유물인 걸 몰랐던 것뿐이에요.

그런데 단지 그 이유 때문에 엄마 아빠는 그렇게 비참하게 돌아가시고, 저는 아무것도 모르는 동생과 함께 온갖 고문을 당한 후에 나란히 목이 달려 죽어야 하나요?

레아는 탁자에 엎드린 채 간신히 입술을 달싹거렸다.

"발타 니임, 저, 저는 그냥, 지금처럼…… 가늘고 길게 돈 많이 벌

469

어서…… 소리 소문 없이 잘 먹고…… 잘 사는 게 평생의 소원……
많이 바, 바라는 것도 아니…… 정말이에요, 발타 니이…….”

"레비? 자네 지금 무슨 말을 하는 건가……?”

누군가의 목소리가 들리는 순간, 레아의 의식이 툭 끊어졌다.

4-8. 올랑드 영지에서의 하룻밤

발타는 서둘러 말을 달렸다. 세공사가 자신의 집에 먼저 들어갔을까 봐 신경이 곤두섰다. 자신의 집은 겉보다 속이 더 형편없었다.

왜 그렇게 제대로 관리도 하지 않고 놔뒀느냐 물으면 할 말은 없지만, 기다리는 사람도 없고 썰렁해서 딱히 가고 싶지도 않고, 1년에 며칠 들르지도 않는 곳에 종일 사람을 두어 관리하는 것도 낭비라고 생각했다. 더욱이 기사단에 입단하면 자신의 손을 떠날 재산이었다.

이럴 줄 알았으면 위그 경이 잔소리를 할 때 관리인이라도 둔다 할걸…….

세공사가 그 도깨비굴 같은 곳을 이리저리 둘러보며 한심해하는 표정을 지을 것을 상상하자 저절로 얼굴이 달아올랐다.

그리고 가장 화가 나는 것은 이것을 창피하게 생각하는 자기 자신이었다. 발타의 불편한 심기를 헤아렸는지, 크레도는 마상 시합

471

에서 격돌할 때처럼 요란하게 달렸다.

영지에 도착하니 이미 해가 언덕 너머로 까물까물 넘어가 주변이 어둑어둑했다. 발타는 지계석 앞에서 잠시 크레도를 멈춰 세웠다.

"이런 제기랄……."

집 창문에 노란 불빛이 은은하게 비치고, 굴뚝으로 연기가 올라오고 있었다. 안도감이 밀려오는 동시에 맥이 쭉 빠졌다.

대체 이 손톱만 한 영지를 어떻게 알고 찾아온 거지? 오전 내내 들었던 '영주님' 소리가 귓가에서 얼얼하게 되풀이되며 뺨으로 피가 몰렸다.

하지만 문을 여는 순간, 온몸이 나무토막처럼 굳어 버렸다.

"레비? 레비! 이게 대체 무슨……!"

세공사가 탁자 위에 축 늘어져 있다. 발타는 급하게 다가가 호흡을 확인하고 짤막하게 한숨을 쉬었다. 그냥 지쳐서 잠이 든 듯했다. 그 와중에 돈 많이 벌어서 잘 먹고 잘 살고 싶다는 둥 요상한 잠꼬대까지 웅얼대는 걸 보니 속을 태우며 미친 듯이 달려온 자신이 바보처럼 느껴졌다.

"사람 걱정은 있는 대로 시켜 놓고……. 어?"

발타는 뒤늦게 사방을 둘러보고 눈을 몇 번 깜박였다. 확 변한 집 안이 이제야 눈에 들어온다.

……다른 집에 들어왔나?

그가 영지민들의 크고 작은 분쟁이나 밀린 업무를 처리하기 위해 하루 이틀 이곳에 들를 때면, 이 콩알만 한 집은 늘 먼지와 벌레, 거미줄, 곰팡이로 뒤덮여 있곤 했다. 게다가 사방 눅눅하고 써늘해서 을씨년스럽기 그지없었다.

그는 집에 올 때마다 늘 제 손으로 직접 불을 피우고, 침대 위를 대충 치운 후 항상 갖고 다니는 담요를 깔고 망토를 덮고 잤다. 잦은 전투와 편력기사 생활로 노숙에 익숙한 발타는 불편한 잠자리와 거친 음식에 익숙했다.

바닥에서 올라오는 냉기와 습기를 막아 줄 나무 침대, 그리고 이슬을 막아 줄 지붕 정도만 있어도 호사였으니, 짚이 없는 침대 정도는 아무렇지도 않았다. 거친 잠자리와 열악한 환경을 달게 받아들이는 것이 강인한 기사의 미덕이라 배웠다.

하지만 지금 그의 집은 여기저기 켜진 촛불로 환하고 포근했고, 창문을 장식한 작은 꽃다발들은 화사하고 아기자기했다. 벽난로에는 이미 장작불이 활활 타올라 온 집 안이 따스했고 그 위에 걸린 커다란 솥에서는 뜨거운 물이 팔팔 끓고 있었다. 마법사나 요정이 술법을 부려 둔 공간에 우연히 들어온 기분이었다.

바닥에는 먼지 하나 없고, 침대 위에는 폭신한 새 짚과 깨끗하고 보송보송한 시트가 깔렸다. 통나무 위에 깨끗한 리넨 천이 덮였고, 의자까지 놓이니 그럴듯한 식탁이 되었다.

탁자 위에는 나무 사발과 접시 대용으로 쓰이는 트랑슈와르 빵, 하얀 음료가 든 항아리, 베로 만든 자루 두어 개가 놓여 있다. 자루를 열어 보니 아까 시장에서 팔던 잡다한 먹거리들이 줄줄 튀어나온다. 와중에 포도주가 든 가죽 부대까지. 어이가 없다.

집 안의 달라진 모습을 보고 있노라니, 가슴속으로 따뜻하고 향긋한 무언가가 흘러들어 온다. 황금빛이 감도는 맑은 닭고기 스튜처럼, 갓 구운 빵 냄새처럼, 기분 좋은, 따뜻한, 부드러운, 포근한, 안온한, 행복한……

이상한 낱말들이 목구멍을 간질인다. 그는 잠시 넋을 놓고 방

한가운데 서 있었다. 예전엔 몰랐던 낯선 감각이 몸의 구석구석에서 새로 각성한다.

손끝 발끝이 따뜻해지고, 아랫배가 간지럽고, 발밑이 붕붕 뜨는 것 같고, 가슴속으로 뭉글뭉글 부드럽고 달콤한 크림이 차오른다. 그 느낌들이 지나치게 달고 황홀해서, 발타는 세공사를 내려다보며 한동안 멍하니 서 있었다. 발타는 머릿속을 지나가는 마지막 낱말을 잡아챘다.

……그리운.

낯설다고 생각했던 이 감각은, 생각해 보니 낯선 것이 아니었다. 그저 오래된 것이었다. 발타는 눈을 감고 짧게 한숨을 쉬었다.

"레비? 이보게, 세공사. 많이 피곤한가? 좀 일어나 보게."

딱한 세공사는 정신을 차리지 못했다. 으으, 으음. 짤막한 신음만 흘리더니 인상을 있는 대로 구겼다. 그렇게 구겨지는 미간의 선이 단아하게 느껴진다.

이게 무슨…….

발타는 한숨을 쉬며 세공사를 안아 일으키다 흠칫했다. 안 그래도 체구를 보면 꽤 말랐다 싶긴 했는데, 아예 깃털 뭉치를 드는 것처럼 무게감이 없었다. 강풍이라도 일면 날아갈까 싶을 지경이었다. 그는 긴장해서 세공사를 조심조심 침대 위에 눕혔다.

이자가 이곳을 용케 알고 찾아온 것은 기특했지만, 딱하기도 했다. 겁이 많고 낯을 가려 마을 밖으로 나오지도 않는다는 사람이, 오가는 이를 붙잡고 물어물어 예까지 찾아오기가 얼마나 힘들었을까.

"신발 벗고 잠이라도 편하게 자게. 여기까지 오는 데 고생했을 텐데."

발타는 혀를 차며 세공사의 신발 끈을 풀다가 이내 난항에 부딪쳤다. 끈은 길고 구멍도 많은 데다 이놈의 세공사가 매듭을 얼마나 꽁꽁 묶어 놓았는지, 신발 끈을 풀고 나니 식은땀이 다 났다.

쇼스 두 짝을 벗기는 것도 골치였다. 쇼스는 허벅지까지 당겨 입는 긴 양말형 바지인데 줄줄 흘러내리지 않도록 속바지 브레의 허리춤에 가터로 묶어 놓게 되어 있었다. 그런데 이 세공사는 끈 묶는 걸로 장인이라도 되고 싶었던 건지, 이것마저 고르디우스의 매듭처럼 친친 얽어 놓았다.

발타는 매듭을 한참 끙끙대며 풀다가 그자의 허리가 도무지 한 줌도 되지 않을 만큼 가늘다는 걸 깨닫고, 갑자기 그 상황이 불편해졌다. 이자가 지금 갑자기 눈이라도 뜨면 자신이 꽤 난감해질 수도 있다는 생각이 들었다. 그는 두 번 생각하지 않고 단검을 들어 가터를 모조리 끊어 버렸다.

쇼스 두 짝을 모두 벗겨 낸 발타는 저도 모르게 눈썹을 찌푸렸다.

음……. 뭔가 좀…… 이상하다.

헐렁한 브레 아래로 두 다리가 드러났는데, 허벅지든 종아리든 발목이든 믿을 수 없을 만큼 창백하고 가늘었다. 툭 치기만 하면 부러질 것 같았다.

발도 지나치게 매끈하고 자그마한 것이, 고작 자신의 손바닥 정도나 되려나 싶은 크기였다. 발톱은 아예 풀잎에 맺혀 있는 작은 이슬방울처럼 보였다.

혹시 예전에 큰 병이라도 앓았었나?

대체 이 인간은 이렇게 가는 다리로, 이렇게 작은 발로 어떻게 하루 종일 걸어 다니고 그 고된 일을 감당하는 걸까?

그는 미간을 구기고 팔짱을 낀 채, 사슴처럼 가느다란 발목을 노려보았다. 동료 기사들의 맨다리는 숱하게 봤지만, 이렇게 이상한 기분을 불러일으키는 맨다리는 처음이다.

이상한 건 그뿐만이 아니었다. 하루 종일 망치를 두드리며 일한다는 세공사는 손목도 몹시 가늘었고, 어깨도 지나치게 좁고 목도 가늘었다. 노려볼수록 속이 울렁울렁하고 가슴이 답답했다.

"아으으……."

발타는 세공사가 낑낑대자 황급히 한 걸음 물러났다. 몸통을 꽉 졸라맨 지풍(가죽조끼)이라도 벗겨 줄까 하다가 머리를 흔들며 몸을 돌렸다. 큰 죄라도 지은 것처럼 울렁증이 가라앉지 않는다. 조금 토할 것 같기도 하다.

볼볼볼볼볼.

타닥탁 타닥타닥.

난로에서는 장작불이 발갛고 솥에서는 뜨거운 물이 끓고 있었다. 그 열기와 불꽃의 색과 물이 끓는 소리를 인식하는 순간, 발타는 가슴이 뜨끈해지며 맹렬한 허기가 느껴졌다.

그는 탁자 한 귀퉁이에 소복이 쌓여 있는 것이 마당에 씨를 뿌려 두었던 약용 허브의 잎사귀들이라는 것을 알아차렸다.

그는 사라센에서 구해 온 약재용 씨앗 몇 가지를 마당과 밀밭 인근의 약초밭에 대충 뿌려 두고 영지민들이 마음대로 뜯어 가게 했는데, 영지민들은 그 효능을 몰라서 약초들은 미친 잡초처럼 마당을 정복하곤 했다.

날이 추워 다 시든 줄 알았는데 조금 남아 있던 모양이었다.

그나저나 이렇게 추운데 이걸 뜯고 있었나? 몸이나 먼저 챙길 것이지.

발타는 혀를 차며 나무 사발에 잎사귀를 한 움큼 넣고 국자로 뜨거운 물을 가득 부었다. 강한 향료는 좋아하지 않았지만, 허브를 진하게 우려낸 물은 신경 써서 마시는 편이었다.

사라센 의서에서는 몇몇 식물의 뿌리나 잎사귀를 끓인 물은 음욕과 혈기를 누를 수 있고, 머리를 맑게 하며, 충치로 고생하지 않게 해 준다는 내용이 있었다. 음욕과 혈기에 대한 효과는 아무래도 사실이 아닌 듯하지만, 뒤의 두 가지는 확실히 효과가 있는 듯했다.

탁자에 놓인 자루에는 그래도 먹을 만한 것들이 몇 가지 있었고, 난로 옆에는 영지민들에게 얻어 온 듯한 우유 단지와 치즈, 귀리, 호밀, 소금 따위도 있었다.

위장이 맹렬하게 요동하기 시작했다. 뜨끈하고, 짭짤하고, 강렬한 음식을 먹고 싶었다. 오랜만에 느끼는 맹렬한 식욕이었다.

"……으응?"

옆에서 달그락대는 소리가 난다. 맛있는 냄새도 난다. 레아는 눈을 감은 채 코를 벌름거렸다. 자면서도 배가 쥐어짜이는 것처럼 고파서, 레아는 이게 자는 건지 깨어 있는 건지도 헷갈렸다.

아, 따뜻하다.

따뜻해. 따뜻해.

배고파, 배고파, 배고파.

우르르르릉. 꽈르르르르르 꽝.

레아는 우렁찬 천둥소리와 함께 눈을 떴다. 처음에는 하늘에서 천둥이 쳤다고 생각했지만, 덧창이 살짝 열린 틈으로 삐뚜름하니 걸린 초승달이 눈에 들어온다. 굉장히 낯설고 이상한 풍경이었다.

멍하니 눈을 깜박였다.

여긴 어디지? 몇 시지? 난 지금 어디에 있는 거지?

서, 설마? 내가 퍼져 누워 있는 곳이……?

레아가 두리번거리며 무시무시한 현실을 파악하려는 순간 조용한 목소리가 들렸다.

"일어났나? 시장하면 식사라도 같이 하지."

으아아악!

레아는 두 손으로 입을 틀어막고 소리 없는 비명을 질렀다.

내내내가 왜 발타 님의 침대에 누워 있는 거지? 발타 님은 대체 왜 저기서 저렇게 태연하게, 아, 잠깐, 발타 님이 오셨구나. 아아, 다행이다. 나는 살았다. 무서운 건 둘째 치고 어쨌든 반갑다. 눈물 나게 반갑다.

그런데 발타 님 옷 입으신 게 대체 왜 저래? 이 추운 날 맨다리를 저렇게 내놓고 대체 뭘 하시는……?

충격과 공포와 반가움과 오만 감정이 뒤엉킨 채 입을 떡 벌리고 그의 뒷모습만 바라보던 레아는 다리를 휘감는 촉감이 이상할 정도로 포근하고 보드랍다는 것을 알게 되었다. 고개를 갸웃하며 이불을 걷어 보았다.

"으아악, 이, 이게 대체……! 바바바, 발타 니이임!"

내, 내가 왜 속바지만 입고 맨다리, 맨발로 발타 님 침대에 누워 있는 거지! 내 바지! 내 바지! 내 바지! 내 신발! 아아아악!

레아가 정신이 빠진 채 거품을 물고 다시 넘어가자 발타가 국자를 든 채 급히 다가와 부축한다.

"어디 몸이 안 좋은가? 자는 게 아니라 혹시 정신을 잃었던 거였나?"

레아는 이불로 가슴과 다리를 돌돌 말아 가리고는, 벌레 기어가는 소리로 말했다.

"아, 아닙니다, 바바, 발타, 님, 제가 오늘 종일 아무것도 못 먹어서 좀 어지러웠던 겁니다. 저, 저 그런데 제 옷은요?"

"저런. 그 지경이었나? 먹을 걸 이렇게 많이 사 놓고 왜 못 먹었지?"

"제, 제가 긴장을 하면 입에 아무것도 안 들어가서⋯⋯. 저, 발타 님, 씨에? 제 옷은요?"

"와서 먹기부터 해. 숙녀분이 계시는 것도 아니고, 집도 이렇게 후끈후끈한데."

깍듯하고 예의 바른 기사의 표본처럼 보였던 발타 님은 실생활에서는 정반대였다. 편히 자라고 남의 옷을 벗겨서 침대에 눕혀 놓더니, 이젠 그냥 속옷 바람으로 나와서 밥이나 먹으라고 한다.

발타의 입성은 레아보다 더해서, 허벅지만 덮는 해진 슈미즈 한 장만 걸치고 있었다. 쇼스와 쉬르코와 튜닉과 사슬갑옷은 의자에, 여기저기 기운 자국이 있는 낡아 빠진 속바지와 누빔 솜옷은 벌써 빨아서 난로 옆에 걸쳐 놓고 말리고 있다.

아랫도리에 아무것도 걸치지 않은 그 꼴로, 끈 풀린 가죽 신발의 뒤꿈치를 꺾어 신고, 난로 앞에서 국자를 휘저으며 비딱하게 서 있는 모습을 보니, 참 뭐랄까, 세상에 아름답던 환상의 성이 자르르 무너지는 소리가 들리는 것 같다.

얼굴만 보면, 잠을 잘 때도 완벽한 전신 갑옷 무장에 수놓인 망토까지 펄럭이며 검을 가슴에 얹고 주무실 것 같았는데. 맨다리 맨발로 서 계시는 와중에 십자가 목걸이와 묵주 팔찌, 반지까지 세트로 끼고 계신 걸 보니 참, 할 말이 없었다.

나도 저 꼴로 마주 앉아 밥을 먹어야 한다면, 그냥 굶어 죽고 말란다.

아아, 하지만 그러기엔 너무 배가 고프구나. 마음은 원이로되 육신이 원수로다. 레아는 달달 떨리는 손을 꼭 움켜쥐고 침을 꼴깍 삼켰다.

"아, 씨, 씨에 발타사르? 치, 친절하신 말씀은 정말 감사합니다만……."

상식적으로 생각해 보세요. 님이 큰손 고객을 앞에 둔 불쌍한 세공사라면 속옷 차림으로 편안히 마주 앉아서 밥을 먹을 수 있겠습니까?

……게다가, 제가, 당신과 성별이 조금 달라요. 조금.

진땀이 흘러내린다. 눈을 어디에 두어야 할지 모르겠다. 아, 발타 님, 제발 속바지라도 좀 입어 주시면 안 될까요. 여벌이 없으신가요? 대체 그 많은 상금은 어쩌고 속바지 하나 없으신가요. 슈미즈에 허리끈만이라도 좀 묶어 주시면 안 될까요. 슈미즈를 무릎까지만 좀 끌어 내리고 다리를 조금만 모으고 앉아 주시면 안 될까요.

그는 시선을 어디 둘지 몰라 쩔쩔매는 레아를 의아한 눈으로 내려다보았다.

"말을 끝까지 하게. 감사합니다만, 그다음엔 뭘 어쩌라는 건가?"

"아, 그, 그게, 제, 제가 가족이 아닌 다른 분들 앞에서 이런 차림으로 앉아 있으면, 부, 불편해서 밥이 안 넘어가고 그럽니다."

"정말 예민한 자로군. 그러면 생활에서 피곤하고 괴롭지 않은가?"

아, 제가 원래부터 이렇게 예민한 인간은 아니었어요.

다만, 다시 말씀드리건대, 제가, 당신과 성별이 조금 달라요. 조금.

레아는 한숨을 쉬면서 고개를 끄덕였다.

"저도 죽겠습니다. 노력한다고 덜 예민해지는 게 아니니까요. 그래서 마을 밖으로도 잘 안 나가고, 공방에서 진종일 박혀서 일만 하고 있지요."

"그럼 자네 편할 대로 하게. 옷은 벽장 안에 있어."

레아는 허둥지둥 벽장문을 열려다가 깜짝 놀랐다. 아까 세공품을 넣어 두고, 임시 자물쇠로 벽장문을 걸어 놨는데, 자물쇠가 매끈하게 잘려 있었다. 아니 대체 어떻게 칼을 휘두르면 이 무쇠 덩어리를 순무처럼 썰어 놓을 수가 있지. 게다가 벽장 안에는 자신이 입었던 쇼스가 나동그라져 있었는데 묶는 끈이 썽둥썽둥 잘려 있었다.

하얗게 질린 얼굴로 돌아보자 그가 황급히 시선을 돌린다. 난롯불의 열기 때문인지 더듬더듬 변명하는 그의 얼굴이 조금 붉어 보인다.

"자, 자네가 너무 곤하게 자기에 깨우기 미안해서……. 그, 자물쇠값은 지불하겠네. 음, 끈값도. 무슨 매듭을 그리 친친 얽어 놨어. 끈 풀다가 뼈 부러뜨리는 줄 알았어. 자네, 어, 예전에 큰 병이라도 앓았었나? 다, 다리가 너무 가늘어서……."

등짝으로 식은땀이 주르르 흘러내린다.

내가 뻗은 사이에 무슨 일이 일어난 거지? 대체 나한테 무슨 짓을 하신 거야……?

자자, 레아, 침착해. 침착하라고. 허둥대면 정말 들킨단 말이야.

필사적으로 정신줄을 붙잡은 레아는, 여전히 헐벗은 채 솥단지를 휘젓고 있는 기사님의 등짝을 힐끔대며 앞뒤 상황을 정리하기 시작했다.

눈치를 보아하니 저분이 나한테 뭔가 몹쓸 짓을 하신 것 같지는 않은데.

아니, 그 전에 여자인 것을 들킨 것 같지도 않다.

그래, 다행이다. 하느님이 보우하사 정말 다행이야.

진땀을 흘리며 안도하던 레아는 이내 고개를 갸웃했다.

그런데 그건 그것대로 문제 아닌가? 겉옷에 쇼스까지 홀랑 벗겨 놓고도 여자인 걸 몰랐으면 저분은 눈 뜬 봉사거나 바보거나 고자 아닌가.

저, 저렇게 멋진 남자가 눈 뜬 봉사나 바보거나 고자…….

충격과 공포를 넘어서고 나니 기가 막혀서 헛웃음이 나오기 시작했다.

지혜롭고 용맹하고 우아하고 아름답고 섬세하고 배려심 깊은…… 줄 알았던…… 기사님은, 생각보다 무디고-하느님 감사합니다- 인정하긴 싫지만 눈 뜬 봉사이거나, 바보거나, 고자이며, 뭔가 안 풀리면 일단 칼로 쑹덩 썰기부터 하는, 좀 무식, 아니 무지막지한 분이었다.

"긴장 좀 풀게. 예민하다고 뭐라 한 건 아니야. 음, 그, 그렇게 가늘고 약한 다리라면 나라도 보여 주기 싫을 테니 이해할 수 있네."

머리가 지끈지끈하다. 오해 백 단 주제에 이해하긴 뭘 이해하십니까.

머리를 쥐어 싸고 앓는 소리를 내자, 또 뭔가를 오해한 기사님께서 팔팔 끓는 스튜를 휘휘 저으며 손짓한다.

"그럼 뭐라도 꿰어 입고 와서 얼른 먹게. 빈속이니 어지럽지. 국물이라도 좀 먹으면 속이 풀리고 기운도 날 걸세."

레아는 그의 반응이 몹시 낯설게 느껴졌다. 일개 자유민 소녀에게는 그렇게 조심스레 말을 고르시던 분이, 처음 만난 이교도 세공사에게는 10년지기 동료처럼 덤덤하고 편안하게 말을 붙이고 있었다.

왜 멋대로 들어왔느냐 꾸짖지도 않고, 청소 잘 했다 수고했다 치하하지도 않는다. 그냥 가타부타 먹기부터 하란다.

뭐 애초에 칭찬받으려고 한 짓은 아니니까. 그냥 이런 곳을 집이라고 먼지투성이, 거미줄투성이 침대 위에서 등 기대고 주무실 발타 님이 너무 불쌍하고 딱했던 것뿐이었다.

에휴, 간덩이 부어 터졌네. 너는 널 죽이려고 쫓아다니는 분을 딱하게 여길 정신머리가 남았냐. 후딱 일어나서 도망칠 생각 안 하고.

레아는 이불 속에서 간신히 옷을 주워 입은 후 쭈뼛쭈뼛 물었다.

"저, 집에 가야 하는데, 지금 몇 시쯤 되었나요?"

발타가 어이없다는 표정으로 고개를 돌린다.

"레비. 지금 자정이 넘었어. 밥 먹고 나면 조과 기도 시간(새벽 2~3시) 다 될걸? 가다가 늑대 떼에게 먹히고 싶나? 아니면 도둑 떼에게 홀딱 털린 다음에 알레프에 노예로 팔려 가는 게 꿈인가? 자네는 세공사지 기사가 아니야."

"자정? 자정이라고요?"

레아는 새파랗게 질렸다. 맙소사, 내가 정말 미쳤다. 이렇게 퍼질러 잘 줄은 몰랐다. 잠깐 눈만 붙였다가 인수증만 받고 바로 돌아갈 생각이었는데.

"먹고서 눈 좀 붙이고 쉬다가 해 뜨면 돌아가. 물목도 확인했으니 인수증도 써 주지. 글과 숫자는 읽을 줄 아나? 다행이군. 며칠 내로 궁에 가서 위그 경에게 인수증을 보여 주고 오면 될 거야. 위그 드 부빌 경, 접견실에서 함께 봤던 갈색 곱슬머리 어전 시종, 오전에 바쁘니 오후에 가는 게 낫겠지. 음. 잠깐만, 자네에겐 출입금지령이 내려진 상태니, 자네 대신 형을 보내는 게 좋겠어. 그나저나 일단 식사부터 하라니까."

레아의 등으로 끈적하게 땀이 흘러내렸다. 이건 호의와 친절로 가득한 신종 고문이다. 여기서 해가 뜰 때까지 발타 님하고 하하 호호 식사를 해야 한다고? 미쳤⋯⋯!

꽈르르르르릉.

배 속에서 다시 천둥이 울렸다. 레아는 그것을 신의 계시로 받아들이고, 코를 벌름대며 슬금슬금 일어났다.

"영주님, 정말정말 기가 막힌 냄새가 납니다."

"별거 없어. 자네가 배가 많이 고픈 거지. 사 온 것들이 딱딱하게 굳었기에 뜨겁게 먹으려고 다 넣었더니 냄새가 썩 괜찮네."

네네? 뭐라고요? 그게 무슨 말씀이신가요?

불길한 예감이 쫙 뻗쳐오른다. 급하게 일어나 솥을 들여다본 레아는 이내 소리 없는 비명을 질렀다.

으아악. 발타 님! 어, 어떻게 이런 만행을!

예감대로, 맹물을 끓이던 무쇠솥 안에는 이미 걸쭉한 스튜가 끓고 있었다.

문제는 스튜 안에서 퍼져 있는 수많은 재료였다. 농부가 가져온 귀리와 덩어리 치즈, 레아가 사 온 메추리 꼬치구이, 청어, 흐물 흐물 형체를 알 수 없게 된 빵, 그리고 마당에서 자라는 온갖 향신채가 한 움큼 들어 있었다.

왜 기가 막힌 냄새가 났는지는 알겠다. 이 맛있는 것들이 한꺼번에 들어가 잡탕으로 펄펄 끓고 있으니 당연하지.

하지만 발타 님, 이 맛있는 것들을 왜 따로따로 먹지 않고 한꺼번에 스튜에 때려 넣으셨나요!

인생의 작고 사소한 즐거움에 목숨을 건 레아는 빵 하나를 먹어도 최대한 맛있는 상태로 고유한 맛을 즐기며, 가장 맛있는 궁합으로 먹는 것을 중시했다. 이렇게 각각 맛있는 것들을 꿀꿀이죽처럼 다 때려 넣는 만행은 거렁뱅이 떠돌이 시기에도 저지르지 않았다.

발타 님 이걸 어째. 발타 님 왜 그러셨어요…….

레아는 스튜가 끓는 무쇠솥 옆에 서서 그의 소매를 붙잡은 채 울먹울먹했다.

"저런, 그렇게 눈물이 날 만큼 배가 고픈가."

"……"

"얼른 가서 앉게. 한 그릇 퍼 줄 테니. 자네 오늘 고생 많이 했지."

쓸데없이 다정한 목소리에, 레아는 그의 소매를 붙잡은 채 시시 영감처럼 훵훵대고 울었다.

레아는 우유 단지와 와인이 든 가죽 부대, 그릇들을 하나하나 식탁으로 날랐다. 너무나 배가 고파서 손이 달달 떨렸다. 물론 최선은 아니지만 배고플 때 뜨끈하고 걸쭉한 스튜는 진리다.

그나마 다행인 건, 저분이 아몬드 우유와 와인까지 스튜에 때려 넣을 만큼 막장은 아니었던 것이고, 후식으로 산 과자들은 좀 부

485

서지긴 했지만 어쨌든 자루에 남아 있다는 점이었다.

오늘의 요리사께서 스튜를 큰 나무 사발에 두 그릇 퍼서 식탁에 올려놓더니 경건하게 성호를 긋는다. 레아는 저도 모르게 성호를 따라 그으려다 황급히 손을 내렸다. 일단 자신은 현재 유대교도였다. 조금만 방심하면 꼬투리 잡힐 일이 쉴 새 없이 튀어나왔다.

"이 만찬을 준비한 자네에게 건강과 평안이 임하기를. 시장할 텐데 얼른 먹게."

발타가 축복의 말을 끝내자마자, 레아는 사발을 들고 스튜를 한 입 가득 머금었다.

……그리고 움직임을 고스란히 멈추었다.

끄, 끝내주는 맛이다……!

삼킬 수가 없다. 레아는 그것을 머금은 채 삼킬까 나가서 뱉을까 눈알을 뱅그르르 돌리며 한참 고민했다.

일단 짰다. 그리고 입에 머금고 있을수록 이루 형언할 수 없는 맛이 났다. 아무리 배가 고파 뒤지겠어도, 인간적으로 도저히 목구멍으로 넘어가지 않는다. 짜고 쓰고 향신채들의 매운맛은 심각하게 강한데, 청어의 비린내는 조금도 죽지 않았고 게다가 이 신맛은 어디서 나온 맛인지도 모르겠다. 설마 레몬 튀김까지 모조리 쓸어 넣으신 건가. 아이고, 하느님. 저 흐물대는 레몬 잔해를 보니 맞나 보다.

아니 이분은 생긴 건 멀끔하신데 왜 이렇게 실험정신이 강력하시지.

보통 딱딱한 빵에 뜨겁고 진한 고기스튜 조합은 실패하기 어려운 기본 중의 기본인데, 이렇게 망하기도 쉽지 않다. 접시로 써야 할 돌처럼 딱딱한 트랑슈와르 빵마저 이미 스튜에 들어가 녹아 버렸고, 그 스튜 국물에선 소금과 후추와 허브들이 비극적으로 겉돌았다. 상황은 절망적이었다.

"음, 사실 나는 향신료가 센 걸 그렇게 즐기진 않아……."

그 와중에 요리사께서 레아를 흘긋 곁눈질하며 중얼거린다. 말도 안 된다. 그러면 이 세기말 재앙은 대체 뭡니까. 손님(?)을 대접하는 마음에 비싼 소금과 후추와 온갖 향료를 넘치도록 넣으신 겁니까?

"내가 요리는 잘 못해. 그래도 여인숙의 스튜보단……."

여인숙 스타일 스튜인 꿀꿀이 잡탕보다 낫다는 말은 듣고 싶으신 듯한데 레아는 도저히, 차마 그렇다고 말해 줄 수 없었다. 이건 그냥 지옥의 스튜였다.

그녀는 눈을 질끈 감고 입안의 것을 꿀꺽 삼킨 후 애꿎은 아몬드 우유를 반 사발이나 마시는 것으로 대답을 대신했다.

놀라운 것은, 발타가 자신의 스튜를 덤덤하게 먹고 있다는 점이었다. 가히 살신성인급 책임감 아닌가! 음, 간과 향이 좀 센 편인가. 중얼대는 목소리는 태평하기까지 하다. 그러더니 어떻게든 중화시켜 보려는 생각인지 후식으로 놓아둔 생강과자, 후추과자에 아몬드 우유까지 곁들여 먹기 시작했다.

……이분 미맹이신가.

레아는 일단 진땀을 빼며 뒤로 물러앉았다. 내장도 이 지옥의 스튜에 충격을 받았는지, 꽈르릉대는 소리가 순식간에 가라앉았다. 하지만 발타는 엄숙하고도 경건한 얼굴로 차분히 먹고 있다. 저 경건한 요리사 앞에서 뱉거나 토했다간 성 십자가의 비밀이 들통 나지 않더라도 모가지가 달아날 것만 같았다.

구원은 와인에게서 찾아왔다. 처음 맛을 보았을 때는 밑도 끝도 없이 달기만 하고 풍부한 향도 톡 쏘는 맛도 없는 맹탕인 줄 알았는데, 막장 스튜와 함께 먹으니 그 맛이 기가 막혔다. 이 스튜의 끔찍하게 모난 맛을 포도 특유의 향과 단맛이 사르르 감싸며 중화시켰다.

"발타 님, 와인이랑 드세요. 맛이 기가 막힙니다."

"나는 술 좋아하지 않아. 자네나 마시게."

"발타 님, 이 와인이야말로 진정한 구세주입니다. 좀 더 낭만적이고 문학적으로 말씀드리자면, 스튜의 죄를 짊어지고 구원에 이르게 하는 맛입니다."

"자네, 그거 나를 모욕…… 아니, 일단 신성모독인데."

"내일 신성모독으로 죽어도 전 오늘 밤엔 이걸 먹어야겠습니다."

잠시 모욕감을 느끼던 발타 역시 와인을 한 모금 맛보더니, 바로 자존심을 접었다. 다행히 미맹은 아닌 듯했다. 그저 음식을 고행의 도구로 쓰는 구도자였을 뿐이다.

레아는 가죽 부대에 든 포도주를 큼직한 나무 사발에 철철 넘치게 따랐다. 세상에 두 쇼핀이나 들었을까 말까 했더니 막상 따르고 보니 예로보암 한 통이 모조리 들어간 게 맞나 보다. 어쩐지 무겁더라.

발타가 나무 사발을 들고 엄숙하게 선언한다.

"우리의 건강과 용맹과 예루살렘 수복을 위한 명예롭고 고귀한 죽음을 위하여."

"……위하여……."

기사단식 건배사인가. 건배사 한번 끝내준다.

레아는 한동안 먹는 일에 집중했다. 쓸데없이 다정한 발타는 그릇이 빌 때마다 지옥의 스튜와 포도주를 부지런히 채워 주었고, 한껏 배가 부른 레아는 어느덧 몽롱한 행복감에 물들기 시작했다.

'아, 천국이다. 천하제일 꽃미남 기사님과 함께 야참이라니, 스튜가 좀 끔찍하면 어때?'

잠시 후 레아는 자신의 뇌에 문제가 조금 생긴 것을 깨달았다.

내가 제정신인가? 저 천하제일 꽃미남 기사님은 10년 넘게 나 죽이려고 쫓아다니신 분이야. 정신 차려, 레아!

하지만 이성은 이미 힘을 잃었다. 어쨌든 지금까지 아무 일도 없었잖아? 이미 들킬 기회는 백만 번이나 있었는데 안 들켰잖아? 그럼 된 거잖아?

게다가 겁을 집어먹기엔 이미 술을 너무 많이 마셨다. 와인이 지나치게 맛이 좋은 데다, 마땅한 잔이 없어 나무 사발에 따라 먹다 보니 양이 제대로 가늠이 안 된 것 같다.

생각해 보니 와인을 이렇게 물처럼 마셔 본 것도 처음이다. 눈치를 보아하니 저분도 처음이신 것 같다. 술자루가 쪼그라들수록 조심성은 날아가고 만용이 용솟음치는 법, 레아는 술그릇을 들어 올리며 호기롭게 말했다.

"발타 님. 이거이거…… 물건이네요. 이렇게 맛……있는 술인 줄 알았……으면 한 자루 더 사 왔을 텐데. 발타 님, 짠, 짠 해요 우리, 네? 이번엔 제가 건배사 합니다, 소리 소문 없이 떼돈이나 벌며! 가늘고 길게! 잘 먹고 잘 사는, 인생을! 위하여! 발타 님! 짠! 짠! 위하여!"

"무슨 건배사가 대놓고 돈타령인가. 명예롭지 못하게. 아, 맞다. 아시케나지 사람이었지. 이봐, 그런데 자네…… 혀가 꼬부라

489

졌어. 뭐라도 더 먹어 가며 마셔. 음, 좋아. 돈 많이 벌게. 건배."

보아하니 발타 님도 발음이 흐트러지고 눈꺼풀이 반쯤 가라앉은 게, 꽤 취하셨다. 세상 과묵하고 엄숙한 기사님인 줄 알았는데 취하면 말도 많아지고 이렇게 귀엽구나. 레아는 큰 약점이라도 잡은 것 같아 기분이 좋아졌다.

"발……타 님? 저, 저는 항……복입니다. 더 먹었다간 배…… 가 빵! ……터질 거예요."

"항복? 이 비겁한…… 변절자 같으니, 그러고도 자네가 기사야? 아, 음. 기사는 아니군. 자네 배 하나도 안 나왔어. 5배쯤 더 먹어야 해. 배 터질 때까지 먹게."

"아니, 씨에…… 발타? 왜 멀쩡한 남의 배를 터뜨리려고? 사, 사람 배가 터지면, 보, 보기가 썩 좋지 않아요……."

발타는 눈꺼풀을 억지로 들어 올리고 솥을 돌아보았다. 그렇게 많던 악마의 스튜는 절반 넘게 사라졌고, 생강과자도 몇 조각 안 남았다. 하지만 레아의 항변은 소용없었다.

"겨, 겨우…… 이 정도 갖고, 엄살은. 기, 기사들은, 원래 승부가 끝나면, 배 터지게 먹고 마시는 거……. 대……체 평소에 얼마나 쥐……꼬리만큼 먹는 거야? 그러니까 몸뚱이가 그 모양이지. 파, 팔다리가…… 나뭇가지도 아니고 그게 뭔가."

뭐래. 제 피를 바작바작 말리는 데 가장 혁혁한 공을 세우신 분한테 그런 말을 듣고 싶진 않거든요. 레아는 용기백배해서 소리쳤다.

"지금! 저, 저한테 말랐다고 하실 때는 아닌 것 같은데요! 발타…… 경께서도 허리가, 보세요. 따, 딱 한 줌밖에 안 되는……."

"무슨 말인가, 그게."

갑자기 발타가 자리에서 몸을 벌떡 일으켰다. 자존심이 상한 듯, 말도 빨라졌다.

"아, 아까 보니까 자네 허리보다 내가, 훨씬 굵어. 자네 손으로 몇 뼘인지 직접 한번 재 봐. 난 한여름에도 가죽 갑옷에 쇄자갑에 무쇠 투구와 무쇠 보호대에 무거운 무기 휘두르면서 종일 끔찍한 훈련이나 대결을 하는 기사야. 자, 자네야말로…….."

"제, 제가 뭘요……!"

"자네, 야말로, 대체, 사내 허리가, 그게 뭔가! 손가락으로 툭 치면 척추가 부러지게 생겼는데, 그게. 아니, 손목 발목은 또 왜 이렇게 청어 가시 같은 건가. 단조 세공사라며! 그 가는 손목으로 망치나 들 수 있겠는가……."

그는 레아의 허리에 손가락질까지 하며 비난했다. 레아의 가늘어 빠진 허리에 꽤 유감이 있는 듯했다. 레아는 잔뜩 취한 중에도 이 대화가 크게 잘못된 방향으로 나가고 있다는 걸 깨달았다. 잠시 후면 서로 슈미즈를 걷어 올리고 허리가 몇 뼘인지 재야 하는 사태가 벌어질 판이었다.

다시 말하건대, 현재 발타 님은 저 슈미즈 아래 아무것도 안 입었고, 레아는 저분과 성별이 조금 달랐다.

레아는 취해서 날아가려는 정신줄을 필사적으로 붙잡고 대화의 방향을 간신히 다른 곳으로 틀었다.

"제, 제 손목이 어때서요. 하루 종일 망치질 잘만 합니다! 청어 가시라뇨! 레비아탄의 갈빗대겠죠! 제가 지금까지 동네 팔씨름에서 져 본 적이 없어요!"

"……팔씨름? 그 바늘 같은 손목으로?"

"아니 왜 이러십니까? 인간적으로 발타 님도 어깨만 좀 넓을 뿐이지, 솔직히 썩 대단한 근육의 소유자라고 할 순 없잖습니까! 야리야리한 거로 치면 비슷하죠!"

"뭐? 자, 자네…… 그걸 말이라고……."

그가 말을 더듬는 사이, 레아는 소매를 둥둥 걷어 올리고 힘을 불끈 주었다.

"그럼 기사님과 단조 세공사의 이름을 걸고 한판 해 보시겠습니까? 20년 넘는 망치질로 단련된 팔뚝 맛이 어떤지……."

아, 젠장. 레아는 고개를 처박고 탄식했다. 이럴 때 낙타 혹처럼 실한 알통이 툭 튀어나와 주면 얼마나 좋을까. 요놈의 것은 아무리 취한 눈으로 보아도 알밤처럼 귀엽기만 했다.

흠, 큼. 발타는 화를 내려다 말고 고개를 옆으로 돌리고 손등으로 입을 가린 채 점잖게 헛기침을 했다. 그게 더 창피했다. 차라리 대놓고 크게 웃으시란 말입니다. 레아는 빨개진 얼굴로 손가락을 까닥이며 도발했다.

"비웃지 마십시오. 소, 솔직히, 발타 님 팔목도 만만찮게 가늘어요. 제가 바늘이면 그 손목은 쥐꼬리죠! 카, 칼이나 제대로 드시겠습니까? 네?"

"왜 멀쩡한 남의 몸을 갖고 자꾸 시비인가? 한판 해 보게, 그럼."

그가 도전에 응하려는 듯, 슈미즈 소매를 어깨까지 걷어 올리고, 레아의 손을 꽉 맞잡았다.

……아, 망했다.

예기치 못한 사태가 벌어졌다. 그의 얼굴이 너무 가까워진 것이다. 그의 숨결이 느껴진다.

제기랄. 술 냄새가 왜 이렇게, 달게 느껴지고, 난리야.

새파란 눈동자는 레아 대신 맞잡은 손만 뚫어지게 응시하고 있다. 사람 팔을 난생처음 보는 것처럼 기묘한 눈빛이다. 길고 반짝이는 흰 속눈썹이 떨리는 것이 느껴진다. 그가 눈을 깜박일 때마다 레아의 심장은 돌밭 위를 달리는 마차처럼 덜거덕거린다.

그의 팔뚝에서 이두근 삼두근, 하박의 잔근육이 날카롭게 솟아오른다. 낙타 혹처럼 커다랗지는 않지만 이렇게 새파랗게 벼려진 칼날처럼 느껴지는 근육은 또 처음인데, 이게 또 말할 수 없이 야해 빠졌다.

만져 보고 싶다. 돌처럼 딱딱할까. 설마 흰 빵처럼 말랑하진 않겠지. 따뜻할까. 촉감은 어떨까. 아니 명색 기사라면서 피부는 왜 이렇게 하얗지. 아, 정말 야단났다. 알통과 핏줄에서마저 색기를 느끼다니 나는 정말 망했다. 슈미즈를 걷어 올리고 서로 허리가 몇 뼘인지 재는 것보다 더 망한 것 같다.

난 아직도 운명의 똥밭에 빠져 있나 보다.

……달콤한 똥밭이다.

레아는 쓸데없이 호기롭게 외쳤다.

"무시하지 마십시오. 한판 승부입니다! 준비이."

대답은 돌아오지 않는다. 그의 시선은 여전히 레아의 손에, 팔목에 박혀 있다. 이마가 닿을 것 같다. 한쪽 귓가에 와 닿는 그의 숨결이 간지럽다. 이분 긴장하면 얼굴에 귀에 목덜미까지 빨개지시는 건가. 고작 팔씨름 따위에 왜 이렇게 긴장하셨지. 나는 또 왜 이렇게 긴장했지. 아 미치겠다. 숨도 못 쉬겠네.

"시이……작! 으악!"

말이 떨어지기가 무섭게 쾅, 소리와 함께 손이 뒤로 활딱 넘어 갔다. 엄청난 반사신경이라 레아는 순식간에 당해 놓고도 얼떨떨했다. 한 박자 늦게 손등이 깨질 것처럼 아파 오기 시작했다.

승부를 끝낸 발타는 튕기듯이 몸을 물리고 엄숙하게 선언했다.

493

"내…… 내가 이겼네."

"억울해요! 시작, 하는 말이 완전히 끝나지도 않았는데!"

"무슨 말인가. 전투에선 그 정도 틈이면 모가지 둘은 날아가."

"인정할 수 없습니다. 두 판 더 해서 삼판 이승제로 해 보죠."

"절대 안 돼! 한 번 승부가 난 전투는 무를 수 없네. 아크레와 쿠르트레는 무를 수 없는 패전으로 끝난 거고, 부빈느 전투와 몽상 페벨은 무를 수 없는 대승으로 끝난 거야. 손등 박살 나기 전에 승부를 순순히 받아들이게."

역사적인 대승이라도 거둔 것처럼 세상 진지한 선언이었다. 재승부는 끝내 받아들여지지 않았다.

역시 슈미즈를 걷고 허리둘레를 재는 게 나을 뻔했나? 모르겠다.

엉겁결의 승부가 지나가자 두 사람 사이엔 알 수 없는 친밀감이 생겨 버렸다. 10년지기처럼 실없는 잡담과 신상털이의 시간이 찾아온 것이다. 레아로서는 전혀 원하지 않던 부작용이었다.

더 큰 부작용은, 서로 말도 많아졌다는 점이었다. 특히 술 취한 레비 씨는 정신 말짱한 레아 양보다 잡생각이 두세 배는 많았고, 수다쟁이 본능도 본격적으로 족쇄가 풀렸다.

"그나저나 자네 여기까지 어떻게 찾아왔나?"

"탕플 수도원에서 어떤 친절하신 기사님께서 가르쳐 주셨습니다."

"음? 왜 굳이 탕플 수도원에 들어가서 물어볼 생각을 했지? 나하고 그곳이 인연이 있다는 걸 알고 있었나?"

알고말고요. 그래서 절대 꼬리를 안 잡히려고 그렇게나 발버둥을 쳤는데 운명의 똥밭이 저를 놔주질 않더라니까요. 하필 그 앞에서 절대 만나지 말아야 할 사람을 만났으니 말이죠.

레아는 속으로 한숨을 푹푹 쉬면서도, 겉으로는 최대한 바보처럼 보이기를 빌며 눈을 둥그렇게 뜨고 대답했다.

"아, 성전기사단과 인연이 있으십니까? 어쩐지 잘 가르쳐 주더라니."

"……."

"탕플 수도원 일대의 땅은 전부 루이 르죈느(루이 7세) 선왕께서 기사단에 희사하신 것 아닙니까? 그러니 인근 지역 지도는 기사단이 당연히 갖고 있을 거라고 생각했죠. 제가 재수가 좋았군요."

"아하."

발타가 고개를 끄덕이는 순간, 레아는 재빠르게 말을 돌렸다.

"아, 맞다. 거기서 발타 님 대부님이라는 분을 뵈었는데, 탕플탑에 한번 들르시라고 '꼭' 전해 달라 하셨습니다. 왜 교황 성하보다 만나기 어렵냐고."

크흐. 발타가 머리를 싸쥐고 앓는 소리를 냈다.

"……자크 경을 뵈었나?"

"저, 성함은 안 가르쳐 주셨습니다. 대부님이라고만, 그 적갈색 머리카락에 가운데를 이마안큼 삭발하시고 수염 엄청 긴 분."

"그거…… 삭발하신 거 아니고 대머리야. 그분이 머리카락 재건에 공을 많이 들이시는데 별 효과가 없었어. 수염은 유행이라 기르시는 거고."

"아……."

"그나저나 시프르 섬에서 언제 오신 거지. 아, 교황 성하 착좌식 때문에 오신 건가……."

그가 풀 죽은 목소리로 중얼거리며 한숨을 쉬었다. 엄한 선생님

495

이나 아버지에게 야단맞으러 끌려가는 소년 같았다. 레아는 레아대로, 대부님의 안타까운 사연에 심심한 위로를 전했다.

"대머리는 원래 치유의 이적으로도 고치지 못하는 병인걸요. 죽은 자를 살리고 불임에 문둥병도 척척 고치던 유명한 엘리사 예언자도 자기 대머리만큼은 고치지 못하고 동네 양아치들한테 놀림을 당하지 않았습니까."

"그건 그래……."

"수염에 공을 들이신다니 드리는 말씀인데, 수염에 비싼 향유를 그렇게 들이부으시면 역효과예요. 기름에 절어서 뻣뻣해졌던데요! 깨끗이 닦아 말린 후에 기름을 살짝만 발라서 엉키지 않게 빗질을 하시면, 고개를 흔들 때마다 찰랑찰랑하니 썩 보기 좋으실 겁니다. 뵙거들랑 꼭 말씀 좀 전해 주십쇼."

레아는 진심으로 안타까운 마음을 담아 조언했다. 하지만 발타는 입가를 일그러뜨리며 웃음을 참을 뿐이다.

"기사가 전투만 잘하면 되지 수염이 찰랑찰랑하면 뭐하게."

"보기 좋은 게 먹기도…… 아, 그게 아니고, 유행이라 기르시는 거면 관리를 제대로 하셔야죠. 그런데 독신 수도사들한테 왜 그런 유행이 있습니까? 저야, 여자들한테 인기 얻으려고 기른다지만."

"유행에 이유가 있던가……. 솔직히 자네도, 그 수염 말이야."

발타가 말을 끊고 레아의 얼굴을 이리저리 들여다본다. 대체 무슨 생각을 하는지 이맛살을 빡빡 구기더니, 크게 심호흡을 하고 조언을 시작했다.

"숙녀분들의 인기 때문에 기르는 거라면, 시원하게 한번 밀어보지 그러나? 외려 인기가 훨씬 많아질 것 같은데."

"네……?"

"숙녀분들께서 무조건 거칠고 야성적인 사내만 좋아하는 건 아냐. 왜인지는 모르지만, 나, 나 같은 스타일이 취향이라는 마드무아젤이나 마담들도 꽤 계셨어. 자네도 비슷…… 이봐, 그렇게 대놓고 이상한 얼굴 하지 말게."

이놈의 수염 타령이 나올 때마다 레아는 뱃속이 계속 뜨끔뜨끔한다. 게다가 '눈 뜬 봉사거나 바보거나 고자' 기사님의 입에서 숙녀의 취향에 대한 말이 나오니까 표정 관리가 잘 안 되었다.

"숙녀분들의 취향도 그렇지만, 발타 님께선 수염을 기르시면 백발 노인처럼 보일 텐데요."

"나야말로 인기 관리할 것도 아닌데 노인으로 보인들 무슨 상관이겠나. 그리고 실제 나이를 정확히 모르기도 하고."

발타가 심드렁하게 웃으며 대답한다.

"나이를 모르시다뇨?"

"말했었잖나. 부모님이든 고향이든 나이든 기억이 안 난다고."

레아는 맹한 얼굴로 눈을 깜박거렸다.

아, 맞다. 시테 궁 앞에서 수직 병사에게 발견되기 전의 기억이 전혀 없다고 했었지. 심하게 고문까지 당했었다고…….

그런데, 발타 님? 그 내용은 '아크레의 레아' 양에게 말한 적은 있어도 '아시케나지의 레비' 씨한테는 얘기한 적 없으신데요……?

갑자기 뒤꼭지가 싸르르 식는다. 레아는 얼른 대화를 원래 방향으로 되돌렸다.

"제기랄. 저희 형님 보니까 인기 관리고 뭐고 아무 소용 없어요. 장가 한 번 들려고 이 골머리를 앓느니 그냥 돈이나 벌면서 혼자 살고 말죠!"

"음……."

497

"연애하는 것들은 모두 지옥에나 떨어지라죠! 하느님께서 꿈에 나타나 '네 소원이 무엇이냐' 물으신다면, 솔로몬 대왕처럼 '지혜를 주십시오.' 그런 헛소리를 하는 대신, '연애하는 것들을 모두 지옥으로 보내 달라'고 빌 생각입니다. 저희 같은 솔로들은 돈이나 잔뜩 벌어서 잘 먹고 잘 살다가 천국에서 모여서 신나게 술이나 마시는 거죠."

"음, 왜 결론이 매번 돈……."

"자, 발타 님, 씨에 드 올랑드? 돈이! 최고십니다! 짠, 짠, 짠입니다!"

레아는 어느새 두려움을 까맣게 잊어버렸다. 물론 저분이 나를 죽이려고 10년 넘게 추적하신 분이라는 건 머리론 아는데, 그 머리꼭지까지 술이 꼴랑꼴랑 차오른 게 문제다.

그렇다. 포도주란 온 세상 겁보 쫄보 찌질이들에게 숨통을 틔워 주는 생명의 물이다. 그러니 예수님도 카나 마을에서 물을 포도주로 만드는 기적을 베푸신 것이다.

기분이 붕붕 뜨기 시작했다. 열두 개의 촛불과 따뜻한 모닥불과 한껏 차오른 배와 달달한 후식과 최고의 포도주가 있었고, 곁에는 요정처럼 아름다운 발타 님이 계셨다.

레아는 그의 단정한 옆얼굴을 슬그머니 훔쳐보다가, 그의 얼굴이 오랜 세월에도 전혀 변함이 없다는 것을 새삼 실감했다. 아크레 밤거리에서 보았던 청아하고 신비한 분위기가 여전하다.

그의 얼굴에는 이제 가벼운 홍조가 올라왔고, 붉고 얇은 입술 끝에는 피곤한 듯, 나른한 듯한 웃음이 걸려 있다. 입술 끝이 살풋살풋 움직일 때마다, 세상이 핑그르르 도는 듯했다. 이 기묘하고 아슬아슬한, 조금만 잘못 건드리면 어딘가 툭 터져 버릴 것 같은 분위기에, 레아는 저도 모르게 숨을 죽였다.

예전에 순진할 땐 몰랐지만, 이제 이 느낌이 뭔지 정확하게 안다.

지금 발타 님은 섹시하다. 아주 야해 빠졌다. 이게 아름답다, 신비하다, 요정 같다는 말보다 정확할 것 같다.

더 적나라하게 말하자면 지금 그는 입 밖에 내어 말하기 힘든, 어떤 강렬한 마음을 불러일으킨다.

안고 싶은……?

아니, 안기고 싶은……?

아아?

이젠 머릿속이 아예 쑥대밭이다. 레아는 그냥 멍하게 발타를 바라보았다. 발타 역시 동일한 시선으로 레아를 바라보고 있다. 시선이 허공에서 얽혔다.

그의 얼굴에서 웃음기가 천천히 사라진다.

그가 손을 들어 올린다. 뭘 하시려는 걸까. 손가락이 망설이듯 잠시 허공에서 꿈틀거린다. 천천히 숨통이 죄어 온다. 분위기가, 이상하다. 이상하다. 위험한 건가? 어떤 의미에서 위험한 거지?

무슨 눈치를 채신 걸까?

……아니, 내 머릿속에 뭔 문제가 생겼나?

그의 시선이 레아의 얼굴과 어깨, 팔을 천천히 미끄러져 내려온다. 무슨 기억을 더듬는 듯, 그의 미간이 살짝 접힌다. 그의 시선이 온몸을 거미줄처럼 친친 감는 것 같다.

손끝 하나 움직일 수 없다. 등 뒤로 진득하게 땀이 흐르고, 뱃속에서는 뜨거운 무엇이 폭발할 것 같고, 온몸이 근지럽다.

레아를 응시하는 그의 눈이 가느스름해진다. 지금 무엇인가 고민하고 있다.

레아는 이 집에 들어와서 처음으로 그에게 제대로 된 긴장감을 느꼈다. 지금의 긴장은 공포와 비슷했지만, 또 완전히 달랐다. 도망치고 싶다. 아니, 다가가고 싶다. 도망, 치고, 아니, 조금 더 가까이. 혹시 눈치를 채셨나. 어쩌지. 레아가 엉덩이를 움찔움찔 뒤로 빼는 순간, 그의 눈이 가느스름해지나 싶은 순간.

탓!

"발타 님!"

그가 레아의 팔을 잡아채더니 손목을 바짝 끌어당긴다. 레아는 기겁해 팔을 뿌리치려다 필사적으로 참았다. 과민 반응을 보이면 수상해 보일 것이다. 손목이 으스러질 것처럼 아팠다.

"이상해."

그가 눈을 크게 뜬 채 중얼거린다. 파란, 새파란, 아크레의 바다처럼 너무나도 맑은 물빛이 레아의 눈앞에서 일렁인다. 아무래도 이상해. 그는 얼굴을 가까이 대고 아주 낮은 목소리로 중얼거린다.

레아는 시선을 황급히 옆으로 돌렸다. 붉게 달아오른 그의 귀와 귓불에 매달린 은빛 십자가가 보였다. 그 선명한 색의 대비에, 등골이 오싹했다.

"오래전, 이 상처와 똑같은 상처를 본 적이 있어."

그가 느릿느릿 속삭이는 말 한 마디, 한 마디가 목을 조르는 것만 같다. 그는 여전히 너무 가까이 있었고, 여차하면 손목을 부러뜨릴 듯 단단히 쥐고 있었다.

레아는 입술을 지그시 깨물었다. 이마로 진땀이 흘러내린다. 눈을 감아도 송곳으로 찌르는 듯한 시선이 느껴진다. 도저히 피할 수 없다. 난 들키고 말 거야.

"레비, 물어볼 게 있는데……."

"……."

"이 팔뚝의 상처들은 어디서 생긴 건가?"

레아의 손과 팔에는 불에 데거나 연장에 찍힌 흔적이 이곳저곳에 남아 있었다. 저도 모르게 신음이 흘러나왔다. 머릿속에서 신경줄이 퉁탕대며 튕겨 나가는 것 같다.

"저, 왜 그런 걸……?"

"내가 아는 세공사도 거의 똑같은 상처들이 있었어."

레아는 그때 면갑을 쓰고 있던 에퀴에르가 발타였음을 드디어 확신했다. 그 이름도 모르던 견습 기사는 그날 레아의 손목 상처를 보고 안타까워했었다. 그 안타까움이 조금이라도 남아 있으면 좋으련만.

레아는 조마조마한 마음을 누르고 자약하게 손을 빼내 이리저리 돌려 보였다.

"세공사들은 대부분 비슷한 흉터들을 달고 있을 겁니다. 이를테면 쇳밥 좀 먹었다는 표식 같은 거니까요. 솜씨가 미숙할 때 많이 생기죠."

"아, 세공사들이 대체로 그렇다고……?"

그가 눈썹을 찌푸린다. 목소리에는 실망의 기색이 역력하다. 하지만 얼굴에 서린 긴장감은 외려 빠르게 사라지고 안도감이 은은하게 퍼진다. 두 개의 감정은 너무 상반된 것이라, 레아는 그의 생각을 종잡을 수 없었다.

"……많이 아팠겠군."

그가 몸을 뒤로 물리며 낮은 목소리로 중얼거린다. 그 해명으로 미심쩍은 것이 정말 사라진 걸까. 아팠을 거라고 걱정하는 진짜 대상이 누구일까. 취기가 천천히 걷히는 것이 느껴진다.

"세공 일은 언제부터 했나? 솜씨가 좋던데."

탁, 탁탁, 불티가 따가운 소리를 내며 날아오르고, 촛불은 고요하게 팔락거렸다. 이제 방의 분위기는 부드럽고 나른한 열기로 일렁였다.

"글쎄요. 제 기억으로는 다섯 살 때 이미 망치를 잡고 있긴 했습니다."

"이 일을 좋아하는 것 같은데."

"물론입니다."

그녀는 세공 일을 좋아했고, 큰 자부심을 갖고 있었다. 일에 대한 이야기를 하면 저절로 가슴이 부풀어 올랐다.

레아는 보석을 물리는 방법이나, 먼지만큼 작은 금구슬을 빼곡하게 박아 무늬를 만드는 누금 기법, 사라센에서 들여온 은입사 금입사 상감 기법, 카메오 브로치나 큼직한 피불라에 에나멜을 씌우는 방법 따위를 늘어놓기 시작했다. 기사에게 딱히 재미있을 것 같지 않은 내용이었지만, 발타는 진지하고 엄숙한 얼굴로 경청해 주었다.

"……다섯 살이라. 다들 그렇게 어릴 때부터 배우나?"

"가업을 이어받자면 보통 그렇지요. 발타 경께서도 시동 생활을 그쯤부터 시작하시지 않으셨습니까?"

"아닐세. 나는 성전기사단에서 자라긴 했지만, 기사 후보 수업은 늦게 시작했어."

"그럼 기사단에서 자라면서 무슨 일을 하셨는데요?"

"책을 봤지. 로망스, 우화, 신학서, 의서, 철학서. 탕플 수도원에는 귀한 책들이 몇백 권이나 있었는데, 전부 외우도록 읽었어. 성전기사가 된다고 서원을 안 했으면 의사나 신학자가 됐을 거야."

그것도 나쁘지 않았을 것 같은데. 파리 대학 신학 교수 같은 거, 발타 님이랑 잘 어울렸겠다.

"책 읽는 걸 좋아하셨어요?"

"할 게 그것밖에 없었어. 건물 밖으로 나갈 수 없었거든."

발타는 복숭앗빛으로 달아오른 얼굴로 씁쓸하게 웃었다.

"저런, 왜 못 나가셨는데요?"

"밖으로 나가면 다시 붙잡혀서 투르 드 봉벡으로 끌려갈 것 같았거든."

발타는 당시의 기억을 떠올리며 잠시 눈을 찌푸렸다.

사람의 몸은 고통에 약하고, 고통스러운 기억은 행복한 기억보다 훨씬 질기게 들러붙어 사람을 갉아먹는다.

오래전의 일인데도, 발타는 어둑어둑한 밀실이나 지하실에 들어가는 것이 여전히 두려웠다. 그때의 일만 생각하면 호흡이 가빠지고 손에 땀이 차오르곤 했다.

꿈에서까지 되풀이되는 고통은 의지로 뿌리칠 수도 없었다. 악몽을 꾸다 일어나면 손톱 아래에서부터 느껴지는 날카로운 통증이 등줄기를 타고 올라왔고, 천장에 매달린 팔은 어깨부터 위로 뽑혀 나가는 것 같았다. 허벅지 안쪽의 살이 지글지글 녹아내리는 감각이 떠오를 때마다 발타는 저도 모르게 허리를 비틀었다.

'정말 모릅니다. 아무것도 기억이 나지 않습니다. 제가 뭐라고 대답을 하면 됩니까. 원하는 대로 대답할 테니 알려 주세요. 그리고 이제 목숨을 거둬 주십시오, 제발⋯⋯.'

우들우들 떨리는 목소리로 침착하게 대답하려 애쓰던 그 목소리는 앳된 기가 남은 소년의 것이었다. 너무나도 아이답지 않은 말투에, 고문을 하던 이들은 얼굴을 일그러뜨렸다. 발타는 그들의 표정에서 두려움을 읽었으나, 그들이 자신을 왜 두려워하는지 이해할 수 없었다. 그의 기억은 이내 비명과 이를 악문 신음에 파묻히는 것으로 끝나곤 했다.

필립 태자가 왕으로 즉위하고 마리 드 브라방 전 왕비가 힘을 잃은 후, 발타는 안전해졌다. 이제 마리의 아들 에브뢰 백 루이가 몸을 사리는 처지가 되었다.

하지만 발타는 고통스러운 기억에서 해방되지 못했다. 왕은 계모를 딱히 공경하거나 예우하지는 않았지만, 직접적인 대갚음을 하지도 않았다. 그렇다고 발타 자신이 사사로운 결투로 왕을 곤란하게 할 수도 없었다. 발타가 아크레로 자청해서 떠났던 이유에는 그 기억에서 벗어나고 싶었던 것도 있었다.

발타는 여전히 고통이 두려웠다. 그래서 뛰어난 기사로 이름을 날리면서도, 자신이 진정한 기사는 될 수 없으리라 생각했다. 죽음은 두렵지 않았지만, 고문의 고통은 견딜 자신이 없었다.

그가 전투마다 몸을 사리지 않고 싸울 수 있었던 이유도, 잡혀서 모진 고문을 당하는 것보다 전장에서 즉사하는 것이 더 낫다고 생각했기 때문이었다. 발타는 이런 나약함이 부끄러웠으나 기도나 결심만으로 몸에 새겨진 공포가 사라지지는 않았다.

"고문……이요? 언제…… 고문을 당하셨습니까?"

이야기를 듣던 세공사가 머뭇머뭇하더니 조심스레 물었다. 발타는 맥없이 웃으며 대답했다.

"내가 예전에 말했잖은가. 마리 드 브라방 선왕비 폐하께서,

아……!"

순간 손에서 술 그릇이 떨어져 바닥에 굴렀다. 그는 눈을 크게 뜬 채 한 손으로 입을 더듬더듬 가리며 황급히 시선을 돌렸다.

"오 이런, 이게 무슨……."

레아는 레아대로 당황했다. 이분, 아까부터 아크레의 레아와 아시케나지의 레비 세공사를 제대로 혼동하고 있다. 손끝이 차갑게 식는다. 발타 님은 머리로는 둘이 다른 사람이라 생각하면서, 마음에선 같은 사람으로 인식하는 것이다.

"아, 미안하네. 못 들은 걸로 해 주게. 사람을 혼동했어. 내가 좀 취한 모양이야. 아 맙소사, 그래도 이건, 내가 아무리 정신이 나가도……. 정말 미안하네."

발타는 기가 막힌 표정으로 머리를 감쌌다. 당황해서 정신이 반쯤 빠져나간 것 같았다.

레아는 진땀을 빼며 말을 돌렸다.

"에이, 마시다 보면 그 정도 실수야 웃고 넘긴 다음에 잊어버리는 거죠. 원래 술 한 쇼핀에 입이 열리고, 한 예로보암에 마음이 열리고, 한 바리크에 저승길이 열린다 하지 않습니까. 저희는 한 예로보암 다 마셨으니 이렇게 마음을 열고 속풀이도 하는 거 아니겠습니까?"

"……."

"저희 형님만 해도 술만 마시면 시시 영감한테 꽃다발을 바치면서 결혼하자고 고백한다니까요? 그, 시시 영감은 우리 집 거세마 이름입니다. 고자인 것도 서러운데 저희 형 같은 놈에게 청혼을 받다니, 팔자 기구하죠. 어쨌든 그에 비하면, 사람 헷갈리는 것 정도는 많이 취하신 것도 아닙니다. 그럼요."

레아는 입으로 헛소리를 떠들어 가며 열심히 머리를 굴렸다.

발타 님은 원래, 대단히 과묵하고 속을 읽기 어려운 사람이었다.

하지만 지금은 아니다. 포도주의 축복으로 말도 많아졌고, 속도 술술 털어놓는 중이다.

그렇다면, 지금이야말로 속을 떠볼 수 있는 천재일우의 기회 아닌가? 이런 기회가 두 번이나 있겠는가?

정말로, 나를 아직까지 추적하고 있는지, 그리고 나를 찾게 되면 어떻게 하실 건지. 혹시, 성 유물을 돌려받으시면 용서해 줄 마음이 조금, 아주 조금이라도 있는지. 아니면 기어코 나를 죽이거나 기사단에 넘길 건지.

아니, 사실 가장 중요한 것은 딱 하나다.

······라셀르를 살려 줄 수 있는지.

나는 오랫동안 죽을 각오를 하고 있었지만, 동생은 죽을 이유가 없다. 전혀 없다.

억울하게 몰살당한 우리 가족 중에서 아무것도 모르는 내 동생만이라도, 내 유일한 희망인 라셀르만이라도 살려 줄 수 있으신지.

그것만이라도 약속해 주시면, 진심으로 고마워하며 당신의 발에 입을 맞출 수 있다. 적어도 죽을 때까지 고마워하려고 노력할 것이다. 레아는 필사적으로 용기를 내어 입을 열었다.

"저, 발······타 님, 오, 오늘 들었던 이야기는 깨끗이 잊어버릴 테니, 하실 말씀 있으면 그냥 툭 털어 버리십쇼. 속에 힘든 걸 너무 쌓아 두면 그게 병이 된답니다."

"······."

"영주님? 몸이 안 좋을 때 의사들이 사혈을 해서 나쁜 피를 정기적으로 빼 주지 않습니까? 하느님께서도 마음의 독을 빼기 위해 포도주를 인간에게 선물해 주신 것이지요. 살다 보면 영혼의 사혈이 필요할 때도 있지 않겠습니까."

"주정……뱅이 논리에 감히 하느님…… 갖다 붙이지 말게."

그가 엄숙하게 나무라려 했지만, 일단 혀가 살짝 말린 상태이다 보니 썩 엄숙하게 느껴지진 않았다.

"주정뱅이 논리라뇨! 발타 님처럼 과묵하신 분들 속병 나지 말라는 하느님의 특별 은총인 거죠. 아니면 이런 방법은 어떻습니까?"

레아는 집 안에 켜져 있는 양초 중 가장 짧은 초를 가져와 탁자 위에 세웠다. 어릴 때 동생이나 친구들과 몽당초를 가지고 자주 했던 게임이었다.

"촛불을 딱 하나만 켜 두고 잠시 '거짓말하지 않는 왕'이 되시는 거죠."

순간 그가 당황한 목소리로 말을 끊는다.

"지금…… 뭐 하자는 건가?"

"어? 발타 님은 어릴 때 친구들이랑 '거짓말하지 않는 왕' 게임 같은 거 안 해 보셨습니까?"

"그게 뭔가?"

레아는 한숨을 쉬었다. 어릴 때면 개나 소나 다 하고 노는 '거짓말하지 않는 왕' 놀이조차 모른다니. 이것도 기사단 수도원에서 자란 폐해인가. 이런 삭막하고 불쌍한 인생이 있나.

"진실 고백 게임 같은 거예요. 한 사람이 왕비가 되고, 술래가 왕이 되는 건데, 왕비의 질문에, 왕은 하느님과 생 미셸 대천사의 검에 맹세코 진실만 말해야 하죠."

'자, 레아, 너는 이제부터 '거짓말하지 않는 왕'이 되는 거야.'

507

'돌아가면서 질문을 할 때 반드시 진실만 해야 해.'

'절대로, 절대절대로 거짓말하면 안 돼. 하느님과 생 미셸 대천사의 검에 대고 맹세코!'

물론 하느님과 대천사까지 팔아 가며 얻은 정보란 고작 친구의 짝사랑 상대가 누구인지, 손은 잡아 봤는지, 입을 맞춰 봤는지, 결혼한 친구의 첫날밤이 어땠는지, 혹은 라셸르가 엄마를 더 좋아하는지 아빠를 더 좋아하는지, 그따위 시시한 나부랭이에 불과했다.

하지만 오늘 이 게임에선 라셸르의 목숨이 걸린 천금 같은 정보를 캐내야 했다.

발타의 얼굴에 서서히 호기심이 스며들기 시작했다.

"혹시, 고해성사 같은 건가?"

"아, 아시케나지한테 그 무슨 겁나는 말씀을. 영혼의 사혈 같은 거라니까요. 원래 그 놀이는 친한 친구들끼리 허심탄회하게 속풀이하는 시간입니다. 아, 물론 영주님하고 제가 친구라는 건 아니지만요."

"만약 거짓말을 하면 어찌 되나?"

"생 미셸 대천사가 꿈에 찾아와서 목을 베어 간다고 하더군요."

"허, 대단하군. 그럼 왕비에게 대답을 아예 안 하면?"

"게임에 진 것으로 보고 왕비의 소원 한 가지를 들어줘야 합니다. 명예를 걸고."

"자네가 주고받은 벌칙은 뭐가 있었나?"

"엉덩이를 몇 대 때리거나, 춤을 추거나, 노래를 하거나, 뽀뽀를 해 주거나……."

"어, 아, 알았네."

그는 예상외의 강력한 벌칙에 기겁한 눈치였지만, 놀랍게도 거절은 하지 않는다. 잠시 생각에 잠겼던 그가 눈을 가늘게 뜨더니 속삭이듯 목소리로 물었다.

"내가 자네에게 궁금한 게 있으면 자네도 한 치의 거짓 없이 말해 줄 건가?"

아하, 저분도 나에게 캐낼 게 있으시구나. 순간적으로 진땀이 흘렀지만, 레아는 얼른 고개를 끄덕였다.

"물론입니다. 발타 님이 왕비가 되고 제가 왕의 순서가 되면, 당연히."

"좋아."

레아는 그의 비장한 얼굴을 보며, 저분이 정말 술이 약하고, 여전히 제정신이 아니라는 것을 깨달았다.

이건 천운이다. 저분이 이성을 회복하기 전에 얼른 판을 깔아야 한다.

레아는 비밀 회합에 나온 사제들처럼 두 팔을 벌리고 엄숙하게 말을 이었다.

"이 왕과 왕비의 시간은, 촛불이 꺼지고 사방이 깜깜해지는 순간 끝납니다. 말을 하다가도 그 순간 멈춥니다. 딱 거기까지. 그 다음엔 지금껏 들었던 내용은 싹 잊어버리는 겁니다."

"반드시 잊어야 하나?"

"그렇습니다. 하느님과 생 미셸 대천사의 불꽃 검에 맹세코, 완벽하게, 수단 방법 가리지 않고 잊어버려야 합니다."

"잊히지 않으면?"

"수단 방법까지 알려 드리진 않습니다."

"아아, 그래."

드디어 그가 코끝을 찡그리며 웃기 시작했다. 레아는 그가 이 같잖은 게임을 매우 진지하게 받아들였음을 알았다.

레아는 양초 끝동을 칼로 깎아 술래를 정할 주사위를 뚝딱 만들어 냈다. 그리고 집 안을 돌아다니며 열한 자루의 촛불을 모조리 껐다.

집 안은 갑자기 깜깜한 어둠에 잠기고, 탁자 위의 작은 촛불만 비틀비틀 흔들거렸다. 그러고 보니 벽난로의 장작도 작은 잉걸불만 남아 있었다. 벽으로 두 사람의 그림자가 촛불의 움직임에 따라 물결처럼 일렁거렸다.

집 안이 따끈한 열기와 짙은 어둠에 잠기자 분위기가 부드럽고 나른해진다. 어둠은 사람을 두렵게 만들지만, 촛불이나 모닥불은 사람의 마음을 보드랍게 녹여 버리는 이상한 힘이 있다. 목소리도 저절로 속삭이는 것처럼 바뀐다. 꼭 그렇게 정해진 것처럼.

두 사람은 진지하게 주사위를 굴려 '거짓말하지 않는 왕'을 뽑았다. 숫자가 작은 사람이 왕, 큰 사람이 왕비였다. 발타가 2, 레아는 5였다.

"하느님과 생 미셸 대천사의 검에 걸고, 나 발타 드 올랑드는 이 촛불이 꺼지기 전까지, 진실만 말하겠습니다."

레아가 가르쳐 주는 맹세의 말을 따라 하는 '거짓말하지 않는 왕'의 얼굴은 몹시 어색하고 낯설어 보였다.

발타 님이 뭔가 무서운 걸 물어보기 전에 내가 먼저 물어봐야 한다. 처음이니 가벼운 것으로, 차차 속을 떠볼 만한 것으로. 하지만 머리에서 생각하기도 전에 이 게임의 오프닝 단골 질문이 툭 튀어 나간다.

"저, 발타 님, 혹시 좋아하시는 숙녀가 있으십니까……?"

†

"위그. 좀 이상하지 않은가."

어둠이 내려앉은 왕의 침실. 턱을 괴고 비스듬히 앉아 촛불만 응시하고 있던 왕이 갑자기 툭 묻는다.

위그는 왕의 난데없는 질문에 영 익숙해지지 않았다. 그의 머릿속에 어떤 생각이 돌아다니는지, 표정으로는 전혀 짐작할 수 없기 때문이었다.

위그는 두 손을 모으고 공손히 물었다.

"무엇이 말씀이십니까, 폐하."

"나는 발타가 이해가 가지 않는다. 그냥 그 자리에서 옷을 벗겨 보았으면 됐을 텐데."

"예?"

위그는 그제야 왕이 아까 보았던 털북숭이 세공사를 아직까지도 생각하고 있다는 것을 알았다.

이런 맙소사. 위그는 자신이 눈치가 빠르다는 것에 큰 자부심을 갖고 있었지만, 왕의 속은 정말 읽기 힘들었고, 이해하지 못할 때도 많았다.

폐하께선 정말 그 세공사가 여자일 수도 있다고 생각하시는 건가? 몸이 상당히 여리여리하긴 했지만, 세상천지에 그런 수염투성이 여자는 없다.

"저, 폐하, 하느님께서는 여자를 그런 형상으로 만들지 않으셨

511

습니다."

왕은 눈을 감은 채 픽 웃었다. 위그는 어쩐지 무시당한 기분이 들었다.

이제 왕은 왕관을 벗어 들고는 말없이 그것을 내려다본다. 푸른 사파이어가 박힌, 그가 유난히 마음에 들어 했던 왕관. 그의 시선이 머무르고 있는 곳은, 안쪽에 새겨진 나뭇가지 모양의 각인이었다.

왕은 그 각인에서 눈길도 떼지 않은 채, 무표정한 얼굴로 중얼 거렸다.

"하긴, 발타 성격에 그런 짓은 못 했겠지. 음, 그런 생각 자체를 못 했으려나."

왕은 그런 발타가 답답했다. 하지만 그런 모습이야말로 가장 발 타다운 것이라 생각하면 좋기도 했다. 눈치 빠른 시종마저 어리벙 벙한 표정인 것을 보며, 왕은 조금 유쾌해졌다.

"……재미있어."

"폐하?"

"당분간 지켜보도록 하겠다. 세공사 주변에 사람을 붙이도록 앙게랑에게 전해."

"예, 폐하."

"눈에 띄지 않게, 말이 나가지 않도록."

왕은 손가락을 무심하게 까닥이며 덧붙였다. 덧창 밖으로, 벌 써 달이 높이 솟아올랐다.

다음 권에서 계속